KB058204

# 박상륭
## 깊이 읽기

김사인 엮음

문학과지성사
2001

**우리 문학 깊이 읽기 기획위원**
권오룡 / 박혜경 / 성민엽 / 정과리 / 홍정선


박상륭 깊이 읽기

엮은이 / 김사인
펴낸이 / 채호기
펴낸곳 / 문학과지성사

등록 / 1993년 12월 16일 등록 제 10-918호
주소 / 서울 마포구 서교동 363-12호 무원빌딩 4층(121-838)
전화 / 편집부 338)7224~5 팩스 / 323)4180
전화 / 영업부 338)7222~3 팩스 / 338)7221
홈페이지 / www.moonji.com

제1판 제1쇄 / 2001년 2월 2일


ISBN 89-320-1229-6

우리문학깊이읽기

# 박상륭

깊이 읽기

**김사인 엮음**

▲ 캐나다 이민 첫 해(1969년)

▲ 『죽음의 한 연구』를 탈고하고 딸들과 함께(1976년)

▲ 『칠조어론 1』 집필 당시 캐나다에서 경영하던 서점
'READER'S RETREAT BOOKSTORE'에서 (1989년)

▲ 『칠조어론』을 탈고하고 경영하던 서점 'NORTHSHORE BOOKSTORE'에서 (1994년)

▲ 박경리 선생 자택에서 (1993년)

▲ 이문구 · 김병익과 함께 문학과지성사 사무실에서 (1993년)

▲ '박상륭 문학제'에서 임우기 · 심상대와 함께 (1999년)

▲ '박상륭 문학제'에서 좌로부터 김정란 · 이향지 · 배유자 · 이경림 · 조윤희와 함께 (1999년)

▲ 서라벌예술대학 문예창작과 동기 동창들과 함께. 좌로부터 이건청 · 조세희 · 권명옥 · 이문구 (1999년)

▲ SBS 라디오 「책하고 놀자」의 대담자 오선홍씨와 함께 (1999년)

▲ 아내와 함께(1998년)

▲ 오죽헌에서 아내와 함께(1999년)

▲ 가족과 함께. 시계 방향으로 둘째딸 온디누, 셋째딸 오거스틴, 큰딸 크리스티나, 아내 (1999년)

# 박 상 륭

깊이 읽기

# 책을 엮으며

    40년 가까이, 존재의 근원과 맞서 '글쓰기'의 형식으로 치러지고 있는 박상륭의 고투는 가히 영웅적이라 할 만하다. 박상륭의 『죽음의 한 연구』에 대해 일찍이 김현은 "『무정』 이후에 씌어진 가장 좋은 소설 중의 하나"라는 격찬을 보낸 바 있고, 평자에 따라서는 박상륭의 난삽함 앞에서 요령부득의 표정을 짓기도 하지만, 그러나 누구도 부인할 수 없는 것은 박상륭의 글쓰기가 한 끔찍한 헌신이며, 하나의 참혹한 참이라는 사실이다. 그것은 서정과 서사, 내용과 형식, 리얼리즘과 모더니즘 따위의 손쉬운 구분을 넘어선 어느 경계에서, 전 존재의 배밀이를 통해 구현되는 것이어서, 모든 안이한 창작 태도와 안이한 독법, 문학에 대한 모든 속류적 고정 관념들을 불편케 한다. 아니 더 정확히 말하자면, 그러한 태도로는 박상륭은 읽히지 않는다. 박상륭의 글쓰기가 형성하고 있는 에너지장의 꺼풀을 채 통과하지 못하고 퉁겨져나올 뿐이다. 무슨 남모를 '비의'가 내장되어서가 아니라, 말의 몸을 입고 서 있는 그 탐구의 긴장과 집요함, 정신의 밀도를 어설픈 독법이 견딜 수 없는 것이다. 그것은 인간의 모든 진정한 고투가 지니는 삼엄함이자 고통스런 매혹일 터이다. 또한 드물게도 박상륭 문학은 스스로의 미학적·윤리적 척도를 스스로 속에 갖추고 있는 종류의 어떤 것이다.

    때로 우리 현대시가 이루어낸 높은 깨달음의 하나인 "온몸으로 동시에 온몸을 밀고 나가는 것"이라는 김수영의 명제가 박상륭의 글쓰기에서 가장 치열하게, 가장 본의에 가깝게 구현되고 있다고 느껴지는 것은 경이롭다. 이 회귀한 구도적 정신을 문학의 이름으로 수습해 들일 수 있었으므로 해서 우리말과 우리말 사유 전체의 부(富)가 적잖이 더해졌다고 나는 확신한다.

작가의 갑년에 대한 축하를 겸하고자 했던 출판사측의 아름다운 뜻이 편자의 게으름으로 인하여 적잖이 손상되고 말았다. 책을 기다려오신 많은 분들께 몇 달의 지체를 어떻게 사과해야 할지 입은 있으나 드릴 말씀이 마땅치 않다. 그나마 이 책이 가능할 수 있었던 것은 모두 도와주신 분들의 공이다. 새 원고를 작성해주신 분과 재수록을 기꺼이 허락해주신 필자분들께 깊이 감사드린다. 정과리·이문재 씨가 같이 애태워주었으며, 김명신·남궁경 씨의 도움은 절대적이었다. 편집부의 윤병무·안수연 씨의 마음 고생은 이루 말할 수 없었다.

『칠조어론』에 대한 본격적인 분석과 해명의 글을 얻지 못한 것이 못내 아쉽고, 그 밖에도 한 필자의 글을 두 편 이내로 제한한다는 편집 지침과 분량상의 문제로 인해 수록하지 못한 경우가 또한 없지 않다. 그러나 박상륭 문학에 대한 기존의 관점과 접근의 사례들을 두루 살피기에 부족함은 없으리라고 생각한다. 미비한 부분은 권말의 참고문헌 목록을 활용하시기 바라며, 무엇보다 박상륭의 작품들 앞에서 한 번쯤 당혹스러웠던 기억이 있는 독자와 연구자들에게 이 책이 다소나마 소용에 닿기를 기대한다.

2001년 1월<br>
김사인

# 차 례

제 1 부

# 고행과 대속으로서의 문화

# 누가 저 공주를 구할 것인가

박상륭 / 김사인

**김**  거두절미하고 여쭙겠습니다. 선생님의 문학은 대부분 삶과 존재의 근원, 존재의 궁극적 비의를 드러내는 데 바쳐지고 있다고 보입니다. 나아가 그 근원에 관한 '설명'이나 '묘사'로서가 아니라, 근원의 드러남의 산 형식으로서 당신의 소설이 값하기를 희구하고 있는 것이 아닌가 하는 생각을 하게 됩니다. 당돌한 질문입니다만, 그렇다면 선생님께 '글쓰기'란 대체 무엇입니까?

**박**  김선생님께서 만약, 다른 전제의 말씀이 없이,. 저에게 있어서의 '글쓰기'란 무엇이냐고 물어주셨다면, 그리고 제가 변변찮은 글쓰기를 두고 우악을 부리며 건방을 떨기로 했다면, 다름아닌, 김선생님께서 전제하신 그 말씀을 그대로 들려드리려 했었을지도 모르겠습니다. 마는, 저를 위해 김선생님께서 따뜻하고도 아름다운 옷을 입혀주셨으니, 그런 채로 뽐내는 것으로 충분하다 싶습니다만, 신발끈만은 그래도 제가 매보도록 하는 것이 옳겠지요. 이 '신발'을 '승(乘)yana skt.'의 뜻으로 받아들여주셨으면 합니다. 저는 원래, '문학적'이었기보다는 '종교적' 편향이 있었던 듯하다고 뒤돌아보게 되는데, 회피할 수 없는 처지에 처했을 때마다 저는, 노쇠했었을 뿐만 아니라 몹시 병약한 어머니를 통해, 죽음의 공포를 당해왔었다는 얘기를 주억거려왔더랬습니다만, 그때부터 죽음은 저에게, 변강쇠의 등짝에 붙어버린 북통 모양의 시체 같은 것이었습니다. 뒤돌아보면서이니까 말씀이지만, 저는 열두 살 때부터 이미 허무주의자였으며, 또한 뒤돌아보면서 늙은네의 목소리로 말입니다만, 화현된 세계에 있어서 다만 하나의 리얼리티는 죽음밖에 없다고 알고 있었던 것입니다. 그럼에도 저는, 유교를 숭상하는 가장 밑에서 자라, 무엇이 이 불행하고도 불길한 북통을 저의 운명의 등짝에서 갈아〔磨〕 없애줄 수 있을지 그건 알 수가 없어 앓아오기만 했습니다. 제가 만약 불교나 기독교적인 가정에서 양육되었더라면, 몇 분 고급한 독자들이 말씀하시는 바와 같은 '통종교적'인 데로 치닫지는 않았을 것이며, 저의 삶에서 죽음 냄새를 얼마쯤 희석해낼 수도 있었지 않나 생각합니다.

장황했습니다만, 이만큼은 말을 허비하고 나서라야만, 저의 치졸한 '글쓰기'를 두고, 이런 말씀을 드려도, 과히 실례가 되잖을 듯하다는 믿음이 있습니다. 경전들 역시, 넓은 의미에 있어 문학이라고 이르는 것은 주지하는 바대로입니다만, 감히 말씀드린다면, 일반적으로 그것은, 뜻만 많고 재미가 덜해, 좁은 의미에 있어서 문학보다 호소력이 적다고 이해했었습니다. 헛, 허, 허나, 신발끈을 다 매려 해서는 안 되겠군요.

**김** 선생님께서는 그 출발부터 문학에 임하는 태세뿐 아니라 흔히들 주제라 일컫는 문제 의식과 그 밖의 여러 특질들에 있어서 다수의 1960년대 작가들과 동떨어진 자리에서 스스로의 문학을 도모해왔다고 보입니다. 당시부터 자신의 문학적 개별성에 대한 자각이 있으셨던가요? 문학에 대한 문제 의식을 공유하는 '문학적 동지'들은 없으셨나요?

**박** 앞서 장황하게 말씀드리고, 대부분의 위선자들이 멋들어지게 꾸며대는 것 같은, 겸손의 제스처까지 꾸며, '신발끈' 운운했는데,

이 자리에 당도해서는 그것이 들키지 않을 수가 없게 된 듯합니다. 그러니까 저는 아예부터 '문학'이 아니라, 그것을 저 나름의 리얼리티, 우주적 리얼리티(는 겸손을 부려 '법'대신에 쓰는 어휘이긴 합니다)의 '수레'로 빌리고 있던 것이어서, 제가 이해하는 리얼리티와, 저와 동시대의 큰 작가들의 그것은, 어쩌면 궤를 달리하고 있었지나 않았나 하고 생각합니다.

**김** 많은 분들이 선생님의 1960년대 작품들을 '토속적 샤머니즘'이라는 관점에서 이해하려고 했습니다. 그러나 '현실 세계에 대한 그로테스크 알레고리'로서의 측면 또한 강했다고 봅니다. 1960년대 한국의 사회·정치적 상황과 자신의 소설과의 긴장 관계는 어떻게 생각하고 계셨습니까?

**박** '토속적'인 것과 상관 없이, '샤머니즘'은, 모든 종교의 원형이 된다는 것은, 지적해두고 싶습니다. 이것은, 졸저 『칠조어론(七祖語論)』의 결미가, 어찌하여 "무속성을 띠느냐?"라는, 어떤 이들이 갖는 의문에 대한 한 대답으로서도 필요하기 때문입니다. 그건 그러려니와, 저의 졸편 「뙤약볕」과 「열명길」 등을 읽어보신 분들은, 그 속에서 당시의 정치적·종교적 그로테스크한 현실을, 어떻게 저 나름으로 이해하고 있었던가를 눈치채고 있음에 분명합니다. 그러나 또 뒤돌아보고 드리는 말씀입니다만, 「열명길」의 속편으로 「숙주」를 썼을 땐, (그런 후로도 수년 후에나 접하게 되는) 연금술에 대한 이해를 하고 있었던 것이나 아닌가 하고 회고하게 됩니다. 이런 발언은, 제가 갖고 있는, 역사에 대한 견해를 먼저 이해하지 않는다면, 커다란 오해를 살 수도 있다는 것도 모르지 않습니다만, "하나의 조악한 질료가 금이 되기 위해서는, 독(毒) 또는 죽음에 이르는 병이 필요한데, 그것에 의해 저 질료는 다음 단계로의 전이가 가능해지기 때문"이라는 것이지요. 제가 갖는 역사에 대한 한 견해랄 것은, 역사는 당대의 민중이 이루는 것이 아니라, 소수의 지적 정예들이 이루는 것인데, 이 소수의 정예는 또한 "민중이라는 꿈꾸기 좋아하는 그 잠속에서 떨치고 나온 꿈의 현현" 같은 것이라는 것입니다. 소명과 피소명의 문제가 그러면 거론되어질 것이겠지요.

**김** 현실 세계의 대척점에서, 선생님의 표현을 빌리면 "새로 우주를 한 벌 짓기" 시작하신 것이, 또 그 첫 완성이 1975년에 간행된『죽음의 한 연구』였다고 할 수 있을 듯한데요. 당시 선생님께서는 이 독특한 세계가 대체 무엇이라고 생각하셨습니까?

**박** 그 부분에 관해서라면 저로서는 훌륭한 비평가의 분석과 종합을 통해 배우기를 바라고 있는데, 그점은 아직 설명이 되어 있지 않은 듯합니다. 이런 말을 하는 것은, 작가는 자기가 쓴 졸문들에다 '해설'을 붙이는 자는 아니라는 생각 때문입니다. 김선생님께서 제기하신 문제이니, 김선생님께서 저나 독자를 위해, 부디 법설을 베풀어주셨으면 합니다.

"새로 우주를 한 벌 짓기"란, 종도를 많이 거느린 힌두교의 늙은 성자들이, 자기 말을 잘 듣지 않는 신들께 대고 성낼 때마다, 곧잘 뱉어내던 말이라고 들었습니다만, (신들의 육신은 '이름'이므로, 그 이름을 없애고 다른 이름을 세우는 일은, 다름아닌 하나의 우주를 새로 짓기와 같은 것이었을 것입니다) 그래서 저도 그 본새를 내본 것은 아니었습니다. 저는, 신들께 성내기로써가 아니라, 이 프라브리티 우주의 질서 체계, 상극적으로 이뤄진 질서 체계에 대한 실망과 절망 탓으로 그런 것이었습니다. 그러나 저는 되도록 이미 했던 말의 되풀이는 회피하고 싶습니다. 그러므로 설명이 짧거나 비약을 겪는다 하더라도, 짐작해서 이해해주시고, 너무 아프게 추궁하시지 말기 바랍니다. 그렇게 빼말라가던 어느 철, 그래서 새로 한 벌의 우주를 세울 그런 힘이 있다고 한다면, 나는 과연 어떤 종류의 우주를 개벽하려 하는가, 라는 데로 생각이 옮습니다.

결론만 말씀을 드린다면, 그때, 유토피아에 대한 제 희망은 깡그리 지워져 없어지기에 이르렀습니다. 결국은, 억천만 번 이 우주를 새로 짓는다 해도, 현재 그대로의 것을 판박은 것일 수밖에는 없다는 것이었지요. 석가모니는 거기서, 살기의, 윤회의 '고(苦)'만을 본 듯하지만, 저는 그것이 동시에 '은총'이라고 보기 시작한 것이지요. 이 프라브리티의 우주는 '고해(苦海)'일 뿐만 아니라, '젖바다'라는 것이 제 관견이어서, '먹이 사슬'은 그러면 저절로 끊긴다고 주장하는 소치가, 거기에 있습니다. 그런 저주의 장소를, 어떻게 극복하여 은총의 장소로 바꿀 것인가, 거기, 졸작 『죽음의 한 연구』의 주인공 '유리'의 투쟁이 있습니다.

**김** 선생님의 상상력의 뿌리를 신화에서 찾는 경향이 많고, 그런 접근이 선생님의 사유의 몸체에 접근하는 계기가 될 수가 있다고도 봅니다. 그런데 우문인지 모르겠습니다만, 그러한 신화와 상징의 의장들이 과대하게 강조될 경우 작품의 체(體)를 이루는 작가의 실존적 고투와 사색의 리얼리티가 무시될 수도 있다고 생각하는데, 다시 말해 그것들은 작가의 정신적 모색을 드러내는 방편이나 외피 이상일 수 없다고 생각하는데, 실제의 창작 과정에서는 어떠하셨는지요?

**박** 설하신 법은 설하실 만하다고, 합장하여 경청할 뿐입니다.

**김** 어떻든 초기작 이래 최근에 이르기까지 선생님의 작품에는 동서양의 신화 체계, 종교적 상징의 체계들이 다양하게 등장하고 있습니다. 신화나 종교적 체계가 갖는 보편성에도 불구하고 또한 그것을 생산해낸 민족적·역사적 특수성과 무관할 수 없는 것이 아닌지요? 작업 과정에서, 그런 갈등과 충돌의 어려움은 없으셨는지요?

**박** 말씀하신 "민족적·역사적 특수성"이라는 것은, 말씀하신 "신화나 종교적 체계가 갖는 보편성" 안에 용해되어버릴 수 있다는 것이, 제 졸견입니다. 저는 지금 '원형' 또는 '원형적' 또는 '원형성'이라는 것을 염두하고 있는데, 이 점에 있어서는, '특수성'이란, 그 현현에 있어서만 그 뿔을 드러내고, 그 침묵 또는 비화현의 국면에선 모서리가 드러나지 않는다는 것인데, 까닭에 그것을 원형, 원형적이라고 이르는 것일 것입니다. 어느 작가가 그런데, 그 '현현'의 국면에서 작업을 하려 하면, 어떤 '갈등과 충돌의 어려움'을 겪겠지요.

마는, 능력 있는 작가에게라면 그것(신화나 종교)은 보고이지, 가시밭은 아닐 것입니다.

**김** 『죽음의 한 연구』는 「유리장」「남도」 연작을 비롯하여 신생님의 초기작들을 총화한 것이라고 보입니다. 제가 잘못 생각하고 있는 것인지도 모르겠습니다만, 선생님께서는 등단 이후 결국 '하나의' 작품을 써오고 계신다고도 생각합니다. 폭을 넓혀 생각해보면 이것은 사실 모든 작가에게 해당되는 말이라고도 할 수 있겠지만 선생님의 경우는 우리 문학 사상 이례적이라 할 수 있습니다. 선생님께 이 '되풀이 쓰기' 또는 '하나의 작품 쓰기'란 어떤 의미가 있는 것인지요?

**박** 저는 좀 멀리 떨어진 데서 살았기 때문에 영어의 'signifier'와 'signified'가 어떻게 국역되어 있는지 알 수가 없어, 나름대로 짐작하여 '문자나 소리'라는 '기호'가 있고, 그 기호에 내재하는 '의미'라는 것이 있다고 여겨, '기호와 의미'라는 말로 번안해 써왔습니다만, 와서 보니까, 그것을 '기표와 기의'라는 말로 번역해 통용하고 있는 듯하더군요. 김선생님의 말씀을 듣고 문득 생각난 것은, 소설 문학이라는 것과의 관계에선, 이야기의 형식 따위는 '기표'의 국면이라고 치고, 그 내용 주제 등은 '기의'의 국면이라고 친다면, 한 작가가 일생을 통해 몇 편의 작품을 써왔느냐는 것이 매우 명료해질 듯하다는 것입니다. 기표는 많은 듯해도, 기의가, 전대인들의 것에서 별로 더 나아가지도, 다르지도 않다면, 그 작가는, 글을 썼다는 풍문만을 전했을 뿐, 한 편의 작품도 쓴 바가 없다고 해도 과언은 아니며, 어떤 일련의 기표를 지키고 있으되, 그 기의면에 있어, 다각적으로 조명할 수가 있다면, 그 작가는 여러 편의 작품을 썼다고 얘기할 수 있을 듯합니다. 저는 어떤 기회에, "평생 하나의 소설만을 써왔다"라고 고백한 적이 있습니다만……, 그리고 사실 한 편의 소설만을 써온 듯하기도 합니다만……

**김** 통렬한 말씀입니다. 화제를 돌리겠습니다. 1969년 캐나다로 이주하신 후 얼마간 죽음들 곁에서 생활을 하셨던 것으로 알려져 있는데요, 그때의 생활이 『죽음의 한 연구』의 창작 과정에 끼친 영향은 없었습니까?

**박** 당시 저는, 병원에서 시체실 청소부를 했지요. 밀종파(密宗派) 스님들은, 삶의, 또는 죽음의 연구를 위해, 다비소나 공동 묘지를 성소(聖所) 삼아 순례한다고 하잖습니까? 그런즉 어찌 영향이 없었겠습니까만, 제가 체험한 죽음·주검은, 그 이전부터도 제 운명의 등짝에 북통처럼 들러붙어 있었다는 것을 상기해주셨으면 합니다. 화현된 세계에, 하나의 리얼리티가 있다면, 그것은 '죽음'이라는 것을, 더해 알았었지요.

**김** 초기작 이래 『죽음의 한 연구』의 수도부에 이르기까지 선생님의 작품에 등장하는 여성 인물들은 대단히 인상적입니다. 선생님의 사유 체계 속에서 여성성이란 어떤 의미가 있을지요?

**박** "대지와 여성(어머니)이 있기에 윤회가 멈추지 못한다. 그러므로 대지와 여성은 저주(의 장소)이다"라는 것이, '고(苦)'를 설파하는 종문의 고론(苦論)의 한 줄기인 듯한데, '모달(母妲) mother 콤플렉스'의 분석에서 융 C. G. Jung도 그 견해를 차용하고 있는 것도 주지하는 바대로입니다. 그러나 저는 '고'가 동시에 '은총'이라는 관견을 고수하고 있어, 여성을 꼭히 그렇게만 이해하고 있지는 않습니다. 그래서 저는, "여성은 저주며, 동시에 은총"이라는 소리를 도처에 흐트려 놓고 있습니다. 재미있는 얘기를 하나 들려드린다면, 근래, 제 잡설(雜說)들을 섭렵한 한 여성 학자가 "그러면 여성의 구원은 어떻게 성취되느냐?"라는 문제를 제기한 것입니다. 제 대답은 이랬습니다. "종교적으론, 여성의 구원이 별로 문제되어온 것 같지는 않다. 그노시스파 경전에 「도마복음」이라는 것이 있는데, 거기에 이런 구절이 있어 관심을 갖고 들여다본 일이 있다. '베드로가 말하기를, 우리 중에서 마리아는 내보내자. 왜냐하면 여성은 영생을 위해 가치가 없기 때문이다. 예수가 대답하여 〔……〕 여성이라도, 남성화하기만 하면, 하늘 나라에 들 수 있다.' ──이런 말은 뭔가 시사하는 것이 있으며,

의미하는 바가 크다. 여성은 땅의 소속이며, 남성은 하늘의 소속이라고도 이해된다. 그러나 나의 생각은, 도마의 것과는 다르다. 남성은 언제든 여성이 흘린 홍건한 피 속에서만 거듭 거듭 태어나는데, 이 말은, 여성의 희생이 남성의 죽음을 대속한다는 뜻인 것 같다. 나의 믿음에 여성은, 구원에서 멀리 떨어진, 보다 더 짐승에 가까운, 이 남성을 구원하기 위해, 자기 희생을 자초하여, 이 세상으로 오는 자들, 보디사트바들일 것이다. 그리고 순교자의 편에서는, 그 순교의 값으로 그 당자의 구원을 성취하는 것일 것이다."

　**김** 『죽음의 한 연구』 이후 다시 20년에 걸쳐 선생님의 노고가 지불된 방대한 대작이 『칠조어론』입니다. 아마 이 작품에 응축된 정신적 긴장과 집중, 사유의 폭과 깊이가 우리 소설을 읽는 독자들 대부분에게는 생소하고 두렵게 여겨지리라고 보는데요. 읽는 이에 따라서는, 『죽음의 한 연구』가 참다운 것에 대한 탐구의 고행을 그 본질로 하고 있다면, 『칠조어론』은 요달(了達)한 자리에서 베풀어지는 설법에 비유할 수 있는 것이 아닌가, 『칠조어론』은 문학이라는 이름으로 합의 가능한 한계를 넘어선 어떤 것이 아닌가, 하는 생각도 하는 듯합니다.

　선생님께서는 『칠조어론』이 어떤 언어적 양식에 더 인연이 있다고 보시는지요?

　**박** 설할 만한 법이 있는 것이 아니라고 이르되, 그건 설할 만한 법입니다. 그러니 합장하여 경청할 뿐이겠습니다만, "문학이라는 이름으로 합의 가능한 한계를 넘어선 어떤 것이 아닌가"라는 말씀에 대해선, 한때, '지동설(地動說)'이라는 것이 합의 가능치 않은 진리였다는 것쯤 상기시켜 드렸으면 합니다. 이거, 제 비유가 너무 멀리 갔나요?

　**김** 1970년대 후반 이후 선생님과 동세대 작가라 할 수 있는 적지 않은 분들께 '문학의 한계'를 초극하려는 열망이 있었던 듯합니다 ──예컨대 김지하의 『대설』의 시도, 또는 그 이후…… 선생님의 작업에도 그러한 동세대적 열망과 궤를 같이 하고 있는 부분은 없겠습니까? 나아가서 선생님께서는 문학으로 할 수 있는 것과 할 수 없는 것이 무엇이라고 보십니까?

**박** 저는 1970, 80년대에, 불행한 운명 탓에 한국에 있지 않아서, 국내의 작가들께 어떤 열망이 있었는지에 대해서는, 금시초문입니다. 문학을 저는, 어떤 수레[乘]로 써먹으려 했다는 말씀은 드린 바 있습니다만, 그 말은, 문학 쪽에서 번안하기로 한다면, 문학의 한계를 초극하려는 열망의 한 소산이었다고 할 수는 없겠습니까? 중역(重譯)을 통해서지만, 당시까지 읽었던 세계의 고전들은, 이미 문학의 한계를 극명히 하고 있던 것들뿐이었다고 믿습니다. 그리고 "문학으로써 무엇을 할 수 있고 없느냐"라는 물음에 대한 대답은 이렇게 될 듯합니다. 저는, 세계를 좋게든, 나쁘게든 바꾸는 것은, 파탄잘리 Patañjali(요가 시스템의 기초를 세운 이)가 아니라 카필라 Kapila(상키야 철학의 기초를 세운 이)라고 믿는 편에 속합니다. 요가 · 참선 등은, 개인을 구원이나 해탈로 이끌지 몰라도, (모두가 그 수업에 참여치 않는다면) 전체를 이끄는 것은 아닌 것임에 반해, '이론'은, 혹간 그 개인을 구하지 못할지 어떨지는 몰라도, 전체를 이끄는 것일 것입니다. 누구든지 실천가는 될 수 있어도, 이론가는 될 수 없을 것입니다. 그럴 때, 실천가들께 방향과 진로를 제시할 수 있는 이론이 주어진다면, 세상은 그 이론의 내용에 좇아, 나쁘게도, 좋게도 바뀔 수 있는 것입니다. '문학'은 이때, 파탄잘리 편에 서느냐, 카필라 편에 서느냐를 결정해야 할 것입니다. 마는, 그 양편에 다 가담할 수 있다면, 문학이 할 수 없는 것은 무엇이나 될지 의문입니다. 그러나 어느 때부터인지, 이 '문학'이 거세를 당해, 이제는 고자가 된 신(神)으로밖에 더 보이지 않습니다. 내시가 된 신이 할 수 있는 것이 무엇이나 될지, 이제는 그것이 의문입니다.

**김** 『칠조어론』이후 선생님의 작업들을 보면 소설적 모색과 교술(敎述)의 융합을 시도하는 듯이 보입니다. 어찌 보면 『칠조어론』적인 요소와 『죽음의 한 연구』적인 요소의 결합처럼 보이면서도 규모는 작아진 셈입니다. 어떤 내적 요구 때문에 그렇게 쓰시는지요?

그와 연관해서 최근 원용하고 계시는 동화·우화 형식들이 선생님의 문학적 역정 속에서는 어떤 의미가 있는 것입니까?

**박** 환갑에 처한 늙은네가, 기우는 햇볕 보며, 들에 나가 하는 '이삭 줍기'죠. 동화·우화 형식들의 잡설들도 역시, '집단적 꿈'이라는 들판에 나가, 전대인들이 흘린, 그 이삭 줍기 짓이지요.

**김** 『칠조어론』과 그 이후의 선생님의 사유를 이해하는 단서의 핵심이 '몸의 우주/말씀의 우주/마음의 우주'라는 세 차원의 우주론이 아닌가 합니다. 각 세계는 저마다 다른 차원인 채 또한 하나로 연결되어 있는 것인 듯한데요. 그 우주들의 같고 다름에 대해, 난감해할 독자들을 위해 얼마간의 깨우침을 좀 주시지요.

**박** "모든 물질은 금성(金性)을 갖고 있다"라는 믿음은, '몸의 우주'의 초석이 되며, "모든 인간은('신과 동물의 중간적 존재') 신성(神性)을 갖고 있다"라는 믿음은, '말씀의 우주'의 기둥과 벽이 되고, "모든 유정은 불성(佛性)을 갖고 있다"라는 믿음은, '마음의 우주'의 천개가 되는 것입니다. 금성·신성·불성에 대해, 조금만 깊이 들여다보기로 한다면, 제 생각을 어렵잖게 눈치채실 수 있으실 것입니다.

**김** 번식과 살육의 먹이 사슬로 그 균형을 취하고 있는 자연계의 비정에 대해, 사랑과 자비로 대할 것을 가르쳐온 것이 대체로 기존의 정신적 선각자들이었고, 또 오래도록 선한 것으로 받아들여져 왔습니다. 그러한 가르침, 희생과 대속이라는 형식을 통한 '몸의 우주'적 질서의 개입 등이 선생님의 '마음의 우주'적 견지에서는 어떤 의미가 있습니까?

**박** "불자(佛者: 이때의 이 불자는, 한국 불교에서 선남자·선여자를 이르는 그것과 같은 것이 아님을 고려해주시지요)는 아무것도 하는 일이 없다"라는 말이 있지요? '몸/말씀의 우주'의 그런 상극적 질서 체계는, 유정들로 하여금, 게으름 피우거나 낙오치 말고, "아무것도 하

30

는 일이 없는" 상태로 튕겨져 오르게 하는 도약대 같은 것이겠지요.

**김** 현대의 대중 사회를 '에켄드리아' 또는 '독룡'의 이미지로 그리고 있는 근년의 선생님의 글을 읽고, 대중성을 곧 '몽매성'으로 파악하시는 것이 아닌가 하는 의구심을 갖는 독자들도 있습니다. 과연 그러한지요? 그렇다면 활로는 어디에 있다고 보시는지요?

**박** 중아(衆我)라고 이르는, 이 '대중'이라는 것의 정체를 알아보기 위해, 한 글꾼이, 대단히 많은 양의 잉크와 종이를 소비했다면, 독자들 편에서는 당연히, 그 글꾼에게 소주 몇 잔쯤 사는 것을 인색해하지 말아야 할 것입니다. 이미 모두 다 말해버렸으니, 뭘 더 중언부언하겠습니까. 마는, '몽매성'이라는 문제에 관해서만은, 제 의견을 밝혀뒀으면 합니다. '중아' 또는 '대중'은, '염통'을 갖지 못해, 말세 이전까지는 죽지도, 죽일 수도 없는 괴물이라는 점에서, 동화 속의 괴물과 대단히 비슷합니다. 이 '대중'의 염통은 모든 개아(個我)들 속에 있는 것은 짐작하시는 바대로입니다. 마는, 그것들은 그럼에도 정작 그 중아의 것은 아닐 것입니다. 왜냐하면 모든 개아들의 염통은 하나도 같은 것이 없기 때문인데, 그렇다면 중아의 그것은 어떤 형태로든 중성(衆性)을 성취해 있어야 할 것입니다. 그것의 그것은 그러면 어디에 숨겨져 있는지, 그것이 문제입니다. 우리들이 그것의 염통의 소재지를 알 수 있게 될 때, 중아에 대한 개아의 승리가 있게 될 듯합니다. 동화 속의 괴물의 그것은, 그 자신이 떼어내, 십지구릉 너머 어디 어디, 자신만 알고 아무도 모르는 데에 감춰둬, 천년 동안이나 수분에 접하지 못해도 죽지 못하며, 누가, 용감한 왕자 말이지요, 그의 몸에 수백의 창 집을 내도 죽지 않는다고 하잖습니까? 이 괴물은, 그 힘 세기에 있어선, 신과 사람의 중간쯤에 있으나, 욕망의 면에 선, 사람과 짐승의 중간에 있는 존재로 보입니다. '대중'도 그 힘에 있어서는 개아의 그것에 비해(그것을 이룬 개아의 수에 비례한다고 말했으면 좋은데, 사실은 그보다 훨씬 더) 막강하여, 초월적이기까지 하되, 그 욕망에 있어서는, 인식하고 의식하며, 욕망을 줄이는 것이 미덕이라고 여기는 개아들의 그것에 비해, 제 살까지 뜯어먹는 에뤼식톤의 창자에 비유해야 할 터입니다. 욕망이, 그것도 물질적·세상적 욕망이 커지면, 역비례하여 영혼이 줄어드는 것임을 종교들이 증언하고 있습니다. 그 정신은 '짐승의 상태'로까지 떨어져 내린다는 (정신)분석도 있게 됩니다. 정신적 수준이 낮아진다는 얘기겠지요. 이 '수준이 낮다'와 '몽매성'이, 어느 일점에서라도 유사한 의미를 띤다면, 독자들이 갖는 '의구심'은 의구심이라기보다는 정당한 것이라고 해야겠지요. 마는, 동화 속의 마귀는, 전순히 물질주의적이며, 추악하게도 남근적이어서, '짐승'에 가깝되, '몽매'함의 덩이처럼 보이지 않기는 합니다.

정화수라도 떠놓고, 우리들이 축원축수해야 하는 것은, 저 음흉한 유정께 납치되어간 우리들의 공주의 안강의 문제며, 그리고 그 괴물의 염통이 어디에 숨겨져 있는지, 그 비밀을 알아내 적어 보내는 일자 기별일 터입니다. 이 공주는, 예술, '고급한 예술'의 이름으로 불러도 안 될 일은 없을 것입니다.

**김** 선생님의 깨우침 잘 새겨 듣겠습니다. 그리고 다시 한번 선생님의 갑년을 진심으로 축하드립니다. 궁금해 할 독자들을 위해서, 구상하고 계시는 작업 계획이 있으시면 귀뜸해주시지요.

**박** 근년 어느 때부터인가 시작하여, 환갑 해가 된 오늘까지는, '이삭 줍기'로, 그것 빻아 죽 끓이기로, 문학이라는 것을 해왔습니다만, 이후는, '아자가라계 Ajagara vow'나 지켰으면 합니다. 아자가라라는 인도 신화 속의 뱀은, 몸이 너무 자라, 나중엔 이 우주에 빼곡차, 한치의 움직임도 이뤄낼 수가 없게 되면서부터, 입만 크게 벌리고, 뭐든 먹이가 제 발로 걸어들기만을 기다리는 수밖에 없이 되었더라고 이르잖습니까.

# 두 모태(母胎)의 자식

박상륭

　나의 어머니가, 몇 번씩이고 반복해 들려주었던 태몽(胎夢)에 의하면, 나는 두 개의 자궁(子宮)에 피맺혔던 자식이다. 나물을 캐러 산엘 갔었는데 어머니는, 목이 갈했고, 그래서 물을 찾아 헤매다 옹달샘을 하나 보게 되었더라고 했으며, 그 샘 속에는 그런데 달이 어려 있었더라고 했고, 그 물을 마셨더니, 거기 어렸던 달까지 목구멍으로 넘어가버렸더라고 했다. 뜻으로 보아 그것은 분명히 태몽이었던 것인데, "해를 치마폭에 받았다" 또는 "푸른 지렁이〔龍〕의 내방을 받았다"라는 투로 알려진 태몽들과 같이, 저것도 그런 흔한 것들 중의 하나인지 어떤지는, 견문의 좁음 탓에 알 수는 없으되, 어려서 나는, 달은 해의 똘마니〔衛星〕라는 새 지식에 기초해, 해가 달보다 더 위대하다고 여겨, 아무도 밤중에 나물을 캐러 산엘 가는 일이란 없으니 말이지만, 삼키려면 해를 그랬었을 일이었지, 어째 하필 달이었을까 보냐고, 할 수만 있었으면, 그 태몽을 수정 가필했으면 했었다. 했으나 나중에 나는, 이 태몽은 앞서 예든 것들과 달리, '씨 앗'에 관해서가 아니라, 준비되어 있는 씨앗이 심겨들 '밭'에 대한 것은 아닌가 하고, 그 '의미' 쪽을 수정하기에 이르렀다. 하나의 자 궁에 다른 자궁이 겹친 것이나 아닌가, 하는 그런 얘긴 것이다(이 '겹자궁子宮' 또는 '일양이음一陽二陰' 또는 '일음이양一陰二陽'에 관 해서는, 필자가 여러 군데에서 얘기해온 것이기도 하지만, 이런 어제語 祭에, 눈썹 뽑아 자칫 잘못 향좋을 삼으려 했다가는, 코에 누린내 맡은 이들이, 저 향로에다, 오줌이나 갈기고 뒤돌아서버릴 위험성도 있겠는 다). 허나, 얘기를 해가다 보면, 이 세상 태임 받은, 사람이라는 유 정치고 누구인들 그렇지 않은 자가 있겠느냐, 는 데로 꼬여들다 매 듭이 지어질 성싶으지만, 그렇게 되어 나는, 두 개의 자궁 속에 수 태되었던 핏덩이였다는 얘기를 아니 할 수가 없게 된 셈이다.

파드마삼바바(蓮花尊者)는, 송장을 퍼버리는 자리들을 떠돌며, 얻어지는 송장이 있으면, 그것을 뜯어먹어 연명하며, 구상(九想)이 며 무상(無常) 등을 관(觀)했던 스님이었댔다는데, 하루는 한 여자 의 송장이 버려졌던바, 존자가 발견했기에는, 그 송장의 자궁 속에 는, 임신되어졌던 핏덩이가 아직도 살아 꿈틀거리고 있다는 그것이 었다. 그것은 그에게 대자대비심을 발하게 했으므로, (여사여사한 군말을 다 줄이고 건너뛰어 말하면) 스스로 암호랑이로 둔갑하여, 그 핏덩이를 끄집어내 자기의 젖을 먹였다. 는 얘기가, 그의 전기 에 수록되어 있다. 그건 내겐, 여름 밤에 한 계집 별이, 강을 겨냥해 풍덩 쏟아낸 월후가, 강변에 누웠던 내게 덮어씌워지기 같은 것이 어서, 별은 무색(無色)했고, 나는 무렴했다. 세상은 썩는 비린내로 가득 차버렸는데, 그랬었을 것이 나는 저 죽은 어미의 뱃속에 맺혔 던 그 핏덩이의 얘기를, 다름아닌 바로 나 자신의 것인 것으로 받아 들이기 시작하여, 믿어버리기까지에 이른 것이다. 나의 어머니는

(당시의 연세로) 마흔다섯(은, 오늘날엔 환갑 나이에나 비교될 것이었는다)에 나를 낳고, 자기의 손주를 낳은 며느리와 함께, 산후 조리를 한다며, 같은 솥에서 끓인 미역국을 먹고 땀을 내다가, 그 땀이 채 식기도 전 환갑 해에 돌아가신 것인데, 우리네 선인들이 이해해온 '환갑(회갑)'이란, 시간의 원운동과의 관계에서, 출발했던 그 같은 시간 자리로 되돌아오기여서, 환갑 해에 죽기란 낳기가 죽기, 즉슨 출발이 회귀라는 것을 감안케 하는바, 그 자궁에 실렸던 핏덩이는 그렇다면, 태어났다는 헛소문만, 외로 꼰 금색에 고추 매달아 둔 채, 아직껏도 송장 속에서 제 발가락이나 빨고 있다는 얘기밖에, 달리는 무슨, 쑥 빠진 고, 고, 고끼요 소리를 만들 수도 없으렷는다. 에잇 쒀— 세상은 이렇게도, 썩는 비린내로 맵고, 아리고, 미끄덩이는구나. 그렇게 제 발가락 빨기로 그런데 나도, 덩달아, 짜거운 땀 매운 눈물 흘린다고 하다 보니, 이런, 히런순, 태어나보지도 못하고 환갑 해를 맞고 있는 중이라면, 나도 참 무색하다. 이러느라 하던 중, 귀를 기울이자니, 이런 자궁의 이름은 '축생도(畜生道)'라고 이른다는 소리도 듣게 되렸다. 거기서는 놈이, 끓림 탓에 발가락 빨기를 시작하면, 모태의 하복부를 찔러 불거진다.——발가락을 갖춰 계집의 하복부에 실렸던 놈치고, 후레자식 아닌 놈이 세상 어디에 있다더냐? 아하, 그러자니 공(公)은, 여자의 옆구리를 터 뚜벅뚜벅 걸어나온, 그런 출산에 관해 말이 하고 싶은 게군, 그런 게야.

중요한 문제는 그럼에도, 한 영아의 출산이, 생물학적 견지에서 어떻게 정의되는가, 그것은 아닌 듯하다. 앞서 '발가락 빨기'로 은유된, '자아(自我) 찾기'의 얘기가 그래서 비롯되는 것일 것이었다. 이 한 살의 뭉텅이는, 그러한 몸부림을 통해, 자궁/모태의 이월을 성취해내고 있는 것일 것인데, 이 새로운 모태의 세포는 '말〔言語〕'

로 조직되어 있다고 이른다. '말'도, 그것의 비화현, 또는 침묵의 국면에서는, 아직도 '송장'이다. 어미의 하문을 통해, 머리부터 내미는 영아의 출산은 그것을 받아줄 손의 기다림을 필수 조건으로 하는 것이라면, 이 새로운 종류의 출산은 발부터 나오는 것이 분명하다. 그러기 위해 그것은 먼저, 어미의 옆구리를 틀 것인데, 그래서라야만 그것은, 태어나오자마자 제 발로 서서, 제 머리를 받칠 수 있기 때문이다. 신화 따위로부터 배우기는 이렇게 태어난 생명의 죽음은 그럼에도, 다름아닌 바로 저 '발'에 휘감겨 있다고 한다. 코끼리는, 풀을 먹어 근력을 얻되, 그 같은 풀로 꼬여진 동아줄에 묶일 때, 근력을 잃는다고 하잖느냐. 말과 발의 운명은 프라브리티(爲, 動)인 것, 까닭에 거기 윤회의 고리가 걸고 든다. 자아의 발견이 있기 전까진, 주검 속에 회임만 되어 있던 것이, 거기를 벗어난다고 하자마자, 다른 죽음 속에 수태된다. 이런 '성배 탐색' 얘기는, 모순 당착이어서 헤어날 길 없는 험로로구나. 자아가, 자아의 족쇄인 것? 그것의 극복은 그러면 가능한가? 모르지, 모르되, 그것을 위해서는, 족쇄만 휑하게 남기든(자아를, 남김이 없이 깡그리 지워 없앴음?) 아니면 그것을 탁 끊어버리든(자아를, 남김이 없이 펴 늘였음?), 어쩌는 수밖엔 없을 터이다. 마는, 무슨 수로? 그러자 말똥풍뎅이 dung beetle가, 똥을 찔금찔금 갈기며 힘들게 뭉쳐놓은, 똥덩이 속에 심겨든, 말벌의 알(여기, '알'과 '숙주'라는 겹자궁의 비밀이 있어 뵌다)의 부화와, 성충되기의 과정이, 바르도의 풍경으로 나타나 보인다. 똥은 송장, 송장 속에서 움직임을 일으켜내어, 그 송장을 파먹고 자라, 말벌은 날아오른다.

'달'이, 풍요의 국면을 갖기도 한다는 의미에서, 말똥풍뎅이가 모아 둥글게 만든, 똥덩이(또한 풍요의 상징인 것)와 유사성을 갖는다는 것을 살펴내기란 어려운 일은 아닐 테다. 그것 속에다 알을 묻어놓는 말벌이 나타나기만 한다면, 저 달덩이는 그 즉시 자궁화한다는 것을 이해해내기도, 그러면 어려운 일은 아닐 테다.

장차 말벌이 될, 한 말벌의 알의, 날개에의 탐색의 얘기——그것이 또한 누구나의 나의 얘기였던 것도, 허긴 귀를 솔깃하게 하지 않는 것은 아닐 테다.

이것이다. 그리고 자신에 관해 무슨 얘기를 더 주억거릴 것인가.

티 베미——


보텔 말을 보태기에, 이처럼 좋은 자리도 마련되기가 쉽지 않다고 믿어 뭣 좀 보탰으면 하는 게 있다.

신들과 초인들과 저능한 자들은, 기저귀를 가려주는 손들이 없이는 서지를 못하는데, 신들이 찬 기저귀는, 그들이 입어지게 된 '이름'이며, 그래서 그 이름을 들어 그들을 돌보아주는 이들이 없으면 물밥도 얻지를 못하며, 초인은 어떤가 하면, 그를 재는 잣대가 다름 아닌 범인들이어서, 범인들이라는 기반 위에서만 그들은 서고, 그리고 저능한 자들에 관해서야, 그러나 뭘 말하랴? 헌데 나는, 아무리 콧대를 높이며 생각해보아도, 세번째 범주를 도저히 벗어날 수가 없는 자인데, 글꾼이라고 하며, 독자가 읽지도 않는, 읽을 수도 없어 불쾌한 느낌만을 주는 글을 썼다면, 이런 글꾼을 가리켜 뭐라고 해야겠는가. 그래도 오늘까지 어떻게 지탱해오긴 했는데,——그렇다, 이것이 내가 보태고 싶은 말이다——그것은 순전히, '문학과 지성사'의 전 사장이며 문학 비평가인 김병익씨의 기저귀 채워줌에 의존되어진 것이다. 이런 글꾼도 바깥거리에 저버리려 하잖은, 그의 손길은 한편에선 출판인으로서의 그리고 다른 편에선 비평가로서의 직무 유기를 하지 않으려 한, 대의 자체의 한 표현으로 믿겨진다. 나는 물론, 나 자신만을 주제로 한 작은 얘기만을 하고 있으되,

보다 광범위하게 본다면, 얘기는 훨씬 더 커짐에 분명하다. 그런 얘기는 그러나, 이런 조그만 자리에 넣기는 너무도 클 것이어서, 맞지 않을 터이다. 밝히고 싶은 것은, 그에 대해 내가 품어온 경애의 심도는 깊었으되, 나는 그것을 표현치 못해왔으며, 그러기는커녕 어쨌는가 하면, 재를 쥐어 뿌려왔거나 해왔을 뿐이라는 그런 것이다. 흔히 보는 풍경이 그렇잖은가, 저능아를 돌보아주는 바로 그 손은, 노상 그 아이로부터 할퀴거나, 토역에 덮이던 것. 그래도 김병익 전 사장은, 아픔을 겉으로 드러내거나, 내색이라도 해본 일은 없다. 그는 퇴임했으나, 이 의미는, 분망한 세사로부터의 그것이며, 실제에 있어서는, 보다 더 초월적 경지에로의 새로운 출가와도 같은 것인 것. 내 믿기에 그는, 거기서도 맑은 공기만을 숨쉬려 하지는 않을 것이며, 혼탁한, 오염된 공기를 쉬어드릴 것인데, 그리하여 내뱉는 숨은, 젖빛과도 같고, 달빛과도 같은 맑은 것일 것이다. 불순함들은 그렇게 정화되어, 세상을 숨쉴 만한 곳으로 만들 테다. 이제 채호기 시인이 —나는 나에 관한 작은 얘기만을 할 수 있을 뿐인데— 이런 별수없는 작가를 보살피는 일을 떠맡았다. 읽히지 않는 글꾼의 『깊이 읽기』의 출판은, 그것말고 무엇이겠는가. 이런 용단을 내릴 수 있었던 것은, 그가 시인이었기 때문이 아니었겠는가, 그런 생각을 해보게 한다. 나의 어쭙잖은 눈으로 건너다보아 알았기에 그는, 삶 속에서, 하루에도 무수히 죽었다 다시 태어나고 죽는, '미람바르도'(살 입고 지나는, 세 바르도 중 '꿈 바르도')에 처한 유정들의 환생의 비밀을, 문학의 영역에서 확연하게 들여다본, 언어의 한 사제(司祭)인 것이다.

'문학과지성사'의 일익 번영을 빌되, 크게 비는 바인데, 이런 출판사를 따뜻하게 보살피는 손은 이제는 독자들이다.

끝으로, 이 묶음(『깊이 읽기』)을 위해 기고해주신 필자분들께는,

따로 일일이 찾아뵈려는 것이 나의 바람인데, 그건, 이런 어쭙잖은
글꾼이 뭘 해놓았다고 해서가 아니라, 뭔가를 해보려는, 나름대로
의 신실한 노력을 해보였다는 그 점에 그들이, 애정을 갖고 있었다
는 것을 알기 때문이다.

# 말씀의 우주에서 마음의 우주로의 편력

김명신

## 1. '어머니 콤플렉스'의 문학적 구현

박상룡은 그의 뛰어난 작가적 역량과, 한국 문학사에서 차지하는 독보적 위치와 작가적 개성, 그리고 그가 거둔 놀라운 문학적 성과에도 불구하고 우리에게 아주 낯설고, '잘 모름'에서 기인한 다소 신비감을 주는 소설가였다. 여기에서 '낯섦'이라고 한 것은 '일반 독자'라는 비전문적인 대중적 독자뿐만 아니라 비평을 업으로 하는 사람들까지도 포함해서인데, 이런 현상은 그가 캐나다의 밴쿠버에 30년이 가까워오도록 머물고 있기 때문이기도 했지만, 다른 작가들에게는 그리도 흔한 그에 관한 이력이나 자신이 쓴 자전적인 글 한 조각 제대로 없었기 때문이기도 했다.[1]

더구나 그의 작품에는 작가의 원체험이라고 유추할 수 있는 자전

---

1) 이문구가 1975년 5월에 쓴 「박상룡, 그는 어떤 사람인가」(『한국문학』, 1975년 5월)가 박상룡의 삶의 이력에 관한 유일한 글인데 이것은 '1975'년까지의 박상룡에 관한 글이다. 작품론의 형태로는 박상룡 자신이 『열명길』 후기에 쓴 작가 노트가 있다.

적인 내용들은 거의 기술되어 있지 않고 있기 때문에 작가에 대한 섣부른 판단이나 유추는 위험한(?) 것이어서 직접 작가에게 설문의 형태로 물어보는 수밖에 별도리가 없었다. 태평양을 사이에 두고 의사소통의 가장 고전적인 방식인 서신을 주고받기는 했지만 박상륭은 그 자신의 삶의 이력, 그의 말대로 하자면 "육신적 삶으로서의 족적(足蹟)"에 대해서 언급하기를, 그리하여 50여 년의 세월을 거슬러 올라가서 되살아보게 될 그 과정에 대해 말하기를 무척 곤혹스러워했고 심지어는 고통스럽게 생각하는 듯했다.

비록 작가가 자신의 문학과 삶에 대해 진술하기를 꺼려함으로써 내가 알기를 원하는 많은 부분들에 대해 그에게서 회답은 받아낼 수 없었지만,[2] 박상륭이란 작가를 '안다'고 하는 것은 결국 그가 쓴 작품 속에 녹아 있는 그의 정신과 사유의 핵들을 앎으로써 가능하다는 점에서, 작품의 면밀한 검토를 통해서 진정 그를 알게 될 수 있으리라는 또 다른 희망을 애써 가져보았다.

그러나 무엇보다도 작가가 자신의 내부에 도사리고 있는, 자신도 쉽게 설명해내거나 규정할 수 없는 어떤 세월의 앙금, 한의 앙금 같은 것, 그리고 자신을 추동하는 그 어떤 힘의 실체를 그 어떤 독자보다도 더 궁금해할 것이라는 점에서, 작가 박상륭과의 진정한 만남은 작품을 통한 정공법만이 필요하리라는 결론에 도달하게 되었다.

그는 1940년 8월 26일 전북 장수군 장수면 노곡리에서 부친 박봉환(朴鳳煥)씨와 모친 최달대(崔達大)씨 사이에서 9남매의 막내로 출생하였다. 9남매라고는 하지만 박상륭의 바로 위의 형은 네 살 때 죽었기 때문에 실제로는 8남매였다. 박상륭이 태어났을 때 모친의 나이가

---

2) A4 용지 네 장에 해당하는 설문지를 작가에게 보냈지만, 그에게서 받은 회신은 문학에서의 '대중적 독자'의 문제와, 『칠조어론』의 문장에 대한 두 가지 답변에 불과했다. 그는 자신의 가족사 등과 같은 작품 외적인 것들에 대해 답하기를 매우 꺼려했고, 작품에 대한 대부분의 질문들에서도 답을 피했다.

45세인데 이 사실, 즉 '늙은 어머니로부터 태임받았다'는 사실은 그에게 '산 삶에 대한 수치 콤플렉스'를 갖게 한다. 그것은 어머니 콤플렉스의 한 변용으로서, 박상륭의 소설, 저 깊이를 알 수 없는 그곳에 똬리를 틀고 앉아 소설 구조화의 핵심적 추동력으로 작용하게 한다.

　제가 아마, 장편을 쓰기 시작했었을 그때부터가 아니었나 하고 추측하는데, 그때 저는, 하나의 출가(出家)를 단행했었습니다. 저 스스로, 하나의 중[僧]을 꾸미기 시작했었더라는 말씀이지요. 이 돌팔이 중은 그러면, 대체 어느 종파에 속하느냐고 묻는 자가 있다면, 그렇지 않아도, 불머슴 구하기가 어렵던 차에, 저는 그를 저의 불머슴으로 만들고 싶어함에 분명합니다. 어제의 삶의 수치——비린내 나는, 미끄덩거리는, 흐린, 누런, 양수(羊水) 속에 담겨, 새끼 하마 꼴로, 그것 마시느라 전신을 떨기, 의 수치, 아무런 즐거움도, 영광도, 내일에 대한 희망도 없이, 홍진 속에 무릎을 꿇고, 삶을 구걸하기, 의 수치, [……] 이런 따위로, 수치의 고통으로 늙어가는 한 글꾼이, 뭐든 '문학'이라는 것을 해본다고 했다면, 그것은 다름아닌, 저 콤플렉스를 극복하기 위한, 몸서리쳐지는 한 몸부림의 표현이었을 것을 분석해내기는 어렵지 않을 것인데, 저 콤플렉스라는 것은, 어떻게 뒤집으면, 곧 바로 종교적 콤플렉스였던 것이기도 하여, 제가 '해본다고 했던 문학'이, 별수없이 종교적으로 기울 수밖에 없었다는 것은, 어렵잖게 분석되어질 것입니다.
(1997년 7월 13일자 서신에서)

박상륭의 집안은 일제 시대부터 장수에서 대농가였지만 8남매나 되는 자녀들을 전주 등지로 보내 교육시키면서 점차로 가세가 기울어간다. 노동과는 무관한 유복한 시절, 박상륭은 책과 더불어 유년기와 초년기를 보내게 된다. 대대로 내려오는 유교적 전통 속에서 한학을 한 부친에게 박상륭은 기초적 형태이긴 하지만 자연스레 동양학에 관한 것을 배우게 된다. 부친은 그를 막둥이 겸 손자 겸 무릎 위에 올려놓고 두보의 시를 읽어주거나 혹은 옛날이야기를 들려주곤 하였다. 이렇게 부친과 모친의 사랑을 극진히 받으며 자란 박상륭이 어려서부터 몸이 약하여 잔병치레를 많이 하였으니——참고로, 그는 몸이 약해 군대를 가지 못했다——막내로 태어난 어린 자식에 대한 부모의 사랑과 애정이 어떠했을지 가히 짐작이 간다.

1953년 장수초등학교를 40회로 졸업한 박상륭은 그 해 4월 장수중학교에 입학하고 1956년 졸업을 하게 된다. 중학교 시절의 기록을 보면 졸업 후의 상황에 대해 "가정 환경으로 인하여 전주 진학이 불능"하여 "장수농고에 올 뜻"이라고 씌어 있는 것을 보면 이 당시 이미 가정 형편이 꽤 어려워졌던 것으로 보인다. 졸업하던 해인 17세 때 모친이 61세의 나이에 심장 마비로 사망하면서 박상륭은 정신적으로 엄청난 충격을 받게 된다.

어머니에 대해 박상륭이 술회하고 있는 부분[3]을 보면 박상륭은 건강이 안 좋아 앓아 누워계시곤 하던 어머니가 돌아가실까봐 항상 걱정스런 유년 시절을 보냈다고 한다. 그리하여 그는 모친이 죽으면 어쩌나 하는 죽음에 대한 두려움과 늘 맞대어 살았다고 술회하고 있다. 45세에 박상륭을 낳은 허리 굽고 촌노인인 어머니가 거무스레하게 탄 얼굴로 학교에 오면 박상륭은 부끄러워 숨곤 했는데, 그래도 그는 집에만 가면 늘 어머니 치마꼬리를 붙들곤 했다고 한다. '문학에 병 들어 있던' 형님들과 누이들로 인해 모이면 문학 이야기를 하곤 했던, 문학이 결코 낯설지 않았던 환경에서 박상륭의 문학에 대한 집념은 시작되었다. 아주 어려서부터 죽음의 공포를 대면해왔던 박상륭은 어머니의 죽음과 함께 고향을 등지게 된다. 그에게 어머니는 평생 끊어야 할 집착의 끈이었던 것이다.

이러한 모친에 대한 집착과 '어머니 콤플렉스'에서 벗어나고자 하

---

3) 성민엽과의 대담을 정리한 글인 「색에서 공으로」(『문학과사회』, 1993년 가을호)와 EBS에서 제작한 「문학 기행」(1997년 2월 26일 방영) '박상륭편'에 나와 있다.

는 몸부림이 그의 작품 창작에 대한 투혼으로 연결되어, 대중에게 크게 주목받지 못한 상황에서도 그로 하여금 1960년대 이후 지금에 이르기까지 글쓰기를 계속하게 한 원동력이 되고 있는 것이다.

중학교 시절의 일들 가운데 주목해야 할 사항이 있다면, 그가 500여 편이나 되는 '시작(詩作)'을 했다는 사실이다. 학창 시절 '시작'을 했던 경험은 그에게 문장의 기본기를 다지는 훈련이 되었다. 나중에 그가 소설로 장르를 바꾸게 된 것은, 시를 써 가지고는 생계를 유지하기가 어려웠던, 그 당시 우리 문단의 열악한 풍토에서 기인한 것이었다.

박상륭은 1959년 장수농고를 1회로 졸업한다. 그는 고교 시절에도 계속 시작과 독서에 몰두하며 문예부에서 활동하였고 '위대한 문학가'가 되기를 희망하였다. 고등학교 시절의 그는 '지도적 인물이고 장래가 촉망되는 모범적 인물이었으나 자존심이 매우 강한' 것으로 나타나 있다. 이러한 성격은 나중에 성인이 되어서도 잘 드러나고 있다. 그에게는 고 김현과 이문구 외에는 특별히 교우하는 문인이 없었다. 그의 정신적 후원자였던 고 김현의 표현(『김현 문학 전집』 13권 3부의 「박상륭이란 놈」)에 의하면 "그는 항상 막걸리 한 되와 이문구와 낙지를 먹는다"라고 하여 "이문구라는 친구밖에 친구다운 친구가 없었다"라고 말할 정도다.

1961년 그는 서라벌예대 문창과에 입학한다. 이문구는 회고하기를[4] 소설 합평회 때 박상륭이 말하는 "세계 내의 존재"가 어려워 다들 폭소를 터트린 적이 있는데 박상륭은 자존심과 고집이 대단했고 그만큼 자기 자신에 대해서 당당하며 "자기 존재를 분명히한 작가"였다고 회고하고 있다. 이때 이미 그가 자신의 철학적·종교적 사유의 기반을 다지기 위한 독서에 매우 열중했음을 알 수 있는 대목이다.

박상륭은 1963년 24세 때 『사상계』에 「아겔다마」가 입상하여 등단하게 되고, 이어서 「장끼전」(1964년 11월), 「강남견문록」(1965년 5월)

---

4) EBS 「문학 기행」에서 회고하고 있다.

등을 발표한다. 그리고 1965년 4월 10일에 그는 서라벌예대 문창과 동기생인 배유자(裵裕子)씨와 결혼을 하게 된다. 이문구에 의하면 박상륭은 1965년에 경희대 정외과에 편입하였다가 휴학한 상태로 금호동에 살림집을 차려놓고, 대현동에 살면서 막노동 등 공사판을 전전하던 자신과 매일 만나서 술을 마시며 이야기를 나누었다고 기술하고 있다.[5]

이 시기가 박상륭에게 무엇보다 중요한 것은 그가 이때 독서에 몰두하여 사서삼경 · 신구약 성경 · 팔만대장경 등을 탐독하고 그의 소설의 기조를 이루는 종교와 신화의 세계에 대한 이론적 전거를 마련하는 귀중한 시기로 삼고 있다는 데 있다. 그의 독서량은 엄청난 것으로 알려져 있는데, 그는 종교 · 신화 · 무속 등의 다양한 분야에 관한 서적들을 탐독하였고, 캐나다에 이민 간 후에는 영역판 코란과 아프리카 신화의 연구에 몰두하였다고 한다. 이처럼 다방면에 걸친 연구 및 탐독을 젊은 시절부터 그는 끈기 있고 일관되게 해오고 있었던 것이다. 『죽음의 한 연구』와 그리고 특히 『칠조어론』에는 수많은 각주들이 기술되어 있으며, 일반 독자들에게는 생경하고도 난해한 개념들과 어휘들이 무진장 쏟아져나오고 있는데, 그것이 그냥 나온 것이 아님을 알 수 있다. 생존조차 버거운 어려운 상황에서도 평생을 '죽음'과 '재생'이라는 한 주제를 끈기 있게 파고듦으로써, 박상륭은 결국 『죽음의 한 연구』와 『칠조어론』이라는 두 대작을 세상에 내놓게 되었다는 것을 알 수 있다.

박상륭은 1967년 당시 어려운 지경에 처한 '사상계'사에 들어갔다가, '사상계'사가 정상화되면서 문예 담당 기자로 정식 활동을 하게 된다. 그의 아내는 간호사로서, 1959년부터 국립 의료원에서 근무하다가, 1968년 9월 밴쿠버로 취업 이민을 떠나 밴쿠버 종합 병원 Vancouver General Hospital에서 1977년 8월 18일 사직할 때까지 9년

---

5) 이 부분은 이문구가 쓴 「박상륭, 그는 어떤 사람인가」에 잘 나와 있다.

간 근무하게 된다. 그뒤 1969년 3월 21일 박상륭은 6개월 먼저 떠난 아내를 따라 캐나다로 간다.

이즈음에 발표한 작품들을 보면 「뙤약볕」(1966년 10월), 「하원갑 섣달그믐」(1967년 2월)」, 「시인 일가네 겨울」(1967년 4월), 「쿠마장(場)」(1967년 9월), 「열명길」(1967년 9월), 「산동장」(1968년 1월), 「나무의 마을」(1968년 12월), 「자정녀(子正女)」(1969년 1월), 「산남장(山南場)」(1969년 1월), 「경외전(經外典) 세 편」(1969년 2월) 등이 있다. 그는 원고를 주로 그의 유일한 지우인 이문구 편에 보내왔는데, 「남도」(1969년 11월), 「7일과 꿰미」, 「천야일화」(1970년 1월), 「세 변조」(1970년 5월), 「늙은 것은 죽었네라우」(1970년 6월), 「늙은 개」(1971년 3월), 「최판관」(1971년 6, 7월), 「산북장」(1971년 12월), 「숙주」(1972년 7월), 「심청이」(1973년 2월), 「왕모전」(1973년 4월) 등을 계속해서 발표하게 된다.

1970년 9월 비로소 큰딸인 크리스티나Christina가 출생한다.

1971년 8월에는 『박상륭 소설집』 1을 민음사에서 간행하고, 1973년에는 『열명길』을 삼성출판사에서 간행한다. 그리고 1973년 8월에 이미 탈고되어 있었던 『죽음의 한 연구』를 들고, 출판하기 위해 1974년 10월 9일 그는 일시 귀국하게 된다. 그리하여 이 장편의 출판과 관련된 일들을 이문구가 맡아 1975년 3월 드디어 한국문학사에서 간행한다. 3년여 매달린 끝에 출간되었으나 별다른 빛을 보지 못하던 『죽음의 한 연구』는 1986년 문학과지성사를 통해서 재출간하게 되는데, 이때 중단편집 『열명길』도 함께 다시 세상에 나오게 된다.

『죽음의 한 연구』 출판차 한국을 방문한 직후에 집필을 시작했던 『칠조어론(七祖語論)』은 1990년에 그 첫 권이 나오기까지 17여 년의 세월을 기다려서야 빛을 보게 된다. 이 17여 년, 그 오랜 세월 동안, 오로지 그는 『칠조어론』을 출산하기 위해 고군분투하며 고혈을 짜내고 있었던 것이다. 그리고 나서야 대작인 『칠조어론』은 나올 수 있었다.

다분히 다작을 문학적 업적으로 보려고 하고, 고갈된 소재와 지쳐 버린 작가 의식이 역사소설 등으로 퇴행하며 자기 자리를 찾아나가 는 데 급급한 현실에서, 그리하여 깊이 있는 천착을 하기엔 사유의 밑바닥이 말라버린 물량주의가 판을 치는 우리 문단의 상황에서, 박 상륭의 작품에 임하는 자세와 정신은 전례가 없는 일이었다. 그 흔한 연재의 과정을 통한 단행본 출간이 아니라, 그는 전작 장편의 형태로 작품을 내놓았다.

그는 『죽음의 한 연구』를 탈고하기까지 7, 8번 정도의 가필과 수정 을 했다고 한다. 이때의 수정이라는 것은 부분적인 것이 아니라, 작 품 전체를 통틀어서 처음부터 원고지에 다시 고쳐 쓰기를 그렇게 했 다고 하니, 그 집요한 장인 정신과 집념을 가히 짐작하고도 남음이 있다 하겠다. 이것은 『칠조어론』의 경우도 마찬가지다. 이러한 박상 륭의 글쓰기 방식과 자세는 수많은 문학 청년들에게 하나의 전범이 되지 않을 수 없을 것이다.

둘째딸 온디누Ondinu가 1974년 7월, 셋째딸 오거스틴Augustine이 1977년 8월에 출생한다. 1982년 3월에는 서점 'READER'S RETREAT BOOKSTORE'를 인수하여 운영하다가 1992년 11월 서점 문을 닫는 다. 박상륭은 『죽음의 한 연구』 출판차 고국에 왔던 이후로 17년여 만인 1993년 5월에 한 달여 간 고국을 방문한다.

그리고 1990년에 그 첫 권이 나온 『칠조어론』은 1991, 1992, 1994 년도에 걸쳐 3부 4권으로 완성된다. 그외, 1994년 6월에서 10월까지 『월간 에세이』에 「산해기(山海記)」를 발표하였고, 그 뒤 『문학동네』 로 지면을 옮겨 「산해기」를 현재 연재하고 있다. 『문학동네』에서 1994년 겨울부터 1996년 여름까지 「동화 한 자리」라는 부제로 산문 을, 1995년 겨울에 『창작과비평』에서 「로이가 산 한 삶」을, 1997년 3 월에는 『현대문학』에 중편 「왈튼 씨 부인이 죽은 한 죽음」을, 6월에 는 「미스 앤더슨이 날려보낸 한 날음——세상 얘기 한 자리」를 발표 하는 등, 1994년 12월부터 'NORTHSHORE BOOKSTORE'를 운영하면

서 집필에 몰두하고 있다.[6]

## 2. 박상륭 사유의 원형질
### ──상극적(相剋的) 질서 안에서 생명에 대한 탐구

　박상륭의 작품 세계는 크게 1960년대의 단편들과, 1975년도에 발간된 장편『죽음의 한 연구』, 그리고『죽음의 한 연구』의 속편이라 할 수 있는 1990년대의『칠조어론』의 세 단계로 나눌 수 있겠다.

　중 · 단편소설들은 1963년부터 1975년『죽음의 한 연구』가 나오기 이전까지 30편 정도가 발표되었다. 이 중에 중편 분량의 작품이 「유리장」「7일과 꿰미」「열명길」「숙주(宿主)」등이다. 특징적인 것은 그가 연작(連作) 형태로 작품을 쓴다는 것이다. 이를테면 「뙤약볕」 연작과 「남도」 연작 등이 그것인데, 장타령 시리즈인 각설이 연작은 『죽음의 한 연구』와『칠조어론』까지도 포괄하는 것이다.『칠조어론』과『죽음의 한 연구』가 각설이 연작 형식 안에 포괄된다는 점과, 작가가 형상화한 '죽음'과 '재생'의 주제 의식을 염두에 두었을 때, 그는 평생 한 작품을 쓰기 위해 그 긴 문학적 편력의 길을 걸어왔는지도 모른다.

　1963년 단편 「아겔다마」에서 발원하여『죽음의 한 연구』에서 절정을 이루는 박상륭 소설은 기독교적인 사유 체계를 그 뿌리에 두고 있다. 특히 단편소설들에서 그 경향은 매우 강렬하고 직접적인 것으로서, 그의 작품은 기독교적 메시아가 함의하는 구원에 대한 열망을 근

---

6) 박상륭의 근황에 대한 내용은 이 글을 쓴 1997년 여름의 상황이다. 지금, 그는 집과 서점을 처분하고 부인과 함께 영구 귀국하여 광화문의 한 아파트에 칩거하면서 작품 활동을 하고 있다. 그는 귀국한 이후 그 동안 발표했던 글들을 묶어 소설집『평심』과 에세이집인『산해기』를 출간하였다. 그리고 1999년 4월에는 예술의 전당에서 '박상륭 문학제'가 열렸다.

원으로 하고 있는데, 『죽음의 한 연구』에서는 작가 자신의 기독교적 사유 체계를 완성시키면서, 한편으로는 불교의 한 갈래인 밀교적 정신 세계를 작품의 근간으로 삼고 있다. 이 밀교적 경향은 『칠조어론』에서 더 강화되어 기독교적 사유는 지양되고 선불교적 사유가 기저를 이루게 된다. 기독교에서 라마교로 다시 선불교로 그의 종교적 사유의 핵이 변모하게 되는 것이다.[7] 비유와 알레고리로 가득한 박상륭 소설의 주인공들은 신화적 공간과 시간 안에서 세계의 본질과 구원의 해법을 찾기 위해 여정을 떠난다.

이런 점에서 박상륭 소설은 형이상학적 종교소설의 형태를 띠게 됨으로써 필연적으로 난해할 수밖에 없고, 이 점이 그의 작품에 대한 이해를 어렵게 하고 있다. 이 난해성은 작품의 독자층을 어디에 둘 것인지의 문제와 유기적 연관성을 갖는다.

다음은, 필자가 설문으로 작성하여 보냈던 숱한 물음들 중에, 작가가 가장 관심을 표명하였던, '대중과 유리된 문학이 존립할 수 있는가'라는 물음에 그가 답한 내용으로, 작가의 문학관을 짐작하게 한다.

저에게 믿겨지기엔, 이 세상엔 그렇게나 많은 주제들이 있어 보임에도, 종합하고 분석하고 다시 종합해본다면, 많이도 말고, 두 종류에로 집약된다고 해옵니다. 그 하나는, 땅과 관계된 것으로서, 투박하게 말씀드리면, 어떻게 하면 세상을, 보다 밝게 할 수 있을 것인가이며, 다른 하나는, 하늘과 관계된 것으로서, 다시 투박하게 말씀드리면, 어떻게 하면, '죽음'이라는 비극에 맞선 유정을, 그 비극으로부터 구원할 수 있을 것인가라는 것입니다. 전자는, 제가 여기서 저기서, 주목해주

---

7) 박상륭은 자신의 정신적 스승은 11세기 선사인 밀라레파와 그리고 『티베트 사자의 서』를 남긴 파드마삼바바라고 밝히고 있다(필자와의 개인적 서신[1997년 7월 18일자]과 성민엽과의 대담 「색에서 공으로」에서 밝히고 있다). 여기서 사유의 핵이 변모한다고 했지만, 그 변모는 기본적으로 기독교를 근간으로 하고 있다는 것을 지적하고 싶다. 박상륭 사유의 구심력은 기독교인 것이다.

기를 바라, 육성을 다해 부르짖었던 (셋의 우주와 관련된 것으로서,) 그 구분대로 따른다면, '몸과 말씀의 우주'의 주제며, 후자는, '말씀과 마음의 우주'의 주제인 것은 자명할 터입니다. 그런데, 전자를 후자와, 후자를 전자와 맞선 자리(동궤)에 놓고 보려 하면, 그때 우리들의 이 해력에다 혼란을 야기하게 됨은 분명할 터입니다. 〔……〕 '대중과 유리된 문학이 존립할 수 있는가?'와 같은, 어떤 부분은, 약간 혼란을 겪고 있어 보이는바, 그런 경우, 그런 혼란은 어떻게 하면 극복되어질 수 있는지를, 한번 실험해보이고 싶어 그럽니다. (그렇다고 하여, 제가 지금, 별로 써먹지 못하게도, 하나의 설교자의 꼴을 꾸미려 하게는 되어 있지 않다는 것을, 잊고 있는 것은 아닙니다.) 그럴 때, 저의 믿음엔, 이 세상은, '셋의 우주(삼세三世를 휩싸 있는 한 세계를 이룰 때, 저는 '우주'라는 어휘를 써옵니다)'에 의해, 그것도 상극적으로 질서 체계를 이루고 있다는 것을('몸의 우주' '말씀의 우주' '마음의 우주') 염두하시는 것이 필요하다고 여깁니다. 그래서는, 자기가 취급하고 있는 바의 그 주제가, 이런 때는 그러면, 어디에 소속되는 것인가를 가름해보아야 되는데, 그렇다면, 김선생께서 정의(情誼)를 가지고 다름아닌 '몸과 말씀의 우주,' 어쩌면 보다 더 '몸의 우주'에 던지는 것이라는 것을 알게 됨에 분명합니다. 물론 그러함에도, 선사(禪寺)에도, 한켠에는, 자그마한 '칠성각(七星閣)'이 있어오는 것을, 그리고 있어야 하는 까닭을, 저도 모르거나, 잊고 있는 것은 아닙니다. 그럼에도, 모든 사색하는 이들이, 또 예술가들이, 또는 땅을 밝히겠다는 이들이, 모두 저런 식으로, '대중'을 이해하고, 의식해왔기라도 했다면, 선사의 '대웅전'은, 오래오래 전에 '칠성각'으로 바뀌어져버렸을 것이었습니다. 오는 세상을 운영하려는, 모든 메시아 콤플렉스를 가진 이들은, '대중'이라는, 하나의 실(實)한 환상(幻想)을 깨는 일부터 성공시키는 일이 권고될 터입니다. 우리는 분명히, 두번째 천년의 섣달그믐이 불어오는, 불길한 황진에 당하고 있음에 분명하여, 신이나, 전능자의 모습을 꾸며서는 안 될 것이. 예를 들면 '대중' 같은 것이. 신이나 전능

50

자의 모습을 꾸며 나타나, 모든 '개아(個我)'들을 냉큼냉큼 집어삼키고 있어 보이는데, 세계는 그럼에도, '대중'에 의해 그 진로가 바뀌기도, 좋아지거나 나빠지기도 하는 것이 아니며, 그 실은, 그 '대중'의 그늘의 무게에 깔려 있는 듯한, 몇 안 되는 지적 정예들에 의해, 바뀌기도, 좋아지거나 나빠지기도 한다는 것을 기억해두신다면, '대중'이란, 그것의 훈률을 벗어나지 못한 자들의 알맹이 없는 환상, 다시 말하면, 역사라는 큰물의 물결에서 이뤄졌다 스러졌다 이뤄지는 포말과 같은 것보다 더 실함이 없다고 알게 될 것입니다. 역사라는 저 큰 흐름 자체는 그러면, 누구들에 의해 이뤄진 것인가라는 의문은 금방 뒤따르게 될 것입니다만, 그것을 이룬 것은, 그 시대 시대를 살고 간 사람들이지, 꼭히 '대중'이어야 할 까닭은 없다라는 대답 또한 뒤따르게 될 것은 뻔합니다. 이러자, '그 시대를 살고 간 사람들'과 '대중' 사이에, 어디선지 엇물린 자리가 있어 보이는 데가 나타나 보입니다. 그러나 저는, 이런 자리에서, 제가 이해하고 있는 '대중'에 관해, 장광설을 펴려 하지는 말아야 한다는 것을 잘 알고 있습니다. 요컨대, '대중과 유리된 문학이 존립할 수 있는가?'라는 설문은, 이렇게 되어, 이 자리에서 다시 고려해본다면, '충분히 이해력을 계발하지 못한 다수의 독자들과 유리된 문학이 존립할 수 있는가?'라는 식으로 번안이 된 것을 알게 됩니다. 이런 자리엔 그렇다면 문학적 메시아의 출현이 매우 갈급하게 기대되어집니다. (1997년 7월 14일자 서신에서)

박상륭 문학에서 구조화된 그의 사변의 장은 방대하여, 우리가 그의 작품을 제대로 독해해내기에는 상당한 어려움이 따른다. 더구나 그 내용과 더불어 박상륭식의 개성 있고 독특한 문장은 전통적 소설 문법에 익숙해진 독자들을 당혹스럽게 하기에 충분하기 때문에 더욱 그렇다. 독해의 어려움에도 불구하고, 박상륭 소설, 특히 1960년대 작품 세계에서 찾을 수 있는 공분모는 메시아 콤플렉스라고 할 수 있다. 메시아 콤플렉스라는 것은 기독교적 사유 체계에 뿌리를 두고 있는 것으로, 작가가 현실과 이상 사이의 괴리에서 오는 깊은 절망감을 문학으로 승화시켜, 인간의 구원 문제를 탐색해나가면서 자연적으로 갈망하게 되었다고 볼 수 있다. 물론 이때의 사유는 기독교적 자장 (磁場) 안에서의 사유이면서 정통 기독교에서 행해지는 관점과는 사뭇 다른 입장,[8] 오히려 이단적이라 할 만한 위험한(?) 요소들로 채워져 있다. 여기에서 지적해야 할 사항은 비록 기독교적 사유가 주조를 이루고 있지만, 여기서 기독교적 사유라는 것은 단선적인 서구적 의미에서의 기독교가 아니라, 박상륭식으로 변용을 겪은 기독교적 사유라는 것이다. 주요 모티프가 기독교일 뿐 그 내용을 이루고 있는 것은 이미 질적인 변환 과정을 겪은, 말하자면 문학적 형상화라는 과정을 통해 연금술적인 변환 과정을 겪은 것들이라는 것을 밝혀야 할 것이다

박상륭 소설은 '죽음'과 '재생'이란 그의 지속적인 주제 의식을 설명해내기 위해 상극적 두 요소인 '살욕'과 '성욕'이란 모티프를 사용하고 있다. 삶을 위해서 죽음은 필연적이며 죽음을 통해서만이 삶은 가능하다. 그는 남녀의 성교 속에서 한 우주를 보고 한 죽음과 삶을 보고 있는데 이것은 조르주 바타유가 에로티즘을 "죽음까지 파고드는 삶"[9]이라고 표현한 것과도 연관이 있다. 이러한 상극적 질서 안에서의 생명성 탐구는 그의 작품 안에서 빈번하게 등장하여 작품의 주요 골격을 형성하고 있는 '기이한 정사'와, 다소 이해가 안 되는 '살해' 장면에서 드러난다. 이것은 박상륭이 그의 장편『죽음의 한 연구』

---

8) 박상륭 소설에는 연금술적인 세계관이 상당 부분 투영되어 있다. 그것은 단순한 언술의 측면에서만 아니라 서구 기독교 중에서 영지주의라고 알려진 그노시스파의 세계관과 유사한 면이 많이 있다. 루터는 연금술을 옹호하는 입장이기도 했는데 그노시스교도에 속한 연금술사들은 화학 작용들의 설명에 있어서 그노시스교의 용어로 표현하였다. 초기 기독교와 연금술은 상당히 밀접한 관계를 갖고 있었고 연금술과 기독교의 갈등이 심해지면서 그노시스파는 이단으로서 규정된다(앨더슨 쿠더트, 박진희 역, 『연금술 이야기』, 민음사, 1995, pp. 34~35, 160).

9) 조르주 바타유, 조한경 역, 『에로티즘』(민음사, 1993), 서문 참조.

(p. 420)에서 "성교란 하나의 명상법이며 우주를 이해하기 위한 수단으로 놓여진 것"이고, 성교가 "죽음의 한 연구"를 위한 한 방법이 될 수 있다고 말하는 데서 절정을 이루고 있다. 따라서 장편 『죽음의 한 연구』에 나오는 '구도적 살해'라고 불려지는 것들에 대해 독자가 갖게 되는 의문은, 그러므로, 박상륭 소설이 내포하고 있는 의미를 체득할 때 풀릴 수가 있는 것이다.

## 3. 「아겔다마」와 박상륭의 1960년대 단편들

박상륭의 1960년대 소설을 관통하는 주제 의식은 메시아 콤플렉스의 구현이며, 그 안에는 대지적 생명력을 염원하는 생명 사상이 흐르고 있다. 여기에서 메시아 콤플렉스라는 것은 긍정적인 개념과 부정적인 개념 모두를 포괄한다. 긍정적이라고 한 것은, 박상륭 소설이 구원에 대한 갈망을 구조화하고 있다는 점에서, 부정적이라고 한 것은, 구원을 초월적 절대자에의 전격적 의존으로 해석함으로써 메시아 콤플렉스가 이분법적 세계관에 의거하고 있다는 점에서다.[10]

박상륭 소설은 메시아 콤플렉스와 대지적 생명력이라는 다소 이질적인 원리의 중층적인 구조로 이뤄져 있다. 박상륭은 이 이질적으로 보이는 원리들을 연금술적 세계 안에서 융합·용해해내고 있다. 대지적 생명력은 죽음과 재생의 식물적 순환과 회귀라는, 그의 초기 소설들을 특징짓는 요소다. 이처럼 이질적 두 원리인 메시아 콤플렉스와 대지적 생명력은 이 '죽음'과 '재생'의 테마 안에서 결합되고 있다.

이후의 작품에서 메시아 콤플렉스는 인물이 득도를 위한 긴 여정

---

10) 이 점에서 초기 박상륭의 기독교 이해는 보수적이고 기복적인 신앙에 대한 이해를 바탕으로 한 매우 협소한 차원에 머물고 있다.

을 통해 스스로 자신의 인신(人神)됨을 구현하는 것으로 변모한다. 스스로 '인신'을 구현하는 것은 연금술적 세계에서 '신성(神性)'의 회복과 연관이 있다. 선/악, 하늘/땅 등의 이분법적 세계관 속에서 갈등하고 번뇌하던 인물은, 소설이 장편으로 전이되어가면서, 외부로부터 주어지는 희망과 구원의 원리로부터, 자기 안에서의 상호 모순된 원리들의 통합화 과정을 거쳐 새로운 생명 원리 안에서 구원의 희망을 역설하는 인물로 변모해간다.

첫 작품 「아겔다마」는 의식적인 전개가 약간 부자연스럽고 경직된 느낌을 주지만, 박상륭 소설의 주요 모티프가 잘 드러나 있는 작품이다. 특이한 시공간의 설정, 죽음, 성의 가학적 탐닉, 광기 등을 바탕으로 기독교 성서를 패러디함으로써 구원의 갈망이라는 인간의 본원적 욕망의 원형을 추구하고 있다.

폐쇄된 공간 안에서 '늙은 노파'와 '젊은 사내'가 등장하는 이 소설은 그 이후 그의 소설에 등장하는 인물의 유형성, '노파'와 '젊은 사내'라는 '노(老)/소(少)'의 대비적 인물 형상화를 보여주고 있다. 바라바는 단순한 강도가 아니라 '열심당'의 당수(黨首)로 묘사하고, 예수는 그 반대 축인 천상적인 것을 추구하는 인물로 설정하고 있다. 유다는, 예수임이 분명한, '푸른 눈'의 사내를 만나 그로부터 위로를 얻고 그를 추종하였으나, 그는 "유다의 지상적인 갈증을 흡족히 해갈시켜주지 못하였으므로 유다의 가슴 밑바닥엔 언제나 외로움이 깊게 자리잡고 있었"(「아겔다마」, p. 465)던 그런 인물이다. 작가는 바라바와 예수를 대비시킴으로써, '지상/천국,' '현실과 생활' / '관념과 저쪽 세상'으로 분열되고 이원화된 의식 속에서 고통스러워하는 유다를 내세워, 작가가 고민하고 있는 '구원'의 문제를 다루고 있다.

그것은 '눈'에 대한 묘사를 통해 잘 드러나고 있다. 위를 향해 시선을 두는 파란 눈의 왼쪽 눈과, 정면을 바라보는 갈색 눈의 오른쪽 눈은 유다의 정신 세계에 대한 은유다. 이 '사팔뜨기'의 눈은 '지상/하늘'의 상호 모순된 두 세계를 동시에 혹은 억지로 추구하려는 데서 결과된, 불구적이고 기형적인 상황을 암시한다. 여기서 파란 눈은 '천상'을 상징하는 예수를, 갈색 눈은 '지상'을 상징하는 것으로서, '바라바' 등의 열심 당원들을 의미한다. 유다의 오른쪽 갈색 눈은 정상으로 똑바로 보는데, 파란 색의 왼쪽 눈이 사시(斜視)라고 말한 것은, 작가가 지상적인 것의 가치를 옹호하고자 했음을 보여준다.

이러한 '눈'의 빛깔에 의한 상징은 중편인 「열명길」[11]에서도 나타난다. 「열명길」에서 대목수는 '벽안(碧眼)의 눈'을 가진 인물로 나와 있다. 여기서는 '천상/지상'의 구도 위에, 대목수를 외부로부터 들어온 '혼혈' 인물로 설정함으로써, 외부에서 유입되어온 것들, 예컨대 이념 등이 어떻게 정착되어 원래의 의미를 벗어나 퇴행·도그마화하는지를, 혹은 무의미했던 것들이 어떻게 유의미한 것들로 변모하는지를 보여주고 있다.

예수의 파란 눈과 흡사한 눈을 가진, 그 동안 자신을 거두었던 어머니이기도 했던 노파에게서 그와 같은 눈을, 즉 폐쇄되어버리고 불멸 자체인 무(無)로서의 눈을 발견하고 유다는 노파를 잔인하게 강간한 후에 평안을 맞게 된다.[12]

---

11) 임우기는 「'매개'의 문법에서 '교감'의 문법으로」(『문예중앙』, 1993년 여름호, pp. 367~68)에서 박상륭이 정신과 물질의 이원론에 입각한 서구적 합리주의 세계관의 '무서운 승리'를 '엽기적인' 알레고리로써 대응하여 보여주었다고 본다. 즉 서구 제국주의 이념과 그 서구 이념의 전달자로서의 '제3세계적 지식인' 그리고 피해자로서의 '제3세계적 민중' 사이의 관계를 종교형과 이념형의 관계 속에서 알레고리로 보여주고 있다고 본다. 왕은 유일신적이고 절대적인 제국주의 세력이라고 보고, 대목수는 서구 합리주의와 과학주의에 물든 토착 지식인이며 백성들은 자신의 토착적 삶을 잃은 채 황폐화되어가는 토착 민중들의 알레고리라고 기술하고 있다.

그러나 임우기의 해석은 작품의 선명한 해석에는 유용하지만 「열명길」이 박상륭이 지속적으로 추구하고 있는 '죽음'과 '재생'이라는 주제 의식의 연장선상에 있다는 것을 염두에 두었을 때, 그의 해석은 작품의 폭을 좁혀서 단순화시키고 있다.

12) 박상륭 소설에서 여성 인물은 보통 '백치미'가 있는 것으로 형상화되어 있다. 이 여성 인물의 성격에는 '정지'와 '운동'의 개념 중에서 특히 '정지'의 개념이 내면화되어 있으며, '정지'를 통한 여성 인물의 형상화 과정은 시간 의식의 탐색과 맞물려 전

첫 작품인 데다 단편소설의 성격상 박상륭이 표현해내고자 하는 것들이 제대로 담겨지기에는 다소 한계가 있었지만 「아겔다마」는 그의 소설의 지향점을 선명히 보여주고 있는 작품이다. 노파는 치욕에 떨며 자살하지만, 그 주검 옆에서 '비로소' '평안'을 맞은 유다의 죽음은 무엇을 의미하는가. 유다는 '저세상의 절대적 존재'가 아닌 '인간적인 지상적인 존재로서의 구원자를 갈구'하고 있었던 것이다. 노파를 강간한다는 것은 자신을 배신한 예수에 대한 보복의 의미를 지니면서, 신에 대한 거리낌없는 모독의 감행을 뜻한다. 이 행위는 인간의 현실적 삶에 전혀 무용한 신에 대한 조소이기도 하다. 인물은 노파에 대한 강간을 통해 한 초라한 신의 실상을 확인하고 있다. '저세상'에 있는 신은 어떤 실질적인 힘도 행사할 수 없는 존재일 뿐이다. 이 점은 지상적인 갈증을 해결하지 못하다가 바라바들과 어울리는 모습이나, 노파의 생계 문제로 인해 결국 예수를 팔게 되는 과정을 묘사하는 데서 드러난다. 초월적인 신을 거부하면서 작가는 인간의 내부에 존재하는 광기와, 무어라 규정할 수 없는 인간 내면의 원형질에 대한 탐구를 행하고 있는 것이다. 강간은 파괴적 행위이면서 역으로 그 '파괴'를 통해 새로운 영적 '재생'의 길로 들어서게 하는 근간을 이룬다.

박상륭의 중요한 모티프 중의 하나가 바로 이 '살욕'과 '성욕'이라는 상반된 질서의 원리다. '살욕'은 통과 제의적인 것으로 기존 모랄의 파괴다. 그가 '살욕'에 파괴적 속성과 창조적 속성이 동시에 내재되어 있는 것으로 파악함은, '지상/천국' '선/악'이 공존하고 있으며, 창조만큼이나 파괴 또한 불가피한 삶의 원리임을 말하기 위한 것이다. 즉 인간 의식의 쌍생아로서의 선과 악의 공존을 설명해내기 위한 것이 아닌가 싶다. 선이 선일 수 있는 것은 악이 있음으로써 가능한

개되고 있다. 이러한 박상륭 여성 인물의 전형은 『죽음의 한 연구』에서 '수도부(修道婦)'의 형상에서 완벽하게 형상화되고 있는데, 이 원초적 형태는 첫 작품인 「아겔다마」의 노파의 '눈'에 대한 묘사에서 이미 발현되고 있음을 알 수 있다.

것이고 더 빛을 발할 수 있다. 그리고 부분적으로는 신에 대한 도전 장으로서의 강간, 신성 모독의 감행을 통해 신을 이 땅 위로 끌어내리려는 작가 의식에서 연원했음을 나타낸다고 본다.

이처럼 그의 작품에 지속적으로 등장하는 '살욕'과 '성욕'이라는 타나토스적 욕망과 에로스적 욕망이 동일한 것으로 그려지고 있는 양상의 그 원형이 「아겔다마」에서부터 나타나고 있는 것이다. 여기서 '살욕'과 '성욕'은 신에 대한 인간의 도전, 신과 인간의 대결 형식과 맞물려 전개된다. 예수에 대한 승리감과, 예수라는 인물로 대변되는 초월자에 대해 인간이 갖는 기복(祈福)적 의식의 극복을, 유다라는 인물이 행하는 노파의 강간에서 확인할 수 있다. 유다는 예수의 현실적 무력함을 확인하고, 그리고 상대적으로 자신의 정체성을 찾게 되면서 최종적인 자기의 승리를 확인하고 평정을 되찾아 행복한 죽음을 맞이하는 것으로 그려지고 있다. 유다가 들여다보고 있던 성서의 「스가랴」서는 메시아의 강림을 예언하고 있는 부분으로서, 결국 작가는 초자연적 강림(降臨)이라는 사건을 통해 자신을 드러내고자 하는 완전한 신격(神格)으로서의 예수를 거부한 것이다. 박상륭은 예수의 '인격적'인 부분보다는 '신격적'인 성격에 초점을 맞추고 있고, 이 초월적 존재로서의 예수에 대해 강한 조소를 보내고 있다.

눈앞에는 하늘보다도 넓게 보이는 두 개의 파란 눈이 유다를 지켜보고 있었다. 웃음도 없고, 다정스럽지도 않고, 그렇다고 미워하는 눈도 아닌,──의미가 바래버리고 빛이 없는 눈이었다. 그 눈 속에서는 아무리 훌륭한 포도주 담그는 사람이라고 해도 한 방울의 즙도 짜낼 수 없는 듯했다. 그 눈 속엔 무(無)가 있었고, 휴지(休止)가 있었고, 그리고 그것은 불멸 그 자체이기도 했다. 그러나 유다는 그런 눈을 원하진 않았다. 증오든 사랑이든 그 어느 쪽의 의미를 담은 눈을 원했다.[13]

<hr>

13) 「아겔다마」, 『사상계』(1963년 12월호), p. 469 참조.

작가가 예수보다는 유다라는 인물 혹은 유다적인 인물에 비중을 두고 있는 것은 다른 소설, 이를테면 『죽음의 한 연구』에서도 잘 드러난다. 이른바 '구도적 살인'으로 표현되는 '살인'은 육조인 '나'에 의해서 오조 촌장에게 행해지고, 육조는 칠조가 될 촛불중에 의해서 죽음을 맞이하게 된다. 오조에 대해서 육조가 갖는 위상이나 육조에 대해서 칠조가 갖는 역할이란 것은 예수에 대한 '유다'의 역할이나 거의 유사한 '유다적 인물의 변형'임을 알 수 있다. 또한 『죽음의 한 연구』에서 주인공 '나'가 여러 묘사를 통해서 예수와 방불한 인물로 여겨지면서도 동시에 이 육조의 인물 구현은 '혼돈'으로서의 유다적인 것의 강화(强化)를 느끼게 한다. '예수'이면서 동시에 '유다'의 모습을 그는 구현하고 있는 것이다. 이른바 '상극적'인 것들이 한 인물의 형상 안에 통합되어 구현되고 있는 것이다. 작가 자신의 말[14]로 표현하면, '폐쇄된' '무(無)'의 '불멸 자체'로서의 인물이 아니라, '증오면 증오, 애정이면 애정'이 깃들인, 인간적 측면이 강화된, 유다적인 모습이 강화된 그런 인물 형상을 느끼게 된다.

예수가 자신의 구속 사업을 완수하는 데 '유다'라는 악한 인물이 필수불가결하였듯이 오조나 육조에게도 '유다'적인 역할을 해줄 인물이 필요했고, 그 인물은 각각의 제자에 해당하는 인물들인 육조와 칠조에 의해서 행해진다. 예수의 구속 사업을 위해 '헌신'했던 유다가 죄책감을 견디지 못해 자살한 것과는 달리, 박상륭 소설의 인물은 그 죽음을 숙주로 삼음으로써, 최종적으로 자신에게 다가온 죽음을 득도와 새로운 재생을 위한 과정으로 이해하고 수락한다. 이처럼 「아겔다마」는 첫 작품이면서 박상륭 소설의 원형질을 잘 보여주고 있는 작품이다.

---

14) 「아겔다마」, p. 469.

## 4. 장편화를 향한 전조
### ──「유리장」

중편「유리장」은 장편『죽음의 한 연구』로 곧바로 이어지는 작품으로, 장편『죽음의 한 연구』의 직접적인 원형을 보여주고 있다. 작가 자신이 밝혔듯이[15] 성배 전설과 관련된 'Fish Symbolism'과 '어부왕 Fisher King'에서 암시를 받아 도출된 '양극을 갖는 타원형' 및 시간에서 '오두(五頭)'의 문제가「유리장」의 내용을 이루고 있고, 이들 테마는 박상륭 소설을 이해하기 위한 핵심적 부분을 이루면서『죽음의 한 연구』에서 본격적으로 구조화되고 있다. 사복이란 인물의 구도적 편력도 마찬가지로 다음 작품인『죽음의 한 연구』의 주인공 '유리'의 인물 형상의 밑거름이 되고 있다.

작품을 신화적 시공간 안에 둔 이유를 작가는 다음과 같이 말하고 있다.

신화적으로밖에 가능시킬 수 없었다는 말은 어느 한 시작에서 어느 한 종말에 걸치는 한 시대를 공시태(共時態)에서 보았을 때 일어나는 현상 때문인데, 그때 그 한 시대는, 하도(河圖)나 낙서 같은, 암호만을 남기고, 그 저변에 길게 누운 시체로부터 유리되고, 그래선 그것 자체로서 폐쇄되어버렸던 것이다. 가령, 한 오십 년에 걸친 한 시대를 통시태에서 본다면, 그것은 암호 같은 것으로 변해져야 될 이유는 없는 것이며, 문제가 되는 것은 좋은 보습일 것이다. 그런 통시적인 한 시대란, 그 한 시대를 산 어떤 한 인물이나, 집단의 눈과 체험을 통해, 또는 한 이대나 삼대쯤의 성숙을 통해, 그 시대를 분석하고 종합하는 것이 가능하며 그러면 독자는, 그 시대를 살지 않더라도 그 시대를 살 수

15)「유리장」,『열명길』(문학과지성사, 1986), p. 410.

있게 된다──나는 '살 수 있게 된다'고 요약했을 뿐이다──그리고 그러한 방법이란 확실히 고전적이다. 그러나 그 오십 년을, 어떤 동시성의 축에서 볼 땐, 반복되지만, 시체(時體) 저쪽에 암호만 남게 된다. 그러면서 그 암호는, 그 오십 년 간의 한 시대만의 왕국인 것을 떠나며, 어떻게는 오초의 것으로도 응축되고, 어떻게는 오천 년의 것으로도 확대되는 공화국이 된다. 다시 다른 단어로 바꾸면, 그 암호란 바로 어떤 구조 그 자체인 것이다. (『열명길』, pp. 409~10)

다소 길게 인용했지만, 이러한 관점은 박상륭이 문학적 형상화를 이루어내는 방식일 뿐 아니라, 그의 세계관과 역사관을 암시하는 것이기도 하다. 여기에서 역사관이라는 것은 편협하고 좁은 의미에서의 역사가 아닌 우주적 광대함을 지닌, 한 개인 안에 전우주가 용해되어 있는 것으로서의 역사다. 박상륭은 삶의 본질과 원형을 탐색해 나가기 위해 보편적 신화와 종교·무속·연금술 등을 작품의 근간으로 삼고 있지만, 이들 사유들을 전개하는 방식은 우리 현실과 긴밀한 관계가 있다. 역사에 대한 관심을 육성으로, 직접적인 기술 방식으로 말하지 않았을 뿐이다.

「유리장」에서 대지와 세월과 하늘을 뜻하는 '따님' '땋님' '맡님'은 기독교 삼위일체의 변형으로 시간의 문제와 깊이 연관된다.

모든 시간이란, 최초의 시간으로부터 그 끝에 이르는 시간이, 쌓여선, 자꾸만 뒤집혀지는, 그 과정이라는 것이다. 그러니까, 말을 바꾸면, '태초'로부터 그 '태초의 끝'까지의 시간을 제외한 그 이후의 모든 시간은 과거의 시간의 재유출이라는 이것이다. 현재의 시간은 그러니까, 미래의 시간이 현재화하며 죽어서 된 그 과거의 시간에서 흘러나오고 미래의 시간은 그러니까 과거의 시간으로 쌓여가게 된다. 그래서 이 견지에서 보자면, 너나 나나, 또는 우리와 함께 살고 있는지도 모르며, 그 할아버지들이 우리의 생명을 살아버렸는지도 모른다는 결과가

된다. (같은 책, p. 374)

이처럼 인간은 시간의 지배를 받는 존재이며, 시간의 지배를 받는다는 것은 인간이 죽음을 피할 수 없는 존재임을 보여준다. 박상륭 시간 의식의 근저에는 필멸할 신육(身肉)에서 불멸할 신육(神肉)으로의 연금술적 존재의 변환에 대한 열망과, 영적(靈的) 대오(大悟)를 통해 죽음까지도 초극할 수 있는 새로운 재생의 문으로의 전환이 가능하다는 것, 그리하여 죽음과 생명이 한 나무의 두 가지라는 인식이 깔려 있다.

중편「유리장」과 장편『죽음의 한 연구』에 이르는 그의 문학 세계의 지형도를 알 수 있게 해주는 원형적인 작품으로「뙤약볕」연작이 있다.「뙤약볕」은 세 편의 연작으로 이루어진 작품으로서 각기 1966년 10월과 1967년 2월, 그리고 1969년 1월에 발표되었다. 연작의 첫 작품인「뙤약볕 1」이 그의 작품 중 네번째로 발표된 것을 볼 때, 지속적인 작가적 관심사와 작품 세계의 주류가 무엇인지를 단적으로 알 수 있다.

「뙤약볕」연작은 다른 초기 소설들이 그렇듯이 기독교적 색채가 아주 강한 작품이다. '말'을 모시는 사당이란 설정 자체가, 기독교의 핵심적 교리인 성육신(聖肉身), 요컨대 '말씀이 육신'이 된 우주적 사건의 패러디임을 알 수 있다. 이 '성육신(聖肉身)' '인현(人現)'이란 것은 그 이후 소설들에서 박상륭 소설을 독해해내기 위해서는 거쳐야 할 관문이다. 여기서는 성육신한 존재로서의 예수와 비견될 만한 것으로, '말'을 모시는 사당인 5각 입체의 동굴이 설정되어 있다. 바로 이 '5각 입체'는, 뒤의 소설들「유리장」이나『죽음의 한 연구』등에 나오는 '시간의 오두(五頭)'에서의 '5'와 동일한 맥락에 있는 것이다.

1960년대의 단편들에서 파편적으로 보이던 박상륭 사유의 원자들은『죽음의 한 연구』에 이르기 전, 중편인「유리장」에서 한 작은 봉우리를 형성하게 된다. 「유리장」에서 '양극을 갖는 타원형'을 도출하게 된 사복은 이 원에는 "시작과 종말의 그 양극이 있고 종말은 동시에 시작으로, 시작은 동시에 종말로 이어지는, 그 출산과 묘혈이 있다. 영겁을 두고 진행하고, 영겁을 두고 정지하고, 따라서 영겁을 두고 회귀한다. 그리고 그것의 한 극이 양이 되면, 다른 한 극은 음이 되고, 그래서 그것은 음도 양도 아닌, 저 너머의 것이나, 그 아래의 것으로 화한다"(「유리장」, p. 400)고 결론짓고, 세월이란 다섯 얼굴을 지닌 것이라는 '오두'의 이론을 제시한다. 박상륭이 전개하는 시간에 대한 기술들은 연금술에서 자신의 꼬리를 물고 있는 우로보로스 ouroboros 뱀을 연상시킨다. 이 뱀은, 끝도 없고 시작도 없고 생명과 죽음, 창조와 파괴가 끝없는 순환 과정으로부터 나온다는 것을 상징하는데, 박상륭은 '죽음'과 '재생'을 설명해내기 위해서 이 상징물을 전용하고 있는 것이다.

나는 세월이란 다섯의 얼굴을 가진 괴물이라고 생각한 것이다. 우선 과거 현재 미래가 있고, 그리고 그런 세월이란 가로줄의 모양이고, 한데 현재는 현재의 시간을 가지면서, 세로줄 형상의 두 시간을 동시에 갖는 것이었다. 다시 말하면 현재의 시간은, 그 시간의 현재 속에, 가장 작은 시간과 가장 큰 시간을 갖고 있었다. 가장 작은 시간이란, 매 찰나의 전이 속에 끼이는, 그 시중(時中)을 말하며, 가장 큰 시간이란, 그 시간의 현재 속에 있으면서 동시에 모든 시간을 감싸고 있는, 그 우주적 시간을 말한다. 그것은 정지의 시간이며, 무의 시간······ (「유리장」, p. 401)

이 시간과 관련된 오두의 문제는 「뙤약볕 3」의 원제를 「자정녀(子正女)」로 설정하고, 이른바 '자정'의 의지에 대한 묘사를 통해 시간 의식을 탐색하고 있는 데서도 드러난다.

자정은, 어제의 끝이고…… 내일의 시작이고…… 헌데 오늘이 끼이질 못했고…… 하, 그것은〔零時〕묘혈이며 산실(産室)이고…… 그건, 정말, 그래! 거기서 아마 거소를 잃은, '말'은 살고 있는 모양이다. (「뙤약볕 3」, p. 133)

「유리장」에서는 같은 부분을 이렇게 이야기한다.

그건, 알다시피, 오늘이 어제로, 어제가 오늘로 갈아드는 그 사이의 일점이다. 그러니까 자시란, 오늘의 끝과 오늘의 시작 사이에 있는, 그 공백한 시각을 말하는 것이다. 거기엔 어제도, 오늘도, 내일도 아직 없는데, 그 이유는, 내일이 오늘로 아직 바뀌들지를 못하고 있기 때문에, 끝나버려 오늘이 오늘이 아닌 오늘이, 아직 어제로 바뀌들지를 못했기 때문이다. 다시 말하면, 그건 일종의 보류나 유예의 기간이기도 하다. 그때 그것은, 내일이 내일이 아니며, 어제가 어제가 아닌 것으로, 뭔지 이해할 수 없는 막연한 것으로 남겨지거나 미뤄져 있게 된다. (「유리장」, p. 371)

「유리장」 주인공 '사복'의 명상을 통해 그 단초를 보이던 '양극을 갖는 타원형'은, 장편 『죽음의 한 연구』[16]에서 '오두'를 통한 시간 의식이 체계화되면서 그 도식이 의미하는 바의 내포와 외연이 드러나게 된다.

이 도식은 '양(陽)'을 싸안은 여근(女根)'의 형태를 이루고 있는데, 박상륭 소설에 등장하는 중요한 진언(眞言)인 육자명주(六字明呪),[17]

---

16) 『죽음의 한 연구』, p. 264. 이 작품의 17일장은 50여 페이지에 걸쳐서 작가의 사상적 · 철학적 · 종교적 체계가 집약적으로 나타나고 있는 부분이다.

17) 이 명주(明呪)에 대한 해설은 파드마삼바바의 『티베트 사자의 서』(정신세계사, 1995)에 자세히 나오고 있다. 작가 박상륭은 파드마삼바바를 정신적 스승 중의 한 사람으로 존경하고 있다고 밝히고 있다(1997년 7월 18일자, 필자와의 개인 서신에서).

'옴마니팟메훔'의 의미인 '연 속에 담긴 보석'을 기독교 교리에 연결
시킴으로써, '해골의 골짜기에 세워진 십자가'를 이들과 동일한 은유
를 지닌 음양(陰陽)의 원리로 설명해내고 있다. 특히 기독교의 '삼위
일체'를 '시간' 개념의 탐색을 통해 그 명제를 도출해내고 있는 데서
박상륭 문학의 기독교와의 연결고리는 절정을 이룬다. 그 점은 다음
대목에서 극명히 드러난다.

> 태어난 어린 아들은 태초부터 있었던 늙은 여호와 자신이면서, 동시
> 에 자기 자신의 아들이며, 이 아들은 또한 늙은 아비 자신이면서, 자기
> 자신의 아버지가 되어 있습니다. (『죽음의 한 연구』, p. 248)

이처럼 박상륭 소설에서 '시간'의 문제는 작품의 기조를 이루고 있
다. 이는 연금술에서 말하는 영적 변성(變性)과도 동일한 맥락을 지
닌다. 이로 볼 때 박상륭 문학에 드러난 사유 체계는 연금술적 세계
관과 기독교가 혼융되어 있어 초기 기독교에 미친 연금술의 이론을
연상하게 한다. 연금술사들이 화학 작용을 초기 기독교의 분파인 그
노시스파의 어휘로 설명해내고 있었음을 상기할 때 더욱 그렇다.
다시 작품으로 돌아가서, 「뙤약볕 1」에서 '족장'과 '당굴'로 대표되
는 성/속의 대비적 구도는, 『죽음의 한 연구』에서 공간으로서의 '유
리'와 '읍내,' 혹은 육조(六祖)의 전신(前身)으로서의 '유리'와 '장
로,' '수도부'와 '장로 손녀딸' 등의 대비와 동궤에 있는 것으로, 지상
적인 것과 천상적인 것의 대비라는, 박상륭 소설에서 지속적으로 추
구되고 있는 주제 의식을 표현한다. 이처럼 「뙤약볕」에서 형상화한
시간 의식과 성/속의 대비적 구도 등은, 장편 『죽음의 한 연구』를 향
한 원형질을 이루고 있는 것이다.
『죽음의 한 연구』가 어부왕 전설을 근간으로 하고 있다 할지라도,
시간에서의 '오두'의 문제나 '음기의 유전(遺傳)'[18] 등에서 보이듯이

---

18) 『죽음의 한 연구』, p. 267.

작품의 주조를 이루는 골격은, 음양 사상과 기독교적 죽음과 재생 및 연금술로서, 음양 사상과 기독교적 죽음과 재생은 연금술의 화학적 금제조 과정에서 보여지는 사물의 변환 및 변화 과정의 각각에 해당하는 것으로 환치됨으로써 여러 사유 체계가 그물망처럼 얽혀 교직되어 있다. 기독교의 핵심적 교리인 '원죄' '삼위 일체' '인현(人現)' 등에 대한 독특한 해석들이 어떻게 가능한 것인지는 바로 위의 설명에서 알 수 있다. 또한 이는 종래에 박상륭 소설을 탈역사적인 것으로 규정해버리려는 단선적이고도 부분적인 평가 방식에 대한 쐐기가 될 수 있다.

제사유(思惟)들이 복합적으로 얽혀 하나의 용광로를 이루고 있는 작품이 『죽음의 한 연구』로서, 그 동안의 작품들에 간헐적으로 그리고 중복적으로 등장하던 내적 계기와 모티프들을 큰 줄기 안에 융해시켜나가면서, 작가는 이 작품을 통해서 사상적 체계화를 이루고 사유 과정을 일단락시키고 있는 것이다. 이러한 작가적 역량은 기독교에 대한 단순한 연구 이상의 것으로서, 실존하는 한 개인이 가질 수밖에 없는 고뇌와 그 고뇌를 가능케 하는 사색과 통찰을 수반하는 경우에나 가능한, 역사와 현실에 대한 나름대로의 진단에서 나온 결과일 수밖에 없는 것이다.


## 5. 말씀의 우주에서 마음의 우주로
### ——『죽음의 한 연구』와 『칠조어론』

『죽음의 한 연구』는 1971년에서 1973년에 걸쳐 완성된 작품이다.[19] 「쿠마장」에서 시작된 각설이의 방랑과 구도에의 편력은, 「유리장」

---

19) 『죽음의 한 연구』 초고는 캐나다로 이민 가기 전에 완성되었으며, 캐나다에서 영지주의의 영향을 받아 대대적 수정이 이뤄진 후 1973년에 완성되어 1975년에 출간된다.

에서 다시「쿠마장」으로 귀환하여 돌아오는 원환적 구조를 이루고 있다. 각설이들의 고행과 구도의 길은 동시에『죽음의 한 연구』에서 걸승이 40일에 걸쳐 유리라는 사막에서 겪게 되는 수도에 해당하는, 세속적 삶의 현장에서 이루어지는 수도의 상징이기도 하다. 그리고 그 각각의 장(場)에서 얻어진 귀결은 재생과 부활을 이루어내기 위한 요나의 고래 뱃속 3일에 해당하는 것과 같은 구도의 여정을 상징한다.

죄과에 대한 형벌로 주어진 '마른 늪에서의 고기 낚기'와, 나무 위에서 7일 간에 걸쳐 죽어가는 과정은, '사람을 낚는 어부'로서의 예수, '십자가'상에서 죽음을 맞이한 예수가 자신에게 주어진 운명을 피하지 않고 수락하는 과정과 상당히 유사한 구조를 지니고 있다. 각설이의 나이가 33세이고, 작품의 제17일장에서 성서의「창세기」, 3: 1~7절 내용과「계시록」, 6: 1~8절의 내용을 예로 들어 원죄(原罪)와 예수의 죽음 및 부활, 그리고 성육신에 대해서 50여 페이지에 걸쳐 기술되고 있는 것을 볼 때, 해석의 독특함에도 불구하고 작가의 사유 체계가 기본적으로 기독교에 근거하고 있음을 알 수 있다.

이『죽음의 한 연구』에서 이룬 세계에 대해 작가 자신이 새로이 '변절'과 '개종'을 통해『칠조어론』을 산출하기까지 17년여의 세월을 소요하게 된다. 이렇듯 박상륭 소설 전체는 개종과 변절의 역사며, 그것은 곧 구도의 과정이기도 하다.

박상륭 소설의 특장은 주제 의식의 깊이와 사유 영역의 방대함, 그리고 독보적인 형이상학적 소설이라는 데 있는 것만이 아니라, 춤추는 듯 물 흐르듯 흘러가는 운문 같은 산문, 최면에 걸린 듯 만들어버리는 마력 같은 문장에 있다.

하나의 죽음이, 처음에 아주 느리게 살아나고 있었는데, 그때는, 가얏고 위를 나르거나 춤추는 손은 손이 아니라 온역이었으며, 청황색 고름이었으며, 광풍이었고, 그것이 병독의 흰 비둘기들을 소금처럼 흩뿌리는 것이었다. 내가 흩뿌려지는 것이었다. 그러며, 내가 저 소리에 의해 병들고, 그 소리의 번열에 주리틀려지며, 소리의 오한에 뼈가 얼고 있는 중에 저 새하얗게 나는 천의 비둘기들은 삼월도 도화촌에 에인바람 람드린 날 날라라리 리루 루러 러르르흐 흩어지는 는 는 는느느등 등드 드등 등드 드도 도동 동 동도 도화 이파리 붉은 도화 이파리, 이파리로 흩날려 하늘을 덮고 덮어 날을 가리고, 가려 날도 저문데, 저문 해 삼동 눈도 많은 강마을, 강마을 밤중에 물에 빠져 죽은 사내, 사내 떠 흐르는 강흐름, 흐름을 따라 중몰이의 소용돌이 잦은몰이의 회오리 휘몰아치는 휘몰이, 휘몰려 스러진 사내, 사내 허긴 남긴 한 알맹이의 흰 소금 흰 소금 녹아져서, 서러이 봄 꽃 질 때쯤이나 돼설랑가, 돼설랑가 모르지…… 계면하고 있음의 비통함, 계면하고 있음의 고통스러움, 계면하고 있음의 덧없음이, 그리하여 덧없음으로 끝나고, 한바탕 뒤집혔던 저승이 다시 소롯이 닫혀버렸다. (『죽음의 한 연구』, pp. 338~39)

놀라운 문장이다. 가야금 소리가 문장으로의 화육(化肉)을 이루고, 다시 이 둘이 한데 어울려 물결치듯이 출렁이며 그 감동을 전해오고 있다. 가야금 소리는 읽는 이의 영혼을 공명시키고 있을 뿐만 아니라 소리의 흐름, 글의 유연한 흐름의 구비구비에 따라 흔들리며 함께 나부끼고 있다. 『칠조어론』의 문장에 대해서 고 김현은 박상륭 문체가 갖고 있는 기묘한 환상감을 "육체 없는 육체적 말"(김현, 「병든 세계와 같이-아프기」, 『칠조어론』 1 해설)이라고 표현하고 있는데, 이는 『죽음의 한 연구』에서 느껴지는 생명의 약동 같은 것이 『칠조어론』에서는 서사 구조의 약화와 관념의 승함에 따라 다분히 환상감으로 채색된 결과라고 본다.

작품에 나오는 주인공들의 나이가 대개 33세라는 것은 예수가 죽음을 맞이한 나이이기도 하고, 작가 자신이 『죽음의 한 연구』를 완성한 나이이기도 하다. 예수가 "모든 것을 다 이루었다"고 말하고 부활을 설파하고 죽은 것처럼, 이 작품을 통해 작가는 '죽음' 의미의 통종교적 탐색뿐만 아니라 삶의 본질과 구원의 여정을 묘파해내고 있다. 그리고 다시 변절과 개종을 시도하여 『칠조어론』을 통해 새로이 '칠조(七祖)'를 낳게 되는 것이다.

박상륭 소설들은 대개 이름이 없고 인물의 어떤 특징에 의해서 명명되곤 한다. 이를테면 '독장수영감'이나 '꼽추' '외다리' '촛불중' '노파' '장로' '수도부(修道婦)' 등으로 말이다. 이러한 무명의 존재에게 이름이 부여되는 유일한 장면이 바로 『죽음의 한 연구』에서 나오고 있다.[20] '이름'이 부여되는 이 순간이야말로, 자신의 운명과 죽음을 수락하면서 공간으로서의 유리가 하나의 몸을 입고 육화되는 순간인 것이다.

『칠조어론』은 『죽음의 한 연구』에서의 촛불중이 칠조가 된다는 가상적 계보를 설정하여 인신(人神)적인 구도의 편력을 묘파해내고 있다. 『칠조어론』은 '중도론(中道〔觀〕論)' '진화론' '역진화론'의 3부로 이루어졌으며, 『죽음의 한 연구』에서 절정을 이루고 있는 그의 작품 세계에서 그 동안 일관되게 천착해온 삶과 죽음 의식에 대한 심오한 형이상학적 사유를 바탕으로 하고 있다. 육조가 '스승 살해'라는 구도(求道)적 살인 이후에 유리의 촌장이 되었듯이, 칠조도 육조의 전기인 『죽음의 한 연구』의 속편으로 시작되어 그 연장선상에 있지만 역시나 선대에 대한 개종과 변절을 보여주고 있다. 박상륭은 살욕과 성욕, 삶과 죽음이라는 상극적 질서의 세계가 진화를 가능케 하며, '마음' '말씀' '몸'의 세 차원으로 이루어진 우주에서 인간이 도달해야 할 곳은 마음의 우주라고 보고 있다.

『죽음의 한 연구』 이전의 모든 작품들이 『죽음의 한 연구』에서 수렴되어 대해를 이루었다가 『칠조어론』에서 사유의 영역을 더욱 깊이 심화·확장시키고 있다. 『죽음의 한 연구』와 『칠조어론』으로 비로소 한국 문학은 한 단계 우뚝 올라서게 된 것이다.

---

20) 『죽음의 한 연구』, p. 390.

『칠조어론』과『죽음의 한 연구』를 관통하는 주제에 대해서 그는 다음과 같이 말하고 있다.

이 우주는 마음의 우주, 말씀의 우주, 몸의 우주로 이루어졌다고 봅니다. 신이 인간과 짐승의 아름다운 부분만 닮은 희랍 신화의 우주는 몸의 우주랄 수 있고 예수가 등장하면서 말씀의 우주가 도래했습니다. 그러나 인간이 최고로 도달해야 할 곳은 마음의 우주가 아닌가 하는 것이 제 소설이 던지는 질문입니다. [……] 저는 글쓰기를 통해 종교나 샤머니즘과는 다른 어떤 '원형'을 찾아가고 있습니다. 그것이 바로 생명이겠지요. (조선일보, 1993년 5월 11일자)

## 6. 마무리하며

박상륭에 대해서 일반 독자들이 낯설어하는 것은 그의 소설이 고급 독자들을 겨냥한 것이어서 무척 난해하기도 해서지만, 극소수의 평론가들을 제외하고는 한국 현대 문학사에서 박상륭을 전혀 언급조차 하지 않았던 데도 기인한다. 그의 작품의 완성도나 규모, 그리고 사유의 깊이와 그것의 소설적 구현을 염두에 둘 때, 그 동안 박상륭은 거의 제대로 조명을 받지 못한 채 그야말로 극히 소수 집단의 문학으로 존립해왔다. 의도적이든 의도적이지 않든 박상륭과 박상륭의 작품은 문단과 문학사에서 배척되어 고립·소외되어왔으며 그럼에도 불구하고 보석처럼 은은히 빛을 발하고 있었다. 사회의 모순들에 대해서 육성으로 직접적으로 토로하는 현실 반영적인 작품들과 당대성을 띠고 있는 작품들이 우후죽순으로 쏟아져나오면서, 세상과 우주의 본질을 탐구하는 소설은 역사적 퇴행으로 규정지으려 하거나 탈역사적인 공간에 위치시키려 했던 것이다. 박상륭의 정신적 후원자였던 고 김현이 "그것이야말로, 내 좁은 안목으로는 1970년대 초반에 씌어진 가장 뛰어난 소설이었을 뿐 아니라, 『무정』 이후에 씌어진 가장 좋은 소설 중의 하나였던 것"이라고 극찬을 아끼지 않은 작품인 『죽음의 한 연구』에 대한 평가도 당대 몇몇 평론가들에 의해 이루어졌을 뿐이다.

이러한 박상륭의 작품이 정당하게 평가받지 못한 것은 우리 문학계의 고질적인 경직성과 불행한 민족 현실과 관련된 지사적 문인들이 갖는 근거 없는 적대 의식과 파벌 의식, 그리고 대중추수주의와도 관련이 있다. 1970, 1980년대 이른바 민중적 리얼리즘 일색이었던 우리 문학의 현실에서 또 다른 의미에서의 필자가 '우주적 리얼리즘'이라고 감히 붙여보고 싶은 박상륭 소설이 갖는 의미는 그러므로 더욱 확장 · 증폭될 수밖에 없는 것이다. 그것은 굉장히 외로운 작업이었을 것이며 고독 그 자체였을 것이다. 더구나 순수 문학에서는 이미 불모지로 변하고 상업주의 문학만이 판치는 이국 땅에서 일상어는 영어로 하고 글은 한국어로 써야 하는 이중 언어 생활에서 오는 극심한 실어증을 반복적으로 겪으면서 한획 한획 써내려간 글쓰기는 자기와의 싸움이라는 거의 목숨 내놓고 썼을 전장(戰場)과 같았을 것임에 틀림없다.

박상륭의 소설 쓰기 과정은 작가 자신의 구도 과정이기도 하다. 소설 속 주인공의 구도 과정, 탐색 과정이기도 하면서 작가 자신의 모습이 전적으로 투영된 것이다. 자신이 고군분투하며 하나의 우주를 작품 속에 품어내고 출산하면서 단순한 문장가로서의 작가, 현실의 모사 내지 반영이라는 소박한 의미의 리얼리즘이 아닌 이 모든 것을 이미 넘어서 있는 근원에 대한 통찰을 그는 감행해나가고 있는 것이다. 따라서 그는 글쓰기가 아니었다면 작가 자신이 갖고 있던 의문과 혼돈과 교조적인 온갖 이념에 대한 저항을 성공적으로 수행할 수 없었을 것이다.

단편적인 사상의 편린들이 점점 살을 입어 생명을 채워나가는 과정이 곧 소설 쓰기의 과정이기도 하다. 그는 자신의 내부에 가득한 주체할 수 없는 열망, 일종의 문학적 메시아의 도래를 갈망하며 스스로가 그 역할을 수행할 수 있기를 희망하였다고 본다. 또한 그것이 종교적 메시아의 출현이 변형된 것으로서 문학이 종교를 대신하리라는, 대신할 수 있으리라는 믿음으로 출발했음이 분명하다. 그 결과 그의 소설의 주제가 종교의 탐구가 되었고 전시간을 통해 불변하는 원리를 추출해내고자 했다.

그가 주장하는 '음기(陰氣)의 유전(流轉)'이란 개념을 차용해보건대 이젠, 그 동안의 음지에서 벗어나 정당하고 온당한 평가가 그의 작품에 내려져야 할 때다.　　　　　　[『작가세계』, 1997년 가을호]

제 2 부

# 편력: 「아겔다마」에서 「남도」까지

# 세 개의 산문

김 현

## 1. 인간적 점묘

내가 박상륭을 처음 만난 것은 무교동에 있는 어느 다방 이층에서였다. 그날 그가 무슨 옷을 입고 왔는지는 기억에 없지만, 시커먼 살결에 여드름이 다닥다닥 난 험상궂은 얼굴은 뚜렷하게 기억에 남아 있다. 그는 나에게 자기는 나의 나이를 과장되게 생각하고 있었다는 투의 말을 다방 밖의 사람들에게까지 들릴 정도로 큰 소리로 말함으로써 나와의 인사를 텄다. 그때 그는 「뙤약볕」을 막 발표한 뒤여서, 여기저기서 관심의 대상이 되고 있었는데, 그로서는 그것이 퍽 대견스럽고 기쁜 모양이었다. 사실상 그는 그 소설이 실린 잡지사의 편집장에게, 대낮에 그 흉악한 얼굴에 술기를 띠고, 걸작을 못 알아보는 잡지쟁이가 무슨 잡지쟁이냐는 투의 전투를 청한 적이 있었다고 후에 말한 것을 미루어보면, 작품 발표에 곤란을 느낀 판에, 그에게 주어진 관심이 즐겁지 않을 수 없을 터였다. 여하튼 나는 그날 그의 흉악망측한 얼굴과 겁없이 큰 목소리에 꽤나 놀랐다. 그 후에 그가 그의 아내를 이끌고 캐나다로 이민 갈 때까지 나는 상당히 빈번히 그를 만났다. 그런데도 역시 지금 그를 생각하노라면 그의 검은 얼굴과 큰 목소리만이 기억된다. 그와 나는 지독하게 술을 많이 마셨고, 많이 다퉜다. 그러는 도중에 나는 그가 무주 출신의 순 촌놈이고, 막둥이이며 그의 어머니는 그에게는 할머니처럼 느껴질 정도로 나이가 많으며, 결코 오입을 하지 않으며, 오입하는 친구를 그렇다고 욕하지도 않는다는 것을 알았다. 그에게는 지금『월간문학』에 있는 이문구라는 친구밖에 친구다운 친구가 없었다. 서정주·김동리라는 풍문의 이름만 듣고 서라벌예대의 우중충한 강의실에 앉아 있게 된 그 두 촌놈의 상면에 대한 자세한 묘사를 할 수는 없지만, 그 두 촌놈은 나중에 유일한 단짝이 되어, 서로 십 원 한 장을 주머니에 넣고 막걸리 집에서 만나, 오 원짜리 왕대포 두 잔을 짠지와 함께 두서너 시간 동안 마시면서, 기세등등히 한국 문학판을 매도하게 되며, 급기야 전서라벌예술대학 출신에게 스승을 모욕한 놈들이라는 몰매를 맞기에 이른다. 내가 그와 사귀게 된 것은 그의 형편이 이러할 때였다. 그의 아내는 메디컬 센터에서 수간호사로 있었고, 그는 적은 원고료로 남편의 위치를 고수하며, 금호동 구석에서 살림을 차리고 있었다. 그는 나와 인사를 튼 후 이 년 만에 캐나다로 떠났다. 그 동안에 나는 그와 크게 한 번 술을 마시고, 종로 오가에서 반발광을 하였고, 떠나기 전날 그는 광화문 우체국 곁의 흙을 계속 씹어먹으면서 자기가 버린 조국을 한탄하였다. 그가 근무하고 있던 사상계사 옆에 있던 북경반점에서 주로 그와 술을 마셨는데, 술은 항상 배갈이었고, 안주는 부추잡채였다. 우리가 거기에서 제일 많이 마신 때가 그가 떠나기로 결정된 뒤인데, 그때 우리는 열여덟 개의 배갈병을 센 후에 떨어져버리고 말았다. 그는 주사가 심해 나 같은 소심한 술꾼을 항상 당황하게 만들었는데, 그의 겁없이 큰 소리가 그러나 퍽 애교 있었다. 언젠가 그는 그와 비슷하게 주사가 심한 박태순에게 서로 상대방이 제일가는 소설가라고 대판 싸움을 한 끝에 잡채 그릇으로 두들겨맞아 이빨을 두 대나 잃었다. 그날 저녁이든가 그 다음날이든가 그는 부러진 이빨을 내

보이며 박태순과 다방에 앉아 헤헤거리며, 시디신 이빨의 감각에 대해서 노닥거리고 있었다. 그는 중국집에서가 아니면 항상 막걸리를 마셨다. 그는 항상 막걸리 한 되와 이문구와 낙지를 마신다. 그가 술을 마시는 광화문 골목은 그의 소리로 항상 가득 찬다. 그런 그가 서투른 영어로 지금은 캐나다에서 종합병원 시체실 청소부 노릇을 하며, 혼자 술에 취해 호숫가에도 가보고, 인적 없는 거리에서 한국말로 크게 소리지르며, 한국 문학을 매도한다. 그는 금년초에 딸의 아버지가 되었다. 그를 20여 년 후에 장인으로 모실 사람은 귀의 고막과 위장이 꽤 튼튼해야 할 것이다.

## 2. 샤머니즘의 극복

허무주의와 샤머니즘의 극복이라는 주제는 한국 문학의 여러 측면을 조사함으로써, 한국인의 상상 체계에 접근해나가려고 애를 쓴 나의 모든 탐구의 원점이다. 그것은 그 문제의 중요성에 비추어볼 때 너무나도 팽개쳐져 있는 분야인데, 그것은 그것을 탐구하고자 하는 의도의 박약성 때문이라기보다는 오히려 그것이 필요로 하고 있는 여러 보조 과학의 미비에 더 큰 이유를 두고 있다. 그렇다고 이 노력을 폐기할 수는 없다. 이 문제의 천착이 없는 한, 한국 문학이 정당하게 자리잡을 '자리'를 못 찾게 될 우려가 있다. 한국인의 상상 체계의 근본적인 모습이 밝혀지지 않는다면, 한국 문학의 평가란 거의 기대할 수 없을 것이다. 한 나라의 문학이 보편성을 획득할 수 있기 위해서는, 그 나라의 상상 체계의 근본적인 모습이 그 특수성을 발판으로 '인간'의 상상 체계 속으로 확산되어가는 과정이 면밀히 탐구되어야 할 것인데, 그러한 탐구의 가능성은 한국 문학이 설 수 있는 '자리'를 빨리 찾아내야만 얻어질 수 있다. 바로 그러한 이유 때문에 최근의 나의 모든 탐구의 흔적은 「한국 문학의 양식화」라는 글에서 가설로 내세운 샤머니즘과 허무주의 ——물론 한국적 허무주의를 뜻한다——
의 극복이라는 주변에 깔려 있다.

이 짤막한 글 역시 예외는 아니다. 이 글에서 내가 밝히고자 하는
것은 한국인의 의식 속에서 샤머니즘이 어떤 형태로 극복되어 있는
가, 그 한계란 어떤 것인가, 그것은 어떤 의미를 갖고 있는가 하는 것
이다. 이 글에서 특히 문제되는 것은 샤머니즘의 극복이며 그 극복이
어떤 형태로 나타났느냐 하는 것이기 때문에, 토속적인 샤머니즘에
깊이 몸을 담고 있는 대부분의 작가들은 의식적으로 배제되어 있다.
나로서는 이 주제에 가장 잘 들어맞는 작가로서 박상륭을 선택한 셈
인데, 그것은 일반적으로 난삽하다는 평이 있는 그의 작품을 올바른
이해의 빛 속에 끌어들이려고 하는 노력의 결과이기도 하다.

표면상의 줄거리만을 따라간다면, 그의 소설은 도스토예프스키적
인 광증의 소산이라고 할 만한 급작스럽고 과격한 행위들로 가득 차
있다. 그의 최초의 「아겔다마」에서부터 그 흔적을 드러내고 있는 이
런 행위의 급작스러움은 최근의 「열명길」에 이르기까지 그대로 그의
기본적인 톤을 이루고 있다. 「아겔다마」에서의 유다의 급작스러운 강
간, 「장끼전」에서의 갑작스러운 방화, 「강남견문록」에서의 기대하지
못했던 여인의 죽음, 「뙤약볕」에서의 섬돌과 미친 여자와 그리고 당
굴의 집단적인 자살, 「시인 일가네 겨울」에서의 충격적이며 라스콜리
니코프의 재판 같은 홍선이의 살인 행위, 그리고 「산실벽 거울 속의
정오」에서의 결국은 무의미로 끝나버리는 살인 등등, 그의 소설 전편
을 통해 주인공은 절망과 실의에 빠질 때마다 상례를 벗어난 격렬하
고 충격적인 행위를 통해 그것을 벗어나는데, 그 행위의 대부분이 죽
음을 부른다. 그러나 그 죽음은 신파 소설에서 보여지는 센티멘털한
내포를 간직한 죽음이 아니라, 너무 순간적이고, 너무 격렬한 것이기
때문에 그 죽음을 둘러싼 사건 전부를 '당연하고' '되돌릴 수 없는'
그런 지경에 있는 것으로 만들어버린다. 그의 소설에서는 말하자면

죽음을 통한 우연의 필연화가 형성된다. 이런 죽음이 이루어지는 것은 대부분 농촌이며, 사람이 많이 들끓지 않는 곳이기 때문에, 말하자면 대화의 가능성이 거의 완벽하게 제거되어 있는 곳이기 때문에, 그 사투리와 비논리적인 어투를 견뎌내다보면, 우리는 이상한 샤머니즘의 세계, 모든 것이 완벽하게 그 운명을 결정당한 것 같은 세계 속에 끼여 있음을 느끼게 되는데, 그러나 그러한 느낌은 그 세계를 승인하고 인정하게 만드는 것이 아니라, 거부하고 거역하게 만들어준다. 사건이 일어나는 세계를 거부하고 거절하게 만드는 일은 그 사건을 작자가 쾌락의 대상으로 내던진 것이 아니라, '비난하고 고려하기' 위하여 던졌기 때문에 적절하게 지적인 탄력성을 유지한다.

굶주림 · 추위 · 빈곤 · 죽음 · 미신 · 주술 · 성교…… 등이 지배하는 샤머니즘적인 세계가 기이한 가역 반응을 통해 지적이며, 독자들을 거역의 정신 상태로 이끌게 만드는 그런 세계로 변모할 수 있는 이유란 무엇인가? 이러한 문제를 밝히는 것은 박상륭 소설의 기본 구조를 밝히는 일과 맞먹는다. 그러한 문제에 가장 쉽게 접근하기 위해서는, 그의 「2월 30일」이라는 소설에서 시작하는 것이 가장 간편하다. 그 소설에는 살인, 그것도 격렬하면서도 기이한 살인을 다루는 그의 괴기 취미도, 그의 기묘한 뉘앙스를 풍겨주는 사투리와 비논리적인 어휘의 난무도 보여지지 않는다. 그것은 얼핏 보면 단순한 투병기에 지나지 않는다. 그 소설의 주인공은 '길란—바레라고 하는 마비병'을 앓고 있는 Z씨이며, 이 소설의 표면상의 줄거리란, 'Z씨의 수기에서 발췌'라는 부제가 나타내주듯이 Z씨가 그 병과 싸우며 그것을 이겨나가는 과정일 따름이다. 그러나 그 과정은 단순한 투병 과정으로 묘사되는 것이 아니라, 그의 세계를 이해할 수 있는 상징적인 과정으로 파악될 수 있도록 묘사된다.

소설의 서두에서 우리는 같은 병에 걸린 두 사람의 환자를 알아본다. 그들은 Z씨의 말 그대로 '같은 전신 마비병 환자'라는 것 외에는 같은 점이 없다. Z씨와 같은 방에 들어 있는 A씨는 그 병을 사비로 치료하고 있는 "무슨 사장이라 했고, 뭐라 했고, 또 뭐라" 한, 부유한 사람이다. 그는 세계에 많은 것을 기대할 수 있는 그 기대의 대부분이 성취되어온 사람이다. Z씨의 표현을 빌리면, A씨와 같은 사람들은 "그들의 오물이나 쓰레기통만을 지고 다닐 뿐, 정작 그들의 심장은 어떤 곳에다 두고 다닌다." 그의 삶의 의미는 자기 외의 다른 곳에 있다는 뜻이겠다. 그 어떤 곳이란 어디인가. "지나간 시간의 뒤주 속, 또는 다가올 시간의 꽃망울 속, 아니면 그네들 아내나 자식이나, 또는 신의 태 속"이다. 보다 더 산문적인 용어를 쓰자면, 자기 밖의 세계, 일상성의 세계에 A씨는 갇혀 있다. 자기의 몸을 그는 끌고 다니는 것이지만, 그것은 '오물이나 쓰레기통' 외의 다른 아무것도 아니다. 진정한 A씨는 과거에의 추억, 미래에의 희망, 혹은 자기와 밀접하게 연결되어 있는 아내, 자식 등이 주축이 되어 있는 일상성의 세계 속에 끼여 산다. 그러나 Z씨는 그와는 다르다. 그는 가난한 전직 학원 강사이며, 입원비를 지불할 능력도 없어 '국비를 구걸하고' 있는 사람이다. 그에게는 일상성의 세계란 지극히 축소되어 있다. 그 자신의 몸 속에 모든 것, 자신의 과거와 미래, 그리고 자신에의 기대와 희망이 모두 묻혀 있다. "나는 여기에 있는 것이 전부이며, 이것이 나라고 하는 모든 재산이며, 이것이 나라고 하는 모든 과거와 현재다." 작자 자신의 섬세한 배려 덕분이겠지만, 이 사장과 전직 학원 강사의 대조는 같은 병실 속에 있으면서도 다른 삶, 병실 밖의 삶과 병실 안의 삶을 사는 사람의 대조로 확산된다. 그것은 기대와 희망, 자기 성찰과 거부의 대조이기도 하다.

본질적으로 다른 삶을 영위할 수밖에 없는 두 인물이 '길란―바레라고 하는 전신 마비병'에 걸린 직후의 반응은 다른 모습을 띠고 있지만 같은 유의 것이다. A씨의 반응은 서두의 '마녀의 주술에 걸린 왕자'의 설화로써 완벽하게 설명이 된다. 마녀의 주술에 걸려 "흙 속에 목까지 묻혀서 백년인지 천년인지 산" 왕자를 "그 이야기에 의하면" 어느 공주가 구해주러 온다. 마찬가지로 A씨도 자기의 병을 누군가가 구해주러 오리라는 것을 굳게 믿고 있다. 그것은 말하자면 풍문에 의한 구원의 가능성이다. 길란―바레 씨 병은 목까지 흙 속에 파묻혀 산 왕자의 절망적인 상황으로 그대로 환치될 수 있도록, 그 병의 이유도 치유법도 확연히 밝혀져 있지 않다. "아직까진 이 병의 원인도 균도 알 수가 없다는 거예요. 뭐, 무슨 균이라더라? 하아 이것 참 하여튼 무슨 균이 우리 같은 환자에게서 발견되긴 한다는 겁니다. 헌데 말입니다. 그게 반드시 우리 같은 환자에게서만 발견되는 것이 아니고 다른 종류의 환자에게서도 볼 수 있다는 것입니다." "그런데 말요 그게 또 무슨 귀신 얘기 같단 말입니다. 그 약을 써보니까 환자의 상태가 좀 좋아지더라는 정도로 알고 있을 뿐 대체 그 약이 어떻게 작용하는가는 모른다는 거요." 이런 식으로 병의 원인도 치유법도 밝혀져 있지 않다는 점에서 그 병은 A씨에게는 마술의 병이며, 공주의 출현만으로 치유가 가능해질 수 있는 그런 병처럼 생각된다. "그러더라도 동화 속의 그 왕자의 경우와 같이 이 사악한 마녀의 주술을 풀어주는 어떤 이가 온다는 믿음이 없다면 난 이렇게 광란의 정신을 아편으로 잔잔케 하는 듯한 느낌을 가질 수가 없을 것입니다." 그의 기대는 말하자면 자기의 밖에서 의연하게 행운에 의해 자기 병이 치유될 수 있으리라는 그런 막연한 느낌에 의해 부축되고 있지만 그 기대의 뒤에 자리잡고 있는 것은 생에 대한 맹목적인 상찬, 자기 자신의 여과기를 거치지 않은 삶이라는 익명적인 실체에 대한 저돌적인 믿음이다. 그것은 오히려 본능에 가깝기까지 하다. 자기의 병은 하나의 시련이다. 그 시련은 누군가에 의해 반드시 극복된다. 자기 자신은 의미 없는 하나의 광장, 그러한 드라마가 행해지는 하나의 광장에 지나지 않는다. 이런 A씨의 태도는 자신을 반성하는 버릇이 없는 대중의 한 표상인데, 그것은 '기도'라는 형태를 띤다. 그것은 종교적인 태도의 한 표현이겠지만 그것이 자기의 병을 위한 기도라는 점에서, 자기 각성의 계기가 아니라는 점에서 지극히 비개성적이다. Z씨의 경우는 그와는 약간 다르다. 그러나 길란―바레 씨 병에 대한 그의 최초의 반응은 거의 비슷하다. 그는 근본적으로 비관론자인데, 그것은 그가 그 누구에게도 희망을 걸고 있지 않기 때문이다. 그는 혼자이며 그뿐이다. 그는 자기밖에 아무런 것도 소유하지 못하고 있다. 있다면 자신의 육체뿐이다. 그렇기 때문에 그에게는 기대라든가 기다림 같은 것이 자리를 잡지 못한다. 그러나 그 역시 처음에는 타인에게 자신을 비교하려 한다. 비교라기보다는 자신이 타인으로 육화된다는 것이 더 올바를지 모른다. 그는 자기 육체의 치유의 표상으로 A씨의 발가락에 주목한다. "나는 내 몸에 대한 실감이 들지 않으면 A씨의 몸을 건너다보았는데, 번번이 혐오감을 느끼고 눈을 돌리게 마련이다. 나는 내 발가락을 A씨의 병상에 놓고 건너다본다. 그것은 분명히 내 것이었다." A씨의 발가락이 움직인다면, 나의 것도 움직이리라. 그러나 그러한 기대는 "그의 것과 나의 것과 같은 기반 위에 있지 않다는 것, 그의 발가락도 나의 발가락처럼 피 같은 건 돌고 있는 것 같지도 않고" "투명한 얼음 속에 죽어서" "강가의 익사체의 발가락처럼 거기" 있는 것이지만 그는 기대를 갖고 있고, 나는 기대를 갖지 않는다는 점에서 서로 다르다는 것──그것을 알게 된다. 결국 그에게는 A씨처럼 완쾌되어 다시 밖으로 나가 삶을 향유할 수 있는 여유가 없다. 그에게는 그만이, 그의 육체만이 전부이기 때문이다. 그래서 그의 최초의 질문, 즉 "나무 둥치와 잎은 어떻게 자기의 보이지 않는 뿌리를 인식할 수 있을까"라는 질문으로 되돌아온다. 그것은 어려운 자기 제어의 문제다. 나는 어떻게 나를 인식할 수 있을까? 이런 문제를 통해 그의 관념은 그의 육체로 변화한다.

A씨와 Z씨의 처음 반응은 다른 것이긴 하지만, 여하튼 무엇엔가 기대고 있다는 점에서 같은 정감을 띠고 있다. A씨는 자기 밖의 삶, 병실 밖의 삶에 기대를 걸고 있고 Z씨는 A씨의 발가락, 즉 자기 밖의 육체에 기대를 건다. 그들은 자기 밖의 어떤 것에 기대를 걸었다는 점에서 같은 부류의 사람이지만, 그러니 그 태도가 다르다는 점에서 그 이후에는 결정적으로 달라진다. A씨가 길란─바레 씨 병에 대해

보여준 반응은 개인이 없는 자의 반응, 너무 많은 사람들에 둘러싸여 있기 때문에, 돈이 많기 때문에 자기를 잃어버린 자의 반응인 막연한 기대다. 그러나 Z씨의 반응은 자기만이 존재하는 자의 반응, 개인의 반응인 타인과 자기의 비교인데, 그 두 반응은 여하튼 자기 밖의 것에 기대를 걸었다는 점에서 일치된다. 그 후에 Z씨의 자기 반성이 시작된다. 그것은 타인과 자기는 결국 비교될 수 없다. 타인의 삶을 자기가 대신 살 수는 없다는 그런 것이다. 그런 생각 때문에 그는 A씨가 계속 집요하게 그와 자기를 동일시하는 것에 분노를 터뜨린다. '도'라는 토씨에 관한 그의 분노는 이렇게 이해되어야 한다.

A씨의 파탄은 자기의 삶이 자신의 것뿐이라는 것을 Z씨의 집요한 질문에 의해 파악하게 되었을 때에 시작된다. "지금 내가 선생의 발가락에다 성냥을 켜댄다면 누구의 것이 타겠습니까?" "아 그거야 내 발가락 아니겠소." 이 문답을 마지막으로 그와 Z씨와의 대화는 단절된다. Z씨는 자기의 발가락에 대해서만 생각하게 된다. "이젠 A씨의 것이 아닌, 홑이불 속에 묻혀 눈엔 보이지 않는, 관념의 숲 속에서 살고 있는 내 발가락"을 그는 생각하게 된다. 그러나 A씨의 생활은 타인을 잃어버리고 완전히 자멸한다. 그는 결국 죽음에 당면하게 되는 것이다.

A씨의 삶은 결국 비개성적인 삶을 산 자가 세계 내에 혼자 존재하지 않을 수 없게 된 후에 얼마나 급속하게 자멸해버렸나 하는 것을 아주 잘 나타내준다. 그것은 '다스 만'의 죽음이다. Z씨의 삶은 반대로 개성적인 인간이 세계에 대해서 아무런 희망도 기대도 갖지 못한 자가 오히려 얼마나 꿋꿋하게 세상을 살아나갈 수 있느냐 하는 것을 표상한다. 그렇다면 길란—바레 씨 병은 무엇인가? 그것은 비개성적 삶의 한 표상이다. 그것은 의식이 마비되는 과정의 한 상징이다. 의식이 마비되어 익명의 삶, 자기 자신만의 삶이 아니라, 누군가 살아도 마찬가지인 그런 삶, 반성이라고는 조금도 없고, 수락하고 복종해버리는 삶을 사는 사람의 의식을 그 병은 상징한다. 그 반응은 어떤

가? A씨처럼 그 익명의 삶 속에서 익사를 하든가 아니면 Z씨처럼 다시 산 후에 어떻게 된다는 보장이 없더라도 다시 개인의 자각, 의식의 각성을 통해 다시 살든가 하는 것일 것이다.

그러면 박상륭이 이 「2월 30일」을 통해 우리에게 보여주려는 것은 무엇일까? 그것은 A씨의 삶과 같은 익명적인 삶에 대한 혐오와 구토이며 Z씨의 삶과 같이 '권태와 고독 탓에' 개성적인 삶을 살지 않을 수 없는 자기 의식 구조에 대한 천착, 다른 말로 바꾸면 구원에 대한 욕망이다. 이 두 패턴, 즉 비개성적인 것에 대한 혐오와 개인적인 삶의 가능성에 대한 열망은 그의 소설의 핵심적인 부분을 이룬다. 그 두 핵은 곧장 샤머니즘의 세계와 그것을 극복하려는 지적 세계로 확산된다.

그러면 그는 어떻게 해서 이런 이원론적인 세계에 접근하게 된 것일까? 「2월 30일」에 나오는 표현을 잠시 빌리면, 그것은 "관념을 실체로 부각시키기 위한" 그의 노력 때문에 얻어진 것이다. 무엇 때문에? "나 자신의 신이 되기" 위하여. 나 자신의 신이 된다는 것은 무엇을 뜻하는 것인가? 그것은 개성적인 삶을 살게 된다는 것을 의미하며, 새로운 인간형의 태동을 의미한다.

관념을 실체로 부각시키겠다는 이 이상주의적인 사고는 근본에 있어서는 동양적인 것이 아니다. 그것은 서구적인 사고, 특히 예정 조화설을 신앙의 배경으로 삼고 있는 기독교적인 사고 방식이다. 그것은 죄에 대한 콤플렉스가 전혀 없는 지중해적인 사고 방식이 아니라, 죄를 사고의 근본적인 축으로 보는 기독교적인 사고 방식이다. 후에 밝혀지겠지만 이런 이유 때문에 그의 소설에는 벌·속죄에 대한 묘사가 충실히 행해진다.

그가 기독교적인 사고 방식에 어떻게 해서 접근하게 되었는가 하는 것은 많은 자료를 필요로 하는 일이고, 오히려 전기적인 성격을 띠는 일이기 때문에, 나의 능력의 한계를 벗어나는 일이지만, 그가 기독교적인 주제에 밀착되어 있다는 것은 그의 최초의 소설인 「아겔다마」에서부터 또렷이 드러난다. '피밭'이라는 뜻의 '아겔다마'라는 제목이 나타내주듯이 유다의 배반을 둘러싼 피의 제전은 유다가 행하지 않을 수 없었던 예정된 각본을 그가 '피하지' 않았기 때문에 얻어진다. 그 피의 제전에서 그는 하숙집 노파——그녀를 그는 어머니라고 부르고 있었는데——를 살해하는 데까지 이르지만, 그것 역시 각본에 충실한 배우의 제스처에 지나지 않는다. 자기에게 배당된 배반 행위를 행하면서, 그는 이것이 예정된 것인가, 아닌가를 계속 자문하는 것이고, 그는 환상 속에 나타난 예수와의 대화를 통해 그것이 예정되어 있었음을 다시 확인한다. 그 확인은 노파의 죽은 눈, "투명하긴 했지만, 끝간 데 모를 심연을 가진 눈, 그러면서도 폐쇄되어버린 눈"에서 완성된다. 그 노파의 '폐쇄된 눈'을 통해 유다는 자기 행위의 완성을 엿보고, "아침이 감빛으로 밝아오는" 동쪽 창턱에서 생의 즐거움을 훔쳐보는 것이다. 유다의 죄는 유다가 그것을 예정된 것으로 각성하는 순간, 속죄된 것이다. 「아겔다마」처럼 직접적인 목소리로 묘사되고 있는 것은 아니지만, 「강남견문록」 「장끼전」 「우생원전」 역시 기독교적인 인상을 강렬하게 풍긴다.

「강남견문록」에는 기독교적인 세계관, 과거에는 황금 시대가 있었으나, 지금은 상실되고 없다는 그런 세계관이, 그 황금 시대를 되찾아 올라가려는 어떤 "애비 없는 후레새끼"를 통해 그려져 있고, 「우생원전」에도 그와 비슷한 세계관이 원달(元達)이라는 주인공의 의식을 갑자기 습격한 노인의 모습을 통해 표상화되고 있다. "그는 순금의 머리에 진짜 은으로 된 허리와 팔을 갖고 있었다. 그리고 가랑이까지는 구리로 이루어져 있었는데 오른발만 빼놓곤, 거기서부터 아래는 온통 정철(精鐵)로 되어 있었다……" 「장끼전」의 "마포 건에 짚신을 신은" 사람 역시 부처이면서도 예수일 수 있게 그려져 있다.

그러나 기독교적인 세계관이 가장 극명하게 나타나 있는 것은 「뙤약볕」 연작이다. 그곳에서 우리는 신을 상실한 인간의 비애와, 자신이 신이 되려 한 인간 시도의 어리석음을 보게 된다. 「뙤약볕」은 신앙으로서 '말'의 소리를 들으려 하지 않고 인간적인 한계 내에서 '말'을 이해하려 한 새로운 당굴의 죽음을 보여준다. 그는 그가 신에게 소명되었다는 느낌을 독자들에게 주지 않기 위해서 그에게 인간적인 냄새를 더욱 강하게 해주기 위해서, 죄 많고 격렬한 성격을 가진 자로 설정된다. 그는 말〔言語〕의 한계를 탐색하기 위해 오랜 세월을 보내지만 그것은 이루어지지 않는다. 말은 그가 다가가면 갈수록 멀어진다. 그것은 그가 끝끝내 인간의 한계 내에서 행동하려 하기 때문에 그런 것이다. 가령 그의 사고는 '말이란 우연의 자존자인가' 아닌가를 탐구하는 데서 벽을 느끼기 시작한다. 말이 주어진 것으로, 신성한 것으로 존재하는 것이 아니라, 인간적인 형태로 존재한다고 가정한 곳에서 그의 고뇌는 시작된 것인데 그것은 그가 '말의 세계'의 신성함, 혹은 거룩함을 인간적인 고뇌의 신성함과 같은 것으로 파악하려 했기 때문이다. 그는 말을 말로써 파악하려 한 것이며, 그래서 결국 그는 인간적인 죽음, 신비스럽기는 하지만, "수음을 즐기며 화장을 지운" 그런 죽음으로 귀환해버린 셈이다. 섬돌이에 대한 그의 맹목적인 사랑은 말의 신성함을 인간적인 한계 내에서 파악하게 하는 데 큰 기여를 한다. 그는 말이라는 거대한 질서를 인간 감정이라는 섬세한 것으로 파악하려 하는데, 이것은 신을 이성으로 파악하려 한 저 19세기의 숱한 이단자들을 그대로 상기시킨다. 「뙤약볕」에서 강조되는 것은 거대한 질서의 정확함에 대한 외경심이며, 그것을 질서로서 파악하지 못한 당굴에 대한 작자의 연민이다. 「뙤약볕」의 속편인 「하원갑 섣달그믐」은 질서를 잃어버린, 존경하고 외경해야 할 대상을 잃어버린 인간 집단이 개아(個我)까지도 공유하면서 인간의 질서를 세워 그것을 대치해보려는 노력을 처참한 결말로 끝나버리는 그런 노력을 내보여준다. 인간적인 범위에서이지만, 말을 재래적인 방법·의식에 의해 파악하려 한 마지막 당굴의 사망 이후, 질병과 죽음이 「뙤약볕」의 마을을 지배한다. 아마도 불안과 절망의 상징임이 분명한 질병·죽음을 극복하기 위하여 그 마을 사람들은 새로운 대지를 향해 떠나는 것이지만, 그 결말은 지극히 비극적이다. 출발한 모든 사람의 죽음, 그것도 처참한 전쟁을 상상시키는 잔인한 죽음으로써 작자가 말하고자 하는 것은 인간적인 질서의 취약성일 것이다. 인간적인 질서란 그것보다 강렬한 어떤 것, "여러 생각 중에서도 으뜸인 것만이 뭉쳐서 된" 어떤 질서, "여러 생각이 서로 짓이겨져 찌꺼기는 떨어져버리고 남은 맨 나중의 것이면서도, 모든 생각이 태어나는 맨 처음의 것인" 그런 질서가 없다면, 조그만 압력에도 부서지고 만다. 피를 흘리지 않는 것은 율법의 형태를 취하기 어렵기 때문이다. 그 인간적인 질서에는 성의 난무와 균등한 부가 주어지는 것이지만, 개인의 정신적 질감이 무시된다는 점에서, 인간이라는 것보다 더 높은 어떤 것이 무시된다는 점에서, 지극히 비극적인 결말이 뒤따른다.

기독교적 세계관이 보다 더 극명히 나타나는 것은 그러한 상황에서라기보다도 오히려 죄와 벌·속죄에 대한 작자의 격렬하고 충격적인 태도에서다. 그의 세계가 어떤 절대적인 세계를 상정하고 있다는 것은 위에서 밝힌 바 있지만, 그런 절대적인 세계에 들어가기 위해서 그의 주인공들은 항상 죄와 벌·속죄라는 이중의 함정을 거쳐 지나간다. 그 죄와 벌 사이에 그의 격렬한 죽음이 끼여 있다. 노파의 죽음을 사이에 둔 유다의 배반과 속죄(「아겔다마」), 연인—아내의 죽음을 사이에 둔 춘섭·봉길이의 미묘한 갈등과 "마포 건에 짚신을 신은" 사나이의 등장(「장끼전」), 연인을 죽인 '나'의 죄와 그것으로 인한 '나'의 구원——"그러나 할아버지는 끝내 눈을 감을 수 없었지만, 난 편히 눈감을 수 있을 것 같다"(「강남견문록」), 섬돌이의 죽음과 당굴의 실종, 그리고 전면적으로 확산된 재앙(「뙤약볕」 연작), 홍선이의 살인과 정엽의 정신 박약증 극복(「시인 일가네 겨울」), 이런 예에서 볼 수 있듯이 죽음은 박상륭 주인공들의 의식 속에서 기독교적인 구원, 개인의 각성을 통한 자기 향상의 계기로서 파악되며, 그런 뜻에서 죽음을 부른 주인공들의 죄는 적절히 속죄된다. 그것은 아마도 그리스도의 속죄의 한 변형이기도 할 것이다. 이런 작자의 태도는 「쿠마장」의 한 에피소드에서 극명히 밝혀진다. 만삭이 된 거지 여자가 목교를 건너가다 산기가 있어 목교를 안고 몸을 비튼다. 그때 핏덩이 하나가 다리 아래로 굴러떨어진다. "그때는 그 여자는 움직이지 않았었는데, 죽은 듯하게 화평스러운 그 여자의 싸늘한 얼굴에서 난 이해할 수 없는 향수를 느꼈던 것이다. 박제된 여자, 미래의 씨앗을 뺏긴 공허한 껍질의 시간, 허지만 그 자신의 무거운 짐으로부터 태어난 여자, 생성으로부터 생성의 젖으로 돌아온 바탕, 그녀의 그런 얼굴에는 어떻게 거친 시간의 어떤 의지라도 파종할 만한 빈터가 있었다." 죽음을 통해 그 거지 여자는 다시금 거친 시간의 "어떤 의지라도 파종할 만한 빈터"를 다시 획득하는데, 그것은 그 죽음 속에 생성을 불가능하게 하는 모든 "무거운 짐"을 파묻었기 때문이다. 이러한 죽음은 열반이나 입적이라는 말로 표현되는 해탈의 그것이 아니라, 새로운 고뇌가 시작된다 하더라도 그것을 감내할 수밖에 없다는 기독교적인 죽음이다. 자신이 "시간의 어떤 의지"도 수용할 수 있게 된 타인의 죽음을 통해서라는 점에서 바로 그런 것이다.

박상륭의 소설이 기독교적인 성향, 죽음과 속죄의 정신적 편향을 주조(主調)로 삼고 있으면서도, 샤머니즘적인 세계로 확산되고 있는 것은 소설의 무대가 도시가 아니라 농촌이라는 데에 큰 힘을 얻고 있다. 병원을 무대로 한 「2월 30일」이나 시장을 무대로 한 「쿠마장」, 방을 무대로 한 「우생원전」을 제외하면, 그의 거의 모든 소설은 농촌을 중요한 무대로 삼고 있다. 기독교적 관념이 농촌을 실체로 삼는다는 점은 몇 가지의 이점을 지닌다. 하나는 한국적 상황의 표본으로서 농촌을 택함으로써 아직도 도시인의 생활에 서투른 한국어를 제대로 사용하면서 관념적인 작회(作戲)를 행할 수 있다는 점이고, 또 하나는 기독교의 샤머니즘화와 그것의 극복이라는 이중의 과제를 그것으로 실험해보일 수 있다는 점이고, 또 하나는 폐쇄된 사회의 윤리학을 비판하기에 쉽다는 점이다.

박상륭이 사용하고 있는 어휘의 독특함은 아무리 강조되어도 지나치지 않다. 맨 처음으로 그의 문장에서 발견되는 것은 율조성(律調性)이다.

1) 섬의 중앙, 동백나무 숲 속, 늙은 백송 그늘 아래——뜨거운 낮엔 해녀의 자맥질이 보이고, 흰 달밤엔 인어의 노랫소리가 들리는 언덕에, '말'을 모시는 사당이 있어왔다. (「뙤약볕」)

2) 그것도, 조용히 웃으면서, 왼손엔 올가미를, 오른손엔 칼을 쥐고, 원달이 자기의 목을 올가미에 넣으려 할 것이다. (「우생원전」)

3) 독수리와 까마귀는 부리를 갈며 우짖고, 화약 냄새는 코밑에서 떠돌고, 벗겨진 철모와 잘려진 손바닥에 박모가 담기고, 밤이 오고, 부엉이가 날고…… (「시인 일가네 겨울」)

4) 초나흘 달이 지는 함지 속으로, 여인 열세 명이 뛰어들었다. 달을 잡으려고, 달을 잡으려고. (「하원갑 섣달그믐」)

이 네 문장은 그의 소설 여기저기에서 가장 대표적인 것을 뽑아낸 것인데, 그 뉘앙스는 각각 다르지만, 율조성에는 변함이 없다. 1)의 예는 「뙤약볕」의 시작을 이루는 문장인데, 4·4조를 기조로 하고 있어, 옛날얘기를 시작하는 듯한 느낌을 주고 있다. "섬의/중앙//동백/나무//숲 —/속 —/늙은/백송/그늘/아래//뜨거운/낮엔//……" 2)의 예는 3·4조를 기조로 하고 있는데, 그 효과는 1)의 예와는 달리 동작의 절도 있음을 나타내게 되는 데 있다. 이 부분은 주인공의 의식의 내부에서 한 인물이 그 주인공의 의식을 각성시키기 위해 상징적으로 등장하는 대목인데, 그 가공의 인물의 생생함을 강조하기 위해, 어군(語群)이 정확히 떨어져, 가운데에 휴지(休止) 부분을 형성함으로써 템포를 빨리하고 있다. 3)의 예는 정신 박약자인 한 주인공이

"살인하기엔 더 바랄 수 없는 밤"에 살인할 의사를 품게 되는 격렬한 장면에 그 주인공이 내뱉는 독백인데, 4·4조로서 변사풍의 과장을 내풍긴다. 그것은 명사─동사, 명사─동사가 아무런 접속사의 도움도 없이 곧 이어지고 있기 때문에 얻어진 효과이며, 동시에 어휘의 과장된 선택 때문에 얻어진 효과이기도 하다. 독수리·까마귀·화약·철모·박모·밤·부엉이 등의 불길한 어휘들은 주인공의 의식을 점유하고 있는 전쟁과 죽음을 너무 잘 형상화하고 있는데 그것이 우유부단함과 결합되어 변사풍의 과장으로 변모한 셈이다. 4)의 예는 반복의 예인데, 죽음을 강요당한 열세 명의 여인의 행동이 이백(李白)의 그것처럼 시적으로 표현되어 있어──바다를 '함지'로 표현한 것은 그 한 증거이리라──조소적인 느낌마저 준다. 이러한 율조성은 그의 소설 곳곳에서 읽는 사람을 습격하는데, 그런 율조를 통해 우리는 우리의 가장 깊숙한 곳에 숨겨져 있는 비밀한 언어의 영역, 저 샤머니즘적인 세계에 이른다.

이러한 율조성은 도시의 논리적이고 산문적인 구조와는 다른 것인 농촌의 주술적인 구조를 더욱 두드러지게 하는데, 그런 느낌은 완벽한 남도 사투리에 의해 더욱더 강화된다. 그 사투리는 「장끼전」과 「산실벽 거울 속의 정오」에서 가장 완벽한 표현을 얻는다. "우리는 워디든 다른 디로 가야 할랑개벼"라는 탄식에 "워디라고 밸다르깨미"라는 대답은 시골 사람의 체념의 극한을 보여준다.

문장의 율조성, 정확한 남도 사투리 등의 일차적인 특성을 넘어서면, 우리는 그의 소설의 대부분이 농촌적인 비유, 폐쇄적이며 주술적인 비유들로 가득 차 있음을 발견하게 된다. "태양은 시뻘겋게 달구어지고, 부풀어올라 수레바퀴만큼이나 커 보였다," "열사(熱砂) 위의 지렁이처럼 꿈틀거리며 걸어오고 있었다"──농촌적인 비유, 폐쇄적이고 주술적인 비유는 대개 다음의 두 가지 것으로 크게 대별된다. 하나는 시간을 묘사하는 방법이다. 박상륭의 소설 전부를 통틀어서 정확한 시간이 밝혀지는 경우는 거의 없다. 시간은 대개의 경우 자연의 변화로 표현된다. "큰 나무 꼭대기의 마른 잎이 떨어져 땅에 와 닿을 만큼은 어느 쪽에서도 말이 없었다. 그 시간은 천년의 적막이 한 마른 잎에 축적되었다가 날라져내리는 것이라고 생각되었다." "그 나그네가 그늘 밑까지 왔을 땐 그를 발견했던 때로부터 시작해서, 아낙들이 젖먹이 아기의 잠든 입술에서 젖꼭지를 빼고, 노인들은 두 대째의 장죽을 털고 세 대째의 담배를 담으려고 담배에 침을 뱉아 비비는 무렵이었다." 시간을 표시하는 데 이런 유의 비유를 사용한다는 것은 언어의 주술적인 면을 더욱 강조하여, 자연 자체에 생명을 불어넣을 수 있도록 하기 위한 배려일지도 모른다. 자연은 이때 일종의 기이한 생명감을 얻어 시간과 장소의 모든 것을 지배하게 된다. 구체적인 어휘에서 그 구체성을 박탈함으로써 미묘한 영기(靈氣)를 얻는 예가 시간에 대한 묘사라면, 그 정반대의 케이스인 추상 명사의 구상적 사용에서도 그런 기이한 영기는 얻어진다. "신기란 걸 본 사람은 없지만, 난 이제 그것이 기름이라곤 알게 됐다." "토착민들은 벌써 그들의 토착 속으로 기어들어가버리고 보이지 않았다." 신기(新奇)라는 추상 명사는 이곳에서는 기름이라는 구상 명사로 대치되어 사람으로 하여금 목숨을 불꽃처럼 태울 수 있게 하는 힘을 지적하고 있다. 토착이라는 말 역시 그렇다. 이 토착이라는 추상 명사는 토착민들이 살고 있는 모든 환경·집·마을·의복…… 등을 지칭하는 구상 명사로 바뀐다. 이 두 가지 것은 말의 주술적인 사용을 의미하는데, 그것은 농촌 사람들의 생활의 한 방식을 보여준다. 그들의 특성은 자기 밖에 객관적으로 떨어져 존재하는 것이 하나도 없고, 모든 것은 자기와의 연관 밑에서, 아니 오히려 자기 속에 존재한다는 것에 대한 맹목적인 신앙이며 그것이 추상 명사와 구상 명사 사이의 구별을 없애는 데 큰 역할을 한다. 그리고 그 역할에 의해 우리는 우리말의 가장 기이한 성감대(性感帶)에 이르게 되는 것이다. 그 성감대는 기이한 가역 반응에 의해 관념적인 체계의 애무마저도 대담하게 받아들이는 것이어서, 작가는 자연을 통해 가장 도시적인 사고에 이르게 된다.

이 주술적인 어휘들은 초자연적인 힘을 전제로 한다. 그런 뜻에서 우리는 일상적인 논리를 거부하는 샤머니즘의 세계를 박상륭의 세계에서 만나게 된다. 그 세계에서 우리는 이상한 나라의 앨리스처럼 모든 것에 경악을 금할 수 없게 된다. 관념이 실체가 되어 있고 실체가 관념이 되어 있는 세계는 논리를 거부하는 경악의 세계다. 그러나 그 경악의 세계에는 자신의 힘만으로 모든 것을 해결하겠다는 사색인이 반드시 등장한다. 그는 「2월 30일」의 Z씨와 「뙤약볕」의 당굴로 대표될 수 있을 것인데, 그의 사고가 종국에는 논리와 비논리, 인간과 신, 유한성과 무한성의 대립을 이해하려는 곳에서 항상 막힌다는 점에서, 초월과 해탈이 사색의 목표인 동양적인 인간과는 궤를 달리한다. 그의 노력은 대부분 죽음으로 끝나고 있지만, 그 죽음은 그것이 새로운 삶을 약속한다는 점에서 샤머니즘의 극복을 기대할 수 있게 한다. 이 도식은 박상륭 세계의 근본적인 모습의 하나다. 그는 기독교적인 세계관을 농촌에 뿌리박으려 함으로써 샤머니즘과의 충돌을 곁에서 지켜보고 있는데, 지금까지의 결과는 주인공의 죽음에 지나지 않지만, 그 죽음의 의미는 매우 다양하며, 다채롭다. 그 의미는 무엇인가? 폐쇄된 농촌의 샤머니즘적인 윤리학을 고려하게 만든 그 기독교적 세계관이란 무엇인가? 우리는 이렇게 하여 다시 Z씨에게로 되돌아온다.

박상륭 소설의 난삽성은 사건의 당돌함이나 어휘의 대담함 때문에도 얻어지겠지만, 본질적으론, 우리에게는 어느 정도 낯선 세계의 윤리관으로 우리 농촌을 해부해보려 한 데서 기인한다. 그의 표현을 빌리면 그는 기독교적 이원론이란 관념을 농촌이라는 실체 속에서 구현시키려고 애를 쓰고 있는데, 그 결과로서 우리는 개인 의식의 극단적인 확산을 보게 된다.

바로 그렇기 때문에 그의 소설의 대부분은 상징소설이 아니면 풍자소설의 면모를 띠게 된다. 그 폐쇄되어 완전히 고립되어 있는 세계——「장끼전」의 농부들이 가뭄에 시달려 죽어가면서도 그 농촌을 떠나지 않는다거나, 「우생원전」의 원달이 간을 뺏길 때까지의 의식 변화가 방안에서 형성되고 있다는 이 두 예는 가장 명료한 예가 되어 줄 것이다——에, 그 세계에서 형성되지 않은 정치학 혹은 윤리학을 가진 인물을 등장시킴으로써, 그는 그 세계에 대해 통렬한 비난을 퍼붓는 것이며, 동시에 그 폐쇄된 세계가 다른 세계와 부딪쳤을 때의 반응을 관찰한다. 이런 이중의 작업 때문에 그의 세계는 샤머니즘적인 세계에서 출발하고 있는데도, 기이한 우회로 끝에서 지적이며 논리적인 세계의 출현을 가능케 하고 있다. 그곳에서 우리는 야유와 풍자, 연민과 동정을 알아본다. 그리고 그것은 아마도 작자 자신의 가장 내밀한 몫일 것이다.

그는 이제 출발한 셈이지만, 그가 선택한 세계의 독특함 때문에 항상 주목의 대상이 될 것이다. 그리고 그에게 주목할 것은 샤머니즘적인 세계의 극복이라는 난문제를 안고 있는 한국 문학의 의문이기도 하다.


## 3. 요나 콤플렉스의 한 표현

융이 우주적 상징이라고 부르고 있는 요나 콤플렉스는 바슐라르에게서 그 문학적인 의미를 완전히 획득한다. 바슐라르는 요나 콤플렉스를 어머니의 뱃속에 있을 때의 편안함을 되찾고 싶어하는 콤플렉스라고 규정하고 다음과 같이 말한다. "요나 콤플렉스는 부드럽고, 덥고, 결코 침해되지 않는 안락이라는 이 원초적인 기호로서 모든 피난의 현상을 즉각 찍는다. 요나 콤플렉스는 절대적인 내면이며, 행복한 무의식의 절대이다." 이 콤플렉스는 다음의 몇 가지 특색을 갖는다. 1) 요나 콤플렉스는 동화(同和)의 원칙 principe d'assimilation에 근거해 있다. 이 동화의 원칙은 뱃속에 있는 자와 배를 가진 자와의 상사에서 연유한다. 바슐라르는 이 동화 원칙까지의 추상화와 도식을 다음과 같이 그리고 있다. 배→가슴→자궁→물→수은→동화 원칙. 이 동화 원칙은 그것이 자궁을 상징한다는 점에서 항상 습기를 전제로 한다. 2) 요나 콤플렉스는 성의 뚜렷한 구분을 배격한다. 요나 콤플렉스는 가장 원초적인 상태에서의 '양성 동체 hermaphrodite'를 의미한다. 요나 콤플렉스 속에서는 남성과 여성은 발전의 변증법에 의거해서 관련을 맺고 있으며, 분리의 변증법에 의거해서 관련을 맺고 있는 것이 아니다. 3) 요나 콤플렉스는 두 형태를 취한다. 하나는 여성적 요나 콤플렉스이며, 또 하나는 남성적 요나 콤플렉스다. 기하학적으로 표시한다면, 원은 배의 한 표상이며, 사각형은 피난소를 의미한다. 원 속에 사각형이 내접한 경우를 바슐라르는 여성적 요나 콤플렉스라고 부르고 있으며, 사각형 속에 원이 내접한 경우를 남성적 요나 콤플렉스라고 부르고 있다. 예를 드는 것이 허용된다면, 카뮈의 「요나」에 나오는 화가의 콤플렉스는 남성적 요나 콤플렉스이며, 베케트의 「몰로이」에 나오는 모랑의 콤플렉스는 여성적 요나 콤플렉스다.

　카뮈의 주인공이 도피하는 곳은 사각형의 다락이며, 그 다락 속에서 그는 번데기처럼 축소된다. 모랑은 원형의 숲 속에서 계속 헤매지만, 결국 거기에서 벗어난다. 이렇게 본다면, 남성적 요나 콤플렉스는 남성적 특성을 점차로 잃어가고 있는 콤플렉스이며, 여성적 요나 콤플렉스는 여성적 성격을 점점 벗어나는 콤플렉스라고 규정할 수 있다. 남성적 요나 콤플렉스에서는 뱃속으로 들어가기가 결국 중요한 자리를 차지하며, 여성적 요나 콤플렉스에서는 배에서 빠져나오기가 중요한 역할을 맡는다. 4) 요나 콤플렉스의 가장 큰 특성 중의 하나는 그것이 습기와 밀접한 관련을 맺고 있지만, 바슐라르의 네 원소 중에서, 그것이 오히려 대지의 원소와 관련을 맺고 있다는 점이다.

　편안과 안락에의 도피, 다시 말하면 어머니의 자궁 속의 편안함과 따스함을 되찾고 싶다는 욕망은 소설 속에서 그것이 형상화될 때, 정신적 치매증, 의식의 말더듬이라는 모습으로 나타난다. 가장 전형적으로 요나 콤플렉스를 드러내고 있는 베케트의 「몰로이」와 카뮈의 「요나」를 볼 때, 우리가 느끼는 당혹감은 자기 밖의 현실을 남들과 동등하게 객관적으로 파악하는 능력의 부족에서 야기되는 모호한 인식 태도 때문에 얻어진다. 몰로이는 가령 자신의 위치를 말해가다가 '사실은'이라고 설명하려 한다. 그때 그는 덧붙인다. 사실이라니! 요나 콤플렉스에 걸려 있는 자들의 의식 속에서는 모든 것이 환상에 지나지 않는다. 현실을 객관적으로 인식하지 못하고 환상으로 파악하는 것은 일종의 항문 퇴행 현상이다. 인간의 의식은 환상을 객관적인 유추물로 변모시키는 과정에서 성숙한다. 그러나 요나 콤플렉스에 사로잡혀 있는 자에게는 그것과 반대 현상이 일어난다. 단단한 윤곽을 가진 것은 점차로 끈적끈적한 것에 자리를 내준다. 그런 의미에서 본다면, 「구토」의 로캉탱 역시 요나 콤플렉스에 사로잡혀 있다. 그는 조약돌에서는 구토를 느끼며, "때묻은 넝마, 냄새나는 헌 종이"에 대해서는 기묘한 애착감을 느낀다(「구토」에서 상당히 빈번하게 사용되는 이미지가 배〔腹〕라는 것을 바슐라르는 밝혀주고 있다). 저 유명한 마로니에 나무 뿌리에 대한 관찰도 이러한 관점에서 이해될 수 있을 것이다.

박상륭의 작품은 샤머니즘의 논리화라고 말할 수 있는 것으로 특징지어진다. 샤머니즘의 논리화라는 말은 그가 샤머니즘적인 것을 소재로 택하면서도 가령 김동리의 「무녀도」와 같이 샤머니즘의 세계에 몰입하는 것이 아니라, 그것을 객관적으로, 논리적으로 묘사함으로써 그 세계의 의미와 한계를 두드러지게 드러내보인다는 것을 말하기 위해 쓰인 것이다. 그 세계의 의미와 한계를 드러낸다는 지적 또한 그가 샤머니즘의 세계와 논리적 세계라는 이원론적 세계관을 선택해서 샤머니즘 세계의 한계를 드러낸다는 뜻이 아니라, 세계를 샤머니즘이라는 일원론으로 파악하면서, 세계의 의미와 한계를 두드러지게 묘파해낸다는 뜻이다. 그의 세계에서는 그러므로 분리와 대립이 중요시되는 것이 아니라, 화해와 교섭이 중요시된다. 모든 것은 질서 정연한 인과의 고리를 가지고 있으며, 그 고리는 죽음을 통해 의식화된다. 그렇다면 화해의 세계를 묘사하면서, 어떻게 불화의 세계를 드러낼 수 있을까? 이것은 그의 작품을 읽을 때 제기하게 되는 핵심적인 질문이다.

박상륭의 세계는 화해의 세계다. 그 세계 속에서는 죽음마저도 화해의 형태를 취한다. 남을 죽이는 것, 남에게 욕하는 것, 남을 괴롭히는 것, 흔히 도덕적인 면에서 악이라고 알려져온 모든 것이 그의 세계 속에서는 "당연하고, 의심의 여지가 없는" 것으로 받아들여진다. 다시 말하면 불화마저도 그의 세계 속에서는 화해의 형태로서 존재한다. 그것은 그의 세계가 완전히 단절되어 있기 때문에 얻어진다. 완전히 단절되어 있다! 과연 그렇다. 초기 작품인 「아겔다마」에서부터, 그를 처음으로 몇몇의 고급 독자에게 클로즈업시킨 「2월 30일」, 「뙤약볕」 연작, 「열명길」, 그리고 「남도」 연작에 이르기까지 그가 선택하고 있는 장소는 언제나 외부와의 관계가 단절된 외딴 집(「아겔다마」), 병상(「2월 30일」), 성(「뙤약볕」「열명길」) 아니면 숲 속 미개지(「남도」)이다. 그 폐쇄된 상황 속에서 서식하고 있는 인간들은 몇 가지의 특성을 지닌다. 첫째는 외부와의 관계 밑에서 형성되는 도덕적 감정이 그들에게서는 전연 보이지 않는다는 점이다. 유다의 강간과 살인(「아겔다마」), 배 위에서의 잔인한 살육(「하원갑 섣달그믐」), 라프카디오의 무상의 행위를 연상시키는 홍선이의 살인(「시인 일가네 겨울」), 인민의 폐인화(「열명길」) 등등은 그의 세계의 주인공들의 도덕적 감정의 전무함을 그대로 예시한다. 둘째는 외부와 절연되었기 때문에 생활에 대한 괴로움은 거의 나타나지 않고, 구원에 대한 욕구가 강하게 나타난다는 점이다. 「남도 2」에서는 식량이 없으면 불만 때고 드러누워 잠만 잔다는 묘사가 나올 정도로 그의 인물들은 생활에 무관심하다. 가난하고 항상 굶주리지만 그의 주인공들은 그것을 계절의 오고 감과 마찬가지의 실험적인 사실로 받아들인다. 대신 그들을 지탱시키는 것은 그들을 구원할 수 있는 어떤 것에 대한 갈망이다. 그 갈망은 그의 상당량의 소설이 옴om이라는 최고 정신에 대한 경의의 표시로 끝나고 있는 것으로도 증명된다. 박상륭의 세계의 화해성은 도덕적 감정의 전무함과 생활에 대한 무관심에서 야기된다. 그런 의미에서의 그의 세계는 아리스토텔레스의 화해의 세계를 문자화한 지로두의 상호 교감하는 세계와는 다르다. 지로두의 화해의 세계에서는 모든 것이 서로 화답하고 응답하는 과정에서 생겨나는 세계다. 다시 말하자면 그것은 생성 속의 화해다. 그러나 박상륭의 세계에서는 생성이 금지되어 있다. 생성의 기본적 구조인 삶과 삶에 대한 태도가 그의 세계에서는 철저하게 무시된다. 그의 세계가 화해의 세계라면 그것은 그의 세계 속에서 모든 것이 상호 교감하고 있기 때문에 그런 것이 아니라, 모든 것이 미리 예정되어 있고, 되풀이되기 때문에 화해의 형태를 취한 것이다. 그의 세계의 화해는 제논의 역설에서 볼 수 있는 운동 속의 순간을 확대한 듯한 화해다. 불화마저도 응고하여 화해 속에서 그것을 지탱하는 지주 노릇을 하는 화해의 세계. 그의 주인공들의 구원에 대한 욕구는 그 순간을 운동과의 관련하에서 파악하고자 하는 욕망이다. 불화를 불화답게 파악하고자 하는 의식이 그의 구원의 정신이다.

박상륭의 세계가 갖는 화해감이란 그러므로 일종의 패러독스다. 그의 화해의 세계는 불화를 불화답게 인식할 수 없게 만드는 세계다. 그러나 그 세계는 불화를 불화로서 인식하려는 의지의 소생으로 화해의 세계가 깨어질지도 모른다는 위험감을 항상 독자에게 전달한다. 그래서, 그의 화해의 세계는 불화의 세계를 묘사하는 그 어떤 소설보다는 불화에 대한 두려움과 저항 정신을 독자에게 불러일으킨다. 그의 세계는 「무녀도」의 세계가 그러하듯이 독자를 체념과 안일의 세계로 몰고 가는 것이 아니라, 독자를 저항과 거부의 세계로 밀고 간다. 「무녀도」의 세계에서는, 모든 주인공들이 무목적적으로 움직인다. 그것은 불화를 전제로 하지 않은 화해를 가장한 세계다. 반대로 박상륭의 세계에서는, 주인공들은 태연하게 악덕을 행한다. 그것이 마치 화해의 한 형태인 것처럼 말이다. 그렇지만 그 악덕은 개인의 구원을 희구하는 정신과 밀접하게 연관을 맺고 있다. 그래서 그의 세계는 독자들이 그 세계에서 안주하기를 거부하게 만들고, 자신이 그의 주인공들처럼 화해의 한 형태로서 악덕을 행하는 것이 아닌가 반성하게 만든다(그것은 「뙤약볕」 연작과 「열명길」 그리고 「남도」 연작에서도 두드러지게 얻을 수 있는 것이다).

　박상륭의 주인공들의 구원에 대한 욕구는 대지와 밀접한 관련을 맺고 있다. 그의 주인공들의 "가슴 밑바닥엔 언제나 외로움이 깊게 자리잡고" 있거나, 있는 곳을 떠나야 한다는 의무감이 자리잡고 있어서, 그들을 "새로운 땅"으로 이끈다. 그 땅은 다비소(茶毘所)라는 이름을 가지고 있기도 하며(「장끼전」), "다시 말할 수 없이 평화스럽고 희망에 넘치고 교만한" "황금의 땅"(「강남견문록」)이라는 추상적인 이름을 갖기도 한다. 그 땅은 「뙤약볕」 연작에서는 "우리와 우리 자식을 기다리는 새 천지"로 표상화된다. 이 땅은 그 이름이 어떠하든 간에 박상륭이 주인공들을 이끄는 유일한 자력체(磁力體)이다. 그러나 그 땅에 도달한 주인공은 없다. 그 땅에 가지 않을 수 없으면서도, 그 땅에 도달할 수 없다는 비극, 그것은 이중의 의미를 띤다. 하나는 그의 땅이 여호와가 언약한 꿀 흐르는 땅이라는 인상을 준다는 점이다. 그것은 그의 초기 작품인 「아겔다마」와 「강남견문록」을 미루어보면 알 수 있다. 분명히 불교적인 의미를 띠고 있는 다비소라는 장소역시 유다의 눈에 비친 약속된 땅의 딴말에 지나지 않는다. 그의 소설이 그 샤머니즘적인 소재에도 불구하고 현대적인 의미를 띠는 것은 그의 약속된 땅에 대한 열망이 이집트의 유태인의 그것을 연상시켜주기 때문이다(이것은 「강남견문록」과 「우생원전」을 보면 분명해진다). 또 하나는 처음의 것과 밀접한 관련을 맺은 것이지만 그의 약속

98

된 땅이 카프카의 성과 같은 인상을 준다는 점이다. 이유도 알 수 없는 충동에 밀려 어떤 곳을 찾아 헤매지만 그곳으로 가는 것은 오히려 금지되어 있다는 느낌을 주는 카프카의 세계와 박상륭의 세계는 너무나도 비슷하다. 다른 것이 있다면 카프카의 세계에 비해서 그의 세계는 주술적이며 비관료적이라는 점이다. 그 땅에 대한 열망은 그의 주인공의 의식의 전면을 차지한다. 그 땅이 존재하지 않는다면 주인공마저 존재하지 않을 정도로 그 둘의 상관 관계는 밀접하다. 그 땅은 「남도」에 이르면, 죽음을 표상하는 메밀밭으로 변모되는데 그 속의 한 주인공에게는 다른 주인공이 메밀밭으로 인지되기까지 한다. "머시라까? 아 그랴, 메물꽃이등만, 흐으 그랴, 암내낸 메물꽃이등만, 밤괴기를 낚으로 나갔다가 시나는 괴기도 못 낚으고 말여, 빈 배에다 달빛이나 한짐 싣고 돌아오던 밤중으로 말여, 워쩐지 맘이 이실거리고 펀털 못해 뚤레뚤레 고개를 돌려보면 말여, 흐흐흐 흰옷 입은 젊은 과택이 그랴 젊은 흰옷 입은 과택이 달빛 가운데 앉았더라고. 우는개볐어. 그란디 알고 보면 그냥 누구네 메물밭이었더라고. 그랴, 달빛 아래 패시시 웃는 할마씨가 그 메물밭이등만." "그란개 다시 메물밭이등만, 흐물트러진 메물밭이드라고. 나중에는 워디워디 다 피었네, 가심에다 죄용히 없는 손목에서도 피고, 초록 저고리 눈빛 동정에도 피고, 다홍치마 주름에서도 피고 옥색 꽃고무신에서도 피었제. 피었다고, 나는 그때 고 속으로 뛰어들고만 싶더라고." 죽음과 메밀밭과의 상관 관계는 한 과수댁의 죽음과 한 고자의 그녀에 대한 사랑이 중심이 되고 있는 「남도」의 중요한 측면 중의 하나다. 그 관계에서 중요한 것은 죽음——사람이 하나의 환상——흰 메밀꽃밭의 환상으로 존재한다는 점이다. 박상륭의 주인공들의 모든 행동의 근원은 땅에 대한 환상에서 생겨난다. 그 땅에 안길 때 그 주인공은 편안함을 느낀다. 그 땅은 주인공을 편하게 부드럽게 '호숩게' 만들어주는 유일한 것이다.

박상륭의 주인공들의 미지의 땅에 대한 욕구는 그들의 요나 콤플렉스의 한 발로다. 그리고 그 요나 콤플렉스는 「열명길」과 「남도」에서 그 가장 극명한 표현을 얻는다. 박상륭의 주인공들이 그리는 땅을 예거하면 다음과 같다. 1) 다비소(茶毘所): 그곳으로 가는 길은 알려져 있지 않다. 그러나 그곳으로 가려는 욕망은 기아와 빈곤, 고통과 밀접한 욕망을 갖고 있다. 그곳으로 그 주인공들을 이끌고 갈 수 있을 "마포건에 짚신을 신은" 사람은 "상처를 핥아주듯이, 요람을 흔들어주는 듯이, 그렇게 달콤하게 굴러오는" 피리 소리를 낸다(「장끼전」). (2) 화룡(火龍): 그것은 다비소와 같은 땅은 아니지만, 땅의 변형물이다. 그것은 여인의 자궁의 한 상징이다. "이 화룡은 연자 같은 것을 용미에서 돌리면 용의 아가리가 하품하는 하마의 입처럼 벌려지게 되어 있었다. 최대한 2미터 반까지 벌려졌다. 그것의 목구멍은 약대의 목통처럼 되어 있어서 두 시간 동안은 탈 기름이 언제나 준비되어 있었다. 제사는 제물을 산 채로 묶은 화룡의 윗이빨에, 발은 아랫이빨에 묶어, 연자를 돌림으로 해서 두 배나 더 늘여 최후의 숨을 넘기려는 직전에 망나니 제장이 목을 자르고, 그 잘라진 두 동강의 몸을 태우며, 그 연기 속에다 기원과 때(垢)를 실어 보내는 것이다." 마침내 두 주인공 왕과 그의 시의는 화룡 속에서 삶을 마친다(「열명길」). 3) 마침내 여자 그 자체: 「남도 1·2」에서는 노파가 땅을 대신한다. 박상륭이 노파를 택한 의미는 명백하다. 여성을 구원의 대지로 파악할 때, 그것은 보편적인 것이 되지 않으면 안 된다. 어머니를 구원의 대상으로 삼을 때, 어머니를 가족 상황에서 떼어내어 설정하기가 힘이 든다. 어머니를 구원의 대상으로 생각하기 위해서는 아버지를 완전히 무시하거나 증오해야 하지만, 할머니를 모성의 대상으로 삼을 때는 그러한 저항은 곧 해소된다. 「남도 2」에서는 할머니와 주인공 사이의 상호 교접 관계가 중요한 내용을 이루고 있다. 육체적으로 서로 잇기, 그리고 마침내는 한 몸이 되기 위한 성교(性交), 주인공이 할머니를 목 조르는 것 역시 할머니와 완전한 하나가 되려

100

는 욕구 때문이다. 주인공이 할머니와 성교를 행하려는 순간에 눈이 안 보이게 되는 것은 도덕적 몰염치를 표시하기 위한 것이라기보다는 "뱃속에 들어가는" 행위를 보다 정확하게 표현하기 위해서다.

박상륭의 요나 콤플렉스는 초기의 작품에서부터 점차로 구체화되어 최근의 「남도」에 이르러 완전히 형상화된다. 그의 주인공의 편안함과 안일을 보장해주는 땅은 마침내 할머니의 성기로 집약된 것이다.

박상륭의 주인공들이 요나 콤플렉스를 가지고 있다는 다른 증거를 주로 「남도」를 통해 찾아보면 이렇다. 1) 박상륭의 소설에 나타나는 여성은 거의가 할머니이며, 그것은 「남도 2」의 할머니에게서 그 원형을 발견할 수 있다. 주인공들의 할머니에 대한 저항은 원초적 상태로 되돌아가고 싶다는 욕망의 다른 표현이다. 「아겔다마」에서의 노파의 죽음, 「장(場)」 연작에서의 노파 — 시간의 연관성은 「남도 2」의 할머니의 죽음과 완전히 대응한다. 그 죽음은 태초에의 복귀를 의미하는 것이지만, 항상 '물'과 깊은 관련을 맺고 있다. 「아겔다마」에서의 노파의 피, 「남도 1」의 바다, 이슬, 「남도 2」의 술이 그렇다. 물을 전제로 한 동화에의 욕구의 표현이라 하지 않을 수 없다. 2) 「남도」에서는 성(性)의 완전한 구별이 배격된다. 「남도 1·2」의 모성의 원형인 할머니는 여성이라기보다는 대지의 포용성, 대지의 광활함의 표현이며, 거기에 도전·저항하는 주인공들 역시 고자 아니면 성의 진정한 의미를 모르는 총각이다.

'성의 진정한 의미를 모른다'는 것은 주인공이 성 행위 하나하나에 논리성으로 이름을 붙이지 못한다는 뜻이다. 수음(手淫), 육교(肉交)를 행하면서도 그것이 무엇인지를 모른다는 것은 남성·여성의 대립적인 성 관계를 모른다는 것과 마찬가지다. 더구나 할머니가 몸은 여성이지만 행위는 남성이라는 점에서 양성(兩性)인 것과 마찬가지로, 「남도 2」의 주인공 역시 양성이다. 3) 박상륭의 요나 콤플렉스는 남성적 요나 콤플렉스다. 주인공들의 대부분은 땅—모성과의 관계에서 항상 패배하며, 항상 위축되기 때문이다. 그의 주인공들은 땅에 대한 희원을 시작하면서, 남성다운 특성을 점점 잃어간다. 그래서 「남도 2」에 이르면 완전히 여성의 역할을 하게 된다. 할머니에 대한 투정·질투·소유욕을 생각하기 바란다. 이것 때문에 그의 화해의 세계의 특성이 생겨난다. 불화를 화해로 제시함으로써 불화에 대한 혐오를 더욱 노골적으로 드러내는 그의 화해의 세계의 특성은 여기에 그 기반을 둔다. 4) 그의 요나 콤플렉스는 주인공들의 치매증 때문에 더욱 두드러진다. 「남도 1」의 주인공들의 치매증은 계속되는 되풀이, 말더듬, 의식의 휴지 상태에서 극명히 드러난다. 계속되는 콤마의 사용 역시 그러한 관점에서 관찰되어야 할 것이다. "배란 것은 머시오? 돈이란 건 또 머시오? —— 잘 모르겠소. 그래도 인제 안 물을라요." "그래설랑 할매 발목아지를 꽉 꺾어놀라고 내홀목에 심을 모으잔개, 아파서 할매가 짐승매이 꽝을 쳤는디, 할매라우, 그란디 대처니 무신 일이 일어났었으끄라우. 내 오른쪽 눈 속으로 대처니 머시 지내갔으끄라우? 번개가 쳤든그라우? 산불이 났덩그라우?" "그라길레 내가, 말이지라우? 사내키를, 할매다리를, 끊을라고, 그랑개 말이지라우, 안했던개벼요. 이빠디를, 그란디 할매는, 족거치 고 속도 모르고……" (「남도 1·2」에서 쓰인 사투리는 그 소설에서 특이한 효과를 발휘한다. 의식의 더듬거림을 표현하는 데는 표준어보다는 사투리가 훨씬 적합하다는 것을 그의 사투리는 예증한다).

편안함과 안일을 회구하는 요나 콤플렉스에 사로잡힌 박상륭의 주인공들이 대부분 그 현실적인 단단함을 잃어버리고, 헛소리하고, 더듬거리고, '지랄하게' 되는 것은 무슨 까닭일까? 그가 살고 있는 세계가 어둡고 답답하다는 것을 무의식적으로 그가 표현하고자 한 때문일까? 이러한 질문을 던질 때마다 나는 그가 1960년대 작가들의 거의 대부분이 걸려든 불안·회의·절망의 제스처에 무관하지 않다는 생각을 하게 된다. 그는 뛰어나게 우수한 작가이며, 그렇기 때문에 그가 살고 있는 현실을 외면할 수 없었을 것이다. 모든 뛰어난 작가들은 어떠한 양식으로든지 그가 살고 있는 세계에 대해 증언하지 않을 도리가 없기 때문이다. 결국 요나 콤플렉스도 로트레아몽 콤플렉스와 마찬가지로 불안한 시대의 병자들의 콤플렉스인 모양이다(바슐라르에 관해서는 필자의 「바슐라르의 사상의 형성과 그 영향」(『불어불문학회지』 5호)을 참조해주기 바란다).    〔『박상륭 소설집』 해설, 1971〕

# 연금술사의 꿈

진형준

> 여성인 것의 지난함이여
> 여성인 것의 지복함이여
> (「유리장(羑里場)」)

박상륭의 소설을 비교적 논리적인 체계로 읽어내기는 어렵다. 그의 소설들이 체계적으로 되어 있지 않아서가 아니라 그의 소설들이, 그것들에 대한 논리적 체계의 구성을 끊임없이 거부하는 그런 체계로 완벽하게 이루어져 있기 때문이다. 그의 소설들은 그 소설들 자체의 완벽한 구조, 그러나 굳어 있음을 거부하는 완벽한 구조로서, 그 소설들에 대한 논리적 해명을 거부한다. 거기에 그의 소설 읽기의 어려움이 있다. 작가의 말을 빌려 이야기한다면 그의 소설 읽기는 그의 소설에 대한 논리적 해명 작업이라기보다는 차라리 암호 해독에 가깝다. 가장 좋은 방법은, 그의 소설들에 버금가는, 논리적 체계를 거부하는 또 다른 체계적인 글을 쓰는 일이겠지만 그것은 물론 내 능력 훨씬 밖의 일이다. 그러니, 소설 쪽에서 들려오는 그게 아냐, 그게 아냐 하는 소리를 귓전에 담고서 더듬거리는 수밖에. 이 글은 그 더듬거림의 모습이다.

그의 소설들은 신화적이다. 그러나 '신화적이다'라는 말은 그의 소설들이 '신화적 영웅들의 이야기'를 각색하여 옛날이야기식으로 들려주고 있다는 뜻이 아니다. 그가 「유리장」 끝의 노트에서 썼듯이 그의 소설들이 신화적이다라는 말은 "어느 한 시작에서 어느 한 종말에 걸치는 한 시대를 공시태에서 보았다"는 뜻이다. 그런 시각에서 시간은 앞으로 나아가는 것이 아니라 정지되기도 하고 역행하기도 한다. 아니 차라리 해체된다. 작가의 말을 그대로 인용해보자.

그러나 그 오십 년을 어떤 동시성의 축에서 볼 땐 시체(時體) 저쪽에 암호만 남게 된다. 그러면서 그 암호는 그 오십 년 간의 한 시대만의 왕국인 것을 떠나며, 어떻게는 오 초의 것으로도 응축되고, 어떻게는 오천 년의 것으로도 확대되는 공화국이 된다. 다시 다른 단어로 바꾸면, 그 암호란 바로 어떤 구조 그 자체인 것이다——『역경(易經)』은 그래서 아마도 그 암호, 또는 구조를 판독하려는 책인 것으로 내겐 이해되었다. 어쨌든 이것은 확실히 신화적이다. 그러나 그 암호, 또는 구조는 해석되어져야 하며, 그래서 약속되어 있을 의미를 캐내어야 한다. (「유리장」에 관한 노트)

박상륭이 소설을 쓰는 이유는 바로 그 암호 혹은 구조——달리 말하면 삶, 혹은 세계의 어떤 본질이라고 해도 되겠다——를 판독하기 위해서다. 삶의 구조를 판독하고 그 본질을 낚겠다는 박상륭의 의도는, 그를 탈역사적 공간에 위치시킨다. 그러나, 그것은 그의 의도일 뿐, 그가 낚으려는 세계의 본질이라는 것은 박상륭이라는 한 역사적·사회적 인간과 관련을 맺는 본질이다. 달리 말한다면, 그가 낚으려는 세계의 구조라는 것이, 그와는 혹은 우리와는 무관하게 객관적으로 존재하는 그런 구조는 아니다. 그 말은, 우리가 그의 소설을 읽으면서, 그의 작품에서 드러난, 혹은 그가 낚아올린 세계의 본질이라는 것이

어떠한 것인지를 밝혀내서, 우리의 또 하나의 교훈으로 삼는 데 힘쓸 필요가 없다는 뜻이다. 그가 판독해내려는 세계의 본질이라는 것은, 그가 판독해내려는 세계의 본질일 뿐이다. 그 본질은, 객관적으로 존재하는 것이 아니라 그 본질을 낚으려는 추구의 과정에 있다면, 있다. 우리에게 보다 더 중요한 것은 그 과정이다. 논의의 편의를 위해서, 그 과정중에 그가 던진 질문이, 그리고 그가 택한 방법이 어떤 것인지를 보여주는 문단을 인용하는 것으로부터 시작하기로 하자.

1) 나무 둥지와 잎은 어떻게 자기의 보이지 않는 뿌리를 인식할 수 있을까, 지렁이는 땅속으로 기어들면 자기의 실체를 어떻게 수긍할 수 있을까? (「2월 30일」)

2) 이때 그는 두 가지 것을 결단하지 않으면 안 되었는데 그 하나는 자기를 유형지로부터 귀환시키려는 노력을 용기 있게 포기해버리는 일이고, 나머지는 자기의 마을을 선언하는 일이다. (「유리장」)

1)의 문단에서 읽을 수 있는 것은, 관념으로밖에 인식되지 않는 자신의 삶의 실체화의 욕구다. 그것은 달리 표현하면, 인간 혹은 생명이라는 추상 명사 속에 익명으로 함몰해버린 한 개인이, 그 비개성적 익명성으로부터 탈출해서 자기의 정체성 identity을 확인하려는 욕구다. 그 욕구는, 개성적인 삶의 자기 회복, 혹은 구원의 욕구와 닿아 있다. 그 보이지 않는 실체에 대한 인식은 익명성으로부터의 탈출을 의미한다는 뜻에서 타인에 의해 이미 규정되어 있는 의미의 거부와 연결된다. 그 인식을 이루고 못 이루고는 오로지 나의 몫이다. 나와 타인과의 의도적 혹은 방법적 단절은 거기에서 온다. 「유리장」으로부터 추출해낸 인용문 2)는, 그 소설의 주인공 사복(蛇福)이, 이 우주의 질서 밖으로 추방되어 이 우주의 기존의 질서와 완전한 기절(棄絶)을 이룬 후에 나오는 문단이다. 세계의 질서 밖으로 완전히 추방되었음

을 정직하게 인식한 후에(그것은 일상적인 삶의 죽음을 의미하기도 하고, 코스모스cosmos로 보였던 세계가, 카오스chaos로 화했음을 의미하기도 한다), 취할 수 있는 가능한 두 방법을 인용문 2)는 보여준다. 하나는 그 추방된 유형지의 무질서를 그대로 수락하는 방법이고, 나머지는 그 수락한 무질서를 다시 질서화하는 방법이다. 그 두 방법 모두, 기존의 세계와의 완벽한 기절을 인정한다는 점, 다시 그리로 편입되기를 포기해버린 자리에서 가능한 방법이라는 의미에서 기실은 한 가지다. 그 길은 「유리장」에서 비교적 압축되어 나타났다가 『죽음의 한 연구』에서 본격적으로 다루어지게 될 '인신(人神)됨의 길'이다. 태초에 혼돈chaos이었던 우주에 질서cosmos를 부여한 것이 창조주인 신이라면, 자신이 완벽한 혼돈 속에 있음을, 아니 자기 자신이 혼돈 그 자체임을 인식한 후, 다시 자기만의 질서 있는 마을을 세우겠다는 말은, 스스로가 신이 되겠다는 선포에 다름아니다. 스스로가 신이 되겠다는 것은, 우선은, 영원히 계속되는 듯한 이 우주의 흐름, 그 영겁 회귀의 밖에 자신을 위치시켜, 그 영겁 회귀를 하나의 객관적인 대상으로 객관적인 위치에서 바라보겠다는 의도에 다름아니다. 그 의도, 그 욕구가 바로 세계의 구조를, 그 암호를 해독하겠다는 욕구다. 그 욕구가 시간의 해체와 이어진다. 즉 우주의 생성으로부터 소멸에 이르는 그 기나긴 세월을, 혹은 시간의 흐름, 즉 광활한 미래 속에서나 보장될 수 있는 영겁 회귀의 본체의 획득을, 축소시키고 공간화시켜 한순간에 포착하고자 하는 욕구로 이어지면서 시간의 해체를 낳는 것이다. 그러나, 인간이 어떻게 신이 될 수 있을까? 유한한 존재인 인간이, 그 유한을 벗어버리지 않는 한 무한에 이를 수 없다. 무한자를 상정하고 그를 섬기는 일은 가능할지 몰라도, 스스로 신이 되겠다고 꿈꾸는 이상, 그 유한으로부터 벗어날 수 없다. 거기에서 '인신됨의 고뇌'가 생겨난다. 이 세상에 속한 유한한 존재인 인간이, 그 스스로의 내부의 무한을 꿈꾼다는 의미에서, 그 꿈은 이미 고뇌를 내포하고 있다. 그 꿈과 고뇌는 저 위대한 연금술사들의 꿈에 다름아니다. 무한을 유한 속에 담으려는 어찌 보면 터무니없는 그 욕구 말이다. 박상륭의 소설은 선적인 직관까지 가미된 그 연금술적인 노력을 보여준다. 그의 소설 세계는, 인간의 유한함에의 집착을 버리고, 무한을 찾아 떠나는 혹은 그것만을 동경하는 모습을 그려내고 있는 것이 아니라 그 둘을 온전히 융합시키려는 노력 쪽에 가 있으며, 인간의 지혜로써 인간의 번뇌를 깨우치려는 모습을 보여준다기보다는, 이 글의 제사(題詞)에서 인용했듯이, 지난(至難)과 지복(至福)이 하나임을, 인간의 지혜와 번뇌가 한 몸임을 끊임없이 보여주고 있기 때문이다. 그가 꿈꾸는 인신은 인간들 위에 군림하여 이 세상의 질서를 다스리는 영웅적인 심판의 신이라기보다는 인간적인 욕망과 고뇌를 담고 있는 신이다. 그에게는, 추상적인, 실체의 확인의 노력이 포기된 채 섬겨지는 신의 모습도 거부되고, 인간만의 마을을 세우겠다는 욕구도 터무니없는 것으로 여겨진다. 우선 「뙤약볕」 연작부터 살펴보기로 하자.

모두 세 편으로 되어 있는 「뙤약볕」 연작 중, '자정녀(子正女)'라는 부제가 붙어 있는 「뙤약볕 3」을 제쳐놓고 읽는다면, 신을 상실한 인간의 비극, 자신이 신이 되려 한 인간 시도의 어리석음을 보여준다는 김현의 지적은 매우 타당한 듯이 보인다. 그러나 「뙤약볕」의 세계가 인간이 상실한 신, 이 현상계 너머에 존재하며, 그 신의 은총을 통하여서만 인간의 구원이 가능하다고 믿는 객관적 존재의 신의 회복에의 권유로 곧장 이어지지 않는다는 점에서, 기독교적 세계관의 주류와는 거리가 있음을 인정할 때, 그 지적은 부분적으로만 옳다. 차라리 신/인간의 단절을 전제로 한 후에 나타날 수 있는 가능한 태도, 즉 신의 부재를 확인한 후에 인간만의 왕국을 세우려는 노력 및 그 단절을 고통스럽게 여기되, 그 단절을 여전히 인정하고 신을 인간의 구체적 삶의 밖에서만 찾으려는, 조금 도식적으로 표현하면 속(俗)과 분리된 성(聖)의 객관적 실체를 확인하려는 이원적 태도를 동시에 비판하고 있는 것처럼 내게는 보인다.

섬의 중앙에 '말[言語]'을 모시는 사당이 있고, '당굴'이라 불리는 말의 대행자가 사당지기의 역할을 맡아 사당 옆의 흙집에서 살고 있다. 그 당굴은 말도 사람도 아닌 그 가운데에 거하는 어떤 것이다. 당굴은 "말의 입술이며, 섬의 혼령이며, 사람들의 한 의지(依支)"이다. 그는 말의 질서를 인간에게 전하여 그대로 따르게 한다. 그는 말에 속하지도 않고 인간에게도 속하지 않는 중간 존재다. 당굴이 당굴로 존재하는 한 말과 인간 사이의 직접 교통은 불가능하더라도 말과 사람들 사이의 먼 거리를 좁혀주는 다리는 마련되어 있는 셈이다. 달리 말하면 그는 무당이고, 제사장이고, 말의 전령이다. 그런데, 그 어느쪽에도 속할 수 없는 당굴이 인간의 편에 서서 인간적으로 고뇌하는데서부터 비극이 시작된다. 그가 말의 존재의 신성 불가침성을 믿음으로 획득하려는 노력을 포기하고, "말이란 우연의 자존자(自存者)인가?" 아닌가를 탐구하면서 벽을 느끼기 시작한다. 말이, 그 이전에 자존자로 여겨졌던 말이 회의의 대상이 되는 것이다. 그러나 그 고뇌는 사실 인간의 편에서 본다면 정직한 고뇌일 수 있다. 정직한 고뇌일 수 있다는 말은, 당굴이 그 고민을 회피할 수 없는 지경에 이르도록 인간과 말의 관계가 이미 어긋나 있다는 뜻이 된다. 당굴이 그런 고뇌 없이 말의 전령으로 존재하려면, 인간들의 말에 대한 믿음과 신뢰가 전제되어야 한다. 그러나 「뫼약벌」의 마을 사람들은, 그들의 말에 대한 믿음을 당굴을 통해 확인한다기보다는, 즉 당굴을 자신들의 말에 대한 믿음의 확인자로 여긴다기보다는, 자신들을 대신해서 말을 만나는 존재로, 말에 대한 믿음을 확인하는 노력 자체까지도 자신들을 대신해서 해주는 존재로 여긴다. 그들이 섬긴 것은 말이 아니라 말의 허상일 뿐이다. 당굴의 고뇌가, 그들 모두의 책임이면서 비극이고, 한편으로는 정직한 고뇌인 이유가 거기에 있다. '말'의 존재에 대한 회의를 당굴에게 야기시킨 것은, 그들의 말에 대한 믿음의 거짓됨이라는 뜻에서 그 책임은 그들에게 있는 것이며, 한편으로는 당굴이라는 허상을 통하여 말의 허상을 믿어버리고, 고뇌조차 않는 그들에 비해 '말이란 무엇인가'라고 고뇌하는 당굴의 고뇌는 정직한 것이 된다. 따라서 당굴의 죽음은 말의 죽음이라기보다는 말에 대한 거짓 믿음의 죽음으로 보는 편이 옳으며, 그 이전에 숨겨져왔던, 이미 있어 왔던 말의 죽음의 드러남으로 보는 것이 옳다. 말의 죽음과 말의 허상에 대한 믿음의 죽음 역할을 당굴의 죽음이 암시한다면, '말이란 무엇인가'라고 고뇌하던 당굴의 또 다른 모습은 「뙤약볕」의 점쇠를 통해 그대로 살아남는다.

　어찌 되었건 그것이 허상이든 실상이든, 당굴로 대표되던 인간과 말 사이의 다리가 끊긴 이후에, 말에 대한 믿음이 허위였음을 깨달은 인간이 택할 수 있는 가능한 두 가지 방법, 즉 그 허위를 깨달은 것을 오히려 다행으로 여기고 인간만의 새로운 왕국을 말이 없는 곳에서 찾으려는 노력과, 그 잃어버린 말의 실체를 다시 확인하려는 노력을 확연하게 대비시켜 보여주는 것이 「뙤약볕 2」와 「뙤약볕 3」이다. 마지막 당굴이 죽은 후에, 질병과 죽음이 지배하는 마을을 떠나 신천지를 개척하려는 인간들과, 그래도 그 섬에 남아 말을 찾으려는 점쇠의 대비가 그것인데, 마을 사람들이 출발하는 날, 떠나기를 종용하는 점쇠의 형인 족장의 이야기와, 남기를 고집하는 점쇠의 이야기를 인용해보자.

　1) 그렇지만 난 곧 생각을 바꾸었다. '말'이 없다는 걸 알았을 때 난 새로운 가능성을 찾으려 했어. 밝은 쪽으로만 생각을 키웠단 말야. '말'이 없으므로 어디에 의탁할 데가 없으므로 더 강해져야 한다고 말이다. 〔……〕 '말'이 있었을 때에도, '말'이 없었던 것처럼 살았던 사람도 있었다. 거의가 그랬다. 〔……〕 사당을 헐어버린 이후 나는 사는 동안만 살기엔 훨씬 좋은 세상이 될 것을 믿어왔다. 〔……〕 결국 어느 때엔가는 비까지도 사람의 뜻대로 내리게 하려고 할 것이다. 씨 뿌리듯 구름을 뿌리고, 수확하듯 구름을 거두어들일지도 모른단 말야. 우리가 찾는 새 천지란 그런 미래라는 말도 된다. (「뙤약볕 2」, 강조는

필자)

2) 그럼 그 뒤엔 뭐가 있죠? 가령 새처럼 날 수도 있고, 비도 마음
대로 내리게 하고…… 다 상상 못 할 정도로 편리한 세상이 되고 난
뒤엔 어떻게 되죠? 〔……〕 사람은 톱이나 보습 같은 연장이거나, 소나
돼지 같은 짐승이 아니라는 점에 (저의 문제가) 있습니다. 어떤 문제
에 있어서도 사람은 제가끔의 생각〔理念〕을 가지며, 자기가 옳다고 주
장합니다. 〔……〕 그때 싸움이 시작될 것입니다. 하지만 그것은 남의
밭이나 아내를 제 것으로 만들려는 그런 싸움과도 다릅니다. 〔……〕
자기가 좋고 옳다고 믿는 걸 다른 사람도 따라달라고 하는 외침이야말
로 피를 흘리더라도 아름다운 것입니다. 그러나 그땐 형님의 새로운
'말'은 다시 한번 죽고 맙니다. 여러 생각을 한 생각으로 모을 순 없으
니까요. 〔……〕 그땐 우리를 죽여왔던 병보다도 더 지독한 병이 생길
겁니다. '말'이 없기 때문입니다. '말' ── 그것은 여러 생각 중에서도
으뜸인 것만이 뭉쳐서 된, 그것들 너머의 어떤 것입니다. 여러 생각이
서로 짓이겨져 찌꺼기는 떨어져버리고 남은 맨 나중의 것이면서도, 모
든 생각이 태어나오는 맨 처음의 것입니다. 〔……〕 말이 사라진 것 같
은 지금, 형님과 저 사이는 갈라져 있습니다. 〔……〕 형님과 마찬가지
로 저도 저대로의 미래가 있기 때문입니다. 그래서 저는 남으려는 것
입니다. '말'을 되찾으려는 겁니다. (「뙤약볕 2」)

족장이나 점쇠나 말이 사라져버렸다는 사실, 이제 더 이상 말이 존
재하지 않는다는 사실에는 인식을 같이한다. 그러나 족장의 입장에
서 볼 때, 말의 사라짐은, 오히려 그 말에 기대왔던 많은 부분을 인간
의 몫으로 되찾는 계기가 된다. 그리하여, 어디엔가에서 언젠가는,
인간의 힘만으로, 불안과 고통이 없는 인간들만의 유토피아를 건설
할 수 있다는 믿음으로 이어진다. 그들이 찾아 떠난 신천지는, 인간
의 질서가 말의 질서를 대신하고, 그 말의 질서에 버금가는 인간의

질서에의 믿음이 낳은 유토피아다. 그때, '말'을 믿어온 것은 오히려 인간의 능력의 포기를 뜻하며, '말'의 허상에 속아온 것이 된다. 그 생각 속에 숨어 있는 것은 '사는 동안만 살기'라는 철저한 현세주의다. 그가 꿈꾸는 미래는, 인간의 이성으로 지상에 건립할 수 있는 실증주의적·과학주의적 유토피아다. 그것은 인간의 유한성의 체념적 수락이다.

그러나 점쇠는 그 뒤의 일을 묻는다. 그 물음은, 그렇게 유한으로 끝나는 인간의 삶을 통합해줄 수 있는 원리에 대한 물음이다. 그 질문은, "인간은 어차피 죽게 되어 있지 않느냐"는 엄연한 사실의 거부와 닿아 있다. 그 인간 조건의 거부가 점쇠에게 소중하게 여겨지는 것은, '말'을 생각 않는 인간들만의 주장과 싸움은, 그것이 "남의 밭이나 아내를 제 것으로 만들려는 그런 싸움"과는 다른 싸움일지라도 결국에는 다른 주장을 죽이는 싸움이 되기 때문이다. 그 싸움 자체는 아름다운 것이지만, 그 싸움을 싸움이게 하면서 껴안는 보다 큰 원리가 없다면, 그것은 생성의 원리로 작용하지 못하고 파괴에서 그친다. 점쇠가 형을 만류하지 않고 떠나보내는 것은, 말이 사라진 지금, 형과 자기 사이의 싸움을 융합해줄 큰 원리가 사라졌다고 보기 때문이다. 그 싸움을 싸움이면서 싸움 아니게 하기 위해, 그는 '말'을 찾으려고 남는다. 그때 최고의 싸움은, 즉 가장 의미 있는 싸움은 '말' 있음과 '말' 없음 사이의 싸움이 된다.

그러나 그 둘의 사이는, 지나치게 간략하게 간추린다면 현세주의/초월주의의 대립을 표면상으로 하고 있지만, 어찌 보면 성/속의 이원적 세계관을 같이 드러내고 있다는 점에서, 똑같은 동전의 양면이라고 볼 수가 있다. 단지 전자는 그 단절에서, '말'의 질서를 '땅'의 질서로 끌어내려 '말'의 존재 자체를 부정하고 있고, 후자는 '땅'의 질서를 뛰어넘는 객관적 '말'의 실체를 상징하고 있다는 것이 다를 뿐이다. 그 둘은, 강조가 어디에 있는지가 다를 뿐으로, 대립항의 한쪽을 다른 쪽보다 훨씬 중시한다는 의미에서는 공히 이원적인 태도다.

그 두 태도에서 기인한 기도는 박상륭의 소설에서, 모두 무참히 패배한다. 신천지를 찾아 배를 타고 떠난 사람들은 새로운 땅을 찾지 못한 채, 서로를 죽이는 싸움 끝에 멸망해간다. "형님도 이 종족의 존속을 생각지 않는다면 저처럼 남으려 할 겁니다"라는 점쇠의 발언을 통해서 엿볼 수 있듯이, '말'을 버린 종족들의, 종족 유지의 동물적인 본능의 파멸의 모습을 그것은 보여준다. '말'이 사라진 인간들은 자연이 가하는 '현실적'이고 '육체적'인 고통에, 서로에게 위해를 가하고 멸망하고 만다. 그 결말은 끔찍하다. 한편 섬에 남은 점쇠가, 헐어버린 사당을 다시 짓고, 그 이전의 당굴처럼, 그 사당을 통해 '말'의 실체를 확인하려 하는 한, 그의 기도는 실패한다.

섬에 남은 점쇠의 행동 방향은 둘로 압축된다. 하나는, 그가 섬에 남게 된 이유인, '말'을 찾으려는 노력으로서의 무너진 사당을 다시 쌓는 행위이며, 다른 하나는 '말'을 찾는 행위와는 무관한 듯이 보이는 밭을 갈고 씨를 뿌리는 일상의 노동이다. 그 노동은, 남들이 버리고 떠난 섬, 그 대지에 다시 생명을 불어넣고, 그 숨결과 합하는 행위에 다름아니다. 편의상 몇 가지 중요한 모티프들을 요약하면 1) 섬에 버려져 살아남아 있던 누이와의 관계맺음, 2) 누이의 살해, 3) 사당의 파괴, 4) 섬 전체에 불을 지르겠다는 결심 등이다.

누이와의 간음은, 정신분석학적인 근친 상간의 의미로 해석될 것이 아니라 관념의 '말'을, 대지와 무관하게 찾아 헤매던 점쇠가 그래서 섬을, 그야말로 죽어버린 땅으로 인식하던 점쇠가, 대지를 아내로 어머니로 하여 새로 태어날 준비를 갖추는 과정으로 이해해야 한다. 점쇠의 거듭남이 없이는, 그가 '말'을 찾으려는 욕구는 새로운 '말'을 세우려는 욕구로 이어지지 못하고 이제 사라진 '말'의 허상을 다시 찾으려는 헛된 노력에 불과하게 될 뿐이다. 누이와의 간음은, 섬 전체가, 그에게 자신의 음부를 드러낼 수 있게 하는 계기가 된다. 누이의 살해는 섬이, 누이라는 끈, 혹은 점쇠의 여자라는 관계에서 벗어나, 그 자체 하나의 대지모신으로 화하는 존재의 변환 과정에서 필요로 하는 하나의 대속(代贖) 행위다. 그 행위를 통해, 점쇠는 창조가 지닌 그 통합의 사이클, 그 안에 필연적으로 들어 있는 우주적 파괴의 질서에 편입된다. 그 대속 행위를 통해서, 점쇠와 누이와 섬의 존재 변환이 이루어진다. "이제 보니 버마재비의 암컷은 그건 어쩌면 나였고 너는 아니었다. 〔……〕 네가 나를 분만했구나"라는 점쇠의 말을 통해 알 수 있듯이, 점쇠는 하나의 수컷에서 암컷으로 화하며(이 양성의 모티프는 「유리장」에서는 핵심으로 작용한다) 누이는, 나를 분만한 여인, 즉 풍요로운 대지모신으로 화하고, 그대로 섬으로 연결된다. '말'을 찾던 점쇠의 지혜의 완성이나 그의 의식의 성장을 통해 말이 모습을 드러낸 게 아니라 다시 태어남이라는 존재의 변환의 순간에 말이 모습을 드러낸다. 그런 존재의 변환이 이루어지는 순간, 점쇠는, '말'이란 '말'에의 집착으로써 얻어지는 것이 아니라, 이 대지가 내민 젖퉁이를 보듬고, 인간이 인간의 영특함 때문에 스스로 버림받은 어떤 근원에 귀의하는 순간 모습을 드러낸다는 것을 깨닫는다. 그 근원은 어머니의 자궁이다. '말'은 분리된 관념이나 실체로 존재하는 것이 아니라, 대지의 숨결 속에 어디에나 있다.

난 새벽에, 두터운 껍질을 벗기는 모진 아픔을 경험한 거야. 그래서 넌 죽었다. 수백 년이나 걸려, 이젠 집처럼 쌓여져버린, 그렇지만 박락(剝落)되어져야 했던 모든 껍질을 대신해서 난 그 수천 년의 몰락으로부터 그 본래 자리로 한순간에 되돌아오는 현기증으로 무섭게 떨었다. 그리고 보니, 한때, 흑암에 찼던 이 땅이 온전히 새롭게만 보인다. 묵고 거칠어지고 이지러진 껍질 속에 숨겨져 있었던 풍염한 젖퉁이가 드디어 열린 거야. 인간만이 볼 수 없었던 그리하여 스스로를 제외시켰던, 태곳적인 그 어떤 숨결 같은 것이, 샘솟는 것을 되찾은 것이다. 그것이 바로 자정의 의지였다. 땅의 맥관을 타고, 줄기차지만 고요히 흘러온 작용력——그것이 어쩌면 내가 찾은 '새로운 말'이다. (「뙤약볕 3」)

거기서 그는 우주의 미아가 아니라, 우주의 생성 및 파괴와 함께하는 우주라는 어머니의 품에 안긴 우주적 어린아이가 된다. 아니, 그 자신이 바로 우주라는 어머니가 된다. 「뙤약볕 3」의 끝 부분에서, 점쇠가 대지에 불을 놓기로 결심하는 것은 묶은 땅에 불을 놓아 그 땅을 순수하게 정화시키겠다는 뜻만이 아니라, 대지와의 결합을 통해 풍요로운 결실을 기약하는 의지의 표현이기도 하다. 그 불은 대지로부터 잡것을 몰아내겠다는 정화의 불의 의미를 넘어서 모순되는 것끼리의 성적인 결합의 결과 생겨나는 다산성의 불까지 그 의미가 확장된다. 그 불은 뒤에 살펴볼 「유리장」의 끝에도 나오는 연금술의 불이다. 그 불을 놓겠다고 결심하는 점쇠에게서, 마을을 버리고 떠난 마을 사람들과, 환골탈태하기 이전의 점쇠는 그 이원적 대립성의 모습을 벗고, 하나로 합쳐진다. 점쇠가 대지에 심는 씨앗은 바로 그 불의 씨앗이다. 점쇠는 대지와 혼례한 남성, 대지가 낳은 아들, 그 자신을 낳은 태고의 조상의 모습이면서, 대지모신 자체가 된다. 그것은 바로 우주 자체다.

「뙤약볕」 연작에 비해 훨씬 섬세하고 복합적인 구조와, 다양한 이미지로 치장을 하고 있는 「유리장」 역시 그런 연금술적인 노력의 연장선상에서 읽을 수 있다. 박상륭은 독자의 이해를 돕기 위해, 작품의 뒤에 그에 관한 노트를 친절하게 달아놓았다. 그것을 요약하면, 아래와 같다.

1) 이 전기(傳記)의 주인공의 이름은 『삼국유사』의 「사복불언(蛇福不言)」이라는 기사에서 빌렸다.

2) 이 전기의 제목이자 무대가 되고 있는 유리라는 곳은, 문왕이 귀양살이를 하며 『주역』을 완성했다는 곳의 이름이다.

3) 이 전기 속의 도면의 '양극을 갖는 타원형'은, 성배 전설과 관련된 '피시 심벌리즘 Fish Symbolism'에서 암시를 받은 것이며, 사복의 거세 역시 성배 전설과 관련된 '어부왕 Fisher King'에서 암시를 받은

것이다.

4) 따님과 시계공과 사복은 삼대의 관계를 갖는 것으로 되었지만, 사복의 구도적 측면에서 볼 때, 따님은 사복 속의 '여성적 경향,' 시계공은 '남성적 경향'이 된다.

「유리장」을 소설인 것으로 가능시키려고 한 사복의 '전기'라고 일컬은 점이 특이하며 동서의 설화 및 신화에 대한 해박한 지식이 이 작품을 쓰는 데 동원되었음도 알 수가 있다. 심지어는, 요즘에 이르러서야 겨우 우리에게 친근해진 심리학적인 용어, 즉 남성 속의 '남성적 경향' '여성적 경향'이라는 용어까지 등장한다. 그것은 융의 아니무스와 아니마의 개념에 다름아니다. 그의 그 해박한 지식이 때로는 사변적으로, 때로는 격정적으로 그의 작품을 수놓고 있어 독자를 매우 당혹스럽게 하기도 한다. 그러나 찬찬히 살펴보면, 그 사변적인 지식들이 어설프게 자리를 잡고 있는 경우는 거의 없고 작품의 전체적 구성과 긴밀히 호흡하면서 완벽하게 녹아들어 있다.

위의 노트들에서 무엇보다 우리의 주목을 끄는 것은 네번째의 노트다. 그 노트를 염두에 둘 때, 「유리장」을, 사복이라는 주인공에게서 있게 되는 남성성과 여성성의 대립·결합의 드라마로 읽을 수 있게 된다. 그 드라마는 사복이라는 한 남자 주인공의 남성적 편력의 드라마가 아니라, 사복이라는 한 개인 속에 내재한 모순되는 두 속성 간의 긴장과 융화의 드라마다. 달리 얘기하면, 사복의 구도 행각은, 공시적으로 이루어진 모순의 융합이라는 지고의 상태에 대한 소설적 표현(그것은 바로 시간적 표현인데)이라고 할 수 있다. 사복의 구도적 편력은 「뙤약볕」에서 점쇠가 '말'을 찾는 과정과 흡사하다. 그러나 「유리장」에서는, 종국에 하나로 합쳐질 대립되는 요소들이, 남성/여성, 공(空)/색(色), 곡신(谷神)/현빈(玄牝), 속신(俗神)/속신(贖神), 유한/무한, 완성/미완성, 삶/죽음, 영혼/육체, 고통/법열 등으로 훨씬 세분화되어 서로 얽힌 가운데 「뙤약볕」보다는 훨씬 복잡하게 파노라마처럼 펼쳐진다. 그 얽힘 관계를 자세히 살펴보기란, 너무나 섬세

116

한 노력을 요구하는 작업이다. 그 작업을 단순화시키기 위하여, 도식적이라는 위험을 무릅쓰고 「유리장」을 간략하게 요약하면 아래와 같다.

  1) 사복의 출생: 그는 큰비암님의 아들로서 난생(卵生)이면서, 양부(養父)를 또한 갖고 있다.
  2) 성년이 된 어느 날, 그는 무심코 개미와 얼룩뱀 한 마리를 죽인다.
  3) 마을에 성년제가 있던 날, 그 얼룩뱀을 죽인 대가로 사복은 거세를 당하고 거세를 명한 사복의 할머니인 '따님'은 죽는다.
  4) 사복은 마을을 결별하고 광야로 나간다. 속세와의 일차적 단절이다.
  5) 사복은 다시 돌아와, 시계공이며 옹기장이인 아버지의 설법을 듣는다. 그는 아버지를 살해한다.
  6) 사복은 미쳐서 혼돈의 세계를 떠돈다. 세계와의 완전한 단절이면서 우주적 질서로부터의 일탈이다.
  7) 자기만의 새로운 마을을 세우겠다고 결심한 사복은, 사라쌍수 아래서 도를 닦는다. 그리하여 '완전한 미숙'이라는 아버지와는 다른 질서를 강설한다. 그러나 그 질서를 스스로 깨닫는 순간 그는 그것을 팽개친다. 그리고는, '아 나는 어머니구나, 나는 개미구나' 하는 깨달음 속에서 새로이 태어난다. 그 새로이 태어나는 고통은 바로 맹렬한 불길에라도 태워지는 듯한 고통이다.

  간단히 요약한 것들을, 하나씩 설명하는 것으로 「유리장」의 해설을 대신하기로 하자.
  1) 사복의 출생은, 마치 예수나 모세처럼, 그의 아버지가 둘임을 보여준다. 아버지가 둘이라는 사실에서 첫번째로 확인할 수 있는 것은, 그가 바로 신의 아들이라는 사실이다. 다시 연금술적으로 이야기

한다면, 그는 연금술사들이 달과 해를 결합시켜 알의 형태로 이 세상에 태어보낸 양성적 존재로서의 신의 아들이다. 그의 양성은, 이중의 의미에서의 양성이다. 그 중 하나는 앞서 얘기한 대로 그의 안에 남성 여성이 함께 자리잡고 있다는 의미와 신성한 것과 인간적인 것이 동시에 들어 있음을 의미한다. 그는 구도의 길에 나서기 전부터 이미 운명적으로 하늘과 땅의 중재자다. 다음에, 아버지가 동시에 둘일 수 있다는 것은 달리 표현하면 그가 두 번 태어났다는 의미로 해석할 수 있다. 두 번 태어났다는 것은 역으로 두 번 죽을 수 있다는 뜻이 되어, 그때 사복이 맞게 되는 죽음은 종말이 아니라 새로운 탄생을 위한 필연적 절차로 이해될 수 있다. 사복의 출생 내력은 그가 환골탈태를 이루게 될 유충으로서의 준비가 갖추어진 존재임을 이미 암시하고 있다.

2) 성년제를 앞두고 그가 죽이는 개미와 뱀은, 뒤에 있게 될 그의 두 번의 세상과의 단절 및 죽음을 예비한다. 개미를 죽이는 것은, 속세의 나, 일상의 나를 죽이는 것이고, 얼룩뱀을 죽이는 것은 육체의 성적 능력을 없애는 일이다. 역으로 본다면 사복의 육체적 남성성이 제거됨으로써 내면의 양성의 활성화가 이루어진다. 사복이 얼룩뱀을 죽이는 것은, 다음에 살펴볼 사복의 거세에 대한 암시다.

여기서 잠시 '뱀'의 상징적 의미에 대해 살펴보기로 하자. 「유리장」 전편에서 가장 중요한 역할을 담당하는 상징 중의 하나가 바로 뱀이기 때문이다. 우선 주인공의 이름에 뱀 사(蛇)자가 들어 있으며, 작가 자신이 노트에서 "남근이란 독 없는 뱀으로 상징되고, 또 이 뱀은 영겁 회귀의 상징이 되고 있다"라고 쓰고 있기도 하다. 일차적으로 볼 때, 형태상 남성 성기의 모습을 연상시키는 뱀은, 그 자체 여인의 몸 안으로 파고드는 남성 성기의 상징이 된다. 「유리장」의 서두는, 얼룩뱀과 한바탕 신나게 정사를 벌이는 '따님'에 대한 묘사로부터 시작된다. 사복이 죽이는 것은 바로 그 리비도적인 뱀이다. 그러나 뱀은 그러한 리비도적인 표상에서 그치지 않는다. 우선 뱀은 달과 동일시된다. 지하에서 깊은 잠을 자고 다시 나타나는 뱀은, 차고 이울고 사라졌다 다시 나타나는 달과 동일시되면서, 삶과 죽음의 반복처럼 여겨진다. 그때 작가가 노트에서 썼던 영겁 회귀의 상징으로서의 뱀이 나타난다. 자신의 꼬리를 물고 있는 뱀은 단순한 육신의 고리가 아니라 죽음과 삶의 물질적 변증법 그 자체다. 자신의 꼬리를 물고 있는 뱀은 삶과 죽음이라는 건너뛸 수 없이 서로 단절되어 있는 듯이 보이는 것을, 죽음에서 나온 삶, 삶에서 나온 죽음 식으로 끝없이 전위를 이루어 만나게 한다. 그때 뱀은 그 자체 뛰어난 모순의 융합의 상징이 된다.

한편 뱀은, 달과 동일시되는 여성적인 동물이면서 앞서 얘기한 남성 성기의 모양을 하고 있는 그 자체 음양이 결합되어 있는 다산성의 상징이 된다. 뱀은 음지의 동물이면서 그 안에 수많은 정액을 간직하고 있다. 사복이 뱀의 아들이면서 뱀인 것은, 그 자신이 자웅 동체임을 다시 한번 확인하게 해준다. 그러나 뱀이 부여받고 있는 최고의 상징적 가치는, 그것이 지하의 동물임으로 해서 죽음과 시간의 비밀을 그 안에 지니고 있다는 사실이다. 죽음의 비밀을 지니고 있음으로 해서, 뱀은 미래의 지배자이고, 과거를 자신 안에 모아놓은 존재가 된다. 그 뱀은 생사의 비밀을 알고 있는 마술적인 동물이다. 그 뱀 안에는, 인류의 조상의 영속성이 미래와 결부되어 들어 있다. 그렇게 되면, 우주 전체가 바로 그 생성 소멸 가운데 위치한 거대한 뱀인지도 모르며, 「유리장」 전체의 구조가 한 마리의 뱀인지도 모른다. 뱀이 그 자체 모순의 융합이면서, 우주의 비밀을 안고 있는 자이고, 우주 자체이면서 시간의 비밀을 알고 있는 자라면, 「유리장」 자체가 모순의 융합의 장소인 연금술사의 용광로이면서, 그 자체가 우주의 비밀을 알아내려는 커다란 욕망의 덩어리이기 때문이다. 그 뱀을 먹는 자는 혜안을 획득한다. 사복이 죽인 뱀은 리비도적인 뱀이면서 다산성의 뱀이고, 그로 인해 대지의 상징이랄 수 있는 따님의 죽음이 있게 된다. 한편 '따님'이 섬기고 있으며 사복의 아버지로 되어 있는 큰비암님은 바로 우주의 비밀을 알고 있는 자, 아니 우주 자체다. 사복의 얼룩뱀 살해는 결국 큰비암님의 죽음으로까지 이어진다.

　"땅은 태를 열고 씨앗을 받는다. 세월은 핏줄을 이어 그 씨앗에 피를 흘려넣는다. 그리고 태어난 목숨은 유모가 풀어헤친 젖퉁이에서 젖을 빤다. 유모란, 따님(땅님)도 아니고, 세월을 땋는 님도 아니고, 그렇다고 하눌님도 아니지만, 그분은 어쨌든 하눌님이다. 그분은 따로따로 흩어진 외로운 목숨들을 서로 따라붙게[親和] 하는 님[力]인데, 따님과, 땋님과, 땉님('따라붙게' '따붙게' '땉게') 세 몸 일신이 큰비암님이다. 그리하여 따님께 씨앗을 던지는 건 이 큰비암님이고, 땋님께 현신하는 것도 이 큰비암님이고, 땉님께 작용하는 것도 이 큰비암님이다. 그리고 나는 그 세 따님의 큰비암님의 딸로 점지되었던 것이라, 너의 아버지는 그 큰비암님의 인현(人現)이었고, 그는 날더러 늘, '따님아, 땋님아, 땉님아' 하고 세 번씩 부른 뒤에…… 그래서 너를 낳았구나."〔……〕"헌데, 비암님은 죽고……"

「유리장」의 배경이 되고 있는 "벼락은 나무에 걸친 큰비암"이란, 바로 기존의 우주적 질서의 죽음이면서, 다시 태어날 새 질서의 상징이 되기도 한다. 혹은 그 배경 자체가, 기실은 「유리장」이라는 작품을 압축해 하나로 놓은 것이라고 말할 수도 있다. 나무는 죽은 듯하지만 소생을 그 안에 품고 있으며, 큰비암님은 사복을 이 세상에 내어놓지 않았는가. '따님'이 죽음으로 해서, 그 따님·땋님·땉님의 새로운 중재자로 사복이 탄생하는 것이다. '따님'의 죽음은, 따라서, 「뙤약볕」의 당굴의 죽음과 흡사하다. 그때 사복은, 따님이 내보낸(=이미 기울어진 달), 자기 속에 들어 있는 남녀 양성을 그대로 간직한, 자기의 배우자이며 「뙤약볕」의 점쇠와 비슷한 존재가 된다. 그 역시 남녀 양성임은 두말할 필요가 없다.

사복의 홍수 같은 정수의 마지막 방울까지 취했을 때 따님은 자기로부터 떠나버린 그 비암님과의 새로운 결연을 사복이라는 제삼자의 혈관을 통해 성취하고 그래서 그를 자기의 밖이 아니라 속으로 옮아오게 할 수 있었던 것이라고 조금은 믿었던 것이지만……

3) 이야기가 중복되는 감이 있지만, 사복의 거세 역시 두 가지 방향에서의 해석이 가능하다. 거세는, 사복의 리비도, 육체적 욕망의 제거를 뜻함으로써, 영혼의 정화의 의미를 띠기도 하며(작품에서는 마을로 상징되고 있는 속세와의 결별을 의미한다), 다른 한편으로는 새로운 탄생을 준비하기 위한, 필연적인 자기 훼손의 과정이라고 해석될 수도 있다. 또한 그것은 사복의 자웅 동체성을 완벽하게 해주는 기능도 수행한다. 우선은 첫번째 해석의 의미가, 사복의 구도 과정에서 크게 부각되지만 달리 보면 그 해석은 부수적이다. 그런 해석만으로 그칠 수 있을 때란, 사복이, 대지를 박차고 날아오르는 존재, 이 속세를 떠나는 영웅신의 모습으로, 혹은 순수한 남성성의 보유자로서 그려졌을 때에만 가능한 일이다. 그러나 그러한 모습은 우리가 살펴본 사복의 모습과는 거리가 멀다. 사복의 거세는 달리 얘기하면, 사복의 예정되었던 한 번의 죽음이다. 실제로, 거세를 당한 후에 사복은 기절했다가 무덤 속에라도 들어갔다 나온 듯한 기분에서 깨어난다. 그것은 다시 한번 태어남이면서 존재의 변환을 의미한다. 자신의 존재가 변환을 경험했을 때 변한 것은 자기 자신이지만, 세상은 여전한 것이지만, 그 존재의 변환을 이룬 자에게 세상은 여전한 것일 수 없다. 그 존재의 변환은, 일차적으로는 세계와의 단절로 나타난다. 그러나 그 단절은 감수해야 할 단절이다. 아버지인 시계공은 사복에게 그 점을 가르쳐준다.

아마도 너는 이 절단으로부터 어떤 통할 길을 찾게 될 것이다. 그 길은 분명히 있을 거고, 너는 지금부턴 이 세상 사람인 것을 일단 떠났다 돌아와라. 어쨌든 아무도 당해서는 안 될 이런 고통과 폐색을 당하고서도 평범해질 수는 도저히 없을 거고,

사복이 거세를 당하면서 뚜렷이 보았다는 따님의 얼굴에서 읽은 "초혼허나이다. 초혼허나이다"라고 비는 모습은, 바로 그 사람인 것을 일단 떠나는 영혼의 여행의 모습을 다시 확인하게 해준다.

4) 사복의 방황은, 「뙤약볕」보다는 훨씬 섬세하게 그려져 있지만, 떠나온 마을을 완전히 잊지 못하면서, 즉 그 완벽한 "기절(棄絶)을 온전히 승인 못" 하고서 새로운 질서를 찾는 모습이다. 그가 "이 노망한 할망구야, 이 할망구야, 너 어디 있느냐"라고 부르짖는 것은 당연한 일이다. 그는 아직도, 완전한 환골탈태를 이루지 못했다. 달리 얘기하면 할멈과 한 몸이 되지 못했다.

5) 사복은 방황 후 다시 돌아와서 아버지의 설법을 듣는다. 그는 그때 사복의 구도 편력에서의 스승이 된다. 그는 사복의 구도를 돕기는 하지만 완성을 시켜주지는 못한다. 그는 우주는 바로 뱀의 모습이라는 것, 세상은 모두 윤회라는 것, "세월은 결코 어떤 막힘 없는 동굴에서 무궁무진하게 흘러나오다 사라져 영원히 되돌릴 수 없는 것이 아니고, 한 뱀의 머리와 꼬리만큼 길이의 무궁한 회귀라는 그 사실"을 사복에게 들려준다. 그러나 그는, 우주를 객관화시켜 그에 대해 한없이 설명을 늘어놓는 자로서의 한계를 지닌다. 그는 사복에게 가르침을 주지만, 사복이 추구해야 할 것, 시중(時中)이 어떠한 것인지에 대해 알려주지만, 자신은 관념의 틀 안에 갇혀 정지되어 있다. 그는 "여성인 것의 지난함이여, 여성인 것의 지복함이여"라는 법어를 사복에게 남기지만 그 자신이 득도하지는 못한다. 그는 "여성인 것의 지난함이여, 여성인 것의 지복함이여"를 알고 있는 한 명의 남성이었을 뿐이다. 사복이 그 아버지를 죽이는 것은, 닥치는 대로 극복해야 할 사람을 죽이라는 『임제록(臨濟錄)』의 권유를 행하는 모습이면서, 시간의 파괴를 의미하기도 한다. 그 시간의 해체 후에 새로운 질서를

부여하지 않는 한, 영원한 혼돈만이 남는다. 아버지의 죽음은, 사복을, 이제 그 혼돈 속에서 온전히 홀로 새 질서를 부여해야 하는 자리에 위치시킨다.

6) 사복의 본격적인 구도 편력이다. 다시 편의상 그 구도의 편력을 간추린다면, i) 사복의 우주와의 완전한 단절의 깨달음. 그것은 달리 보면 기존의 우주 질서의 파괴이며, 시간의 해체다. 사복의 득도를 위하여 시간의 해체는 필연적이다. ii) '나는 나다'라는 선언으로서의 자기 마을을 세우겠다는 결심. 그 결심의 순간, 그 이전에 온통 자신을 거부하던 세상에서 자그마한 누울 자리를 찾음. iii) '완전한 미숙(未熟)'이라는, 아버지와는 다른 식의 우주의 이치를 깨달음. 우주의 순환에, 그 순환이 가져오는 정지로부터 벗어나기 위해 미숙이라는 생각을 끌어온다. iv) 자신이 깨달은 이치를 버리고 대지로 귀환. 그것은 이미 예정되어 있던 결말이다.

사복은 "해도, 철도, 달도, 절기도, 날짜도, 조석도 세일 수도 없는 길을 슬픈 듯한 미소를 좀 물고" 떠돈다. 그가 완전한 자기 자신으로 돌아오는 것은, 이 세상에 대한 자신의 변명 같은 것으로부터도 자유스러워지는 것은, 자신이 이 세상과 완전히 단절되어 있음을 깨달았을 때다.

그래서 이제야 나는 알았는데, 그것 또한 당연할 수밖에 없다고 나는 믿어야 되는데, 나는 그러구 보니, 따님에게서만이 아니라 땋님으로부터도 내쫓김을 받고 있었던 사내였다. 결국 이 뜻은, 남은 땋님으로부터도 버림을 받았다는 뜻이 아니겠느냐.

그 완전한 기절을 확인한 후에야, 그는 이 글의 앞부분에서 인용한, '나는 나다'라는 선언을, 자기의 마을의 선언을 한다. 이제 나름대로 우주에 새로운 질서를 부여하는 일이 남았다. 그가 애초에 착수하는 방법은 아버지가 했던 방법과 흡사하다. 그것은 분석 · 점검 ·

종합의 방법이다. 그는 "원이란 완전한 것이어서 진행과 정지의 극치를 이루고 있는 건 사실이었으나, 그 극치에서의 분열이 불가능한 듯했기 때문에, 결국은 무의미로 전락되는 결과를" 그 원에서 보고는, "조화란 미진한 듯한 그 미묘한 곳에서 이뤄지는 것이며 그렇기에 우주는 멈추지 않는 것이었다. 그래서 나는 뒤에 진실로 진정으로 완전하다는 것은, 허원다운, 그 불모해져버리는 완전이 아니라, 생멸이 영원히 갈아들 수 있는, 그 완전이라야 완성된 완전이라는 것을" 알게 된다. 그 자체로도 중요한 의미를 띠는 시간에 있어서의 오두(五頭)의 문제 등이 사복의 입을 통해 강술되며, 하나의 우주적 형상을 사복은 이윽고 그려낸다. 그 모양은 양극을 갖는 타원형으로 되어 있는데 박상륭은 친절하게도 그 타원형이 고기와 뱀의 유선형과 관련이 있음을 밝히고 있다. 그렇다면, 유리장의 '뱀'은 '물고기'와 비슷한 상징적 가치를 부여받고 있는 셈이 된다. 물고기는, 다른 물고기를 삼키는 배(자궁)이면서, 그 자체 다른 것에게 먹히는, 그리고 바다라는 커다란 자궁 속에 들어 있는 존재다. 물고기는 그 자신이 자신 안에 포함되어 있는 이중의 용기(容器)다. 그것은, 우리가 「뙤약볕」에서 읽은, 대지모신의 전위(轉位)를 다시 한번 확인시켜준다. 김현이 『죽음의 한 연구』에 대하여 그 작품의 핵심적 행위로 지적한 "마른 늪에서의 고기 낚기"는 말하자면, 이 우주를 삼키고 우주에 삼키우는, 인간 존재의 궁극성에 도달하려는 욕구의 다른 표현이며, 박상륭 소설의 주인공이 신과 인간 사이의 중재자임을 다시 한번 확인시켜주는 행위다. 예수를, 십자가라는 미끼로, 홀로 바다의 괴물을 낚는 어부의 모습으로 묘사된 그림이 있듯이 박상륭 소설의 주인공은, 바로 그 예수의 모습과 동일시될 수 있다. 「유리장」에서 사복의 설법이 내포한 바의 내용이 작품의 주제 자체를 그대로 드러내 보여주기도 하지만, 그 주제는 그렇게 하나의 결론으로 제시될 성질의 것은 아니다. 사복의 구도 편력에서는, 그것이 일단 설파된 이상, 그것은 다시 파괴되어야 한다. 그때 사복에게는 "그래서 나는 어쨌다는 것인

가. 어쩌면 나는 어떤 할아비가 달력을 만들었을 때의 심경을, 조금은 이해할 수 있게 되었는지 모른다. 그래서 나는 어쨌다는 것이냐" 하는 의문이 생긴다. 조금 확대해서 생각한다면, 이 우주는 변화하는 원이다, 미완의 완성이다라고 정의내리는 순간, 우주는 그 정의의 틀에 갇혀 다시 정지된다. 세상은 돌고 돈다고 정의내리는 순간 그 돎 속에서 정지된다. 그때 사복은 다시 그가 떠났던 타원의 우주 속으로 들어온다. 그 모습은 일상 생활의 욕구, 애 낳고 기르며 평범하게 살고 싶은 욕구로 표현된다. 그는, 자기가 도를 닦은 사라쌍수의 나무 그늘을 떠난다. 그것은 귀환 행위다. 자기가 버렸던 대지를 '어머니'로 인식하는 순간, 그리고, "아 나는 어머니구나, 개미구나"라고 인식하는 순간 하늘과 땅이 화합하고 체(體)와 용(用)은 하나가 된다.

사복은 더 읊조리질 못했다. 그것은 체만이었던 것을 떠나고 있었다. 무엇의 작용이 있었던지 사복으로선 볼 수 없었지만, 그것은 용(用)으로 화하고 있었다. 그런 다음 그것에게서는 어느 것이 체이고, 어느 것이 용인지, 알아볼 수 없는, 진실로 질서롭고, 진실로 난마 같은 흐름이 시작되었다.

변하는 것과 불변인 것이 한 몸이 되면서 새로운 시간의 운행이 시작되는 순간이다. 사복은, 그때 열린 우주의 밤, 그 자궁 속으로 들어가면서 읊조린다.

그러니 말이지, 그래. 꽉 찬 듯도 하지만 텅 비었으니, 그러니 말이지. 그래 모든 게 멈춰 있는 듯하지만 멈춰 있지 않고, 모든 게 멈출 수 없는 듯하지만 멈춰 있으니, 그러니 말이지, 그래 뭐든 헝클어진 듯하지만 간추려져 있고, 간추려진 듯하지만 헝클어져 있으니. 그러니 말이지. 그래 암컷인 듯하지만 수컷이고, 수컷인 듯하지만 암컷이니, 그러니 말이지. 후, 후, 훗,

그 선적인 직관의 세계에서의 사복의 귀환은 우주로 들어감이요, 계집과의 화합이요, 어머니의 자궁으로의 들어감이요, 대지로 들어감이요, 자기에게로의 들어감이다. 아니 들어감이 나옴이요, 나옴이 들어감이니 그건 들어감이면서 나옴이요, 나옴이면서 들어감이며, 사복은 애당초 나오지 않으면서 나온 것이고 나오면서 나오지 않은 것인지도 모른다. 결국 그때에 죽음은 또 하나의 탄생으로 의미가 전도된다. 즉 어머니의 자궁으로부터 나오는 행위인 탄생과, 대지의 자궁으로 들어가는 죽음은 같은 행위가 된다. 단편 「늙은 개」의 늙은 시체실 청소부가 맞아들이는 죽음의 의식은 그 가치의 혼융을 훨씬 극명하게 보여준다. "추하게 늙은 암캐가 한 시든 남근을 어중간하게 매달고"라는 묘사에서 그가 사복과 마찬가지로 자웅 동체로 화하는 모습을 우리는 엿볼 수 있는데, "그는 이제 구멍으로 나가려는 것이었다"라는 표현으로 그는 죽음을, 자웅 동체로서의 새로운 탄생으로 맞이하는 것이다.

참고로 덧붙이는 것이지만 「유리장」의 뒷부분에 나오는 '노파' '사내' '계집애' '핏덩이' 간의 야릇한 대화는, 길게 이야기로 이루어져 있는, 그래서 다소간 시간적인 진행으로 읽게 마련인 작품 구조의 공간적인 압축이다. 두말할 필요 없이 노파는 따님이고, 사내는 시계공이며, 계집애는 사복의 애를 뱄던 옌네이고, 핏덩이는 사복이다.

결국 사복은 자신 안에서, 남성다운 예지의 현현이랄 수 있는 시계공과, 큰비암님의 전갈하님(중재자)인 따님의 완벽한 결합이 된다. 다시 얘기하지만, 그 결합이 이루어지는 용광로는 사복 자신이면서 우주라는 그 자궁 내에서다. "무슨 맹렬한 불길에라도 태워지는 듯한 고통을 참아야 했다"라는 사복의 완전한 새로운 탄생 이전의 시련은 그 연금술적인 시련에 다름이 아니다. 연금술은 그 무엇보다도 불의 예술인 것이다. 사복은 그 자체 양이면서, 음이라는 용광로를 통해 음양의 결합의 결과 나오는 실체 같은 것이 된다. 그 결합은 그 안에 불화를 내포하고 있는 결합이다. 따라서 동적인 결합이다. 이쯤 오면 「유리장」을 사복의 구도 과정에 초점을 맞추어 통시적으로 읽을 필요는 없어진 셈이다(나는 편의상 그렇게 읽었지만). 사복은 연금술의 용광로 안에도 있고 밖에도 있다. 사복이 "시간의 도착이 마음에 든다"라고 이야기한 것은, 그가 스스로 이 세상의 모순들을 융합시켜 새로운 질서를 만들어내겠다는, 시간을 파괴하겠다는 연금술적인 욕구에 사로잡혀 있음을 의미하는 것이며, 그가 자신이 어머니이며 핏덩이이며, 개미라고 느꼈음은, 소설의 구조 자체 속에서, 혹은 우주 속에서 자신이 연금술사의 아들로 새로이 태어났음을 의미하는 것이기 때문이다. 어머니구나, 핏덩이구나, 개미구나 하는 깨달음에서 그는 스스로 시간의 파괴자이면서 시간의 파괴의 결과로 융합된다. 그것을 득도라고 표현한다면 그 득도는, 속세를 떠나 도를 깨우치는 모습과는 사뭇 다르다. 이런 비유가 허락된다면, 도를 닦으려고 멀리 떠난 의상의 모습보다는, 떠난 곳으로 다시 돌아온 원효의 득도의 모습을 그것은 하고 있다. 그가 돌아온 곳은 어머니의 자궁이면서 우주이면서 연금술의 용광로이면서 그 자신이기도 하다. 사복은 사복이면서 사복의 아버지이고 조상이고 아들이고 딸이다. 사복의 안에는 선조와 후손이 한데 어울려 산다. 그러니, 그는 떠났되 떠나지 않았고 돌아왔되 돌아오지 않은 것이 된다. 그 득도는 속세와 결별한 후, 차라투스트라처럼 신이 되어 이 세상으로 내려오는 것이 아니라, 이 세상에 있으면서, 아니, 떠남과 안 떠남이 마찬가지라는 깨달음 속에서 이루어지는 득도다. 박상륭의 연금술은 그렇게 완성된다. 그러나, 박상륭은, 이곳을 떠나 캐나다에 살고 있다. 하지만 그는 그의 소설들로써 우리 곁에 남아 있다. 떠남과 안 떠남의 한 몸됨을 다시 맛보기 위해 전에 얼핏 보아넘긴 『죽음의 한 연구』를 빨리, 찬찬히 읽어야겠다.

〔『문예중앙』, 1987년 겨울호〕

# 사유의 호문쿨루스
—박상륭 초기 작품 자세히 읽기, 「2월 30일」「시인 일가네 겨울」
「열명길」「뙤약볕 1·2·3」을 중심으로

김정란

박상륭의 작품은 깊이 들어갈수록 더욱 깊이를 알 수 없는 밀림과
도 같다. 나는 처음에는 『칠조어론』 이전까지의 작품을 망라해서, 하
나의 주제를 정하고 저며낼 생각이었다. 그러나 작품집 『열명길』을
꼼꼼하게 읽고 난 뒤에, 나는 그 계획을 수정하지 않을 수 없었다. 박
상륭의 작품들이 초기 작품부터 이미 형성되어 있었던 몇 개의 중요
한 핵을 둘러싸고 계속해서 발전해왔다는 것을 발견하게 되었기 때
문이다. 그 핵들은 어느 하나를 따로 떼어내어 논의하기 어려울 정도
로 서로 유기적으로 얽혀 있다. 어느 하나를 택하더라도 결과는 마찬
가지일 터이다. 하나를 잡아당기면, 다른 모든 것이 같이 딸려 올라
오게 되어 있다. 이 점은 박상륭의 문학이 결국은 '존재'라는 보편적
주제를 택하고 있기 때문에 생겨나는 당연한 결과라고 할 수 있다.
그 어느 주제도 따로 떨어져 있지 않은 것이다.

그래서 나는 박상륭의 문학 세계가 본격적인 규모를 획득하게 되
는 「유리장」 이전까지의 몇몇 작품들을 분석 대상으로 한정하기로 했

다. 「유리장」은 박상륭 문학 여정에서 분기점 역할을 하고 있다. 비유적으로 말하자면, 「유리장」 이전의 작품이 하나나 둘 정도의 주제를 중심으로 씌어진 단품 악곡, 또는 소나타 형식을 취하고 있다면, 「유리장」에서부터는 교향곡의 형식을 취하기 시작한다고 말할 수 있다. 「유리장」을 교향시 정도로 생각한다면, 『죽음의 한 연구』는 본격적인 교향곡의 규모를 택하고 있고, 『칠조어론』에 이르면, 아예 그 자체로 무어라 형식적으로 규명하기 어려운 엄청난 규모의 독특한 형식이 얻어진다.

「유리장」 이전으로 작품 분석을 한정하게 된 데에는, 우선은, 그 몇 편의 작품들을 꼼꼼하게 분석하는 것이, 하나의 주제를 가지고 광범위하고 거칠게 분석하는 것보다 나으리라는 판단도 작용했다.

아마도, 앞으로도 한참 동안 더 박상륭은 후세들에게 뜯어먹히리라. 그런 의미에서, 그는 굉장히 행복하고 동시에 불행한 작가다. 그는 당대에게 벅찬 작가다. 그는 당대에는 가장 고독하고, 그리고 후대에는 가장 오랫동안 무덤에서 불려나올 작가다. 그의 무덤 자리는 편하지 않으리라. 처음부터 그것은 그의 운명이었다. 앞서가는 자의 운명은 늘 그 모양인 것이다. 이 외로운 천재의 소맷자락 끝을 붙잡고 나는 전전긍긍한다. 왜냐하면, 그 소맷자락 끝이 조금 읽히는 까닭이다. 아예 안 보이면 좋을 것을, 그 '조금 읽히는 것'이 나의 병통이다. 왜냐하면, 일단 존재의 두통이 시작되면, 바보가 되든지, 깨우친 자가 되기 전에는 그것으로부터 도망칠 재간이 없기 때문이다. 나는 나의 어중간함 때문에 죽을 지경이다. 그러니, 도류(道流)여, 박상륭이라는 이 성채의 문을 열 것인가, 말 것인가. 글쎄, 그나마도 내가 열어볼 수 있는 것이 옆문이거나 뒷문 정도이지마는……

# 1. 「2월 30일」
## ──육체의 무명(無明): 불의 씨앗

　박상륭의 문학은 하나의 주제를 발전시키고, 거기에 또 다른 주제를 덧붙이고, 다시 발전시켜 종합하는 여러 개의 복합적인 동심원의 궤적을 그려나간다. 아니, '동심원'이라는 표현은 온당하지 않다. 박상륭의 형이상학에 기대어 말한다면, '동심타원'이라는 표현이 더욱더 어울린다. 그에게 존재는 하나의 구심점을 가지고 있는 원이 아니기 때문이다. 또는, 존재는 원처럼 완벽한 도형이 아니라, 타원처럼 불안정한 도형으로 그려지는 결핍의 궤적을 그리기 때문이다. 박상륭의 탐색은 동심타원을 그리면서 점점 더 깊어지고 넓어진다. 그의 탐색의 궤적 자체가 나에게는 하나의 문학적 모범으로 여겨진다. 그것은 연속성의 소명을 깊이 생각하면서도 결코 한군데에 머물러 고여 썩지 않는다. 박상륭의 문학은 자신이 앞서 추구한 열매를 꾸준히 수확하면서, 다시 그 열매의 씨앗을 파종하는 한편, 묘목을 내어 품종을 개량하는 다각적인 전략을 수행한다. 그처럼 알뜰한 문학 농사꾼을 나는 일찍이 만나본 적이 없다. 그에게서 나는 존재론적 전략의 치밀한 실천을 본다. "나는 언제나 나보다 나은 나의 싹이다."

　따라서, 나는 시간을 두고 좀더 입체적인 연구를 수행하기 전에, 일단은『열명길』에 수록되어 있는 몇 작품들을 평면적으로 따라가며, 박상륭 문학의 바탕을 이루고 있는 주제들을 드러내보이는 것으로 만족하려 한다. 그렇게 함으로써, 이 글을 본격적인 박상륭 연구의 밑그림으로 삼으려는 것이다.

　「2월 30일」은 그 제목에서부터 이미 암시적이다. 평년의 2월 28일도, 윤년의 2월 29일도 아닌, 책력의 편의 때문에 어디론가로 달아나 숨겨져 있는, 책력 안에 포함되지 않는 날. 없는 날. 달력에 없는 이 상상적인 날짜는 미래의 구원을 나타내는 날짜다. 『열명길』의 첫 장을 여는 이 작품은 박상륭 문학의 줄기찬 관심사가 인간의 '구원'이라는 점을 예시하는 서곡의 역할을 하고 있는 것이다.

작품 안에는 두 명의 '환자'가 나타난다. 그러나 두 환자의 '병'은 나중에 『칠조어론』에서 '프라브리티'라는 이름으로 나타나는데, '존재한다는 사실' 그 자체 외에 다른 아무것도 아니다. 그런데, 박상륭에게 있어서 '존재한다는 병'을 앓는다는 것은, 무엇보다도 '육체로 존재한다는 병'을 앓는다는 것, 박상륭식으로 말한다면, '살입음을 당한 고뇌'를 겪는다는 것을 일컫는다. 작품의 첫머리를 읽어보자.

"선생은 지금 어떤 걸 생각하십니까?" A씨가 불쑥 나에게 물었다. 나는 사실로 말을 하자면 A씨의 발가락을 심지로 해서 불을 붙여보고 싶은 충동을 느끼고 있던 참이었다. "나요? 난 별로 생각하고 있는 게 없습니다."

"나는 이제껏 말해왔었지만, 지금도 그 왕자(王子)의 생각을 하고 있습니다."

"흙 속에 목까지 묻혀서 백년인지 천년인지를 살았다는 그 사람 말씀이죠?" 나는 그가 눈치를 채고 이야길 중단해주었으면 하고 좀 빈정거리며 말을 주었다. "선생은 지금 어떤 걸 생각하십니까?"──이것이 그가 이야기를 꺼내는 첫마디가 된 때문이다. "마녀가 주술(呪術)을 걸었다죠? 나도 그것쯤은 알고 있죠." 나는 계속해서 말해주었다. "나는 그런 동화(童話)보다는 발가락을 생각하는 게 낫다고 믿는다니까요."

"그런데 참으로 그 주술을 풀어줄 공주(公主)가 왔을까요? 공주인지 누구인지, 하도 까마득한 옛날에 읽은 것이 되어서 밑도끝도 기억엔 없습니다만, 어쨌든 난 그것이 궁금합니다." 나는 대답하지 않았다.

"그 이야기에 의하면 구해주러 왔었단 말입니다." 그는 명랑한 음성으로 자기 질문에 스스로 결론을 지었으나 나는 듣기도 싫고 말하기도 싫었다. 나는 홑이불자락 밖으로 비죽이 나온 그의 발가락을 쳐다볼 뿐이다. (「2월 30일」, p. 9)[1]

두 사람은 마비 증세에 걸려 "반주검의 흙구덩이"(p. 13) 안에 파묻혀 있는 형국이다. 작가는 A씨의 입을 빌려 그 상황을 동화 속에 나타나는 왕자가 처해 있는 비극적인 상황에 비유한다. 그런데, 박상륭 작품 속에서 '왕자'나 '왕'은 자아의 상징으로 나타난다.「열명길」에서도 '왕자'는 자아의 상징이다. '왕'이나 '왕자'는 인류의 대표자로서 절대격의 자아를 상징하는 역할을 하고 있는 것이다. 그 '왕자'는 지금 흙구덩이에 산 채로 매장되어 구원자의 도래를 기다리고 있다. 그것은 결국, 그 자체로는 아무런 빛도 가지고 있지 않은 육체의 실존을 말하는 것이다. 전혀 우연한, 홀로 아무런 능동성도 확보하고 있지 못한 절대적 수동성인 육체. A씨는 그것이 '마녀의 저주' 때문이며, 언젠가 메시아가 와서 그를 그 수동성 안에서 끄집어내줄 것이라고 믿고 있다. '나'는 그런 '믿음'에는 아무런 관심도 없다.

여기서 우리는 잠깐 '발가락'의 이미지를 살펴볼 필요가 있다. 이 이미지는 박상륭 작품 전반에 걸쳐 매우 빈번히, 그리고 중요한 상징적 의미를 가지고 등장한다.「뙤약볕 1」에서 예수의 이미지를 가지고 있는 '섬돌'은 "땅을 차고 버티느라고 너덜너덜해진 [⋯⋯] 뒤꿈치"(p. 94)를 가지고 있다고 표현되며, 성모, 또는 막달레나의 이미지를 가지고 있는 '천치 여자'는 유난스럽게 그의 '발'에 집착을 보인다.

침을 덮어쓰고, 욕을 당하던 여자가 섬돌이의 벗은 발등을 철썩철썩 갈기고 있었다. 섬돌인 분노에 떨면서도 욕도 침도 뱉지 않고, 이를 갈며 신음만 하고 있다. (p. 92)

---

1) 이하 페이지 수는 『열명길』(문학과지성사, 1995)에서 인용한 것이다. 인용문 중 고딕체는 필자가 필요에 의해 강조한 부분이다.

형 집행을 기다리며 묶여 있는 젊은 남성의 상황과 여인의 가학 행위는 '발'을 둘러싼 일체의 행동에 강력한 성적인 분위기를 부여한다. 아닌게아니라, '발'은 정신분석학적으로 페니스의 완곡한 표현이기도 하다. 신데렐라와 콩쥐팥쥐 전설에 나오는 '맞는 신발'의 상징적 의미도 이 맥락에서 멀리 떨어져 있지 않다. 우리는 이 성적 상징성을 부정하지 않고도 박상륭에게서 나타나는 이 이미지의 궁극적 성격을 규명할 수 있다. 다른 대목을 읽어보자.

여자는 미쳐서, 흰 나무를 얼싸안고, 매달려 늘어진 섬돌이의 상처난 뒤꿈치를 핥았다. 그러다가 바람쇠가 내던진 낫을 발견하곤, 그것을 주워다가 섬돌이의 목을 파고든 줄을 잘랐다. 시체는 부대가 떨어지는 소릴 냈다. 여자는 구겨진 시체를 품에다 안았다. 알 수 없는 말로 시체를 어르며 젖을 물렸다. (pp. 98~99)

예수의 시신을 십자가에서 내리는 성모의 그림자가 어른거리는 이 대목은, 죽음을 극복하는 모성성이라는 주제를 표현하고 있다. '땅'을 부정해서 생긴 발뒤꿈치의 상처는, 결국 '땅'으로 상징되는 육체성과의 싸움을 나타내고 있는 것이다. 이 상처를 이해하기 위해서 우리는 멀리까지 거슬러 올라가야 한다. 아담과 이브가 에덴에서 쫓겨나던 순간이다.

여호와 하나님이 뱀에게 이르시되 네가 이렇게 하였으니 네가 모든 육축과 들의 모든 짐승보다 더욱 저주를 받아 배로 다니고 종신토록 흙을 먹을지니라. 내가 너로 여자와 원수가 되게 하고 너의 후손도 여자의 후손과 원수가 되게 하리니 여자의 후손은 네 머리를 상하게 할 것이요 너는 그의 발꿈치를 상하게 할 것이니라 하시고. (「창세기」, 3장 14절~15절)

기독교 도상학에서 성모와 예수는 흔히 뱀을 짓밟고 있는 모습으로 그려진다. '여자의 후손'과 '뱀'으로 상징되는 육체성과의 싸움은 「유리장」에서 본격적으로 다루어지거니와,[2] 이 '상한 발꿈치'는 이처럼 박상륭에게서 종교적인 의미를 가지고 있는 것이다. 「창세기」의 이 대목은 자신의 육체적 타락을 통회하는 막달레나의 그 유명한 행동, 즉 예수의 발을 머리카락으로 닦는 행동 안에서 미묘하게 변주되며, 제자들의 발을 씻기는 예수의 마지막 제의적 행동 안에서 대미를 이룬다. 박상륭은 이 두 행동을 뒤섞어서 다음과 같은 장면을 만들어 낸다.

꿈에 걷는다는 그 계집애가 와 있었던 것이고, 와선 사복의 발치께에 펄적 주저앉아, 삭정이 한 가지로 사복의 발등을, 종아리를, 갉겨대며 잠을 깨우고 있었고 그러다 한 발길 얻어채어 나뒹굴어져선 낄낄 웃었고, 웃다 말고 계집앤 미친년처럼 달려들어, 사복의 뒤꿈치를 깨물고 덤볐다. 그것은 인(仁)이 딛고 걷는 그것이었다. [……]
그리고 계집앤 이번엔, 깨물지는 않고, 넓적하니 두터워 서말 때는 없고 있을 사복의 발등에다, 침을 택택 뱉아내선, 그 발등 위로 흘러내린 제 머리칼로, 그 때를 문질러대기 시작했다. [……] 사복은 입속말로 부르짖었다. 그런 것은 그러나 한번도 생각하지 않았던 것이다. "넌 내 색시라구." (「유리장」, pp. 327~28)

이 대목에서 '발'의 상징성은 명확하게 드러난다. 그것은 성적 의미를 포함한 천박한 '육체성' 그 자체다. 그것은, 주인공 '사복' 자신의 내면의 여성, "꿈에 걷는다는 그 계집애"의 몫으로 남겨진다. 사

---

2) "사복은 그런데, 그것 위에도 또한, 뒤꿈치를 퍼부어대기 시작하고 있었다. 황소라도 쳐 눕혔을 그런 뒤꿈치를 퍼붓고 있었다"(「유리장」, p. 291 참조).

복은 그녀에게 매혹되면서도 두려워한다("구역질만 디립다 내게 하는 계집애"〔p. 327〕, "그 구역질 탓에 어쩌면 계집애를 꽈냈던 것이다"〔p. 328〕). 육체는, 전적으로 그녀의 몫이다. 그녀는, 그것, 늘 부정하다고 여겨져온 더러운 육체, 그것도 육체의 지체 중에서도 가장 낮은 곳에 있는 발의 '때'를 수납하며 대속한다. 그러나 최종적인 수납은 사복의 몫이다. 사복은 그녀가 자신의 짝이라는 것을 인정하는 것이다. "넌 내 색시라구." 결국 이 모든 행동은 사복의 영혼 깊은 곳에서 일어난 일이다. 그는 막달레나이며, 동시에 예수다. 즉 그는 타락한 자, 육체성으로 인하여 곤고한 자이며, 동시에 그것을 수납하고 대속하는 자인 것이다. 인간 각자는 각자의 막달레나이며 각자의 예수다. 박상륭이 『칠조어론』에서 완성하는 형이상학 용어를 따르면, 각자는 '피학증(수피獸皮 입음, 소문자의 passion, 즉 정념情念)'과 '가학증(수피獸皮 벗음, 대문자의 Passion, 즉 수난)'을 동시에 앓고 있는 것이다.

요컨대, '발'은 박상륭 문학 안에서 '뱀'과 상상적으로 연결되어 있으며, 가장 낮은 수준에서 파악된 '육체성'이라는 결론을 내릴 수 있다. 따라서, 박상륭 문학의 맨 앞장에서 우리가 '발가락'을 만나게 되는 것은 조금도 놀라운 일이 아니다. 박상륭 문학 전체가 '발가락'과 어떻게 관계를 맺을 것인지를 탐구하는 형식이라고 말해도 과언은 아니다.

다시 「2월 30일」로 돌아가자. 두 명의 등장인물의 마비 증상은 스스로의 선택과 아무 상관도 없이 육체라는 강제적 생의 요건 속으로 떠밀려 넣어진 인간 조건의 수동성 자체를 상징하고 있다. 그런데, 비극적인 것은, 그 수동성을 인식하는 인식 자체는 한없이 투명하며 자유로우며 능동적이라는 사실이다. 비극성은 육체로 존재하기 그 자체가 아니라, 오히려 그것을 인지하는 인식의 초월성과 인식의 객체인 육체의 절망적인 내재성, 인식의 빛이 닿지 않는 무명 사이의 끔찍한 대조라고 말할 수도 있다. 다음 대목에서 그것은 명확하게 드러난다.

나는 눈을 돌려 내 몸에 시선을 주었다. 몸은 홑이불에 덮여져 있어 해수욕장의 모래 속 생각이 났다. 모래를 젖꼭지까지 덮고 가만히 내려다보면 내가 무슨 지렁이나, 아니면 모래 속에서 솟아나온 나무 둥치 같은 기분이 들었다. 나무 둥치와 잎은 어떻게 자기의 보이지 않는 뿌리를 인식할 수 있을까, 지렁이는 땅속으로 기어들면 자기의 실체를 어떻게 수긍할 수 있을까 —— 그런 것이 갑자기 걱정스러워지곤 했었다. 그래서 난 몸을 움직여보려고 한다. 잘 움직여지지 않는다. (pp. 9~10)

문제는 육체로 존재한다는 것 그 자체가 아니라, 육체로 존재한다는 것을 인식하는 인식의 주체가 육체 그 자체가 아니라는 그 사실인 것이다. 박상륭에게 육체는 그 자체로서 처참한 어둠으로 느껴진다. 「열명길」에서 작가는 육체를 "객체"(p. 59)라고 부른다. 인간이 인간인 바를 규정하는 물질적 근거인 이 어두운 '있음'의 형식은, 바로 그 '있음' 자체의 특성에 의하여 '있는 자'를 '있음'의 주체의 자리로부터 추방하는 것이다. 존재는 존재의 양태 그 자체에 의하여 존재자로부터 소외된다. 「열명길」에서 작가는 존재의 이 근원적인 소외 상태를 극복해보려는 한 악마적인 '왕'을 주인공으로 내세운다. 그가 다스리는 왕국에서 신민들이 외는 주기도문은 이러하다.

다시는 나완 상관없이 이 객체에 돌려보내지 마옵시고, (p. 59)

그러므로, "당신의 국토와 권세와 영광(은) 영원히 당신 안에" 머물러 있어야 한다. 이 비참한 육체로 있기는 「뙤약볕 1」에서 뚝쇠에게 모욕당하는 섬돌의 아버지(p. 89)의 모습으로 끔찍하게 묘사된다.
존재하기의 수동적 상황에 대해 작가는 두 가지의 각기 다른 태도를 상정하고 있다. A씨는 종교 교리에 기대어 메시아의 도래를 기다리고 있고, '나'는 일체의 위안을 거부한다. 이 점에 대해서, 우리는 아마도 박상륭의 동년배 지식인들을 강타했던 실존주의적 세계관을 이야기할 수 있으리라. 물론, 박상륭의 사유는, 여러 가지 점에 있어서 이미 그의 동료들인 4·19 세대의 과학주의적 인문주의를 벗어나 탈현대적 패러다임을 선취하기 시작했다고 보여지지만, 그의 문학이 상당 부분 실존주의적 색채를 지니고 있다는 사실을 부정할 수는 없다. 특히 종교적 위안을 설파하는 A씨 앞에서 분노하는 '나'의 태도 (p. 14)는 종부성사를 설득하는 사제 앞에서 분노하던 『이방인』의 주인공 뫼르소를 아주 가깝게 환기시킨다.

'나'의 태도는, 앞으로 박상륭이 '온육파(溫肉派)'라는 이름으로 부르는, 일종의 육체주의적 정신주의라고 부를 수 있는 태도를 확고하게 드러낸다.

그러나 내 것(발가락)은 끈끈이에 붙은 파리의 그것이다──라고는 해도 파리와도 같지 않다. 나는 파리처럼 날아가려고 애쓰지는 않는다. 끈끈이에 붙은 것을 즐거워하는 것도 아니고 슬퍼하는 것도 아니다. 나는 이랬어도 그렇고 저랬어도 그렇다. 〔……〕 나는, 거지가 그의 전재산을 우그려 쌓아가지고 나직이 매달고 다니듯이, 나를 온통 쌓아서 이 병상에다 메다꽂아 놓았다. 그러나 거지도 그의 신발이 발등밖에 덮지 못하게 되면 어느 모퉁이엔가는 버리고 마는데, 나는 그런 것까지도 오그려 쌓아가지고 왔다. 나는 여기에 있는 것이 전부이며 이것이 나라고 하는 모든 재산이며 이것이 나라고 하는 모든 과거와 현재다. 그리곤 아무 군데도 아무것에도 나의 것은 흔적까지도 묻어 있지 않다. 나는 오늘 여기에 있으니까 나의 전부가 여기 있을 뿐, 내가 만약에 다음 순간에 어디로 가야 된다면 여기엔 아무것도 남아 있지 않게 될 것이다. 나는 나의 쓸모 없는 척추니 복숭아뼈니, 맹장이니, 회충이니 심지어는 대소변까지도 이 자루 속에 처넣어가지고 가야 한다. 그러나 A씨와 같은 어떤 사람은 나와는 다르다. 확실히 다르다. 그들은 그들의 오물이나 쓰레기통만을 지고 다닐 뿐, 정작 그들의 심장은 어떤 곳에다 두고 다

닌다. (pp. 16~17)

박상륭에게 '육체'를 도외시하는 모든 형이상학은 허위 의식의 소산으로 느껴진다. 그는 『칠조어론』에서 '정신'만으로 존재를 설명하려는 모든 형이상학을 '어선파(語禪派),' 또는 '눈썹파(派)'라고 부르며 비아냥댄다. 그들은 "간을 떼어놓고 다니다가 물 속에 끌려들어간 토생원"(p. 17) 같은 자들이다. 그래서 그는 육체의 모든 것을 악착같이 긁어모아 가지고 육체의 방문을 덜컹 걸어잠근다. 존재의 감옥 속에 기꺼이 자신을 유폐시키는 것이다. 존재자는 존재라는 감옥에 갇힌 "죄수"(p. 18)다.

이런 풍경이 정엽이에겐 갑자기 낯설게 느껴졌다. 고향에론가, 어디에론가, 가야 할 사람들이, 값싼 일숙박비를 지불치 못해 몸뚱이를 담보로 살며 빚을 갚아줄 소식을 기다리고 있거나, 유배 온 죄인들이 죄를 벗겨줄 전령을 기다리며 막연하게 살고 있는 곳만 같이 생각되었다. 하지만 누가 그들의 빚을 갚아주며, 누가 죄를 벗겨줄 것인가? (「시인 일가네 겨울」, p. 39)

이렇게 말할 때, 박상륭은 영락없는 그노시스주의자처럼 보인다. 그노시스주의의 복잡한 독트린은 단 한 줄로 요약될 수 있다. "우리는 이 세상에 살고 있으나, 우리는 이 세상에 속한 자들이 아니다." 그러나, 육체라는 감옥을 기어이 끌고 다닌다는 점에서 박상륭은 이 영육 분리론자들과 다르다. 이 죄수는 스스로의 조건을 적극적으로 수납한다는 점에서 자발적인 죄수라고 할 수 있다.

그런데! 방문을 닫아걸자, 즉 스스로의 육체에의 갇힘을 적극적으로 수납하자, 이상한 일이 일어난다.

날이 궂은 어떤 날, 그 중형을 받은 죄수는 컴컴한 독감방(獨監房)

한구석에 쭈그리고 있었다. 할 짓도 없고 시선 보낼 곳도 없어 바닥이나 보고 있는데, 그 습기 찬 바닥에서 무엇이 팔딱팔딱 뛰고 있는 것을 발견했다. 그것은 벼룩이었다. 그는 그것을 잡아선 어떤 방법으로 죽이는 게 제일 그럴듯할까 하고 궁리하다가 묘안을 생각하곤 싱긋이 웃었다. 그는 그날로부터 자기의 피를 먹여가며, 신이 그의 권태와 고독 탓에 인간을 창조하고 자기의 영혼을 먹여가며 자기의 꼭두각시로 만들려고 했듯이 그 죄수는 벼룩을 자기의 인간으로 만들려 했다. (p. 18)

그 닫힌 골방에서 사유의 기적이 일어나는 것이다! 벼룩, 작지만, 날렵하며, 자신의 몸 길이의 몇백 배까지 도약하는 사유의 호몬쿨루스! 그러나, 이 골방의 호몬쿨루스는, 아직 실제적인 삶, 바깥에서의 구체적인 삶의 방식으로 육화되어 있지 않다. 감옥에서 출옥한 날, "그의 마누라가 〔……〕 눌러 죽여버렸다"(p. 19). 그러나, 죄수에게는 이제 할 일이 생긴 것이다. 그는, A씨와는 다른 소명, 즉 사유와 삶을 일치시키는 소명을 인지한다.

나는 다시 발가락을 생각하기로 했다. 그것이 꽤 오랫동안을 나의 대상이 되어왔기 때문이다. 그러나 이젠 A씨의 것이 아닌, 홑이불 속에 묻혀 눈엔 보이지 않는 관념의 숲 속에 살고 있는 내 발가락을 생각하기로 했다. 애인에 대한 정성으로 내 발가락을 사모하기로 했다. 그래서 우선 나는 나의 온 신경을 모아 한번 움직여보려 했다. 그래야 관념을 실체로 부각시킬 수 있을 것 같았기 때문이다.
안 되었다.
또 해보았다.
그래도 안 되었다.
또 했다.
마찬가지였다. (p. 19)

사유의 벼룩은 아직 무력하다. 그러나 '나'는 그놈을 길들이는 것을 '소명'이라고 인지한다.

> 난 소명받은 사내올시다. 정말이외다. 난 발가락부터 시작해서 창자나 허파나 머릿속의 혈관이나 머리털에서 다리의 털까지를 내 마음대로 움직여보려는 중입니다. (p. 20)

이 대목이 무슨 '도술'을 이야기하고 있는 것이 아님은 분명하다. 그것은, 그 자체로 무명인 육체를, 도그마나 기타 다른 외적 논리에 기대지 않고, 육체적 살기와, 그 실존을 수납하는 존재자의 주체적인 사유의 힘으로 밝은 것으로 만들겠다는 의지다. 이 의지는 작품 첫머리에 나타나는 "발가락을 심지로 해서 불을 붙여보고 싶은 충동" 안에 이미 드러나 있었다. 아닌게아니라, '나'는 발가락을 조금씩 움직이게 된다. 반면에, 메시아를 기다리던 A씨는 죽음의 선고를 받는다. 어쨌든 그는 이제 육체를 떠날 수 있게 되었다. 그러나 그는 존재를 규명하지 못했다. 그의 발가락은 여전히 홑이불 바깥으로 삐죽이 솟아나와 있다.

작품은 의미심장한 구절로 끝난다.

> 그런데 나는, 길들고 있는 나의 이 벼룩을 어찌해야 할 것인가. 옴 도비가야 도비바라 바리니 사바하.

작가가 그 이후로 그 벼룩을 얼마나 열심히 길들여왔는지를 우리는 익히 알고 있다. 작가는 '광명'을 구하는 주문을 왼 뒤, 작품의 끝에다 섬세하게 '략(略)'자를 붙여놓는다. 이 작품은 완결된 것이 아니며, 언젠가 완성하리라는 뜻이리라. 광명에 이를 때까지, 작가는 같은 주제를 쓰고 또 쓰리라는 것.

이처럼 「2월 30일」에는 앞으로 박상륭 문학을 이끌어갈 중요한 주제가 나타나 있다. 육체의 어둠과 그것을 사르는 사유의 불꽃. 그리고 죽음과 구원. '발가락'은 따라서 불쏘시개인 셈이다. 육체의 끝에서 생겨나는 벼룩, 피, 즉 물 — 불을 먹고 자라 물로 불을 지를 벼룩. 빨간 벼룩.

## 2. 「시인 일가네 겨울」
### ——구도적 살해

「2월 30일」의 첫머리에서 우리는 타인의 발가락을 바라보는 '나'를 만난다. 그러나 작품을 읽어가면서, 독자들은 A씨가 '나'의 분신이라는 것을 확인하게 된다. 「시인 일가네 겨울」에서는 보다 복잡한 주체의 분화가 이루어지는데, 이것은 「유리장」에 이르러 본격적인 국면으로 접어든다. 작가 자신이 아예 작품의 후기에 노트를 붙여 그 사실을 확인시켜주고 있다(p. 411).

'시인 일가(詩人一家)'는 네 명으로 이루어져 있다. 정엽, 홍선, 성영감과 봉기. 이 네 사람은 작품 안에서 각기 흩어져 따로 살아가고 있지만, 사실은 한 사람이다. 작품 안에는 '시인'도 '가족'도 단 한 번도 등장하지 않는다. 요컨대, '시인'이란 자기 구원을 열망하는 자아를 상징적으로 나타낸 것이며, '가족'이란 분화된 자아의 상태를 일컫는 것이라고 할 수 있다.

이 네 사람이 모두 한 인물의 분신들이라는 사실은 작품의 주도면밀한 구조를 통하여 드러난다. 한 사람이 등장해서 이끌어가는 한 장면의 끝 부분은 모두 다른 인물들이 등장하는 다른 장면으로 갈고리처럼 이어져 전환된다. 정엽이 헌 오바를 벗어 벽에다 거는 장면은, 그 오바를 떼어 걸치는 홍선에 의해 이어지고(p. 25), 늙은이가 죽음을 원할 것이라고 중얼거리는 홍선의 대사는 죽고 싶다고 웅얼거리는 성영감의 대사에 오버랩되며(p. 28), 배가 고파 몸을 뒤트는 성영감의 몸부림은 가위눌린 정엽에 의해 이어지며(p. 30), 논두렁에 자빠진 성엽은 성영감을 살해한 뒤 논두렁에 자빠지는 홍선의 모습에 겹쳐지고(p. 35), "뛰쳐나오길 잘했다"고 중얼거리는 정엽의 대사를 "나오긴 정말 싫었지만"이라고 말하는 봉기(p. 36)가 받고, 초조해 서두르는 봉기에 뒤이어 차분해진 정엽(p. 36)이 나타난다. 이 장면 전환의 연출은 마지막 장면에 이르러 가장 섬세한 의도를 드러낸다. 마지막 장면은 외적 자아(정엽)가 내적 자아의 행위를 내면화하는 장면인데, 이 장면 바로 앞에서 장면 전환은 중단된다. 정엽이 등장했던 장면이 그대로 정엽이 등장하는 다른 장면으로 이어지는 것이다. 이 장면에서 정엽은 정엽 안에 재통합되는 것이다.

결국 이 작품은 자아에 의한 자아 살해라는 구원의 전략을 자아의 네 명의 분신을 통하여 수행시켜보는 존재론 연습의 기록이라고 할 수 있다. 이 작품에는, 「2월 30일」에 나타난 육체성의 문제에, 「유리장」에서 밑그림이 그려지고, 『죽음의 한 연구』에서 본격적으로 다루어지는 '구도적 살인'이라는 또 다른 주제가 덧붙여져 있다. 정엽의 무의식적인 홍선이 수행하는 성영감 살해의 모티프는 라스콜리니코프의 전당포 노파 살해에서 따온 것으로 보여진다. 그러나 박상륭의 경우, 그 의미는 도스토예프스키의 경우보다 더 내면적이다.

작품의 이해를 위해서 우리는 거칠게라도 이 네 인물의 역할을 규명해볼 필요가 있다. 정엽은 구도자, 즉 '시인'의 외적 자아, 퍼소나의 역할을 하고 있다. 당연히 작품은 정엽이 나타나는 장면으로 시작되어 정엽이 나타나는 장면으로 마무리된다. 홍선은 깊은 무의식, 또는 사회와 타협할 수 없는 사납고 독립적인 비윤리적 성향을 나타내고 있으며, 성영감은 자아의 가장 물질적이며 저열한 측면, 육체적인 욕망과 고통, 수동적 육체성을, 그리고 봉기는 사회적이고 윤리적인 성향을 각기 나타내고 있다.

작품이 시작되면, 부인을 친정에 보낸 정엽이 나타난다. 기르는 개도 어디론가 도망쳤다. 을씨년스런 겨울. 경영하는 과수원 일도 시들

하고, 아내는 정서가 없고, 아이들도 자기 성으로 들어가버렸다. 정엽은 혼자서 "오그라들고, 활개를 칠 수 없을 것 같은"(p. 25) 느낌을 받는다. 바깥에서 무언가 사립문을 흔든다. 정엽이 불길한 예감에 떨면서도 외투를 벗어 벽에 건다. 장면이 바뀌면, 외투를 입고 장갑을 끼고 외출 준비를 하는 홍선이 등장한다. 홍선은 삯바느질하는 가난한 어머니와 동생들과 살아가고 있다. 외출하는 그를 어머니가 불러 세운다. 그는 "짜증을 부리며"(p. 26) 집을 나온다. "재봉틀 대가리를 바수어버릴(까)" 하다가 홍선은 중얼거린다.

모두들 날 가두어두려 한단 말야. 아무 장난감도 없는 방 속에다 처넣고 문을 잠가버린다니까. 어쩌다 보니 그렇게 되어 난 싀어 있었어. 문이 열렸을 때도 난 나갈 수가 없었다. 나가보았지만 마찬가지였다. 방에서 방으로 건너다니다 제자리로 돌아왔을 뿐이었으니까. 하지만 언제까지나 그렇게 되진 않는다, 자살이라도 할 수 있으니깐, 나는. (p. 26)

홍선의 외출은, 정엽의 '아내'와 홍선의 '어머니'가 상징하고 있는 답답한 일상 바깥으로 탈출하는 것을 의미한다. '자살'은 이 탈출의 가장 극적인, 그러나 수동적인 형태일 터이다. 그리고 이 해결책은 곧이어 가장 적극적인 방식으로 바뀐다. 홍선은 상상적 살인을 계획한다. 홍선은 가장 추악한 늙은이를 하나 "빚어낸다"(p. 28). 늙고 가난한 거지. 성영감은 그렇게 해서 태어난다. "가난, 질병, 불쌍함, 불행, 비극, 비천함, 늙음"(p. 34)을 뭉뚱그려 가진 존재. 먹지 않는다고 고통당하는 육체. 그것이 홍선의 상상적 살해의 대상으로 창조되는 것이다.

상상적으로 태어난 성영감의 비천한 상황이 묘사되고 난 후, 정엽은 홍선과 마주선다. 가위에 눌려 고통스러워하다가 깨어난 정엽 앞에 서 있는 사내. "가죽 장갑을 끼고, 장화를 신고, 눈을 함빡 뒤집어 쓴"(p. 30) 이 '바깥'의 존재는 '안'에 있으면서 대충 안심하고 있는 자아를 뒤흔든다. 시퍼런 단도를 들고, 살인의 준비를 끝낸 그 사내를 살펴본 정엽은, 그가 "자기와 너무도 흡사하게 닮아 있다"(p. 31)는 것을 발견한다. 그는 바깥에서 온 자기를 닮은 이 사내를 '자기 모습의 해적판'이라고 생각한다. 그리곤 장면 전환도 없이, 칼부림을 하며 뛰어가는 정엽의 모습이 막바로 그려진다. 그리고 논두렁에 쓰러져 정신을 잃는 정엽.

정엽이 혼절하고 있는 사이에 홍선은 성영감을 살해한다. 이 '무의식적인 살해'라는 주제는 「유리장」에서 보다 본격적인 규모로 다시 택해지고, 『칠조어론』에서는 십자가에 매달린 예수의 무의식 안에서 이루어지는 계시록적 사건이라는 주제로 확장되어 '밧모섬의 시간'이라는 이름을 부여받게 된다. 홍선이 성영감 앞에서 하는 말은, 이 살인이 결국은 '자살'이라는 것, 자아에 의한 자아의 구도적인 살해라는 것을 분명하게 드러낸다.

    너는 나를 지배해왔었다. 아니, 너는 송두리째 나였단 말야. 너는 그늘이라는 모든 그늘이 뭉친 놈이야! 악마라고 하는 게 너란 말야. 너는 주검 그것이었다구, 넌 육십사방을 막고 있던 방이었어! (pp. 34~35)

성영감은 따라서, 물질적인 욕구 앞에 수동적으로 처해 있는 인간의 수동적 조건을 상징하는 존재다. 그는 육체라는 감방에 갇힌 죄수로서, 존재의 '안,' 즉 내재성을 상징하고 있다. 성영감을 죽이고 난 뒤, 홍선은 기쁨의 비명을 지른다.

    이렇게 해서…… 나는 죽었다! 내 손으로 죽었어! 나는 지금 바뀌어져 있을 것이다. (p. 35)

살인을 하고 난 뒤, 홍선은 정엽처럼 논두렁에 고꾸라진다. 그리고 다음 장면에서 논두렁에서 몸을 일으키는 것은, 당연히 정엽이다. 누가 쫓아오기라도 하는 것처럼 그는 공포에 질려 뛰다가 뒤를 돌아본다. 그림자는 사라지고 없다.

날 따라온 게 아니라 날 찾으러 가는 모양이군. 병신 같은 자식! 녀석은 아직도 내가 과수원에 있는 줄 아는 모양이지? 하지만 난 여기에 있다네. 뛰쳐나오길 얼마나 잘했나. (p. 36)

자아는 이미 머물러 있던 울타리를 부수고 집을 '나온' 것이다. 정엽은 마지막 장면에서 성영감 살해 혐의로 체포된다. 그는 처음에는 성영감 살해를 부인하다가, 세계가 "유배 온 죄인들이 죄를 벗겨줄 전령을 기다리며 막연하게 살고 있는 곳" 같다고 느낀 이후에 느닷없이 자신의 죄를 인정한다. 인정할 뿐만 아니라, 그것이 '무의식적인 살해'였다는 것마저도 부인한다. 그는 그것이 의지적인 사건으로서, 자기 자신뿐 아니라, 인류를 구하기 위한 구도적 행동이었다고 주장한다.

"난 사람들이 나를 정신박약자라고 생각해주지 않기를 원합니다. 그리고 오늘밤에 만난 알 수 없는 어느 친구처럼 나를 담보로 삼아두고, 모두 떠나주기를 원합니다. 고향으로 가야 될 곳으로……"
거기까지 말하고 정엽이는 고개를 푹 숙였다. 어깨가 무거운 듯 휘청거리고 비틀거렸다.
"내 피에 대하여 당신은 죄가 없으니, 빌라도여, 당신은 손을 씻으시오." (p. 40)

이 자기 살해자가 가지고 있는 예수의 이미지는 「뙤약볕」을 거쳐 「유리장」과 『죽음의 한 연구』에서 다시 택해지며, 깊어진다.

## 3. 「열명길」
—분신 공양(燒身供養), 육체를 찢어 불을 끄집어내기

「열명길」에 이르면, 우리는 우리가 앞서 살펴보았던 두 작품에 등장했던 몇 가지 주제들(육체의 무명, 사유의 빨간 벼룩, 불, 구도적 자기 살해)이 한결 본격적인 모습으로 종합되고, 앞으로 박상륭의 사유의 큰 줄기를 이루는 또 다른 큰 주제가 합류하는 것을 보게 된다. 그것은 '말'과 '구원자인 순결한 여성'이라는 주제다.

「열명길」과 「뙤약볕」은 박상륭 문학의 본격적인 규모를 갖추는 결정적인 도약대 역할을 하고 있다. 앞서의 두 작품에 보여지는 자아 탐구가 실존적인 색채를 강하게 가지고 있었다면, 「열명길」 이후의 작품은 박상륭의 상표가 된 종교적이고 형이상학적인 색채를 뚜렷하게 가지게 된다.

'저승길'을 의미하는 '열명길'은, 한 존재가 '국토'가 되는, 그 충일한 존재론적 의미를 획득하기 위한 추구를 통음난무적 상상력에 실어 이야기하고 있다. 앞서도 말했듯이, 이 소설에 등장하는 '왕'과 '왕자'는 연금술 전통에서처럼 자아의 상징으로 사용되고 있다. 왕의 곁에는 시의(侍醫) 대목수가 등장하고 있는데, 이 인물은 「유리왕」에서는 시계공으로 나타난다. 이들은 박상륭의 인물들 중에서 드물게 인간적인 냄새를 풍기는 인물들로서, 작가 자신의 표현을 빌리면, 자아의 "남성적인 경향"을 맡고 있는 인물들이다. 굳이 아니무스라고 부르지 않더라도, 이 인물들이 '지성인'의 면모를 가지고 있는 것은 분명하다. 그러나 궁극적으로 종교적인 질서에 관여하고 있는 박상륭 문학 안에서 이들은 늘 실패하고 좌절한다. 지성은 영혼의 문제에 관한 한, 한계를 드러낼 수밖에 없기 때문이다.

나중에 『죽음의 한 연구』의 무대가 그렇듯이, 이 작품의 무대는 음울하고 황폐한 왕국이다. 왕국의 황폐한 상황은 '어부왕 전설'에서처럼 왕의 병과 연관되어 있다. 그러나 이 상황은 제의의 필수 요건이다. 삶을 '병들어 있는 상황'이라고 인지하는 자들만이 삶을 '치유'하기 위한 제의를 수행하기 때문이다.

죽어가고 있는 현왕은 실정으로 인하여 자살한 선왕에게 병든 왕국을 물려받았었다. 왕국의 병은, 우선은 정치적인 것이지만, 궁극적으로는 종교적인 것이다. 이해를 위하여 상황을 정리해보자.

1) 왕의 나이는 47세, 시의 대목수는 45세로서 이 관계는 4대째 이어져오고 있다. 대목수는 4대 혼혈아로서 벽안(碧眼)이다.

2) 왕국은 크지는 않지만, 평화로웠다. 국민은 워낙 해적 출신들로서, 배를 타고 와 정착하여 왕국을 일구었던 것. 그런데 선왕의 병적인 조울증과 우유부단과 게으름 때문에 통치력은 형편없이 약화되어 왕은 10명의 대신들이 거느리는 열 개의 부락 국가로 분산되거나, 무정부 상태에 이르러 있다. 왕은 국민들의 신망을 받았던 대목수의 부친의 충성심 때문에 겨우 명맥을 유지하는 형편이었다.

3) 해적이었던 국민은 새 땅에 정착할 즈음에 그들을 실어다주었던 배 안에다 해적질의 모든 연장이며 기억까지 던져넣어 태운 뒤, 새로이 태어나기로 다짐했던 터. 그 이후로 배의 용골두(龍骨頭)는 그들의 수호신으로 경배받게 되었다. 용골두는 화룡이라고도 불리며, 불의 상징으로 여겨진다.

4) 대목수의 부친이 죽자, 선왕은 자살한다. 대목수의 부친은 빼어난 학자였을 뿐만 아니라, "죽은 마누라의 혼령을 책 속에서 만나면서 늙어왔던," 지성과 영적 직관력을 아울러 지니고 있는 사람이었다.

5) 대목수와 왕은 각기 친어머니에게서 길러지지 않았다는 공통점이 있다. 대목수는 유모에게서, 왕은 7년 연상인 이모에게서 자라난다. 왕은 이모와의 사이에서 딸을 한 명 낳는다.

6) 신왕은 즉위 첫째날, 선왕이 마구간에 처박아두었던 검둥이 노예에게 날선 도끼를 들려 대동하고, 대신직 교체를 선언한다. 그리고 대

신직을 제장직(祭長職)이라고 개칭하고, 그 동안 왕과 대신들이 십일 등분해왔던 세금을 모두 국고에 넣는 대신, 녹을 주겠다고 선언한다. 그런 다음, 유야무야했던 수호신의 신위를 확립한다. 종교 제도가 확립되고, 신왕 즉위 2년 후엔 국민 모두가 화룡의 신도가 된다.

7) 왕은 그렇게 되기를 기다려 아편 재배를 권장한다. 대목수가 반대하자, 소금 뒤주에 처박아버린다. 왕이 재배한 아편을 고가로 사들이자, 백성은 생업을 포기하면서까지 아편 재배에 매달린다. 4년 뒤에는 왕의 창고에 아편이 노적가리처럼 쌓이고, 유전(遺錢)은 바닥이 나지만, 아무것도 모르는 백성은 돈 들어오는 재미에 성군이라고 왕을 칭송할 뿐이다.

8) 즉위 육년 오월에 호구 조사가 실시되고, 백성들에 대한 위로연이 벌어진다. 백성은 성 내로 들어가지만, 왕은 나타나지 않고, 백성은 굶는다. 이윽고 왕이 나타난 뒤, 양을 제물로 한 '쑥대머리 제사'가 치러지고, 왕은 준비했던 음식에 누군가 비상을 넣었기 때문에 주연을 베풀 수 없다고 알린다.

9) 왕이 대목수에게 아편 창고 문을 열 것을 지시한다. 왕의 협박에 못 이겨 창고 문을 연 대목수는 창고 입구에서 졸도한다. 대목수가 졸도해 있는 사이, 백성은 아편에 취해 잔치를 벌인다. 왕의 이모인 시녀장의 딸이 대목수의 시중을 든다.

10) 아편에 취해 있는 백성들 사이로 걸어가며, 대목수는 '빨간 단추' 하나를 주워 품에 넣는다. 제당 안에는, 음식에 비상을 넣었다는 죄목으로 잡혀온 남녀 한 쌍이 화룡의 아가리에 묶여 있다. 여자는 왕의 아이를 사산한 여인이라는 것이 밝혀진다.

11) 왕의 술수에 걸려들어 '불'을 잃어가는 백성이 가여워서, 대목수는 '아편'과 상극이라고 생각되는 최음제를 백성에게 나누어준다. 그러나 더욱 비참한 결과만을 낳았을 뿐이다.

12) 그 사이, 대목수는 시녀장의 딸과 가까운 사이가 된다. 그녀에게 태기가 있다. 대목수는 지금 45세다. 그는 부인을 멀리하고 연구실

에만 처박혀 있다.

13) 대목수의 아내에게 태기가 있기 넉 달 전부터 대목수는 왕에게 비소를 먹여왔다. 왕의 춘추 47세 4개월이 되는 지금, 왕은 죽어가고 있다. 임종을 예감한 왕은 자신을 화룡의 제물로 삼으라 이른다. 그는 대목수도 같이 제물로 바치라 이른다.

14) 대목수는 죽어가면서 고이 간직했던 '빨간 단추'를 자기의 여인에게 전하려 하나, 여인은 거절한다. 대목수는 단추를 삼켜버린다. 목이 잘린 대목수의 목에서 단추가 튀어나와 용상 아래에 뒹군다. 네 동강이 난 왕과 대목수의 몸뚱이가 타는 연기가 낮게 그을음으로 엉겨, 제당과 신도들의 전신에 들러붙는다.

나중에 「유리장」과 『죽음의 한 연구』에서 그 전모를 드러내는 이 통음난무적인 상상력은 한국 문학 안에서 전례가 없는 매혹적이면서 동시에 쓰라린 문학을 만들어내는 데 성공한다. 이 문학은 도대체 어떻게 가능했던 것일까? 박상륭은 어떻게 이렇게 영적이면서 동시에 지적인 문학적 건축물을 일찌감치 일으켜세울 수 있었을까? 그리고 어째서 그렇게 오랫동안 한국의 비평가들은 이 정도의 완결성을 가진 문학을 완강히 외면했던 것일까?

이 작품 안에서 나타나는 모든 상황은 모두 상징적 의미로 읽혀야 한다. 이를테면, '벽안'의 대목수의 눈빛이나, 그가 두고 온 고향, 번제(燔祭) 등의 장치를 반드시 기독교와의 연관하에서 읽을 필요는 없으며, 연자맷돌로 늘려지다가 망나니에 의해 둘로 잘리는 사람의 몸뚱이 등도 외적 처참함이 아니라, 인간의 영혼 깊은 곳에서 일어나는 내적 처참함으로 읽어야 한다는 것이다.

이 작품의 프로타고니스트 '왕'과 안타고니스트 '대목수'의 관계는 「유리장」에서 사복과 시계공의 관계와 완전히 똑같다. 그리고 시녀장의 딸의 이미지는 「뙤약볕」 연작과 「유리장」에 등장하는 순결한 천치 소녀를 예시하고 있다. 앞서의 두 작품에서 현실적 일상성만을 상징했던 '여성'의 존재는 이 작품을 기점으로 전혀 다른 차원을 획득하게 된다.

작가는 왕과 대목수라는 상반되는 질서를 숭앙하는 두 인물을 내세워, 황폐한 왕국으로 상징되는 타락한 자아의 구원을 탐색한다. 두 사람의 상이한 입장은 대목수가 죽어가며 외치는 다음 말에 명확히 규정되어 있다.

> 만약에 불이 있다거나 그것이 우리를 지배하고 있다면, 불 앞에 어릿광대였던 왕이 타는 연기는 거침없이 하늘로 치솟을 것이고, 사람 앞에 어릿광대였던 내가 타는 연기는 땅으로 깔릴 거다. (p. 80)

왕이 생의 문제를 초월적 질서의 회복으로 해결하려 드는 반면, 대목수는 인세의 훌륭한 경영, 특히 지적 추구로써 해결하려 한다. 이 점은 왕이 즉위하자마자 대신직을 제장직으로 바꾸어버리고, 종교 제도를 완비한다는 점으로 제일 먼저 드러난다. 왕은 자신이 "전체의 불과 부분의 불과의 사이에 가로놓인 교량"(p. 61)이라고 생각한다. 신과 인간 사이의 '매개자'의 역할을 자청하고 나서는 이 인물은 앞서 「시인······」의 주인공 정엽에게서 밑그림이 그려졌거니와, 나중에 『죽음의 한 연구』에서는 '인신(人神)'이라는 이름으로 본격적으로 묘사된다.

대목수 부친의 지적 · 영적 능력에만 기대었던 무능한 선왕과는 달리 현왕은 즉위 전부터 탁월한 자질을 드러내보인다. 그런데, 그 자질은 특히 종교적인 자질이다. 왕자였을 때, 그는 대목수의 부친과 '화룡'이라고 여겨지는 용골두의 의미를 놓고 논쟁을 벌인다. 그 논쟁은 '말'과 '인식,' 그리고 '상징'과 '상징의'를 둘러싸고 벌어진다 (pp. 45~50). 노대학자는 용골은 실상 상징이며 우상에 불과하다, 중요한 것은 그 모상 너머의 불이다, 그러나 우중으로선 상징 없이 그런 무소부재의 존재를 신앙하기가 어렵다. 어쨌든, 우상이 없이 불에 닿든, 우상에 절하며 불에 닿든, 닿는 높이는 같다, 라는 요지의 말을 한다. 그는 요컨대 우상 파괴주의자이며 동시에 우상주의인 셈인데, 그의 이러한 태도는 "오른손의 장지(長指)로 왼손바닥을 톡톡 치는"(p. 49) 행동으로 재미있게 묘사된다. 그의 마지막 가르침은 불을 찾아 존재와 우주를 뒤엎어야 하며, "불의 전체를 찾았다면 자기의 불을 거기에 귀의시키는 노력을 해야 한다"(p. 50)는 것이었다.

그날 이후로 왕자는 기이한 행동을 하기 시작한다. 하루종일 손톱만 들여다보기도 하고, 허벅지를 긁어 피를 내서 쉬파리가 빨게 하는가 하면, 똥덩이를 손바닥 위에 올려놓고 헤쳐대며 냄새를 맡기도 한다. 그러고 난 후에는 정상을 되찾는다. 그의 그런 행동을 작가는 "인간이 추락될 수 있는 한계에서도 한 발자국이나 더 밑바닥으로 내려갔는가 하면 비약할 수 있는 범위에서도 한 발자국이나 더 위로 치솟아올라 보이는"(p. 50) 행동이라고 표현한다. 왕자가 "신의 것인지 동물의 것인지 명확히 알 수 없는" 현기증 나는 여행을 해대는 동안, 대목수는 불을 찾기 위해서 온갖 짐승들을 모두 해부해보곤, "불은 없다"(p. 51)는 결론을 내린다.

왕의 기이한 행동은 인간의 상한과 하한을 탐험하는 행위다. 왕은 일단 육체, 근원의 힘을 상징하는 '불'의 반대쪽에 놓여 있기 때문에, 그러나 그 안에 미미한 불의 자질을 가지고 있기 때문에 "미지근한 물주머니"(p. 58)라고 불리는 '객체'를 저주함으로써 불에 닿으려 한다. 그가 백성들에게 아편 재배를 권하는 것도, 육체를 가장 수동적인 상태로 밀어넣어, 존재자로부터 이탈시켜 불을 끄집어내기 위해서였던 것이다. 대목수는 왕에 대항하여, 육체를 존재자에게 되돌려주기 위해서 백성에게 최음제를 처방하지만, 실패하고 만다.

그러나 대목수의 실패는 최음제에 의한 그들의 발작이, 생명의 저 깊은 근원에서 비롯된 것이 아니라 썩어진 고깃덩이의 말초 신경에서 비롯된 것이라는 거기에 있었다. (p. 73)

대목수가 아편에 취해 흐느적대는 백성들 곁에서 주워 품에 넣는 '빨간 단추'는 「2월 30일」의 '벼룩'의 전형이다. 작가는 아편으로 인하여 주체의 통제를 잃은 육체를 "단추 없는 옷들"(p. 69)이라고 표현한다. 대목수는 육체에 관여하는 의사답게 '황토빛' 옷을 입고 다니는데, 그의 옷에는 꼬박 그 빨간 단추가 달려 있다. 어느 수준까지 그는 지성의 힘으로 육체를 통어하는 것이다.

마지막 처형 장면은 공동체의 수장으로서 육체를 학대하여 백성 개개인에게서 끌어낸 개별적인 불을 전체의 불에 귀의시키기 위해서 자신의 몸을 화룡에게 던지는 구도적 자살을 형상화하는 것이다. 왕은 대목수까지 이 마지막 '매개'의 장면에 끌어들인다. 결국, 왕은 존재의 모든 자질을 동원해서 존재의 확장을 시도하는 것이다. 연자맷돌에 의해서 찍찍 늘어나는 왕과 대목수의 모가지는 그 처참한 형상에도 불구하고, 결국 존재의 늘어남을 나타내는 이미지라고 해석할 수 있다. 육체가 늘어날 때까지 늘어났을 때, 대목수는 빨간 단추를 입에 넣고 삼킨다. 그렇게 해서, 존재의 물질적 한계 안에 사유의 모든 성취를 통합시켜 넣는 것일까? 이윽고 망나니가 두 사람의 몸뚱이를 도끼로 자르자, 빨간 단추는 용상 아래 떨어진다.

누군가 불의 모상 아래에서 그 단추를 주워 다시 모색을 계속해야 하는 것일까? 아마도. 왜냐하면, 왕의 몸이 타는 연기도, 대목수의 몸이 타는 연기도 결국은 이곳, 여기의 럴럴한 육체 안에서 또다시 살아가야 하는 모든 불의 신도들 몸뚱이에 그을음으로 엉겨붙었으므로. 오, 불 냄새……

## 4.「뙤약볕」
### —— '말'을 찾아서

「열명길」에 등장하는 '말'의 주제는 이 작품과 비슷한 시기에 발표된 「뙤약볕 1·2」에서 더욱 분명한 추구의 방향을 보여준다. 그러나, 「뙤약볕」 연작의 완결편인 「자정녀(子正女)」가 「열명길」보다 뒤늦게 발표된 점을 감안한다면, 우리는 이 작품이 「열명길」을 감싸안고 있다고 해석할 수 있다. 이 작품에서는 「열명길」에 나타난 주제가 모두 택해지고 있으며, 「열명길」에서 흐릿하게 밑그림만 그려졌던 순결한 '천치 소녀'의 존재가 '자정녀'라는 명확한 이름을 부여받으면서 분명한 상징적 역할을 할당받고 있다는 사실을 확인할 수 있다. 논의의 편의를 위해서 또다시 중요한 줄거리를 요약해보자.

「뙤약볕 1」
　1) 섬의 중앙에 눈에 보이지 않는 '말'의 구체적인 형상화라는 문도 창도 없는 '말'을 모시는 사당이 있다. 그 사당을 모시는 당굴은 45세다.
　2) 밤중에 섬돌이 찾아와 자신의 아버지를 모욕해서 비참하게 죽어가게 한 뚝쇠를 죽였다고 자백한다.
　3) 마을 청년들이 섬돌을 잡아와 당굴에게 처형을 요구한다. 묶여 있는 섬돌 곁에 천치 같은 여자 한 명이 섬돌을 동정하며 서 있다. 그녀는 족장의 딸이며 뚝쇠의 아내인 여자다.
　4) 섬돌은 당굴에게 아버지 같은 정을 느낀다. 당굴은 섬돌이 측은하지만, 어쩔 수 없이 교수형 판결을 내린다. 죽음을 기다리는 섬돌이 어머니를 부른다. 그의 어머니는 '말의 따님'이었다고 말한다.
　5) 섬돌이 교수형을 당하자, 여자가 시체를 끌어내려 젖을 물린다. 여자가 혀를 깨물고 쓰러진다.
　6) 당굴이 섬돌을 끌어안고 흙집으로 들어간다. 다시 나와 여자도

안고 들어간다.

7) 그 이후로 역병이 창궐한다. 사람들은 '말'을 저주한다.

8) 오각입체 방을 열어보니 사내 같은 뼈 무더기가 여자 같은 뼈 무더기의 가슴에 입술을 대고 있다.


「뙤약볕 2」

1) 역병이 창궐하는 섬을 떠나기 위해서 사람들은 준비하고 있다. 그 사이에도 죽어가는 사람들을 '빈들'에 가져다버린다.

2) 47세인 족장의 동생 점쇠는 섬에 남아 '말'을 찾아보겠다고 한다.

3) 족장은 동생을 두고 배에 오른다. 뻘에 뭉개어진 더러운 여자 한 명이 죽어가면서도 배웅을 한다. 족장 자신의 누이다.

4) 폭풍이 불어 배에 탔던 사람들이 많이 죽는다.

5) 지루해진 사람들이 난교 파티를 벌인다. 족장은 오각 형상을 깎고 있다.

6) 계속 뙤약볕이 계속된다. 족장이 수장당한다. 식량을 아끼기 위해서 여자 열셋을 또 수장시킨다.

7) 서로 물을 마시려 하다가 살인극이 벌어진다. 배에 탔던 사람들이 모두 죽는다. 섬순 하나만이 살아남아 바닷물을 마신다.


「뙤약볕 3」

1) 점쇠는 '말'을 찾으며 섬에 혼자 남아 있다.

2) 외로움을 견디지 못한 점쇠는 '빈들'의 시체 쓰레기 더미를 찾아간다. 공포에 사로잡혀 있던 점쇠의 발뒤꿈치를 무엇인가가 끌어당겨 뻘로 끌어넣는다. 썩어가는 느낌. 오히려 그 느낌이 점쇠에게 '살아 있음'을 확신시켜준다.

3) 수송아지 한 마리를 만난다. 반가워서 점쇠는 수송아지의 배를 만져보지만, 손안에 허공만 잡힐 뿐이다. 그러나 어쨌든, 점쇠는 자신이 영적으로 진보했다는 확신을 가진다. '자정(子正)'의 개념에 눈뜬다.

4) 어디선가 갓난애가 울기 시작한다. 점쇠는 그 아이와 영적으로 깊이 교감한다. 점쇠는 아이의 어미가 어디엔가 살아 있을지도 모른다는 생각을 하고, 섬을 뒤지기 시작한다. '샘터' 주위에 여자 하나가 쓰러져 있다.

5) 여자를 살려낸다. 그녀가 '빈들'에 버려졌던 자신의 누이라는 것을 알게 된다. 아이가 그날 밤으로 죽어버렸으므로, 아이를 '고행의 돌더미' 속에다 묻는다. 여자가 건강을 회복하고 살림을 시작한다. 점쇠가 사당을 쌓기 시작한다.

6) 점쇠는 거대한 입상을 발견하고 기뻐하지만, 허상이라는 걸 알게 된다. 깊이 절망한다.

7) 암소에 멍에를 메워 밭을 갈기 시작한다. 사당을 계속 쌓아올린다. 생활은 익숙해지고, '말'의 추구에 대한 회의가 싹튼다.

8) 폭우가 쏟아진다. 점쇠가 사당을 헐어낸다. 누이를 여자로 취하곤 살해한다.

9) 점쇠는 여자인 누이를 통해서 '말'의 속 깊은 뜻을 만졌다고 말한다. 새로운 삶에 대한 희망에 부푼다.


이 작품 안에서는 「열명길」의 '불'이 '말'의 형태로 나타난다. 우리는 박상륭의 '말'을 곧장 '신'이라고 고쳐 부를 수도 있다. 그러나 박상륭의 사유 안에서 '신'은 기독교적인 인격체라기보다는 어떤 우주적 원리로 여겨지기 때문에, 어떤 의미에서건 '존재'를 의미하는 '신'이라는 단어는 박상륭의 '말'과는 거리가 있다.

아주 거칠게 말한다면, '말'을 잃어버린 비극과 '말'을 되찾는 과정이 「뙤약볕」 연작의 주된 줄거리다. 제목으로 선택된 '뙤약볕'은, 이 작품 안에서 중요한 사유의 핵으로 작용하고 있는 '자정'의 맞은편에 놓여 있는 개념이다. '자정'은, 나중에 「유리장」에서 '시중(時中)'의 개념으로 발전하게 되거니와, 이것은 요컨대 존재가 존재 자체의 개별적 임의성을 가지고 존재 밖으로 끌려나오기 직전의, '없음'과 '있음'의 논리적 경첩 같은 것이다. 이 존재하되 존재하지 않는 시각 또는 존재의 상태는 그 '없음'의 유현함을 드러내기 위해 '밤'의 한가운데에 정해진다. 이 결정적인 일점(一點)에 대한 생각은 '말'을 찾아가는 주인공 '점쇠'의 이름 안에도 반영되어 있다. 이점은 없으나, 있다. 그러나 그 '없는 있음,' 또는 '있는 없음'은, 의미로 충만되어 있다. 반면에, '뙤약볕'은, '있음' 그 자체의 드러난 양상을 정점에서 파악하고 있는 개념이다. '말,' 존재의 실재성을 보장해주는 우주의 원리를 빼앗긴 채, 육체의 임의성만이 나대는 양상. 개별자의 무지막지한 자기 유지 욕망. 이것은 「뙤약볕 2」에서 자기 혼자만 살아남겠다고 서로 죽이고 죽어가는 어리석은 인간들의 모습으로 그려지고 있다.

「뙤약볕 1」은 인간이 '말'을 잃어버리게 된 내력을 이야기한다. 이 작품의 주인공 '섬돌'의 이름 자체가 이미 작품 전체의 읽기 방향을 정해주고 있다고 할 수 있는데, '섬'은, 작품의 공간이 세속으로부터 고립된, 독립적 실재성을 확보한 별도의 신성한 공간이라는 것을 암시하고 있다. 그것은 이 공간이 '말'을 섬기는 공간이라는 점으로 분명히 드러난다. '섬돌'은 자기 자신이면서, 전체, 공동체인 인간의 이름이다. 그의 여성 짝인 '섬순'이 '뙤약볕' 아래에서도 홀로 살아남을 수 있었던 것은 바로 그 때문이다. '섬돌'은 유리장의 '사복'처럼 사생아라는 점, 붙잡혀 고초를 겪는다는 점, 무리의 야유를 받으며 비참하게 죽어간다는 점 등을 통해 예수의 이미지를 분명하게 가지고 있다. 두 사람 모두 '살인범'이라는 점이 예수와 다른 점이지만, '구도적 살해'라는 주제의 맥락 안에서 살펴보면, 우리는 이 죄수가 세속적 의미의 죄수가 아니라는 것을 알게 된다.

'섬돌'의 살해는 생의 조건에 대한 근원적인 항의로 읽혀진다.

　전 구 년 동안 한번도 잊은 적이 없었어요. 뭣 때문에 아버지가 그렇게 혹독하게 당했는지 그것을 난 아직도 몰라요. 그놈은 아버지의 얼굴이니 가슴이니 배를 짓밟으며 몽둥이로 패댔습니다. 알 수 없는 말을 지껄이면서 그랬습니다. "한 번 용서해주었으면 되었지 또 불러내, 엉?" 그러고도 모자라서 놈은 기절해버린 아버지의 바지를 찢고, 부끄러운 곳에다 똥칠을 하기 시작했습니다. 그리곤 살맛 본 사나운 똥개를 데려다 핥게 했습니다. 유력자고, 늙은 족장의 천치 딸의 남편이라서 그랬는진 모르지만 말리려는 사람도 없었어요. (p. 89)

늙은 당굴은 이 테러 사건의 벌로 '생선 오백 마리와 쌀보리 한 가마니와, 닭 열 마리'를 벌금으로 내고, 아버지가 사건의 충격으로 인해서 '내종(內腫)'에 걸리는 바람에 다른 생계 수단이 없었던 섬돌의 가족은 이 벌금을 받아들인다. 아버지는 9년 동안 내종을 앓다 죽어간다. 아버지가 죽은 바로 다음날, 섬돌을 뚝쇠를 잔인하게 살해한다.

섬돌의 아버지가 당한 테러 장면에서 가장 충격적인 점은 뚝쇠가 아버지의 '부끄러운 곳'을 모욕하고 있다는 점이다. 게다가, 섬돌이 가장 고통스러워하는 것은 아버지가 모욕당하는 이유를 '모른다'는 사실이다. 즉 섬돌은 이유도 알 수 없이 모욕당한 아버지와, 아버지의 내종으로 상징되는 설명되지 않는 생 자체의 내적 소외 상태를 '모르면서' 수동적으로 받아들일 수밖에 없는 상황을 견디지 못했던 것이다. 육체는 왜 그토록 설명되지 않는 곤고함을 겪는 것인가. 누가 나에게 그 자체로 무명인 육체를 유전시켜주었는가. 나는 왜 이 살주머니 안에 들어와 살게 되었는가.

섬돌이 자아의 의미에 대해서 근원적으로 회의하는 자, 존재의 조건을 모독으로 느끼는 자라면, '뚝쇠'는 세계적 '힘'을 상징하는 존재라고 해석할 수 있다. 반성하지 않는 자, 자신의 세계관을 타자에게 일방적으로 강요하는 타락한 권력자, 육체가 그 자체로 자명한 것이라고 믿는 고여 썩는 동일자, 행복한 돼지.

섬돌의 처형대 앞에 서 있는 여자가 족장의 딸이며, 뚝쇠의 아내라는 사실은, 박상륭의 문학 전체를 관통하고 있는 '여성성'이라는 주제와의 관련하에서 중요한 의미를 내포하고 있다. 그에게 여성은 세

사유의 호몬쿨루스 • 157

계 내적이며 동시에 세계 외적인 존재로 여겨진다. 앞서 살펴본 「2월
30일」과 「시인……」에서 일상적이며 현실적인 삶의 원리만을 의미했
던 여성은 「열명길」을 거치면서 구원자적인 아니마의 모습으로 바뀐
다. 그녀는 혈연을 통해 세계적 힘을 상징하는 '족장'과 '뚝쇠'에게
매여 있으면서도, 그 반대편에 서 있는 섬돌의 고뇌를 이해한다. 그
녀는 아들의 죽음을 지키는 성모처럼 처형대 앞에 서 있다. 마치 자
신의 아버지와 남편에 의해 왜곡된 세계를 대속하기라도 하는 것처
럼, 그녀는 세계 밖으로, 육체 밖으로 튀어나가려고 발버둥치다 너덜
너덜해진 섬돌의 발뒤꿈치를 핥고, 그가 죽자, 아기처럼 젖을 물린
다. 처참한 스타바트 마테르. 그녀가 '천치'라는 것은, 그녀가 순결한
존재라는 것을 의미하는 것일 뿐, 그녀를 지성의 맞은편에 세워 여성
의 지적 능력을 부정하기 위해서가 아니다. 「열명길」에서 그녀가 대
목수의 빨간 단추를 거절했던 것은 그런 의미로 이해되어야 한다. 그
녀는 이미 지성을 넘어서 있는 존재인 것이다. '천치 소녀'는 자신 안
에 너무나 완벽하게 통합되어 있어서, "자기 밖의 변화에 대해선 거
의 멍청이"(p. 73)이다. "도통했거나 백치"(p. 74)인 그녀는 선악의
기준을 아예 뛰어넘어 있다. 그녀가 허짜래기 소리를 낸다는 것도,
그녀가 순결한 존재라는 것을 나타내기 위한 것이다.

당굴—섬돌—뚝쇠의 아내는 성가족의 패러디다. 자기와 아무런
혈연 관계도 없는 섬돌에게 육친의 정을 느끼는 당굴은 예수의 목수
아비 요셉을,[3] 천치 여자는 성모의 이미지를 환기시킨다. 세 사람이
'말'의 사당 안으로 들어가 죽는다는 점이 이러한 가정을 뒷받침해주
고 있다.

섬돌의 처형 때문에 마을은 역병에 시달린다. '말'의 사람을 받아
들이지 않았기 때문이다. '말'을 섬기는 사람들이 세계 안에서 살지

---

3) 이 '목수'의 이미지는, 스스로 신성한 가치를 찾아낼 용기를 내지는 못하지만, 그것을
추구하는 자를 깊이 이해하는 '족장'에게서 다시 희미한 흔적을 보인다. 「뙤약볕 2」
에서 족장은 세계적 힘에게 잡혀 죽기 전에 나무로 오각 형상을 깎는다.

못하고, 자기들끼리 불모의 존재로, "수음"(p. 100)이나 하며 살아가게 했기 때문이다. 그들을 자신의 세계 안에다 처박아버렸기 때문이다.

「뙤약볕 2」는, '말'을 버리고, 신천지를 향해 떠나는 사람들을 보여 준다. 이들의 태도는, "사는 동안만 살기엔 훨씬 좋은 세상"(p. 106)을 추구하는, 육체의 물질적인 편안만을 추구하는 '잘 먹고 잘 살기' 신화를 따르는 부르주아적 세계관을 나타낸다. 그들의 어깨 너머로, 1970년대 내내 한국인들이 들어야 했던 '잘살아보세'의 확성기 소리가 들린다. 그들이 타고 떠난 배의 이름은 이성의 힘에 기대어 과학을 신봉해온 '근대화호'다. 박상륭은 그 세계관이 이미 파탄난 것이라고 예단하고 있었던 것 같다. 배에 탄 사람들은 "'말'보다도 더 위대하며, '말'보다도 더 근본적인" 욕망을 좇아 타인들을 살해하고 결국은 자신까지도 파괴해버린다.

「뙤약볕 3」에 이르면, 우리는 사라진 '말'을 찾아내겠다고 말하며 섬을 떠나지 않았던 점쇠를 다시 만나게 된다. 사람이 그리워진 그는 역병으로 죽은 사람들을 내다버렸던 '빈들'로 간다. 그곳은, "공동 묘지 아래쪽, 뻘이 무릎까지 올라오고, 갈대가 키대로 자라 서걱이는, 버려진 습지 가운데, 한 백 평 가량 벌초를 한 시체 쓰레기 더미"(p. 130)다. 그곳에서, 그는 빽빽한 갈대를 헤치며 앞으로 나아가지만, 몸은 공포에 질려 뒤로 물러선다. 무엇인가 잡아당기는 탓에 뻘에 나둥그러진 그는 "몸뚱이야 썩어져도 하는 수 없지"(p. 131)라고 생각하며, 패배주의적으로 생각한다. 그러자, 점이 있는[4] 허리께에서 부패가 시작되는 것이 느껴진다. 그는 오히려 그 바람에 "죽었다는 것까지도

---

4) 작가는 점쇠는 허리께에 점이 있고, 그 때문에 점쇠라고 불리게 되었다(p. 311)고 말한다. 이 '점'의 의미는, 앞서 말한 바와 같이, 그가 '자정'의 비밀을 간파한 자라는 사실과도 연관이 있지만, 그가 고정되어 있는 하나의 위치를 의미하는 점, 즉 '단독자'로서 자신의 생의 의미를 '말'과의 관계를 재정립함으로써 찾아내고 있다는 사실, 그리고 그의 존재가 속과 성 사이에 위치하고 있다는 사실(그것을 작가는 '허리의 점'으로 묘사한다. 허리: 상반신과 하반신의 중간 지대. 사실 '점'의 수학적인 정의는 '두 개의 선이 교차하는 지점'이다)과도 연관되어 있다.

잊고 쐬인 듯 튕겨 섰다." 이 순간은, 점쇠가 자신의 물질적인 죽음을 수납하고, 그것을 이겨내는 장면이라고 말할 수 있다. 이 순간 점쇠의 정신은 죽음을 내면화한 것이다. 헤겔식으로 말해보면, "정신의 생명은 죽음 앞에서 전혀 두려워하지 않는다. 그것은 죽음으로부터 자신을 온전히 방어하는 생명이 아니다. 그것은 죽음을 감당하고, 그리고 죽음 안에서 스스로를 버텨낸다." 이 장면은, 이제 뒤이어 나타나게 될 '여자'의 의미와 연관되어 있다.

점쇠는 뻘밭을 빠져나와, '송아지'를 만난다. 그 '송아지'가 「십우도」에 지혜의 상징으로 등장하는 '소'와 같은 의미가 있는 것을 우리는 쉽게 짐작할 수 있다. 점쇠는 반가워 놈에게 다가간다.

점쇠는 가슴을 죄이며 다시 다가가 정성을 다하여 놈의 목을 기분 좋도록 긁어주었다. 그러면서 왼손을 놈의 배때기 밑으로 넣어 사뿐히 보듬어 올리려 했다. 그러자 놈이 갑자기 뒷다리에 용을 써 궁둥이를 솟구치더니 말괄량이같이 빠져나가버렸다. 그리곤 소구잡이처럼 호들갑을 떨기 시작했다. 점쇠는 실망되고 울먹해져 뻑적지근히 주저앉아버렸다. 운명하시는 어머니의 손에서 뭔가를 놓쳤던 때의 슬픔이 떠올랐다. 기를 써서 붙들어보았었지만 손안엔 찬 것밖에 남아 있질 않았었다. (p. 132)

이 빠져 달아나는 송아지는 '수놈'이었다. 이후로 점쇠의 고독은 전혀 다른 차원을 획득한다. 이 단독자는 '죽음'을 버텨냄으로써 '말'과의 관계를 재수립한다. 즉 을씨년스러운 텅 빈 섬의 무의미한 살기가 신성한 의미를 회복하는 것이다. 여전히 고독하지만, "'말'의 뜻이 차차로 괴이며 염색(染色)해오는"(p. 133) 것이 느껴진다. "점쇠는 결코 집 없는 배회자는 아니었다." 내적 확신은, 이윽고 '자정'의 발견으로 이어진다. 이해할 수 없으면서도 알아지는 그것. "파도 같은 그 무엇인가가 섬을 요란스레 깨우는 것이 들리고 보인"다. 섬은

160

'그것'을 품는다.

"자정이로군, 자정이야!" 점쇠는 자신도 모르게 중얼거렸다. 이 무서운 침묵과 이 무서운 포효가 아마 점쇠를 어떤 첨탑의 꼭대기 방에다 데려다놓은 모양이었다. 점쇠는 최면술에라도 걸린 듯했다.
"자정은 어제의 끝이고…… 내일의 시작이고…… 헌데 오늘이 끼이질 못했고…… 하 그것은〔零時〕묘혈(墓穴)이며 산실(産室)이고…… 그건, 정말, 그래! 거기서 아마 거소를 잃은, '말'은 살고 있는 모양이다." (p. 133)

이 없음과 있음의 경첩, 중세의 교부철학자들이었다면 우주적 '인식점(認識點)le point cognitif'이라고 불렸을, 끊임없이 창조하는 작용력의 중심에 대한 깨달음은, 점쇠로 하여금 더 이상 우주의 고아가 아니게 만든다. 그는 스스로가 "귀찮고 거추장스럽기도 했지만, 그러나 그 스스로가 아름다운 것"이라고 느낀다. 그리고 나서 그는 우주의 부름을 받는다. 절벽 아래에서 배를 타고 섬을 떠나갔던 형님이 부르고 있는 것이다. "형님이 진주조개 껍질에 얹혀서 해안으로 오려고 무진 애쓰고 있는 것이 보였으며, 한 작은 물거품의 투명한 반구 속에 갇혀 그 벽을 깨뜨리려고 주먹에 피를 흘리고 있는 형님의 혼백"(p. 134)이 보인다. 그러나 점쇠는 거품 속의 수인(囚人)은 형님이 아니라 자기 자신이라는 것을 깨닫는다. 이 이미지는 바다로 상징되는 우주의 태를 거쳐 새로이 태어나려고 하는 자아의 영적인 재탄생의 갈망을 드러내고 있다. 부르는 소리는 계속되고, 점쇠는 갓난아이 한 명을 발견한다.
그 아이는 결국 말씀의 성육신이며, 새로이 태어난 점쇠 자신이다. 갓난아이를 받아들이기 전에, 점쇠가 하는 기이한 행동은 매우 인상적이다. 그는 무엇인가를 극단적으로 두려워한다는 느낌을 주는데, 앞서 형님의 부름에 대해서도 그는 마찬가지 반응을 보인다. 그는

"마녀의 치맛자락 같은 그 무엇"(p. 134)을 느끼곤, 홱홱 뿌리친다. 점쇠는 '겁보'처럼 행동한다. 갓난아이가 울고 있다는 것을 안 점쇠의 행동을 보자.

점쇠는 그런데 괴로워 짓틀어대기 시작했다. 이빨을 앓는 언청이가 참는 않음 같은, 이빨 빠진 승냥이가 개미에게 뜯기며 울부짖는 것 같은, 그런 말로는 나타낼 수 없는, 내용이라는 모든 내용이 한꺼번에 토해져나오는. 그래서 뜻을 알 수 없는 기묘한 노래 같은 걸 흘리며, 제 신명에 옭인 망나니같이 그렇게 두 손의 손가락들을 칼끝처럼 곤두세워 하늘을 찌르는가 하면, 나팔꽃 모양으로, 합장을 하여 수줍게 움츠리고, 두 다리를 찢어지도록 벌려 땅에 펴놓는가 하면, 상반신만을 누에처럼 휘둘러 오방(五方)을 자기 일점으로 모으고, 입술을 땅에 비비는가 하면, 어느새 일어나 질풍같이 맴돌다간 제자리로 돌아왔다. 그래, 갓난애가 울고 있었다. (p. 134)

아무렇게나 늘어놓은 듯한 이 괴상한 행동은, 실은 절묘하게 '갓난아이'를 받아들이기 전에 느끼는 점쇠의 의식적 혼란을 전달하고 있다. 점쇠의 의식은 '이빨'이나, '칼끝' 같은 동물적 · 공격적 이미지들과 "수줍게 움츠리고 [……] 땅에" 달라붙는 식물적 · 수동적 이미지들 사이에서 흔들리고 있다. '언청이,' 입이 비뚤어진, 제대로 말할 수 없는 존재는 빠지려는 '이빨'을 견딘다. 그러나 이윽고 '이빨(은) 빠(져버리고),' 즉 공격과 저항의 수단을 빼앗기고, 망나니는 하늘을 향해 거부의 몸짓을 한다. 결국은 얌전해져서 땅바닥에 엎드리지만, 또 일어나 달아나는 시늉을 하다가 돌아온다. 이 괴상한 반응은 '신성함'의 도래 앞에서 속인을 엄습하는 극단적인 흠모와 거부감을 동시에 나타내고 있다. 로제 카이유와가 오토 랑크의 종교 현상학에 뒤이어 말하는 바에 따르면, 신성함은 '두려운 매혹fascinans tremendum'을 행사하는 것이다.

땀에 번쩍이고 긴장된 근육이 제멋대로 푸들리다 이완되어버렸을 때까지 점쇠는 그 짓을 계속했다. 그러다가 점쇠는 겸허히 무릎을 꿇었다. 그래, 갓난애가 울고 있었다. 그리곤 무서워 떨리는 손으로 주저주저하며 찢기고 뻘에 뭉개어져 냄새 풍기는 치마폭을 강보 삼아, 씻김을 받지도 못해 피가 마르지도 않은 보석 한 알맹이를, 구현된 '말'을, 함성하고 있는 생명을, 뜨거워하며 만졌다. 그래, 갓난애가 울고 있었다. 갓난 사내애가 던져져 있었다. 섬이 자궁을 열고, 자기의 백성들로부터 받아온 천래의 염원과 제사에서 모아 아껴 쌓아뒀던 향(香)을 분만한 것이다. (p. 135)

점쇠는 이 존재의 '어미'를 찾는다. 이 지점에서 박상륭의 형이상학은 독특한 성격을 드러내기 시작한다. 아마도 전통적인 형이상학에 의해 씌어진 작품이었다면, 작품은 여기에서 끝났으리라. 마리아는 그녀의 몸만 빌려주었을 뿐, 성육신의 신비에 참여하지 못한 것이다. 예수는 육신의 어머니에게 차게 묻는다. "여인이여, 그대가 나와 무슨 상관이뇨?" 여인은 교회에서 쫓겨난다. 나중에야 성모에게 제4신위가 부여되기는 했지만, 그것은 엄밀하게 말하면, 민간 신앙의 차원이었다. 박상륭은 좀더 멀리까지 나아간다. 아니면, 다시 되짚어 돌아온다. 그는 여인에게, 자신을 낳은 살에게 자리를 마련해준다. 여인은 바로 자신의 누이였다. 역병에 걸려 죽어가며, 족장을 배웅하던 바로 그 여자, '빈 들'에 버려졌던, 족장과 점쇠의 누이였다. 「뙤약볕 3」의 1장은 여기서 끝나고 있다(p. 139).
2장과 3장은 점쇠의 인식이 변화해가는 단계를 단락을 지어 설명한다. 박상륭은 아무렇게나 쓰는 작가가 아니다. 이 형식적 장치는 섬세한 작가의 의도를 고스란히 반영하고 있다. 닷새 만에 다시 살아난 누이는 살림을 시작하고, 점쇠는 사당을 쌓기 시작한다. 아이는 태어난 그날로 죽어버렸으므로, '고행의 돌더미' 속에 묻힌다. 나중에,

그 아이는 바람쇠의 아이였다는 것이 드러난다(p. 143). 그렇다면, 그 전율은 무엇이었을까? 단순한 환상이었을까? 이것을 해석하기 위해서 우리는 아주 꼼꼼히 더듬어가며 작품을 살펴보아야만 한다.

텅 빈 섬을 산책하던 점쇠는 '빈 들'에서도 서너 마장 떨어진 곳에서 거대한 입상 하나를 발견한다. 그는 드디어 '말의 실체'를 찾았다는 기쁨에 들떠 다가가지만, 그는 그것이 "'말'도 아니며, 살아 있는 거인도 아니라는 것"(p. 140)을 발견한다. 모든 것은 인간이 만들어낸 허상이었던 것이다. 그는 절망해서 "대체 '말'은 있기나 있는가?"라고 자문한다.

어쨌든 점쇠는 계속 사당을 쌓아올린다. 그 행위는 "점쇠에겐 '말'을 향한 피나는 추적이었다"(p. 143). 그러나 사당이 완성되어갈수록, 점쇠는 더욱더 불안에 사로잡힌다. "'말'의 발현된 뜻의 그 뿌리를 캐어내질 못했으니, 사당이 다 이뤄진다 하더라도 벌 없는 통이나 같은 것이 아니겠느냐는 것이다"(p. 145). 그런데, 실은 점쇠가 사당을 쌓아올리는 한편 동시에 수행한 일이 있다. 그것은 바로 '암소에 멍에를 메워 밭을 가는 일'이었다. 오랜 가뭄으로 땅은 굳을 대로 굳어 있어 소가 괴로워했다. 사당이 다 지어져갈 무렵, 비가 한바탕 쏟아진다. 빗줄기는 거세어지고, 점쇠는 자기가 쌓아올렸던 사당을 허문다. 그날, 점쇠는 누이를 취하고, 그리곤 죽인다. 2장은 여기에서 끝난다(p. 147).

점쇠는 죽은 누이의 손가락에 족장 권위의 상징인 옥돌반지를 끼워주고, 자신이 사람이 떠나가 버림받은 이 땅에 귀의했다고 말한다. 그는 비가 개이는 대로 땅을 불살라버리고 씨앗을 심겠다고 말한다(p. 150).

누이의 발견과 소생, 신상(神像)의 발견, 절망, 밭 갈기, 강우(降雨), 누이 살해, 대지에의 귀의로 거칠게 요약될 수 있는 「뙤약볕 3」의 2, 3장의 내용은 사실은 아주 섬세한 진전 과정을 보인다. 결국 이 과정 전체에서 주인공 점쇠에게 일어났던 일은, 내면의 여성성과 화해한 일인데, 그것이 누이와의 정사, 살해, 대지의 발견과 '귀소(歸巢)'의 주제를 불러오는 것이다.

주인공이 '누이'를 여자로 취했다는 것은, 늘 이런 주제만 만나면 신이 나서 덤벼드는 정신분석학자들이 생각하는 것처럼 '근친 상간'의 주제를 드러내고 있는 것이 아니다. 하기는, 점쇠 자신의 내면의 여성과의 만남이니, 가깝다면 아주 가까운 여자하고의 만남이 되겠다. 이것은, 우리가 앞서도 이야기한 것처럼, 박상륭이 '자정'에 대한 개념과 '성육신'으로 드러나는 깨달음의 과정에서 '여성적인 것'을 통합하려는 의지와 연관되어 있는 문제다. 좀더 간단하게 말한다면, 여성의 육체로 상징되는 존재의 '있음'의 양상 그 자체를 구도의 과정에서 배제시키지 않겠다는 의지를 나타내고 있다는 것이다. '성육신'과의 만남이라는 인식론적 사건을 살아 있음의 사실 그 안으로, 존재론적으로 체화하겠다는 의지라는 말이다. 이 과정은 앞서 그의 앞에 순수 관념의 형태로 나타났던 송아지가 '수놈'이라는 사실, 그놈을 보듬어보려 하자 달아나 허전했다는 것(p. 132), 그리고 점쇠가 땅을 갈 때 '암소'에게 멍에를 지웠다는 것(p. 143)과 무관하지 않다.

섬세하기 그지없는 작가의 연출을 뒤따라가보자. 1장 마지막 대목이다.

그리고도 실신으로부터 깨어난 첫 징조를 여자가 보이게 되었기까지는, 부상(扶桑)에 맺힌 열매가 한창 익을 무렵이 되어서였다. 아이는 한번도 깨이지 않았고, 송아지는 섬돌이네 굴뚝대 밑에선가 몇 번 울었다.

그때에야 비로소 여자를 알아보고 점쇠는, 시린 듯이 비죽비죽 웃었다. '빈들'에 버렸던, 열아홉 살밖에 안 된, 시집가지 않았던, 수줍음도 많아쌓던, 바깥 출입도 거의 없었던, 응석만큼이나 베틀 노래 잘하던, 서글거리던, 건강한 계집애, 바로 그애──누이였다.

점쇠는 병적으로 체머리를 흔들면서, 어떤 사내가 입었을 물잠뱅이

하나를 주워들어, 벗은 다리를 끼워넣고, 휘파람을 홱홱 불어냈다. (pp. 138~39)

　그 여자가 점쇠의 현실적 누이였다면, 샘 가까운 곳에 벌거벗고 쓰러진 채 발견된(p. 137) 그녀를 점쇠가 못 알아보았을 리가 없다. 그녀를 소생시키기 위해서 점쇠는 입에다 물을 머금어서 여인의 입에 흘려넣어주지만, 그것으로 인해서 여자가 살아나는 것은 아니다(p. 138). 물은 여자의 볼을 타고 흘러내려버린다. 그 행동으로 인해서 영향을 받는 것은 오히려 점쇠 자신이다. 그는 여자의 입술에 입술을 대어봄으로써 입술에 '화상'을 입는다. 작가는 여자에게 물을 먹이기 위해서 점쇠가 입술을 사용할 수밖에 없는 상황으로 몰아가기 위해서, 몇 개의 핑곗거리를 마련한다. 샘은 반 마장쯤 떨어져 있으며, 그릇도 없고, 급한 대로 옷에다 적셔볼까 하다가 옷이 형편없이 더러운 걸 알고, 화를 내며 찢어버린다(p. 138). 그리곤 '율법'의 눈치를 보며, "도리없잖나 이 울타리 군(君), 응? 헤헤"라고 말한다. 따라서, 이 장면에서 점쇠와 여자는 '알몸'으로, 비인격체로 만나는 셈이다. 즉 점쇠에게 다가온 여자는 '밤'으로 상징되는 원초성 그 자체의 무시무시한 관능이다. 여자를 만난 순간, 점쇠의 인식 기능은 마비된다. 곧이어 정신이 들자, 비인간적인 관능 앞에서 뒷걸음질친다(p. 137). 여자는 아직 여자가 아니다. 그녀는 아직 정체성을 부여받지 못했다. 즉 점쇠의 자아 동일성 안에 통합되지 못했다는 것이다. 그녀는 시커멓고 무시무시하고, 그리고 매혹적인 미지다. 그녀는 절대적이며 부정적인 타자, 에일리언이다.
　그녀를 인지하는 것 자체가, 남성들에게는 '메두사 콤플렉스'를 불러일으킨다. '율법'의 형식으로 테두리를 쳐놓았던 존재의 '울타리'가 빠개지는 것이다. 점쇠는 그녀를 찾아야겠다고 마음먹는 순간, "의식적으로 느리게"(p. 136) 걷는다. 초자아의 검열 때문이다. 그녀를 찾아내겠다고 마음먹는 것 자체가 형이상학적 반란이라는 것을

166

작가는 알고 있는 것이다. "이것은 성급한 짜증이지만, '말'에 대한 어떤 도전이었다." '율법'의 검열은 이후로도 계속된다. 여자를 '누이'로 설정한 것 자체가, '금기의 유린'이라는 형식으로 전통적인 '말'의 형이상학을 적극적으로 파괴하겠다는 의지를 드러낸 것인지도 모른다.

여자가 살아나는 것은, 흥미롭게도, '옷'을 입은 다음이다. 즉 인간화의 국면으로 접어든 다음이라는 것이다. 점쇠는, 여자가 물을 받아먹지 못하자, '마을'로 내려가 넝마 같은 옷을 구해다 입힌다. 그리고 나서, 부상(扶桑), 해가 뜨는 곳에 있다는 상상적 나무에 열매가 한창 익을 무렵, 즉 '낮'이 '밤'을 확실히 밀어낸 다음에야 점쇠는 그녀가 그의 '누이'라는 것을 인지한다. 그리고, 자기도 '옷'을 꿰어입는다.

이제, 예견할 수 있다시피, 인격체인 누이를 여자로 인지하는 일이 남아 있다. 누이는 계속 점쇠에게 그녀를 여자로 인지할 것을 호소하고, 점쇠는 누이가 누이라는 율법의 핑계 뒤에 숨어서 모르는 체한다. 그 모르는 체하기는, 당연히 '사당을 쌓는 일,' 즉 전통적인 '말'의 추구 방식으로 드러난다. 말씀의 성육신은 다시 순수 관념의 자리로 되돌아간다. '고행의 돌더미' 속에 파묻혀버린 것이다. 그 관념적인 말의 추구가 여성적 원칙과 상반되는 것이라는 것은, "고행의 돌더미를 고행으로써 건너다보는"(p. 140) 누이의 모습에서 확인된다. 그러나 신상이 텅 빈 우상이라는 것을 깨달은 이후로, 점쇠의 마음은 조금씩 흔들린다.

이 정도에서 얼마든지 축복받았다고 생각할 수도 있는데…… 하기야 과분한 은총이지. 헌데 아무렇게나 만족해버릴 순 없단 말야. 나타난, 감사한 일들에서 더 안방으로 들어가, 난 '말'의 진짜 살(肉)을 만지고 싶단 말야. 어찌하여 내 핏줄 속엔 '밭 갈고 씨 뿌리며' 그런대로 행복하게 살 수 있는 그런 피가 짜 넣어지질 못했을까? 어째서 난 언제나 변덕이 심한 아주 못된 놈인가. 병균이 날 파먹고 있어. (p. 141)

점쇠를 조심스럽게 안내하는 것은 누이 자신이다. 우선 그녀는, 자신이 낳은 아이의 세속적인 근원을 제시하면서(p. 143),[5] 한 명의 인간적인 여자로 오빠에게 다가간다. 그러고 난 다음날 즉시, 점쇠는 '암쇠'에 멍에를 지워 가뭄으로 굳어진 밭을 갈기 시작한다. 인간적 살기가 이루어지는 여성적 대지에로 몸을 돌리는 것이다. 점쇠는 그것이 "'말'에 맞(서는)"(p. 143) 태도라고 생각한다. 그의 "생활은 날이 갈수록 익숙해지고"(p. 144), 그리고 회의는 눈덩이처럼 불어난다. '말'의 근원에 이르지 못한 채, 사당이나 쌓아야 무슨 소용이 있을까? 그 회의의 기류를 타고 비구름이 몰려온다(p. 145). 오누이는 "기쁨 반 공포 반"으로 껴안고, 누이는 당나귀가 새끼를 낳을 거라고 말한다. 작가가 앞서서 그녀를 "살찐 암당나귀"(p. 144) 같다고 표현했다는 것을 감안하면, 이 말이 무얼 의미하는지는 대번에 드러난다. 아닌게아니라, 점쇠는 "죽었던 애를 되살리겠(다)고" 말하고는, 폭우가 퍼붓는 바깥으로 달려나가 미친 듯이 사당을 허문다. 누이는 이제 오빠가 "'말'의 사람도, 율법의 사람도 [······] 아니(며), 다만 한 계집만의 남정네"(p. 146)라고 생각한다. 그리곤 이어지는 환상.

따라서, 누이의 생각과는 달리, 사당을 헐어냄으로써, 돌쇠는 그녀의 남정네가 아니라, 대지의 남정네가 된 것이다. 이제야 그는 내면의 무시무시한 여성과 대면할 준비를 마친 것이다. 그리고 그는 누이를 남자로서 껴안는다. 두 사람은 한데 휘감긴다. 그리고 이어지는

---

5) 그 아이의 현실적인 아버지가 '바람쇠'라는 사실은 주목할 만한 가치가 있다. '바람'은 기독교적 상상력에서 흔히 신성(神性)의 발현, 즉 성령의 임재를 나타낸다. 오순절에 예수의 제자들을 강타한 성령의 도래는 '바람'으로 묘사된다(「사도행전」, 2장 참조). 우리 문화 전통 안에서도 '신명'은 '신바람'의 형태로 가시화된다. 이 작품에 나타나는 '섬돌' '섬순' '점쇠' '뚝쇠' '바람쇠' '들돌이' 등의 이름은, 깊이 천착되어 있지는 않지만, 모두 존재론적 표지다. 아이는 한 여자와 한 남자의 아이이지만, 신의 아이이기도 한 것이다. 이 작품에서 밑그림이 그려진 인육신(人肉神) = 성육신(聖肉神)의 형이상학은 도중에 『칠조어론』에서 '2양(陽) 1음(陰)'에 대한 생각으로 발전한다.

누이의 죽음. 작품 안에는 점쇠가 누이를 죽인 것으로 되어 있지만, 이것은 살해는 아니다. 오히려 점쇠와 누이의 합일이라고 보아야 한다. 바타유식으로 말한다면, '죽음까지 파고드는 삶'의 달성인 셈이다. 흥미로운 것은, 작가가 스스로 "버마재비의 암컷"(p. 147)이라고 인식하고 있다는 점이다. 즉 완전한 내면화를 통해서 점쇠 안에 누이가 통합되어버린 것이다. 이제 점쇠는 남성이며 동시에 여성이다.

그는 누이를, 내면의 여성성을 자아 동일성 안에 통합해 넣음으로써, 새로운 존재로 다시 태어난다. "네가 나를 분만했구나"(p. 147). 그렇게 함으로써 그는 자신의 남성성 안에 파묻혀 있던 "태곳적의 그 어떤 숨결"(p. 149)을 복권시키고, 만물 속에 깃들여 있는 '말'을 감지해낸다. '말'은 생 그 자체, "한우리의 고향"(p. 150)이다. '말'은 실상 세계를 떠난 적이 없는 것이다. 다만 사람들의 "영특함"(p. 149)이, 스스로 '고행의 돌무더기' 안에 '말'을 유폐시켜버렸을 뿐. 이제 타향은 고향이다. 점쇠가 대지 그 자체와 하나가 되어버렸으므로, 그/그녀는 '자정의 의지'가 작용하는 맥을 걸터타고 앉아 있다. 인간의 육신은 그 자체로 자정의 의지가 작용하는 성육신이다. 그러므로 '자정녀'는 바로 점쇠 자신이다. 또는 점쇠/누이다. 점쇠/누이는 '말'이 머무르는 세계에 귀의한다.

점쇠는 자궁을 가진 남자 — 여자다. 사유의 자궁. 아니, 더욱더 정확히 말하자. 사유라는 자궁. 그러므로, 그는 말한다. '말'이여, 씨를 뿌리소서. 내가 거두겠나이다. 우리는 얼마든지 새로 태어나는 것이다. 또는 얼마든지 사유의 호몬쿨루스들을 생산해내는 것이다.

[『작가세계』, 1997년 가을호]

# 떠나는 자, 글쓰는 자
── 박상륭의 연작 「각설이 일기」에 대하여

심은진

## 1. 인간 숲의 이야기[1]

　박상륭의 「쿠마장」 「산동장(山東場)」 「산남장(山南場)」 「산북장(山
北場)」은 '각설이 일기'라는 부제로 이어진 연작이다. 이 연작의 주인
공은 통소를 하나 들고 이 장에서 저 장으로 떠도는 장타령꾼 각설이
이다. 그리고 그가 여러 장에서 만난 사람들의 이야기가 이 소설의
줄거리를 이룬다. 그런데 각설이가 떠도는 장터는 산동과 산남 그리
고 산북의 장터, 즉 '산'속에 벌어진 장이다. 산은 흔히 고행의 장소
로 상징된다. 니체의 차라투스트라는 서른이 되었을 때 고행을 위해
살던 고향과 호수를 떠나 산으로 갔다. "대나무숲이든 가시쟁이숲이
든 헤쳐나가기 힘든 숲"과 힘들여 올라가야 하는 가파른 길이 있는

---

1) 이 글의 많은 부분은 박상륭의 최근 산문 『산해기』(문학동네, 1999)에서 얻은 생각들
　이다. 그러나 박상륭의 모든 글들이 그러하듯 『산해기』 역시 수많은 의미의 망들이 복
　잡하게 얽혀 있어 쉽게 논하기가 힘들다. 여기에서는 아주 단편적인 문장들, 나에게
　결정적인 암시를 준 부분들만 간간이 주를 이용해 언급하고자 한다.

산은 고통과 어려움을 나타낸다. 또한 장은 사람들이 붐비는 곳, 사람들 사이의 만남이 이루어지고 사람들 사이의 아귀다툼이 벌어지는 곳, 사랑과 이별, 땀과 눈물과 웃음이 뒤섞인 곳이다. 산속의 장²⁾이란 바로 인간이라는 숲이 만드는 고행의 장소를 의미한다.

네 이야기는 모두 겨울에 일어나고 있다. '황진을 몰고 오는 회오리바람' 가득한 겨울의 모습은 새로운 천년을 앞에 둔 춥고 삭막한 20세기의 끝을 보여준다. 각설이가 장터에서 들려주는 이야기, '두번째 천년의 그믐'에 인간의 숲에서 벌어지는 일들은 바로 세번째 천년을 앞둔 우리들의 이야기이다. 인간들이 만든 겨울 숲에서 무슨 일이 일어나는가? 장타령꾼은 정착하지 못하고 왜 여러 장터를 기웃거리는가?


## 2. 선지자와 무리들³⁾

각설이는 쿠마장에서 독장수 영감을 만난다. 산동장에서는 지혜를 가르치는 선생을, 산남장에서는 문둥이 노파를, 산북장에서는 형제애를 부르짖는 한 사내를 만난다. 영감과 선생·노파·사내는 모두 '무리'를 이끄는 선지자, 정신적인 지도자들이다. 이들은 진리를 설파하며 자신을 추종하는 무리를 모은다. 지도자와 무리를 나누는 차이는 누가 진리를 소유하고 있느냐에 있다. 여기에서 진리는 곧 힘이 되고, 힘의 차이는 권력의 구조를 만든다. 진리를 소유한 자는 힘을 가진 자, 권력의 소유자다. 열등한 힘은 명령하는 힘에 복종해야 한

---

2) 『산해기』에서 차라투스트라가 떠도는 곳도 '산속의 장터' '산동네' 임에 주의를 기울이자.

3) 작가는 『산해기』의 여러 곳에서 '선지자라는 괴물'과 '무리' '대중'의 관계에 대하여 논하고 있다고 조심스럽게 말할 수 있다. 특히 「오난이즘」(6번째 이야기)은 '신을 도류의 뜻에 맞추어 해석하는 선지자를 통해 종교의 지도자를 비판'하는 글로, 「얼굴 없는 괴유정 똘파」(7번째 이야기)는 대중 문화에 대한 비판으로 해석할 수 있다.

다. 이것이 권력의 구조다. '각설이 일기' 연작은 이념과 종교, 온갖 주의와 주장들이 소란스럽게 들끓고 있는 세기말, 우리 시대의 모습을 앎과 권력의 문제로 접근한다. 그러나 보다 정확하게 말하자면 작가의 화살은 권력의 관계 그 자체보다는 지식의 권력을 쥐고 있는 자들, 진리의 설파자, 즉 지식인들을 향해 있다. 문제는 바로 이 선지자들이 설파한 진리에 있다. 이들이 주장하는 진리는 그것을 따르는 무리들에게는 무용한 추상적인 관념이나, 편협의 틀 속에 갇힌 궤변적인 논리, 혹은 자기 도취적인 사유일 뿐이다.

예언자 시빌레[4]가 사는 곳, '쿠마에'에서 따온 「쿠마장」에는 삶과 죽음에 관한 진리를 소유한 독장수 영감이 산다. 독장수 영감은 마을의 '살아 있는 신기(神氣)'로 여겨진다. 그는 살아 있는 사람이 관 속에서 지내면 그 시간만큼, 삶을 연장할 수 있다고 믿는다. 그 마을 사람들은 시신을 묻기 위해 항아리를 관으로 사용한다. 신기를 얻으려는 노인은 어렸을 적부터 독 속에서 살아 앉은뱅이가 되었다. 영원히 살기 위해, 노인은 독 속에서 수십 년을 열심히 죽은 것이다. 그는 죽지 않기 위해 삶을 살아보지 못한 존재다. 독장수 노인의 삶은 엄밀한 의미에서 삶도 죽음도 아니다. 삶과 죽음의 중간에 있는 존재라는 점에서 그는 쿠마에의 예언자 시빌레와 닮아 있다. 시빌레를 사랑한 아폴로는 그녀에게 원하는 소원을 들어주겠다고 했다. 시빌레는 흙덩이를 가리키며 흙의 낱알 수만큼 생일이 많았으면 좋겠다고 말했다. 그러나 그녀는 실수로 '영원한 청춘'을 함께 요구하는 것을 잊었기 때문에 점차 늙고 초라해진다. 그녀의 육체는 시간의 풍파로 점차 줄어들다 결국 완전히 사라지고 목소리만 남게 된다. 육신이 사라진 목소리는 바로 예언자로서의 시빌레를 상징한다. 또한 이것은 세월의 흔적으로 초라하게 줄어든 육체를 뒤로하고 여전히 생기를 띠는

---

4) 시빌레는 아폴로 신의 신탁을 전하는 무녀다. 시빌레는 쿠마에의 한 동굴에 앉아 숲에서 뜯어온 나뭇잎 한장 한장에 사람의 이름과 그 운명을 기록했다가, 자기를 섬기는 사람이 찾아오면 나뭇잎에 적힌 운명을 읽어주었다.

독장수 노인의 '신기'를 의미한다. 신과 인간을 나누는 출발은 무한한 삶과 유한한 삶에 있다. 죽음이라는 필연적인 의례를 치러야 하는 것은 인간의 몫이다. 흙의 낱알 수만큼의 많은 생일을 맞고자 한 시빌레는 신이 되길 원하는, 영원히 살기를 원하는 인간의 욕망을 상징한다. 이러한 욕망은 시빌레를 신과 인간의 중간에 머물게 한다. 예언자, '신기'를 지닌 존재는 바로 인간과 신을 연결해주는 존재, 삶과 죽음의 중간에 머문 자다. 한편으로 목소리만 남은 시빌레의 삶은 정신만의 삶을 사는 자, 관념으로만 사는 존재를 상징한다. 그러나 시빌레는 죽지 못하는 자신의 존재를 한탄한다. 육체로 살지 못하는 인간의 삶은 진정한 의미의 삶이 아니다. 또한 관념만으로 만들어진 진리 역시 오래가지 못한다. 진정한 삶을 살아보지 못한 독장수 영감의 삶은 목소리만 남은 시빌레의 존재처럼 관념만으로 이루어진 삶이다. 노인은 각설이에게 이렇게 말한다. "신기란 건 덩이가 아니다. 알겠나? 그건 물에서, 불에서, 흙에서, 바람에서 조금씩 뽑혀져온, 꿀 같기도 하고 푸른 아지랑이 같기도 하고, 도대체 형상이 없는 형상이니라"(p. 93). 노인의 '신기'란 관념만으로 존재한다. 항아리 속의 노인은 관념이라는 틀 속에 갇힌 삶을 상징한다. 항아리가 노인을 앉은뱅이로 만든 것처럼 육체를 벗어난 관념, 틀 속에 갇힌 관념은 불구의 모습을 갖게 된다.

각설이가 동쪽 산의 장터에서 만난 지혜의 선생은 불구자 무리를 거느린다. 죽을 수밖에 없는 인간은 영원히 사는 신의 존재를 완벽한 자의 모습으로 여긴다. 이에 반해 인간은 완전치 못한 존재, 불구의 존재다. 지혜의 스승을 따르는 꼽추와 난쟁이·절름발이·외눈이·혹부리·귀머거리 등 온갖 불구의 형상을 한 무리들은 신에게서 완전함의 지혜를 얻으려는 인간의 모습을 상징한다. 그러나 선생이 설파하는 지혜는 불구자들이 얻을 수 있는 것, 불완전함을 보충할 수 있는 것이 아니다. 순댓국집의 국솥에서 올라오는 김을 손에 쥐며 선생은 이렇게 말한다. "지혜란 향기지 물건이 아니다. 지혜를 내는 자

도 역시 그렇지. 듣고 깨달아라. 이 솥 속엔 온갖 잡동사니가 다 들어
있는 줄은 너희도 아는 바다. 비유로 말하자면, 이 속에서 끓여지고
있는 건 저 꿉추 같은 놈이다. 구린내 나는 똥창자"(p. 112). 지혜를
얻으려는 불구들은 달려들어 국솥 위의 김을 잡으려 하지만 그들의
손에는 아무것도 남아 있지 않다. 향기로서의 지혜는 실체가 아닌 관
념일 뿐이다. 선생은 관념이 실체를 지배한다고 주장한다. "이 희한
한 냄새를 맡아보라, 이 멋들어진 냄새를. 이것이 바로 질서라는 것
이다. 이것이 바로 관념의 형태라는 것이며, 그것은 이런 더러운 잡
동사니의 혼돈이 만들어내는 것이다. 〔……〕 나는 너희들의 질서며,
너희들의 사상이다"(pp. 115~16). 선생은 국밥 속의 재료가 지저분
한 것일수록 그 향기는 더욱 훌륭한 것이라고 말한다. 불구의 부족함
이 치명적인 것일수록 선생의 온전함은 더욱 가치를 갖는다. 불구들
은 자신들의 부족함을 선생의 지혜를 통해 조금이라도 메워보려 하
지만 선생으로부터 얻은 지혜는 그들에게 조금도 도움이 안 된다. 오
히려 선생은 불구들의 부족함으로 자신의 온전함을 보장받는다. 향
기로서의 지혜, 떠도는 아지랑이처럼 형체가 없는 진리는 실체를 부
정하는 관념을 상징한다. 실체가 부족할수록 관념은 더욱 힘을 갖는
다. 선생의 지혜는 실체를 잡아먹으며 살아가는 관념이다. 그러나 현
실의 삶은 향기나 김이 아니라 온갖 재료가 뒤섞여 끓고 있는 국밥이
다. 배고픈 불구들이 원하는 것은 국밥이지 국밥의 향기는 아니다.
실체를 부정하는 선생은 현실의 삶을 인정하지 않는, 혹은 현실의 삶
을 제대로 파악하지 못하는 관념주의자·이상주의자의 모습을 상징
한다.
    각설이가 산남장에서 만난 이들은 문둥이 노파와 이 노파를 따르
는 문둥이 무리들이다. 육신이 썩어 문드러지는 천형의 병을 앓고 있
는 이들에게 노파는 겉의 추함은 속의 아름다움을 위한 것이라고 가
르친다. 문둥이들은 "온전한 맑음을 성취하려 상처에다 뻘을 바르며
생채기를 더욱더 키우고 있었다"(p. 186). 노파가 전하는 진리에 의하

174

면, 육신은 추할수록 더 높은 정신의 순수성을 보장받게 되고, 삶은 고통이 클수록 더욱 그 존재를 인정받게 된다. 그러나 이러한 진리는 이들에게 현실의 삶을 부정하게 한다. 이들에게 삶이란 부정될수록 더욱 가치를 갖는 것이다. 그러나 현실에서의 삶을 부정함으로써 남는 것은 관념 속에서만 존재하는 긍정이다. 현실의 추한 모습, 괴로운 삶의 고통은 관념에서만 순수성과 행복을 보장받을 수 있다. 노파의 진리 역시 관념이라는 틀 속에 갇혀 있다. 그러나 노파의 진리가 더욱 위험한 것은 관념만을 주장하는 자들이 지닌 편협성 때문이다. 각설이의 건강하고 아름다운 육체에 대해 노파는 "겉의 아름다움을 교만하는 네게, 그것이 얼마나 흉측한 비단 자루인가를 알려주마……"(p. 174)라고 말한다. 노파의 주장에 따르면 "겉의 아름다움 속엔 살무사가 꿈틀대고" 있으며, "천국에 들기 위해서는 모두 문둥이가 되어야" 한다. 노파의 진리는 관념이 만들어놓은 틀 안에서, 그것이 일러주는 방향으로만 움직이는 관념주의자의 편협성을 상징한다.

각설이가 북쪽 산에서 만난 사람은 사랑을 설파하는 한 사내다. 오른손으로 자신의 '음경'을 잔뜩 움켜쥐고 있는 그는 각설이에게 이렇게 말한다. "내가 얼마나 이 땅과 이 멸종될 인간들을 사랑하고 있는가를 형제야, 너는 보아두게"(p. 314). 그리고 그는 나무 둥치 속에 생긴 '음호 모양'의 구멍에 들어가 사랑의 행위를 보여준다. 그러나 그가 형제를 부르며 보여주는 것은 자위의 사랑이다. 산북장의 사내는 관념적인 사유가 지닌 자위를 상징한다. 그는 형제를 사랑하라는 지혜를 설파하지만 그가 사랑하는 형제는 자신의 내부에 있다. 그의 사랑의 행위는 결국 자신을 벗어나지 못한 것, 정신의 자위 행위에 불과하다. 자신의 틀을 벗어나지 못한 사랑, 틀에 갇힌 진리는 관념 속에서만 이루어지는 자기 도취적인 사랑, 자기 만족적인 사유의 행위일 뿐이다.

각설이가 만난 노인과 선생, 노파와 사내는 편협성에 갇혀 정신의 자위 행위를 즐기며 관념의 지식을 설파하는 자들, 자신의 종교나 이데올로기·이론만이 유일한 진리라고 주장하는 사람들, 진리의 독단주의가 만든 편협이라는 틀 속에 갇힌 우리 시대의 지도자들, 자신의 당파를 거느리고 다른 논리에 대하여는 철저하게 배타적인 지식인들의 정당을 상징적으로 보여준다. 이들은 자신이 내세운 진리를 틀 속에 가두고 그 틀이 만들어놓은 관념으로만 사는 사람들이다. 그런데 작가는 이들을 따르는 무리들에 대하여 어느 정도 면죄부를 준다. '무리'는 스승이 만든 사고의 틀에, 스승이 알려주는 진리의 색과 향기에 쉽게 전염되는 존재들이다.[5] "무성태의 존재"[6]인 그들은, 자신보다 강한 힘, 앎이라는 권력을 소유한 사람들에게 쉽게 복종한다. 독장수 노인을 따르는 어린 제자나 선생을 따르는 불구자들, 노파를 모시는 문둥이 무리들은 모두 자신의 스승에게 충성을 다한다. 퉁소를 불며 방랑하는 장타령꾼 각설이가 개입하는 것은 바로 이러한 선지자와 무리의 관계 사이다. 그는 지식의 권력이 만든 구조 속에 들어가 그 구조를 전복시키려 한다.


## 3. 디오니소스의 피리

진리에 의심을 보이는 자는 지식의 권력에 대항하는 자다. 각설이의 존재는 진리 뒤에 감추어진 편협한 틀을 보여주는 자, 권력에 대

---

5) 이에 대하여는 논란의 여지가 있다. 군중에서 민중으로 그리고 대중으로 이어지는 이러한 무리들에게 내린 작가의 면죄부는 그러나 이 무리의 무능력, 더 노골적으로 말하자면 무지의 또 다른 표현으로 해석될 수도 있다. 그의 논리를 따르자면, 무리는 오로지 지도자에 의해서만 이끌려지는 수동적인 존재일 뿐인가? 이 점에 대한 논의는 다음으로 미루기로 하자.

6) 무리를 '무성태'로 표현하는 것은 『산해기』의 여러 곳에서 나온다. 또한 '무리'를 작가는 "비등할 뿐인 용광로" "하나의 거대한 무아 자체" 혹은 "비등하는 잠" "만능의 무성태" 등으로 표현한다.

항하여 힘들의 관계를 전복시키는 자다. 장타령꾼 앞에서 사람들은 자신의 신념, 자신의 존재를 전복시킨다.

장타령꾼이 사람들에게 불어주는 통소 소리는 사람을 홀리는 마술과도 같은 힘이 있다. "무주공산 비 흩뿌리는" 듯한 통소 소리에 독장수 노인과 불구자 무리들, 그리고 문둥이들은 서럽게 훌쩍인다. "가슴에서 바다를 쏟으며 갈매기들처럼 애절히 울어대는" 그 통소 소리에 대장장이 노부부는 겨울날 문밖에서 불어대는 '북풍처럼' 하염없이 몸을 떤다. 각설이의 통소는 디오니소스[7]의 피리[8]와 같은 것이다. 술의 신 디오니소스는 제우스와 세멜레 사이에서 태어난 아들이다. 그러나 그는 제우스의 아내 헤라의 질투로 미치광이가 되어 세계 각지를 떠돌아다니게 된다. 여신 레아는 그의 광기를 치료해주고 그에게 비교와 제례를 가르쳐준다. 아시아를 방랑하던 그는 인도에서 깨달음을 얻고, 자신의 믿음을 펼치기 위해 그리스로 돌아온다. 그러나 그리스의 왕들은 디오니소스의 새로운 종교가 가져올 무질서와 광란을 두려워하며 그의 집회를 금하였다. 그리스의 왕들의 입장에서 보면 디오니소스의 종교는 기존의 질서를 위협하는 불길한 이교다. 흔히 디오니소스는 도취와 광기 · 방랑을 상징한다.

니체는 관념을 삶에 대립시키고, 관념의 견지에서 삶을 판단한 소크라테스를 비판하며, 그의 반대항에 디오니소스를 놓는다. 소크라테스와 반대되는 디오니소스에게서 니체가 강조하는 것은 삶에 대한 창조적인 힘, 긍정적인 힘이다. 니체를 해석하며 들뢰즈는 이러한 디오니소스의 창조와 긍정의 힘이란 바로 변형의 힘이라고 설명한다.

---

7) 『산해기』에서 작가는, 니체가 '공동체의 원리'로 내세운 디오니소스와 '개별자의 원리'로 내세운 아폴로의 개념을 수정한다. 작가에게 디오니소스와 아폴로는 한 몸의 존재, 양두-아폴로, 구육-디오니소스다. 작가는 디오니소스를 물질 문명의 상징으로 보며 비판한다. 그러나 여기에서 우리는 전복과 변형의 신으로서의 디오니소스를 만나려 한다.

8) 디오니소스의 피리는 그가 지닌 마술의 힘을 상징한다. 디오니소스는 거짓말로 자신을 유인해, 죽이려 한 뱃사람들을 피리가 만들어내는 마술의 힘으로 모두 죽게 한다.

자신을 변형시킬 수 있는 에너지, 변형의 권력이 디오니소스의 권력을 뜻한다. 사실 마술의 힘이란 변화의 힘이 아닌가? 주체를 혹은 그 주체를 바라보는 대상을 변화시키는 힘. 각설이의 퉁소 소리는 디오니소스가 만드는 마술의 힘, 변화의 힘에 초점을 둔다.

퉁소가 지닌 마술의 힘은, 가느다란 관 속에 담고 있는 삶의 온갖 모습에서 나온다. "퉁소는 나와 나를 휩싼 모든 것을 자기의 가느다란 관(管) 속에다 빨아들여넣곤 나와 나를 휩싼 모든 것을 아프게 짓짜고 비틀며 굴렸다. [……] 난 그 속에서 온갖 체험과 모든 삶을 다 살아버린다. 유년에서 노년까지를"(pp. 95~96). 퉁소에서는 "온갖 절망과, 온갖 괴력(怪力)과, 온갖 고통과, 온갖 지랄"의 소리가 '홍수'처럼 쏟아져나온다. 이 "온역(瘟疫)의 상자" 속에서 사태져 흐르는 삶의 모습들은 듣는 자들을 '아마게돈' 안으로 끌고 간다. 각설이의 퉁소 소리를 듣고 독장수 노인은 "손가락으로 눈물을 따내며" 이렇게 말한다. "퉁소 소리가 갑자기 이 세상에서 모든 소리들을 깨우쳐줬어. 그건 불길같이 자꾸 타오른다"(p. 103). 삶의 모든 것을 쏟아내는 퉁소 소리 속에서 사람들은 관념이 만든 삶의 협소함을 눈치챈다. 퉁소는, 사람들이 진리로 여기는 관념의 틀을 붕괴한다. 그리하여 각설이를 만난 사람들은 자신의 존재를 전복시킨다.

삶을 살아보지 못한 독장수 노인은 자신이 쥐고 있는 '신기'란 알맹이가 없는 씨앗과 같은 것임을 각설이에게 고백하고 한번도 진정으로 살아보지 못한 삶을 치열하게 살기 위해 항아리에 머리를 찧고 자살한다. 항아리 속에서 자신의 삶을 죽임으로써 영원한 삶을 얻으려 한 '신기'의 노인은 진정으로 살기 위해 죽음을 택한 것이다. 각설이의 존재는, 각설이의 퉁소 소리는 독장수 노인에게 삶과 죽음의 전복을, 관념의 전복을 가져다주었다.

온전한 스승에게서 지혜를 채워 자신의 부족함을 메우려 한 불구의 무리들에게 각설이는 잡을 수 없는 향기란 지혜가 아님을 알려준다. 각설이는 그들에게 이렇게 말한다. "그(선생)가 당신들의 부족을 보충하는 것이 아니라, 당신들이 성한 곳을 뜯어서 그 불구자를 온전하게 만든 거요, [……] 그러니 그에게서 당신들의 것을 찢어오면 될 거고, 떼어서 주면 될 거요"(p. 131). 각설이의 이 말 속에서, 스승이 불구자들에게 설파한 지혜는 한 순간에 뒤집힌다. 온전함과 부족함은 가치의 문제가 아니라 차이의 문제다. 권력을 쥔 자들은 차이와 대립으로부터 가치를 만들어낸다. 온전함과 부족함이라는 관계의 전복은 선생과 불구자들 사이의 관계의 전복, 가치의 전복, 권력에 대한 전복이다. 각설이는 불구의 무리들에게 그들이 따르는 스승의 진리란 차이가 만들어낸 거짓 가치, 실체를 부정한 관념일 뿐임을 알려준다.

추한 밖의 모습이 안의 순수함을 보장한다는 진리를 내세우면서 문둥이 무리를 이끌던 노파는 자신의 논리를 반박하는 각설이를 두려워하며 순수를 오염시킨 죄를 범했다는 이유로 신께 대속물로 바치려 한다. 노파는 문둥이 무리에게 그를 돌로 치라고 명하지만 그 누구도 돌을 던지지 않는다. 문둥이는 오히려 각설이를 부러워하며 그의 돌에 맞아 죽어, 그처럼 거듭나고 싶다고 말한다. 죽음에 당당히 맞서는 각설이의 모습에서 그들은 삶에 대한 긍정을 보았다. 삶을 부정함으로써 삶을 존재케 한다는 노파의 진리는 삶의 긍정이 보여주는 아름다움을 알게 된 문둥이 무리에게는 더 이상 유효하지 않다. 편협한 진리는 그것을 따르는 무리가 모두 떠나가면 모래탑처럼 허물어지는 것이다. 문둥이들은 '신을 도류의 뜻에 맞도록 사역'하려는 '선지자라는 괴물'보다는 죽음을 감내하는 용감한 '프로메테우스'를 선택하였다.

박상륭이 각설이 연작을 통해 보여주려 한 것은 진리의 독단주의와 이러한 진리의 설파자들, 즉 지식인들이 지닌 관념의 편협성이다. 각설이는 이러한 관념이 만들어놓은 삶의 틀을 부수기 위해 장을 떠돈다. 각설이가 떠도는 인물인 것은 가치의 불확정성을 말하기 위함이다. 이념과 이론이라는 무기로 무장한 현대의 지식인들은 어쩌면 관념이라는 틀 속에 갇혀 불구가 된 독장수 노인이나 정신의 자위 행위를 즐기는 산북장의 사내인지도 모른다. 각설이는 인간의 숲이 만든 장터를 떠돌며 우리에게 정신의 편협함과 독단의 틀을 깨고 진정한 삶의 모습을 찾으라고 일깨운다. 그의 퉁소 소리는 디오니소스의 피리처럼 차이의 관계를 전복시키고 삶을 변화시킨다. 죽기 직전 독장수 노인은 이렇게 고백한다. "퉁소는 내 산모였다네"(p. 106). 퉁소란 바로 산파와 같은 것, 새로운 진리의 산파다.

각설이에게는 삶에 맞서는 당당함이 있다. 삶에 맞서는 당당함은 선지자들에게는 두려움을 무리들에게는 부러움을 만든다. 독장수 노인은 그에게 이렇게 말한다. "자네에게선 죽음 속으로 용감히 걸어가는 목숨 냄새가 나고 있기 때문이라. 삶 속으로 비틀거리며 걸어가는 죽음 냄새완 다르다, 달라"(p. 95). 삶에 맞서는 자는 틀을 깨는 자, 관념의 편협성을 혁파하는 자다. 그러므로 그는 한곳에 머무르지 않는다. "왔던 장은 두번 다시 오지 않으며, 끊임없이 흘러갈 뿐" 멈출 줄을 모른다. 그는 항상 떠날 줄 아는 자다.[9]

## 4. 떠나는 자

각설이 연작은 진리의 독단주의를 고발하는 소설이다. 작가는 필연적으로, 무조건적으로 받아들여지는 신념과 진리에 회의를 보인다. 이러한 비판은 무엇보다도 진리를 만든다고 자처하는 자들, 삶의

---

9) 『산해기』에서 작가는 또 이렇게 적고 있다. "나, 차라투스트라, 는, 오는 자 대신, 헤헤, 모든 곳으로 지나가는 자,—산파—신을 보듬어내려는—"(6) "나 차라투스트라는— '속'에 뿌리를 내리지 못해, 그 '속'의 어중간한 위쪽에 둥둥 떠, 여기로 저기로 흐르며 자맥질하는 자, 부속물(浮俗物),—외로운 부속물말고, 또 무엇이었겠는가? 노상 떠나는[移] 자[民]"(8).
다른 선지자들과 차라투스트라(혹은 각설이)와의 차이는, 머무르지 않고, 즉 무리의 권력자가 되기를 포기하고, 떠나는 자라는 데 있지 않을까?

진실을 알려준다고 '무리'들을 유혹하는 지식인들을 향하고 있다. 그런데 각설이를 작가와 독자가 만나는 지점, 글쓰기와 책읽기의 층위로 끌어온다면 그는 작가에 대한 탁월한 은유가 된다. 또한 각설이가 불어주는 퉁소 소리는 바로 작가가 우리에게 들려주는 삶의 이야기, 곧 소설의 은유다. 소설 위로 홍수처럼 쏟아져나오는 말들 속에서, 독자는 각설이의 퉁소 소리를 들었던 소설 속의 인물들처럼, 전율을 느끼고 눈물을 훔치며, 자신의 삶이 지닌 협소함을 깨닫는다. 박상륭의 소설은 무엇보다도 우리가 만든 관념의 틀을, 우리 사고의 경계를 파괴시킨다. 경계가 붕괴되면 모든 것이 범람한다. 차올라오는 물, 수상쩍은 그 물들은 모든 것을 휩쓸고 간다. 소설 위로 범람하는 말들, 독자를 휩쓸고 간 그 말들은, 경계란 애시당초 존재하지 않는 상상이라는 대해로 우리를 이끌고 간다.

박상륭의 소설을 난해하다고 평하는 것은 결국 우리가 만들어놓은 소설이라는 견고한 틀을, 우리 사고의 편협함을 드러내는 것은 아닐까? 그의 소설을 신화적, 혹은 종교적 소설이라 칭하는 것은 범람하는 말들을 막기 위한 또 다른 틀짜기는 아닐까? 작가가 혼신의 힘으로 불어주는 퉁소 소리를 듣는 우리는 항상 각설이처럼, 작가처럼 떠나는 자가 되어, 독서가 만드는 무한한 변형의 힘을 입증해야 한다. 이것은 박상륭의 소설을 읽는 독자의 임무이자 특권이다.

[『문학과사회』, 1998년 여름호]

# 살 속에서 살을 넘어 나아가기

## ——박상륭의 소설 「유리장」 분석

서정기

　박상륭은 대단한 작가다. 내가 미리 이렇게 말뚝을 박고 글을 시작하는 심사를 박상륭에 대해 조금이라도 알고 있는 독자들은 금세 이해하리라. 그것은 우선 아무리 눈을 크게 뜨고 읽어도 이 끝도 시작도 없이 뱀처럼 꿈틀거리는 문장과 그 미궁처럼 얽혀 있는 상징들의 숲을 제대로 통과하기에는 내 손에 들린 연장이 터무니없이 무디다는 고백이며, 둘째로 그것은 그의 놀라운 재능에 한치 꾸밈없이 진정으로 내가 감탄해 마지않는다는 뜻이기도 하다. 어쩌다 이 감당하기 힘든 작가를 한번 건드렸던 죄로 박상륭의 난해하기 그지없는 작품을 풀어보이는 임무를 엉겁결에 떠맡게 되고 말았다. 그러나 그것은 고통스럽기만 한 일은 아니다. 왜냐하면 이 박상륭이라는 흔치 않은 용광로 덕분에 우리는 존재의 심연, 그 숨겨져 있는 불의 우물 속으로 내려가는 드문 행복을 누리게 되기 때문이다. 그 심연은 편안하고 아름답기보다는 낯설고 괴기스럽다. 그곳에서 출렁이는 괴이한 심상들은 후기 산업 사회의 왜소한 개인의 삶을 살아가는 우리의 안이한 정신을 물어뜯고 고문한다. 그러나 꿈틀거리는 근원의, 감당하기 힘든 심연으로 내려가 우리의 벌거벗은 원시성의 몸을 마주 대할 용기를 가지는 자들만이 지옥의 용을 천상의 천사로 바꿀 권리를 얻게 될 것이다.

「유리장(羑里場)」은 본격적인 구도소설이다. 주인공들인 따님, 따님의 아들, 그리고 그의 양자인 주인공 사복(蛇福)은 겉보기에는 3대에 걸친 인물들로 설정되어 있지만, 작가 자신의 작품 뒷부분에 덧붙여놓은 노트가 전하듯이 이들은 모두 한 몸이다.

소설인 것을 최대한으로 가능시키려는 노력 때문에, 따님과, 시계공과, 사복은 삼대(三代)의 관계를 갖는 것으로 되었지만, 사복의 구도적 측면에서 볼 때, 거기엔 사복 하나만이 있어온 걸로 된다. 그러니까 따님은, 사복 속의 '여성적 경향,' 시계공은 '남성적 경향'이 된다. 이때 사복의 거세는, 그 양자를 싸안게 하는 제삼의 존재의 출산으로 화한다. (p. 411)[1]

사복의 '전기'라고 작가가 이름붙이고 있는 '유리장'은 문왕이 귀양살이를 하면서 『주역』을 완성했다고 알려져 있는 장소다. '유리'라는 지명은 나중에 『죽음의 한 연구』에서 다시 택해진다. 그 장소는 특별히 지상의 어떤 지리학적 지점을 의미하지 않는다. 박상륭의 작품에서는 연대를 정하는 것이 무의미한 것처럼 장소를 정하는 것도 무의미하다. 왜냐하면 그가 소설을 통해서 다루고자 하는 주제는 '신화적'이기 때문이다. 박상륭이 '신화적'이라고 이야기할 때, 그것은 평상적으로 사람들이 그 용어에서 기대하는 '황당무계한' '신비스러운' '초자연적인' 등의 뜻을 지니고 있지 않다. 레비-스트로스에 의하면 신화의 특징은 그것이 "사물과 존재와 세계, 현재와 미래에 대해 생각해보려고 시도하는 데" 있다. 그것은 어떤 정해진 한 시대의

---

1) 이하 인용 페이지 수는 『열명길』(문학과지성사, 1988) 참조.

문제가 아니라 인간이 세계 안에서 살아오면서 맞닥뜨렸던 모든 삶의 문제들의 해결을 공시적(共時的)으로 시도한다. 박상륭 자신의 말을 들어보자.

신화적으로밖에 가능시킬 수 없었다는 말은, 어느 한 시작에서 어느 한 종말에 걸치는 한 시대를 공시태(共時態)에서 보았을 때 일어나는 현상 때문인데, 그때 한 시대는, 하도(河圖)나 낙서(洛書) 같은, 암호만을 남기고, 그 저변에 길게 누운 시체(時體)로부터 유리되고, 그래선 그것 자체로서 폐쇄되어버렸던 것이다. [……] 그러면서 그 암호는, 그 오십 년 간의 한 시대만의 왕국인 것을 떠나며, 어떻게는 오초의 것으로도 응축되고, 어떻게는 오천 년의 것으로도 확대되는 공화국이 된다. (pp. 409~10)

우리가 박상륭을 따라 이 소설 속에서 읽어내야 할 것은 그러므로 역(易), 또는 본질, 보편적 구조다. 그렇다면 유리는 어떤 특정한 장소가 아니라 도(道)를 깨우치고자 하는 자들이 헤매는 삶의 공간, 그리고 사복의 문제는 사복 개인의 문제가 아니라 인간됨의 고통의 의미를 질문하는 인간 전체의 문제다.
박상륭이 파놓은 복잡한 미로 속에서 길을 잃고 헤매지 않기 위해서, 이미 진형준이 뽑아놓은 이정표들을 중심으로, 그러나 조금 더 세분해서 우리의 읽기 여행의 여정을 짜보도록 하자.

제1장
ⅰ) 늙은 따님과 얼룩뱀의 정사.
ⅱ) 사복이 개미와 얼룩뱀을 죽인다. 사복이 뱀을 먹어버린다.
ⅲ) 사복의 출생에 대한 설명.
ⅳ) 따님은 뱀이 죽고 난 뒤 눈에 띄게 쇠약해진다.
ⅴ) 사복의 양부인 '시계공'이 시계를 가지고 어머니인 따님에게 간다.

## 제2장

ⅰ) 따님이 제사를 집전한다. 사복은 조금 떨어진 곳에 묶여 있다.

ⅱ) 사복과 관계를 가졌던 바보 소녀가 사복에게 다가온다.

ⅲ) 사복의 거세.

ⅳ) 사복의 양부가 그의 특별한 운명을 암시한다.

## 제3장

ⅰ) 사복은 산막에 눕혀져 있다.

ⅱ) 열사흘째 되는 날 사복은 산막을 나온다.

ⅲ) 사복은 큰비암님 발치에서 따님과 바보 소녀의 무덤을 발견한다.

ⅳ) 사복은 따님의 움막으로 가서 괭이를 가져다가 무덤을 파헤친다.

## 제4장

ⅰ) 사복의 양부가 따님의 움막에 살며 시중(時中)의 비밀을 풀기 위하여 골몰한다.

ⅱ) 사복이 돌아와 양부를 만난다. 양부와 시간에 대한 대화를 나눈다.

ⅲ) 양부는 따님과 소녀를 육체에서 빠져나온 사복의 영혼이 죽였을지도 모른다고 암시한다.

ⅳ) 사복이 떠난다.

ⅴ) 양부는 모래시계에 머리를 박고 죽는다.

## 제5장

ⅰ) 사복이 망우수의 땅에 우연히 들른다.

ⅱ) 사라쌍수 아래에서 사복은 암도마뱀을 만나 몽락 속에 잠겨 지낸다.

ⅲ) 주위를 답사해보려는 생각으로 사복은 사라쌍수를 떠나 망우수 땅을 돌아다니다가 옹기짐이 실려 있는 지게작대기를 슬쩍 건드리게

되었는데 그것이 옹기장수 얼굴 위로 쏟아지고, 피 흘리는 그의 모습이 늙은 여인의 환상을 불러온다.

　iv) 사복은 자신이 태어난 마을로부터도 망우수의 땅으로부터도 모두 쫓겨난 존재임을 깨닫는다.

　v) 그는 암도마뱀의 비밀을 풀며 미숙의 완성의 도를 깨우친다.

작품은 사복의 할머니인 '따님'과 얼룩뱀과의 괴이한 정사 장면으로 시작된다. 그러나 박상륭 작품의 모든 주인공들의 행위가 그렇듯이 그 행위는 상징적인 의미로 해석되어야 한다. 얼룩뱀의 의미는 「유리장」 속에서 아주 다양하게 나타난다. 뱀이 지니고 있는 다양한 인류학적 상징 의미는 「유리장」 안에서 거의 총망라되어 나타나고 있다. 「유리장」은 주인공의 이름이 벌써 암시하고 있는 것처럼 '뱀의 소설'이라고 말해도 지나치지 않을 만큼 이 작품 안에서 뱀은 중요한 역할을 수행하고 있다.

뱀은 박상륭이 작품 말미에 붙여놓은 것처럼 그 길쭉한 형태 때문에 남성 성기와 직접적인 연관을 가지고 있다. 정신분석학적으로 그것은 가장 동물적인 욕망인 리비도libido를 표상한다. 뱀은 "움직이고 있는 물질의 이미지, 혼잡한 떼거리의 상징, 그로부터 생명의 원칙이 유래하고 있는 태초의 혼돈"[2]의 상징이며 연금술사들을 위시한 신비주의 전통에서 '우주알'이라고 부르고 있는 태초의 물질을 수태시킨 최초의 아버지다. 그때의 뱀은 가장 경건한 숭배의 대상이 된다. 뱀이 숭배의 대상이 되는 가장 중요한 이유는 그것이 땅속으로 들어갔다가 다시 바깥 세상으로 나오는, 죽은 자들이 묻혀 있는 지하의 비밀을 알고 있는 존재라는 것과, 또 그것이 자기의 살갗을 벗고 새로 태어나는 존재라는 점이다. 이 두 가지가 합쳐져서 죽음과 삶을 들락거리며 끊임없이 다시 태어나는, 영원성을 상징하는 뱀 우로보

---

2) G. Nataf, 김정란 역, 『상징·기호·표지』(열화당, 1987), p. 56.

로스ouroboros를 만들어낸다. 뱀의 이러한 상징성은 박상륭에 의해 직접 택해진다.

아프리카 신화에 의하면 남근이란 독 없는 뱀으로 상징되고, 또 이 뱀은 영겁 회귀의 상징이 되고 있다. 다호메이의 게조왕 궁전에는 제 꼬리를 제가 물고 있는 둥근 뱀의 벽화가 있다는데, 그것이 그것이다. (p. 411)

그 다호메이의 뱀은 이런 모양을 하고 있다.

영원을 상징하는 뱀, 점판(粘板) 부조, 다호메이 Dahomey

우로보로스는 「유리장」 안에서 여러 차례 직접적으로 환기된다.

거기 다시, 그 큰비암의 황금빛 추악한 머리가 언제나처럼, 황금빛 꼬리를 여태도 물고 빨아들이고만 있었는데, 그것은 그때 쓰륵쓰륵 몸을 움직이기 시작했던 것이다. 죽은 것으로 거기에 있어왔던, 그 추악하게 구워진 흙이, 그 꼿꼿하던 장승이, 천천히, 아주 부드럽게 휘어지며, 제 꼬릴 제가 물곤 또아리를 치기 시작한 것이다. 그러면서 오색구름을 달무리처럼 흩뿌리며, 차차로 범위를 넓혔는데, 그것은 너무도 현란하고 너무도 장관이어서 전율하게 하는 것이었다. 그러나 사복은 두 눈을 부릅뜨고, 그 운동의 한끝도 놓치려 하지 않으며, 보았다. 그 건 하나였다. (p. 300. 이하 강조는 필자)

이 영원한 하나는 끊임없는 영겁 회귀의 상징이다. 그 하나는 하나 이면서 전부인 우주를 의미한다. 그러나 뱀은 기독교 문명이 세력을 얻기 시작하면서 가장 저주받은 짐승의 지위로 전락한다. 에로스 eros 에 대한 로고스 logos의 승리, 또는 대단히 개괄적인 의미에서 자연에 대한 지성의 승리를 종교사적으로 인류 역사상 최초로 가장 완벽하 게 쟁취한 여호와 신앙의 독트린이 태초의 혼돈을 상징하는 뱀에 대 한 적의를 불태우는 것은 너무나 당연한 이치다. 상징적으로 이야기 한다면 예수는 바로 뱀을 쳐부수는 자다.

그러나 중요한 점은 「유리장」 속에서 큰비암님의 정체가 뚜렷이 드 러나 있지 않다는 점이다. 그것은 따님과 정사를 벌이는 뱀이기도 하 고, 또 그 정사의 장소가 되고 있는 벼락맞은 나무이기도 하며, 사복 의 양부를 그의 어머니에게 배게 한 뒤 사라져버린 사내가 기묘한 모 양으로 구워 '큰밭' 가운데 세워놓은 옹기이기도 하고, 사복의 양부 의 생각에 의하면 '모래시계'이기도 하다. 그러나 실상 우리가 끌어 낼 수 있는 결론은 바로 그 큰비암님의 정체 불명의 특징이다. 그것 은 무어라 정의되어지지 않는 것, 그것이면서 동시에 그것이 아닌 것, 그것이 부분적으로만 현현시키는 그것 저 너머의 어떤 현존이다. 그것은 요컨대 만물이 그로부터 근원하는 그 무엇, 형체를 가진 모든 것들의 근거가 되는 성스러운 뿌리, 작가 자신의 표현을 빌리면 '색 근(色根)'이다.

박상륭의 작품 속에서 뱀은 이 모든 의미를 가지고 나타난다. 첫 장면의 뱀과 따님과의 정사는 그러므로 좀더 넓은 의미로 읽지 않으 면 안 된다. 그것은 우선은 남성과 여성의 교접이다. 그 장면이 이 소설이 성교로 상징되는 음양의 화합을 다루게 될 것이라는 것을 암시하고 있다. 그러나 다음 장면에서 곧장 이 가설은 이 소설이 그 이상의 어떤 것을 다루게 될 것이라는 암시에 의해 번복된다. 정사 장면에 등장한 뱀이 바로 주인공 사복 자신의 리비도일 것이라는 가정은 "바람 한 점도 없는 이 여름 한낮에 젖이 〔……〕 시려 죽겠다"고 얘기하는 따님의 말을 사복이 몇 페이지 뒤에서 "나도 춥기만 이상하게, 춥기만 춥고……"라고 되풀이하고 있는 점으로도 암시되고, 따님이 정사를 벌였던 '벼락맞은 나뭇등걸'을 바라보며 '추억인지 뭔지를' 중얼거리는 것으로도 확인된다.

　글쎄 춥기만 춥고…… 후훗 참, 그랬었구나, 잘 익은 배 맛은 없었어도, 허긴 밤이 곰이 핀 곶감 맛은 있었댔어, 것두 나쁠 거야 없구말구였지. (p. 287)

그렇다면 뱀은 바로 사복 자신 안에 있다. 그런데 사복에게 리비도의 충족은 그리 큰 관심사가 아니다. 그것이 그의 궁극적인 관심이 아니라는 것은 개미귀신 지옥에 빠져 허둥대는 일개미 한 마리를 열심히 들여다보는 사복의 모습에서 뚜렷이 읽힌다. 모래 속에 빠져 허둥대는 개미의 모습은 삶의 질곡에서 빠져나오지 못하는 인간의 운명을 상징하고 있다. 그런데 삶이 고통인 것은, 바로 다름아닌 육체 때문이다.

　그러나 개미는, 매번의 노력이 헛수고로 돌아가자, 나중엔 도대체 갈피를 못 잡고, 다 오른 지옥선에서 제 스스로 떨어지기도 했다. 그 노력은 그래서, 그 지옥을 지옥이게 하는 그 부드러운 모래 탓이라기보다는 태어나면서 가져버린 무게 탓에, 죄도 모를 형벌을 인고치 않으면 안 되는 걸로 보였다. (p. 286)

그러나 개미의 그 불쌍한 몰골은 개미 자신의 것이 아니라 바로 사복 자신의 것이다. 사복은 자신의 전신에서 흘러나오는 '기름땀'을 "반드시 더위 탓만으로 돌릴 수 없었다"(p. 286)다. 그는 "이 황지(荒地)에다 마을의 장정들이 풀어헤쳤던, 그 오백 짐의 모래가 자신의 전신으로 무너지고 있다"고 느낀다. 그리고 그 모래란 바로 시간의 흐름, 풍화에 의해 잘게 부서진 우리 육체의 끝 모습인 것이다. 사복은 그 개미를 밟아 죽인다. 그러므로 그때 사복이 으깨어버린 것은 억겁의 벼랑을 기어오르는 우리 육신의 운명이다. 그러나 우리는 그 '살육'이 측은지심(測隱之心), 작가 자신의 표현을 빌리면 연정(憐情)에 의한 것이라는 점을 염두에 두어야 한다. 뱀을 죽이고 난 뒤, 따님에게 가서 그 소식을 알리면서 사복은 그것이 '인(仁)' 때문이었음을 강변한다. 측은지심이 인의 근본이라면, 이때 사복의 주장은 이 작품 전체에 걸쳐 라이트모티프를 제공한다. 뛰어넘으려면, 또는 뛰어넘게 하려면 죽음을 거쳐가지 않으면, 또는 죽음을 거쳐가게 하지 않으면 안 되는 것이다. 사복이 형을 받기 위해 묶여 있는 자기에게 다가오는 소녀에게 뒈졌으면 좋겠다고 되풀이 말하는 것도 같은 맥락에서 이해되지 않으면 안 된다.

사복이 육체의 한계를 뛰어넘을 소명을 타고났다는 점은 그의 기묘한 출생으로 이미 확인된다. 어느 날 소쿠리장수 한 명이 큰밭 가운데에 뱀알을 떨구어놓고 사라진다. 그 알은 큰비암님이 해질 무렵에 등천하면서 뿌려놓은 붉은 정수(精水)에 의하여 깨어난다. 사복은 뱀의 아들이다. 엄밀히 말하면 그는 부재(不在)하는 아비의 자식이다. 그의 이름은 박상륭이 밝히고 있듯이 『삼국유사』의 '사복불언(蛇福不言)'[3]의 기사에서 차용된 것이다. 작가는 그 기사에서 사복의 이

<hr />

3) 남편도 없이 과부가 아이를 배어 낳으니, 사람들이 그를 사복이라 부름. 12세까지 말을 못 하다가 어머니가 죽은 날 원효를 찾아가 말을 하고 계(戒)를 받음. 어머니의 시체를 업고 지하의 청허(淸虛)한 세계로 들어감(박성봉·고경식 역, 『삼국유사』, 서문문화사, 1985, p. 311 참조).

름과, 아비 없이 태어난 그의 출생과 도(道)를 찾기 위하여 먼 길을 떠나지 않고 태어난 땅에 남았던 원효와의 만남 등의 주제를 택하고 있다. 작품 말미에서 새로 태어난 순수 존재를 상징하는 '핏덩이'가 사복임에 틀림없는 '사내'에게 "자네는 대체로 언제나 말이 많아"라고 윽박지르는 것도 이 불언(不言)의 주제를 반영하고 있는 것으로 보인다.

'과부의 아들'이라는 출생은 많은 신화적 주인공들에게 공통되는 점이다. 이 주제에 매달릴 지면이 우리에게 허용되어 있지 않으므로 아주 거칠게 말하고 지나치자면, 그들의 아버지가 부재하는 까닭은 명백하다. 그것은 그들의 근원이 지금 그들이 처해 있는 상황보다 훨씬 더 우월한 상황이었다는 것을 주장하기 위해서다. 그런 의미에서라면 사복의 출생은 예수의 출생과도 통한다. 아닌게아니라 몇 군데에서 사복은 예수의 면모를 보이기도 한다. 형 집행을 당하기 전에 묶여 있는 그에게 사람들이 측은히 "술을 한잔 주라" 하고 묻는다든지 축제일에 형을 당하는 점 등 간접적으로 그 관계가 암시되어 있지만, 다음의 대목은 잡혀가던 날 밤 겟세마네에서의 그리스도의 기사를 분명하게 환기시킨다.[4]

닭이 세 홰째 울고 있었다. 그리고 달도 지기 전에 짧은 여름밤이 새려고 달빛을 엷고 푸르게 하고, 영롱히 맺힌 이슬들 속에서 탁한 안개를 뽑아냈다. 오래잖아 벼락맞은 나무의 동쪽 얼굴에, 또는 큰비암의 동쪽 가슴에, 산의 동쪽에 모든 동쪽에, 변절자의 그것 같은 아침빛의 입맞춤이 있을 것이고, 그러고 나면 창과, 횃불과 잘려질 귀를 하나 가진 병사들이 와 더위를 펼 것이었다. (p. 335)

주인공과 예수의 운명과의 유사성은 『죽음의 한 연구』에서는 더욱

---

4) 「마가복음」, 14장 32절~50절, 66절~72절 참조.

더 뚜렷하게 부각된다.

뱀에게서 태어난 사복의 근원은 사복을 '사람과 짐승' 사이에다 위치시키게 한다. 그러나 그때 짐승에 가깝다는 것은 부정적인 의미보다는 긍정적인 의미를 더욱더 많이 내포하고 있다.

허긴 그것도 그랬을 것이, 사람들이 알아주기론, 자기는 뱀으로 태어났어야 될 것이 사람으로 태어났기에 어디도 끼일 수 없는 어중간한 짐승이라고 해서 홀대했던 데다, 양부까지도 자기에게 실망하고 있는 상태에 있었기 때문이다. (p. 289)

개든, 소든, 산노루든, 살쾡이든, 심지어 개구리까지라도, 사복을 한번 알아보면 변절하지 않는다. 사복은, 자기도 잘 모르지만 인간 이외의 목숨들로부터 지지를 받고 있었는데, 어쩌면 그건, 출생으로부터 받는 제척 때문에 인간 이외의 짐승들이 그를 동정했던지도 모를 일이었다. 아무튼 그는 손에나 휘파람에 어떤 주문을 발라놓고 있었다. (p. 347)

사복의 특별한 운명은 사복을 사람들에게서 격리시키게 만드는 요인이 된다. 사복은 자주 묶인다. 작가는 그가 묶여 있게 된 원인을 뚜렷하게 설명하고 있지는 않지만, 그것이 그가 지닌, 보통 사람들에게 노출되면 위험스러운 어떤 힘 때문이라는 점은 명백하다. 사복은 자기가 묶임으로써 인간에게 가까워진다라고까지 생각하고 있다.

오히려 그것은, 거의 달콤한 기분까지를 사복에게 주었을 정도인데, 그와 같은 작은 규제로 하여 사복은, 자기도 조금은 쓸모 있는 짐승으로 이 세상을 살아왔었다는 것을, 최소한 자기에게만이라도 증명할 수 있었던 때문이다. (p. 289)

몇 군데에서 그의 위험한 힘은 빼어난 정력으로 묘사되기도 한다.

　곧이어 성난 오줌 줄기가 곤두섰다. 그건 거의 사복의 코빼기까지
뻗쳐올라선 큰비암의 아랫두리를 뜨겁게 적셔댔다.
　"어때? 자네네 늙은 마누라가 이 탓에 울었더니." (p. 298)
　"학, 그놈, 이 나이에 이렇게 벅찼다가는 이눔이." (p. 304)
　"안 구나믄 따님모양 쫓겨나 구넹이하구 산구내, 구내서 내가 만했지
너, 난 사동이 새깽이하구 산군데, 구새깽인 언마나 힘이 좋운데." (p.
328)

　얼룩뱀이 다가왔을 때, 주인공은 그것을 뒤꿈치로 밟아 죽인다. 뱀
을 맨발 뒤꿈치로 밟아 죽이는 대목은 「창세기」에서 여호와가 유혹자
인 뱀을 저주하는 장면에서 직접 따온 것인 듯하다.

　네가 이런 일을 저질렀으니
　온갖 집짐승과 들짐승 가운데에서 너는 저주를 받아,
　죽기까지 배로 기어다니며
　흙을 먹어야 하리라.
　나는 너를 여자와 원수가 되게 하리라.
　너는 그 발꿈치를 물려고 하다가
　도리어 여자의 후손에게 머리를 밟히리라.[5]

　부재하는 아버지, 즉 여자의 후손인 예수처럼 사복도 뱀을 밟아 죽
인다. 이 행위 때문에 사복은 나중에 따님으로부터 거세의 벌을 받게
된다. 그러므로 뱀의 살육은 따님이 속해 있는 원초적 세계에 대한
거부인 것이다. 사복은 뱀을 죽였을 뿐만 아니라, 그 뱀을 먹어치운

---

5) 공동 번역 『성서』, 대한성서공회, 「창세기」, 3장 14절~15절.

다. 그것은 가장 적극적인 극복의 제스처다. 뱀에는 벌써 쉬가 슬어 있고, 악취를 풍기고 있다. 그러나 정말 중요한 것은 다음 대목이다.

"싫더라도, 허긴 어쩌면, 한번 더 자드려야 될지도 모르는데." 사복은 구역질 대신에 이제는, 침을 꼴깍꼴깍 삼키기 시작했다. 그러는 동안에, 그것의 껍질이 튀겨져 벗겨지며, 속곳 사이로처럼, 얼풋얼풋 보이는 그것의 내밀한 살 속엔, 쉬나 악취 따위는 보이지 않았던 것이다. 그러나 사복은 기뻐서 소리쳤다. "아 드디어, 내뵜구나, 허긴 내뵜구나!" 제 기름으로 저를 태우며 저의 추악함을 씻어내던 그것이, 그제야 밤송이 같은 다리 둘을 고백했던 것이다. (p. 303)

그때 썩어가는 껍데기 틈새로 얼풋얼풋 보이는 뱀의 속살은 박상륭이 작품 노트에서 언급하고 있는, 사복 속의 '여성적 경향'인 따님과, '남성적 경향'인 시계공을 싸안게 하는 '제3의 존재의 출산'을, 작품 말미에 모습을 드러내는 '핏덩이'의 도래를 암시하고 있다. "밤송이 같은 다리 둘"이란 바로 그 따님과 시계공의 대척적인 경향을 나타내고 있는 것이다. 하기는 이미 사복(蛇福)이라는 이름은 뱀을 죽이고 먹음으로써 극복되는 뱀의 주제, 죽음을 거쳐서 쟁취되는 신생(新生)의 드라마를 응축시켜 가지고 있다.

그러는 동안 형제들은 빈속 탓에 더욱 짧아져갔는데, 사복은 파리들의 뱃속으로 삼 일 간 여행하며 쉬로 부활하는, 그 얼룩뱀의 복음(福音)을 보면서, 비로소 천천히, 자기의 살육을 이해해보려고 했다. (p. 292)

삼 일 간의 죽음의 여행과 복음은 기독교적인 부활의 테마다. 그것이 사복에게는 사복의 의미다. 그렇다면 사복(蛇福)은 사복(死福)이라고 바뀌어 불려도 좋지 않을까? 왜냐하면 그때의 죽음이란 복음(福音)을 얻기 위해 필히 거쳐가지 않으면 안 되는, 고통스럽지만 축복을 약속하는 시련 Felix Culpa이므로.

사복이 뱀을 죽여서 잡아먹고 난 뒤에 따님은 눈에 띄게 쇠약해진다. 그녀는 사복이 죽여서 던져버린 '희끄무레한' 뱀의 몸뚱이(p. 292)처럼 희끄무레해진다(p. 293). 이 '희끄무레함'은 박상륭의 오색의 빛깔 체계에서 네번째의 단계에 속한다(p. 299). 이 대목에서 사복은 옹기로 구워진 12척⁶⁾ 뱀신상을 바라보고 있다. 그러면서 뱀의 몸뚱이를 각각 봄·여름·가을·겨울에 상응하는 청·적·백·흑의 네 부분으로 나누고 있다. 높이가 12척이라는 점과 각각의 부분이 90개씩의 비늘을 가지고 있다는 점을 염두에 두면, 이 뱀신상이 상징하는 바는 일년살이의 삶이라고 볼 수도 있지만 그러나 박상륭에게 있어서 시간은 원시인들에게서처럼 죽죽 늘어났다가 줄어들었다 하므로 ("세 철만큼씩 걸려 눈을 한 치씩 감아내렸다"[p. 287], "사복은 삼 년이나 있다가, [······] 중얼중얼하기 시작했다"[p. 298]), 이 네 단계를 인생의 네 단계로 늘려보는 것은 전혀 무리한 해석이 아니다. 그렇다면 청은 청소년 시절을, 적은 장년 시절을, 백은 노년을, 그리고 흑은 죽음을 상징한다고 볼 수 있다. 그러면 오색(五色)⁷⁾ 중에서 한 가지 색

---

6) 이 숫자는 「유리장」 전체에서 아주 중요한 역할을 담당하고 있다. 그것은 모래시계의 눈금이 나타내듯이 한나절의 의미이기도 하고 일 년 열두 달을 의미하기도 하며 12간지를 의미하기도 한다. 따님은 75세라고 씌어 있는데 이 숫자 역시 12의 상징성에 맞닿아 있다(7+5=12). 요컨대 그것은 가장 작은 단위에서부터 가장 큰 단위까지의 '시간'을 의미한다. 작품 전체의 주제가 죽음의 극복이라는 점을 염두에 둔다면, 이 숫자는 인간이 뛰어넘어야 할 유한성을 나타낸다. 거세를 당하기 전에 사복은 열두 바퀴의 밧줄에 묶여진다. 또 거세를 당한 뒤 열이틀 안에 사복은 건강을 회복한다. 한편 작가는 작품 노트에서 헤라클레스가 올림포스에 도달하기 위해 치러야 했던 열두 고역을 상기시키고 있다. 헤라클레스가 아기였을 때 요람에서 맨손으로 뱀을 눌러 죽였다는 것을 상기하면, 사복과 헤라클레스 사이의 연관성은 뚜렷해진다.

7) 5 역시 이 작품의 축을 이루는 숫자다. 작품에서 직접 다루어지고 있는 음양 오행의 5의 상징성을 제외하더라도 5는 작품 구조의 근간을 이루고 있다. 작품은 뱀, 사복, 따님, 따님의 아들, 소녀 등 다섯을 중심으로 씌어지며, 다섯 장으로 이루어져 있다. 「유리장」의 주제를 좀더 깊이 다루고 있는 『죽음의 한 연구』 역시 다섯 장으로 이루어져 있다.

깔인 황(黃)이 남는다. 그것은 충천한 삶의 상태, 또는 죽음의 고통을 이겨내고 번쩍이는 영혼의 빛깔이다. 큰비암은 황금빛 머리를 가지고 있으며(p. 300), 모래시계의 모래는 황금빛으로 빛나며(p. 348), 늙은 여인의 몸에서는 노란 꽃이 피어나고(p. 381), 죽은 소녀의 무덤에서도 노란색 민들레가 피어난다(p. 358). 완전한 원을 이룬 뱀이 충만을 상징하는 공 모양이 되었을 때 그 공은 청·적·백·흑의 색깔을 잃고 완전히 순결한 노란색이 된다.

뱀의 죽음으로 인하여 기력을 잃게 되는 노파는 그러므로 단순한 뱀의 대리자가 아니라 뱀의 운명에 의해 존재가 좌우되는 뱀의 분신이다.

땅은 태를 열고 씨앗을 받는다, 세월은 핏줄을 이어 그 씨앗에 피를 흘려 넣는다. 그리고 태어난 목숨은 유모가 풀어헤친 젖퉁이에서 젖을 빤다. 유모란, 따님(땅님)도 아니고, 세월을 땋는 님도 아니고, 그렇다고 하눌님도 아니지만, 그분은 어쨌든 하눌님이다. 그분은 따로따로 흩어진 외로운 목숨들을 서로 따라붙게〔親和〕 하는 님〔力〕인데, 따님과, 땅님과, 쫠님〔'따라붙게' '따붙게' '쫠게'〕 세 몸 일신이 큰비암님이다. 그리하여 따님께 씨앗을 던지는 건 이 큰비암님이고, 땅님께 현신하는 것도 이 큰비암님이고, 땉님께 작용하는 것도 이 큰비암님이다. 그리고 나는 그 세 따님의 큰비암의 딸로 점지되었던 것이라, 너의 아버지는 그 큰비암의 인현(人現)이었고, 그는 날더러 늘, '따님아, 땅님아, 쫠님아' 하고 세 번씩 부른 뒤에…… 그래서 너를 낳았구나. (pp. 313~14)

따님의 세 이름은 제사를 드리는 따님의 사설에서 태궁(胎宮)·세월궁(歲月宮)·유모궁(乳母宮)으로도 명명된다. 그것은 생명의 본질인, 연금술사들이 마테리아 프리마Materia Prima라고 부르던 태초 물질인 '원질(原質)'과, 그 원질의 어떤 특정한 현현을 가능하게 하는

'시간,' 그리고 그 개별적인 개체로서의 현현을 세상에 살로 내어놓는 '모체'를 각각 상징하는 것으로 보인다. 「유리장」 속에서 이 세 역할은 각각 따님과, 시계공, 그리고 바보 소녀에게 할당되어 있지만, 어쨌든 신성(神性)으로서의 삼신위(三神位)의 대리자 역할을 하는 것은 큰비암님의 전갈하심(매개자)인 따님이다. 그녀는 성(聖)과 속(俗)의 매개자인 무당이다.

그녀는 어떤 움막 속에서 살고 있는데, 그 움막은 공지니[8]였던 그녀의 어머니에게서 밥을 빌어 살며 네 철이 다 지나도록 떠나지 않고 기묘한 옹기를 구워 '큰비암님'이라고 명명하고 '큰밭' 한가운데에 세워놓고 떠나가버린 어떤 옹기장이가 머물렀던 곳이다. 그 옹기장이는 따님에게 사복의 양부를 배게 만들었고, 시집도 안 간 채 아이를 밴 그녀는 마을에서 쫓겨나 그 굴속에서 뱀들과 더불어 살았다. 그것이 그녀가 뱀의 대리자가 된 연유다. 그녀의 내력을 살펴보면 그녀가 무당이 된 것은 우연한 일이 아니라 워낙 영매의 소질을 가지고 있었던 그 어미의 대물림이었던 것을 알 수 있다. 뱀신상이 세워져 있는 '큰밭'과 따님이 기거하는 움막은 그러므로 뱀신과 연관되어 있는 성소(聖所)의 기능을 가지고 있다. 그 움막이 뱀들이 살고 있는 땅굴이라는 점(즉 죽은 자들의 거주지)과 마을에서 뚝 떨어진 곳에 있다는 점으로도 그 사실은 확인된다.

따님이 하필 늙은 여인이라는 사실은 단지 사복의 할머니라는 소설적인 역할을 담당하기 위해서만은 아니다. 그녀는 고대인들이 노파의 모습으로 묘사했던 죽어가는 달인 그믐달의 신성(神性)이다. 그녀가 사복의 거세를 명명한다는 점이, 그녀가 죽음을 상징하는 무시무시한 어머니의 원형으로서의 그믐달과 관계되어 있음을 단적으로 증명한다. 고대 신화 속에서는 아들을 거세시키는 무시무시한 어머

---

8) 공지니=태주할미=명주할미. 마마를 앓다 죽은 어린 계집아이의 귀신. 다른 여자에게 씌워져 길흉화복을 말하고 모든 것을 잘 알아맞힌다.

니의 원형9)이 흔히 등장한다. 그때의 어머니란 인간에게 먹을 것을 제공하고 길러주는 자애로운 자연이 아니라 인간에게 고통을 주고 기어이 목숨을 빼앗아가는 무시무시한 자연의 신격화(神格化)다. 사복은 그 죽음의 어머니를 떠나 젊은 생명의 어머니에게로 간다. 그 젊은 어머니는 물론 이 작품 속에서는 "매우 달덩이 같았던"(p. 289), 뱀알을 떨구어놓고 간 소쿠리장수 여편네겠지만, 그러나 그녀의 윤곽은 아주 몽롱하게만 환기되어 있을 뿐(p. 326), 곧 사복이 성적 관계를 가졌던 소녀의 이미지에 흡수되어버린다. 그 몽롱한 어머니에 대한 환상의 뒤를 이어 곧 그 바보 소녀가 등장한다는 점이 그 소녀가 그 막연한 어머니의 대리자라는 것을 증명한다.

따님은 뱀의 죽음으로 인하여 자기의 몸이 텅 빈 것처럼 느낀다. 그녀는 울고 있다. 그런데 그 울음이 이미 뱀신(神)의 대리자로서의 울음이 아니라 그냥 한 평범한 어머니의 울음처럼 묘사되고 있다는 점은 특기할 만하다.

> 사실로 그녀는 울고 있었던 모양으로, 돌아서 달빛을 올려다보았을 때의 그 눈에는 눈물이 웅덩이처럼 괴어 있었다. 그 아들은, 그 눈물이 자기를 안고 겨울밤을 새우던, 그 청상과부의, 접잣불빛 어린 그 눈물과 너무도 같다고 추억했다. (p. 316)

그 비어진 몸뚱이에 다시 생기를 채워넣기 위해서 그녀는 사복이 먹지 않고 잘라낸 뱀대가리를 씹어먹는다. 또는 다음 대목을 읽어보자.

> 육실하게 달만 밝고, 가을 같은 한숨에 달만 밝고, 사복의 잠은 앉은 수캐처럼 뻐드러만 올라왔고, 그런데 그때 다시 털 빠진 고양이가 사복의 그 잠 위를 느실느실 넘어가자 귀신 같은 계집이 히히 웃더니

---

9) Esther Harding, *Les Mystères de la Femme*(Paris: PUF), 8장 참조.

자궁을 꺼내 입에 물고, 그 수캐 같은 잠을 향해, 발정한 똥갈보처럼 달리기 시작했다. (p. 317)

이 수수께끼 같은 장면이 무엇을 뜻하는가 하는 것은 사복의 아버지의 말 속에서 어렴풋이 드러난다. "엇 어머님…… 엇 어떻게, 히히, 히히히, 그, 그렇게 하실 수가 있습니까? [……] 어머님, 당신의 손주니다, 당신의 손주니다. 결국 당신은 손주에게도 그렇게 하시는 군요……"(p. 317). 또는 "사복의 홍수 같은 정수(精水)의 마지막 방울까지 취했다"(p. 324)라고도 표현된다. 그 행위의 상징적 의미는 다음 대목에서 더욱 뚜렷하다.

그 달과 그 빛이 사복의 눈 속에선, 괴롭게도 오랑캐에게 씹히는 노란 호두처럼만 보여지기 시작했다. 결국 오랑캐의 이빨이 그 노란 달을 탁 깨뜨려버리자, 이상스럽게도 한 시꺼먼 용이 천둥을 치며 뻐드러져 나왔는데, 그러고 보면 그건 달이 아니라 용알이었다. 그럼에도 오랑캐는 그것의 머리를 물고 악착스럽게도 씹어 삼키려고만 들자, 이번엔 성난 용이 다시 한번 꼬리로 천둥을 몰아치곤 물린 아가리로 흰불 같은 피를 좍 토했다. 그 오랑캐는 그것을 마시고서야 캥캥 짖으며 나가떨어져버렸다. (p. 317)

여기에서 '오랑캐'란 어둠의 왕자인 사탄Satan의 동양적 해석인 것처럼 보인다. 이 달이나 해를 삼키는, 개 또는 이리의 모습으로 나타내어지는 악마의 모습은 서구의 민담 속에서는 아주 흔하게 발견된다.[10] 그때의 짐승들은 생명의 파괴자인 죽음을 상징한다. 용알을 삼키려는 오랑캐와 오랑캐를 물리치는 용의 모습은 바로 그 다음 대목

10) G. Durand, *Les Structures Anthropologiques de l'imaginaire*(Paris: Bordas, 1969), pp. 89~96 참조.

의, 늙은 할미를 윽박질러 밀어버리고 팔을 내둘러 축제를 맞으러 달려가는 사복의 모습으로 이어진다. 사복은 무시무시한 어머니의 파괴적인 힘을 뛰어넘게 될 것이다. 따님은 사복의 거세를 명령하고 사복의 고환을 먹어버린다(p. 339). 이렇게 해서 이 소설이 결국은 우로보로스의 순환 사이클을 형성하고 있음을 우리는 확인할 수 있다. 사복은 뱀을 먹고, 따님은 뱀을 먹은 사복을 먹는다. 그리고 그 따님의 젊은 변신인 소녀의 몸을 통해 사복은 핏덩이로 다시 태어난다. 이해를 위해서 도식화해보자.

사복 — 뱀 — 따님 — (소녀) — 핏덩이

거세를 당하기 전에 묶여 있는 사복 곁에 소녀가 다가와 혀짜래기 소리로 말을 건다. 'ㄹ'을 발음하지 못하는(p. 327) 소녀의 혀짜래기 소리는 "로리라 리로리 로라리 리로넌다"(pp. 317, 318, 321) 하고 목청을 뽑으며 제사를 드리는, 물 흐르는 듯한, 또는 뱀이 꿈틀대는 듯한, 'ㄹ' 발음이 특히 지배적으로 많은 따님의 말투와 극적인 대조를 이루고 있다. 소녀의 혀짜래기 소리는 또한 엄마의 젖을 빨아먹는 듯한 '쭈쭈쭈' 소리와 연결되어 그녀가 순결하고 깨끗한 존재와 관련되어 있다는 것을 암시하고 있다. 새로운 존재의 탄생은 그녀가 여러 차례 환기시키는 그녀의 '죽음'으로도 암시된다.

구치만 엄마가 되기 준에 죽는 게 좋은 구내, 운 엄마가 는(늘) 그 냈단 말야. 목매단아 죽우나구. (p. 328)

쭈쭈쭈쭈, 혼데 죽눈 게 뭔지 너는 안갰니, 쭈쭈쭈. (p. 329)

주인공은 "너 같은 건 정말이지 싹 뒈져주면 좋겠다"라고 말한다.

그것이 오히려 지극한 사랑의 표현인 것은 그가 그러면서도 끊임없이 "너는 내 색시야"라고 다짐하는 것으로 보아 분명히 드러난다. 사복의 거세가 단순히 남성 능력의 상실이 아니라, 사복이 뛰어넘어야 할 육신의 삶의 초월을 의미한다는 것은, 거세를 실시하도록 지시를 내린 뒤, 따님이 "초혼허나이다. 초혼허나이다"(p. 339)라고 빌고 있는 사실로도 분명하다. 그러나 사복이 고개를 끄덕여 거세를 수락하는 것은 저 몽롱한 꿈속의 어머니의 세계로 들어갈 수 있으리라는 희망 때문이다("어머니를 꿈에서 봤댔거든요"[p. 339]). 그 어머니의 세계는, 그 또한 "꿈속에서 걷는 여인"으로 묘사되는, 소녀의 몸뚱이를 거쳐 태어날 사복의 변신의 경지를 의미한다.

등장인물들 가운데에서 가장 독특하고 매력적인 인물은 사복의 양부다. 그는 뱀알에서 태어난 아이를 데려다 기르고, 스물다섯 살이 되었을 때는 집을 떠나 어디엔가 가서 "팔만잡귀잡령 부랑하는 도깨비들"(p. 290)을 잔뜩 싣고 돌아와서 그것을 마을에 뿌리려다 실패한 뒤 사기나 옹기를 구워 객상 상대로 팔았던 따님의 외동아들이다. 그 '도깨비 부랑배'란 바로 말·글자를 의미한다. 그는 아마도 마을 아이들에게 글자를 가르치려다 마을 노인들의 반발을 샀던 모양으로, 그 일이 실패한 후에는 그를 세상에 떨구어놓은 후 종적을 감추어버린 그의 아버지처럼 옹기 굽는 일에 몰두한다. 그 후에는 옹기 굽는 일조차 포기하고 사복에게 잡환 나부랑일 가르치기 시작한다. 그러던 어느 날 그는 훌쩍 길을 떠나 모래시계를 안고 돌아온 뒤 사방 벽에 붙여두었던 모든 그림들 위에 이긴 황토를 덮어씌워버린다(p. 291).

따님이 무속의 세계를 대표한다면 사복의 양부는 문화의 세계를 대표하는 인물이다(무속과 문학의 문제는 『칠조어론』의 중요한 테마 중의 하나다). 사복은 따님과 양부의 방법을 종합하는 방법을 터득한다. 겉보기에 옹기 굽는 일과 글자에 몰두하는 일은 무관한 듯이 보이지만, 사실 이 두 행위는 연관되어 있다. 옹기는 체(體)를, 서구의 용어를 빌리자면 포름을 상징한다. 그것은 지식의 형태다. 사복을 가르치다 마땅치 않으면 그는 "너는 비뚤어진 옹기 같은 그 머리처럼 깨버리는 게 낫겠다"(p. 294)고 야단을 친다. 그러면 사복은 사복대로 "허지만 저의 대가린 소리는 안 냅니다요, 대체 이따위 쓸모 없는 환 나부렁인 뭣 때문에 이 비뚤어진 옹기 속에다 꾸역꾸역 처넣으려는지" 모르겠다고 속으로 투덜거린다. 양부의 머릿속에는 오만 잡령의 국토(p. 345)가 다 들어 있다. 그러니 그의 머릿속에서 소리가 안 날 수가 없다. 소리를 내는 머리란 박상륭에게 있어서 지성적인 고뇌에 시달린다는 것을 의미한다.

옹기를 구워 그 안에 무엇인가를 담으려고 노력하는 행위는 사실은 시계공이 끊임없이 그리워하는, 큰비암님을 구워놓고 사라져버린 그의 아버지의 행위를 물려받은 것이다. 그는 처음으로 신성한 세력을 체(體) 속에 담으려고 노력했던 사람이다. 그것은 실상 문화의 시작이다. 왜냐하면 고대인들은 너무나 그 영향력이 방대하고 엄청나 위험하고 신성한 힘을 효과적으로 제어하기 위해서 일정한 사물에 그 힘을 고정시키는 또는 가두는 방법을 고안해냈던 것이다.[11] 그것이 고대 미술의 근원이다. 그 문자(文字)의 추구와 옹기 굽기로 나타나는 체의 탐구는 '시간'에 대한 탐색으로 종합된다. 그가 시계를 사온 뒤 방안의 모든 그림들 위에 흙을 덧발라버리는 것이 그 증거다. 실상 시간이란 인류가 알고 있는 가장 추상적인 개념의 하나다. 달력 탄생의 기원은 앞서 우리가 살펴보았던 성물(聖物) 제작의 기원과 동일하다. 지나치게 무시무시한 효능을 가지고 있음으로써 다스려지지 않은 채 방출되면 위험하다고 여겨지는 신성함의 에너지를 효과적으로 조절하려는 원시인의 욕구에서 달력은 처음으로 태어났다.[12] 달력의 제조는 또한 죽음과의 싸움이기도 하다. 무형적인 어떤 세력, 그

---

11) G. Gusdorf, *Myth et Métaphysique*(Paris: Flammarion), p. 107 참조.
12) 앞의 책, p. 119 참조.

202

것 때문에 인간이 죽어갈 수밖에 없는 어떤 무형의 힘을 재고, 측량할 수 있다는 것은 이미 그 파괴적인 힘을 제어할 수 있게 되었다는 것을 의미한다. 일체의 사물의 신비에 대해 추상적으로 해결하려는 시도의 근원에 달력이 놓여 있다. 그래서 사복은 도마뱀의 신비를 숫자를 통하여 풀려고 노력하면서 "어쩌면 나는, 어떤 할아비가 달력을 만들었을 때의 심정을, 조금은 이해할 수 있게 되었는진 모른다"(p. 403)라고 중얼거리는 것이다.

그러나 사복의 양부는 그런 추상적 해결의 한계를 너무나 잘 파악하고 있다. 그는 뱀이 죽은 뒤 절망하고 있는 어머니 곁으로 시계를 들고 다가가 이렇게 말한다.

저것이, 세월이라든가, 어떤 운행을 재주게 됩니다. 저것이 그 측량기입니다. 저것이 그 일을 합니다. 저것이, ……이 우주의 운행을…… 저것이 우선 어떤 시작을 잘라, 그 시작으로부터 세월을 토막내는데…… 그 토막들은 시간이 되는 겁죠, 저것이 그 일을 합니다. 토막을 내선, 그 토막들을 다시 정리합니다. 보십세요 어머님, 한쪽이 다 비워지고 나면 그건 말시며, 무덤입니다. 그러다 뒤집히면 그것은 다시, 시작을 젖먹이는 태가 되는 겁죠, 저것입니다. 어머니 보십세요, 시계입니다, 아버집죠. 큰비암입니다. 아 황금의 태자(胎子)입죠. 어머님께서 들려주신 그 모든 전설입니다. 저것입니다. (p. 309)

그러나 그는 그 시도가 어머니가 섬기는 저 혼돈의 세계를 온전히 쳐부술 만큼 강하지 못하다는 것을 뼈저리게 깨닫는다. 시간은 단지 체(體)일 뿐 용(用)의 흔들림을 감당하지 못하는 것이다. 그는 말을 멈춘다. 왜냐하면 "일순에, 그 시계 속에 끼워졌어야 될 현실들이 그 속에서가 아니라 그 밖으로부터 한꺼번에 와버렸기" 때문이었으며 "그 시계와 이 현실과의 사이에 있는 어떤 종류의 간극이 아직은 메워지지 않은 채 있었"(p. 310)기 때문이었다.

그가 등장인물들 가운데에서 가장 원시성으로부터 결별한 인물이라는 또 한 가지 증거는 마을 사람들이 모두 조공을 바치는 따님을 언제나 자신의 친모로서만 지극히 사랑한다는 사실이다. 그에게 따님은 단지 "애비 없는 아들 하나만은 씩씩히 키우려 미소 뒤에다 눈물을 감췄던 어머니"(p. 311)일 따름이다. 어머니에 대해 지극한 사랑을 가지고 있는 그는 또한 자기의 아들에 대한 사랑에 있어서도 지극하다. 그는 아들에게 닥친 거세 고통의 의미를 가장 잘 이해하고 있는 현명한 사람이다. 그는 아들에게 "우주를 사는 자의 눈으로 측량하라. 그리고 비겁하지 마라. 담대하라"고 가르친다.

나는 생각에, 대지와 세월과, 어떤 큰 친화력으로부터의 다른 모양의 어떤 큰 부름이 네게 있을 것이라고, 그래 그렇게 생각된다. 도리에는 허가 없으며, 그렇기 때문에 네 몸으로 하여 잃어버린 생식력을 너의 어떤 내밀한 곳에서 보다 광활하게 열어주지 않으면 안 될 것이다. 〔……〕 아마도 너는 이 절단으로부터 어떤 통할 길을 찾게 될 거다. 그 길은 분명 있을 거고, 너는 지금부턴 이 세상 사람인 것을 일단 떠났다 돌아와라. 어쨌든 아무도 당해서는 안 될 고통과 폐색을 당하고서도 평범해질 수는 도저히 없을 거고, 게다가 넌 좀 열이 과한 편이니. (p. 338)

그는 아들이 자기를 뛰어넘는 자가 될 것임을 너무나 잘 알고 있었던 것이다.

아비의 품에 안겨 산막에 옮겨진 사복은 "만 한나절하고도 오후의 절반까지"(p. 344) 혼수 상태에 빠져 있다가 깨어난다. 깨어난 뒤 그가 접하게 된 소식은 따님의 죽음과 소녀의 자살이다. 그는 소녀가 핏덩이를 하나 유산했다고도 했다. 그리고 아버지의 암시에 의하면 따님을 죽인 것은 자기 자신이라는 것이다. 열이틀을 앓고 난 뒤 그는 마을을 향해 떠난다. 마을을 향해 걸어가며 그는 자기가 "그 어눌

했던 계집애를 사랑해간다고 알게 되었다. 마을을 전에 없이 사랑하고 있다는 것을" 깨닫는다. 사복은 두 여인의 무덤을 확인한다. 사복은 마을을 떠난다. 사복은 고향을 떠나 헤매는 동안 머슴살이를 하는 등 고통을 겪지만, 그를 괴롭힌 것은 "저를 주장하고 싶은 것, 결백하다고 주장하고 싶은 것," 어떤 "잠속에서의 일을 [……] 현재의 일로 깨우고 싶은 것"이었다. 그럴 때마다 그는 "악몽 같기도 하고, 지랄병 같기도 한" 것으로 시달린다. 말하자면 사복은 세계의 죽음과 파괴에 대해 고통스러워하고 우리의 의지와 무관하게 수행되고 있는 운명의 운행의 비밀을 확실하게 현실 의식으로 깨닫고 싶음으로 인하여 고통받았던 것이다. 그런 사복을 바라보면서 양부는 "넌 컸어, 나보다 훨씬 컸어"라고 말한다. 양부는 이 대목에서 본격적으로 주인공의 구도에 있어서 사부(師父)의 역할을 수행하게 된다. 그가 가르친 것을 종합해보면, 1) 뱀은 바로 우주이며, 모든 형태의 근본이다. 2) 세상 어딘가는 황금의 태자가 존재한다. 3) 일체의 존재는 윤회한다는 것이다. 그러나 그는 이 모든 추상적 설명이 따님의 존재론적 충만에 비해 보면 결핍에 불과하다는 것을 알고 있다. 그는 그의 모든 지식이 "따님의 입술에 토막토막 흩어져 있던 것을 (뼈를 맞춘)" (p. 318) 것에 불과하다고 이야기한다. "허지만 어쩌면 정작 중요한 건 잃어버렸을지도 모른다. 왜냐하면 따님은 마을이었으며 동시에 그 자신일 수 있었는데, 나는 심지어 나 자신까지도 온전히는 못 되고 있다." 사복이 따라가야 할 구도의 길이 아비의 가르침과 연결되어 있으면서도 그것과 정반대의 것이 되리라는 것은 이 두 사람이 ㄴ자 모양으로 누워 잠자리에 드는 장면(p. 360)에서 암시되고 있다. 사복은 아버지 역시 뛰어넘지 않으면 안 되는 것이다. 과연 아버지는 죽는다. 아버지가 사복에게 그가 자기를 죽이러 온 것이냐고(p. 364) 묻는 장면이 나오지만, 따님이나 소녀의 죽음처럼 살해자가 명백히 드러나 있지는 않다. "그건 자살인가 타살인가"(p. 364). 그러나 그것을 묻는 일은 아무런 의미도 없다. 결국 중요한 것은 사복의 양부가

기어이 존재의 근원이 되는 시중(時中)("오늘이 어제로, 어제가 오늘
로 갈아드는 그 사이의 일점"), 모든 시간의 근원이 되는 '비실재'이면
서도 모든 실재의 시간이 실제로 거기에서부터 시작되고 있는 시간
(p. 353)의 비밀을 밝히지 못하고 바로 그가 그토록 기대어왔던 바로
그 시계에 얼굴을 박고 죽어갔다는 사실이다(p. 376).

사복은 박상륭이 직접 밝히고 있는 것처럼 '오딧세이' 신화에서 빌
려온 망각의 땅에 도착해서 사라쌍수 나무 밑에 자리를 잡고, 죽은
계집애의 변신인 듯한 암도마뱀과 희롱하며 지낸다. 그곳에서는 모
든 것이 꿈과 같으며 시간조차 멈추어 있다. 그러나 그것이 한갓 꿈
에 지나지 않는 것을 그가 깨달아야 할 시간이 다가온다. 이해를 위
해서 관계되는 대목을 읽어보자.

> 그리고 얼마 걷지 않아 사복은, 한 옹기장수를 보게 되었는데, 그는
> 옹기짐의 그늘에 팔베개로 누워 있었다. 헌데 그 옹기짐을 받치고 있
> 는 지게나 작대기가 너무도 삭아 있는 듯해, 사복은 그것을 한번 만져
> 보고 싶어 걸음을 멈췄다. [……] 사복으로선 다만 한번 슬쩍 건드렸
> 을 뿐인데도, 그 옹짐을 왓싹 앞으로 쏟겨버리고 말았던 것이다. 그것
> 도 그 임자의 면상으로, 복부로, 천향되었던 전면으로 내려 쏟겨버린
> 것이다. 그래서 사복은 웃었었는데, 웃다가 사복은, 벌집을 건드린 듯
> 이 도망치기 시작했다. "해, 해, 해당화가, 천 마리의, 해, 해당화가,
> 해당화가, 기어나왔다. 서답을 적시고." 옹기장수가 살았는지 죽었는
> 지 사복으로선 모를 뿐이었다. 다만, 그가 전신에서 하혈(下血)을 쏟
> 았다는 기억만이 사복에겐 있었다. [……] 그러다 사복은, 이미 사근
> 사근해져버렸지만 형체는 아직도 조금은 남은, 소쿠리 더미 사이에,
> 가랑탱이를 벌리고 난잡스러이 누워 있는, 한 늙은 여자의 사타구니를
> 보았을 때, 심정의 쇄락함을 느꼈다. (pp. 380~81)

이 대목에서 우리가 주의를 기울여야 하는 것은 그의 양부가 대표

했던 옹기의 세계가 무너지고 그 자리에 그 옹기의 세계의 추상성과 무참한 대조를 이루는 생생하고 끔찍한 어쩌면 따님일 수도 있고 소녀일 수도 있는 세계, 푹푹 썩어가는 살의 세계가 솟아올랐다는 사실이다. 더구나 그 옹기의 세계는 아주 살짝 건드렸을 뿐인데도 와르르 무너져버린다. 그러므로 이 장면이 의미하는 바는 분명하다. 사복이 구원을 찾으러 가야 할 장소는 관념의 세계가 아니라 바로 살, 육체의 현실, 마을 안에서였던 것이다. 그러나 그는 이미 전의 사람이 아니다. 마을로 그대로 돌아갈 수는 없었다. 그래서 사복은 자기는 이 망각의 땅에 머물 수도 없으며 자기가 떠나온 땅으로 되돌아갈 수도 없고, 영원히 "두터운 그늘 속을 떠돌도록 이미 유리되어 있었음"(p. 381)을 깨닫는다. 그가 당한 "파문"(p. 389)은 너무나 철저한 것이어서 "결국 그는 어디에도 소속되지 않았던, 한 수은 방울 같은, 그 자신만의 우주로서, 그렇게 굴렀다." 그래서 그는 자신이 바로 혼돈 자체임을 수용한다. 그리고 받아들여진 혼돈 위에서 질서를 구축하고자 한다. 그러나 그것은 혼돈이 완전히 정복된 질서가 아니라 혼돈 위에 기초하고 있는 흔들리는 질서, 용(用)의 변덕을 받아들이는 체(體)의 체계다. 다음의 대목은 바로 사복의 깨달음을 요약하고 있다.

어쨌든 사복은, 이미 회피할 수 없게 되었으므로, 그의 유형지 저쪽의 세계를, 그것대로 승인해버리고, 그것과 정면으로 대해야 되었다. 이때 그는, 두 가지 것을 결단하지 않으면 안 되었는데, 그 하나는, 자기를 유형지로부터 귀환시키려는 노력을 용기 있게 포기해버리는 일이고, 나머지는, 자기의 마을을 선언하는 일이다. 그것은 무엇보다도 비극이며, 패배 그 자체였지만, 그렇게밖에 그가 할 수 있는 일이란 없었다. 어쨌든 그러기 위해서는, 그 자신만의 질서를 만들어내고, 모든 흔들림을, 그 말뚝에다 붙들어매야 되었다. 그러나 사복으로선, 황무해진 자기의 육신에 어떻게 하여, 그런 풍요를 수확할 수 있을는지는 알 수가 없어 서성였다. 그럼에도 어느 날 그는, 그의 사라쌍수 아래로 돌아와, 그의 우주를 선언해버렸다.

"어쨌든 나는 나다." (p. 390)

그 뒤에 나타나는, 암도마뱀을 매개로 한 모든 분석·종합은 바로 그 혼돈의 질서, 말을 바꾸면 미숙의 완성——도형으로 그리자면 두 개의 초점을 가지는 타원형——의 철학을 세우기 위한 노력이다. 그러나 사복불언(蛇福不言). 말이 어디에 쓰이는 것이냐. "그래서 나는 어쨌다는 것이냐, 그러한 숫자들이 곡식의 안방에서 불알이라도 꺼내다 준다는 말이냐, 무슨 뜻이 내게 있단 말이냐"(p. 403). 중요한 것은 저 썩어 문드러진 살에서 찬란히 피어오른 노란 민들레의 현존(現存)이다. 그것을 누리는 일이다.

그 노란 꽃, 늙은 할미의 썩은 몸을 관통하고 순결한 처녀의 몸을 통해 핏덩이로 다시 태어난 껍질 벗은 뱀, 그것이 사복이다. 그러나 죽을 줄 몰랐다면 다시 살아날 수 있었을 것인가? 그러니 "살육이란 아름다운 것, 〔……〕 지극히 아름다운 것이다"(p. 376).

사복의 마지막 깨달음의 말은 얼마나 아름다운가.

언젠가 꿈에서 난 참, 어머니를 봤었구나. 그녀는 그런데, 일개미처럼 아무 통로가 없었지. 그런가 했더니 아무런 막힘도 없었어. 그냥 개미였구나, 그래, 여성도 남성도 아닌, 그냥 개미였었어. 그리고 나는 한 마리의 일개미구나, 나는 어머니구나, 개미란 작용력(作用力)이 아니런가, 전날의 그 개미는 그러니까, 그 골짜기에서 번뇌하던 것이 아니고, 작용했던 것이 아니런가. 아 나는 어머니구나. 개미구나. (p. 408)

사복은 이제 삶의 번뇌가 아니라 살아가기 그 자체의 의미에게로 다가간다. 그는 어머니, 살, 그 살 속에서 작용력으로써 살 바깥으로 걸어나간다. 길은 막혀 있다. 아니다. 그렇지 않다. 길은 열려 있지도 막혀 있지도 않다. 길은 삶 속에 있기 때문이다.

〔『작가세계』, 1990년 가을호〕

# 죽음의 현실과 생명성에의 회원 1

임우기

## 1

한국 문학은, 1960년대의 가장 주목되어야 할 한 소설적 성취를 외면해왔다. 그것은 박상륭의 소설들을 지칭한다. 박상륭의 소설에 가해진 무관심과 냉대는 우주 생성과 생명의 구조에 대한 작가의 매우 난해한 소설적 탐색의 결과이기도 한 것이지만, 아울러 그것은 그의 소설을 원만히 수용하기에 우리들의 의식과 정서의 토대가 큰 폭으로 변화해왔음을 말해주는 것이기도 하다. 다시 말해, 박상륭 소설에 대한 한국 문학의 무관심은 단지 그 지독스런 난해함이나 비평가들의 무식만을 탓할 수 없는, 우리들의 삶의 관점과 정서의 큰 변화에도 그 원인이 있다. 그의 소설이 자신의 무대였던 1960년대의 독자들로부터도 소외를 당해왔던 것, 또한 단순히 한 작가에 대한 무관심의 차원에서 살펴질 문제라기보다 서구 문예사조가 대거 유입되어온 한국 현대 문학사의 전개 과정 속에서 살펴질 성질의 것이다.

다 알다시피 개항 이후 서구적 이념형과 여러 문물들이 한국인의 일상적 삶의 영역으로 부단히 침투되어왔다. 그리고 그러한 서구적인 것들은 넓게 본다면 제국주의의 문화 침략의 일환으로 수행된 강압적이고 대규모적인 성격을 띠고 있었다. 서구 문물의 강압적이고 대량적 유입이 우리의 전통적 삶과 정서의 기반을 뒤흔들어놓은 것은 우리의 불운한 현대사, 특히 오랜 기간 동안 일제의 지배 아래 있었다는 사실에서 그 결정적인 원인을 찾을 수 있을 것이다. 효과적인 식민지 통치를 위해 일제에 의해 자행된 민족 정신의 말살 정책은 식민지 민중들의 부단한 항거에도 불구하고 결과적으로 한국인의 전통적 풍속과 문화에 대한 모종의 열등 의식을 심어주면서 심각한 문화적 혼돈 상태를 조장시켰던 것이다. 샤머니즘적 습속들이 서구적 문화형들보다 훨씬 열등하고 미개한 것이라는 거짓 논리의 유포는 거의 모든 식민지 국가들의 문화 속에서 공통적으로 찾아지는 식민지 문화 정책의 적절한 보기가 된다.

여하튼 개항과 일제의 식민지 경영, 해방, 분단으로 이어지는 한국의 정신사의 성격은 서구적 이념형의 몰주체적 수용이라는 말로 집약시킬 수 있을 것이다. 물론 개항 이래 한국인에게 주어진 서구의 이념형들 가운데에는 한국 사회의 본질과 민중들의 역사와 현실을 올바르게 파악케 하며 전망적 세계관의 창출에 기여하는 이념형들이 존재해왔다. 그것들은 오늘의 격변기적 현실 속에서도 변동의 논리와 가능한 전망을 탐색 가능케 하는 이념형으로서 지식인들에게 상당 부분 수용·활용되고 있기도 하다. 그러나 대부분의 경우, 서구적 이념형들은 한국인의 구체적이고 독특한 삶의 양식과 정서의 영역을 무시한 채 일방적인 논리의 힘을 행사해왔다. 가령, 포괄적인 의미에서의 역사주의가 한국 사회의 변동 과정을 이해하거나 민중적 세계관의 올바른 정립을 꾀하는 데 기여해왔지만, 이런 유익한 이념형의 보급에서도 한국인의 삶과 정서의 양식 속에서 발견되는 어떤 정신사적 특수성을 사상하고 있다고 얘기될 수 있다. 지극히 도식적인 진술이 되겠지만, 서구 합리주의 또는 이원론의 관점, 종교적으로는 기독교 문화, 그리고 실생활에서 실용주의 등이 한국의 전통 사회에 전면적으로 유입되었으며 따라서 한국인들은 자신의 전통적인 삶 속에서 화육(化肉)시켜온 고유의 인생관·우주관·세계관을 크게 수정하도록 압력받아온 것이 분명하다. 특히 오랜 융화 과정을 거치면서 사회화된 불교·유교에 비해 너무 급작스럽게 한국 문화에 접목된 기독교는 한국인의 세계와 생에 대한 인식을 크게 흔들어놓았다. 김현은 「한국 문학의 양식화에 대한 고찰」(1973)이라는 글에서 기독교의 유입이 빚은 한국 문화의 혼란에 대해 다음과 같이 지적한 바가 있다.

한국을 모든 면에서 서구화시키지 않으면 일본의 침략에 효과적으로 대비할 수 없다는 것을 기독교는 가르쳤다. 그러기 위해서는 합리주의와 이원론이 뿌리박지 않으면 안 된다. 〔……〕 한국 기독교의 가장 큰 비극은 기독교가 박봉랑의 말대로 기독교의 논리 속에 한국의 현세 집약적 사상을 지양시키지 못하고, 기독교 자체가 그 속에서 응고해버린 데 있다고 생각된다. 〔……〕 기독교는 단시일 내에 타락되어 접목되었다는 점이다. 여하튼 그 타락이 다 같이 정신의 극도의 혼란에서 야기되었다는 것만은 확실하다. 〔……〕 결국 나라는 일본에 합방되었다. 〔……〕 과거의 정신 태도는 이미 현실에 대처할 수 없게 되어버리고 정신이 혼란과 혼돈 속에서 흔들거릴 때, 그런 모든 것을 조정할 수 있는 것처럼 보여진 서구 문화의 대표로서의 기독교가 쉽게 한국화될 수 있으리라는 것은 당연하다. 이런 기독교와 발맞추어 서구 문학이 수입된다.

철저한 개인주의와 합리주의에 기반을 둔 정상적인 서구 기독교 문화가 정착되지 못한 것에 대한 아쉬움이 짙게 배어 있는 인용문은, "과거의 정신 태도는 이미 현실에 대처할 수 없게 되어"버린 상황에서 현실 조정의 능력을 가진 듯이 보인 기독교가 손쉽게 그리고 파행적으로 한국화되었다는 점을 지적하고 있다. 그러나, 인용문에서 '과거의 정신'에 대한 기독교 정신의 현실 우위를 설명하는 대목은 한두 가지의 보충 질문이 덧붙여져야 할 것 같다. 그것은 '과거의 정신'의 현실 대처 능력이 상실되었다는 것이 그 정신의 현실적 · 이론적 지반의 취약성에서 비롯되었는가, 아니면, 구한말 서구 제국주의와 결탁한 봉건적 지배 계층에 의해 물리적 탄압이 이루어진 데에서 비롯되었는가, 하는 문제다. 나는, '과거의 정신'이 논리적으로나 현실적으로나 취약하지 않다고 믿는 이들 중의 하나이며 또한, 그러한 정신들의 존재가 서구 문화에 의해 위태롭게 된 것은 외세에 의해 주체적인 정치 사회적 질서를 한번도 이루어내지 못했던 우리의 현대사에 우선적인 원인이 있다고 생각한다. 과거의 민족 정신의 역사적 가능성이 외세에 의해 짓밟혀버린 뚜렷한 보기는, 최수운(1824~1864)에 의해 주창되고 폭넓은 민중적 기반을 획득한 동학 사상이 일제와 봉건 세력에 의해 탄압받은 데서 찾을 수 있으며, 정도의 차이는 있지만 김항(金恒) · 강일순(姜一淳) · 이돈화(李敦化) · 나철(羅喆) · 박중빈(朴重彬) 등의 주체적 민중 종교 사상이 일어났지만 서구화의 물리적 위세 앞에서 쇠퇴의 길을 걸을 수밖에 없었다는 사실에서 찾을 수 있다. 이들 구한말의 민중 사상가들은 민족의 위급한 상황에 처하여 유 · 불 · 선의 동양적 사고를 근간으로 하면서 나름대로의 생명론을 창안하였다. 그러나, 나의 관심을 끄는 것은, 그들의 생명론의 현실적 · 논리적 합당성이라기보다 예를 들면 '후천 개벽(後天開闢)' 사상에서도 보이듯, 참담한 삶의 현실로부터 생명성에의 희원을 구체화시키려고 한 정신적 노력 그 자체다. 그들의 정신적인 노력은 합리성이나 논리적인 옳고 그름의 따짐으로써 평가될 성질의 것이기보다 그들의 생명론이 무속 · 음양론 · 인과론 등과 같은 재래적 세계관과 깊이 결부되어 있다는 것, 그리하여 그들의 사상이 당대의 민중들에 별다른 거부 없이 폭넓게 수용될 수 있었다는 사실에 나는 우선 주목하려는 것이다.

다시 말해 그들의 생명론이 민중들의 지지를 얻을 수 있었던 것은 이미 정서화된 전통적 관점을 상당 부분 공유하고 있었기 때문이다. 앞의 인용문에서 본 '기독교의 타락'은 정서화된 민중적 세계관에 의한 기독교 문화의 자연스런 굴절을 의미한다.

1950년대의 폐허 속에 대량 유입된 서구 문화, 그리고 1960년대의 근대화와 이에 따른 서구식 합리주의와 이원론적 사고의 전반적인 정착이 이루어지면서부터 한국인은 구체적 삶과 의식의 영역에서뿐만이 아니라 잠재 의식 또는 정서의 영역에서까지 심각한 변화를 강요받아왔다. 1960년대 문학의 변별적인 특징을 꼽는다면, 개인 의식(다분히 서구적 의미를 지닌)과 개성을 중시하는 경향이라고 요약할 수 있을 것이다. 1960년대의 주요 작가들인 이문구 · 최인훈 · 이청준 · 박상륭 등의 소설에서 개인 의식의 다양한 발현을 보며 또한 거기에는 전통적 세계관의 정서화된 결들이 어느 정도 각인되어 있음을 본다. 그러나 물질적으로 상대적인 안정기랄 수 있는 1960년대의 문학의 실수는, 서구적 문학 정신의 무분별한 유입 속에서 전통적 삶과 정서를 주체적으로 발굴 · 조명 · 변용하지 못한 데에 있다. 합리주의적 사고의 일반화가 이루어졌을 때 재래적인 세계관은 비합리적인 것이며 따라서 열등한 것으로 치부되었고 이런 풍조는 문학의 경우에도 대체로 적용되었던 것이다.

이 글에서 다루려고 하는, 한국 문학 속에서의 생명의 본질과 구조에 대한 탐구가 단순한 소재적 차원에서가 아니라 본격적인 주제로서 다루어진 것은 박상륭의 소설에 이르러서이다. 그러나 그의 소설은 작품상의 난해성 때문에, 보다 직접적인 이유로는, 그의 작품에서 외견상 풍기는 비합리적인 신비주의적 분위기가 실용주의적 · 합리주의적 가치 척도가 지배적인 당시의 지적 풍토에서 동떨어져 있었기 때문에 비평적 관심의 대상에서 제외되어왔다(단, 1970년대 중반경 김현과 박태순에 의해 박상륭 작품 세계의 대략적 윤곽이 분석된 바 있다). 즉 생명 사상의 소설적 전개가 독자들에게 주목받지 못한 데에는 앞서 말했듯이 해방 이후, 보다 광범하게 조성된 서구 합리주의적 풍토가 주도적이었던 시대 상황이 주요 요인인 것이다. 4 · 19가 민중들에게 주체적인 시각의 필요성을 인식시켜준 계기가 되었고 이 시기를 기점으로 하여 판소리·탈춤·마당극 등의 전통적인 연희 양식과 무속 같은 고유의 풍습에 대한 관심이 다시 일기 시작했지만 생명론에 대한 관심이 제고된 것은 1970년대 중반 이후부터다. 1970년대 후반이 지나면서부터 김지하의 문학은 생명 사상과 민중 문학이 탁월한 의미에서의 통일을 성취한 대표적인 본보기다. 또한 1970년대에 씌어진 이문구의 농촌소설은 생명의 재래적 세계관이 민중들의 삶 속에서 어떻게 변용되어왔는가를 알게 해주며, 최근에 와서는 김성동(金聖東)의 소설들이 강한 이데올로기적 색채를 띠고 있음에도 불구하고 생명 사상의 문학적 수용에 관심 깊음을 드러낸다. 이 글은 1960년대 이후 생명 사상의 문학적 전개가 어떻게 이루어져왔는지를 몇몇 작가들의 작품 세계를 통해 추적해보려는 데에 그 목적이 있다. 그러나 또한 지적해둘 것은, 여기서 다루어질 박상륭·김지하·이문구·김성동의 문학에서 생명 사상의 모습들은 서로 비슷한 생명의 세계를 지향하고 있지만, 그들의 현실 인식의 차이, 생명에 대한 기본 관점의 차이에 따라 생명 사상의 문학적 전개 과정은 현격한 편차를 두면서 드러나고 있다는 점이다.


2


　박상륭의 소설에는 급작스럽고 과격한 행위, 그리고 상식적으로 도저히 납득키 어려운 엽기적 사건들로 가득하다. 1963년도 『사상계』에 실린 데뷔작 「아겔다마」에선 주인공 유다가 노파를 갑작스럽게 강간하고는 살해하며 그 자신도 자살한다거나, 「뙤약볕」 연작에서는 섬돌과 뚝쇠, 그리고 당골의 엽기적인 살해, 「시인 일가네 겨울」에선 홍선이의 충격적이고도 어떤 동기를 찾아보기 힘든 살해 행위, 「열명길」에서 왕과 대목수의 끔찍한 '쑥대머리 제사'의 의식, 또 그의 대표작이면서 요나 신화, 성배 전설, 혜능(慧能)의 설화, 『주역(周易)』등의 세계를 깊이 있게 소화해내면서 생명의 구조와 생성의 비의(秘意)를 캐고 있는 문제작 『죽음의 한 연구』에서 주인공인 수도승이 비곗덩이 존자(尊者)와 애꾸눈 존자를 살해하는 행위 등은 그의 소설이 지닌 기괴한 죽음의 분위기를 잘 설명해주는 것들이다. 예고된 죽음이나 소설의 내적 논리선상에서 이해되는 죽음이 아니라 돌발적인 죽음이라는 점에서 그 죽음은 카프카의 소설에 등장하는 죽음의 분위기와 닮아 있다. 그러나 사실상 박상륭의 모든 소설에서 묘사되어 있는 죽음은 그가 의도한 신화적 체계의 완성을 위해 계획된 죽음이라는 점을 이해해야 한다. 그 죽음은 그의 소설이 차용하고 있는 여러 신화들의 독자적 재구성 과정에서 박상륭 자신에 의해 치밀하게 의도된 죽음이다. 작가 자신이 「유리장」에 대한 노트에서 적고 있듯이, 그가 '신화적'인 소설을 쓰는 것은 "한 시대를 공시태로 보았기 때문이며" "그런 공시태적인 한 시대란, 그 한 시대를 산 어떤 한 인물이나, 집단의 눈과 체험을 통해, 또는 한 이대나 삼대쯤의 성숙을 통해, 그 시대를 분석하고 종합하는 것이 가능하며 그러면 독자는, 그 시대를 살지 않더라도 그 시대를 살 수 있게 된다"는 작가의 생각을 염두에 둘 때, 그의 소설에서의 죽음의 장면들은 그가 구성하려는 신화 체계 속에 끼워진 하나의 '암호 또는 구조'가 되며 그러므로 그 죽음의 암호 또는 구조가 어떤 특정한 시대 상황과 상징적 관계에 놓여 있음이 주목되어야 할 것이다. 달리 말해서 박상륭의 소설은 탈역사적 공간에 위치하지만 그 공간은 역사적 현실을 고도로 응축시켜서 상징하는 공간이다. 그렇다면, 그의 소설과 상징적으로 관계 맺는 시대적 상황은 어떤 모습일까. 그의 작품들 가운데 「열명길」은 시대적 상황과의 상징적 또는 신화적 관련을 가장 잘 보여주는 작품일 듯하다.

「열명길」은 조로아스터교(拜火敎)와 기독교로부터 신화적 모티프를 빌려오고 있다. 그러나 빌려온 것은 신화적 계기일 뿐 이 작품이

의도하는 바는 이들 종교의 세계관과 거리가 멀다. 오히려 작가는 「열명길」을 통해 기독교적 세계관의 부정적인 면을 비판하고 있는 듯하며 조로아스터교의 배화(拜火) 모티프로부터는 성(聖)을 속(俗)과 분리시켜 '불'이라는 객관적 실체로서 확인하려는 이원론을 비판하려는 것처럼 보인다. 다시 말하면, 「열명길」이 의도하는 바는 기독교적 절대 유일신의 관념에 대한 비판이면서 생명성의 객관적 존재를 찾으려 하는 합리주의와 이원론적 사고에 대한 비판이다. 여기에 대한 적절한 예증을 위해서는 작중인물들 가운데 노학자의 진술 내용을 살피는 것이 효과적이다.

1) 그러나 이 모습 속엔 자기의 몸을 태워, 모든 사람이 죄라고 생각했던 것을 대속한 그 숭엄한 구극적인 신성이 있습니다. 불이 그들의 죄를 태워버렸던 것입니다. 불은 이 상징 너머에 있겠습죠만, 이것은 그 불의 모상(模像)입니다.

2) 상징 없이는 그런, 무소 부재의 존재를, 신앙하기란…… 우중으로선 거의 불가능하다 해도 과언은 아닙니다.

3) 반드시, 모습을 만들어 세워놓은 것이 아니라 하더라도, '신이 자기 닮게 인간을 창조했다'든가, 뱀 닮게 만들었다든가…… 우리가 그것을 눈에 볼 수 있는 구체적인 어떤 것을 끌어넣는다는 것은 어떤 종교를 가능케 하는 것입니다. 그건 암시적이긴 하지만, 훌륭한 상징이며 우상입니다.

4) 지어진 것 안에 생명이 있었으니 그것이 곧 불이었느니라. 불이 곧 생명의 근저니라. 〔……〕 불은 시초며 궁극이기 때문에, 불과 조화된 생명은 영생할 것이로되, 불과 상극된 생명은 스러질 것이다.

노학자의 진술을 살피는 것이 효과적인 것은, 그가 왕의 '화룡(火龍) 섬기기'에 이론적 근거를 제공하는 인물이기 때문이다. 1)에서는, 신성(神性)의 객관적 실체로서 불의 모상(模像)이 필요하다는 것, 2)에선 그러한 객관적 상징물[火龍] 없이는 종교로서 존재하기가 불가능하다는 것, 3)에선 "신이 자기 닮게……"라는 성경의 인용 구절에서 암시받듯, 기독교에서의 신성도 예수라는 인격적 상징에 의해 인식되어진다는 것, 4)에서는 결국, '불'은 신앙인으로서 또 신성과 생명의 본질을 상징하는 유일신으로서 인식되어야 한다는 것이 노학자의 주장이다. 노학자의 주장은 그대로 왕의 치세(治世)에 반영되는데, 그것을 다시 요약하면, 신성의 객관적 상징물로서 '화룡'이 필요하다. '화룡'에 의해 신성은 절대화된다는 것이다. 여기서 보듯, 세속과 분리된 객관으로서 '불'은 이원론적 사고의 결과이며 신성의 '화룡'으로서 객관화는 결국 유일신적 절대화를 가리킨다.

이처럼 왕과 노학자에 의해 백성들에게 강요된 '화룡 섬기기'는 "서낭당에 술과 떡을 올리고 조상의 산소에 절을 하며 부적을 지니고 다니는 백성들의 유풍"과 서로 상반되는 신관(神觀) · 생명관(生命觀)을 나타내는데 이 대립적인 관점의 설정을 통해 「열명길」은 기독교 문화와 전통적 생명관 사이의 갈등을 상징화하고 있는 것이다. 단순화시켜 말한다면, "푸른 눈의 노학자"('푸른 눈'이라는 표현은 노학자가 서구적 · 외래적 존재임을 암시한다)는 기독교적 유일신 사상과 이원론의 전파를 위한 첨병 역할을 하는 이론가이며, 백성들은 다신교적 · 무속적(巫俗的) 세계관을 지닌 사람들이다. 이 두 세계관 사이에서 마찰과 갈등이 유발되는 것은 필수적인데 유일신적 세계관을 백성들이 좇도록 하기 위해 왕과 노학자는 공포 정치와 아편 재배라는 수단을 사용한다. 왕의 공포 정치는 "검은 피부의 노예"의 "도끼 쥔 부릅뜬 눈"으로 표상되거나, "왕이 처리하게 된 그 해부터 모든 제도가 급속도로, 방관만 하며 참을 수 없을 정도로 과격하게 바뀌기 시작했다"는 문장에서 잘 드러나며, 아편 재배는, "백성은 수고하여 거두어들인 것을 바치고 가공된 아편을 사갔으며, 굶주린 배를 채우기 위해서 가공되지 않은 아편을 갖다바치고 곡물을 사갔다"에서 보이듯, 대량 생산·소비에 따라 모든 백성들의 아편 중독을 초래했다. 좀더 부연하자면, 아편 재배는 백성들로 하여금 1) '뭍의 상인들과 거래함으로써, 물질적 풍요를' 누리게 하며, 2) 아편을 즐김으로써 백성들의 폐인화(죽음화)와 도덕적 타락화에 빠지게 하며, 3) '혁명이나 반항, 또는 죄라고 하는 것,' 즉 정치적·윤리적 무관심을 갖게 한다. 「열명길」에서 해학적으로 서술되고 있는 백성들의 대화 장면에서 그들의 정치적 무기력과 도덕적 수치심이 점차 사라지면서 음란해져가는 것은 바로 이러한 아편 재배의 결과다.

한편, 이러한 아편 재배의 기술이나 최음제를 직접 제조하여 왕과 백성들의 도덕적 타락을 초래하게 한 인물은 '벽안(碧眼)의 사대 혼혈, 시의(侍醫) 대목수'다. 대목수는 양심에 가책을 받아 괴로워하지만 무력한 지식인이면서 실증주의·합리주의가 몸에 밴 인물로 그려지고 있다. 예를 든다면,

대목수는 왕자가 그러는 동안 해부실에서 보냈었다. 〔……〕 그의 방에선 헤아릴 수 없이 많은 개구리와 쥐와 토끼가 난도질되어 쓰레기 처리장으로 보내졌다. 그의 결론은, '나는 아무리 애썼지만 뼈와 살과, 골과, 털과, 물과, 찌꺼기밖에 불은 찾지 못했다. 유기적으로 구성된 세포들의 운동으로서만 생명은 가능했는데' 그렇다고 그 운동이 불에 의해 야기되는 것 같진 않았다. 불은 없었다. 〔……〕 장작을 아무리 쪼개보아야 불씨는커녕 연기 냄새도 맡을 수 없잖나.(강조는 필자)

와 같은 구절에서, 대목수가 논증의 중요성이 중시되는 합리주의자의 모습을 하고 있음을 보게 된다. 우리는 여기서 앞에서 언급한 노학자나 대목수가 모두 서구 합리주의와 이원론에 따라 사고하는 지식인임을 알게 되는데 그러나 둘 사이에 드러나는 차이점은 노학자

가 이원론적 사고에 의해 '불'의 객관적 존재의 필요성을 역설했던 반면 대목수는 '불'에 대한 합리적·실증적 논증을 통해 '불은 없었다'는 결론에 이르게 된다는 점이다. 소설이 진행되면서 좀더 뚜렷해지지만, 백성들의 삶에서 분리된 신성의 객관적 실체를 확인하려는 노학자는 악(惡)에 기여하는 지식인으로 남게 되지만 대목수는 절대와 보편, 성과 속, 선과 악의 이원론적 세계관의 한계를 지적해내고 만유(萬有)가 일원론적 조화의 과정 속에 놓여 있음을 터득하는 지식인으로 그려지고 있다. 대목수의 "생명이란 여러 혼돈이란 여러 혼돈이 질서화한 그것이 아닙니까? 〔……〕 생명과 불이 별개의 것이 아니지 않사옵니까?"라는 진술은 생명이 삼라만상의 조화 속에 있으며 따라서 생명은 현세적이고 세속적인 삶 속에 내재해 있음을 깨달았다는 뜻이다. 그것은 우리의 전통적인 삶과 정서 속에 내재하는 생명관인 범신론 또는 샤머니즘적 세계관에의 눈뜸을 의미한다. 그래서 대목수는 지식인으로서의 사명을 깨우치고 "백성과 같이 지낼 결심을 하게" 되지만 왕으로부터 "굶주린 광견(狂犬)의 우리나 소금 뒤주에 갇혀" 심한 고문을 당하고는 끝내 변절의 길을 걷게 된다. 이원론적 사고가 생명성의 파괴로 치달을 수 있을 것이라는 대목수의 자각은 무위로 끝나고 결국 그는 인간을 도덕적으로 파탄시키는 '최음제의 제조'에 헌신하게 된다. 그리고 도덕적 타락과 유일신적 절대주의 체제는 생명성의 파괴로 귀착된다. 「열명길」에서 보듯, 객관적 대상으로 '불'을 숭배하는 인간들이 결국 죽음과 파탄으로 귀결된 것은 주관과 객관, 물질과 정신, 성과 속에 대한 분리로부터 기인한다. 그러므로 서구의 이원론적 사고 방식의 팽만은, 생명의 본질에 가 닿으려는 인간의 노력에 거스르는 것이며, 정신으로부터 분리된 물질의 절대화는 정신의 심각한 소외를 유발하면서 생명의 질서를 무참히 파괴하는 것이다. 「열명길」의 끝 부분에 처참하게 묘사되고 있는 왕과 대목수의 죽음의 의식은, 속과 분리된 성의 절대화, 객관적 실체화가 생명성의 죽임으로 끝맺음하는 것을 극명하게 드러내보인다.

결국 「열명길」은 서구 문화의 물밀듯한 유입에 의해 정신적 혼란을 겪어야 했던 한국 현대사의 축도를 상징적으로 보여준다고 할 수 있다. 그 축도 속에는 경제주의와 서구 지향적 사고의 팽배, 강력한 권위와 권력의 출현, 역사적 방향 감각을 상실한 지식인들의 초상, 대중들의 도덕적 타락 같은 1960년대의 어두운 시대상들이 서로 얽혀 있다.

3

「남도(南道)」는 「열명길」 「뙤약볕」 연작에서 파악된 죽음 같은 현실로부터 강한 생명성을 희원하는 작가 의식의 산물이다. 더 구체적으로 말한다면 「열명길」에서, '불'의 객관적 실체에 도달하려는 인간의 욕망이 끝내 생명성의 파괴로 이어짐을 보여줬다면, 「남도」에서는, 삶과 죽음, 원한과 구원, 현상과 본질, 의식과 물질의 닫힌 대립이 어떻게 해체되고 그것들이 조화로운 과정 속에 있는지를 빼어나게 보여준다. 그래서 「남도」의 세계는, 조화로운 과정 속에 있는 생명성을 육화시킨 세계다. 「유리장」, 『죽음의 한 연구』에는 생명성의 획득을 위한 지난한 구도 과정이 그려져 있다면 「남도」에서는 생명성 그 자체가 여러 신화적 모티프를 통해 형상화되고 있다. 「남도」에는 원한과 해원(解寃)의 세계가 하나로 통일되는 생명성의 공간이 전개된다. 「남도 1」에서, 바닷가에서 오랜 세월 동안 술장사를 해온 할미와 뱃사공인 영감은 한(恨)이 많은 인물들이다. "산(山)사람의 딸로 커갔고 갯가 사람의 아들한테로 시집"온 할미는 시집살이 석 달도 못돼 과부가 되어 주모 생활로 청춘을 보냈으며, 어부인 "영감은 태어났을 때부터 고자였다." 그러나 그들의 한은 생명 현상의 인과론적 질서에 이어져 있다. 그러므로 그 한은 우연적인 것이라기보다 필연적이며 숙명적인 것이다. 그러나, 역설적이게도, 인과의 고리에 얽힌 필연성으로서의 한이기에 그 안에 구원에 이를 수 있는 씨앗을 이미 지닌 것으로 된다. 「남도 1」에서, 한으로부터 구원에 이르는 인과의 고리는 할미의 죽음이다. 즉 죽음은 화해와 상생으로 이어진다. 할미의 수장(水葬)은 곧 '메물꽃밭'의 아름다운 이미지로 재생한다.

참말 이제 곱기도 고운 새시악씨 하나가 동강이 촛불 밑에 누워 있더라고. 할마씨였었어. 호호, 고 고운 시악씨가 바로 할마씨였드라고. 시집오던 날 입었던 옷이었을 것인디, 초록 저구리에 다홍치마 곱게도 입고, 얼굴에는 연지곤지도 바르고 있덩만. 아 그라고, 쪽또리도 쓰고 있었제! 그랴, 그렇게 하고 있었어. 난 니려다보고 있었었제맹. 빠져 죽을 듯기 니려다보고 있었것제맹. 안 죽은 것 같았는개, 글씨 나중엔 웃을라고 애를 쓴 것 같기도 했더랑개. 그란디 차차로 고 얼굴에 머신지 푸르기도 한 것맹이고 희기도 한 것맹인 것이 설푸시 깔리등만. 그려, 그랬어. 그란개 다시 메물밭이등만. 흐물트러진 메물밭이드라고. 나중에는 워디서나 다 피었네. 가심에다 죄용히 얹은 손목에서도 피고, 초록 저구리 눈빛 동정에서도 피고, 다홍치마 주름에서도 피고, 옥색 꽃고무신에서도 피었제. 피었다고. 나는 그때 그 속으로 뛰어들고만 싶더라고. 그래서 뛰어들었제. 그랬더니 머시 눈바시게 흔들렸는디 알고 본개 쪽또리에 백힌 구실들이 촛불을 시샌더구만. 나는 해여튼 목이 말른 것맹이 고것들을 한정도 없이 따 묵었구만. 그란디 꽃은 차덩만. 씨리맹이 차덩만. 산불 같은 내 입쏠(입술)로도 한 잎 꽃을 못 태우게 차웠다고. 그러다 나도 시나부로 사그라짐선 흩어지덩만. 메물꽃밭 윗두랑(두렁)에 백골을 얹고, 그라고 사그라진 거여. 좋등만. 워짠지 펜함선 좋등만. 그때는 그란개 새 초로 바꽈야 될 때던 모냥으로, 화촉 시그르 꺼짐선 동방 깊은 골에 달 그리메 어리데.

할미의 죽음이 메밀꽃밭으로 화했다는 상징적 표현은, 이효석의 메밀꽃밭의 이미지가 그러했듯, 흐드러지게 핀 메밀꽃밭의 아름다운 이미지에 의해 한을 자연 섭리의 하나로서 받아들이게 만든다. 한은 인간에게 씌워진 멍에이면서 인과적 필연의 과정인 것이다. 이때 한은 삶에 내재된 것이므로 그것은 더 이상 슬픔과 고통의 대상이기보다 수락하고 승화시켜야 할 생명 법칙의 한 과정일 뿐이다. 따라서 한은 인간에게 보편적인 것이다. "하기는 뉘기든지, 하기는 말이제. 메물밭 한 뙈기썩이사 부침선 살기사 살것제. 뉘기든지 말이여, 메물밭 한 뙈기썩이사 부침선 살기사 살것제. 뉘기든지 말이여, 메물밭 한 뙈기썩이사 부침선 살것는가."

이러한 한에 대한 생명론적 인식은 필연적으로 죽음에 대한 본원적인 물음들을 제기하게 만든다. 그의 죽음에 대한 인식은 『주역』·「요나서(書)」·성배 전설 등에 크게 의존한다.

1) 배하고 바다하고 한 몸으로 이서져(이어져)뻐리는, 고 혼사(婚事)는, 참말이제 한두 번 배를 타바갖고는 모른다고. 그래서 가만히 생각해보먼, 요 세상은 암놈하고 수놈하고 있어서, 고 혼사 속에서 절후도 배끼(바뀌)고, 풍랑도 일어나는 것맹이라고. 고자란 건 있덜 안 한 것맹이라고. 그란디 요런 혼사의 조화 속을 떠나 또로 떨어져버리먼 고때 내가 고자인 것을 새삼스럽게 알아뻐리고 마라.

2) 그란디 죽음을 만진 그 처음에 위선 차겁은 것이 손바닥을 타고 찡하니 오는디 말여, 그란개 고것이 똑 구렝이 같은 기분이등만. 아니, 고건 언 땅이었어. 그랴, 비암(뱀)이더랑개. 그랴, 몸써리나게 얼어뻐린 땅이더라고. 고건 그랬어. 손바닥을 통해 찡하니 오는 고것은 얼어붙은 땅을 만쳤을 때의 고것과 너무도 똑같았는디 그란디도 고것이 원제꺼정이고 자는 짚은 잠하고도 달른 것맹인 건 고 언 땅의, 고 죽음의, 속 깊은 저 안 워디서는 머신지 똑 비암만 같은 고런 것이 한번도 안 쉬고 꿈틀꿈틀하고 있는 것맹이었고, 그런가 했드니, 고 꿈틀꿈틀하는 비암만 같은 것의 또 저 짚은 워면 속에서는 머신지 무섭게 얼어

만 붙은 고런 땅만 같은 것이 한번도 안 깨이고 죽고 있더라는 그것이제. 그랴, 내가 만친 건 고것이라. 헝클어진(혼돈된) 고것이라. 헝클어지고 헝클어져 나중에는 똥골똥골헝게 뭉쳐져설랑 밑도끝도 모른 고것이라. 그랑개 고건 결국, 비암도 언 땅도 아닌 뚱글디뚱근 죽음이었제. 그랴.

1)은, "요 세상은 암놈하고 수놈하고 있어서, 고 혼사." 즉 음양의 오묘한 이법에 의해 변화한다는 주역적(周易的) 세계관을 보여준다. 2)에서 영감은 할미의 주검을 만지면서 뱀 또는 대지, 마침내는 카오스chaos로서 그녀의 죽음을 인식한다. 이러한 인식론 역시 음양론에 바탕을 둔 것이지만 여기에 대한 보다 자세한 설명을 위해선 「유리장」의 '작가 노트'를 참조할 필요가 있다. 그 노트에 의하면, "남근이란 독 없는 뱀으로 상징되고 또 이 뱀은 영겁 회귀의 상징이 되고 있다. 〔……〕 그러고 보면, 고기와 뱀과 남성기는 같은 것이고, 고기와 뱀은 형태 면에 있어서도, 유선형이라고 불리는, 양극을 갖는 타원형이 되고 있다. 그러니 물과 대지는 여성이며, 자궁이라는 뜻을 갖는데, 고기는 물을 대지로 살고 뱀은 대지를 물로 산다"고 적혀 있는데, 여기서 보듯 박상륭은 할미의 죽음을, 죽음=뱀=남근=물=고기=대지=자궁=탄생이라는 상징적 도식으로 설명하고 있다. 이 설명에 의하면, 성 불구인 영감은 할미의 시신을 만짐으로써 자신의 남근을 의식하게 되고 끝내는 대지, 곧 자궁(생명력)으로 안기려 함을 문득 깨닫게 되는 것이다. 거세된 뱃사공인 영감은 성배 전설과 관련된 'Fish Symbolism'에서의 성 불구자인 '어부왕'의 설화로부터 차용된 인물로 볼 수 있고, 할미의 바다에서의 수장 의식이 요나의 바다 여행담에서 암시받은 것임을 감안할 때, 영감의 바다에서의 자살은 바다=자궁=모성에로의 들어감을 통해 생명력을 회복해간다는 것을 의미한다. 그러므로, 「남도」 끝 부분에서, 이 작품의 주제를 압축하고 있는 "괴기의 다홍색 배때기에 발톱을 얹고 죽은 새"는 고기=남

근=생명을 상징하는데, 황폐한 삶의 세계에서 생명성을 희원하는 상징물이 되는 것이다(참고로 덧붙이면 여기서의 '새'의 상징을 이해하기 위해, 『죽음의 한 연구』의 주에서 "샤머니즘에 있어서, 독수리는 샤먼의 영靈을 하늘에 올려다주는 새로 나타나고, 백조라든가 갈매기는 샤먼의 혼魂을 하계下界에다 데려다주는 새로 상징된다"는 구절을 떠올리라).

한과 불모의 현실 속에서 바다 · 물 · 대지 · 어머니의 자궁 속의 안락함을 되찾아보겠다는 「남도」의 세계는 거기에 차용되어 있는 신화적 모티프들이 보편 인류적인 것임에도 불구하고 아주 한국적이다. 그것은 「남도」의 문체에는 전라도 사투리의 짙은 색깔과 강한 억양이 거의 완벽하게 구사되면서, 판소리에서 느껴지듯 한 남도 특유의 가락이 짙게 배어 있기 때문이다. 전라도 방언의 능란한 사용에 의해 조성되는 음악적 여흥은 「남도」에서 육화되어 있는 범신론적 생명 세계 또는 한국적 샤머니즘의 세계를 더욱 주술적 환상의 공간으로 끌어올리면서 「남도」의 세계를 고난받는 남도 땅의 넋의 세계로 이끈다. 그래서 우리는 「남도」를 남도 출신의 대무당이 엮어내는 사설 혹은 넋두리로서 읽게 된다. 다시 말해, 박상륭의 「남도」는 1960년대적 혼혈(混血)의 정신 상황――「열명길」에서 보았듯이――속에서 길어올린 생명의 세계관을 한국 민중의 토속적 삶의 공간 속으로 합일시킴으로써 한국인의 생명관의 원형이 되고 있는 것이다. 그리하여 죽음의 현실로부터 생명성을 희구하는 박상륭의 문학 세계에서, 「남도」는 한 많고 고난받는 민중들의 집단 무의식의 원형이며――그것의 진위에 관계없이―― '만국활계남조선(萬國活計南朝鮮),' 즉 전세계 중생을 구원할 사상이 남쪽 조선에서 나온다는 '남조선 사상,' 그리고 김지하의 '남' 사상의 신화적 원형 archetype이 되기도 하는 것이다.

〔『문예중앙』, 1987년 겨울호〕

# 식물적 순환과 회귀의 서사<sup></sup>*

― 박상륭의 「남도」 연작을 중심으로

김명신

## 1. 「남도」 연작[1]과 망부가의 전통

「남도 1」은 고려가요의 백미인 「정읍사」를 현대적으로 계승한, 박상륭 소설에서뿐 아니라 한국 현대 단편소설에서 가장 아름다운 소설 중의 하나다. 전통적 '망부석'의 모티프를 바탕으로, 한국 여인의 정한을 죽음과 재생의 보편적 주제로 확장시켜, 한 폭의 풍경화 같은 서정적 정조로 탁월하게 형상화시킨 소설이 바로 「남도 1」이다. 박상륭의 다른 소설들이 눈에 띄게 사변적인 것과는 달리, 「남도」 연작, 특히 「남도 1」과 더불어 「남도 3」의 뛰어난 미적 특질은 우리말의 아

---

* 이 글은 「박상륭론: 「남도」 연작을 중심으로」, 『현역 중진 작가 연구』 4(국학자료원, 1999)를 수정·보완한 것임을 밝혀둔다.

1) 「남도」 연작은 「남도」「늙은 것은 죽었네라우」「심청이」로 이루어져 있으며, 각각 1967년 11월 『현대문학』, 1970년 6월 『월간문학』, 1973년 2월 『현대문학』에 발표되었다. 이 글에서는 작품 분석의 편의를 위해 「남도 1」「남도 2」「남도 3」 등으로 표기하기로 하겠다.

름다운 결과 리듬의 살려 쓰기에 바탕을 둔 시적 산문에 있다.[2]

「남도 3」 또한 이러한 시적 산문을 바탕으로 우리 문학사에서 가장 애절한 망부가(望夫歌)의 전통을 잇는 작품이다. 「남도 1」과 「남도 3」은 '망부가'의 전통을 계승하되, '망부가'가 함의하는 여성적 정한과 그리움을 죽음과 재생의 영원한 회귀의 테마와 결합시킴으로써, 전래의 망부가가 지닌 여성적 삶의 비극성을 넘어서고 있다. 「남도 1」과 「남도 3」은 동일하게 망부가의 전통을 이어받고 있으면서도, 「남도 3」은 「남도 1」처럼 '망부석' 모티프를 토대로 하고 있지 않으며, 그리움의 대상으로 설정된 '남성' 인물도 「남도 1」에서처럼 특별한 한 대상이 아니라, 보편적인 '남성적 생식력'을 표상한다는 점에서 차이가 있다. 특히 「남도 3」은 「남도 1」이나 「남도 2」에 비해 죽음과 재생 테마의 직접적이고도 충실한 구현을 목표로 하고 있다는 점에서 일반적인 전래의 '망부가'와는 분명한 질적 차이점을 지

---

2) 이런 점에서 시적 산문의 글쓰기를 보여주는 「남도 1」 「남도 3」과 그것의 계승인 『죽음의 한 연구』는 『칠조어론』과 그 이후의 에세이 등에서 보이는 현학적·사변적 글쓰기와는 상당한 차이를 보이고 있다. 이른바 육체 없는 말의 종횡무진한 현상을 보이는 후기 작품들과는 다르다. 『칠조어론』 이후의 그의 글쓰기 방식은 「남도 1」과 「남도 3」 같은 방식으로 회귀해야 한다고 본다.

박상륭의 글쓰기 방식은 두 갈래로 나누어진다. 하나는 서정적·낭만적 정조의 글쓰기이고 또 하나는 철학적·사변적 글쓰기로 크게 나눌 수 있다. 전자에 해당하는 글쓰기는 단편의 경우 「남도」에서 탁월하게 구현된다.

『죽음의 한 연구』에서 작품의 사변적 성격으로 인해 초래될 말들의 억압과 말들의 죽음을 살려내고 생명을 불어넣어주는 것은 「남도」를 계승한 모국어에 대한 실험적 글쓰기와, 우리말의 가락을 살려 쓴 시적 글쓰기로 인해서다. 글쓰기와 관련된 이런 측면에서도 『죽음의 한 연구』가 탁월함과 보편성을 획득할 수 있었던 것은 「남도」의 글쓰기 방식을 이어가고 있는 데서도 온다. 「남도」 연작, 그 중 「남도 1」과 「남도 3」이 갖는 뛰어난 작품성뿐만 아니라, 박상륭 소설 전체에서 차지하는 위상은 여기에 있다. 「남도」의 이런 문장과 관련된 특질은 또 다른 연작 「뙤약볕」과 비교해볼 때 아주 대조적이다. 결국 작품 전체를 볼 때 박상륭 소설은 「뙤약볕」적 성격이 승하며, 이런 점에서 훨씬 사변적 성격이 강한 것이 사실이다. 사변적 성격을 우리말의 살려 쓰기를 통해 어떻게 형상화해낼 것인가 하는 문제는 후기 박상륭 소설들을 볼 때 고려해 봐야 할 점이다.

닌다.

전통적 우리 여인네의 기다림과 정한(情恨)을 뼈대로 한 「남도 1」
의 쓸쓸하고도 애잔한 '정(靜)적' 이미지의 '망부가'는 「남도 3」에서
는 남성 인물을 직접 찾아나서는 적극적 형태로 나타나고 있는데, 이
러한 「남도 3」의 적극성은 '망부가'의 전통을 죽음과 재생의 테마와
직접 연결시킴으로써 죽음을 초극하고 새로운 생명성을 획득하고자
하는 작가적 의지를 그대로 드러낸 것이다.

「남도」 연작이 '망부가'의 전통을 계승할 수 있었던 것은, 「남도 1」
과 「남도 3」의 주인공이 여성인 것과도 긴밀하게 연관된다. 이들 소
설의 중심은 여성 인물이다. 이것은 '각설이 연작' 소설에서 주인공
이 예외 없이 모두 남성 인물인 것과 좋은 대비를 이룬다. 「남도」 연
작 내에서 「남도 1」 「남도 3」과 「남도 2」가 동일한 주제 의식을 구현
하면서도 작품의 분위기가 달라지고 있는 것은 여기에서 연원한다.

한편 우리 문학사에서 가장 탁월하고 뛰어난 슬픈 '망부가(亡婦
歌)'는 박상륭의 『죽음의 한 연구』에서 수도부의 죽음과 주인공이 그
녀를 떠나보내는 장면에서 비극적으로 형상화되고 있다.[3]

이들 소설이 지닌 비극성은 기본적으로 인물들이 불가능한 꿈을
꾸고 있는 데서 발원한다. 도저히 현실화될 수 없는 꿈을 꾼다는 것,
현실화에 대한 '열망'과 '믿음'을 끝내 포기하지 않는다는 것은 박상
륭 소설이 갖고 있는 특질이다. '열망'과 '믿음' 위에서 그의 소설은
축조되고 있다. 이것은 그의 소설이 분명히 신화적 시공간 위에 놓여
져 있음에도 현실을 껴안고 있는 데서 배태되고 있는 것으로, 이 점
이 그의 소설을 비극적으로 바라보게 하는 점이다. 그의 소설이 완전
히 신화라거나 혹은 신화적 구조만을 축조하고 있는 것이라면 우리
는 그 어떤 비극성과, 그 비극성이 발현하는 뛰어난 미적 특질을 느
낄 수 없을 것이다.

---

3) 『죽음의 한 연구』(문학과지성사, 1986), pp. 363~81.

「남도」연작 세 편의 작품은 형식상 연작이지만 별개의 독립된 작품이다. 박상륭의 단편소설들은 독립된 형태이면서 대체로 '각설이 일기' 연작의 구조 안에 수렴되는 형식을 취하고 있다. 각설이 일기는 장편소설 『죽음의 한 연구』와 『칠조어론』도 포괄하고 있는 박상륭적 글쓰기의 특징적 형태다. 이들 작품들이 독립적 형태임에도 작가가 굳이 「남도 1」이나 「남도 2」라는 표기를 한 것을 보면 「남도」라는 소설 안에서 구조화시키고자 한 특별한 의식, '각설이 일기 연작'의 부제를 달고 있던 소설들처럼, 연작형 소설이 갖는 구도(求道) 과정의 알레고리적 형상화라는, 소설 형식에 대한 실험적 의식을 보여준 것이다.

「남도 1」과 「남도 3」 사이에 낀 「남도 2」는 「남도」연작에서 오히려 약간 이질감을 주는 작품이다. 「남도 2」는 「남도 1」「남도 3」과 달리 박상륭의 여느 작품들에서 느끼는 섬뜩함과 충격성, 그로테스크함이 느껴지는 작품이다. 죽음과 재생의 영원한 회귀의 테마를 구조화하는 방식에서 「남도 1」「남도 3」과 「남도 2」는 상당한 차이를 보이고 있다. 한 연작 안에서 개별 작품들이 갖는 이질성과 정조의 차이는 일종의 낯설게 하기의 효과를 지닌다. 「남도 1」과 「남도 3」이 우리말의 섬세한 결과 리듬을 타고 은유적으로 형상화하고 있는 반면에, 「남도 2」는 충격적 방식으로 제시하고 있는 것이다. 「남도 2」가 대지를 근간으로 한 식물적 순환을 보여주고 있다면, 「남도 1」과 「남도 3」은 대지적 생명력과 생명의 회귀를 보여주면서 동시에 물을 근간으로 한 창조 행위의 반복을 보여주고 있다.

대지가 살아 있는 형태들을 산출하는 것에 비해, 물은 모든 창조와 모든 형태에 선행하며, 물에 들어간다는 것이 형태의 해소, 존재 이전의 무형태성으로 돌아가는 것을 뜻한다[4]는 것을 고려한다면, 이들 연작에서 작가가 생명의 순환이란 테마에 얼마나 몰입하고 있는지를

---

4) 엘리아데, 이은봉 역, 『종교형태론』(한길사, 1996), pp. 264~342.

파악하기란 어렵지 않다.

논의의 편의를 위해 「남도」 연작 세 편의 줄거리를 간추려보면 다음과 같다.

「남도 1」

1) 덕산댁이 죽고 나서 석 달 내내 비만 오다.

2) 영감은 고자이며 어부다. 그가 죽은 과부 덕산댁을 회상하기 시작하다.

3) 덕산댁과 고자 영감과의 밤배행(1): 덕산댁이 수장시켜달라고 영감에게 부탁하다.

4) 영감의 밤배행(2): 배와 바다와의 상징적 '혼사'를 경험하다.

5) 녹의홍상을 입고 목매달아 자살한 덕산댁.

6) 영감의 밤배행(3): 덕산댁의 주검을 수장하다.

7) 덕산댁의 주막에서 술장사를 시작한 영감이 덕산댁이 앉아 울던 돌팍에 앉아 덕산댁처럼 살다.

8) 다시 현재로 돌아오다. 석 달 내내 비만 오다.

「남도 2」

1) 죽은 할매가 다시 살아나 오기를 기다리는 '나(손주)'가 할머니를 회상하기 시작하다.

2) 잠시도 '나'와 떨어지려고 하지 않는 할매.

3) 할매가 새끼줄로 돌을 묶다(1): 둘의 관계를 '대궁이와 뿌렝이'로 표현하는 할매.

4) 재 너머에 가고 싶은 욕망을 실행하려다 되돌아오곤 하는 '나.'

5) 두 몸을 하나로 잇기 위해 '나'의 어깨 위에 목마를 타고 두 다리를 묶는 할매(2).

6) 할매의 삶의 이력(첩→매춘부→산속에서의 고립된 생활에 이르는)을 듣다.

7) 손톱으로 손주의 눈을 훑어 실명시키는 할매(3).

8) 실명 후, 귀찮았던 할매가 소중해진 손주.

9) 할매와 한 몸이 되기 위한 정사(4).

10) 할매와 한 몸이 되기 위해 할매를 살해하다(5).


「남도 3」

1) 산속에서 나와 실한 '바닷사내'인 아버지와 남편을 찾아 갯가를 찾아가는 옌네.

2) 오래 전 떠나갔던 아내가 다시 젊어져서 돌아온 것 같은 옌네와 석 달 동안 함께 생활하는 영감.

3) 산에 두고 온 어린 아들을 그리워하는 옌네.

4) 마을에서 울던 아기가 없어지는 사건이 발생하다.

5) 갯가를 향해 끝없이 떠도는 옌네.

6) 주막에서 잠시 매춘을 하다.

7) 손님한테 구타당하고 주인으로부터는 인두로 유린당하는 고통을 당하다.

8) 아버지 만나기를 고대하던 옌네가 바닷속으로 걸어들어가다.

9) 그녀의 주검이 바다와 땅이 만나는 지점에 걸쳐지다.

10) 마포건에 상복 입고 짚세기에 주렁막대 짚은 늙은네가 젊은 얼굴로 내려오다.


## 2. 「남도 1」
### —— '고자' 모티프의 비극성과 아름다움

「남도 1」의 주인공은 어부이며 고자다. 주인공이 고자로 설정되어 있고 그 인물의 직업이 남근의 상징인 물고기를 잡는 어부라는 사실은 의미심장하다. "빈배에다 달빛이나 한 짐 싣고 돌아오던"[5] 이 남

주인공의 모습은 「남도 2」와 「남도 3」에서 "실한 바닷사내"로 통칭되는 남성 인물들과는 반대의 극에 자리잡고 있다. 「남도 1」의 인물이 거세된 생식력의 상징인 것과는 달리 「남도 3」의 남성들은 건강한 인물들이며, 반대로 여성은 황폐화된 불모성을 띠고 있다.

이와 같은 「남도 1」의 인물은 자신의 생식 능력을 바다에서 낚고자 하는 인물의 은유로서, 중편 「유리장」의 생식력이 거세된 '사복'을 거쳐 장편 『죽음의 한 연구』에서 구조화된, 어부왕 전설의 성 불구자 모티프에 대한 예표적 인물이라 할 수 있다. 그의 작품에 종종 등장하는 고자들은 대지의 불모성과 그대로 연결되어 있는 것이다. 그러나 『죽음의 한 연구』의 유리는 정작 성 불구자는 아니다. 「남도 1」의 인물이 '바다'에 낚싯줄을 드리우고 있는 데 비해 『죽음의 한 연구』에 오면 낚시 장소가 '마른 늪'으로 변하고 있다. 이처럼 대조적 상황을 설정하고 있지만 「남도 1」의 남성 인물과 『죽음의 한 연구』의 유리는 혈연적 유사성을 지닌다.

이처럼 「남도 1」의 남성 인물은 '마른 늪에서 고기 낚기'를 하는 『죽음의 한 연구』의 주인공 '유리'의 모습과 연결되어 있다. 『죽음의 한 연구』에서 구조화된 남성적 생식 능력과 대지적 불모성의 연관 관계는 「남도 1」이 의도하는 깊은 상징성과 연결되어 있다.

「남도 1」의 여성 인물인 덕산댁과 화자는 대극의 위치에 있다. '거세된 남성력'과 '과부'라는 쌍, 근본적으로 불모성을 안고 만난 그들의 대칭은 희극적 비극을 드러내고 있다. 이 작품의 비극성은 여성 인물이 돌아올 수 없는 남편을 기다리는 한없는 기다림에 기초한다. 돌팍에 앉아 기다리던 남편이 오지 않는다는 상황이나 그때마다 고자 영감이 빈배로 돌아오곤 하는 상황은 인물이 처한 상황을 은유하고 있다. 덕산댁과 고자 영감이 운명적으로 지닌 비극성은 그들 각자의 삶이 지닌 불모성과 그들 '관계'의 실현될 수 없는 사랑에 놓여 있

5) 「남도 1」, 『열명길』(문학과지성사, 1979), p. 159.

다. 그녀의 기다림은 '죽음'으로 마감되면서도 또 다른 생에서의 '만남'을 갈구한다는 데서 절정에 이른다. 이처럼 죽은 영감이 살아 돌아오기만을 고대하던 덕산댁의 모습은 우리 전통 문학인 「정읍사」에서 구현된 '망부가'의 전통과 맞닿아 있다. 박상륭은 망부석의 모티프를 죽음과 재생의 문제로 변용·확장시키고 있는 것이다.

박상륭 소설의 수사법은 그 상상의 폭이 넓다. "섬이 벗는 치매폭" 같은 "섬그리메"가 바다로 내려덮일 때 바다로 나가는 화자에 관한 묘사에서 보듯 비유의 취의와 매개가 그리는 윤환 고리는 넓고 깊다. 화자의 바다행은 주로 저물녘에 시작해서 밤중에야 돌아온다. 밤배행에서 배와 바다는 '한 몸'이 된다. 그것은 일종의 '혼사'다. 이때 그는 자신이 고자라는 사실을 잊어버린다. '분리'를 경험할 때만 자신이 고자라는 사실에 그는 슬픔을 느낀다. 따라서 밤배를 타고 바다로 나가는 화자의 바다행 의미는 명확해진다. 그의 바다행은 일반적 의미의 고기 낚기가 아니라 생식력 회복을 위한 것이며, 상징적 혼사라는 대리적 체험을 통한 성적 합일의 실현을 위해서다.[6] '혼사'가 갖는 그 상징성은 덕산댁이 시집올 때 입었던 녹의홍상을 입고 죽었다는 데서도 강하게 부각되고 있다. 화자가 경험하는 '합일'의 완전한 실현은 엔네의 죽음 의식(儀式)을 통해 이뤄지고 있다. 죽음을 통해 재생을 획득한다는 사실, 그리고 그 공간이 바다라는 사실은 시사하는 바가 크다. 바다는 죽음이면서 재생의 장소이기 때문이다.

「남도 1」은 작품의 시작과 끝에서 같은 사설을 반복하여 기술하고 있다. 이 장면은 화자가 "석 달 동안 계속되는 비"와 "초록빛 등과 다홍색 배를 지닌 물고기"를 회상하고 있는 부분이다. 여기서 '비'와 '물고기'는 어떤 상징성을 지니는가? '비'의 이미지는 박상륭 소설 여러 곳에 자주 등장하는 물상(物象)으로, 남성적 생식력 부재에 의

---

6) 『죽음의 한 연구』의 주인공 유리가 마른 늪에서 고기 낚기를 한 것처럼 여기서의 화자
는 유리와는 정반대의 상황 설정으로 동일한 목적을 위해 바다로 향한다.

해 불임 여인이 될 수밖에 없던 덕산댁 속에 내재하는 대지적 풍요성을 상징하는 것으로 풀이될 수 있다. 섬은 그 덕산댁과 대칭적으로 비유되는 풍요의 상징이다. 그 점에서 비와 남근 상징인 물고기는 상관 관계를 지닌다. 덕산댁이 수장된 '바다'의 물은 '비'의 형태로 전이된 것이라고 해도 무방할 것이다. 이는 생명의 순환과 더불어 물질의 순환을 상징한다.

그럼에도 불구하고 「남도」에서 '비'의 이미지는 어둡고 우울하다. 석 달 내내 내리는 '비'는 덕산댁의 남편이 죽던 날도 내렸다. 비는 「남도 1」이 지닌 여성적 정한과 비극성을 고조시키는 역할을 한다. 「남도」에서 '비'와 반대편에서 덕산댁을 확장하는 이미지는 '달'이다. 달과 메밀밭과 그리메와 덕산댁은 동일한 이미지로 합류한다. 덕산댁이 '죽던 날' 밤은 그녀의 남편이 죽던 날 밤에 내리던 비와는 달리 한 폭의 풍경화 같은 달밤으로 묘사되어 있다. 그전의 비와 관련된 풍경에서 보이던 우울과 어두움이 아니되, '비극성'과 '아름다움'이 투명하게 서로 교차되어 있다. 이처럼 여느 죽음과 달리 덕산댁의 죽음 장면을 비극적이지만 아름다운 것으로 묘사할 수 있었던 것은 그녀의 죽음이 또 다른 삶을, 재생을 의미하기 때문이라고 해석할 수 있다. 덕산댁을 메밀밭으로 표현한 것, 대지의 식물로 표현한 것은 여성의 대지적 생명력뿐 아니라 식물적 순환과 재생을 동시에 내포한다.

「남도 1」은 유형화된 박상륭의 소설들에서 외로운 섬처럼 아름다운 소설이다. 이 소설의 낭만적 정취와 아름다움을 자아내는 덕산댁과 화자의 밤배행은 '달'과 '물'과 '술'로 이루어진다. 화자는 달빛에 취하고 술에 취하고 여인의 향기에 취한다.

이러한 서정적 정취와 더불어 이 소설의 아름다움은 문체에서 온다. 물 흐르듯 흐르는 문장은 거침이 없어 마치 한 편의 서정시를 보는 듯하다. 가능한 한 받침을 쓰지 않았고 연음으로 길게 늘여쓰며 유성음으로 이루어진 문장에 전라도식 남도 사투리가 교직되어 물

흐르듯 흘러간다. 박상륭 소설의 구어체가 갖는 장점은 일정한 리듬을 갖고 있어 시처럼 낭송이 가능하고 호소력이 짙다는 것이다. 특히 「남도 1」과 「남도 3」은 낭송을 전제로 한 작품처럼 느껴지기도 한다. 「남도」는 고전소설에서 신소설에 이르는 우리 소설의 '이야기꾼' 전통과 그 맥을 같이한다.

## 3. 「늙은 것은 죽었네라우」
### —— '대지적 생명력'과 '식물적 순환'

박상륭의 소설 읽기에서 가장 흥미로운 부분은 식물적 상상력이다. 식물은 대지와 교합하지 않고는 생장할 수 없다. 그러므로 식물의 순환론적 상상력이 대지적 생명력에 닿아 있는 것은 필연적인 귀결이다. 「남도 2」에서 박상륭은 식물적 순환과 그 상상력을 가장 뚜렷하게 보여주고 있다. 노파와 자신을 '나무'로 표현하고 있다든지 "대궁이와 뿌렝이"[7]로 표현하는 것들은 모두 그의 대지적 생명력에 대한 경도의 표현이다.

야야, 인재 할매 눈으로 살먼 되여, 그랑개 행이라도(혹시라도) 서러 마라. 할매가 살았일 땐, 할매 눈으로 살먼 되고, 할매가 죽고 나머는, 돌가지 꽃맹이, 니 눈에 꽃으로 돋아나, 니 눈을 밝힐 긴개, 그랴, 너는 뿌렝이고 나는 꽃인개, 그랴, 대궁은 시들캐져 죽으먼 뿌렝이 속으로 들갈 거여.

'늙음'과 '젊음'은 한 생명의 두 모습이다. 그 늙음과 젊음은 등가이며, 서로를 숙주로 하여 끊임없는 순환을 이룬다. 노파와 손주가

---

7) 「남도 2」, 『열명길』(문학과지성사, 1979), p. 202.

은유하는 늙음과 젊음, 즉 '대궁이와 뿌렝이'는 상보적 관계에 있으며 이는 박상륭의 순환적 시간 개념과도 일치한다. 순환과 회귀의 개념은 신화적 뱀인 우로보로스 ouroboros 상징과 같은 맥락에 있는데 박상륭이 이처럼 동일한 주제를 동일한 화법으로 구조화해내고 있음은 주목을 요한다. 그의 관심사는 다른 곳으로 벗어나는 일이 없기 때문이다.

「남도 2」에서 손주가 어머니를 그리워하는 것은 「남도 3」에서 옌네가 아버지를 그리워하는 것과 대비를 이룬다. 기본적으로 박상륭 소설은 「남도 2」에서 보이듯 부성보다는 모성에 대한 그리움을 드러내고 있는데,[8] 이들 「남도」 연작에서 보이는 '모성' 혹은 '부성'에 대한 그리움과 향수는 근본적으로는 양성 모티프의 구현과 관련되어 있다. 이는 아니마와 아니무스의 어원 풀이로도 설명이 가능하다. 한편 노파와 손주의 이 기괴한 관계가 표상하는 것은 양성 모티프의 한 발현으로 볼 수 있다.[9]

「늙은 것은 죽었네라우: 남도 2」에서 '노파'와 '손주' 관계는 '합일의 욕망'을 표상한다. 「남도 2」에서 '합일' 욕망은 '분리' 욕망과 쌍을 이뤄 나타나고 있다. 합일은 남성적 요소와 여성적 요소간의 이질성을 극복하는 일체화에 대한 열망이다. 남성적 요소와 여성적 요소의 끊임없는 갈등과, 갈등 해소를 위한 싸움과 그 관계의 불가분리성, 분열체에서 합일화된 한 존재로의 거듭남은 생명의 순환과 재생에 고리를 이루면서 반복된다. 이것이 「남도」 작가가 파악하는 생명의 고리다. 이 양성적 요소 사이의 갈등을 극복하는 형태에 「남도」 작가

---

8) 「남도 1」에서 손주는 모성에 대한 그리움을 드러내고 있는데 왜 아버지는 그립지 않은 것일까. 박상륭 소설에서 특이한 점은 오이디푸스 콤플렉스의 외피를 굳게 걸치고 이야기가 전개된다는 점이다. 그의 소설엔 부성에 대한 것은 거의 나오지 않는다. 「유리장」에 사복의 아버지인 시계공 부분 외에는 특별히 언급하고 있지 않다.

9) 박상륭 소설에 돌출하는 양성 모티프는 「경외전 세 편」 「유리장」 등에 이르는 한 줄기를 형성하고 있다.

는 깊은 관심을 표명하고 있다. 젊음과 늙음의 대비가 상징하는 것은 존재의 양면성과 순환성이다. 「남도 2」는 젊음과 늙음이라는 겉보기의 이질적 속성이 갖는 '차이'를 폭력적으로 동일화시킴으로써 그 두 현상의 '차이'를 무화시키고 있다. 그것이 이 작품의 결말이다. 이처럼 「남도 2」에서 특히 뚜렷하게 드러나는 폭력적 합일을 통한 동일성의 전취는 '개별성'의 문제, 그 어떤 것으로도 환원할 수 없는 '개별적 자기성'의 문제를 심각하게 고려케 한다.[10]

「남도 2」에서 노파와 손주는 고립된 산속에 있는 것으로 설정되어 있다. 그런 고립 무원한 배경 속의 공동 생활은 계절의 변화에 따른 식물들의 개화와 쇠락에 의해서만 변화를 감지할 수 있다. 「남도 2」의 세계 속에 일단 오면 인간과 다른 유정들과의 차이가 없다.[11] 그들은 원시적 자연인으로서의 극히 식물적 삶을 영위한다. 그들의 생활은 야생하는 식물들이나 짐승들과 다를 바 없다. 다른 점, 유일하게 긴장을 유발시키는 점은, 손주가 다른 세계로 표상되는 산 너머 저쪽 삶에 끊임없는 동경과 욕구를 지니고 있으며, 과감하게 현재의 생활을 떨쳐버리고 '탈출'을 실현시키고자 한다는 사실이다. 그러나 몇 번에 걸친 시도에도 불구하고 그는 끝내 원래의 곳으로 되돌아오곤 한다. 합리적으로 설명할 수 없는, 거부할 수 없는 인력(引力)에 의해 그는, 자신을 내몰았던 욕망만큼이나 강하게 다시 자신의 장소로 되돌아온다. 그것은 '분리' 욕망만큼이나 '합일' 욕망 또한 강렬하며 근원적인 것임을 의미한다.

박상륭은 손주가 갖는 '분리' 욕망을 '눈'의 은유로 보여준다. 「남도 2」에서 '눈'은 세상을 향한 욕망을 보여주는 창구이며, 금기의 세계로 향한 앎의 문이다. '눈'의 은유를 통한 방식은 박상륭 소설에 공

---

10) 김명신, 「전복과 변형의 미학」, 『애산학보』 22집, 1999, pp. 130~31.
11) 이와 같은 작가의 의식은 「뙤약볕 3」에서도 동일하게 드러나고 있다. 그는 '말'의 탐색을 통해 결국 '말'이란 것이 우주적 작용력임을 보여주면서 돌 하나 식물 하나에 이르기까지의 무한한 애정을 보인다.

통적으로 드러나는 방식이다.[12]

노파가 갖는 '합일'에의 욕망은 손주가 갖는 '분리'에의 욕망에 대비된다. 몇 번에 걸친 물리적 합일이 실험적 일회성으로 끝나고 최후에 단 한 번의 화학적 합일을 시도한다. 그 방식은 '성교'와 '살해'다. '죽음에 이르는 성교'는 노파와 손주가 지닌 이원성과 개체성을 완전한 합일, 완벽한 합일에 이르게 하는 유일하고도 근원적 통로로 제시되고 있다. 이 점에서 「남도 2」는 「뙤약볕 3」과 동일한 주제 의식을 구현하고 있다. '성교'와 '죽음' '살해'가 동시에 이뤄졌을 때 두 인물의 일원성은 완벽하게 이뤄진다고 작가는 보고 있는 것이다. 「뙤약볕 3」과 다른 점은 점순이 자신의 죽음을 예측하지 못했던 것과 달리, 노파는 손주에게 끊임없이 합일에의 욕구를 드러내며 합일을 시도하였다는 점이다. 노파의 합일과 생명의 집착은 병적일 정도다. 그 집착은 일상적 생활, 그 패턴과 리듬을 깨고 있을 정도로 강력하다.

이처럼 박상륭 소설에 종종 등장하는 '죽음에 이르는 성교'가 두 개체간의 진정한 합일을 실현하는 것인가. 노파가 곧 손주가 될 수 있는 것인가. 인물의 개체성, 각 인물의 정체성은 어떻게 설명될 수 있는 것인가. '대궁이와 뿌렝이'에서 은유하는 식물적 순환과 그 생명력이 인간에게도 그대로 적용될 수 있는가.[13]

노파와의 완전한 합일을 위해 노파를 살해했으나 잃었던 시력을 되찾지도, "죽은 것 때미 살아난다"[14]던 노파도 살아오지 않았다. 그런 통곡 같은 독백으로 「남도 2」는 시작된다. 「남도 2」의 마지막 부분에서 손주는 드디어 "늙은 것은 죽었네라우" 하며 기쁨에 들떠 외치지만 아무런 변화가 없다.

그렇다면 이 해괴해 보이는 근친적 성애와 살해 이야기는 무슨 뜻

---

12) 예컨대, 「아겔다마」에서의 가롯 유다의 눈과 할머니의 눈, 「열명길」에서 '벽안'의 4대 혼혈 등을 들 수 있다.

13) 김명신, 앞의 글, pp. 126, 129~31.

14) 「남도 2」, 『열명길』(문학과지성사, 1979), p. 173.

이 있는가. 이 점은 엘리아데식[15]의 견해로 어느 정도 설명이 가능하다. 그에 의하면 인간은 오르기Orgy에서 개성을 상실하고 유일하게 살아 있는 통일체 가운데로 결합된다. 그들은 원시의 상태, 천지 창조 이전의 혼돈 상태로 다시 되돌아가려고 한다. 이것은 모방적 주술에 의해 종자가 대지의 모태로 융합하는 것을 촉진하기 위해서다. 이를 통해 인간은 비록 그 단일성이 '사람'의 성질로부터 '종자'의 성질로의 퇴행을 의미하긴 하지만 생물 우주적인 단일성 가운데로 재합일한다. 어떤 의미에서 오르기는 인간을 농경적 상태로 변화시킨다.

이 같은 점은 남성과 여성 모두에게 해당되는 사항일 것이다. 그러나 「뙤약볕」이나 「남도」가 신화 자체가 아니라 신화적 구조를 바탕으로 한 문학 작품임을 고려할 때 신화를 넘어서는 '여성 인물'의 '구현'과 그 구원의 문제는 박상륭 소설의 한 과제가 될 수밖에 없을 것이다.[16]

생명의 식물적 순환과 회귀를 구조화한 단편들에서의 '죽음에 이르는 성교'가, 장편 『죽음의 한 연구』에 와서는 밀교적 색채가 짙어지면서 그 의미도 변용되고 있다. '성교' 자체의 성격이 강화되고, '우주에 대한 명상'으로서 그 내용과 과정이 중요시되고 있다. 파괴와 죽임보다는 성교가 갖는 우주적 의미, 그 철학적 의미를 숙고하며 해명하는 쪽으로 의미가 확대되고 있다.

그런데 박상륭은 왜 이와 같은 주제 의식을 구현하는 데 하필이면 혈연적 관계인 가족 관계를 설정하곤 하는가. 그가 누이/오빠(「뙤약볕」의 점순/점쇠, 『죽음의 한 연구』의 유리/수도부), 할미/손주(「남도」), 아들/어머니(「경외전 세 편」), 이모/조카(「열명길」) 등 합리적 이성 안에서 도저히 상상할 수 없는 근친 상간의 모티프를 작품 안에서 구조화시킨 뜻은 무엇일까? 이 근친 상간 모티프를 해명하는 것이

---

15) 엘리아데, 이은봉 역, 『종교형태론』(한길사, 1996), pp. 464~69.
16) 김명신, 앞의 글, pp. 130~31.

박상륭 소설 읽기의 기본이다.

그 해명은 다음과 같은 논리로 풀 수 있다. 먼저, 박상륭 소설의 인물은 '시원적' 인물들이다. 아담이 곧 인류의 기원을 의미하는 것처럼 박상륭의 인물들은 구체적 이름을 부여받지 않고도 소설 공간 내에서 활동이 가능하다. 할미/손주, 즉 '늙음'과 '젊음' 자체만으로도 움직여나간다. 이는 그의 소설 공간이 일상적 시공간이 아닌 신화적 시공간이므로, 일상적 호칭 명명법을 부여한다는 것은 처음부터 불필요한 일이기도 하다. 인위적 작명의 범주를 벗어난, 생래적 조건 그대로, 그 인물들은 들판에 널린 꽃처럼 나무처럼 짐승처럼 가공되지 않은 원초적 모습 그대로 형상화되고 있다.

그런데 그는 왜 근친 상간 모티프[17]를 원용하는가. 근친 상간에 대한 공포와 두려움은 고대 원시 사회부터 가장 큰 것이었다. 박상륭은 이 혈연 관계를 생명의 순환이라는 우주적 작용력으로 보고 있다. 생명의 순환이란 점에서, 한 생명의 개화는 한 생명의 죽음을 바탕으로 한다. 그런 점에서 기본적으로 모든 인류는 우주적 의미에서 한 핏줄이라는 것이 박상륭이 구현해내고자 한 주제다.

---

17) 같은 근친 상간을 모티프로 한 '재생'을 의도하고 있지만 「남도 2」와 「남도 3」은 차별성을 지닌다. 「남도 2」의 노파와 손주의 관계가 표상하는 것이 식물적 순환임을 볼 때 이때의 성교와 살해는 재생을 위한 '공희(共犧)'에 가깝다. 「남도 3」은 직접적 성교나 살해가 아닌 혈연 관계가 갖는 시간적 계기의 상징성에 주목하고 있다.

근친 상간을 시간과 관련된 의미망 속에서 설명하는 방식은 재생을 위한 공희나, 연금술에서의 창조의 순환을 상징하는 것과 상관성을 지닌다고 볼 수 있다. 모든 물질은 하나의 원물질에서 나오며 모든 것은 연관되어 있다는 연금술사들의 근본 생각(앨더슨 쿠더트, 박진희 역, 『연금술 이야기』, 민음사, 1995, p. 204)을 보여주고 있는 것이다. 이 점에서 박상륭은 「뙤약볕」에서보다 「남도」에서 훨씬 '시간'의 개념에 대한 개성적 접근에 도달했다고 볼 수 있다. 죽음과 재생, 살육과 성욕 등의 그의 주요 모티프들은 시간의 개념 안에서 구조화되고 있다. 이는 「남도」의 창작 시기가 「뙤약볕」이후이며 특히 「남도 3」 같은 경우는 장편 『죽음의 한 연구』와 동일한 시기에 쓰여지면서 시간에 대한 작가의 의식이 심화·확장되었음을 보여주고 있다. 근친 상간 모티프에 대해서는 필자의 「전복과 변형의 미학」(『애산학보』 22집, pp. 126, 129~31)의 「뙤약볕」 연작 분석에서 언급하고 있다.

인간은 서로에 대해 아버지이면서 아들이면서 남편인 관계망 속에 있다.[18] 기독교 교리의 핵심인 삼위일체론에서 성부·성자·성령의 본질은 하나이나 각기 다른 양태로 발현된다는 점을 그는 차용하고 있다. 이 점은 '모래시계'를 갖고 설명하는 시간의 개념[19]에서 구현되고 있다. 과거와 현재와 미래는 서로를 껴안고 있다. 그 시간적 계기라는 것은 그 안에 다른 두 시간적 계기를 동시에 품고 있다. 마찬가지로 아버지였던 이는 할아버지였기도 하고 아들이기도 하다. 「남도 3」에서 옌네가 찾아 떠도는 아버지이자 아들이자 남편인 '바닷사내'는, 세월 속에 각기 다르게 발현한 존재이며 동일한 존재임을 보여주고 있다. 이러한 혈연성에 대한 독특한 인식은 그의 소설 인물을 의도적으로 혈연적 관계망 위에 위치시켜놓고 그 금기를 깨뜨리는 데서 시작한다. 『죽음의 한 연구』의 살인이 '구도적 살해'이듯이 근친상간 모티프 역시 글쓰기의 '구도적 성교'에 해당한다.

박상륭 소설은 명백한 금기를 아무렇지 않게, 당연하게, 그것도 아주 자주 파기해버리곤 함으로써 독자로 하여금 경악하고 전율케 한다. 소설 미학의 그로테스크함은 인물들의 혈연성과 인물들의 파격적인 금기 파기, '죽음에 이르는 성교'에 있다. 근친 상간에 이은 두 번째의 금기 파기는 살해 행위에서 이뤄진다.[20] 그것은 양심의 가책이나 죄의식을 유발하는 도덕 원리와는 전혀 무관한 살해다. 이들 인물에겐 원죄 의식이 부재한다.[21]

---

18) 이 점은 「남도 3」에서 잘 드러나고 있다.
19) 「유리장」, pp. 309, 352~76. "태어난 어린 아들은 태초부터 있었던 늙은 여호와 자신이면서, 동시에 자기 자신이 아들이며, 이 아들은 또한 늙은 아비 자신이면서, 자기 자신의 아버지가 되어 있습니다"(『죽음의 한 연구』, p. 248).
20) 김명신, 앞의 글, pp. 124~30 참조.
21) 김현, 「세 개의 산문」(『박상륭 소설집』, 민음사, 1971), pp. 348~49. 김현이, 박상륭 세계의 화해성은 도덕적 감정의 전무함과 생활에 대한 무관심에서 야기된다고 말하는 것, 박상륭 세계에서 주인공들은 그것이 마치 화해의 한 형태인 것처럼 태연하게 악덕을 행하지만 그 악덕은 개인의 구원을 희구하는 정신과 밀접하게 연관을 맺고 있다고 보는 것도 비슷한 맥락이라고 본다.

『죽음의 한 연구』에서 원죄가 없는 인물 '유리'가, 스승의 살해를 통해 스스로 죄의 껍질을 쓰고 유리에서 유형 생활을 겪어내는 것은, 그리고 그 죄로 인해 죽음을 피할 수 없게 스스로 만들어내는 그 과정은 매우 기독교적이다. 물론, 이 유리에겐 원죄가 없다. 원죄가 없다는 점에서 유리는 그리스도에 비견되며 그리스도를 방불케 한다.

## 4. 「심청이」
### ── 죽음과 재생의 영원한 회귀

박상륭은 철저하게 자신이 의도했던 바를 작품 안에서 구조화해내고 있는 작가다. 그는 민담과 민속에 나타난 '누런 구렁이' 모티프의 차용을 "형이하학적 연금술의 형이상학으로의 위대한 한국적 비약"[22] 이라고 스스로 규정짓고 있다. 이 같은 작가 자신의 고평(高評)을 굳이 염두에 두지 않더라도 「남도 3」은 한국 민속과 연금술에 대한 이해를 바탕으로 박상륭적 변용을 구조화한 대단히 아름다운 작품이다. 그러나 이 아름다움은 작품이 차용하고 있는 모티프나 그 내용에 있는 것이 아니라 그의 문장에 의해 힘을 발휘하고 있다. 그는 한 여인의 삶의 비극성을 남도의 사투리로 이뤄진 유려한 문체의 독백 형식에 담고 있다.

작품 정조 안으로 독자를 깊이 끌어당기고 있는 「남도 3」의 옌네의 '떠돎'과 그녀의 죽음이 주는 비극성은 장편 『죽음의 한 연구』에서의 수도부의 죽음과 7일 동안의 장사(葬事)와 비견될 만한 것이다. 『죽음의 한 연구』에서 등장하는 수도부의 예표적 인물은 「남도 3」에서의 옌네로 형상화되고 있다. 박상륭이 명명한 "현자의 창녀,"[23] 자신을

---

22) 「심청이」, 『현대문학』, p. 86.
23) 같은 곳.

파괴하면서까지 남성을 구원하는 여성 인물의 위대성을 「남도 3」의 엔네는 보여주고 있다.

영지주의적 관점[24]에서 박상륭 여성 인물의 전형적 형상화인 엔네와 수도부는 영지주의 교조 '시몬'이 '소피아'의 육화라며 데리고 다녔던 창녀 '헬렌'을 연상시킨다. 더럽고 추하며 병든 몸이지만 박상륭 여인의 영혼은 맑고 깨끗한 것으로 묘사되곤 한다. "요렇게 꺼죽은, 요 풍진 시상 사는 디에 쭈그러져 추히여도, 속은 안 그런겨. 글씨 안 그런겨. 고운겨 고운겨 고운겨"[25]라는, 처녀로 늙어버린 과부의 독백은 박상륭적 여성들에 해당하는 말이며, "살아서는 요 시상 껍데기로만" "그저 떠돌구로 그저 떠돌구로 그저 떠돌구로"라는 「남도 3」의 마지막 부분은, 세상은 잠시 머물다 가는 장소이며 언젠가는 귀의할 곳이 있다는 영지주의적 인식을 전형적으로 보여주고 있다.[26]

엔네의 죽음은 '귀의'를 의미한다. 바다는 그녀의 병들고 흉한 육체, 상처받은 영혼까지 받아 감싸안으면서 치유한다. 바다는 그녀가 찾아다니던, 남편이면서 아버지인 "실한 바닷사내"가 표상하는 남성

---

24) 영지주의Gnosticism는 '영지Gnosis'에 의한 구원을 설파하고 있다. '영지'란 소수의 '영적인 사람들,' 즉 '불굴의 인간들'에게만 주어지는 비밀스러운 가르침, '신비'의 전달을 의미한다. 영지주의자에게 영적 인식이란 하나의 체험이다. 자신의 진정한 속성과 기원을 기억하고 그럼으로써 자신을 알게 되며 신 안에서 자신을 확인하게 되는 것이다. 신을 알게 되면서, 자신이 마치 신으로부터 나온 존재이며, 이 세계에는 낯선 존재인 것으로 생각한다(세르주 위탱, 황준성 역, 『신비의 지식, 그노시즘』, 문학동네, 1996, p. 19).
영지주의는 기독교적 영지주의로 해석하는 측과, 기독교와는 근본적으로 이질적인 신앙간의 다소 우연한 '종교 혼합' 현상으로 보는 측으로 크게 갈라진다. '인식에 의한 구원'을 주장하는 영지주의는 '동양적 열망'과 '서양적 열망'을 종합하는 매우 특이한 종교성의 한 형태다(위의 책, pp. 7~19).
25) 「심청이」, 『현대문학』, p. 83.
26) 김명신, 앞의 글, pp. 120~21. 박상륭은 『죽음의 한 연구』에서 가장 완벽한 형태로 영지주의의 문학적 구현을 시도하고 있다. 그는 『죽음의 한 연구』이전의 단편들에서 이미 자연 발생적인 영지주의적 속성들을 드러냄으로써 '절대적 영지(靈智)'를 통한 '인식에 의한 구원'을 설파하고 있다.

적 생식력을 뜻한다. 옌네는 바다를 통해 정화되며 또한 동시에 바다를 정화시키고 그럼으로써 바다를 완전케 한다. 육체는 추하며 껍질에 불과하고 영혼은 밝고 깨끗하다는 인식, 종국에는 추한 껍질을 벗어던지고 새로운 세계로 그 영혼이 귀의한다는 것 역시 영지주의적 인식과 궤를 같이한다.

옌네의 '죽음의 장소'와 그 방식은 「남도」에서 작가가 구현하고자 했던 주제 의식을 압축적으로 보여준다. '바다'와 '땅'이 만나는 지점에서의 죽음은 갯가와 산 혹은 바다와 땅의 합일, 음력(陰力)과 양력(陽力)의 합일을 의미한다. 갯가→산→갯가로의 공간 이동은 원향에의 귀향이면서 두 공간이 표상하는 이질성이 합일에 이르는 과정이다. 여기서 박상륭은 그 '결합'의 장소를 "처용네[處容的] 방의 한 가운데"[27]라고 기술하고 있다.

이 처용 모티프는 박상륭 소설에서 대단히 중요한 역할을 하는 것으로, 단편들에서 산발적으로 보이던 '일음이양(一陰二陽)'[28]론은 『죽음의 한 연구』를 거쳐 『칠조어론』에서 체계화되고 있다. 옌네의 죽음의 장소는 결합의 장소이며, 죽음을 무화시키고 죽음을 벗어나게 하는 곳이고, 새 생명을 획득케 하는 곳이다. 작가는 그곳에서만 이 신생이 가능한 것으로 보고 있다. 이는 「뙤약볕 3」[29]에서 '묘혈(墓

---

27) 「심청이」, 『현대문학』, p. 84.
28) 『죽음의 한 연구』에서는 238쪽과 253쪽에서 '아담-하와-뱀'과, '귀신-아내-처용'의 관계를 보여주고 있다.
  『칠조어론』 1권(pp. 100~02)에서 박상륭은 말세론에 대한 설명을 「창세기」 3장 기사를 중심으로 새로운 처용담(處容譚)을 개진하고 있다. 이를테면, 아담+하와+간교한 뱀을 양(陽)+음(陰)+양(陽)으로, 신약에서 요셉과 마리아의 정혼에 대한 기사를, 요셉+마리아+성령(聖靈)이라는 '이양일음(二陽一陰)'으로 설명해내고 있다.
29) "자정은, 어제의 끝이고 (……) 내일의 시작이고 (……) 헌데 오늘이 끼이질 못했고 (……) 하 그것은[零時] 묘혈(墓穴)이며 산실(産室)이고 (……) 그건, 정말, 그래! 거기서 아마 거소를 잃은, '말'은 살고 있는 모양이다"(「뙤약볕 3」, 『열명길』, p. 133).

244

穴)'이 곧 '산실(産室)'인 것과 동일한 개념이다.

공간적 의미를 지닌 '묘혈'과 '산실'은 박상륭이 시간 의식을 설명해내기 위해 설정한 중요한 개념으로, 「남도」에서 작가는 '바다' '산' '처용네 방'을 '삼세(三世)'로 표현함으로써 이 특이한 공간을 시간으로 변용시키고 있다. 이처럼 박상륭 소설에서 공간은 보통 시간 개념과 맞물려 있다. 옌네가 '바다'와 '산'의 결합이 이뤄지는 '처용네 방 한가운데' 서 있었다는 것은 삼세의 결합이 그녀로 인해서 가능했고, 동시에 그녀 자신이 박상륭적 표현인 '처용네 방 한가운데'라는 것을 의미한다. 그녀 안에는 삼세인 과거 · 현재 · 미래가 혼재되어 있다. 그녀는 결합의 공간이며 숙주다.

마포건에 상복 입은 늙은 상두꾼은 박상륭 소설에서 종종 등장하는 독특한 인물형이다. 「남도 3」에서 세 번 등장하고 있는 그는 대지의 불모성을 예언하는 인물이다. 그런데 작가는 왜 마포건에 상복 입은 상두꾼을 등장시키는가? 상두꾼이 주검을 묘혈로 인도해가는 인물임을 상기할 때 그는 옌네의 죽음을 기정 사실화하고 있고, 또 그녀를 죽음의 장소, 묘혈로 인도해가는 인물이라고 볼 수 있다. 그는 그리스도의 길을 예비한 '세례요한'과 같은 인물이며 옌네는 '또 하나의 그리스도'라 할 수 있다.[30] 그리스도가 죽음으로써 구속 사업을 완수 · 완성하는 것과 같이 세례요한의 한 변형태인 상두꾼은 생명성 획득을 위해 그리스도로서의 옌네의 죽음을 필요로 한다.

불모화된 '산'과 '바다'의 관계의 화학적 변환은 '병든 산맥'을 은유하는 옌네에 의해 이뤄지고 있다. 산과 바다로 표상된 인물의 구원과 재생은 완전한 파괴의 터, '옌네'와 같이 철저히 전락한 인물에 의해서만이 가능한 것으로 되어 있는 것이다. 박상륭이 "현자의 창녀"

---

30) 김명신, 앞의 글, pp. 124~25. 박상륭의 여성 인물들은 그리스도적 유형의 인물들이다. 중보자의 역할을 수행하고 있는 것은 대개가 여성들이다. 「뙤약볕」에서의 점순 등이 바로 그 예다. 장편 『죽음의 한 연구』에 이르러서 그 중보자의 역할은 주인공인 '유리'가 담당하는 것으로 변모되고 있다.

를 예찬하고 있음은 이와 같은 맥락에서 살펴볼 수 있다.

상두꾼이 늙음과 젊음을 초월한 존재로 변환된다는 것은, 그가 무시간성을 특징으로 하는 존재임을 뜻한다. 무시간성은 작가의 '삼세(三世)'라는 시간 개념에서 확연히 드러나고 있다. 따라서 '삼세'가 의미하는 것은 "실한 바닷사내"라는 본질로 압축되는 세 발현인 '아버지' '남편' '아들'을 은유한다. 이는 동일하게 '어머니' '아내' '딸'의 관계를 의미하기도 한다. 부친=남편=자식은 하나로 통합된 인물인 '삼위'이면서 '일체'의 형식으로 구현된다. '바다' '산' '처용네 방'의 공간과, '부친' '남편' '자식,' '어머니' '아내' '딸'이라는 다른 층위의 시간은 서로 대응하고 있다. '마포건에 상복 입은 이' = '누런 구렁이' = '애기'로 이어지는 등식은 생명의 회귀와 순환을 논증한다. 이 같은 재생과 구원의 밑바탕엔 여인의 죽음이라는 사건이 깔려 있다. 생명의 회귀와 순환을 가능하게 하는 것은 그녀의 죽음이다. 이처럼 죽음에 이르는 박상륭의 여성 인물들은 짙은 페이소스를 자아내는 비극적 인물상으로 구현되고 있다. 이 비극성은 그녀의 필사적인 '믿음'과 '열망'을 기초로 한다.

박상륭 문학의 전체 흐름에서 볼 때 '갯갓'에 대한 열망은, 다비소(「장끼전」) 등으로 표상된 그의 다른 단편들에서 보이는 유토피아에 대한 열망, 이상적 공간에 대한 열망, '새 하늘과 새 땅'에 대한 열망과 상통한다.[31] 옌네가 오로지 '갯갓으로' 찾아다닌다는 것은 그녀에겐 삶의 지향점이 오로지 '갯갓'에 있고 거기에서 하나의 해결점을 얻을 수 있다고 '믿는' 데 있다. 옌네의 '필사적인' '믿음'과 '열망'은 드디어 그녀로 하여금 갯갓에 도달하게 하고, 그 '믿음의 장소'에서 아름답게 기꺼이 산화하게 한다. 그녀는 목숨을 버림으로써 자신의

---

31) 이 점에서 식물적 순환이 바탕에 깔고 있는 대지적 생명력과, 메시아 콤플렉스가 의미하는 것은 유토피아에 대한 열망, 기독교적 이상향에 대한 열망이다. 이 열망은 '땅' '대지'의 공간 안에서의 실현을 의미하는데 이것은 그가 기독교적 이상 세계의 실현을 이 땅에 두고 있음을 의미한다고 본다.

목숨을 구하고, 자기 안에서 '영원한 생명,' 영생이 가능케 하였다. 이처럼 옌네는 스스로 '십자가'의 역할, '중보자'의 역할을 담당한다.[32] '갯갓'으로 표상된 그 공간은 '골고다 언덕'과 비견된다. 갯갓에서 하늘과 땅을 연결하는 나무 혹은 십자가처럼 죽어간 그녀의 모습이 더욱 그것을 연상케 한다. 그녀는 우주목(木)이라는 보편적 개념으로 확장·비약될 수 있는 존재다. 갯갓은 '하늘'과 '땅'과 '물'이 합일하는 장소다. 극히 평범했던 그 공간은 그 순간 신성한 공간으로 화한다.

「남도」에서 옌네의 죽음은 자신의 생명의 발원지였던 곳으로의 '귀의'를 통해 이뤄진다. 그런 점에서 그녀는 한 마리의 연어다. 그 옌네는 "지혈(止血)에 창뻥이 들었"(p. 76)던 여인이며, 불임과 불모의 땅에 대한 은유다. 황폐화된 대지를 은유하기 위해 작가는 옌네를 '창병'들고 '실성'한 '불임'의 여인으로 묘사하고 있다. 옌네의 '실성'과 '창병'과 '불임'은 모두 황폐화된 대지를 은유한다. 그녀의 불임성과 황폐화는 성기를 인두로 유린당하게 하는 데서 절정에 달한다. 그녀는 철저히 파괴되고 짓밟힌 인물로 그려지고 있는 것이다. 그리고 더 이상 추락할 데가 없을 때 그녀는 다시 몸을 추스르고 일어서게 된다. 죽음의 상태와 방불했던 그녀의 몸을 '산통'의 장소로 '전격적'으로 전환시켜버리는 것이다. 이와 같은 '비약'이 박상륭 소설의 내적 근거가 되고 있는 것이다.

박상륭 소설이 식물적 순환과 상상력에 근간을 둔 작품임을 보여주는 예가 '나무'의 등장이다. 나무는 생명의 순환과 대행을 은유한다.

나는 한 나무 걸네이. 내 뿌렝키 저승으로 빼치고, 내 등걸이 이승

---

32) 「남도 3」의 옌네의 자발적 죽음은 「남도 2」의 노파, 「뙤약볕 3」의 점순의 폭력적인 타의에 의한 죽음과는 차원을 달리한다. 이런 점에서 옌네의 죽음은 그리스도적 중보의 개념에 가깝다.

에 그리매 떤지는 한 나무 곁네이. 나 요롱게 살았임시나, 저승이며 이
승 오고 가네이. 가고 오네이 〔……〕 나는 살아 있네이 죽어 있네이.
갯갓으로 몸으로 찾아간 고 옌니 발소리는, 그래설랑은 땅속 더 짚은
디서 울리나오고이. 갯갓으로, 몸으로 간담시나, 자꼬 저승으로 이서
진 질을 살아서 한없이 가네이. 등불맹이 가네이. 학맹이 가네이. 감시
나 자꼬 옷 벗어 이승에 던지네이. 옌니 옌니 옌니.[33]

그는 종종 이 나무를 인간과 동일한 것으로 설정하곤 한다. 그러나
이 작품에서 나무가 갖는 상징성의 가장 결정적인 부분은 옌네의 죽
음의 모습, 죽음에서 생명으로 이어주는 중보의 역할, 그 십자가의
역할, 교량으로서의 나무로 작가가 제시하는 데 있다. 옌네의 주검을
"뿌렝이"(p. 84)로 표현한 것은 역시 식물적 순환과 윤회에 기반을 둔
것을 보여주는 부분이다. 주검 주변의 "울창시런 잎사구들" "무수한
잎사구들"에 대한 표현은 주검과 대비되는 부분으로 생명력의 약동
을 은유하고 있고, 그 무성했던 이파리들이 계절의 추이에 따라 변화
되어 단풍든 이파리들로 변하는 것은 끝없는 순환을 의미한다고 할
수 있다.
　죽음을 극복하는 과정은 존재의 변환과 동궤에 놓여 있다. 이 존재
의 변환과 전이의 문제는 박상륭이 지속적 관심을 보여온 테마다.
　「남도 2」에서 노파와 손주의 관계가 은유하는 생명의 식물적 회귀
가 「남도 3」에서는 임의의 인물들간의 생명 순환과 존재의 전이를 통
해 보여준다. 이는 늙은 옌네와 젊은 옌네의 관계(p. 83)에서도 일어
나고 있다. 노파의 독백, "고 옌니가, 내 속 워디서, 아조 젊은 채로
일어나, 날아가뻐린 것"(p. 83) 같았다는 데서 극명하게 드러나고 있
다.[34]

---

33) 「심청이」, 『현대문학』, p. 71.
34) 「남도 3」의 처음 부분에서 남성 인물이 옌네가 삼사십 년 전에 죽었던 아내가 옌네
　의 젊은 몸을 빌려서 왔다고 생각하는 부분도 같은 맥락이다.

박상륭적 인물의 존재의 전이를 통한 생명의 순환은 지극히 정신주의적 관점을 드러내고 있다. "요렇게 꺼죽은, 요 풍진 시상 사는 디에 쭈그러져 추히여도, 속은 안 그런겨, 글씨 안 그런겨. 고운겨 고운겨 고운겨"(p. 83)라고 하는 부분은 그 예증이다. 그러나, "글씨 암만 암만 살아도, 살아서는 요 시상 껍데기로만 떠돌구로 고렇게 안됐냐고. 그저 떠돌구로 그저 떠돌구로 그저 떠돌구로"(p. 85)라고 독백하는 「남도 3」의 이 마지막 문장은 비극성과 허무주의의 깊은 심연을 느끼게 한다.

## 5. 마무리하며
### ──혼의 '떠돎'과 '합일'

「심청이」의 소제목인 '혼처(魂處)'와 '혼처(混處)' 그리고 '혼처(婚處)'는 작품의 전개 과정을 암시하고 있다. 이와 같은 세 '혼처'라는 어휘에 담긴 의미는 산→갯가(「남도 1」), 갯가→산(「남도 2」), 산→갯가(「남도 3」)라는 인물들의 공간 이동과 그러한 공간 이동이 갖는 상징성과 연결되고 있다.

인물들의 의식의 지향은 '산/갯가'라는 대립항에서 시작되고 있으며, 갯가로 찾아나갈 수밖에 없는 필연성이 구조화되고 있다. '처(處)'라는 어휘에 담긴 세 공간에 대한 의식은 각기 '영혼'의 '떠돎' '표류' '합일'로 표상된다. 이와 같이 「심청이」에서 형상화된 영혼의 '떠돎'과 '합일'은 「남도」 연작이 궁극적으로 구조화하고 있는 중심 테마다.

남성적 생식력을 표상하는 "실한 바닷사내"를 끝없이 찾아나서는 엔네는 상처받고 고통당하는 외로운 영혼의 초상이다. 엔네의 근을 인두로 지지는 장면은 엔네가 얼마나 완전하게 불임성과 황폐함을 은유하는 인물인지를 극명하게 보여주고 있는 대목이다. 산에 놓고 온 아기에 대한 그리움과 "실한 바닷사내"였던 아버지에 대한 그리움으로 실성한 여인, 실성해버리기까지 향수에 시달렸던 여인, 그 주검에 눈물까지 담고 죽었던 여인의 비극성, 모성이 여성에게 이렇게도 운명적이고 생래적인 것으로 박상륭은 그리고 있다. 박상륭 소설의 여인들은 하나같이 비극적이다. 더 이상 갈 데 없이 철저히 파괴되고 찢겨진 인물이 떠돌면서 찾고자 하는 것은 남성적 생식력을 표상하는 '아버지'라는 존재다. 아버지와의 만남, 남성력과의 대면을 위해 그녀가 드디어 최후로 선택하게 되는 것은 죽음이다.

이 연작에서 '산'과 '아기,' '바다'와 '아버지'는 서로 대극을 이룬다. 그리고 최종적으로 옌네를 통해 상반된 세계와 존재는 하나로 합일을 이룬다. 합일을 통해 생명의 순환과 존재의 전이가 이뤄지고 있는 것이다. 이처럼 작가의 이분법적 세계 인식은 공간의 구분과 분할에서 명확하게 드러난다. 산/마을로 대비되는 두 공간 세계의 차이는 『죽음의 한 연구』에서 유리/읍내, 「뙤약볕」에서 섬/바다 등의 공간 구획이 상징하는 바와 매우 유사하다. 박상륭 소설에서 공간의 상이성은 세계관과 삶의 방식의 상이성을, 존재 방식의 상이성을 의미한다. 탈속/비탈속, 욕망/금기 · 규범의 세계 등이 그 안에 담겨 있다.

「남도 2」에서 '나(손주)'의 '탈출'과 '떠남'의 욕망은 「뙤약볕 2」에서 족장의 '대탈출'과도 연결된다. 「뙤약볕」에서의 '떠남'은 족장의 죽음과 마을 사람들의 전멸로 끝나며, 「남도 2」에서 '나'의 끊임없는 '탈출' 떠남'의 욕망 또한 좌절되고 만다. 「남도 2」의 '나'의 모습엔 「뙤약볕」의 족장과 점쇠가 동시에 투영되어 있다. '탈출'의 욕망은 '귀소' 본능, '귀의'와 쌍을 이뤄 나타나고 있다.

이 상반된 모습의 공존은 인물의 '혼돈'을 의미하기도 한다. 이와 같은 인물의 성격이 갖는 이중성 혹은 양면성은 박상륭 소설 인물의 특질을 이룬다. '공존'적 성격은 혈연적 관계를 맺는 다른 작품들을 지속적으로 낳게 만드는 추동력이 되고 있다. '귀소 본능'은 「남도 3」에서 옌네가 자신의 고향 · 원향을 찾아 갯가를 향해 떠도는 데서도 나타난다. 이 같은 귀향 의식은 『죽음의 한 연구』에서 주인공 '유리'의 완벽한 형태의 영적 '귀의'로 수렴된다.

낯설고 그로테스크하지만 낯설지 않은 방식으로, 창녀였던 옌네의 삶은 보편적인 어머니로서 아주 친근하게 다가오고 우리의 삶의 진정한 한 국면임을 박상륭 소설은 보여주고 있다. 창녀였던 옌네의 인물 형상은 박상륭의 단편들의 본령인 '대지적 생명력'과 '기독교적 성격'을 동시에 보여주고 있다.

한국 민속과 연금술 및 영지주의와의 신기하리만치 자연스러운 만남과 결합, 동서양의 만남이 박상륭 소설에서 이뤄지고 있다. 그의 글쓰기는 건축물을 축조하듯 차곡차곡 의도했던 형태를 축조해나가는 치밀한 전략적 방식으로 이뤄진다. 이는 작가가 자신이 의도했던 주제 의식과 사유의 세계에 대해 뚜렷한 문제 의식을 지니고 있었음을, 철학하는 행위와 그 철학의 대상에 대해 아주 분명한 소신을 지니고 있었음을 의미한다. 그의 소설이 문학보다 종교에 가깝고 혹은 철학에 가까운 것, 『칠조어론』에서 그의 사유의 방식, 그의 세계에 대한 이해가 더욱 난해해져가며 서사적 규범을 벗어나고 있는 것은 이런 연유에서다.　　　　　　　　〔『현역 중진 작가 연구』 4, 1999〕

## 참고 문헌

김　현(1970), 「요나 콤플렉스의 한 표현」, 『신상』, 가을호.
우남득(1990), 「박상륭 소설의 물질 상상력의 체계」, 『이화 어문 논집』 11.
김명신(1997), 「말씀의 우주에서 마음의 우주로의 편력」, 『작가세계』, 가을호.
―――(1997), 「상극적(相剋的) 질서 안에서의 생명 찾기」, 『현역 중진 작가 연구』 1(한국문학연구회 편, 『현대 문학의 연구』 9집).

─────(1999), 「전복과 변형의 미학: 박상륭 소설 「뙤약볕」 연작을 중심
　　　으로」, 『애산학보』 22집.
세르주 위탱, 황준성 역(1996), 『신비의 지식, 그노시즘』, 문학동네.
엘리아데, 이은봉 역(1996), 『종교형태론』, 한길사.

# 박상륭 소설의 물질 상상력의 체계

우남득

## 1. 서론

한 작가의 작품이 갖는 상상 체계의 비밀을 밝혀내는 작업은 작가 특유의 개성적인 문학 세계는 물론, 그가 공유하고 있는 보편적인 원형을 통해 인간이 상상 체계로 확산되어가는 과정을 추적할 수 있다. 이 글의 목적은 문학이라는 특수성이 갖는 상상 체계를 한 나라, 한 민족, 즉 한국 문학의 보편성 획득의 발판으로 파악하여 우리 문학의 특징과 평가를 가능케 하고자 하는 데 있다.

바슐라르에 의하면 한 인간의 믿음·정열·사고 등의 심층적인 상상 체계를 파악하려면 그것을 지배하는 물질의 한 속성으로 파악해야 한다는 것이다. 인간의 상상력은 근본적으로 물질에 기반을 두고 전개되기 때문에, 그는 물·불·공기·흙으로 기본적인 물질을 4원소로 양식화하여 상상력을 결부시킨다.[1] 즉 필연적으로 시적 혼을

---

1) 4원소의 상징적 연장에 바쳐진 다섯 권의 저술은 상징적 우주론으로 상상적인 것과 감각의 접목을 시도한다(『불의 정신분석』, 1938; 『물과 꿈』, 1943; 『공기와 꿈』, 1943; 『대지와 휴식의 몽상』, 1948; 『대지와 의지의 몽상』, 1948) 참조.

가장 강력하게 결합시키는 것은 기본적 물질 원소에 의한 분류라 할 때[2] 물질 이미지의 탐구는 시학의 이미지 현상학과 원형성의 체계를 찾는 지름길이 되는 것이다.

문학 속에서 물질 이미지는 단순히 물질로 존재하는 것이 아니라 역동적 상상력 속에서 변형·응용·생성의 가능성을 갖고, 또한 원형적 상상력의 보편적이고 궁극적인 이미지를 보유한다. 따라서 상상력이 투사되어 있는 기본 원소들은 각기 복합적이고 깊은 대립 감정 등이 결부되어 끊임없이 전환을 이루게 하는 시적 분신(分身)을 가능케 한다.

이에 박상륭 소설을 물질 상상력의 체계를 연구하는 모델 작품으로 택한 이유는 다음과 같다. 첫째, 박상륭은 1960년대말에 캐나다로 이민하였기에 짧은 문학 활동과 문학 현장 속에서의 부재로 폭넓은 관심이 배제되어 있다. 기존 연구나 평가가 부족하다는 점에서 비교적 순수한 자료체가 될 수 있다.[3]

둘째, 그의 작품은 두드러지게 원초적인 근원 물질이 많이 등장한다는 점이다. 소설의 배경이 되는 시공간이 탈사회적 공간, 비일상적 신화 공간 등으로 현실 사회보다는 자연성과의 교감과 상상력이 중요시되는 세계로 우리를 유도하고 있다. 자연의 근원 원소를 중심으로 분석하는 데 적절한 대상이 된다.

셋째, 암호 해독처럼 난해하다는 그의 작품에 대한 파악은 객관적·논리적으로 추적하기가 힘들다는 점이다. 삶의 구조를 판독하고 본질을 추구하려는 작가의 의도는 세계 내 존재이자 탈세계 존재로 논리를 거부하는 논리 과정의 변증법 속에 있기 때문이다. 물질 상상력이 원초적으로 문학 현상에 대한 직관이기에 작가의 체험 의식과

2) G. 바슐라르, 이가림 역, 『물과 꿈』(문예출판사, 1986), p. 9.
3) 박상륭 소설의 기존 해설로는 김현, 「샤머니즘의 극복: 요나 콤플렉스의 한 표현」, 『박상륭 소설집』(민음사, 1971); 진형준, 「연금술사의 꿈」, 『열명길』(문학과지성사, 1986); 김현, 「인신의 고뇌와 방황」, 『죽음의 한 연구』(문학과지성사, 1986).

상상력을 상호 주관성 intersubjective으로 동화하여 작품 내재적 분석으로 접근하기에 유리하다.

이 글의 대상 작품으로는 「남도」 연작, 「뙤약볕」 연작, 「열명길」을 중심으로 분석하겠다. 대상 작품을 통해 배경이 되는 공간과 물질 원소를 추적하면 상상의 기본 형태가 몇 개의 특정의 물질 원소를 토대로 이루어지고 있다.

| 작 품 | 공 간 | 대표적 원소 | 물질 이미지 |
|---|---|---|---|
| 「남도 1」 | 밤바다배 | 물[水]·불[火] | 비—달—밤—바다—배—술—이슬—메물꽃 |
| 「남도 2」 | 산속화전 | 땅[土] | 할머니—대지 |
| 「뙤약볕 1」 | 섬(사당) | 땅·나무[木]·불 | 섬—집—백송—페스트 |
| 「뙤약볕 2」 | 바다의 배 | 물·불 | 바다—배—폭풍우—술—피—물—페스트—태양 |
| 「뙤약볕 3」 | 섬 | 땅·물·불 | 섬—폭풍우—비—젖—불타는 땅 |
| 「열명길」 | 어떤 성 | 불 | 화룡—연기—술—아편—최음제—피 |

대표적으로 물·불·대지의 3원소가 현저한 것을 볼 수 있다. 작품에 표현된 물질 이미지 현상학을 기호론적 구조로 분석하면서 작가의 사고 체계의 특이성을 밝히고, 보편적 원형으로 연계하는 유기적인 시도를 전개하겠다.

2절은 주로 물·불의 이미지를 상상력의 이미지로 분석하고, 3절에서는 박상륭의 위 작품들이 갖는 물질 이미지의 총체성을 요나 콤플렉스의 원형으로 파악하여 종합하려고 한다.

## 2. 물질 이미지 현상학

### I. 물의 생생력(生生力)과 죽음

물질적 원소 중에서도 물은 상상력의 특수한 타입이다. 유동하는 이미지의 공허성, 존재의 실체를 끊임없이 변모시키는 근원적인 운명으로 물의 고통은 끝이 없다. 물은 모든 근원 물질처럼 깊고 영속적인 대립 감정에 결부되어 있는데, 이러한 심리적 특징은 시적 분신의 이중적 참여, 양가성(兩價性)을 수반한다.

「남도 1」의 물의 이미지는 생과 사의 대응 관계를 이루는 상상 체계로 재구성할 수 있다. 편의상 「남도 1」의 구성을 도표화해보면 다음과 같다.

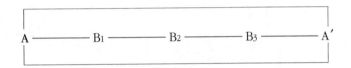

현시점인 AA′는 도입부와 대단원으로 과택 죽은 후 영감의 심경 진술로 액자처럼 박스권을 이루고 있다. $B_1B_2B_3$는 밤바다로의 여정이 주요 테마로 반복되는데, 과택이 죽기 전날 밤부터 죽은 후 수장할 때까지 세 번의 밤바다행을 비교·고찰할 수 있다. 반복되는 $B_1B_2B_3$는 병렬 구조를 이루며 각기 비교·대조·점층을 통해 의미의 시차성을 이루고 있다.[4]

---

4) 시와 마찬가지로 소설에 있어서도 주제, 구조, 사건, 행위의 의미상의 대립, 증가, 비교를 통해 의미상의 시차성을 만들어낼 때 병렬법으로 양식화할 수 있다. R. Jakobson, K. Pomorska, *Dialogues*(Cambridge: Massachusette MIT Press, 1980), p. 106.

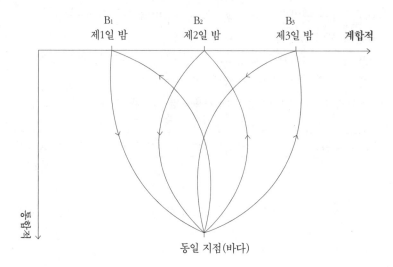

즉 1차 바다행(B₁)은 과택의 요청에 따라 밤바다 한가운데로 배를 띄운다. 밤중에 배 타고 바다로 두 남녀가 나가는 상황은 비일상적이며 다분히 낭만적이다.

이때 과택은 생(生)을 정리할 요량으로 죽음을 예비하여 고자 영감에게 연모의 정을 고백하고 뒷일을 예비해둔다. 죽음에 대한 예비지만 아직은 삶의 단계이고 사랑의 확인이다.

2차 바다행(B₂)은 1차(B₁)와 3차 바다행(B₃)을 연결시키는 중간 단계의 매개항이다. 즉 B₁이 생과 사랑의 바다라면, B₃는 죽음과 이별의 바다인데, B₂는 삶과 죽음의 의미를 동시에 수용하고 있다. B₂는 고자 영감 혼자서 일하러 밤에 노 저어 동일한 지점 바다에 나간다. 바다는 원형적 물의 양의적 의미보다는 삶의 현장으로서 노동의 공간이 된다. 노동과 땀·낚시·그물 등의 어휘가 연계되고, 과택이 전날 전해준 물품——지전·밭문서·전답 문서가 펼쳐진다. 현실적 의미의 공간이긴 하지만, 전날 남녀가 오밤중에 밤바다로 나갔던 것처럼, 밤일 고기잡이도 정상적인 행동은 아니다. 영감은 고기 잡기는 제쳐두고 어젯밤의 사랑을 회상하며 배 바닥에 누워 바다와 한 몸이 되는 환상에 젖는다.

B3의 3차 바다행은 떠남과 죽음의 물의 이미지다. 자살한 과택의 유언대로 영감은 과택을 수장해주러 밤바다로 노 저어 나간다.

3차에 걸친 밤바다행을 도표화해보면 다음과 같다.

| 분절 층위 | 1차 바다행(B1) | 2차 바다행(B2) | 3차 바다행(B3) |
|---|---|---|---|
| 공간적 분절 | 동일 지점 바다<br>(바다+배) | 동일 지점 바다<br>(바다+배) | 동일 지점 바다<br>(바다+배) |
| 시간적 분절 | 제1일 밤 | 제2일 밤 | 제3일 밤 |
| 인물 층위 | 과택+고자 영감 | 고자 영감 | 과택(시체)+<br>고자 영감 |
| 원형적 이미지 층위 | 생생력 | 요나 콤플렉스 | 영원 회귀 |
| 목적론적 층위 | 죽음의 예비<br>(고백과 유언) | 고기잡이 | 장례(수장) |
| 의미론적 층위 | 생(사)<br>만남과 결합<br>↓<br>합일 | 생사(경계)<br><br>합일 시도 | 사(생)<br>이별<br>↓<br>합일 염원 |
| 물질 이미지 연계 | 바다 → 달 → 물 → 술 → 눈물 → 과택 → 메물꽃 → 배 → 바다 (순환) | 그물 → 낚시 → 지전 → 전담 문서 → 땀 → 그물 (순환) | 바다 → 달 → 물 → 술 → 눈물 → 과택 → 메물꽃 → 배 → 바다 (순환) |

258

특히 B₁과 B₃는 의미상의 이항 대립과 병렬 구조로 이루어진다.

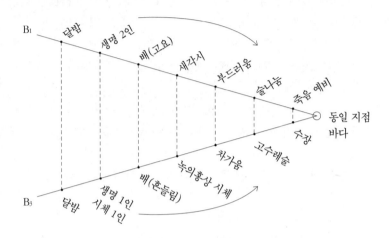

특히 B₁과 B₃에서 물의 이미지는 삶과 죽음의 양의성(兩義性)을 갖는데, 연계된 이미지 역시 생생력과 죽음으로 대비되어 있음을 볼 수 있다. B₁에서 물과 연계된 이미지를 추려보았다.

- 그란개 달이 참 밝았구만
- 참 물결도 벨나게 최요옹 했었제
- 달도 좋고 물도 좋구만요
- 할마씨 몸에 이슬이 안 해로울까
- 탁배기 한잔 안 잡술라요
- 암내내 메물꽃이등만
- 괴기가 뛰어올라 달빛 쬐꿈을 파묵고

밤→바다→달빛(보름)→물결→이슬→탁배기(술)→눈물→괴

기(물고기)→메물꽃(밭)→과택의 이미지는 물의 이미지와 동일선상으로 연계되어 있다. 이들 이미지는 원형적으로 생생력의 환대(環帶)를 이루는 물〔水〕—달〔月〕—여성〔女〕—땅〔地〕을 이루고 있다. 물은 달 · 여성 · 대지와 함께 선사 시대 이래로 물—달—여성—땅—환(環)의 인간 · 우주적인 생생성(生生性) 환대를 이루는 것으로 간주되어왔다.[5]

생생력에 연계된 또 하나의 이미지는 사랑, 결합의 이미지다. 만개된 여성성은 보름달→암내낸 메물꽃→과택→조용한 바다를 통해서 결합의 소박한 상상력을 불러일으킨다. 특히 과택이 그 동안의 연모의 정을 고백함으로써 물은 사랑과 결합의 이미지로 구체화된다.

- 할마씨는 똑 새각시맹이 얌전시리
- 나는 똑 **숫총각**만 같은 생각이 들었다고
- 손도 그런디 고로초롬 보드럽을 수가 있을까
- 꽉 끌어땡겨 보둠아뻐리고 말았제
- 무신 향내고 해야까
- 고로코롬 취한 적 벨랑 없었다고

B₁은 밤바다로의 비일상적인 여행을 통해 이들은 서로간의 연모의 정을 확인하고 풍만한 생명력으로 뒤덮여 있다.

이와 대비되는 떠남, 죽음의 밤바다는 B₃로 동일한 공간 · 인물 · 상황이 반복되지만 이미지는 생생성에서 죽음으로 바뀐다. 즉 전체를 연계하는 이미지는 전날 밤 생생력의 바다와 반복되는 밤—달—물결—이슬—배—술—메물꽃—과택이지만 생명감의 부드러움 · 충만함은 차가움과 굳음 등의 죽음의 이미지로 전환된다.

---

5) 김열규, 『한국 민속과 문학 연구』(일조각, 1975), p. 223.

- 북망 같은 바다
- 북망 같은 달빛
- 쪽도리 쓴 할마씨 시체(녹의홍장의 새각시)
- 꼬시레 술
- 몸써리나게 얼어버린 땅
- 찬 새복 이슬 맞은 메물꽃

영감의 손에 파악된 죽음의 이미지는 차가운 것—언 것—뭉쳐진 것이다.

헝클어진 고것이라. 헝클어지고 헝클어져 나중에는 똥골똥골힝게 뭉쳐져설랑 밑도끝도 모룰 고것이라. 그랑개 고건 결국, 비암도 언 땅도 아닌 뚱글디뚱근 죽음이었제.

찬 것—뭉쳐진 것이 구체적 물의 이미지로 환원된 것은 과택 수장할 때 물뺑돌앰으로 나타난다.

물뺑돌앰이만 남등만. 물뺑돌앰이만 남아설랑 달빛을 여러 수천 자래기로 맨들어주더니 그것도 곌국 사라져뻔졌는디……

죽음이 지닌 답답하고 괴롭고 무거운 것은 뭉쳐진 매듭 같은 것으로 상징되고 물뺑돌앰을 통해 뭉침—풀림의 한의 속성과 유사히 파악된다.

$B_1$에서 생생력과 사랑은 $B_3$에서 죽음과 이별로 이행되어 완결지어지며 변별화되고 있다. 밤바다의 묘사를 통해 대칭 구조를 정리해 본다.

| | B1  바다 | B3   바다 |
|---|---|---|
| 바다 묘사 | 물결 조용<br>달도 좋고 물도 좋구만요<br>(3번 반복) | 북망 같은 바다<br>북망 같은 달빛 |
| 과택 묘사 | 새각시<br>백여시<br>암내난 메물꽃 | 쪽도리 쓴 머리(녹의홍장)<br><br>차게 흔들리는 메물밭 |
| | 침묵하다(색각시)<br>향내나다 | 침묵하다(시체)<br>몸무게 없다 |
| 행위 묘사 | • 만지다—생(生)<br>• 보드랍다—손<br>• 포옹하다<br>• 어리고 애리애리하다 | • 만지다—사(死)<br>• 차다—젖가슴<br>• 시체를 안다<br>• 똥골똥골 뭉치다 |
| 주도적 인물 | 과택 | 영감 |
| 발신자→<br>수신자 | 과택이 말하다  →<br>(유언 · 소망 · 눈물……)<br>과택이 소망하다  →<br>과택이 주다  →<br>(돈 · 술 · 문서) | 영감이 말하다<br>(노래 · 욕 · 눈물 · 용서……)<br>영감이 원 풀어주다(실행)<br>영감이 돌려주다<br>(지전은 황천노자로 술은 꼬시레 술로) |

### Ⅱ. 흔들림과 혼돈의 이미지

물의 역동적인 상상력은 물의 유동성에서 기인한다. 「남도 1」의 물은 고요한 물에서 난폭한 물로 유동성을 통해 변모한다.

B1에서의 사랑, 결합의 이미지로서 바다는 고요한 물이었으나, B3의 죽음과 이별의 물에 이르러 흔들림의 유동성이 증폭된다.

| 이미지 | B1 바다 | B3 바다 |
|---|---|---|
| 달빛 | 괴기가 한잎 파묵었으나 그대로 | → 수천 자래기 |
| 파도 | 잔잔 | → 물뺑돌앵이 |
| 술 | 주거니받거니 | → 꼬시레 술 뿌림 |
| 포옹 | 가만히 보듬음 | → 시체 붙들고 몸부림 |
| 배 | 잔잔 | → 흔들림 |

흔들림은 코스모스에서 카오스로 다가서는 과정이다. 물의 이미지
의 유동성은 마침내 현시점인 AA′에서 "석 달 간의 비"로 변한다.

어둡기만 어두울까
석 달을 내내 비만 오고, 달은 떠도 메물밭은 안 비고, 석 달을 내내
비만 오고…… 할마씨 나도 인재는 죽을라고 그럴라고 벵인개비요.
벵인개비요. 나도 인재는 큰 독 하나 몸에 짬매고, 그라고 메물꽃 흐물
트러진 속에나 롬고만젚소

밝음을 가리고 모든 것을 무화시키는 비는 남성화된 물이며 난폭
한 물이다.[6] 영감은 "석 달 간의 비" 속에서 타나토스의 욕구에 시달
린다. 뱃가죽이 고흔 다홍색의 등이 짙은 초록고기의 죽음에서 녹의
홍상(綠衣紅裳)의 과택의 시체를 연상하고, 고기와 같이 죽은 갈매기
의 죽음으로 자신의 죽음을 동일시한다.
AA′의 비는 어두움과 경계 침범의 해체 이미지로서 혼돈의 물이
다. 이는 B1B2B3가 밤과 바다의 이미지로써 죽음을 완성한 것처럼, 어
두움과 해체 공간을 상징하는 카오스의 비인 것이다.

---

6) G. 바슐라르, 『물과 꿈』, pp. 26, 226~64 참조. 물에 예속되는 성은 언제나 거의 여성
적이고 모성적이나, 원한을 품고 성을 바꿀 때 심술궂게 됨으로써 물은 남성적이 된
다. 이는 물의 심리학적 측면에서의 물질의 역동적 상상력에서 기인한다.

혼돈의 물로서 "물은 대홍수 이후 재창성(再創成)"[7]의 원형성을 갖는데 남성화된 난폭한 물인 "석 달 간의 비"는 더 나아가 「뙤약볕 2·3」에서의 폭풍우의 해체 기호와 연결된다. 즉 「뙤약볕 2·3」에 걸쳐 동일한 시간(열아흐렛날)에 일어나는 폭풍우는 그 동안 일궈났던 모든 질서·희망·체제를 일축하고 뒤흔들어놓는 파괴와 혼돈의 카니발적 역전을 담당한다.

폭풍우는 물과 바람이 혼합된 물질 상상력의 이미지로서 그 기능은 코스모스에서 카오스로 화하는 해체 기능을 담당한다. 더구나 밤―바다―배―폭풍우(비·바람)로 연결되는 이미지는 그 자체로 무와 해체 기호를 상징한다.[8] 이들 유동의 이미지들은 불명료하고 한계 없고 경계 침범의 상태로 한정적 공간과 변별을 나타내는 기호와는 대립되는 것이다.

　　번개가 한번 스치더니 벼락이 큰 돛대 끝에서 부서지며, 유황불보다도 뜨거운 바람이 납물 같은 비를 몰아 퍼부어대기 시작했다.

「뙤약볕 2」에서의 폭풍우는 번개와 벼락까지 동반하여 하늘이 갈라지고 배가 조각난다. 불과 물의 상충적 이미지를 통해 우주 공간 전체가 천지 창조의 태초처럼 카오스 상태로 발광과 격노의 노여움을 경험하는 것이다.

7) M. Eliade, *Cosmos and History*, trans. by Willard R. Trask(New York: Torch Books, 1958), p. 59.
8) 이어령, 『문학 공간의 기호론적 연구』, 단국대학교 박사 학위 논문(미간행), 1986, p. 523. 밤―바다―배를 공간 해체의 3대 기호로 무(無)의 공간으로 본다.

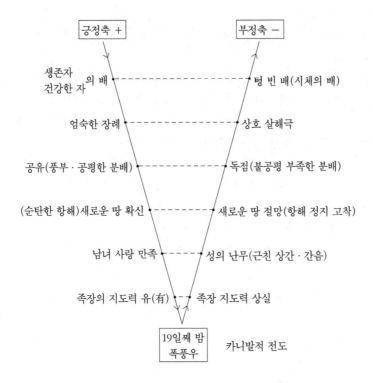

<table>
<tr><td>긍정축 +</td><td>부정축 −</td></tr>
</table>

생존자
건강한 자 의 배 ┄┄┄┄┄┄┄ 텅 빈 배(시체의 배)

엄숙한 장례 ┄┄┄┄┄┄┄ 상호 살해극

공유(풍부·공평한 분배) ┄┄┄┄┄┄┄ 독점(불공평 부족한 분배)

(순탄한 항해)새로운 땅 확신 ┄┄┄┄┄ 새로운 땅 절망(항해 정지 고착)

남녀 사랑 만족 ┄┄┄┄ 성의 난무(근친 상간·간음)

족장의 지도력 유(有) ┄┄ 족장 지도력 상실

19일째 밤
폭풍우     카니발적 전도

우주적 해체의 폭풍우를 축으로 카니발적 전도가 일어난다. 즉 '새로운 땅'을 향해 희망적인 항해가 폭풍우 이후로는 절망으로 드러나고, 이에 따라 족장의 권위가 상실되어 희생양의 제물로 바다에 수장된다. 여자들도 부정탄 존재로 간주돼 인신공의 제물이 되고 남은 사람들도 서로 죽이고 죽어 빈배만 남게 된다.

이같이 폭풍우의 혼돈을 통한 카니발적 전도는 동일 시간의 「뙤약볕 3」에서도 일어난다. 점쇠는 '말'을 찾기 위한 사당 쌓기가 거의 완성되어가는 열아흐레째 밤 폭풍우 속에서 당굴로서의 의무보다는 한 남성으로 변신하여 누이와 근친 상간을 한다. 우주론적 층위의 폭풍우의 혼돈과 해체 이미지는 뱀 이미지로 묘사된 남녀의 성적 결합, 사당 허물기로 연계된다. 성적 결합→사당 허물기→폭풍우를 통한 대

립과 부재의 현존성 presence의 이미지는 탈구축 상태를 상징한다.[9]

날이 채 밝기도 전의 후둘기는 빗발과 번개 속에서 자기의 남정네가 뭔가 미친 듯이 해대며 헛소리처럼 알 수 없는 말을 각혈하는 걸 보고 들었다. 그는 온전히 미쳐버린 듯했는데, 그렇게도 애써서 땀과 신앙과 정성으로 쌓았던 사당을 헐어내고 있었다.

단순한 공간 해체의 카오스가 아니라 공간 구축과 해체가 동시에 이루어지는 탈구축의 상태를 의미한다. 즉 「뙤약볕 3」의 폭풍우는 「뙤약볕 2」와 동시적으로 일어난 혼돈이지만 혼돈을 통한 재창성, 신생을 함유하고 있다. 즉 사당 쌓기 등의 '말'의 허상을 부수고 대지를 아내로 하여 새로 태어날 준비 과정의 카오스였던 것이다. 누이와의 결합은 사회적 제약에서의 일탈로 대지의 자연성과의 만남이다. 사당을 허문 후에 누이와의 간음은 자궁으로의 회귀를 의미하며, 그녀를 살해하는 행위는 자궁 속에서 거듭남의 존재론적 재탄생을 경험한다.

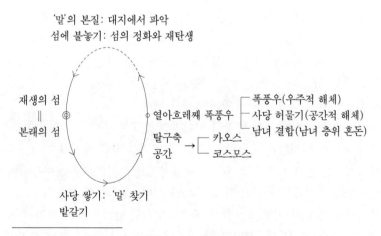

'말'의 본질: 대지에서 파악
섬에 불놓기: 섬의 정화와 재탄생

재생의 섬
‖
본래의 섬

열아흐레째 폭풍우

폭풍우(우주적 해체)
사당 허물기(공간적 해체)
남녀 결합(남녀 층위 혼돈)

탈구축
공간 → 카오스
코스모스

사당 쌓기: '말' 찾기
밭갈기

9) J. Culler, *On Deconstruction*(Cornell University Press, 1982), p. 95.

흔들림과 혼돈의 물의 이미지를 도표로 정리하면 다음과 같다.

| | 「남도 1」 B₃ | AA′ | 「띄약별 2」 | 「띄약별 3」 |
|---|---|---|---|---|
| 물의 이미지 | 흔들림의 바다 | 석 달 간의 비 | 폭풍우 | 폭풍우 |
| 의미론적 층위 | 고요→난폭 | 혼돈 | 혼돈(해체)→ 전도 | 혼돈(해체)→재창성 |
| 시간적 층위 | 밤 | 석 달 밤낮 | 밤 | 밤 |
| 공간적 층위 | 바다 배 | 바닷가 | 바다 배 | 섬 |
| 경계 침범 층위 (혼돈 이미지) ↓ 물과 연계된 이미지 | •밤 •배 •바다 (공간적 혼돈) ↓ 죽음 | •비 •어둠 ↓ 죽음 | •번개 •벼락 •바람 •밤 •바다 •배 (공간 층위 해체) (해체 공간) ↓ 죽음 | •성적 결합(남녀 해체) •사당 허물기(공간 해체) •폭풍우(우주 해체) •누이 살해(생사 해체) (탈구축 공간) ↓ 재탄생 |

### III. 죽음으로의 여행

물 위의 여행 이미지를 바탕으로 장의(葬儀)의 둘레에 모여진 무의
식적 가치를 들먹이지 않아도 죽음은 여행이고, 여행은 죽음의 원형
적 출발이다.[10] 여행의 감각을 죽음에 지니도록 하기 위해서 상상력
은 물을 필요로 하고 있다. 그 물은 밤과 바다를 통해 죽음의 상징을
완성하고 있다.

「남도 1」이 밤바다로의 여정을 주요 테마로 하고 있음은 앞서 살펴

---

10) G. 바슐라르, 『물과 꿈』, p. 110.

본 대로, 인물 면에서 영감은 카롱의 뱃사공처럼 죽음의 안내자로 구현된다.

영감은 자살을 결심한 과택의 소망에 따라 밤배를 태워주었고, 본의 아니게 묏자리를 잡아주게 된 것이며, 과택의 소원대로 유언 집행—재산 상속, 장례를 치러주는 수행자 역할을 담당한다. 즉 과택을 염하고 수장하고, 고복해주고, 죽음(시체)을 껴안고, 죽음을 만지고, 죽음에 대해 이야기한다. 그는 온통 죽음–살아 있지 않은 것, 시체, 장례에 대해 말하고 있다. 이후 영감은 과택처럼 자살의 유혹과 강박관념에 시달리며 죽은 고기와 갈매기의 영상 속에 자신과 과택을 아이덴티티시키고 있다. 그는 온통 어둠과 밤, 과거의 추억에만 몰두한다. 특히 영감이 고자라는 점은 풍만한 여성성에 합일해줄 수 없다는 것 외에도 생명을 잉태할 수 없는 살아 있지만 황폐된 불구자를 뜻한다. 이렇듯 영감을 통해서 죽음의 그림자, 타나토스의 강박관념 등 네크로필리아적 속성의 현저함을 감지할 수 있다.[11]

영감을 서구 원형적인 물의 카롱 콤플렉스의 한 측면으로 본다면, 과택은 물의 오필리아 콤플렉스와 비교해볼 수 있다.[12] 즉 카롱 콤플렉스는 사람을 나룻배에 태워 가지고 저승으로 간다는 신화를 배경으로 깔고 있는데 죽음에 의한 이별의 이미지를 배와 물로 형상화시킨 것이다.

오필리아 콤플렉스는 물을 통한 마지막 여행과 마지막 분해라는 측면에서 자살은 보다 더 적극적인 갈망이며 마조히스트적 요소를 띤다. 오필리아 콤플렉스에서 자살과 물의 무한과 합일하는 자신의

---

11) E. Fromm, *The Heart of Man*(Routlege & Kegan Paul Ltd., 1965), pp. 39~43. 'necrophilia'는 죽은 자에 대한 사랑, 시체를 가지려는 욕망 등을 지칭하는데 대표적 특징은, 살아 있지 않은 모든 것——시체, 부패, 배설물에 대한 집착, 병, 장례, 죽음——에 대해 말하기 좋아하고, 과거에 살고 미래에 살지 않는다. 어둠과 밤, 동굴, 깊은 바다, 장님, 자궁으로 돌아가려는 일련의 경향이다.

12) G. 바슐라르, 『물과 꿈』, pp. 104~32 참조.

이미지는 과택의 자살을 통한 영원 회귀 의식과 비교해볼 수 있다.

과택은 불모의 삶, 인연이 척박한 삶을 비관해 자살을 결심한다. 자살의 문제는 극적 가치를 판단하는 데 있어 결정적인 문제다. 자살은 긴 내면적 운명으로 준비되어 문학적으로 가장 잘 준비가 행해진 완전한 죽음이다.

과택은 죽음을 예비해서 영감에게 배 타기를 소원했고, 묏자리, 재산 정리, 장례 절차에 필요한 준비를 해놓고 수행자까지 지목해놓는다. 오랜 세월 한과 기다림으로 "탑 쌓듯이 살아왔던" 수직적 상승의 생을 자살로 마감한다. 오필리아 콤플렉스가 물결에 펼쳐진 머리카락의 유동성으로 수평적 물의 흐름에 따라 떠돌고 해체되는 실체의 몽상이라면,[13] 과택의 죽음은 물의 수직적 깊이로 하강한다.

그란디 누가, 나 죽고 나먼 내 다리다가 큰 독 하나 매달아 요 물 밑에다 넣고 주꼬? 살아서 질게 못 살아본 인연을 죽어서나 질게 살아볼란개.

돌로 길게 묶여 바다 깊숙이로 침잠되는 몽상은 물의 충만한 길이를 이루는 깊고 무거운 물로, 어둠을 증대시킨 혼이 침잠되는 이미지의 세계다.[14] 무거운 물은 잠자는 물이며 죽어 있는 물이다. 과택이 바다에 빠질 때 '물뺑돌앰'은 뭉침의 한이며, 심연을 상징하는 모든 것을 삼켜버리는 깊이를 알 수 없는 물이다.

물 속에 잠기는 것은 무형 상태로의 회귀, 존재 이전의 미분화된 상태로의 복귀를 의미한다. 물에 잠기는 것은 원형적으로 형태의 해체에 해당한다.[15]

---

13) G. 바슐라르, 『물과 꿈』, p. 120.

14) 앞의 책, p. 71.

15) M. Eliade, *The Sacred and the Profane*, trans. by Willard R. Trask(New York: Torch Books, 1961), p. 130.

죽음의 원형적 출발로서 바다의 항해 이미지는 「뙤약볕 2」에서도 나타난다. 즉 「뙤약볕 2」에서 섬을 버리고 새로운 땅으로 가기 위한 방법은 바다로의 항해다. 섬의 재앙인 페스트를 피해 건강하고 선택된 사람들만을 추려 새로운 땅으로 향한 배는 아니러니하게도 새 삶을 향한 여행이기보다는 죽음의 여행이 되고 만다.

바슐라르의 「불길한 아이의 탄생」에서는 물은 대지에서 방해되는 것을 제거하는 역할을 한다.[16] 불길한 아이는 대지를 더럽히고 풍요로움을 흩뜨리며 페스트를 전파시킬지도 모르기 때문이다. 따라서 항해로서의 죽음은 격리, 즉 대지에서 방해가 되는 것을 제거하는 물의 기능이 강조되어 격리의 바다, 격리의 여행이 된다.

「뙤약볕 2」에서는 페스트로 오염된 섬을 격리하고 바다로의 삶과 구원을 향해 떠났지만 결과적으로 이들이 격리된 존재가 된다. 새로운 땅을 향해 떠난 무리들이 비참한 죽음의 종말을 맞이하는 대신, 폐허의 섬은 노아의 방주 같은 삶의 은유적 공간으로 화한 것이다. 족장은 죽음의 섬에 암수 한 쌍씩의 짐승들을 남겨놓았고, 섬에 남은 점쇠에 의해 섬은 풍요로운 대지로 재탄생하기 때문이다.

이에 비해 새로운 땅으로 항해를 떠난 배는 처음의 긍정적인 출발에 비해 폭풍우를 통한 카니발적 전도를 통해 삶에서 죽음으로, 희망에서 절망으로, 긍정에서 부정으로 치닫고 만다. 더구나 이들이 설정한 새로운 땅은 정확한 위치가 부재한 미지의 땅이다. 방위나 목표가 있는 것이 아니라 바람 부는 대로 우연에 의해 방랑하다가 표착하기를 바라는 장소다.

따라서 표층적 의미로는 죽음과 페스트로 오염된 섬을 격리시키고 새로운 땅을 향해 삶의 항해로 출발한 여행은 모순과 전도에 의해 스스로 격리되고 금지당한 죽음으로의 여행이 되고 만다.

---

16) G. 바슐라르, 『물과 꿈』, p. 108.

| | 섬 | 바다 |
|---|---|---|
| 행위 층위 | (묵은) 격리 | (새로운) 출발 |
| 인물 층위 | 시체 | 건강한 자(선택) |
| 의미 공간 | 죽음의 공간<br>절망 | 삶의 공간<br>희망 |
| 역전적 의미 | 생의 공간 | 사의 공간 |

## Ⅳ. 죄악과 정화의 불

불의 물질적 상상력의 양의성은 악을 제거하고 선을 만들어낸다는 객관적 순화의 변증법 속에서 파악된다. 죄와 악의 기호로서 성적 충동인 정신분석적 불에서 모든 것을 순화·무화시키는 순수성의 양면성은 불—불꽃—진동—정령—재(분비물) 등의 물질적 변화를 동반한다.[17]

「뙤약볕」 연작을 통해 나타나는 불의 물질 이미지는 크게 두 가지 의미론적 해석을 가할 수 있다. 즉 전편을 통해 죄와 악의 기호로 나타나는 징벌의 불과, 작품의 대단원을 장식하는 대지의 정화와 갱신을 위한 불이다.[18]

제목 '뙤약볕'이 시사하는 사전적 의미는 '되게 내리쬐는 여름날의 뜨거운 볕'으로 불의 이미지가 두 개의 외부 공간에 존재함을 뜻한다. 즉 상방에서 하방 공간으로 하늘과 대지, 하늘과 바다에서의 태양불의 잔혹한 이미지다. 여기서 태양은 자연에 생명력을 주는 따스하고 풍요로움을 주는 불이라기보다는 그 강렬함으로 인해 파괴와 불모를

---

17) G. 바슐라르, 민희식 역, 『불의 정신분석』(삼성출판사, 1982), p. 115.
18) G. 바슐라르, 앞의 책, p. 113. 불의 성화(性火)와 불의 순화(純化)의 양면성에서 볼 때, 성화는 불의 악마적 성격, 성적 충동의 갈등, 투쟁 등으로 나타나며 지옥 묘사, 화염의 악마 등의 이미지를 들 수 있다.

야기하는 불이다. 또한 태양의 광명성에 따른 이성, 합리의 신적 존재보다는 분노의 신으로서 징벌을 내리고 있다.

「뙤약볕」의 불의 이미지는 '타다'라는 물질적 연계를 통해서 세 개의 공간 속에 동형적 isomorphism으로 존재한다. 즉 불의 현상학적 상상력은 두 개의 외부 공간인 상하의 하늘의 태양과, 대지의 불로 나타나고, 내밀 공간인 인간의 육체 내에 침투하여 페스트로 나타나고 있다.

물질과 공간은 병렬 구조의 계합축으로 읽으면 다음과 같다.

| 불 '타다' | 페스트 → | 뜨거운 태양 —— | → 불살라지는 대지 |
|---|---|---|---|
| | ↕ | ↕ | ↕ |
| 공간 | 인간의 육체 → | 배(바다) ——— | 성(대지) |
| | 「뙤약볕 1」 | 「뙤약볕 2」 | 「뙤약볕 3」 |

「뙤약볕 1·2」에서 '말'을 부정한 인간들의 말로는 페스트와 뙤약볕의 불의 재앙으로 나타난다(폭풍우를 통한 물의 이미지는 앞절에서 다루었다). 섬에 대한 재앙인 페스트가 인간의 신체로 내밀화되어 불의 물질적 내밀성을 상징하는 동시에 작렬하는 태양 밑에 저주받은 바다의 배 위에서 허덕이는 인간과 동형적 등가를 이룬다. 특히 이들의 재앙은 '말'의 부정 내지는 그릇된 인식과 파악으로 스스로 자초하여 끌어들인 내부적 붕괴에 원인이 있다.

따라서 이들의 페스트는 "바다 저편의 파편 조각과 쥐의 시체"의 외부적 재앙이 아니라 원인을 알 수 없이 인간 육체 내부에서 외부로 현현된 모습으로 나타나고 있다. 육체의 내밀성에서부터 불이 타서 나오는 페스트는 바로 '말'에 대한 의식과 정신이 곪아터진 상태를 상징화한 것이다.

물질의 짝지어진 이미지가 유기체로부터 정신체로, 이미지임과 동시에 관념으로, 내밀과 객관을 동시에 부여하는[19] 가치로 탁월한 발상임을 주목할 수 있다.

육체의 내밀성에서 현현된 불의 물질 상상력은 "시체들은 그을은 듯 새까맣게 변하였다." 페스트 묘사를 통해 불과 재의 이미지로 재앙과 종말의 허무를 읽을 수 있다.

페스트로 섬 인구가 반으로 줄고 황폐해가자, 나머지 주민은 섬을 떠나 새로운 땅으로 향한다. 징벌의 불로 내려진 페스트의 재앙에 대한 맞불로 이들은 스스로를 죽이고 이웃을 죽이는 번제(燔祭)의 희생공의 조공을 바친다. 불의 향연은 죄악과 광란의 향연이다.

사람들은 이지러진 반나체가 되어, 미친 듯이 화톳불을 돌았다. 술은 독에 넘치고, 고기는 무참히 짓밟혔다. 참으로 간드러지는 밤이다. 주검이 그들과 함께 마시고 도취되어 있었기 때문에 더 자지러졌는지도 몰랐다.

적나라한 육체→술→(폭음 폭심)→화톳불→밤→죽음 등의 이미지의 연계는 불의 본능인 파괴의 도취다. 이성의 불이나 자기 희생(촛불)보다는 성욕의 기름기와 파괴로 인한 죽음의 불이 인간의 죄악과 정염으로 타고 있다.

'말'을 부정하고 불의 재앙(페스트)을 피해 새로운 땅으로 향해 떠난 이들은 망망 바다 한가운데서 다시 불의 징벌과 대적하게 된다. 폭풍우 이후(폭풍우 때 번갯불에 의해 배가 조각난다) 끝없이 내리쬐는 태양 아래 바람 없이 정지된 배의 인구는 반으로 줄고 죽음의 그림자만이 가득하다.

뻘건 태양이 하늘의 중간쯤에 와 녹아내리고 공기는 침체되어 흐름

---

19) G. 바슐라르, 饗庭孝男 譯, 『大地と休息の夢想』(동경: 思潮社, 1970), p. 181.

이 없었다.

밤과 마찬가지로 뻘건 대낮도 불모의 죽음을 상징한다. 더욱이 정지된 배는 운동에 비해 침묵이며 고착이며 죽음이다.

남북적도 회귀선상에서 고착된 배에서 모든 사람들은 미쳐가고, 날뛰고, 말라가고, 피비린내로 스스로를 징벌해간다. 객관적 · 외부적으로 온 재앙을 통해 내부적으로 확산해가는 모습은 「뙤약볕 1」과 「뙤약볕 2」가 동일하게 진행된다.

"때는 해가 중천에 있는 허연 대낮, 멀건 한낮, 뻘건 시각"에 성의 난무→인신공의 살해→피비린내 나는 싸움의 죄악의 잔치를 벌인다. 성 · 피 등의 불의 물질 이미지는 작렬하는 태양 아래 죄악과 증오 · 원망 · 정염 · 광란의 이미지를 나타내고 있다.

섬의 불의 재앙(페스트)을 피해 온 이들은 배에서도 섬에서와 똑같은 형태의 불의 죽임을 당한다. 새로운 땅을 향해 떠났던 배의 살아남은 육체는 태양 아래 말리고 태워 죽게 되는 것이다. 빈배만 남은 최후의 상황은 불의 종말인 재의 이미지를 나타낸다.

흐름 없는 대기와 따가운 햇볕만 묵은 회분(灰分)마냥 쌓여가고.

「뙤약볕 3」에서 불은 대지로 하강하여 새로운 불씨를 키운다. 새로운 땅을 향해 섬을 버리고 모두 떠나지만 점쇠만은 섬에 남기로 한다. 점쇠는 '말'을 찾는 구도 행각을 벌인다. 점쇠는 섬의 뜻, 자연의 뜻, 즉 대지의 뜻을 깨닫고 다시 태어나는 섬의 대지모신의 기능을 담당한다. 그 일련의 징후는 '말'을 찾기 위한 자아 탐구이며, 누이와의 간음과 살해이기도 한다

섬에서 새로운 존재론적 변신을 경험한 점쇠 앞에 그 동안 페스트로 오염되고 수많은 시체와 번제의 제물로서 황폐화된 묵은 섬도 다시 태어나야 한다. 점쇠는 날이 밝는 대로 섬에 불을 놓을 것을 결심

274

하는 것으로 작품의 대단원이 막을 내린다. 피동적으로 당하기만 하던 불의 세례를 주체적 의지로 능동적으로 온 대지에 확산시키는 행위다.

비가 개이는 대로 묵은 땅은 온통 불살라버려야겠어. 폭우로도 다 못 씻은 낡음들을. 그리곤 씨알을 던져야지 씨알을 암믄. 이 여인의 몸에, 그 자궁에.

앞서 물의 카오스적 기능에서 「뙤약볕 3」의 폭풍우는 재탄생을 위한 혼돈 이미지였음을 밝혔는데, 이 불의 이미지야말로 정화와 갱신의 불이다. 개화의 의미는 새 불이 지닌 신선하고 신성한 힘에 의해 구시병(救時病)할 수 있다는 믿음으로 제의상 상징적으로 불에 의한 땅의 정화요, 땅의 생생력의 갱신이다. 일종의 재생 제의(再生祭儀)로 고대인들은 새로 얻은 땅, 새로이 점령한 땅에 대해서 행함으로써 새로운 우주의 탄생, 풍요로움과 신생을 기약해왔다.[20]

점쇠가 대지에 심는 씨앗은 바로 불의 씨앗이다. 섬은 페스트의 질병에서 구제되어 정화되고 그들이 그토록 찾아 나섰던 바로 새로운 땅으로 재탄생되었을 뿐 아니라 누이와의 성적 결합에서 시사한 것처럼 모든 갈등에서 치유된 다산과 풍요의 불씨가 뿌려진다.[21] 정신분석에서 불은 성적인 내적 경험(마찰)과 밀접한 연관을 갖는데 이는 누이와의 갈등, '말' 탐구의 갈등이 화해 · 결합을 이루어 다산성의 의미로 확장시킬 수 있다.

불의 이미지를 도표로 정리해본다.

20) M. Eliade, *ibid.*, p. 31.
21) 진형준, 「연금술사의 꿈」, 『열명길』(문학과지성사, 1986), p. 421.

| | 「뙤약볕 1」 | 「뙤약볕 2」 | 「뙤약볕 3」 |
|---|---|---|---|
| 불의 이미지 | 페스트 | 태양 | 대지의 불 |
| 공간 층위 | 내밀 | 수직 | 수평 |
| | 내부 공간 | 외부 공간 | 외부 공간 |
| 불(火) 의미론적 층위 | 징벌 | 징벌 | 정화와 풍요 |
| 이미지 연계 | 피바다 살해 | 번제의 향연<br>↓<br>혼음 파티(성)<br>↓<br>인신공의<br>(번제 · 수장) | 폭풍우<br>↓<br>누이와의 성적 결합<br>↓<br>신생을 위한 살해 |
| 재 | 육탈된 뼈<br>까맣게 탄 시체 | 햇볕의 묵은 회분 | 대지의 불탄 재 |
| 불의 인과성 | 외부적 〉 재앙<br>내부적 〈 (피동) | 외부적 〉 재앙<br>내부적 〈 (피동) | 주체적 의지의 불<br>(능동) |

## 3. 요나 콤플렉스의 내밀 공간

### I. 물질적 동화 작용의 깊이

연금술적 요나는 깊이를 꿈꾸는 것으로 무의식의 가장 큰 깊이를 가지고 있는 것은 물이다. 즉 바슐라르의 요나 콤플렉스의 깊이의 도표를 보면 물에서 시작하여 하강한다.[22]

---

22) G. 바슐라르, 『大地と休息の夢想』, p. 153.

배〔腹〕
　　태내(胎內)
　　자궁
　　물〔水〕
　　수은(水銀)
　　동화 작용의 원리
↓　근원적 습도의 원리

　　물과 불의 물질 이미지가 요나적 깊이는 물론, 동화 작용의 일환으
로 나타남을 요나적 내밀 공간으로 정리해볼 수 있다.
　　물의 요나적 이미지는 「남도 1」의 밤바다 배라는 시공간적 상황 설
정으로 이루어졌다. "밤은 우리를 매혹하고 동굴과 지하실의 어둠은
우리에게 태내로서 비쳐진다."[23] 이 같은 요나적 환경은 매혹의 밤—
어둠—배의 흔들림으로 나타난다.


　　• 매혹적인 달빛 속의 밤바다
　　• 배 안에서의 포옹
　　• 배에 눕기
　　• 배와 바다가 한 몸이 되는 현상


　　특히 과택이 바다 속에 수장되는 이미지는 수직적 깊이로 하강되
는 요나 콤플렉스의 동화 작용의 원리를 극명하게 보여주고 있다. 즉
바다에 깊이 빠져 바다와 한 몸이 되는 영원 회귀의 과택의 죽음은
사물과 우주 안에서의 깊이 있는 교감으로 자기의 형태를 잃는 순간
그것 속에서 일어나는 상호 은유적인 "유질 동상적(類質同像的) 이미
지"[24]로 파악할 수 있다. 이 같은 물에 의한 하강과 죽음으로의 회귀

---

23) G. 바슐라르, 『大地と休息の夢想』, p. 180.
24) G. 바슐라르, 『大地と休息の夢想』, p. 177.

의 요나적 환상은 살아 있는 영감으로 옮아온다.

벵인개비요. 나도 인재는 큰 독 하나 몸에 짬매고, 그리고 메물꽃
흐물트러진 속에나 눕고만 젎소.

메물꽃은 과택과 동일시되었던 이미지로서 과택이 죽은 원형의 바
다 속으로 회귀하고자 하는 안주의 열망을 상징한다.
「남도 1」의 물의 요나 이미지가 외부적 공간인 밤바다와의 합일로
나타난다면, 신체의 내부 공간으로 바다를 끌어들이는 요나적 상상
은 「뙤약볕 2」에서 읽을 수 있다. 바다 한가운데서 폭풍우의 재앙 후
식수가 말라가는 태양 밑에서 임신한 섬순의 묘사다.

그 젊은 여자는 바닷물을 퍼올려 마시기 시작했다. 에뤼식톤처럼.
이 세계를 송두리째 삼키기 시작했다. 그녀의 자궁 속에서 어떤 생명이
제국주의적인 맹아를 키우고 있었는지 어쨌는지는 알 수가 없다.

요나의 깊이를 외부적 시공간에서 내부적 공간으로 축소시키고 내
밀화하는 이미지다. 요나 콤플렉스가 구현된 상태를 두 여성을 통해
정리해보면 다음과 같다.

| | 「남도 1」 | 「뙤약볕 2」 |
|---|---|---|
| 인물 층위 | 과택 | 섬순 |
| 생사 층위 | 자살 염원<br>↓<br>내생 | 삶의 염원<br>↓<br>죽음 |
| 요나적 공간 | 바다(객관성)<br>외부 | 육체(내밀성)<br>내부 |
| 어둠 | 밤 | 자궁 |

| 동화 원리 | 내(內) → 외(外)<br>육체가 바다 속으로 | 외(外) → 내(內)<br>바다가 육체 속으로 |
|---|---|---|
| 깊이 | 수직적 깊이<br>배<br>↓<br>바다<br>↓<br>바다 속 수장<br>↓<br>또 하나의 생을 염원<br>(재탄생) | 내밀적 깊이<br>입<br>↓<br>기관<br>↓<br>자궁〔胎內〕<br>↓<br>또 하나의 육체(임신) |

「열명길」에서는 불의 이미지로 나타난 요나 콤플렉스의 깊이와 동화 작용을 읽을 수 있다.

불을 숭배하는 제단의 모습은 입 또는 목구멍을 상징하는 화룡의 아가리로 요나적 깊이로 파악된다.

연자 같은 것을 용미에서 돌리면 용의 아가리가 하품하는 입처럼 벌어지게 되어 있었다. 최대한 이 미터 반까지 벌어졌다. 그것의 목구멍은 약대의 목통처럼 되어 있어서 두 시간 동안은 탈 기름이 언제나 준비되어 있었다. 제사는 제물을 산채로 묶은 화룡의 윗이빨에 발은 아랫이빨에 묶어 연자 같은 것을 돌림으로 해서 두 배나 더 느려 최후의 숨을 넘기려는 직전에 망나니 제장이 목을 자르고 그 잘라진 두 동강의 몸을 태우며 그 연기 속에다 기원과 때〔垢〕를 실어 보내는 것이다.

제물은 사지가 찢기는 카니발적 해체 속에서 타들어가 재만 남기고 화룡의 깊이 속에 침몰되는데 근원 물질인 불로의 회귀 의식으로 상징된다. 「열명길」에서 불은 생명의 근저이고 모든 것의 시말인 종교로 물신 숭배가 이루어진다.

태초에 불이 있었느니라. 불은 신과 함께 계셨고 이 불은 곧 신이었던 것이니라. 그가 태초에 그와 함께 계셨고 만물이 그로 말미암아 지은 바 되었으니……

궁극과 본질의 세계인 불에 도달하기 위한 방법은 부정을 통한 접근이다. 왕은 불을 위해 파괴의 도취 방법을 동원한다. 아편 재배, 최음제 파티, 무차별 살해 등은 피안의 근원을 위한 카오스적 도취의 일환이다.

불의 제단에 속죄되는 제물은 비둘기 한 쌍에서 암수 양으로, 남녀 한 쌍으로(특히 해산한 여자나 임신한 여자) 제물이 증폭된다.

불에 대한 숭배의 몽상은 삶의 본능과 죽음의 본능을 연결하는 엠페도클레스 콤플렉스[25]처럼 종국에 왕은 대목수와 더불어 자신을 스스로 번제의 제물로 건다. "모든 것을 얻기 위해 모든 것을 잃는다"는 불의 교훈은 완벽하고도 흔적 없는 죽음을 보장한다. 엠페도클레스가 화산의 순수한 요소 속에 자신을 용해하는 죽음을 택했듯이 이들도 궁극에 대한 탐구와 죽음에 대한 열망의 도취가 극에 달한다. 이들의 최후의 불의 제전은 "바다를 단순히 뛰어넘어 할머니 품에나 안긴 기분"으로 묘사돼 요나 콤플렉스의 안주를 확인시키고 있다. 즉 화룡의 입[火]→바다[水]→할머니[大地]를 연계하는 요나의 물질 이미지를 볼 수 있다.

죽음에 대한 열망과 도취는 스스로 제물이 되어 요나적 화룡 속에 타들어가는 주객체의 동화다. 특히 주객체의 동화 과정으로서 요나적 물질 이미지가 육체의 내밀성으로 파고든 것은 오르키트 쉴럽이다. 이 약은 아편·최음제보다 더 나아가 부식성 수은 염소를 함유하고 육체를 파고들어 내밀의 깊이로 침잠하는 역할을 담당한다. 다음

---

25) G. 바슐라르, 『불의 정신분석』, pp. 43~44. 엠페도클레스 콤플렉스 참조.

은 오르키트 쉴럽에 의해 부식된 육체가 번제의 제단에 바쳐지는 최후의 모습이다.

그리하여 그로부터 세 시간 후엔 네 동강의 몸뚱이는 연기로 화해버렸다. 그런데, 왕의 몸이 타는 연기나 대목수의 몸이 타는 연기나 모두, 낮고 음침하게 밑으로 깔리다간 끄을음으로 엉겨, 제당 벽과 마루청과 신도들의 전신으로 들러붙을 뿐이었다. 하기야 그날은, 몹시도 기류가 낮고, 후텁지근하고 음침한 날이었다.

깊이와 습도의 원리까지도 포함한 요나적 불의 이미지다. 승하물로서 재나 연기는 일상적으로는 상승하는 이미지(불꽃이나 연기〔공기〕)인데 여기서는 하강의 깊이, 침잠의 깊이를 갖는다. 죽음이 피안의 길로서의 초월이 아니라 죽음의 길로서의 추락을 상징하고 있다.

## II. 대지와 자궁의 요나

물질 이미지의 요나는 근본적으로 대지를 상징한다.[26] 즉 바슐라르의 요나의 상상력의 원소는 물이나 불보다는 습기를 갖는 대지 쪽에서 확연해지는데 박상륭의 「남도 2」에서도 대지를 통한 요나 콤플렉스를 읽을 수 있다.

「남도 2」의 물질 이미지 대지는 외부 공간인 산속 화전(땅)과 내밀 공간인 할머니 자궁을 통해 대지의 내밀성을 이중적으로 표현하고 있다. 할머니로 구현된 대지의 이미지는 원형적 대지모로서의 기능을 담당한다. 어머니[27]보다 할머니로서의 대지모는 여성적인 생생력

---

26) 바슐라르의 요나 콤플렉스는 『대지와 휴식의 몽상』에서 한 장을 이루고 있는 4원소 중에서는 물보다 대지의 원소와 관련을 맺고 있다.

27) 김현, 『박상륭 소설집』 1 해설(민음사, 1971), p. 351. 어머니를 구원의 대상으로 삼을 때, 어머니를 가족 상황에서 떼어내어 설정하기 힘들다. 아버지를 무시하거나 증오해야만 할머니를 모성의 대상으로 삼을 땐 저항이 해소된다.

의 강조보다는 대지 포용성, 대지 광활함, 보편적인 구원의 대지로서의 대지의 원형성을 획득할 수 있다.

대지는 풍요, 생명력 못지않게 파괴, 황폐, 불모의 에너지도 수용하고 있다. 즉 풍요의 어머니에 비해 공포의 어머니의 대지의 양면성을 지니고 있다. 즉 풍요와 죽음과 재생의 순환을 통해 땅의 이미지가 중심이 되어 모든 것을 물질적·육체적으로 하강·격하시키고 어머니의 몸으로 끌어내리는 것이다.[28]

「남도 2」에서는 요나적 깊이가 수직적 상하보다는 내외의 수평적 깊이로 분절된다. 즉 배경으로 나타나는 공간은 세속 사회와 절연된 채 할머니와 손자 단둘이 살아가는 산속 화전이다. 시간적 층위는 할머니를 죽인 후를 도입부와 대단원에 두고 있으며 본 이야기의 사건을 서술하고 있다. 즉 이야기의 서술 구조는 손자인 내가 끝없이 할머니로부터 탈출하려는 시도와 할머니의 고착의 대립이 심화되어 점층적인 퇴행 과정, 즉 요나에의 안주 과정으로 파악할 수 있다.

내와 외의 대립 공간에서의 지향선과 내적 깊이로의 침잠과 과정은 세 번에 걸친 외부로의 탈출 시도로 나타난다.

첫번째는 행동 아닌 말로 재 너머의 외적 공간을 희구한다. "산 너머 세상으로 시악씨 만나러 가고 싶다"는 말에 할매는 죽을 듯이 아프게 되고, 할매는 손자에게 도망가면 "눈을 뺀다"는 맹서를 받아낸다.

두번째는 말에서 행동으로 발전하여 재 너머로 잠시 갔다오려고 할매 몰래 밤도망을 한다. 무섬증과 눈 뽑히는 심리적 공포에 떨다가 첫새벽에 돌아온다.

세번째는 낮에 일하다 말고 다 팽개치고 공공연히 도망한다. 산속에서 잠을 자고 깨니 눈이 안 보여 할매에게 용서를 빌고 돌아온다.

---

28) M. Bakhtin, *Rabelais and His World*, trans. by Hélène Iswolsky(MIT Press, 1965), pp. 20~21.

세 번 반복되는 내외의 수평적 깊이를 도표화하면 다음과 같다.

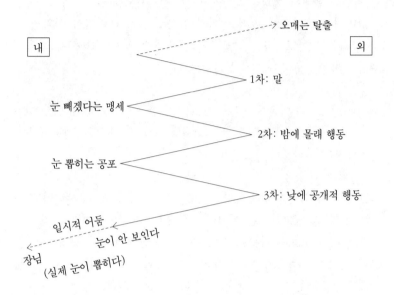

내외의 공간적 대립이 반복되어 증폭될수록 긴장의 강도가 심화되고 점층적으로 극단의 대립을 보이고 있다. 이 같은 의미의 시차성은 공간적 이동뿐만 아니라 인물·주제·행위 등으로 변별 층위를 이루고 있다.

|  | 내 | 외 |
|---|---|---|
| 공간적 층위 | 깊은 산중 | 재 너머 |
| 인물적 층위 | 할매 있는 곳 | 오매, 색시 있는 곳 |
| 의미론적 층위 | 고착·융합<br>원시<br>혼돈 | 분리<br>문화<br>질서 |

내에서 외로의 탈출 시도에 따른 내밀화의 침잠 과정에서 수반되는 일련의 행위의 특징은 퇴행적 현실 도피의 모습이다.

할머니는 손자에게 성적 유희의 약손 맛을 알려주면서 삶의 불만을 잠재우려 하고, 먹을 쌀도 없으면서 술을 빚어 취하도록 만들어 일상적 세계로부터 도피케 한다.

나는 고놈의 썩은새 국물만 자꼬 묵고 잡아 일도 못하겠고, 또 고놈의 것을 묶고 났다면 일 같은 것이사 워찌 되었던동 내 알 배 아니다. 할매만 업고 놀로나 댕깄지라우.

또한 할머니와 손자의 일상을 보면 여름날의 일과 노동에 비해 겨울의 잠자기 겨울밤의 긴 이야기가 중요한 비중을 차지한다. 손자는 겨우내 배가 고프면 따뜻한 방에 누워서 잠을 자버리는 등 현실을 잊으려 한다. 술 취하기, 성적 유희, 배고픔에서의 도피, 과거와 망각 세계로의 도취는 이른바 '행복한 무의식'으로 도피다.

편안과 안락에의 도피, 최후로는 어머니 자궁 속의 편안함과 따스함을 되찾고 싶다는 욕망은 요나 콤플렉스의 표현이다. 요나 콤플렉스는 바로 그것이 흡사 안식의 가치처럼 표현된다. 상냥하고 따뜻하여서 결코 습격되는 것이 아닌 안식의 원초적인 효험을 띤 내밀성의 참된 절대자, 행복한 절대자다.[29]

요나 콤플렉스의 동화 작용의 과정을 「남도 2」에서 단계적으로 살펴보면, 외부 세계로의 탈출은 분리이고, 깊이로의 침잠은 퇴행의 요나적 동화 과정으로 가는 길목이었다. 특히 객체와 주체의 분리/융합이 동화의 원리로 가기까지의 행위는 할머니와 손자가 새끼줄로 잇기와 끊기의 시도다. 새끼줄은 주체로 살기 위해 마치 어머니 몸과 연결된 탯줄을 자르지 않으면 안 되는 것으로 손자는 'abject'의 존재

---

29) G. 바슐라르, 『大地と休息の夢想』, p. 156.

인 할머니를 끝없이 거부 기피하면서도 또한 융합하는 대상으로 양의성을 갖는다.[30]

거부와 기피에 따르는 분리와 융합의 단계는 새끼줄로 잇기→머리칼 잡기→업혀 지내기→목마 타고 새끼줄로 묶기→성 관계→할머니 살해로 점층화된다. 처음엔 탯줄처럼 머리채를 붙들고 잔다든지, 새끼줄로 두 몸을 연결해 신호를 보내는 단계로 수평적으로 두 개체가 확인되는 과정이다. 다음은 손자 등에 할머니가 업혀 지내면서 업힌 채 일하고 업힌 채 산과 들로 다닌다. 업힌 상태는 외면적인 융합의 시도이며, 아직도 개체성의 분리 상태다. 업혔던 할머니는 손자의 머리를 붙들고 목마를 타서 두 몸을 수직적으로 합치려고 한다. 한 몸으로 썩어 내리기 위해 할매의 몸의 고름과 분비물로 두 몸은 짓무른다. 이는 두 개체의 경계 침범 상태를 뜻한다. 동화의 원리로서 주객체 융합의 최종 단계는 손자의 눈알을 빼고 할머니와 성 관계를 함으로써 자궁으로의 회귀를 감행한다. 눈을 찔러 장님을 만드는 것은 어둠을 표현한 것이고 뱃속으로 들어가는 것을 상징한 것이다.

자궁으로의 회귀는 동화 과정의 하나의 진실한 변증법인데, 할머니와의 성 관계 때 장님이 되면서 이루어진다. 장님이 된다는 강박 관념은 이미 손자가 탈출을 시도할 때부터 할머니로부터 세뇌된 심리적·정신적인 압박이 현실화된 것이다. 즉 외부 세계로 나가려는 시도는 항상 장님 공포증에 의해 좌절되는데, 외부보다는 어둠·안일·안주가 승리하게 되어 요나 콤플렉스 속에 좌정하게 되는 것이다. 어둠으로 몰입되는 깊이, 어두컴컴한 추진력의 작용은 몽상가가 그를 알지 못했던 탄생 이전의 시간으로 이끌어서 가면 간 만큼 더욱 특징적인 것이 된다.

손자가 최후로 시도한 영원한 동화, 융합의 시도는 할머니 살해다.

---

30) Julia Kristeva, *Powers of Horror*(Columbia Univ. Press, 1982), p. 1. subject도 object 도 아닌 abject는 분리와 융합, 쾌락과 혐오, 거부의 양가성을 갖는다.

성 관계의 일시적 동화에서 탈피해 할머니를 살해함으로써 대지모의 죽음으로부터 신생돼 생사의 자연의 순환 질서를 스스로 입증하게 되는 것이다.

　　할매랑 한 몸이 되뼈릴라고 그래요. 그랑개 할매가, 지금 죽어야 쓰 겄소…… 그랑개 지끔이구만이라우……

　　할머니의 죽음은 손자의 삶 속에 들어오게 되고 손자의 몸은 할머 니로부터 내림받은 주객체가 분리되지 않은 완벽한 동화가 이루어지 게 된 것을 시사한다.
　　물·불·대지로 구현된 원형적 요나 콤플렉스를 비교 정리해본다.

|  | 「남도 1」 | 「남도 2」 | 「열명길 3」 |
|---|---|---|---|
| 물질 원소 | 물 | 대지 | 불 |
| 요나적 외부 공간 | 바다 | 산속 화전 | 화룡 |
| 요나적 내부 공간 |  | 할머니 자궁 |  |
| 어둠 | 밤 | 장님 | 흐린 날 |
| 동화 원리 | 바다 속 수장 | 성 관계, 살해 | 불의 제단에 번제 |
|  | ↓ | ↓ | ↓ |
| 죽음 | 자살 | 살해 | 희생양 죽음 |
| 깊이 | 수직적 깊이<br>↓<br>하강 | 내밀적 깊이<br>↓<br>내밀(육체) | 수직·내밀적 깊이<br>↓<br>하강, 내밀(육체) |
|  | 배<br>↓<br>바다<br>↓<br>시체 돌 매달다<br>↓ | 새끼줄 잇기<br>↓<br>업혀 지내기<br>↓<br>목마 타기<br>↓ | 아편<br>↓<br>최음제<br>↓<br>부식성 수은 염소<br>↓ |

| | 바다 속 깊이 | 성 관계하기<br>↓<br>살해 | 화룡의 아가리 속 번제<br>↓<br>하향적 연기, 그을음, 재 |
|---|---|---|---|
| 물질 이미지 현상 | 깊은, 무거운 물 | 육체적 밤(자궁) | 내재된 불<br>하향적 불<br>(무거운) |
| 요나적 성격 | • 죽음에 대한 유혹<br>• 타나토스의 강박관념<br>• 과거 지향적<br>• 네크로필리아적 | • 현실 도피<br>• 잠자기<br>• 술 취하기<br>• 성적 유희 | • 파괴에의 도취<br>• 아편<br>• 최음제 |

## 4. 결론

　이 글은 한 작가의 사상 체계의 비밀을 밝혀내는 작업의 일환으로 박상륭 소설의 물질 이미지의 체계를 분석하여 총체적으로 요나 콤플렉스의 원형성으로 파악하였다.

　박상륭의 소설은 물·불·대지·나무 등의 원초적인 근원 물질을 통해 자연과의 교감을, 또는 세계의 어떤 본질과의 만남을 시도하고 있다. 분석 방식은 주로 물질에 연계된 유사 이미지와 구조적인 측면을 위주로 물질적 상상력과 그 역동성·원형성을 추적하였으며 상호 주관적 직관으로 동화하는 현상학적 접근은 물론, 객관적 변별을 통한 기호론적 접근 등을 혼용하였다.

　이에 박상륭 소설의 물질 이미지는 다음과 같은 특징으로 요약될 수 있다.

　첫째, 물·불·대지 등의 물질 이미지는 그 본질적 양면성 속에서 생/사, 내/외, 풍요/황폐, 긍정/부정, 죄악/순수, 징벌/갱신, 정상/역전 등으로 나타나며, 팽팽한 균형의 상반의 논리가 전개되었다. 두 상반된 힘은 대립적 갈등을 통해 끊임없이 변증법적으로 대비되고 전환되어 존재의 실체와 이미지가 연계, 재구성되고 있다.

둘째, 역동적 물질 이미지는 혼돈과 도취로 전이되면서 본질적인 지향점은 삶보다는 죽음으로 나아가고 있다. 물의 타나토스적 유혹, 불의 파괴에의 도취, 대지에 안주하는 퇴행 등이 그것이다. 연계된 이미지는 혼돈과 도취를 표상한다. 시공간적 경계를 침범하는 우주 공간의 기호들——(밤·바다·폭풍우·비·바람·벼락·배·남북 회귀선·자정), 인간성의 도취와 마비의 기호들——(술·아편·최음제·오르키트 쉴럽), 사회적 층위의 혼돈 기호들——(근친 상간·살해·혼음·인신공의) 등의 현저함을 들 수 있다.

셋째, 그의 물질 이미지는 짝지어진 이미지로 전환되어 객관과 내밀을 동시에 파악할 수 있는 탁월한 상상력의 발상에 근거한다. 물질적 자연의 감각은 외부적 객관성과 동시에 가장 내밀한 존재 속에 기반을 두고 있다. 즉 객관적 우주 자연에서, 소우주인 인체 내부로 축소 환원되어 짝을 이루면서 자아와 세계와의 관계를 구조화하고 있다. 태양과 페스트[火], 밤바다와 자궁[水], 산속과 할머니[大地] 등의 동형적 이미지는 유기체와 정신체, 관념과 실체를 동시에 포함하는 이미지다.

넷째, 그의 물질 상상력은 원형적으로 요나 콤플렉스에 접근하고 있다.「남도 1」「열명길」「뙤약볕」 등에 간헐적으로 삽입된 요나적 이미지는「남도 2」에서 극에 달한다. 요나적 공간의 깊이는 수직·수평·내밀로 지향 공간이 다양할 뿐 아니라, 물·불·대지 등은 물질적 동화 작용의 유질 동상적 이미지로 화한다. 물 속의 수장, 번제의 제물, 성적 합일과 살해 등의 주객체의 동화 경지가 그것이다.

다섯째, 서구적 발상과 동양적 논리, 또는 그 반대를 접목·융합하려는 그의 시도는 기독교, 샤머니즘, 역(易), 불교 등의 소재를 혼합하고 있다. 따라서 이미지나 상상력의 공간에 있어서도 특이하고 충격적이며 비일상적인 그로테스크한 카니발적 세계로 유도하고 있다. 이들 낯설고 이질적인 상상력의 세계는 우리 문학의 새로운 영역을 열면서 세계 문학의 보편성과 원형성의 획득으로 나아가고 있다.
〔『이화 어문 논집』 11, 1990〕


## 참고 문헌

곽광수 · 김현(1976), 『바슐라르 연구』, 민음사.

김열규(1975), 『한국 민속과 문학 연구』, 일조각.

김  현(1971), 「샤머니즘의 극복: 요나 콤플렉스의 한 표현」, 『박상륭 소설집』, 민음사.

──(1986), 「인신의 고뇌와 방황」, 『죽음의 한 연구』, 문학과지성사.

이어령(1986), 『문학 공간의 기호론적 연구』, 단국대학교 박사 학위 논문.

진형준(1986), 「연금술사의 꿈」, 『열명길』, 문학과지성사.

G. 바슐라르, 민희식 역(1982), 『불의 정신분석』, 삼성출판사.

G. 바슐라르, 이가림 역(1986), 『물과 꿈』, 문예출판사.


G. 바슐라르, 饗庭孝男 역(1970), 『大地と休息の夢想』, 동경: 思朝社.


M. Bakhtin(1965), *Rabelais and His World*(trans. by Hélène Iswolsky), MIT Press.

J. Culler(1982), *On Deconstruction*, Cornell University Press.

M. Eliade(1961), *The Sacred te Profane*(trans. by Willard R. Trask), Torch Books.

──(1958), *Cosmos and History*(trans. by Willard R. Trask), Torch Books.

E. Fromm(1965), *The Heart of Man*, Routledge & Kegan Paul Ltd.

R. Jakobson, K. Pomorska(1980), *Dialogues*, Cambridge: Massachusette

MIT Press.

J. Kristeva (1982), *Powers of Horror*, Columbia University Press.

제 3 부

# 우주 한 벌 새로 짓기: 『죽음의 한 연구』『칠조어론』 이후

# 『죽음의 한 연구』 시론*

서정기

　박상륭을 이해하는 일은 지난한 일이다. 『죽음의 한 연구』를 우연히 만난 뒤 나는 이 작품을 꼼꼼하게 분석하고 싶다는 생각을 오래전부터 하고 있었다. 우리 문학이 미처 가져보지 못한 이 엄청난 깊이의 용광로에서 쏟아져나오는 들끓는 상상력의 분출, 기독교와 불교·연금술에 이르기까지 종횡무진으로 뻗어 있는 작가의 촉수. 아무래도 내가 가지고 있는 자는 이 굉장한 작가를 재단하기에는 너무 짧다. 핑계일 수밖에 없지만 이 평문은 박상륭 연구의 한 불완전한 시론에 불과하다.

　분석 텍스트를 『죽음의 한 연구』로 한정시킨 것도 이 글의 시론으로서의 한계를 조금은 용서받기 위한 핑계에 불과하다. 우선은 『죽음의 한 연구』라는 밀림을 대강이라도 주파하기 위해서, 독자들의 이해를 돕기 위해서라기보다는 오히려 필자의 편의를 위해서 도식적이 될 위험을 무릅쓰고 중요한 상징과 주제를 따라가면서 작품의 줄거리를 요약해보기로 한다.

---

*이 글은 문학과지성사에서 발간한 『죽음의 한 연구』 1986년판을 참조하였다.

1) 창부의 아들로 갯가에서 태어난 나는 스승의 가르침에 따라 안개비가 자주 내리는 유리로 간다.

2) 나는 유리 입구 샘가에서 비만한 존자와 외눈 중을 살해하며, 떠나오기 전에 죽었다고 믿은 아버지 같은 스승을, 장옷을 입은 까닭에 그임을 알지 못하고 살해한다.

3) 유리의 바닷가는 창병에 걸린 일조 촌장 때문에 물이 들어오지 못해 황폐해진 곳이다.

그곳의 사람들은 외출할 때 장옷으로 몸을 가린다.

4) 나는 한 수도부를 우연히 만나 그녀와 관계를 갖게 되는데 그녀와의 관계는 그녀가 죽을 때까지 지속된다.

5) 촛불승을 만나 세 사람을 죽인 대가로 마른 늪에서 물고기를 낚아올리라는 명령을 받는다. 그렇게 하면 면죄되기 때문이다.

6) 나는 마른 늪 가에 굴을 파고 낚시질을 시작한다.

7) 정신이 나간 상태에서 내가 번갯불에 낚싯대를 휘두르고 수도부를 낚싯줄에 걸었다는 말을 그녀에게서 듣는다.

8) 정확한 이유를 알지 못하는 채로 유리를 떠나 읍내로 들어간다. 그곳에서 장로와 그의 손녀딸을 만난다. 짐을 지어 나르는 일을 하며 품삯을 받고 그곳을 떠나려 할 때 장로는 내게 유리에서의 처형을 예고하고 피하기를 권한다. 손녀와 관계를 맺고 그녀의 가야금을 듣는다.

9) 나는 유리로 돌아온다.

촛불승에 의해 강간당한 수도부는 내가 돌아오지 않을 것이라고 생각하여 비상으로 자살한다.

10) 촛불승은 나에게 형을 받을 것인지 아니면 피할 것인지를 묻는다. 나는 형을 수락하며, 그때 세계의 본질 같은 것을 본다. 나는 말을 잃게 된다.

11) 촛불승은 예형으로서 내 눈을 멀게 하고 나는 새롭게 열린 귀를 갖게 된다.

12) 사형 직전 손녀가 와서 함께 지낸다. 성교란 우주 이해의 명상법이며 죽음의 연구임을 안다.

13) 사형 직전의 예식으로서 나와 사형 집행인이 씨름을 벌이고 내가 이긴다.

14) 나는 나무 상자에 들어가 나무에 매달린 채로 죽음을 기다린다. 사십 일에 걸쳐 내 죽음은 그렇게 완성이 된다.

## 1. 황폐한 땅

작품의 무대인 유리(羑里)는 중국의 주나라 문왕(文王)이 은나라 주왕(紂王)에게 잡혀 귀양살이를 하면서 도를 깨우쳤다고 하는 장소다. 유리가 '귀양살이'의 장소라는 사실은 작품 전체의 구조에서 중요한 의미를 지닌다. 즉 '나'는 지금 있어야 할 곳에, 내가 존재를 낯선 것으로 느끼지 않는 곳에 있지 않은 것이다. 그러나 '귀양살이'는 사실은 '나'의 모색의 전제 조건이다. 도를 깨쳐야 하는 것은, 바로 이 형벌의 땅, 나의 아이덴티티가 뿌리뽑혀 있는 땅에 내가 살고 있기 때문이다. '귀양살이'의 의미가 막바로 영적인 의미를 지닌다는 것은 부연할 필요조차 없다. 귀양살이의 끝은 바로 도의 깨우침일 터이다. 도에 이른 자에게는 도처가 집이기 때문이다. 이 귀양살이의 면모는 바로 유리에서의 물의 부재 상황으로 연결된다. 마른 늪에서 고기를 낚아올려야 하는 주인공의 임무는 이 작품의 미궁 전체에 늘어뜨려 있는 아리안느의 실이다. 아주 거칠게 말하는 것이 허용된다면 이 작품의 줄거리는 마른 늪에서의 고기 낚기로 시작해서 그것으로 끝난다고 말할 수 있을 것이다. 마른 늪은 불모성의 상징이다. 그 불모성을 교정하는 것이 주인공의 임무다. 그 의무의 수행에 그러므로 여성의 역할은 필연적인 부분을 차지한다(이 점은 뒤에 좀더 자세히 논하기로 한다).

마른 늪을 교정해야 하는 주인공의 임무, 그리고 그 늪의 '마름'의 직접적인 원인이 일조 촌장의 창병이라는 사실은 우리로 하여금 망설임 없이 성배 순례의 전설 주제를 떠올리게 한다. 성배 순례의 전설 주제가 단순히 기독교적인 기원만으로 설명되지 않는다는 것을 우리는 알고 있다. 제씨 웨스틴은 일련의 성배 순례 전설의 기원이 리그 베다에까지 거슬러 올라가는 '물의 해방' 의식에 연관되어 있음을 밝히고 있다. 대부분의 성배 순례 전설 판본에서 어부왕은 전쟁에서 넓적다리를 다쳐 사지를 쓸 수 없게 되고, 그것이 그가 다스리는 땅이 황폐해지는 직접 원인이 된다. 이 넓적다리가 성기의 완곡한 표현임은 말할 필요 없다. 아도니스 신화에서도 역시 이 젊은 신은 멧돼지에게 넓적다리를 물려 죽는다. 아도니스의 부활 의식은 '물의 해방'과 마찬가지로 재생 기원 의식과 연관되어 있다. 촌장의 창병은 바로 재생 능력의 상실을 의미하며 그것은 마른 늪의 이미지로 표현된다. 촌장은 어부왕과 마찬가지로 종족을 대표한다. 촌장의 재생 능력 상실은 인간 존재 전체의 영적인 황폐함을 상징하는 것이다. 영웅은 이 황폐함을 고칠 의무를 가지는 것이다. 그러므로 고기잡기는 이 불모성의 교정을 영웅이 그 임무로 가짐을 의미한다. 물고기는 대표적인 수성(水性) 동물로서 뱀의 상징적인 동질 유형이다. 뱀은 달에 연관되어 있는 가장 보편적인 다산성(多産性)의 인류학적 상징임을 되풀이해 말할 필요는 없을 것이다. 물고기는 까마득한 옛날부터 생명의 상징이었고 어부라는 칭호는 생명의 근원과 보존에 특히 관련이 있는 신들과 연결지어졌다. 인도의 진화론에 보면 마누Manu는 그가 손을 씻던 물에서 작은 물고기를 발견하는데 그것은 자라서 그를 우주적 홍수에서 구해준다. 또한 창조주 비쉬누Vishnu의 처음 화신이 물고기다. 이 물고기 화신은 후에 불교로 전래되는데 우리는 절에서 물고기 모양의 북이나 풍경을 찾아볼 수 있다. 물고기의 상징성은 초기 기독교와도 관련을 갖는다. 예를 들면 예수에게 적용되었던 ICTUS(그리스어로 물고기)는 '하나님의 아들, 주 예수 그리스도'의 약

자였으며 사도들에게 주어졌던 인간들의 어부라는 칭호 등이다. 박
상륭도 신비주의에 대한 해박한 지식으로 고기가 생명임을 확인하고
있다(p. 137). 고기의 길쭉한 형태, 뱀과의 상징적 연계성으로 하여
이 상징은 남성 성기를 직접적으로 환기시킨다. 그러나 고기를 낚아
올리는 행위는 그보다 더 깊은 뜻이 있다. 물고기는 자신이 물을 먹
으면서도 물 속에 거주하는, 용기(容器)이면서 내용물인 첫번째 상징
이다. 이 모순되는 물고기의 운명은 고대 신화에서 달의 여신과 한
짝을 이루는 젊은 영웅의 비극으로 표현된다. 무시무시한 자연신의
온순한 아들은 자기 자신을 죽임으로써 부활의 임무를 완성한다. 그
는 낚시꾼이면서, 다시 말해 구원자이면서, 그 낚싯바늘에 걸려 죽는
물고기인 것이다. 박상륭의 주인공의 낚시질 역시 마찬가지다. 그는
마른 늪을 구원하기 위하여 낚시질을 한다. 그러나 그가 낚아올리는
것은 바로 그 자신이다. 그가 자신을 낚기 위하여 걸었던 미끼, 죽음
의 형식에 걸려 올라오는 것은 바로 자기 자신이다. 스승은 '나'에게
이렇게 가르친다.

    보이지도 않는 귀신 나부럭지니 우주 따위, 또는 그와 같은 기타의
    것을 찾으려는 노력은 할 일이 아니다. 그러니 출발점으로서 너 자신
    을 재료로 택한 뒤, 너 자신 속에서 찾을 일이지. (p. 20)

그가 낚아올린 것은 그 자신뿐 아니다. 그는 수도부를, 즉 다산성
의 원칙을 함께 낚아올린다(p. 166). 지나가는 김에 부연하자면 주인
공이 낚아올리는 '번개' 역시 다산성의 원칙과 연관성을 갖는다. 하
늘로부터 떨어지는 무시무시한 힘은 생명의 광채, 천상의 존재자를
수태시키는 능력을 상징한다. 그러나 우리는 박상륭의 모색의 끝이
얼마나 야심만만한 것인지를 이 번개 낚시에서 확인한다. 제우스의
무기인 이 빛은 이 불모성의 교정이 영성(靈性)의 쟁취임을, 번쩍이
는 각(覺)에 이르는 것임을 암시하고 있다. 그러니 여성과의 성적 접

촉이 우주의 비밀에 이르는 길임을 우리는 이미 짐작하게 된다.

　주인공이 창녀의 아들이라는 것도 우리가 앞서 이야기한 불모성 교정의 주체와 직접적인 관련이 있다. 모순되는 이야기 같지만 창녀는 처녀와 완전히 겹쳐지는 존재다. 서두르는 감이 없지 않지만 우리는 미리 이렇게 말할 수 있다. 수도부는 장로의 딸 같은 존재다. 이 결론을 이해하기 위해 우리는 꽤 멀리 거슬러 올라가보아야 한다. 프레이저는 『황금가지의 비밀』에서 「이사야」서의 "처녀가 아이를 낳을 것이다"라는 대목의 '처녀'가 단순히 '결혼하지 않은 여자'를 말하는 것이라고 주장한다. 그에 의하면 아르테미스 여신에게 붙여지던 '처녀'라는 수식어는 정숙한 여인, 성적 경험이 없는 여인을 말하는 것이 아니라, 여성성 그 자체로서 독립된 개체로 숭앙받던, 남성적 특질에 종속되어 있지 않은 어떤 신성(神性)을 지칭하는 것이다. 고대 신앙에서 모든 다산성 여신들은 '처녀' 신(神)이며, 그 의미는 지금 우리가 쓰고 있는 의미와는 전혀 다른 것이었다. 바빌론의 처녀 신 이쉬타르Ishtar는 종종 '창녀'로 불린다. 결혼 외의 결합으로 태어난 아이들은 '파르테니오이'라고 불렸는데 그것은 '처녀에게서 태어난 아이들'이라는 뜻을 가진다. 그래서 주인공의 임무, 즉 불모성의 교정은 그의 어머니가 창녀라는 사실과 밀접한 관계를 갖게 된다.


## 2. 카오스로의 복귀


　유리에는 끊임없이 안개비가 내린다. 이 안개비에 젖어 있는 상황은 책 첫머리에 표현되어 있듯이 "공문의 안뜰에 있는 것도 아니고 그렇다고 바깥뜰에 있는 것도 아닌 자들" "중도 아니고 속중도 아닌 자들" "걸사라거나 돌팔이 중이라고나 해야 할 것들 중의 어떤 것들"의 아이덴티티의 위상과 맞물려 있다. 박상륭을 흉내내어 표현해보자면 안개비는 "안개도 아니고 비도 아닌 것," "이도저도 아닌 것,"

이제 바야흐로 무엇인가 되려는 것들의 무대 장치인 셈이다. 그 안개비는 비를, 불모를 치유할 습기를 감질나게 암시만 할 뿐 절대로 늪에 물로 고일 만큼 내리지 않는 것이다. 유리에서는 "우계에 안개비나 조금 오다 그친다." 안개비는 물인 비가 아니다. 그것은 대기 속에 흩어진 물이다. 그것은 물이라는 생명이며 전체성인 것의 부분들이며, 확산이며 약화의 원칙으로서 존재한다. 그것은 물의 잠재태인 습기다.

유리에서는 습기를 그리워하면 병이라, 그 병이 시작되면 이제 유리를 찾기 어렵게 되는 거라구. (p. 16)

안개비가 비질비질 내리는 유리는 병을 앓고 있다. 일조 촌장의 창병은——일조 촌장의 병! 박상륭에게 있어서 존재는 근원부터 병들어 있다——유리 전체를 병들게 한다. 유리에서는 삼라만상의 질서가 뒤죽박죽이다. 그곳에서는 더운 때 눈 내리고 삼동에는 꽃이 피며 물과 뭍이 조화를 잃는다. 병이 신체 부위간의 또는 육체와 우주와의 균형과 조화가 파괴된 데서 연유하는 것이라면 세계의 황폐함과 고통에 대한 인식보다 더 분명한 병이 어디에 있을 것인가? 안개비는 바로 그 인식의 밑그림이다. 그것은 미망을 헤매는, 존재라는 병을 앓고 있는 환자들의 정신적 상태인 것이다. 아닌게아니라 주인공은 말한다.

나는 어쨌든 환자다. 형벌에 의해서든 안개비에 의해서건, 스스로 거부치 못해서든 어쨌든 주류에의 의지를 형장에 묶어두고, 거기서 앓으며 살아온 것이고, 또 살아가게 된 것이다. (p. 145, 강조는 필자)

그러나 실은 이 혼란 상태는 주인공이 모색하는 첫번째 필연적 단계다. 번개, 각(覺)의 번쩍임을 나꿔채는 주인공의 임무는 지금까지의 모든 존재 양태를 근본적으로 혁신하는 것이 되지 않으면 안 된다. 그것은 지금까지의 모든, '이것이거나 저것인' 또는 '이것도 저것도 아닌' 안개비 같은 존재와 아무 연관성도 없는 것이다. 그렇다면 존재를 완전히 취소하고 카오스로, 이럴 수도 저럴 수도 있는 상대적 개별자들로서의 탄생 이전의 '전부'로 복귀하지 않으면 안 된다. 그 카오스의 미분화 상태로의 귀환은 지금까지의 존재의 완전한 무화(無化)를 전제한다. 그것은 '안개비'의 존재 양태 쪽에서 보면 반란이며 부조화다. 그 부조화의 필연성은 몇 차례에 걸쳐 강조된다.

1) 나 비록 하찮은 중이지만 말입지, 대사는 가히 탁월하다는 것쯤은 알고 있는데 말입지, 이상스런 혼돈이 야기된다는 그 한 가지 사실만으로도 그럽지. (p. 224)
2) 스승이 나를 저 높은 산악에서 밀어뜨려, 그 아래 세상으로 떨구어버렸을 그때부터 시작해, 내가 간 곳에선 왠지 불화가 끊이질 않고 있어온 것이다. 심지어 나는 그 스승까지 짓찧어 놓아버린 것이다. (p. 306)
3) 대사는 불화였습지. 대사의 시선이 닿는 것은 무엇이든 깨어져버렸습지. (p. 396)
4) 어쨌든입지, 일상적이던 저 고요한 유리의 화평은 깨어졌습지. 소승은 그리고 끝으로 한번 더 지고 말았습지. 〔……〕 완전한 참패입지. (p. 397)

카오스의 시작은 이처럼 기존 질서의 전복에서 시작된다. 『죽음의 한 연구』에서 이 질서의 전복은 주인공에 의해 세 사람의 중에 대한 살인으로 시작된다. 유리 입구에서의 살인은 카오스로 돌아가기 위한 적극적인 행위다. 그것은 주인공의 스승에 의해 '구도적 살인'이라고 불린다.

그래, 그것은 구도적 살인이라고 부를 것이다. 현자의 살인이라고.

〔……〕

  아집에 따르는 두 병독은 비계와 외눈이 아니겠느냐? 비계는 탐욕
의 은유이며 외눈이란 편견의 비유가 아니겠는가? 그래서 이제 저 두
적을 항복 받았으면 거기 어디 번뇌가 끼일 자리가 있을 것인가? (p.
67)


  김현은 이 살인을 『임제록』의 권유——안팎으로 만나는 자를 모두
죽여라, 부처를 만나면 부처를 죽이고, 스승을 만나면 스승을 죽이
고, 나한을 만나면 나한을 죽이고, 부모를 만나면 부모를 죽이고, 친
척을 만나면 친척을 죽여라——에 의한 것이라고 말하는데, 이 살인
은 극복해야 할 대상을 적극적으로 뛰어넘는 것을 의미한다. 작가는
비계와 외눈을 '탐욕'과 '편견'의 상징으로 밝힘으로써 이 행위의 구
도적 성격을 확인시켜주고 있다. 이 살인의 구도적 정당성은 예수를
태어나게 하기 위해서 죽어가야 했던 영아들에 대한 장로의 설명으
로 다시 한번 뒷받침된다. 예수는 자기 때문에 수많은 영아들이 살해
당했음에도 불구하고 다른 영아들의 죽음을 슬퍼하거나, 자기의 죄
에 대해서는 일언반구도 하지 않았음을 장로는 상기시키면서 "하나
의 정도를 보이기 위해 세상은 어쩔 수 없이 다른 곳에서 피를 흘리
지 않으면 안 됨"(p. 325)을 말한다.
  기존 질서에 대한 카오스의 회복은 오이디푸스적인 면모를 지니고
있다. 왜냐하면 기존 질서를 대표하는 것은 아버지이기 때문이다. 주
인공의 오조 촌장의 살해는 오이디푸스의 라이오스 왕 살해와 여러
가지 면에서 흡사하다(주인공이 육조 촌장으로 불려지게 되는 것을 기
억할 것). 오이디푸스는 테베——스핑크스의 비밀로 시달리는 그의
어머니의 땅——로 들어가기 전에 아버지 라이오스를 아버지인 줄 모
르고 죽인다. 즉 오이디푸스의 아버지 살해는 오이디푸스의 운명——
테베를 스핑크스의 비밀로부터 구해내는——안에 알 수 없는 어떤 커
다란 질서에 의해 이미 움직일 수 없는 필연성으로 기록되어져 있었

던 것이다. 테베에 들어가기 위해서 그것은 오이디푸스가 치러야 할 '업'이다. 오조 촌장은 그 살인의 정당성을 설명하며 그것으로 번뇌함은 무의미한 것이라고 이야기한다. 그러나 주인공의 '업'은 유리에, 즉 고통받는 어머니의 땅에 들어가는 것이다. 그는 거기에서 오이디푸스로서, 아비를 배반한 아들로서 치르지 않으면 안 되는 업을 가지는 것이다. 그는 오조 촌장을 죽인다. 그를 죽이고 나서야 그는 그가 그에게는 '아버지 같은' 스승이었음을 알게 된다. 주인공은 두 명의, 정당화될 수 있는 살해로써 그의 모색을 끝낼 수 있었는지도 모른다. 그러나 그에게는 하나의 운명이, 그가 그의 손으로 하나의 행위를 저지르고 그 자신 그 행위의 결과에 의해 벌받을 운명이 곧 구원의 드라마에 행위자로서 참여해야 할 업이 마련되어 있었던 것이다. 주인공은 오조 촌장이 제시한 세 가지 방법, 즉 1) 관가에 자수하여 벌을 받는 것; 2) 유리로 가서 벌을 받는 것; 3) 중을 죽이는 것 중에서 세번째 방법을 택한다. 왜냐하면 그는 죽음을 스스로의 손으로 집행하지 않으면 촌장이 될 수 없기 때문이다(이 촌장의 이미지가 연금술사들에게 있어서는 왕의 이미지, 즉 융이 말하는 대문자의 자아 Soi임은 명백하다. 그는 대표성을 가진다. 스스로가 촌장이라 칭하지 아니하며 타인들에 의하여 촌장으로 지목되는 것이 움직일 수 없는 증거다). 죽음을 통해서만 벌받는 일은 가능해진다. 벌받는 일을 택했다함은 죽음을 거쳐가는 구원의 드라마에 잠들지 않는 인식의 주체로서 참여하겠다는 의지와 다른 것이 아니다.

카오스로의 복귀는 연금술적 상상력을 동반한다. 연금술사들의 금은 순수 영혼을 상징한다. 그들의 온갖 괴이한 독트린은 사실은 에메랄드 판에 씌어진 단 한 줄의 글로 요약될 수 있다. "'하나'의 기적을 이루기 위하여 아래에 있는 것은 위에 있는 것과 마찬가지며, 위에 있는 것은 아래에 있는 것과 마찬가지다." 그들은 그들이 세계혼 Anima Mundi이라고 부르던 그 '하나'를 찾아 헤맨다. 진정한 연금술은 인간과 자연의 생명 원칙에 대한 인식이며, 세계가 황폐해진 이후

302

생명이 잃었던 순수함과 충만함, 원초의 권리를 되찾기 위한 과정을 복구시키는 것이다. 연금술은 우선 자연 존재들의 타락을 전제로 하며, 소위 그들의 '대작업'은 인간의 원초적 품위를 되찾는 것이며, 화금석(化金石)을 만들어낸다는 것은 절대(자)를 찾아내는 것이다.

연금술의 전통에 의한다면 세계의 물질은 하나이며, 그것은 자신의 꼬리를 자신의 입으로 물고 있는 뱀(우로보로스ouroboros)으로 표현된다. 하나이던 물질은 여러 형태를 갖게 되고 이 여러 형태하에서 서로 결합되어 수많은 새로운 물체가 생긴다는 것이다. 따라서 세계의 본질에 도달하기 위해서는 여러 형태를 제거하여 '원초적 물질prima materia'로 돌아가야 하는데 이 물질들의 원초적 상태가 바로 카오스다. 연금술사들의 '하나'에의 꿈은 박상륭의 작품에서 이렇게 묘사된다.

고기의 천만 가지 형태 속에서 그 어떤 하나의 공통 분모를 취해낼수 있었을 때, 형태가 주는 비극에 대해 나는 계속적으로 집념하기 시작했다. 반복되지만, 그래서 형태란 업으로까지 규정할 수 있는 어떤 것이라고 믿게 된 것인데, 어떤 생명이 어떤 형태 속에 일단 유형되어졌을 때, 그래서 그 생명은, 그것 자체의 근본과도 상관없이 그 형태가 구획하고 있는 것의 비극에 어쩔 수 없이 당하지 않으면 안 된다는 것이 내게는 슬펐다. 〔······〕 근원적으로 그냥 무구한 생명이던 것이, 일단 지렁이의 형태 속에 구속당하면 두더지나 새에 먹히고, 그것이 독수리의 형태에 제휴되면 낙락장송 꼭대기에서 세상을 하시하는 것이다. (p. 135)

'형태의 비극,' 이것을 신플라톤주의자들의 용어로 바꾸어 부른다면 '다수(多數)multiple'의 비극, 하나로부터 떨어져나와 들쭉날쭉한 개별자들의 정해진 윤곽 안에 머무를 수밖에 없는 존재자들의 비극이다. 이 형태의 업을 뛰어넘기 위해서 주인공은 원초 물질로의 잠입을 시도한다. 그리고 그것이 다름아닌 어머니로의 귀환이 될 것이라는 것을 우리는 쉽게 짐작할 수 있다.

주인공의 벌받음의 직접 원인이 되는 살인이 샘 가에서 이루어지고 있는 사실도 우리의 주의를 환기시킨다. 모든 카오스는 액체 상태다. 모든 민족의 신화에서 태초는 언제나 캄캄한 물로 상징된다. 분화되지 않은 덩어리인 물은 모든 것을 품고 있다. 그것은 잠재태의 모든 존재들을 함유한다. 물에 잠긴다는 것은 근원으로의 회귀를 의미한다. 그리고 그 물, 근원의 카오스는 대문자로 표현되는 어머니, 우주의 자궁의 심연이다. 심리학자들이 모태 회귀 regressus aduterum라고 부르는 태초의 순수성으로의 귀환은 이렇게 직접적으로 환기된다.

하지만 이런 문제들을 풀기 위해서는 다시 어머니의 뱃속으로 들어가는 수밖에는 없으리라. 그리하여 한낱 하늬바람으로 흘렀던 자기가 어떤 의지에 의해서 자기의 형태를 입혀주는 그 어미의 자궁으로 들어갔는지를 열심히 살펴보는 수밖에 없으리라. 〔……〕 그 어둠을 통해 어머니의 사타구니가 환하게 열리는 것을, 그 모두를 보기 위해 바르도로 가자, 아으, 바르도로 가자. (p. 136)

이 대목에는 전형적인 모태 회귀의 이미지들이 뚜렷한 상징의를 가지고 배열되어 있다. "한낱 하늬바람으로 흘렀던 자기," 형태의 비극을 겪을 수밖에 없는, 안개비 같은, 덧없는 흔들리는 자아의 아이덴티티는 깜깜한 태초의 자궁으로 되돌려진다. 그러나 주인공은 연대기적·개인적 욕구 불만을 해소하려는 오이디푸스가 아니다.

그는 모태 회귀를 통해 존재의 변경에까지 이르려 하는 것이다.

모태 회귀의 이미지는 낚시터 아래의 늪 벽에 굴을 파는 행위로 한번 더 확인된다. 굴은 바로 대지—어머니, 어머니의 품을 상기시킨다. 마침 그때 소나기가 내려 주인공의 몸을 적시는데 이것이 유리에서의 최초의 비를 만난 것이다. 굴과 자궁과 물은 동질 유형의 상징을 이룬다. 그것은 어머니이며 동시에 여자다. 자연은 여성으로 주인 공에게 안겨든다.

다음의 대목을 보자.

그래 허기는 나는 언제나 하천이며 강이나 바닷가로 통한 길을 걸을 때면 왠지 이상스런 고달픔, 이상스런 정념으로 하여 그것들 속에 안 겨지기를 바라는데, 그래서 어떤 밤의 물 가에서는 그 둔덕에서 때로 수음도 해보았다. (p. 46)

어머니가 몸을 파는 날의 광경은 다음과 같다.

그러면 나는 어머니를 빼앗아가는 아버지들에 대한 형언할 수 없는 질투와 증오와 같은 것으로, 비질비질 울며 바다로 달려내려가서는 그 고요한 물 속에 나를 묻어놓는 것이었다.

〔……〕

결국 바다로 갈 수밖에 없었던 것이다. 그래서는 눈물을 떨어뜨리며 어머니를 저주하고 있노라면 나도 모른 새 저 어린 잠지가 불어나서 물 속에 잠겨 주저앉은 아이는 아이가 아니라, 그것은 하나의 돌출한 남근, 하나의 더러운 아버지로 느껴지는 것이었다. (p. 59)

물과 깜깜함의 여성적인 상징적 여가 작용은 다음 대목에서 의심 할 여지없이 분명해진다.

"서방님, 날 임자헌티 복종케 하셔라우."
"여자여, 나로 하여금 그대의 남편이 되게 하라."
〔……〕
그리고 우리는 그 샘 안에 누웠는데 그때 우리는 죽어, 그 물밑에서 가라앉아 있을 것이었다. (p. 127)

이 대목은 연금술사들이 '철학적 결혼'이라고 부르던 대작업의 상징적 재현과 놀랍도록 닮아 있다. 연금술의 상징 중에서 가장 놀라운 것은 빈번한 성적인 상징이다. 카오스로 돌아가기 위해, 다시 말하면 세계의 숨겨진 본질을 알아내기 위해 끊임없이 형태를 파괴해가면 마지막으로 남는 것은 두 개의 극성이다. 그것은 남성적인 것과 여성적인 것, 능동적인 것과 수동적인 것, 뜨거운 것과 차가운 것, 고형화된 것과 기화하는 것이며, 연금술에서는 각각 유황과 수은이다. 연금술에서는 두 극성의 물질을 '철학의 알'이라는 용기에 넣고 가열하여 두 물질을 결합시켜 레비스라는 물질을 만들어낸다. 이러한 연금술적 결혼으로써 원초 물질이 생겨나는데 그것은 양성 동체의 인간과 다른 것이 아니다.

그런데 왕과 여왕으로 대표되는 남성 원칙과 여성 원칙의 결합, '철학적 결혼'은 바로 새로운 물질, 금을 만들어내기 위한 기존 질료의 죽음으로 표현된다. 연금술에서 철학적 결혼은 따라서 니그레도(흑색)라고 불렸으며(까만색은 죽음의 상징이다) 까마귀 또는 무덤으로 상징되었다.

아래의 그림을 보라.

그림에서 우선 왕과 여왕의 침대가 무덤의 모양을 하고 있고, 태초의 혼돈을 상징하는 물 위에 누워 있음에 주목해야 할 것이다. 두 상반되는 원소는 결혼으로 인하여 양성 동체로 변했고, 그들로부터 새로이 태어나는 아기는 인공 인간, 호몬쿨루스, 즉 화금석, 또는 금을 상징한다. 아기가 구름 속에 떠 있음 또한 주목하자. 이 새로운 존재의 운명은 그의 어미나 아비처럼 흙에 속하는 것이 아니라 공기에, 영혼의 영역에 속한다. 이 연금술적 재현은 앞서의 박상륭의 대목과 완전히 일치한다. 연금술이 단순히 금을 만들어내려는 황당무계한 시도가 아니라 심리적 드라마의 표현이라는 것을 처음으로 발견한 사람은 융이었다. 그것은 남성과 여성이라는 상대적인 존재를 벗어나보려는 내면의 욕구를 증언하고 있는 것이다.

박상륭은 예수가 '해골 골짜기'에서 십자가에 못박혀 처형당했던 사실의 당위성을 같은 맥락에서 이해하고 있다. 즉 십자가는 나무의 형태로서 영혼의 순화와 상승의 의지이며 남성적이고 해골 골짜기는 사망이며 여성적이다. 그것은 결국 인류의 구원을 위한 집단적인 성교인 것이다. 불교식으로 말하면, '옴마니팟메훔,' 즉 '몸 연꽃 속에 담긴 보석이여'인데 이 연꽃은 요니라 하여 여근의 상징이며 보석은 금강석·번개로서 남근의 의미다. 그것은 우주적 음양 화합이다.

## 3. 합일
### ── 인신되기

주인공은 벌을 받기 위해 유리로 향한다. 그는 그가 그곳으로 돌아가야 할 이유를 딱히 알지 못한다(p. 331). 그러나 그것은 그의 업이다. 유리에 가서 죽지 않으면 마른 늪에서의 고기 낚기는 어떻게도 마무리될 수 없는 것이다. 유리로 돌아가서 주인공이 맞게 될 죽음이 고기 낚기, 즉 황폐한 영혼의 구원의 드라마라는 사실은 말〔言語〕의 인식과 밀접한 연관을 맺고 있다. 그것은 주인공을 유리로 안내해가는 마부의 특징으로 이미 뚜렷이 암시되고 있다. 수레는 밤중에 떠난다. 밤중에 ── 우리의 캄캄한 인식의 상징인가? ── 흐릿한 등을 달고. 그 등불이 우리의 불완전한 지혜를 상징한다고 말하는 것이 너무 도식적인 해석이라 치더라도, 이 등이 확연하게 드러내보이고 있는 것은 주인공이 '읍' ── 엘리아드식으로 푼다면 속(俗)의 공간일 ── 으로부터 멀어지고 있다는 사실이다. 밤은 칠흑처럼 어둡고, 비까지 세차게 퍼붓고 있다. 그는 어두움을 더듬어, 마부를 길잡이로 유리를 향해 간다. 마부는 주인공이 유리에서 어떤 말을 만나게 될 것인지 암시하고 있다.

그런 것들을 들을 수 있다는 것은 그러나 얼마나 좋은가. 그러나 마부는 소리들을 또한, 저 흔들리는 마등처럼, 눈으로나 보고 있을 것이었다. 듣지 못하는 귀, 말할 수 없는 혀 ── 그는 하나의 수수께끼로 앉아서, 그저 고삐만을 잡고 있다. 〔……〕 그는 모든 것을, 보는 것, 감촉하는 것으로 눈치채고 있을 것이지만, 그 이해가 어떤 것인지 그는 말할 수가 없다. 그가, 어쩌다 소를 어르느라고 내는 소리는, 그 스스로도 들을 수 없기 때문에도 그렇겠지만, 나로서는 그 의미를 알 수가 없었다. 그래도 그의 소는, 그의 분부를 이해하고 있음에 틀림없다. 귀가 귀가 아닌 귀, 혀가 혀가 아닌 혀, 그 심정에는 대체 무엇이 괴어 있을 것인가. (pp. 351~52)

그 말이 암시하고 있는 "귀가 아닌 귀, 혀가 아닌 혀"의 말하기는 눈이 없는 눈의 보기로 연결된다.

유리로의 진입을 박상륭은 동녘 계집에게서 서녘 계집에게로 마음이 옮겨진다고 묘사하고 있다. 우리는 이것을 뒤에 촛불승과 주인공과의 관계에 대한 설명에서 다시 한번 다루겠지만, 여기에서는 다만 서녘 "갈보년의 꾸둥진 꺼먼 젖꼭지"가 유리의 움푹 꺼진 구덩이가 상징하는 요니, 즉 음(陰)의 상징성과 관계되어 있다는 점만을 얘기해두도록 하자. 서쪽은 또한 어두움과 죽음을 환기시킨다. 그는 유리의 입구에서 그의 입만큼이나 무거운, "멜빵이 어깨를 파고드는" 바랑을 내린다. 그리고 수도청 앞을 지나가다가 죽어가는 수도부를 만난다. 그가 동녘의 여자에게 마음을 빼앗겨 있을 동안 모욕당한 수도부(촛불승에게 강간당한 일)는 바로 다름아닌 주인공의 모욕당한 영혼, 메마른 늪에서 죽어가는 그의 아니마다. 주인공은 그녀가 죽고 난 뒤에 끊임없이 그녀를 "고매하게 태어났던 여인이여"라고 부른다. 그 '고매한 여인'은 바로 '형태의 비극'을 겪기 전의 순정한 혼이 아니겠는가. 그가 『티베트 사자의 서』에서 발췌한 인용문을 섞어가며 망자(亡者)에게 부르는 노래는 바로 자기의 영혼에게 들려주는 연도(連禱)다. 작가 스스로가 책의 말미에 달아놓은 노트에 따르면 주인공과 수도부의 관계는 오라비와 누이의 관계다(p. 470). 그런데 융에 의하면 연금술의 상징 체계에서 누이는 연금술사의 영혼을 상징한다. 연금술사는 자기의 작업 전체에 걸쳐서 '누이'와 함께 일을 하는 것이다. 융의 심리학에 정통한 듯이 보이는 박상륭 자신이 우리의 가정을 확인시켜주고 있다.

"모든 혼이 다 신에게는 여성이다." 이것은 '열 처녀의 비유'(「마태복음」, 25: 1~14)와 '남성 속의 여성적 경향'으로서의 '아니마'가 혼의 대명사로 사용되는 것과 함께 주목할 가치가 있다. (p. 471, 주 34)

신 앞에서 모든 혼은 다 '암컷'이다라는 언급은, 그리스 신화의 프시케가 이미 여성이었다는 사실 하나만으로도 충분히 설명된다. 혼이 여성으로 표현되고 있는 사실은 『죽음의 한 연구』에서 신화의 단순한 재사용 이외에 중요한 의미를 지닌다.

수도부의 죽음은 주인공에게 있어서 존재의 한 부분이 자기의 일을 모두 끝냈음을, 그래서 주인공으로 하여금 본격적으로 구원의 드라마에 빠져들게 하는 한 전환점을 마련한다. 수도부의 죽음이 주인 공의 '말'의 인식과 밀접하게 관계되어 있다는 것은 다음 대목에서 분명히 확인된다.

그래서 나는 내 혀끝을 이빨로 물어 끊어, 피와 함께 그 죽음의 깊은 목구멍에다, 깊이깊이 밀어넣어주었다. 내가 애착하였던 것의 죽음에 바칠 산 희생, 산 제물이란 그것밖에 없었던 것이다. 말을 나누는 것, 말을 저승 가운데로 올려보내는 것. 그래서 이승에 앉아서도 그 혼령과 통화할 수 있는 것. 그것은 말뿐이었다. (p. 361)

이제 그는 말하기의 기관을 죽은 여인의 몸 속에 잘라 밀어넣음으로써 육체로서 산 자들과만 나누던 언어 소통을 성큼 뛰어넘는 것이다. 그는 육체 기관의 말하기를 포기한다. 그는 이제 죽음과 더불어 '혀 아닌 혀'로 말하게 될 것이다. 인류학적으로 육체의 한 기관의 절단은 종종 정신력의 강화를 상징한다. 통찰력의 바이킹의 신 오딘은 애꾸이며, 예지의 시인 호머는 장님이라 일컬어져온다. 우리는 혀를 포기한 주인공이 곧 눈을 포기하는 것을 보게 될 것이다.

주인공이 사랑하는 여인의 썩어가는 시체를 지켜보며 부르는 연도는 내가 생각하기로는 이 소설의 백미다. 그리고 어쩌면 우리 문학이 도달할 수 있었던 가장 높은 봉우리 중의 하나가 아닌가 싶다. 문체의 유장함, 예언자적인 목소리, 그리고 현란한 이미지들, 이 연도들은 바르도에 드는 영혼에게 아만(我慢)의 업력에 미혹되지 말고 성신(聖神)의 빛에 이를 것을 당부하는 내용으로 이루어져 있다. 이 과정은 박상륭이 『티베트 사자의 서』에서 따온 육계(六界) 색깔의 상징성(백색-신계, 녹색-아수라계, 황색-인간계, 청색-금수계, 적색-귀계, 흑색-지옥계)과 밀접한 관계를 맺고 있다. 청황색의 유혹을 떨치고 흰색의 빛에 이르라 함은, 바로 개아(個我)Atman로서 살기에 집착하지 말고 범아(凡我)Brahman에 이르라는 당부이며, 자아의 어리석은 둘레에 연연치 않으며, 무(無)의 다스림에 편입될 것을 당부하는 것이다. 이 청황색으로부터 백색으로의 이행 과정은 신플라톤주의자들의 말을 빌려보면 바로 영혼의 발출(發出)procession 과정이다. 잡다한 개별자들의 '영혼'이 일체의 사물의 근원인 '하나'에 이르는 과정인 것이다. 그리고 작가는 그것이 '자궁의 문'으로 드는 것이며, 대우(對偶)를, 즉 일원화를 달성하는 것이라고 묘사하고 있다. 대우의 개념은 우리가 이제 보게 되는 것처럼 인간을 이루는 두 극의 합일을 의미한다. 그러나 이 자궁, 새로운 탄생의 태문(胎門)에, "선업의 고리에 들어야 할" 수도부의 영혼은 끝내 주인공의 당부를 듣지 않고 청황색 빛에 탐닉하여, 그녀의 썩어가는 육체에서 일어난 영기에 합류한다. 아직도 영혼은 육체의 습성을 버리지 못한 것이다. 그 청황색 영기는 이윽고 죽은 여인의 몸뚱이와 결별하고 하늘로 떠오르다가 기어이 자궁에 들지 못하고 주인공의 양미간으로 되돌아와 머무른다(p. 372). 한 사내에 대한 애착을 버리지 못한 딱한 혼. 그러나 우리는 어째서 그녀가 떠나지 못했던가를 안다. 결국 그 혼의 신계(神界)의 편입은 바로 주인공 자신의 손, 자신의 결정에 의하여 이루어질 수밖에 없는 것이다. 영기는 동녘으로 흘러가게 되고(p. 377), 죽은 여인의 몸뚱이에 비로소 주인공은 모래를 덮는다. 그러나 이 외로운 영혼과의 진정한 결별은 바로 각(覺)의 순간, 주인공이 제3의 눈을 획득하는 순간에야 이루어진다. 그 제3의 눈은 주인공이 혀를 끊어 죽은 자와 같은 교통을 시도했듯이 육체의 두 눈을 잃어버림으로써만 가능한 것임을 우리는 쉽게 짐작한다. 이 눈을 잃어버림은 주인공의 죄에 대한 대가로 받아들여야 하는 죽음의 예형(豫刑)을 구성한다. 이 예형의 의식은 중요한 의미를 지니고 있다. 즉 주인공은 다만 형장으로 끌려가 죽는 것이 아니라 스스로의 선택에 의해 죽음의 의지를 촛불승, 속계(俗界)의 대표자 안에서 공표하는 것이다. 촛불승은 몇 차례에 걸쳐 주인공이 원하면 도망할 수 있다는 것을 암시한다. 그러나 주인공은 두 개의 눈동자에 백 방울의 촛농을 떨어뜨리는 예형을 받아들이고 촛불승이 내미는 서류에 서명한다. 백은 완성을 의미하며, 그리고 오십씩의 각각의 눈에 떨어지는 촛농들은 바로 대우(對偶)의 드라마의 한 쪽씩을 상징한다. 그 '합일'의 장면은 앞서 우리가 말한 영의 발출을 재현하며 현란하게 펼쳐진다. 두 눈동자가 합쳐 이루는 백의 완성이 연금술의 제금의 상징주의와 맥을 대고 있음을 우리는 알 수 있다. 촛불승은 저녁 무렵에 주인공에게 예형을 예고한다. 그리고 그것이 향 대신에 '비상'을 함유한 촛농을 주인공의 눈에 떨구어 넣는 것임을 알린다. 그 비상은 바로 육체의 눈을 정신의 눈으로 바꾸는 변환의 매체, 즉 연금술사들의 화금석이다. 그것은 촛불이 빛의 운명을 상징함으로써 분명해진다. 연금술에서 빛은 언제나 금을, 존재의 변혁을 성취한 영혼을 의미한다. 작가는 이 비상, 변화의 촉매를 '독'이라고 부른다. 웅녀를 사람으로 변형시킨 마늘과 쑥은 바로 영혼의 연금술 과정에서 "철학적인 돌, 화금석"이 맡은 역할을 담당하는 것이다(p. 471). 이 촛불과 비상은 이제 곧 우리의 주인공이 얻게 될 금, 순백의 영혼, 번쩍이는 각(覺)을 예고한다. 예형의 예고를 들을 때 주인공의 눈앞에 "눈은 수도부의 영기와 같은 그런 한 노란 빛"이 나타나 점점 푸르러지더니 나중에는 색깔을 잃어 희게 변한다. 이 빛은 결국 무의 상징이다. 영혼은 이제 진정으로 발출의 마지막 단계에 들어서 우주와 합일된 것이다. 주인공은 이 빛깔의 변화 과정에 "음모 없는 계집에의 집념"(p. 394)이 계속되었노라고 말하고 있다. 그것은 저 순결한 육체, 아기의 투명한 육체, 타락하기 이전의 인간이 아니겠는가? 이 순결함의 갈증은 빛·형상이 아니면서도 형상인 그 무엇을 파악해내기에 이른다.

그런데 그러는 동안에 그것은 내부가 어느덧 비어버리고 가장자리를 테두른 선만 희미하게 남겼는데, 그것은 두 개의 곡선이 맞닿은 양극을 갖는 타원의 꼴이었으며, 그 선은 언젠지 색깔을 잃어버려서 희게 보였다. 흰색은 색깔이 아니라는 논리를 좇으면 그것은 형상이 아닐 텐데도 그러나 나는 그것의 형상을 포착했으며, 그것은 전이하고 궤적하여 드디어 빛이 정(靜)을 획득한 화석이었다. 석화한 동(動), 석화한 빛. (p. 394)

이 인식의 특성, 형상을 넘어서는 본체에 이른 이 인식은 바로 주인공이 포기한 육체의 눈 대신에 얻어진 제3의 눈의 인식 양태다. 그것은 시바의 이마에 달린 마음의 눈이다. 신화에 의하면 시바는 세 개의 눈을 가지고 있는데 두 개의 육체적인 눈은 태양과 달에 해당하며, 세번째 눈은 불에 해당한다. 그녀의 시선은 모든 것을 재로 만들어버리는데, 그것은 다시 말하면, 보이는 것들의 파괴를 의미한다. 깨우침 직후 눈이 머는 벌을 받은 것은 그렇다면 당연하고 필연적인 것이다. 이미 육체의 눈은 필요하지 않으며 오히려 없어져야 할 것이다. 그 제3의 눈, "어떠한 공격에도 깨뜨려지지 않으며, 어떤 장애를 통해서도 시야가 막히지 않을 어떤 세번째의 눈에, 여태껏 잠자고 있었을지도 모르는 눈을, 그러는 동안에 기능이 퇴화되었을지도 모르는 눈"은 바로 지혜의 끝, 옴마니팟메훔의 주문에서 연꽃에 들어가는 금강석, 골고다의 나무에 매달린 실과, 즉 죽음의 자리에서 얻어진 부활의 비밀, 내인(內人)의 금(金), 내광(內光)의 찬란함이다. 그런데 이 금강석을 파괴하겠다 함은? 박상륭은 그 의문에 다음과 같이 대답할 것이다. "집착이나 저항감으로부터, 또는 그것을 획득하고 싶은 욕망이나 비욕망으로부터, 해방되기" 위해서(p. 377). 지혜를 얻으려 발심(發心)하되, 그 발심하고 있음마저 잊을 것.

이 대목에서 특히 우리는 타원형의 이미지에 관심을 기울이게 된다. 그것의 상징성은 명백하다. 그것은 합일이며, 합쳐진 두 세계다. 그것은 또한 두 개의 극점을 가진 길쭉한 형태, 남근과 물고기의 모습과도 겹쳐진다. 타원형은 『죽음의 한 연구』에서 계란의 모양으로도 나타나는데, 그것은 업을 이룬 주인공의 마지막 정액을 훑어가는 저 새로운 요니인 장로의 손녀의 부적이다. 더구나 그 계란 모양의 비취가 달려 있는 금줄(p. 366)은 죽은 수도부를 대신하는, 이 젊은 여인이 그 비취를 다만 장신구로 걸고 있는 것이 아니라, 영성의 광채로 꿰어 소유하고 있음을 의미한다. 그녀가 지니고 있는 것은 우주의 알인 것이다. 이 우주의 알(여기에서 푸른색은 전체를 의미하며, 그 색깔 자체가 이미 두 극의 합일을 의미하고 있다. 푸른빛은 "바다"이며(p. 355), 그리고 동시에 "전체의 하늘"(p. 366)이다), 탄생 이전의 알이다. 여인이 형장으로 끌려가는 주인공의 목에 이 목걸이를 걸어주었음은 바로 우리의 주인공이 죽음 뒤에 우주로 합일됨을 암시한다.

타원형이 가진 합일의 상징성은 6의 숫자로도 한번 더 확인된다. 비교 전통에 의하면 6은 완벽한 지혜의 상징이다. 그것은 두 개의 삼각형을 반대 방향으로 겹쳐놓음으로써 두 개의 상반되는 원칙의 합일을 의미한다. 다윗의 별은 이스라엘의 국가 상징으로 사용되기 전에 이미 오래 전부터 '솔로몬의 인장,' 즉 가장 지혜로운 자의 상징으로 쓰인 것이다. 그리고 그것은 바로 인간의 이원론적 운명을 극복한 자의 지혜를 상징한다. 합일의 순간의 빛은 작가에 의하여 "여섯 색깔 잠들었던 불꽃"이라고 말해진다. 이 6의 상징성은 촛불이 상징하는 영성과 고양이가 상징하는 육체성이 함께 환기되는 다음의 대목에서도 분명히 드러난다.

그러나 나는 (……) 망연히 촛불이나 건너다보았다. 그것은 흔들림 없이 고요하게 타고 있었지만, 내가 마음으로 흔들리고 있는지, 그 불꽃에 내 마음이 묶여들지를 못하고 홀홀 뛰고 있었다. 그것은 인이 붉은 한 마리의 고양이였고, 그것이 저 높다란 심지 위에 견고히 버티고 앉아, 나를 노리고 여섯 색깔의 살을 쏘아내고 있었다.

그리고 우리의 주인공이야말로 육체와 영성에 있어 모두 완벽하려는 자, 인신(人神), 즉 육조 촌장이 아닌가? 주인공이 오조 촌장을 죽이고 육조 촌장이 되었다는 것은 바로 그 두 개의 삼각형, 육체와 정신의 삼각형을 모두 이루었다는 의미 외에 아무것도 아니다. 주인공의 6의 운명, 즉 인신(人神)의 운명은 여러 군데에서 그의 운명이 그리스도의 운명과 겹쳐지는 것으로서 확인된다. 가는 곳마다 그가 일으키는 불화, 40일의 고행, 막달라 마리아를 환기시키는 수도부, 그가 형장에서 당하는 모욕, 그의 목걸이를 두고 천한 자들이 벌이는 내기 등등. 그는 죽을 줄 알면서도 죽음으로 뛰어든, 잠들어 있어, 세계에 살아 있는 것에 만족하는 자들에게 "검을 주러 온" 죽은 자들을 들깨우는 자다.

합일의 드라마는 우리가 앞서 '마른 늪'의 치유책으로 든 불모성의 교정의 이행으로 이어진다. 그것은 바로 우주적 성교 장면을 묘사한다. 그리고 주인공의 마지막 정액을 몽땅 훑어가는, 즉 작가의 표현을 따르자면, 그의 이삭을 싸그리 주워가는(이삭 줍기 얘기 참조) 무시무시한 요니는 저 가여운 여인 수도부가 아니라 우주 알을 목에 걸고 있는 장로의 손녀인 것이다. 그러나 앞서 얘기했듯이 그녀는 수도부와 같은 여인이다. 그녀는 이미 그녀 안에 죽은 여인의 혼을 지니고 있는 것이다. 이 혼에게 생명을 주기 위해서 필요한 것은 다만 남자의 습기, 즉 "형체만 있고 질량을 갖지 못한 것"(p. 407)을 전이시켜주는 일이다. 수도부는 이제 이 젊은 여인의 자궁으로부터 딸로서 태어날 것이다.

전에 내 아낙이었던 여인은, 이제 날 아버지라고 부르게 되리라. 갓 태어난 늙은 딸이 만약에 전생을 기억해내기만 한다면, 날 낭군이라 다시 부르리라. (p. 407)

이 마지막 성교는 그러므로 한 남자가 한 여자의 몸에 씨앗을 뿌리는 것이 아니라 온갖 것인 수컷이 온갖 것인 암컷과 어우러져 벌이는 우주적 합일의 행위인 것이다.

우리의 성교는 [······] 이것은 교통할 수 없는 혀, 교통할 수 없는 눈으로 말하고, 보며 교화하고 교화당할 수 있는 타아에의 한 관통으로서 치러지고 있는 것이다. (p. 412)

그렇게 해서 그들은 하나로 어우러든다. 그것은 자기는 죽고 타방으로 사는 것이며, 타방에게 있어서도 그것은 마찬가지이므로, 그것도 죽음이며 동시에 생명이다. 그렇게 해서 이 어떤 한 여인이 아닌, 여인의 태 안에서 새로이 태어나는 존재는 수도부이며 동시에 육조촌장이 될 것이다. 연금술사들의 화덕 안에서 새로이 태어나는 인공인간, 자웅 동체다. 이 자웅 동체는 바로 장로의 손녀가 주인공으로부터 가지고 싶다고 말하는 '쌍둥이'의 상징성과 겹쳐진다. 자기 안에 수놈과 암놈을 함께 지니고 매번 절정에 이를 수 있는 존재, 자웅동체를 만들어내기 위해 전심전력으로 치러내는 성교는 최고의 긴장과 더불어 이루어질 수밖에 없다. 이 과정을 작가는 직접 연금술과 연결시킨다.

나는 그러기 위해서 저 '흑·백·적'의 세 단계, 그 각 단계가 세 번씩 전이하여, 다른 한 단계를 이루고, 그 다른 단계는 세 번씩 전이하여 [······] 이 금 제조를 시작했지만 그것은 대단히 쉽지 않은 일이었다. (p. 422)

이 흑·백·적의 세 단계는 각각 연금술에서 니그레도(자웅의 결합, 원초 회귀를 상징하는 검은색), 소작업(은을 얻기까지의 작업, 백조로 상징된다), 대작업(화금석이 얻어지는 단계, 대개 루비나 피닉스로 상징된다)을 가리킨다. 작가는 이 성교의 제금술 삼선(三禪)이라고 부르기도 한다.

우리는 수도부와 장로의 손녀가 같은 존재라고 말했다. 이제 우리는 촛불승과 주인공이 실은 같은 존재임을 밝히고자 한다. 촛불승과 주인공의 운명이 어쩔 수 없이 얽혀 있음은 주인공의 여인을 촛불승이 강간했다는 사실로써 우선은 증명된다. 촛불승과 주인공의 관계는 겉보기에는 판관과 죄수 사이 같지만 실은 동전의 앞뒷면처럼 밀접하게 연결되어 있으며 음과 양의 고리로 물려 있다. 주인공은 전에 촛불승과 비역을 한 적이 있다. 그것에 관해 촛불승은 그 경험이 그 안에 어떤 이물감으로, 양기로, 촛불로, 무슨 수정돌처럼 남아 있다고 이야기한다. 그때 그의 몸은 주인공의 양기를 받은 음이었던 것이나 이제 양으로서 주인공에게 촛농을 떨구는 자는 바로 촛불승이다.

김현은 『죽음의 한 연구』 해설에서 음양의 극은 정해져 있는 것이 아님을 밝히고 있다. 촛불승의 예형의 예고를 따라가다 보면 주인공이 예형을 받아야 하는 것은 살인자이기 때문이 아니라 오히려 그와의 비역 때문인 것으로 읽혀진다.

그 비역 이후입지, 소승은 어째서인지입지, 대사를 둘러싼 모든 것에 대해서 말입지, 타는 증오와 저주를 어찌할 수 없어 온 것인데 말입지,

촛불승과 주인공이 음과 양으로 맞물려 있는 한 존재임은 "사라쌍수 한 그루의 두 나뭇가지" "같은 이름의 두 마리 새"라는 대목에서도 명백히 드러나지만, 촛불승이 그에게, 그가 그에게 전해준 양기의 값으로 지불하는 '대가'가 그의 한 달 봉록의 "절반"(p. 382)이라는 사실로도 흥미롭게 확인된다. 이들은 서로의 반쪽인 것이다. 촛불승은 그의 반쪽에게 예형을 집행하지만 그 결과가 그 운명과 직접적으로 관련이 되어 있음을 익히 알고 있다.

그러나 우리는입지, 지금 한 촌장의 죽음을 필요로 하고, 그래서 그 죽음이 저 흩어진 촌민들께 나누어지기를 바랍지. 그래서는입지. 우리가 황폐를 극복하고 말입지, 흩어진 촌민들이 다시 돌아와 오손도손이

살게 되기를 바랍지. (p. 450)

　이 두 사람의 운명이 한 사람의 삶의 어떤 부분에 상응하는지는 촛불승이 주인공에게 다가오는 장면에 이미 암시되어 있다. "여러 겹의 붕대를 써서, 왼팔을 어깨에 붙들어매달아 곰배팔이를 해놓고 있는" (p. 281) 촛불승의 망가진 왼팔은 바로 다름아닌 주인공 자신이다. 주인공은 형장에 들기 전에 마지막 의식으로서 행하는 망나니와의 씨름에서 오른팔을 사용하기를 거부하는 것이다(p. 437). 왜냐하면 그의 일은 오른팔의 일과는 아무런 상관이 없기 때문이다. 다시 말해 이제 주인공에 대하여 양이 된 촛불승은 오른손의 운명을 따라가며, 촛불승에 대하여 음이 된 주인공은 왼손의 운명을 따라가는 것이다. 오른손이 의식 · 사회화된 가치를 상징할 때, 왼손이 무의식 · 직관 · 내면적 가치를 상징함을 우리는 알고 있다. 촛불승이 판관의 역할을 한다는 점에 유의해보자. 그는 세상사에 속해 있는 인간이다. 그의 아이덴티티는 "법의 이름으로 발부된 증명서"에 의해 보장된다(p. 383). 그의 아이덴티티는 저승과는 아무런 상관도 없다. 그는 유리에서 잘 먹고 잘 살아보려는 인간이다. 그러나 주인공은 그런 것과 상관이 없다. 그는 "타인의 물질적인 조악한 몸을 살욕으로써라도 부러워하지 않게 된" 자이기 때문이다(p. 382).
　이 두 존재의 특성은 쌍둥이 신화에 맥을 대고 있다. 한 태에서 태어난 다른 두 운명. 그러나 실은 그들은 한 존재인 것이다. 육조 촌장이 죽고 난 뒤 죽은 쌍둥이 형의 업을 완수하기 위해 그는 칠조 촌장이 될 것인가? 아니 칠조 촌장은 존재하지 않게 될 것이다. 7은 신의 숫자이며, 인간의 몫은 6까지이기 때문이다. 주인공의 운명이 6에서 끝난다는 것은 그의 영혼이 마지막 1, 즉 신의 빛나는 로고스를 받아들이려는, 음의 존재로 남으려 한다는 점과 관계가 있다. 촛불승은 양의 존재로, 즉 받아들여야 할 것이 없는 존재로 살아갈 것이다. 그는 유리에서 만족한 채로 살아갈 것이다. 그의 영혼 안에 신의 몫이

깃들일 틈은 없다. 그러나 주인공은 '암컷'의 존재로 신에게 간다. 그래서 그 덧없는 육체 안에 "새벽별 나으리"의 빛을 싸안기 위해.

그의 죽음은 매우 상징적인 장치 안에서 진행된다. 그는 산 채로 나무로 만든 상자에 들어가 나무에 매달려진다. 이 죽음은 오시리스의 죽음을 환기시킨다. 나무관과 나무는 모두 부활을 예고한다.

나무는 대표적인 재생의 상징이기 때문이다. 그 나무에 매달려 있는 몸뚱이, 그것은 존재의 "번뇌, 벌뢰, 벌레"라는 번데기가 주는 나비의 꿈을 꾸는 것이다.

우리는 끝내 주인공이 이름 가지기를 거부한 사실을 알게 된다. 그는 사형 집행 서류에 본명과 법명을 모두 유리라고 써넣는다. 그는 바로 이 세상, 고뇌하는 다수의 영혼들, 바로 우리들, 귀양살이하는 존재, '유리'일 뿐이다. 그는 유리로 태어나 여전히 유리로 죽어간다. 그는 거대한 요니, 신의 로고스를 향하여 늘 뜨겁게 열리기만 하는 빈 그릇, 욕구하는 자의, 음의 '벌뢰'이기 때문이다.

〔『동서문학』, 1989년 10월호〕

# 『죽음의 한 연구』에 대한 연구*

박태순

## 1

박상륭은 작가가 되기로 작심하면서 자기 인생을 창작을 위한 수단 과정으로 예속시킨 문학인이기도 하지만, 무엇보다도 그의 독특한 언어관과 융통성 없고 꽤 까다로운 문학 정신을 가지고 특이하게 생(生)의 문제와 격투를 벌여온 정신적 레슬러이며 투사다. 오늘날 우리 주변의 문학인들이 약아빠지고 허약해빠져서 서로의 눈치를 거스르지 않기 위해 열심히 서로 모방하며, 비겁한 소시민적 생활과 문학 생활을 음침하게 혼동함으로써 문학을 농락하고 있는 것을 생각해본다면, 박상륭과 같은 '광야의 문학' '구도의 문학'은 너무 괴팍스럽게 개성적이라 하여 도외시당할 까닭이 아니라, 도리어 그 강인한 문학적 견고성은 더욱 중요한 사실이 되어 있는 것이다. 외형적인 면에서만이 아니라, 그 내실에 있어서도 삶을 위하여 문학이 얼마나 '진땀나게' 자기의 탐구를 보여주고 있느냐를 살펴볼 필요가 있다면

---

* 이 글은 한국문학사에서 발간한 『죽음의 한 연구』 1975년판을 참조하였다.

박상룡 문학은 마땅히 중요한 논의의 대상이 되어야 한다고 느끼는 것이다.

박상룡은 그의 고집스런 열성으로써 '문학'을 종교 삼아 끊임없이 자신을 여기에 헌신, 종사시키고 있는 사제적(司祭的) 문학인이다. 그의 삶은 그의 문학을 위하여 고통스러운 제물처럼 바쳐지고 있는 듯한데, 캐나다가 남해안의 무슨 고도(孤島)인 양 착각하여 서울 권역을 벗어난 이래 그의 소설이 보여주고 있는 언어의 치열성은 그가 무슨무슨 이민 작가 나부랭이들과는 다르다는 것을 증거한다. 부연하자면 그는 캐나다에서 더욱 철저히 못생긴 조선 토종으로서의 문학을 써오고 있는데 바로 이 사실이 그가 캐나다로 이민 간 게 아니라 남해안의 무슨 고도와 같은 곳으로 정배(定配)를 가 있는 게 아닌가 보이게 하는 원인이다. 생활 방편과 문학 작업의 완고한 분리에서 비롯하는 그의 근작 소설은 그러니까 한글로 쓰는 문학에 대한 그의 외곬의 애심을 더욱 가열시키고 있는데, 장장 500여 쪽에 달하는 전작 장편 『죽음의 한 연구』는 그러한 박상룡 문학의 한 결산인 듯싶은 것이다. 사적인 이야기가 될지 모르나 그는 이 소설을 출판하기 위하여 원고 보따리와 출판 비용을 싸안고 세관에 걸리지 않은 채 입국하여 자비 출판의 절차를 밟아놓은 뒤 곧 캐나다라는 유적지(流謫地)로 가버렸는데, 이러한 일은 우리의 문학 풍토에서는 아주 생소한 것일 뿐 아니라 또한 그의 문학적 성격과 그의 문학 작품의 특징을 설명하는 일이 된다. 원고료를 타먹기 위해 씌어진 문학 작품은 돈 받아먹는 값을 하느라고 독자한테 아무래도 발맞추어야 하는데, 박상룡은 그것이 싫어 자비 출판의 문학을 누림으로써 마치 슈펭글러가 『서구의 몰락』을 자비 생산함으로써 얻었음직한 전인미답(前人未踏)의 경지를 척개(拓開)해보인 것이었다.

적절한 비유가 될지 모르지만 박상룡의 문학은 박상룡의 종교다. 그의 문학 작품은 그의 종교의 경전으로서의 의미를 띤다. 바로 이러한 이유에 의해서 박상룡 문학의 독자가 되기란 지난(至難)한 일에 속한다. 왜냐하면 그는 신자에게 친절한 교주가 아니기 때문이다. 그는 독재적인 문학인이어서 독자에게 이해하기 쉽도록 아량이나 편의를 제공하는 게 아니라, 전적으로 자기 작품에 따르기를 명령하며 그것이 싫다면 자기의 독자(또는 신자)로 입문하는 것을 거부하고 있는 셈이다. 하지만 그가 이처럼 난해하다 하여 그것이 그의 작품의 단처(短處)를 증거하는 일은 되지 않는다.

물론 필자는 박상륭 종교의 신자는 아니다. 그러기에 이러한 글을 쓰기에는 전혀 적절한 위치에 서 있지 않다. 다만 필자는 그 자신에게 있어서는 완고한 종교임에 틀림없는 '박상륭 문학'을 '한국 문학'이라는 지평에서 다루어볼 수는 있겠기에 바로 이러한 입장에서 그것을 논의해보려는 것이다. 오늘의 '한국 문학'에서 박상륭 문학을 어떻게 관찰해볼 수 있겠는지를 따져봄으로써, '한국 문학'을 논의해보려는 것이다. 야성적이며 현학적이고 욕심 사나운 갈증에 끊임없이 헐떡거리는 박상륭 문학에 접하여 그의 치열하고 투철한 문학적 업적을 읽는다는 것은 이 삭막한 세월에 적지 않은 기쁨이 되고 있는 터이다. 품절이 되기 전에 현금을 주고 박상륭 문학을 사보기를 권고해두는 바이기도 하다.


## 2


박상륭 문학의 전개 과정은 대체로 3단계로 나누어볼 수 있는 터이며, 『죽음의 한 연구』는 그러한 과정에서 쌓아올려진 결산이라 할 것 같다. 최초로 활자화된 그의 작품 「아겔다마」(『사상계』, 1962)는 예수 재세시(在世時)의 한 인물을 통하여 절망을 다룬 작품으로써, 번득이는 감수성, 권위에 대한 반발, 내면적 갈등의 첨예화 등으로 볼 때에 '1960년대 문학'의 또 다른 전형에 다름이 아니었다. 「장끼전」은 팔만대장경에서 소재를 취택한 것으로 남도의 토속적 열기를 다룬, 그가 선택한 문학 세계의 골조를 깨닫게 해주는 가편(佳篇)이었다. 뒤를 이어 발표된 「강남견문록」 「뙤약볕」 「열명길」 「남도」 등의 소설은 그의 탐욕스럽던 습작 시절의 일관된 주제를 드러낸 짤짤한 작품으로 비록 그 소재의 특이성은 다르다 하겠지만 대체로 보아 그의 제1기에 속하는 작품이었다. 그런가 하면 「시인 일가네 겨울」 「2월 30일」의 태작(駄作)도 썼는데 그는 이러한 소설들이 왜 태작인지를 깨달음으로써 자기의 문학 세계를 일구었다. 말하자면 청년 박상륭은 양복이나 넥타이를 매기를 거부하면서 자신의 '촌놈 근성'의 건강성에 의해 자기를 근대화시킬 생각은 추호도 하지 않으면서 잔류하여 있는 이씨 조선 백성으로서의 문학을 해냈다고 할 수 있다. 물론 그가 창작을 시작했던 시대는 근대화를 고함질러댔던 1960년대였던 만큼, 이씨 조선 백성으로서 잔류하기를 고집하면서 그가 붙잡았던 것이 토속 정신(이 단어는 정당하게 쓰여지는 경우보다 오해되어 쓰여지는 경우가 태반임은 통탄할 일이다)의 끈질기고 악착같은 힘에 대한 자각으로서였다. 박상륭의 문학적 자원은 이처럼 풍부하였기에 그는 자기의 너무 많은 재산을 어떻게 처리해야 좋을지 모르는 백만장자의 상속자와도 같이 그 문학적 호흡에 정열과 자신감에 넘쳐날 수 있었던 것이다. 이광수나 김동인 등이 한반도의 문학적 부존 자원이 고갈되어버렸다고 단정하며 황무감(荒蕪感)을 가지고 신문학을 일구어낸 것이 이른바 현대 한국 문학이라고 문학사가들이 주장해서 누구나 다 그것에 속아넘어가 그러한 신문학을 해야겠다고 작심하고 있었을 적에 박상륭이 이씨 조선 백성의 문학을 할 수 있었다 함은 역사의 후퇴가 아니라 일보 전진이었으며, 박상륭은 이러한 자기의 문학 재산에 득의만만한 뱃심과 황홀감을 가지고 있었기 때문에 평론가들의 약삭빠른 눈치보기에 따라 그를 매도하거나 묵살해버려도 거뜬히 자기의 문학 세계를 외곬으로 밀고 나갈 수 있었다. 그런데 사실상 박상륭만큼 외곬으로 고립되어버린 문학도 없었으며, 박상륭만큼 어처구니없이 오독(誤讀)되어진 문학도 없었던 만큼 바로 이러한 고립이 그의 문학을 더욱 우뚝 솟은 신화적 토속 세계로 끌고 가게한 것이 아닌가 생각되어지는데, 이 점은 1960년대 문학 내지는 1970년대 문학의 능력이 얼마나 저차원적인 데에서 맴돌고 있는지를 깨닫게 해주는 소치다. 다시 말하자면 박상륭은 1960년대의 일반적 경향이었던 상황에 대한 자각을 강조하는 그러한 문학적 입장에서 작가로 출발하였다는 점에서는 대체로 한 분위기 속에서였지만, 막상 출발 신호가 울리고 문학이라는 장거리 경주를 시작하면서 그 자신만의 외떨어진 문학 세계만을 떼쓰듯 강조해서 다른 친구들과 합류되기는커녕 더더욱 고립이 되었던 것이다.

박상륭의 제2기에 속하는 작품군들이 바로 그런 것이었다. 제1기의 작품들이 25시적인 상황(물론 그 상황은 현대적 무대 장치가 아니라 고대적·중세적 무대 장치를 하고 있으나)에 대한 주인공들의 극단적인 대결감과 몸부림을 보여주고 있는 것이었다면, 제2기로 들어오면서 그것은 구도적인 제스처를 한층 강하게 풍기게 되는 것이었으며 바로 여기에서 박상륭의 주인공들은 무서운 방랑의 길을 떠나면서 제신(諸神)들과 만나고 있는 대지의 세계로 몰입되었던 것이다. 그의 장(場)타령 소설군이 바로 그것이다.

필자는 앞에서 박상륭이 애당초 '이씨 조선 백성의 문학'을 했다고 했는데 이것을 좀더 설명할 필요가 있겠다. 박상륭의 문학 속에서의 현실적 좌표를 알아내는 일이 그의 문학 세계를 이해하는 첫걸음이 되기 때문이다. 그는 우리의 역사적 현실, 일상적 현실, 또는 민족주의와 근대주의가 역기능으로만 작용했던 근대사의 전개에 대해 아무런 관심도 보이지 않는 듯이 보임으로써, 적어도 신문학 70여 년의 흐름과는 상관이 닿지 않는 문학을 일구어왔다고 비평되고 있으며, 그의 문학이 관심권 밖에 놓여지는 이유가 되었다. 문학이 작가가 처한 구체적 상황 인식으로부터 출발하여 비참한 현실과의 갈등 속에서 그 업적을 쌓아왔던 근대 소설의 성격과도 일단은 엇나가는 듯 보이기도 하는 것이다. 대체로 박상륭 문학은 이러한 관점에서만 읽혀

졌었기에 그 평가가 전혀 온당하지 못하였던 것인데, 필자로서는 물론 덮어놓고 그의 문학을 변호하기 위해 이 글을 쓰는 것이 아닌 만큼 이러한 점이 박상륭 문학의 한 상한선을 그음으로써, 반대로 그가 진땀 흘려 파내려가 획득한 하한선의 깊이와 넓이에 주목하는 것이다. 다시 말하자면 1920년대의 예컨대 이광수 문학 같은 것의 진정한 극복 문학은 김동인 문학이 아니라, 1960년대에 와서 예컨대 박상륭 문학 같은 것에 의해 가능해졌다고 일단 판단코자 하는 것이다. 이광수 문학이 가령 한국 전통을 극도로 혐오한 나머지 스스로 폐허에 선 문학이라고 자처했고 조국의 이른바 봉건적 표정에 절망한 나머지 무분별한 근대주의자로 나섰는데 이와 같이 초조하고 즉흥적인 문학 노선에 의해 그 스스로 주저앉을 수밖에 없었고 급기야는 문학 그 자체를 각박하게 만들 수밖에 없었던 것이다. 한국 문학은 이광수 시대를 여과하는 동안 이와 같은 값비싼 교훈을 얻었던 셈인데, 그것을 올바로 인식하기 시작한 것은 1960년대에 와서야 비로소 가능해졌다고 생각된다. 박상륭 문학은 그 점에서 전혀 반대가 된다. 박상륭은 고향인 전북 장수에서 철저한 조선 토종으로 양육되어졌던 만큼 그가 살아가야 할 인생, 그가 선택하게 될 문학에 대해 조금의 회의나 주저가 있을 수 없었던 셈이다. 조선 토종으로서, 선인(先人)들이 살아왔던 바로 그 방식을 좋아서, 그 자신 그렇게 살아주고 행동하고 자각하면 되었던 것이다. 그러기에 박상륭은 자기가 살고 있는 정신적 자원이 무엇이며 얼마나 소중한지를 철저히 깨달아 알고 있었던 행운아이기도 했던 셈이었다. 그는 이광수 문학 내지는 그러한 속성에 의해 전후의 참담한 폐허를 살았던 전후 문학(戰後文學)을 도대체 이해할 수도 납득하지도 않았다. 도리어 그것을 딱하고 한심하게 바라봄으로써 그의 문학은 출발했던 것이다. 이광수가 전통을 혐오했던 것과는 반대로 그는 근대화를 혐오했고, 이광수가 민족 개량을 바랐던 것과는 반대로 그는 조선 토종들이 서구화되어가는 것에 분노했다. 이광수가 문학적 부존 자원을 전혀 가지지 못한 채 무턱대고 전진, 전진만을 했을 때, 그는 자기의 황홀한 정신적 재산을 파내려가고 다시 깊이 파내려는 데에만 골몰했던 것이다.

박상륭은 그 나름대로의 독특한 민중 세계를 가지고 있다. 박상륭의 민중은 양복을 입고 넥타이를 맨 민중은 아니고, 그렇다고 해서 서당에서 공자·맹자를 배우고 효제충신(孝悌忠信)을 익히는 유교적 민중도 아니고, 왕조의 가렴주구에 들고일어나 녹림당·산림당이 되는 임꺽정 같은 민중도 아직은 아니다. 박상륭의 민중은 참된 깨달음의 갈증으로 헐떡이는 방황의 민중이다. 그러니까 나말(羅末)의 최치원이 "우리나라에 고유한 것이 있으니, 그것을 풍류라 한다"라고 했을 때의, 그 '풍류의 전통' 속에서 사는 민중이다.

학자들이 알려주는 바와 같이 '풍류'는 한국적 종교 의식의 근원을 이룬다. 한반도는 지정학적인 관계로 중국 대륙의 영향을 끊임없이 받아왔으며, 그렇기에 이스라엘과는 달리 한반도에서 세계적 종교를 산출할 수는 없었지만, 반대로 외부로부터 도입되는 각종 종교를 한반도의 열기로 '잡아먹어버리곤 했다'는 소설(所說)을 펴는 학자들도 있는 것 같다. 가령 불교의 경우 그것은 미륵 신앙, 아미타 신앙, 관음 신앙을 낳았는데 이러한 신앙들은 불교와는 큰 관계가 없는 '한국 신앙'이었고, 도선(道詵)의 풍수 사상도 그에 해당한다. 유교의 경우 그것은 『주역』을 중심으로 하는 토정 비결이라든가 『정감록』 사상 같은 것을 낳았다. 천주교의 경우도 민중들에게는 천주교 교리로써 납득되어 전교(傳敎)된 것이 아니라, 조선 왕조의 말기적 학정 속에서 한국적 메시아 사상이라고나 할 '풍류 사상'에 그것이 접근되어진 것으로 이해되었기에 믿게 된 것이다. 한말에 와서 일어난 동학은 '풍류 사상'이 하나의 근대 사상으로 활현(活現)되어졌던 것이기에 열렬한 민중적 호응을 얻을 수 있었다 함은 학자들이 애써 강조하는 바와 같다.

박상륭 문학의 민중은 바로 이와 같은 '풍류 사상'의 전통을 타고 내려온 민중이다. 필자는 물론 여기에서 그러한 민중의 당위성을 말하려는 것이 아니다. 그러나 박상륭 소설의 주인공들이 기독교에 심취하는가 하면, 불교적 세계, 도교적 세계, 아니 무엇보다도 근본적으로 샤머니즘의 세계 속에서 방황하고 있다는 것이 이러한 풍류적 민중임을 알게 하는 소이연이다.

그러니까 그의 제1기에 속하는 작품들은 풍류적 상황에 대처한 민중적 갈증의 몸부림을 그린 것이었고, 제2기에 들어서면서는 집요한 방랑으로 본격적인 구도 행각을 벌이고 있는 것으로 표출되어지고 있다.

뿐만 아니라 박상륭은 자신의 '풍류 사상'적인 민중 의식을 더욱 확고히하기 위하여 고고학·인류학 계통의 서양 서적도 들춰서 박상륭 자신의 신화 체계를 만들어냈는데, 바로 그와 같이 당돌하고 오만하고 진실 획득자의 득의연한 자신을 가지고 남이야 알아주거나 말거나 집요하게 써낸 작품이 바로 여기에서 논구하고자 하는 『죽음의 한 연구』, 이 작품인 것이다.


3


『죽음의 한 연구』는 현실적 연상대(聯想帶)를 도외시한, 가공적·상상적 상황을 다루면서 그것의 상징적 수법을 통하여 다분히 시적이고 함축적인 세계를 형상화하고 있다. 그럼에도 그것의 결구는 모호하거나 애매하거나 막연하지 않고, 강하고 뚜렷하고 힘차게 나타나며 팽팽한 호흡으로 압축되어 있다. 이것은 박상륭의 재능에 기인하는 것이기도 하지만, 실로 그가 노심초사해서 쌓아온 그 나름의 문학적 신화 세계의 견고한 골격 때문이다. 문학이 상상력의 산물이라면, 특히 이런 작품의 경우에는 작품 자신의 신화에 전적으로 의존하지 않을 수 없다.

『죽음의 한 연구』는 대단히 비중이 큰 동양·서양의 여러 신화 체계를 끌어모아 부단히 이를 밑받침으로 삼아 대담한 시도로써 씌어진 것이다. 작가 자신의 노트에 따르자면 이 소설은 「유리장(羑里場)」에서 부분적으로 시도했던 주제를 근본적으로 다듬어 완성시킨 전작임을 알 수 있다. 그런데 「유리장」은 「각설이 일기」 연작 단편들을 총정리한 작품으로 씌어진 것이다.

「유리장」은 원효와 사복(蛇福. 『삼국유사』所收)의 설화를 바탕으로 하고, 주 문왕(周文王)의 『주역』을 배경으로 하여 씌어진 작품이다. 그리고 그는 이 작품에서 이미 '요나 콤플렉스'와 성배 전설과 관련된 '어부왕'의 신화를 끌어들였었다.

먼저 「유리장」에 첨부된 '작가 노트'에서 그의 말을 인용하자면 그가 자신의 작품을 "신화적인 것으로밖엔 가능화시킬 수 없었던" 까닭을 설명하고 있다. 그것은 대체로 이렇다. 어느 특정한 시대를 그 시대 자체의 폐쇄적 시선으로 관찰하는 게 아니라 공시태·통시태적인 시선으로 포착하자면 "그때 그 한 시대는 하도(河圖)나 낙서 같은, 암호만을 남기고, 그 저변에 길게 누운 시체(時體)로부터 유리되고, 그래서 그것 자체로 폐쇄되어버렸던" 것임을 볼 수 있다는 것이다. 바로 이러한 시선에 의해 각 시대의 암호 또는 구조를 해석해내는 공시태에 대한 관심 때문에 그의 소설이 "신화적인 것으로밖엔 가능화시킬 수 없었던" 것이라는 뜻인 듯하다. 대단히 난해한 문학관인 것 같은 그의 소론은 그러나 인류학·신화학·고고학에서는 당연한 명제가 되어진 지 오래이며, '전통론'의 골격을 이루는 것이기도 하다.

필자가 앞에서, 근대화를 고함질러대던 1960년대에 청년 박상륭이 그에 속아넘어가지 않고 도리어 '이씨 조선 백성의 문학' '조선 토종의 문학'을 하였고, 그것이 그의 초기 문학적 특징을 이루었다고 말했을 때, 벌써 그의 이러한 변화와 발전은 예기되어졌던 것이었다. 군건한 조선 토종으로서 삶에 대한 뚜렷한 자각을 가지고 관찰한다면 고대 시대나 신라 시대, 이조 시대나 지금의 자유주의 평등이니 하는 근대화 시대나 근본적인 차이는 없는 것이며, 삶을 삶이게 할 수 있

는 가장 원초적인 것들만이 그 외양의 시대상을 벗겨버리고 공분모
적인 중요성으로 남는다고 판단되어질 수가 있는 것이다. 다만 이런
태도가 모든 것을 무섭게 단순화·무의미화시키는 것이 아니라는 사
실을 용감하게 확인시키지 않는다면 그것은 전혀 그릇된 도로(徒勞)
일 수가 있다는 사실을 전제로 삼아야 하지만.

「유리장」의 신화 체계는 대체로 『죽음의 한 연구』로 이어지지만,
여기에 다시 불교적 신화가 강력히 내포되어 이 소설을 구축하고 있
다. 이제 그것을 살펴본다.

### I. 『주역』의 신화

이 소설이 전개되는 곳이 '유리'인데 이 지명은 『주역』과 관계를
맺고 있다. 『주역』은 주 문왕이 유리에 정배를 가서 만든 것이라고
전해진다. 문왕은 은나라 말엽의 제후였는데 덕이 뛰어나 중국 땅 삼
분의 이가 그의 영토로 화하고 세인의 흠앙(欽仰)을 받기에 이르렀
다. 이에 은의 폭군 주왕(紂王)은 시기와 두려움을 느껴 풀 한 포기
자라지 않고 주위가 험준한 산으로 막혀 있는 천형의 불모지 유리로
문왕을 귀양보냈는데, 바로 이러한 황무지에서 문왕은 자연의 도를
깊이 궁구하고 생명과 인간의 이치를 밝혀 복희씨(伏犧氏)가 남긴 역
을 대성하여 『주역』을 완성한 것이라 전해진다.

『죽음의 한 연구』는 이러한 유리의 지명을 신화적으로 차용했을 뿐
아니라 『주역』의 근본 정신을 이로써 소설 속에 정착시키려고 한다.
소설 속의 '나'는 유리에서 자연사와 인류사의 모든 시대에 공통될
근본적인 '암호'를 풀어낼 것으로 예기되어져 있다. 나아가서 태극·
양의(兩儀)·사상(四象)·팔괘·육사효(六四爻)로 전개되는 『주역』
의 원리는 그것이 장차 불교적 귀일, 물고기 형태의 양의, 오이디푸
스 콤플렉스의 사상 관계 등으로 소설 속의 '나'에 의해 해명되어지
고 있다.

아울러 태공망(太公望)의 설화가 『주역』과 함께 우연중에 물고기

를 낚은 것이 아니라 도를 낚았던 태공망의 설화는 '어부왕' 신화의
뭍에서의 낚시 설화와 합쳐지고 있는 셈이다. 물론 작가는 태공망이
란 이름을 밝히고 있지는 않지만.

소설 속의 '나'는 주 문왕이 『주역』을 만들면서 이윽고 우주의 높
은 이치를 깨닫는 과정을 소설 속의 유리에서 쌓아올라가고 있는 셈
인데 가령 몇 대목 옮겨본다.

"나는 언제부터인지 너무 많은 자유와는 살 수 없이 된 것이었다.
그 자유를 나는 어떻게 운용할지를 모르게 되어버린 것이었다. 나는
결국, 고삐와 자갈을 택해버린 것이었다."

(고삐와 자갈의 의미가 무엇일 것인가.)

"내가 살아온 서른세 해 동안에, 나를 스쳐간 모든 것들은, 어쩌면
사라졌거나 소멸되어진 것이 아니라, 어쩌면 수풀 우거진 남녘 어디
아홉 구릉에서 살지도 모르는 저 억천만 새끼빛들의 어머니, 그러나
질투를 아는 눈을 피해, 어디 그늘 가운데 소롯이 숨어 있다가, 그 어
미 질투의 눈에 잠이 퍼붓고 나면 나타나 명멸하는 듯하다. 그리고
새롭게 나타나는 어느 경이, 어떤 슬픔, 어떤 체험은, 달 같은 것으로
떠올랐다가 그믐 속으로 침몰해선 훗날 결국 한 별의 모습으로 또한
어둠 속을 점유하는 것일지도 모른다. 흐르는 것이 거기를 흘러갔어
도 아무 흐름도 거기엔 없었다. 흐르는 것은 시간을 거르고 걸러서
흘러갔는데, 어찌하여 저 정적한 곳에 그것이 흐른 시간은 남아 있지
않은 것인가."

(아마도 이런 부분은 딱히 정확한 판단은 아닐지라도, 무극이태극無
極而太極이라든가 태허 적연부동太虛 寂然不動이라든가 하는 유가적 이
기 직관理氣 直觀을 토로한 것일 거라고 보아진다.)

"생각들이 살을 잃고 뼈만 남아, 알 수 없는 기호나, 주춧돌만 남겨
버린 것인데, 그것들은 재조립되어도 좋고 잊어버려도 좋은 것으로
된 것이다."

(작가는 『주역』의 괘가 공시태적인 일종의 추상화된 역사서일 수 있지

않느냐는 뜻을 피력한 일이 있는데, 그것을 개인사에 적용시켜본 말인
것 같다.)

하지만 이 소설 『죽음의 한 연구』가 『주역』의 해설서가 아닌 것과
마찬가지로 주 문왕의 정배지 유리가 사실성과는 관계없이 작가에
의하여 소설 속에서 새로 창조되었음은 물론이다. 다만 서경덕(徐敬
德)이니 이언적(李彦迪)이니 최한기(崔漢綺)니 하는 사람들을 골치
아프게 했던 우주의 생성 원리 규명 작업 같은 것을 이 소설이 이
(理)·기(氣)·심(心)·성(性) 등의 용어가 아닌 좀 다른 용어로써
다루어보고 싶어한 의도는 그러나 (필자가 보기에는) 욕심으로 그친
감이 있다.

## II. 육조 대사 혜능의 불교 설화

이 소설의 주인공 '나'는 일종의 걸승(乞僧)으로 묘사되고 있는데
대체로 보아 「육조단경(六祖壇經)」의 설화 체계가 동원되어 있다. 간
단히 그 내용을 설명해두기로 한다.

불교의 선종(禪宗)은 달마(達磨)에 의해 중국에서 개창되어 초조
(初祖)가 된 이래 혜가(慧可: 二祖), 승찬(僧璨: 三祖), 도신(道信: 四
祖), 홍인(弘忍: 五祖)으로 이어져 내려온다. 다음으로 혜능(慧能)과
신수(神秀)로 법맥이 전해져 남종선(南宗禪)과 북종선(北宗禪)으로
갈리게 되는데, 신의 가사(信衣袈裟)를 혜능이 받았으므로 보통 그를
육조 대사(六祖大師)라고 부른다.

불교사적인 입장에서는 오조 다음 대에 와서 혜능과 신수에 의해
남북으로 선문(禪門)이 갈리는 것을 중국의 지역적 기질 탓이라고 보
는 듯하다. 노자·장자를 배출한 남방과 공자·맹자를 배출한 북방
의 사상적 차이가 반영된다고 보는 것이다. 그래서 '남돈북점(南頓北
漸)' 또는 '능야구비이창도수야불식이명심(能也俱非而唱道秀也拂拭
以明心)'으로 그 차이점을 말한다. 남종선은 과정을 거침이 없이 본시

무일물(本是無一物)의 이치로써 구경(究竟)의 깨달음을 얻는 돈교(頓敎)이고, 북종선은 간경이니 기도니 좌선이니 하는 계단을 밟아 깨달음을 얻는 점교(漸敎)로서, 혜능은 구비(俱非)로 창도(唱道)하고, 신수는 불식(拂拭)으로 마음을 밝혔다고 한다.

『죽음의 한 연구』에서 주인공 '나'는 혜능과 일치되는 입장에서 신수를 배척하고 있다. 아니 어떤 면에서 '나'는 혜능의 활현자(活現者)로서 '유리'에서 도를 찾아 헤매고 있다. 작가는 밝히지 않고 있지만, 이 소설의 이해를 위하여 혜능의 설화를 살펴보면 이런 내용이다.

혜능은 원래 편모슬하에서 나무 장사로 생계를 유지했는데 어느 날 저자에서 어떤 사람이 『금강경(金剛經)』의 한 구절인 "응무소주이생기심(應無所住 而生其心: 마땅히 주住[집착의 뜻]하는 바가 없이하여 그 마음을 낼지라)"이라는 말을 중얼거리는 것을 듣고 발심(發心)하여 깨달음을 얻었다. 이에 어머니의 허락을 받아 오조 홍인대사(弘忍大師)가 수천 제자를 가르치고 있는 도장(량)인 황매산(黃梅山)을 한 걸승으로 찾아들었다. 그런데 혜능은 못생긴 얼굴에 허우대가 보잘것없어 대중들의 배척을 받고 방앗간에서 쌀을 찧는 비참한 노역을 하게 되었다. 그런 어느 날 홍인은 여러 납자(衲子)들의 득법(得法)을 시험코자 계송(偈頌)을 내라 하였는데 이때에 납자들의 대표적인 신수가 제출한 것이

身是菩提樹　心如明鏡台
時時勤拂拭　勿使惹塵埃
(몸은 보리수이고 마음은 명경의 태라
때때로 털고 닦아 먼지가 끼지 않기를)

이러한 것이었고, 혜능이 이에 은밀하게 써붙이게 한 것이

菩提本無樹　明鏡亦非台

本來無一物 何處惹塵埃
(보리가 본디 나무 아니며, 명경이 또한 태가 아니거늘
본래부터 일물도 없는지라 어디에 먼지가 앉으랴)

이런 게송이었는데, 홍인은 이에 혜능에게 신의 가사를 전하여 인가
했다는 것이다.

『죽음의 한 연구』에서 '나'는 황매산으로 찾아든 혜능과 동궤의 위
치를 갖는 것으로 되어 있다. 이때에 유리는 황매산과 같은 의미를
띤다. 즉 소설 속의 유리에는 촌장이 있어서 계속 낚시를 해왔는데
(어부왕·태공망의 설화) 그 촌장이 일조에서 오조까지 내려온 것으
로 되어 선종의 달마로부터 오조 홍인으로의 전법을 암시하고 있다.
뿐만 아니라 촌장과 존자들은 마른 샘 가에 앉아 법수(法水)·불수
(佛水)를 찾으려는 것으로 되어 있어, 성배 신화와 어부왕 전설 또는
태공망의 낚시와 합치점을 구하고 있다.

소설 속의 '나'는 "본래무일물(本來無一物)"의 돈법(頓法)에 자득
(自得)하여 신수의 제자로 표현된 비곗덩이 존자와 외눈의 존자(탐욕
과 편견의 비유)를 죽여버려 그 해골을 표주박으로 차고 다니는 것으
로 되어 있다. 즉 소설 속의 '나'는 혜능이 황매산에서 "기름진 무
(無)"를 깨달아 득도하는 것과 같은 일을 '유리'에서 얻을 것으로 예
기되어져 있다. 그러기에 두 존자를 죽이고도 "색(色)이 즉 공(空)이
니, 공으로 공을 덮쳐 누른다고 해서, 그것이 어째서 살육일 것인가"
(p. 74)라는 것을 자득하고 있다.

혜능의 "불립문자 직지인심 견성성불(不立文字 直指人心 見性成
佛)"의 태도는 '나'의 깨달음의 원천이 될 뿐 아니라 이 소설의 흐름
을 그대로 지배하고 있는 사유 방식과 논리 체계를 이룬다. 이런 뜻
에 국한시켜보자면, 이 소설은 일종의 선소설(禪小說)인 셈이다(석지
현釋智賢 시인은 그가 편역한 신저新著에서 선시禪詩라는 말이 가능하
다고 했으니 아마도 선소설도 가능할 터이다).

예컨대 달마대사가 '불심(佛心)'을 설명하여 "자심(自心)이 시불심(是佛心)이다. 자성(自性)을 투득(透得)한 자리를 구경(究竟)이라 부르며 불변하는 구경의 진리를 투득한 것을 불성(佛性)이라 부른다. 불성은 걸린 데가 없으므로 대자유라 부르며 대자유는 무장무애(無障無礙)하므로 정도(正道)라고 부르며, 정도는 불생불멸(不生不滅)하므로 열반이라 부른다"라 한 것과 같은 활달한 사유의 경지와 진리의 대해가 이 소설에서 추구되고 있다. 바로 이러한 종교적 지평을 소설 작품으로 화육(化育)시키려 했다는 노고로써 이 작품의 높은 수준과 정진이 보이는 것이다.

　이 소설의 '나'는 이러한 불교적 배경으로 읍에 도착하여 기독교를 설명하고 생과 사의 본질을 규명하고자 한다. 뿐만 아니라 이 소설은 불교적 논리학이라고나 할까 변증법이라 할까 그러한 것에 의존하고 있다. 유리로 들어서면서 만났던 늙은 수도승이 죽어버리고, 그 죽음으로써 '나'의 신생(新生)이 열리고, 계집과의 메마른 섹스를 통해 생과 사의 허무와 실체를 확인하고, 비곗덩이 존자와 애꾸눈 존자를 죽임으로써 보살행의 근본을 다지는 등 불교적 변증 단계를 밟아 올라가고 있는 것이다. 부정과 극기와 시련 고행이라는 불교적 다이너믹스는 이 소설을 핍진(逼眞)하게 하고, 소설 속의 '나'의 개안(開眼) 상승의 단계를 기어올라가게 한다. 적어도 박상륭이 파악한 선의 세계는 평면적인 것이 아님은 이 소설을 위해서도 다행스럽다. "저 집념의 훈륜에 감싸여 초계(超界)치 못하는 정신에 바람을 넣고, 허황 방탕히 헤매다 돌아와본다면, 자기를 억류했던 저 울타리가 얼마나 놀랐던가를(높았던가를의 오식이 아닐까), 다시 측량하게 되고, 다시 고려하게 할지도 모른다"(p. 106). "어떤 생명이 어떤 형태 속에 일단 유형되어졌을 때, 그래서 그 생명은, 그것 자체의 근본과도 상관없이, 그 형태가 구획하고 있는 것의 비극……"(p. 141)(작가는 이것을 거창하게도 "존재의 비극"이라고 부르고 있다). 그리하여 소설 속의 '나'는 기독교적 정신(서구 문명)에 대한 불교적 정신(동양 문화)의 질서를 완성하기 위하여 스스로 해방된 죽음(불교적 죽음이다)을 맞이함으로써 그 모든 것을 이룩하고 있다. 앞으로 이야기되겠지만, 이 소설은 그러나 불교적 교의를 소설로 능숙하게 소화해냈느냐는 점에서는 의문의 여지가 있다. 소설 속의 '나'보다도 가령 '촛불중'이 캐릭터로서는 더 성공하고 있다는 사실 등이 그것을 증거한다.

## III. 성경 및 「요나서」의 기독교 신화

이 소설에서 '예수의 재림' 문제는 말세의 구원 철학으로서 또는 '마지막 인신(人神)'으로서, 소설 속의 '나'에게 항상 의식되어 있다. 작가는 유리의 촌(村)을 불교 문화권으로 읍을 기독교 문화권으로 상정하고, 기독교 문화의 원죄 의식과, 대속자(代贖者)로서의 예수의 현현, 그리고 예수의 죽음과 부활의 변증법을 주인공의 해탈 패턴에 연결시키고 있다. 이러한 관점에서 보자면 이 소설은 저 범람하는 성서적 소설이랄 수가 있겠으나, 소설 속의 '나'의 장황한 성경 인용이나 기독관 · 원죄관에도 불구하고, 그것은 일방적인 설교로 끝나고 있다. 소설 속의 '나'는 예배당에서 설교를 하는데, 무려 그것이 57쪽이나 계속되지만 문학 작품으로서는 이 부분이 가장 매력 없고 지리한 부분이 되어져 있다. 수없이 등장하는 그림이나 도표도 전혀 무의미해 보이고, 기독교와 불교의 비교는 페단틱한 논문 이상의 것이 아니다.

예수보다는 이 소설 속의 기독교 신화로서는 「요나서」가 중요한 관련을 맺고 있다.

알려진 바와 같이 요나가 바다에 빠져 고래의 뱃속에 들어갔다가 나온 모험담은, 인간이 다시 어머니 자궁 속으로 들어가고 싶어한다는 그러한 무의식의 상징이라고 본다.

"어떻게 저 빈 그릇과 흐르는 생명은 서로 화합할 수 있는가. 하지만 이런 문제들을 풀기 위해서는 다시 어머니의 뱃속으로 들어가보는 수밖에 없으리라. 그리하여, 한낱 하늬바람으로 흘렀던 자기가,

어떤 의지에 의해서 자기의 형태를 입혀주는 그 어미의 자궁으로 들었는가를 열심히 살펴보는 수밖에 없으리라"(p. 141).

유리가 옛날에는 바다였다가 촌장(어부왕)의 불치병으로 인하여 황무지가 되었다는 설화 자체가 섹스(생명력)에 바탕을 둔 것이지만, 이 소설 속에서 유리의 황폐를 치유할 수 있는 것으로 '요나'의 신화가 그 해결책이 되어 있다. 어느 쪽이냐 하면 이 소설은 섹스가 많이 등장되고 있지만, 그것은 영적인 의식으로서다.

요나의 바다 여행은 이 소설의 유리가 다시 바다로 돌아가야 할 이유이기도 하고, '나'의 낚시 행위의 철학적 의미를 형성하며, 나아가서 생명의 근원에 대한 '나'의 의념(疑念)을 해결하는 실마리가 된다.

물—세체(洗體)—자궁—생명—죽음—양극(兩極)을 갖는 타원형(물고기 형태)—성—남근—임부—중생 등의 용어가 하나의 차원 속에 엉키게 됨으로써, 이 소설은 생의 본질을 찾으려 하고 있다 (pp. 145~85).

「유리장」의 '작가 노트'에서 밝힌 바에 의하면 이 소설 『죽음의 한 연구』는 원래 '요나서'라는 제목으로 구상되어졌던 만큼, 작가 박상륭이 '요나 신화'에 지극한 의미를 부여하고 있는 것은 당연한 듯싶지만, 그러나 그것이 논문 아닌 소설로 어떻게 용액되어졌느냐는 문제는 다른 것이다.

### IV. 성배 전설 및 어부왕 신화

이 신화의 내용은 이런 것이다. 성배 전설 legend of the Holy Grail이란 예수의 피를 담은 성배가 행방불명이 되어 기사들이 그것을 찾아다닌다는 것으로, 원래 이 성배는 아래마티아의 요셉이 십자가 위의 예수의 피를 담아 브리타니아로 가져온 것이라 한다. 이러한 성배의 피를 불치병자에게 발라주면 완쾌가 된다고 하는 것이니 가령 아더 왕의 「원탁의 기사」 소설군들이 이에 입각한 것이었다. 한편 어부왕 신화의 내용은 이렇다. 어부왕 Fisher King이 벌을 받아 성 불구자가 되었는데, 그 결과 그 나라에는 질병이 발생하고 곡물이나 과일은 열매를 맺지 않고 동물은 생산이 끊어지고 물에는 고기가 없어져 불모의 황무지가 되어버리고 만다. 황무지가 다시 생명력을 지닌 낙토로 되기 위해서는 어부왕의 난치병(성 불구)을 고쳐야 한다고 믿었다. 그러기 위해서는 성배(그리스도의 피를 담은)를 찾아서 그 피를 어부왕에게 발라주어야만 하는 것이다. 그리하여 이와 같이 어려운 일을 수행해낼 기사가 나타나는데, 그가 바로 퍼시발 Perceval(독일어로는 Parsifal)이다. 퍼시발은 성배를 찾기까지 '위험의 성당 The Chapel of Perilous' 같은 데에서 많은 시련을 겪고 유혹을 물리치지 않으면 안 되는 것이다.

대체로 이와 같은 내용이 성배 전설과 어부왕의 신화인데, 이것은 고대의 대지모신(大地母神)과 디오니소스적인 곡물신(穀物神)에 바탕을 둔 역사가 긴 신화다.

이 신화는 일찍이 서구에서 많은 이들에 의해 예술 작품으로 형상화되었는데 앞에 말한「원탁의 기사: 아더 왕의 전설」이 그렇고, 바그너의 악극「파르지팔 Parsifal」이 그렇고, 무엇보다도 유명한 것으로는 엘리엇의『황무지 The Waste Land』가 그것이다.

『죽음의 한 연구』는 이 신화의 설정을 그대로 따르고 있다. 유리는 바로 '황무지'이며, '나'는 퍼시발이다. 유리에서 일어나고 있는 갖가지 사건들은 생명력을 잃어버린 곳에서의 퇴폐·타락·황음의 변수에 지나지 않는다. 다만 엘리엇이 그의 장시에서 황무지를 현대 서구 문명 사회에 비견시켜 희망의 미학을 찾으려 했던 바와는 달리, 조선 토종인 박상륭은『주역』·불교·선종, 그리고 그의 집념에 의해「요나서」등의 체계에 맞추어 생명력을 관류하는 예술적 질서를 찾으려고 한 것이다.

# 4

이상 살펴본 바와 같이 『죽음의 한 연구』는 대단한 야심과 인류사를 관류하는 여러 신화적·상상적 자원을 든든한 토대로 하여 무척이나 공을 들여 쓴 작품이다. 왜소하고 열등감이 많은 조선 토종으로서의 그가 엔간한 발분이나 노력으로서는 이 거창한 작업을 이룩해낼 수 없었으리라는 것을 알게 되는 필자로서는 그에게 동경의 뜻을 표하지 않을 수 없지만, 그러나 소설은 이러한 외형적인 것에 의해 판별되는 것만은 아닐 터이다. 이 작품은 이 작품이 의지하고 있는 신화 체계에 의해서가 아니라 어찌 되었든 이 작품 자체로 읽혀져야 하겠기에 그러하다.

사실상 『죽음의 한 연구』는 작가가 무진 고통을 느끼면서 썼던 만큼, 독자로서도 그렇게 편안하게 읽혀지는 작품은 아니다. 독자도 응분의 정신적 대가를 지불하지 않고서는 읽을 수 없는 작품이다. 아마도 박상륭은 자기의 소설을 읽게 될 독자가 당황망조해서 쩔쩔매거나 아예 읽어볼 생각조차 내지 않으리라는 것을 짐작했을 것이다. 하지만 그로서는 이렇게밖에는 자신의 작품을 형상화시킬 수 없었음에 틀림없다. 이 소설의 첫 문장부터가 여간 괴팍스럽지 않다. "공문(空門)의 안뜰에 있는 것도 아니고, 그렇다고 바깥뜰에 있는 것도 아니어서, 수도도 정도에 들어선 것도 아니고 그렇다고 세상살이의 정도에 들어선 것도 아니어서, 중도 아니고 그렇다고 속중(俗衆)도 아니어서, 그냥 걸사(乞士)라거나 돌팔이 중이라고 해야 할 것들 중의 어떤 것들은, 그 영봉을 구름에 머리 감기는 동녘 운산으로나, 사철 눈에 덮여 천년 동정(童貞)스런 북녘 눈뫼로나, 미친년 오줌누듯 여덟 달 간이나 비가 내리지만 겨울 또한 혹독한 법 없는 서녘 비골로도 찾아가지만, 별로 찌는 듯한 더위는 아니라도 갈증이 계속되며 그늘도 또한 없고 해가 떠 있어도 그렇게 눈부신 법 없는데, 우계(雨季)에

338

는 안개비나 조금 오다 그친다는 남녘 유리(美里)로도 모인다." 이 소설의 첫 문장은 이렇게 시작이 되고 있다.

한국 소설가들 중에는 별 볼일 없는 내용에 무슨 기특한 이야기가 들어 있는 것처럼 꾸미기 위하여 괜히 난해하게 해골을 복잡하게 만드는 문장을 꾸미는 재간을 부리기도 하지만, 과연 박상륭이 그러한 제스처를 쓰고 있는 것은 아니다. 꽤 까다로운 듯한 이 첫 문장은 이 소설 전체의 분위기를 관류하고 있다. 이 문장은 두 개의 부분으로 나누어져 있는데, 첫 부분은 이 소설에 등장하는 주인공 인물의 성격을 규정하는 것이고, 두번째 부분은 이 소설의 무대가 될 상황에 대한 설명이다.

인물(주인공의 성격)
1) 공문의 안뜰에 있는 것도 아니고 바깥뜰에 있는 것도 아닌 사람.
2) 수도도 정도에 들어선 것도 아니고 그렇다고 세상살이의 정도에 들어선 것도 아닌 사람.
3) 중[僧]도 아니고 그렇다고 속중도 아닌 사람.
4) (바로 그와 같이) 그냥 걸사라고나 돌팔이 중이라고나 해야 할 것들 중의 어떤 사람.
(바로 이런 사람이 이 소설의 주인공인 것이다.)

소설 무대
1) 운산: 영봉을 구름에 머리 감기는 동녘에 있다.
2) 눈뫼: 사철 눈에 덮여 천년 동정스런 북녘에 있다.
3) 비골: 미친년 오줌누듯 여덟 달 간이나 비가 내리지만 겨울 또한 혹독한 법 없는 서녘에 있다.
4) 유리: 별로 찌는 듯한 더위는 아니라도 갈증이 계속되며 그늘도 또한 없고 해가 떠 있어도 그렇게 눈부신 법 없는데, 우계에는 안개비나 조금 오다가 그친다는 남녘에 있다.

(바로 이 유리가 이 소설의 무대 공간이 된다.)

이와 같이 이 소설은 그 첫 문장에서 너무 많은 이야기를 뭉뚱그려 말하고자 하였던 관계로 얼핏 읽어서는 도무지 무슨 소리인지 알 수 없게 되어 있다. 그러나 세심한 독자라면 첫 문장부터 벌써 긴장하지 않을 수 없다. 전혀 여유를 주지 않고 이 소설은 벌써 본론으로 돌진되어 있기 때문이다. 주인공의 신분과 성격이 규명되어나왔고, 주인공이 움직이며 활동할 공간(상황)이 어떤 곳인지 밝혀졌기 때문이다.

소설은 거침없이 진행되어나간다. '나'는 떠돌이 중[僧]과 만나서 그의 이야기를 듣고 있는 중이다. 그 떠돌이 중은 아흔 살을 먹었음 직한데 "처음에는 자기에게 마땅스런 장소를 여기저기 싸돌아다니다가, 찾기는커녕 마음에 진공만 키워버린 뒤" "타성에 의해서 그 진공 속을 몸 가지고 밖으로 한없이 구르고 있는 듯이 보이는" 그러한 중이다. 독자들은 작가 박상륭이 거침없이 사용하고 있는 특이한 비유, 은유, 상징적 표현에 당황할 수밖에 없지만, 가령 "자기에게 마땅스런 장소를 물색하겠다고" "찾기는커녕 마음에 진공만 키워버리고" "그 진공 속을 몸 가지고 밖으로 한없이 구르고 있는" 등등의 특정한 표현이 그냥 한 문장 속에 궁글려져 있는 것에 당황할 수밖에 없으나, 적어도 이런 표현법들이 아무렇게나 구사되어진 것은 아닌, 대단히 치밀하게 고양되어진 어투임을 알게 된다.

그 늙은 중은 보통 키도 못 되게 형편없이 작고, 몹시 깡마른 데다 빈약한 다리를 가진 사람으로 "대체 그런 체신으로 어떻게 그 먼 거리며 그 많은 고장들을 좁히고 다닐 수 있었는가 그런 의심부터 일으키게 하는"[이하 강조는 필자] 그러한 고행 수도승이다. 이제 그 늙은 수도승의 고행담이 나온다(소설은 시작된 지 이제 불과 1쪽밖에 진전되지 않았다).

수도승은 잠시도 쉬지 않고 걷고 또 걷고, 그러니까 길[路]에서 인생을 보낸 사람이다.

"상여들이 혼을 가시덤불에 조금씩조금씩 찢어 붙여놓고 흘러간 그런 고단스런 봄날 길에라도 말이지, 글쎄 나는 그저 걷는 것이란 말이지."

이 문장은 실은 이런 내용이다. 수도승은 봄날 길에서 무수한 상여가 지나가는 것을 목격하였는데, 생자(生者)로서의 자기 걸어감과 사자(死者)로서의 상여 걸어감의 해후를 통하여 생과 사의 갈림길의 문제에 항상 고심하였다는 뜻으로 풀이된다.

"젊었을 때는 울기도 더러 울었었우다. 하다못해 길바닥에 구멍을 파고, 한스러운 것, 청승스러운 것, 다 토해내어 묻어놓기도 했었다니껜 그랴. 다시 지나는 길에, 어디 그만쯤에 내 울음 묻어놓았던 데 찾을라 작정이면, 거기 없던 도랑이 건너가거나, 어쩌다 보면 쇠똥 한 무더기 덮여 있거나 했지 그려."

이어서 수도승이 편력한 지방들에 대한 이야기가 나오는데, 그것은 이 소설의 첫 문장에 이미 밝힌 바 있는 '눈뫼(北)' '운산(東)' '비골(西)' 그리고 '유리(南)'에 대한 행려담(行旅談)이다.

"춥더라구, 늘 춥더라구. 밤 하나를 새우는데 삼 년씩은 걸리게 추웠더라니껜."

"나의 눈뫼의 안에서는 아무것도 살지를 않더란 말야. 죽지도 않더란 말야. 나는 떠났지."

수도승이 눈뫼를 찾아가서 겪은 이야기와 왜 그곳을 떠났는가 하는 이야기다. 수도승은 운산으로 찾아갔는데,

"그 봉우리가 글쎄 확연히 드러나 보이는 일이란 없더라니껜. 그렇지, 대개의 새벽으론, 그 산의 발뿌리까지 안개가 덮여 내려와 있다간, 해가 차차 떠오르며, 그 안개를 거둬 그 산의 정강이로, 무릎으로, 사타구니로 올라가는데, 나중에 그것은 구름이 되어, 그 산의 허리에 그냥 떠돌아버리는 것이지."

"거기서 나는, 한 손가락에 한 달씩 잉아 걸어 대개 다섯 손가락쯤 살고, 또 몇 손가락쯤 더 앓아 살다가……"

한 달이라는 시간적 거리를 잉아의 공간적 거리로 비견시켜 뼘을

따져보면 수도승이 운산에서 얼마 동안 살았는지 알 수 있겠지만, 하여튼 "그렇지 또 떠났지. 구름의, 안개의, 산의 젖에 알이 배고 나면, 세상바람이 또 쏘이고 싶어지는 것이오"라는 이유에 의해 수도승은 "산이 바다로 내려갔다가 발목만 잠그고 멈춰서버린" 비골로 찾아간다. "저 비골에서는, 늘 젖고, 늘 울었지. 술에도 젖고, 생선 비린내에도 젖고, 계집 흘린 눈물에도 젖었더라구."

"저 음산한 거리며, 낮은 추녀 밑에서는, 언제나 웅숭그리고 있는, 썩는 듯한 어두움이며, 헌 가구의 냄새며, 개까지도 웅숭그리고 지나며, 나뭇가지도 뼈를 아파해쌓는, 글쎄 그런 고장을 상상해보란 말이지. 그런 어떤 날, 느닷없이, 하늘이 그냥, 푸르게 엎질러져버리고, 길이며 지붕 꼭대기들이 아주 낯설게 번쩍이는 것이오. 거기서 또 떠났구려 나는 옜, 그것도 자살은 아니었을까 몰라. 젠장 떠나간 건 떠난 거니껜."

수도승은 이런 심정으로 비골을 떠나 유리로 갔던 것인데, 이 '유리'는 주인공 '나'의 찾아가는 곳이기도 하다.

유리는 "수사자(水死者)들, 빠뜨린 혼령들 몇 개가 모여서 살았던" 곳이며, "한번 물이 떠나더니, 영 돌아오지를 않는" 황무지이며, "소금에 찌들린 뻘만 삼백예순 날 퍼붓는 햇볕 아래 쪼들려온" 곳인데, 들리는 말로는 '유리'가 이렇게 황무지가 된 것은 촌장의 몹쓸 병 때문이라는 이야기가 있는 그런 곳이다. 수도승의 이야기는 결론 부분에 다다라, "글쎄 어디에다가든, 하나쯤, 흙 이겨 암자를 짓고, 내 여생을 한번은 단단히 붙들어매기는 해야겠다는 이것이지, 이것이라. 내, 흘러다니느라 사유십방(四有十方)으로 퍼 늘였던 혼들을 한번은 다 긁어모아, 흙집 속에 처넣어놓고 졸면서 지냄시나"라고 이야기한다.

늙은 수도승은 이렇게 말을 마치고 조금 뒤에 그만 죽어버려 송장으로 화하고 만다. '나'는 유리로 들어서면서 수도승의 죽음부터 맞이한 셈인데, 과연 '나'에게 수도승의 행로는 어떻게 납득되어진 것인가.

수도승은 그의 한평생을 길[路] 위에서 보냈다. 길들의 중간중간 토막에는 "뱀이 삼킨 통계란 모양의" 읍이나 촌락들이 있고 "산다고 말되어지는 것들의 노란자위"는 그런 촌락 속에 있겠지만 수도승은 계속 길의 선상을 달려나갔을 뿐이니 그것은 "송두리째 비어 있는 곳을 저 늙은 중이 채우며 가고 있는 것"으로 '나'에게는 생각되어지는 것이다. 그런데 그것은 또한 수도승이 "길을 꾸리감아가고 있는 것으로는 보이지 않고 차라리 그가 풀려나가는 것으로" 보였는데, 왜냐하면 "길이 그를 삼켜, 길 속으로, 어디 뚫려진 곳으로, 음침스런 데로, 구덩이 속으로 자꾸 끌어넣어가는 것처럼 보였"기 때문이다.

박상륭이 여기에서 말하고자 하는 것이 "모든 사람은 자궁 속에서의 태어나기 전 상태를 동경한다"는 정신분석학자들의 그런 이야기, 고래 속에 들어갔던 '요나 콤플렉스'의 이야기를 암시하면서 수도승의 길의 철학을 매듭짓자는 것인데, 아울러 그는 불교의 윤회 사상을 언급시킨다. 수도승의 '길의 철학'은 곧 윤회이며, 고리이며, 꿰미이기 때문에 "한번 꿰어져 윤내진 백팔염주 모양으로, 그의 이야기에도 그런 윤기가 있었다." 다시 말하자면 수도승이 걸었던 노중(路中)의 궤적이 '윤내진 백팔염주'로 비유되어져 있다.

죽어 나자빠진 수도승은 '나'에게 "그는 글쎄 그 길들을 한 꾸리에 감아, 한 점으로 내 앞에 던져줘 보인 것이다." 그리하여 '나'는 서둘러 유리로 들어서는 것인데, 수도승의 죽음은 곧 나의 신생(新生)으로서의 의미를 띠기 시작한다.

그런데 '나'에게는 유리로 오기 전에 한 스승이 있었다. 그 스승은 임종을 맞이하면서 '나'에게 유리로 가라고 말했던 것인데, 그러기에 '나'는 원래의 그 스승과 지금 마악 죽어 나자빠진 수도승과의 사이에서, "나로서는 저 두 늙은이들 사이의 간격을 알아낼 수 없게 된 것이다. 하나는 장소로부터 계속해서 펴나고, 하나는 습속(習俗)으로부터 한없이 도망치는 것밖에."

그리하여 장소와 습속으로부터의 도망이 유리에서 하나의 고차원적인 득도를 이룩하게 될 것인 것이다.


5


이 소설은 유리에서 보낸 '나'의 40일 동안의 수도 고행담이다. 이 40일 간은 예수의 고행일 수도 있고, 주 문왕의 『주역』의 완성이며, 혜능이 홍인으로부터 육조 대사로 인가받은 것이기도 하고, 고래 뱃속에서의 요나의 모험담이며, 퍼시발의 성배 찾기이기도 하지만, 또는 그것을 모두 포함하는 우리 현실에서의 어떤 자각 행위일 수도 있다.

이 소설은 '나'의, '나'에 의한, '나'를 위한 철저한 일인칭 세계의 소설이어서 뚜렷한 사건이나 등장인물들이 보이는 것도 아니다. 두드러져 보이는 사건이래야 '나'와 '계집'과의 메마른 방사(房事), '촛불중'의 수다, 그리고 읍으로 갔을 적의 읍민들의 교활하고 타락한 생활 단면, 교회당에서의 설교, 그리고 '나'의 죽음을 장식하는 의식 등일 뿐이다.

소설미학적인 점에서 관찰하자면 인물상으로 구상화되어 있는 것은 도리어 '촛불중'이고 '나'는 소설적 인간상으로서는 도리어 맛이 없다. 왜냐하면 '나'는 완성되어져 있으니까.

이 소설의 에너지 자원은 여러 신화 체계이고, 그래서 소설로서는 부당하게도 현학적인 이야기, 논리적인 인용이 장황하게 등장하여 있으며 그것이 소설 자체를 이루고 있는데, 이를 적절히 균제해주는 소설 내부의 힘은 아마도 '나'와 '계집'과의 거듭되는 메마른 방사가 아닌가 한다. 하지만 '계집'은 토속적인 순진성과 생명력으로서의 건강한 섹스의 화신으로서 도리어 너무 유형화된 감이 있다. 그에 비하면 '촛불중'은 수다스럽고 욕망 덩어리이고 치사하고 너절함으로써 괴상한 대화술과 함께 복합적인 인물상으로 이 소설을 떠받치고 있다. '나'와 '촛불중'의 갈등이 좀더 드라마틱했으면 싶은 것이다.

이 소설은 후반으로 갈수록 주인공 '나'의 득도의 경지가 무르익는데, 따라서 이 소설이 더욱 박진감 있게 읽혀져야 함에도 그렇지 못한 데에 원인이 있다. 이 소설은 '상황소설'이어야 했을 터인데, '나'를 위한 '발전소설'의 성격을 후반에 와서 강하게 띔으로써 그 득도의 '드라마'가 다양화 · 복합화되는 것을 억제하고 있음을 지적하게 된다. 작가가 '나'라는 일인칭을 주인공으로 하여 주시적(主視的)인 설정을 세운 만큼 애당초 상황소설이 아니라 발전소설을 의도했던 것이라고도 볼 수 있겠으나, 그것은 이 소설의 웅대한 골격을 지탱하기에는 힘이 약한 것이 아니었나 보인다. 「유리장」이 삼인칭 소설이었음과 대비된다.

다시 말하자면 대개의 신화적 · 상상적 문학 작품은 예외 없이 상황소설이 될 때라야 그 주인공의 행위가 의미를 띤다. 균제와 긴장으로 당돌한 국면에서 출발된 이 소설이 후반에 이르러(비록 '나'의 뜨거움이 가열됨에도 불구하고) 신화적으로만 흘러 인력을 잃어버린 것이 아쉽다는 말이다. '나'의 내면 세계에만 지탱되어진 까닭이라고 본다면, '유리' 그 자체의 불모적 상황이 어떻게 '살쪄'가는지를 밝힘으로써 생명력 회복의 풍요를 노래했어야 했을 것이다. 가령 같은 어부왕 신화에 의지하면서도 엘리엇의 『황무지』는 그 황무지가 20세기 전반의 유럽임을 강력히 내세워, 런던 시의 풍경, 탁한 템즈 강, 현대의 공허한 섹스, 일상 생활의 어조를 택하고, 여기에 신화적 의미를 부여시키고 있는 것이며, 제임스 조이스의 『율리시즈』가 율리시즈의 신화를 더블린의 왜소한 현대인에게 해당시키고 있는 것을 상기한다면 이 소설은 소설 내부의 현실을 넓혔어야 했을 것이다. 유리의 오조 촌장이 소설 속에 구상화되어 있지 않고 있으며, '촛불중'이 '나'에 대해 갖는 역할이 행동적 갈등이 아니라 관념적 갈등의 차원에 머물러 있고, '계집'이 나의 해탈에 대한 수단 과정으로 종속되어 있음을 지적할 수 있겠다. 아울러 읍민들의 교활성과 사악함이 '나'의 득

도의 경지에서 상대(相對)되어 포교 전파할 계기가 마련됐다면 교회
당에서의 일방적인 설교는 필요 없었을 것이다. 예수가 민중들에게
향한 포교, 차라투스트라가 산상(山上)에서 초인으로 완성된 뒤 하산
하여 민중들에게 수모를 받으면서도 그들에게 던져준 힘찬 연설, 또
는 홍인으로부터 인가를 받은 뒤 신수와 그 대중들에게 핍박을 받으
면서도 그에 굴하지 않고 진리를 편 혜능의 포교 활동과 같은 것을,
'나'는 읍민들에게 드라마틱하게 표출할 수가 있었을 것이다.

다시 말해서 이러한 신화적 · 상징적 소설에 있어서는 주인공이 어
떻게 진실을 획득했느냐는 사실도 중요하겠지만, 그 신화적 · 상징적
상황이 어떻게 만인에게 공감되는 상황일 수가 있겠는가에 의해서
주인공이 보여주고 있는 행동이 하나의 보편적 행위태로써 만인에게
심어지는 심인(心印)의 자국이 중요한 것이다. 그러자면 소설 내부에
민중을 거느리고 있어서, 유리의 특정한 불모의 상황이 1970년대의
한반도적 상황을 공시태로써 추출한 상황일 수가 있음을 부단히 알
려주는 환기력과 아울러 '나'의 추산적 행위 양식이 그러한 현장감과
호소력을 띠어야 했었을 것이라는 점이다. 이 소설이 이 소설 내부에
민중을 마련하지 않은 채 '나' 홀로 득도의 경지에 다다랐다면, 그 득
도가 '나'의 구원뿐만이 아닌 '독자' 전체의 구원의 의미를 감소시키
는 것이 아닌가 한다.

따라서 작가의 의도가(즉 이 소설의 주제가) 다른 곳에 놓여져 있음
을 알 수 있다. 제목이 암시해주듯 『죽음의 한 연구』가 그것일 터이
다. 바로 이 테마를 완성하기 위하여 작가가 외곬으로 이 소설을 펴
올렸기에, 필자가 앞에서 지적한 요소들을 중요하게 취급하지 않았
을 터이다. 도저히 소설이 될 수 없는 한 관념(죽음)을 위하여 이 소
설이 이처럼 헌신될 수 있다는 사실은 여간 대단한 일이 아니지만,
과연 이 소설이 '해결해놓은' 죽음의 문제는 무엇인가. 죽음과 삶, 재
생과 중생, 희망과 절망, 구원과 복음…… 등의 명제에 대한 대단한
지혜의 서(書)가 될 이 소설의 작가 박상륭의 다음 작품에 주목하게

된다. 문학에 완성이 있을 수 없다면, 그가 이 작품을 통하여 '완성했다'고 보여진 경지는 도리어 여전히 미완성일 터이다. 이러한 입장에서 필자는 이 소설의 궁극적인 주제가 된 '죽음의 문제'를 이 자리에서 거론할 처지가 못 된다고 판단하는 것이다.

박상륭의 문학이 지혜의 산정(山頂)을 힘들여 등반했다면 산정에서는 사람이 살 수 있는 게 아니고 일단 휴식을 취하고 다시 아래로 내려와 사람들과 함께 살아야 하듯이, 이제 하산하여 민중의 지평에서 그 문학을 옆으로 옆으로 퍼지게 하기를 바란다. 누가 무어라 해도 그는 걸출한 조선 토종의 작가이기 때문이다.

〔『한국문학』, 1975년 8월호〕

# 인신(人神)의 고뇌와 방황

## —— 이루어짐의 도식

김 현

1974년 가을, 나는 평소에 사숙하고 있던 한 스승 밑에서, 내가 뒤적거리고 있던 한 프랑스 비평가의 저작물들에 대한 나의 생각을 정리할 수 있는 기회를 갖기 위해서 프랑스의 북쪽, 독일과의 변경 지대에 위치한 스트라스부르라는 아름다운 도시로 길을 떠났다. 북불(北佛)의 습기 많은 우중충한 날씨 때문에 신경통이 서서히 도지기 시작할 무렵, 2, 3년 거의 서신 연락이 끊어진 옛 친구에게서 나는 난데없는 책 한 권을 받았다. 그 책의 제목은 '박상륭 소설집 II'라는 부제가 붙어 있는 『죽음의 한 연구』였다. 그 소설의 작가인 박상륭과 나는, 그가 캐나다로 이민 가기 전에 썩 친하게 지냈었다. 이민 가기 전에도 그렇게 가깝게 지냈을 뿐 아니라, 그가 이민을 간 후에도 나는 그와 꽤 오랫동안 서신 교환을 하였다. 그런 상태가 2, 3년 계속된 이후에, 왜 그렇게 되었는지도 알 수 없지만 그와의 서신 연락이 뜸해지기 시작했고, 그것과 엇비슷하게, 한국어로 쓴 그의 소설을 한국 잡지에서 발견하기가 힘들게 되었다. 그렇구나, 이제 그도 서서히 캐나다인이 되어가는 모양이구나, 라고 나는 생각하였고, 재능 있는 작가 하나를 또 잃게 되었구나, 하는 아쉬움·분노가 내 가슴 밑에 서서히 자리잡기 시작하였다. 최인훈이 미국에서 돌아오지 않고, 손창섭은 일본으로 건너갔다. 그리고 이제 박상륭이 침묵하고 있는 것이다. 어떤 작가가 어디에 있는가 하는 것은 별로 중요한 것이 아닐지 모른다. 어떤 작가가 미국에 있건 일본에 있건 캐나다에 있건 무슨 관계가 있단 말인가. 그가 한국어로 작업을 하고 있으면 그만 아닌가. 문화의 주변 국가에서 작업하고 있는 자의 심리적 콤플렉스가 슬며시 생기려고 하고 있을 때 받게 된 『죽음의 한 연구』는 한국 문학이 박상륭을 잃지 않았구나, 하는 안도감과 즐거움을 맨 먼저 전해주었다. 2평 남짓한 작은 방에서 나는 근 500쪽에 달하는 그 소설을 나로서는 이상한 독법으로 읽었다. 다시 읽기 시작한 바슐라르의 4원소론에 관한 책들을 한 1, 2백 쪽 읽다가 지치면 그의 소설을 1, 2백 쪽씩 읽는 그런 독법으로 나는 그의 소설을 거의 일주일에 걸려서 정독을 했다. 그리고 완전히 감동했다. 그것이야말로, 내 좁은 안목으로는 1970년대 초반에 씌어진 가장 뛰어난 소설이었을 뿐 아니라, 「무정」 이후에 씌어진 가장 좋은 소설 중의 하나였던 것이다. 이 글은 나의 감동의 소산이다. 작품 앞에서 감동하고, 그래서 거기에 대해서 무엇인가를 써보고 싶다는 생각을 하는 것보다, 비평가를 더욱 즐겁게 하는 것이 또 어디 있을 것인가.

그의 소설을 다른 소설 읽듯이 단숨에 읽어 내려가려고 할 때에는 그의 소설만이 갖고 있는 재미를 느끼기 힘이 든다. 그의 소설은 천천히 그리고 되풀이해서 읽어야 한다. 약간 어색한 듯한 구문이나 어투, 그리고 사전 속에서나 찾아볼 수 있을 사투리로 엮어진 그의 문장은 마치 이문구의 그것이 그렇듯 처음 그것을 읽는 자에게 상당한 저항을 불러일으킨다. 그 저항을 이겨내지 못하면 그의 소설을 끝까지 읽어낼 도리가 없다. 500쪽에 달하는 『죽음의 한 연구』의 서두는 이렇다. "공문의 안뜰에 있는 것도 아니고 그렇다고 바깥뜰에 있는 것도 아니어서, 수도도 정도에 들어선 것도 아니고 그렇다고 세상살이의 정도에 들어선 것도 아니어서, 중도 아니고 그렇다고 속중도 아니어서, 그냥 걸사라거나 돌팔이 중이라고 해야 할 것들 중의 어떤 것들은, 그 영봉을 구름에 머리 감기는 동녘 운산으로나, 사철 눈에 덮여 천년 동정스런 북녘 눈뫼로나, 미친년 오줌누듯 여덟 달 간이나 비가 내리지만 겨울 또한 혹독한 법 없는 서녘 비골로도 찾아가지만, 별로 찌는 듯한 더위는 아니라도 갈증이 계속되며 그늘도 또한 없고 해가 떠 있어도 그렇게 눈부신 법 없는데다, 우계에는 안개비나 조금 오다 그친다는 남녘 유리로도 모인다." 400자에 이르는 이 긴 문장은 그것에 주의하지 않고 그냥 슬슬 내려 읽어가는 독자에게는 무슨 암호투성이의 글처럼 보일 것이다. 그러나 자세히 들여다보면 문법적으로 완벽하게 올바른 문장이다. 돌팔이 중에 속하는 사람들은 유리라는 곳으로도 모인다, 라는 문장인 것이다. 그러나 이 문장의 맛은 그러한 분석에 있는 것이 아니다. 이 문장의 맛은 오히려 처음에 세 번 되풀이된 '아니어서'와, 그 뒤에 오는 주어, 그리고 그 뒤에 두 번 되풀이되는 '로나'와 서술부의 시적 가락에 있다고 할 수 있다. 그 가락을 맞추기 위해서, "수도하는 중도 아니고 그렇다고 완전한 속인도 아닌"이라는 내용을 "공문의 안뜰에 있는 것도 아니고, 그렇다고 바깥뜰에 있는 것도 아니어서" 식으로 운율을 중요시하는 글을 쓰는 것이다. 박상륭의 대부분의 소설이 다 그렇지만, 특히 이 『죽음의 한 연구』는 가락에 대한 한 실험이라고 할 수 있을 정도로 문장의 흐름에 신경을 쓴 소설이다. 그런 의미에서 그것은 눈으로 읽는 것보다는 입으로 읽어야 할 소설에 더욱 가깝다. 그의 빈번한 콤마 사용은 호흡 분절에 아주 적합한 수법이다. 그가 가락에 얼마나 신경을 쓰고 있는가, 하는 것은 그 소설이 주인공이 가야금 소리를 듣고 그 소리에 자신을 합일시켜나가는 다음의 문장 하나로 넉넉히 짐작할 수 있으리라 생각한다. "그러며, 내가 저 소리에 의해 병들고, 그 소리의 번열에 주리틀려지며, 소리의 오한에 뼈가 얼고 있는 중에 저 새하얗게

나는 천의 비둘기들은 삼월도 도화촌에 에인 바람드닌 날 날라 라리 리루 루러 러르르흐 흩어지는 는는, 는느 느능 등드드등 등드 드드 도동 동 동도 도화이파리 붉은 도화이파리, 이파리로 흩날려 하늘을 덮고, 덮어 날을 가리고, 가려 날도 저문데, 저문해 삼동 눈도 많은 강마을 강마을, 밤중에 물에 빠져죽은 사내, 사내 떠흐르는 강흐름, 흐름을 따라 중물이의 소용돌이, 잦은몰이의 회오리, 휘몰아치는 휘 몰이, 휘몰려 스러진 사내, 사내 허기 남긴 한 알맹이의 흰소금 흰 소금 녹아져서, 서러히 봄 꽃질 때쯤이나 돼설랑가, 돼설랑가 모르 지, ……계면하고 있음의 비통함, 계면하고 있음의 고통스러움, 계면 하고 있음의 덧없음이, 그리하여 덧없음으로 끝나고, 한바탕 뒤집혔 던 저승이 다시 소롯이 닫겨버렸다." 이 문장에서도 분명히 드러나고 있는 것이지만, 그의 가락이 주어를 생략하거나 목적어를 빠트려 글 의 흐름을 조종하는 한국어의 재래적 전통에 의지하고 있는 것이 아 니라, 주어와 동사와 목적어를 분명하게 제시하면서 글의 호흡을 맞 추는 서구어의 문법 구조에 의거하고 있다는 것에 주목하지 않으면 안 된다. "주리틀려지고"의 피동형, "저문해 삼동 눈도 많은 강마을 강마을, 밤중에 물에 빠져죽은 사내, 사내 떠흐르는 강흐름, 흐 름……"의 관계대명사를 사용한 듯한 연결, "계면하고 있음의 고통 스러움" 따위의 동명사형 등은 다 서구 문법 구조의 영향을 받은 것 들이다. 그의 글이 주의를 요하는 것도 그것 때문이겠지만, 동시에 그것은 한국어가 비논리적이고 정확하지 못하다는 생각 자체가 하나 의 모멸적 환상임을 깨닫게 해준다. 의성어를 사용하여 이미지를 발 전적으로 발견시켜나가면서도 한군데 흐트러진 곳 없이 완벽하게 짜 여 있는 이런 유의 문장을 볼 때 나는 한국어의 표현의 한계를 의심 하지 않을 수 없다.

때로는 매우 사변적이며, 때로는 매우 격정적이고, 그런가 하면 놀 랄 만치 냉정한『죽음의 한 연구』의 주인공을 이해하기 위해서는 그 의 이력을 자세히 들여다볼 필요가 있다. 다음은 그의 이력을 간추린 것이다. 괄호 속의 숫자는 책의 쪽수다.

1) 그는 뱃사공과 사공의 응석이 떠들썩한 갯가에서 태어났다(59).

2) 그의 어머니는 창녀였다(60).

3) 그는 어머니와 단둘이 언덕 위의 집에서 살다가, 어떤 중의 불머슴이 되었다(59~60).

4) 그 중은 그가 죽은 후에 그의 수도를 완성할 유리의 오조 촌장이다(87).

5) 그의 나이 서른세 살에 그는 스승의 밑을 떠나 유리로 수도하러 온다(21).

6) 그의 이름이나 거처는 알려져 있지 않고, 그는 그저 유리라고 그의 이름이나 거처를 묻는 이에게 대답한다(413).

7) 유리에 오면서 그는 그의 스승을(74), 그 뒤에는 존자라는 사내와 외눈중을 죽인다(49~55).

8) 그는 유리에 가서, 마른 늪에서 고기를 잡으려고 애를 쓴다. 그러면 유리의 촌장이 될 수 있기 때문이다(102 이하).

9) 그러나 그는 유리의 판관인 촛불중에 의해 유리의 법률에 따라 살인죄 때문에 처형된다.

10) 그가 스승의 밑을 떠나 그의 죽음을 완성하기까지는 40일이 걸린다.

위와 같이 간략하게 요약될 수 있는 『죽음의 한 연구』의 주인공의 이력은 그를 만들어낸 작가 자신에 의해 완벽한 이론적 설명을 얻고 있다. 그 하나하나를 조심해서 이해하지 않으면 그의 의도의 상당 부분을 놓쳐버리기 쉽다.

1) 그가 갯가 출신이라는 것은 그의 삶이 바다와 밀접하게 연결되어 있음을 드러낸다. 정신분석학적으로 생각하면 바다는 어머니를 상징할 뿐 아니라, 그것은 그 뒤의 낚시질에 대한 그의 집념을 무난히 수긍시키는 장치 역할을 맡고 있다. 그 바다는 때때로 죽음과 결부되어 가령 수사(水死)스런 따위의 이미지를 낳는다.

2) 그의 어머니가 창녀였다는 것은 그의 어머니가 모든 남성의 근(根)을 받아들이는 보편적인 요니임을 강조하기 위한 것이다. 요니는 바다와 마찬가지로 죽음과 매장, 그리고 탄생을 가능케 하는 지역이다. 바다, 우물, 마른 늪, 땅굴, 촛불중의 항문은 다 죽음과 매장, 그리고 재생을 보여주는 장소다.

3) 그 주인공은 공식적으로는 불교의 중처럼 묘사되고 있으나, 그의 행적은 예수를 방불케 한다. 유리에서 멀지 않은 읍내의 장로는 그의 스승을 세례 요한에 비교하고 있으며, 40일의 고행, 서른세 살, 막달라 마리아를 상기시키는 수도부, 예수의 발을 기름으로 씻어준 여자를 상기시키는 읍내 장로의 손녀딸 등은 그가 예수와 비슷한, 혹은 그 변형의 인물이라는 것을 암시한다.

4) 그가 오조 촌장을 죽이고 육조 촌장이 되는 것은 중국선(中國禪)의 오조 홍인(弘忍)과 육조 혜능(慧能)의 관계에서 차용되고 있다. 신수(神秀)와 혜능의 게송이 작품 속에 그대로 인용되어 있을 뿐 아니라, "안팎으로 만나는 자를 모두 죽여라, 부처를 만나면 부처를 죽이고, 스승을 만나면 스승을 죽이고, 나한을 만나면 나한을 죽이고, 부모를 만나면 부모를 죽이고, 친척을 만나면 친척을 죽여야만 비로소 해탈할 수 있다"는 『임제록』의 권유가 그대로 행해져, 주인공은 닥치는 대로 사람을, 그가 극복해야 될 사람을 죽인다. 그것을 그의 스승은 "구도적 살인"이라고 부른다. 그리고 그가 오조 촌장을 죽인 것처럼, 칠조 촌장이 될 촛불중에 의해 그 또한 죽는다.

5) 그가 그곳의 촌장이 된 유리란 문왕이 귀양살이를 하며 역(易)을 완성한 곳의 이름이다. 그곳은 『죽음의 한 연구』에서뿐만이 아니라 그 이전의 「유리장」에서도 무대로 사용된다. 『주역』의 음양오행 사상에 그가 상당한 영향을 받았음을 그것은 나타낸다. 「유리장」에서는 하나이며 동시에 다섯인, 세계의 기본적인 도식으로 박상륭이 인정한, 두 개의 양극을 가진 타원형이 그것의 주인공인 사복에 의해 강술되는데, 『죽음의 한 연구』에서 그것은 고기로 압축된다. 마른 늪

에서의 고기잡이란 세계의 본질을 보려는 노력이라고 할 수 있다.

6) 마른 늪에서 고기를 낚는다는 이미지의 발상은 어부왕 전설에서 야기된 것이다. 작가 자신의 설명을 따르면, 어부왕의 성 불구로 그의 땅이 황폐해졌다는 것은 고기가 남근의 상징이라는 것을 입증했다고 한다(『박상륭 소설집』 I). 그렇게 되면 마른 늪의 생산이 불가능한 요니의 상징이며, 거기에서 고기를 낚는다는 것은 황폐한 요니에 생명력을 불어넣는다는 의미를 담게 된다. 세계의 본질은 재생에 있는 것이다.

위의 설명에서 알 수 있는 것은 그 주인공의 성격이 통종교적(通宗敎的)이라는 것이다. 그의 물리적인 삶은 신비주의에, 그가 사는 고장은 주술적인 것에, 그의 신체적 삶은 예수의 그것에, 그의 득도는 선적인 것에 각각 매달려 있다. 그래서 해탈=재생=득도=완성=정련의 기이한 도식이 그 소설을 덮는 순간 형성된다. 선불교(禪佛敎)의 견성(見性)·돈오(頓悟), 기독교의 자기 희생, 자기 구원, 연금술의 제금술, 신비주의의 집단 무의식, 『주역』의 세계 인식이 동일한 차원에서 같은 비중을 갖고 그 소설에서 합류하고 있는 것이다. 완전한 성교야말로 완전한 해탈이라는 작자의 신념은 바로 거기에서 연유하는 것이다. "세련된 기교와, 섬세한 감각과, 명석한 분석력과, 훌륭한 종합을 필요로 한다. 계집은 재료를 깎고, 다듬고, 고르는 거장이기를 바라지 않으면 안 된다. 한번의 다짐도 뜨거운 마음으로 존경하여 행하고, 한 부분, 가령 젖꼭지 하나를 두고라도, 대번에 덮어씌워 포획하기보다는 그것을 하나의 운봉의 크기는 되게 생각하여 그 끝까지 기어올라가는 어려운 과정을 인고치 않으면 안 되는 것이다. 한번의 잠입을 위해, 전심전력으로 명심하여야 하며, 한번의 사정을 하나의 죽음으로 치르지 않으면 안 되는 것이다. 하나의 자세에서 다음 자세로 바꿔나가는 것을, 한번의 가사(假死), 한 선에서 차선으로 넘어가는 것으로 어렵게 쳐, 어렵게 치러야 하며, 그러기 위해 단 한 순간 단 한올의 스치는 아픔도 놓쳐서는 안 되는 것이다. 그 감촉의

354

색깔과, 소리와, 맛과, 냄새와, 그 느낌의 대소, 원근을 살피고 종합하여 하나의 금(金)을 얻어내지 않으면 안 되는 것이다."

이 소설의 핵심적인 행위는 마른 늪에서의 고기 낚기다. 그것은 물론 연금술이며, 선이며, 감신이며, 해탈이다. 그 고기는 두 개의 양극을 가진 타원형이다. 두 개의 양극을 가진 타원형은 고기이면서 동시에 이 소설의 구조 자체다. 그 양극은 서로 음과 양을 이루고 있으며, 그것은 다시 타원형 속에 포함되어 하나가 된다. 그 예를 들겠다.

1) 유리와 그곳에서 멀지 않은 읍내는 지리상의 음양을 이룬다. 그 두 곳은 서로 제각각의 율법을 가지고 있으며, 그것은 상호 존중된다. 유리가 관념이나 영혼을 표상한다면 읍내는 실체나 육체를 표상한다.

2) 유리의 육조 촌장과 그곳의 판관인 촛불중이 사제 관계에 있다면, 읍내의 장로(=읍장)와 그곳의 판관은 부자 관계다.

3) 유리의 관념성은 촛불중의 촛불로, 그리고 읍내의 육체성은 읍내 교회당의 고양이로 표상된다. 두 개의 예문만을 들겠다. "그러나 나는 〔……〕 망연히 촛불이나 건너다보았다. 그것은 흔들림이 없이 고요하게 타고 있었지만, 내가 마음으로 흔들리고 있는지, 그 불꽃에 내 마음이 묶여들지를 못하고 홀홀 뛰고 있었다. 〔……〕 그것은 입이 붉은 한 마리의 고양이였고, 그것이 저 높다란 심지 위에 견고히 버티고 앉아, 나를 노리고 여섯 색깔의 살을 쏘아내고 있었다." "그 고양이 역시, 그러나 내게 조금도 생소하지 않다는 것을 나는 알아내고 있었다. 글쎄 전에나, 촛불중네 촛불 속에서 그런 고양이를 보았었고, 그때 그것은 참혹하게도 내 눈을 파고 뛰어들었었다." 촛불중의 촛불 속의 고양이는 양 속의 음이며, 교회당의 고양이 속의 촛불은 음속의 양이다. 그리고 그것은 하나다. 유리와 읍내의 대립은 사제 관계와 부자 관계에 의해 상사(相似)로 변하고 촛불과 고양이에 의해 하나로 합일된다.

4) 유리의 수도부들과 읍내의 일꾼들은 여성과 남성이라는 성으로 대립되어 있지만, 육체 노동이라는 점에서는 합일한다. 주인공이 수도부와의 정사 때와 마찬가지로, 성심성의껏 육체 노동을 하는 것도 그런 관점에서 이해해야 한다.

5) 유리의 수도녀와 읍내의 장로 손녀는 이 소설의 가장 뚜렷한 양극을 이룬다. 유리의 수도녀는 창녀로서 주인공을 사랑하고 있고, 읍내의 장로 손녀는 처녀로서 주인공을 사랑하고 있다. 그 두 여자는 한 남자를 중심에 두고 그를 옹위하는 양극을 이루고 있지만, 수도녀가 그 손녀딸의 아버지의 정부라는 것을 생각하면 결국 같은 가족 집단에 속한다. 주인공의 혼음이야말로 대립을 없애려는 그의 노력의 결과다. 수도녀와의 마지막 성교는 그녀의 죽음으로 끝이 나지만, 손녀딸과의 마지막 성교는 그의 죽음을 전제로 하고 행해진다.

타원의 양극이 결국 하나라는 것을 그는 음양 일체의 상태라는 어휘로 표시하고 있다. 그 음양 일체의 상태는 해탈·득도·제급의 순간을 이름함에 다름아니다. 음양은 어느 때 일치하는가? 그것은 성교 때다. 이때의 성교는 물론 상징적인 의미를 띤다. 모든 것에 대해서 우리는 양이나 음이 될 수 있기 때문이다. 자기를 양이라고 생각할 때, 세상은 전부가 음이다. "그래 허기는 나는 언제나, 하천이며 강이나 바닷가로 통한 길을 걸을 때면 왠지 이상스러운 고달픔, 이상스런 정념으로 하여, 그것들 속에 안겨지기를 바라는데, 그래서 어떤 밤의 물가에서는, 그 둔덕에 서서 때로 수음도 해보았었다." 자기가 양일 때, 하천이나 강이나 바다는 음이며, 그에게 그것은 이상스러운 정념을 일으킨다. 그 양이 반드시 남근일 필요는 없다. 칠대 촌장이 될 촛불중과의 성교를 주인공은 그의 남근으로 하는 것이 아니라 초를 가지고 한다. "그의 똥구멍엔 아직도, 저 허여멀쑥한 건달이, 한 대의 잘 타던 초가, 깊숙이깊숙이 꽂혀 있을 것이었고, 그것이 정액이 그만한 크기의 수정이나 호박돌 모양으로, 그 사내의 창자 속에 뜨겁게 사정되어 있을 것이었다." 촛불중의 항문은 그때 음이며, 주인공의

356

촛대는 양이다. 그 음양 일체야말로 박상륭 소설의 결미를 이루는 옴 마니팟메훔("옴 연속에 담긴 보석이여 훔") 그것인 것이다.

주인공이 기독교·불교·연금술·『주역』 등등에 정통해 있으면서 그 중의 어느 하나에 집착하지 않는 이유는 무엇일까? 그것에 대해서 주인공은 다음과 같이 대답하고 있다. "그럼에도, 소승은, 어째서 여러분 교의의 신도는 아닌가──이러한 물음에 대한 소승의 한 해답은, 저 해골 속에 뿌리내린 나무를 사라쌍수에 비유할 수 있다면, 그 한 가지는 불멸성이며, 다른 가지는 필멸성인데, 하필이면 무엇 때문에 기독의 이름 아래에서 나 자신을 믿어야 하는지 그것을 모르겠다는 것뿐입니다. 그것은 더욱더 힘든 일임엔 틀림없지만, 그래서 소승은, 소승의 짐을 소승 자신이 끝까지 지게 되기를 바랄 뿐인 것입니다. 이것이 저 마지막 인신(人神)──소승의 짐을 위해 하늘의 어디에 있는 구레네에서 와줄지도 모르는 시몬, 예수와 소승 사이에 끼인 하직입니다." 해골 속에 뿌리내린 나무란 죽음 속에서의 생(生)을 표상하는 비유이며, 필멸성이란 죽음 속에서 되풀이된 삶을, 자기의 불멸성이란 그래서 자기 자신이 죽음이면서 삶이 되는 상태를 지칭하는 것이다. 그 자기의 불멸성은 인신의 상태에 이른 인간을 지칭함에 다름아니다. 그것을 염두에 두고 주인공의 그 말을 읽으면, 그가 다른 사람을 경외함으로써 불멸성을 획득할 수 있을지는 모르나 자기의 불멸성을 획득할 수는 없다는 것을 은연중에 비치고 있다는 것을 알게 된다. 그 자신이 예수나 부처처럼 인신이 되지 않는 한 자기의 불멸성은 이루어지지 않는다. 그 자기 불멸성이 죽음 위에 세워져 있다는 것을 기억하지 않으면 안 된다. 죽음은 새로운 삶을 가능케 하는 자리인 것이다. 차라투스투라에 의해 전율로서 설파되었으며, 도스토예프스키의 주인공들에 의해 열광적으로 신앙되었던 그 죽음의 제단 위에 선 인신을 『죽음의 한 연구』는 실재하는 주인공으로 제시하고 있다. 그 주인공은 자신의 각복에 의해 냉정하게 자신을 죽임으로써 자신이 인신임을 입증한다. 그 완성의 과정은 필연적이다. 그러나 바로 거기에서 이 소설은 작가가 의도했던 것과 같이 모든 사람들에 게 인신이 될 수 있다는 가능성을 보여주기보다는 그들에게 오히려 주인공의 삶은 그럴 수밖에 없었겠다는 확신을 불어넣어주어 그를 숭배하게 만든다. 숭배되는 것은 그것 자체가 하나의 우상이다. 그 우상을 파괴하지 않으면 인신이 될 수가 없다. 그러나 그것을 어떻게 파괴한단 말인가? 그는 뚜렷한 이유 없이 그의 스승에 의해 자기보다 나은 사람으로 인정되며, 그를 본 여자들은 다 그를 사랑하기에 이른 다. 사복음서(四福音書)의 저자들처럼, 작자도 그를 복음서의 주인공 처럼 묘사하고 있는 것이 아닌가? 그는 그렇게 되게 되어 있는 것이 다. 그 필연성이 범상한 독자들을 압박한다.

『죽음의 한 연구』의 주인공이 우리에게 보여주는 충격적인 교훈은, 득도는 불화를 전제로 한다는 것이다. 그 주인공이 가는 곳마다 이상 스러운 혼돈이, 불화가 야기된다는 것은 그 소설 곳곳에서 되풀이 지 적되고 있다.

1) 나 비록 하찮은 중이지만 말입지, 대사는 가히 탁월하다는 것쯤 은 알고 있는데 말입지, 대사가 처한 곳은 거기가 어디든 말입지, 이 상스런 혼돈이 야기된다는 그 한 가지 사실만으로도 그렇습지(234).

2) 스승이 나를 저 높은 산악에서 밀어뜨려, 그 아래세상으로 떨구 어버렸을 그때로부터 시작해, 내가 간 곳에선 왠지 불화가 끊이질 않 고 있어온 것이다. 심지어 나는, 그 스승까지도 짓찍어놓아버린 것이 다. 뭔지 내게는 독업(毒業)이 있고, 그것에 닿아지면 뭔가가 상처를 입는 듯하다. 그러고 보니 나는, 하나의 불길함으로서, 저주의 덩어 리로서, 이 세상에 던져진 것 같기도 하다(323).

3) 대사는 불화였습지. 대사의 시선이 닿는 것은, 그것이 무엇이든 깨어져버렸습지(420).

그 불화는 그가 관습이나 풍속에 따라 움직이지 않고 마음내키는 대로 행동한 데서 생겨난 것이다. "충동이 언제나 그의 길잡이였던 것이다"(294). 관습이나 풍속은 인간을 사회에 묶는 기반이다. 거기에 순응할 때 쓸 만한 인간이 생겨난다. 그러나 그 관습이나 풍속, 그리고 그것을 가능케 한 금기 자체를 부정해버릴 때, 그것을 부정한 자는 사회의 입장에서 본다면 불화 그 자체다. 그러나 그 사회를 부정한 자의 입장에서 본다면 그 사회란 거짓투성이의 가짜 화해를 살고 있다. 가짜 화해! 그렇다면 금기가 없고, 모두가 자유스러운 인신이 될 수 있는 그런 사회가 올 수 있을 것인가? 유리의 육조 촌장에게 우리가 묻고 싶은 것은 그것이다. 금기 없는 사회가 과연 가능할까? 육조 촌장이 우리에게 되묻는다. 그렇다면 너희들은 황폐한 마른 늪에서 고기 잡을 생각도 않고 지낼 작정인가?

『죽음의 한 연구』에서 내가 즐겨 되풀이해서 읽는 장면은 주인공이 어머니를 회상하는 네 장면이다(58~63; 98~100; 111; 164~65). 그 네 장면 중에서도 나는 다음의 두 대목을 더욱 좋아한다. 그것을 읽고 있노라면 공연히 가슴이 아파온다. "자다 깨어 노래를 부르고 있던 저 어렸을 때, 밖에서 돌아온 내 어머니가 그랬었다. 그 어머니는 그래서는, 나를 품에 안기를 적이 겁내고 아파하는 얼굴로 외면하곤 하였다. 그 어머니를 내가 그렇게도 기다렸었는데, 그러나 갑자기 밉고 원망스러워 획 돌아누워버리면, 그 어머니는 소리 없이 우는 것이었다. 그러다 보면 내가 어느덧 어머니의 젖꼭지를 물고 있었고, 그것은 내 것이 아닌 독한 침 냄새에 덮어씌워져 있었다. 그러나 나는 획 돌아눕지는 않았다." "그러면 나는, 어머니를 빼앗아가는 모든 아버지들에 대한 형언할 수 없는 질투와 증오 같은 것으로 비질비질 울며 바다로 달려 내려가서는, 그 고요한 물 속에 나를 파묻어놓는 것이었다. 상점이 잇대어진 거리를 다니고도 싶었었지만, 그러다 보면 나만한 또래 애들의 돌팔매에 맞기가 일쑤였고, 개가 물려 달려들어도 아무도 말려주려고 하지 않는 것이었다. 결국 바다로밖에 내가 갈 곳은 없던 것이다. 그래서는 눈물을 떨어뜨리며 어머니를 저주하고 있노라면, 나도 모른 새, 저 어린 잠지는 불어나서, 물 속에 잠겨 앉은 아이는 아이가 아니라, 그것은 하나의 돌출한 남근, 하나의 더러운 아버지로 느껴지는 것이었다. 저 정중스럽지 못한 손들로 쳐들어 보이던, 저 음모 푸석한 사타구니며, 물크레해 보이는 둔부 같은 것을, 그러면 나는 훔쳐보고 있는 것이다. 나도 그러면 내 손바닥을 펴 보는데, 그러면 내 손도 또한 저 때 낀 아버지들의 마디 굵은 손으로 변해져, 저 까스르한 바다를 물크레 더듬고 있었다. 손바닥에 가득 채워졌다 빠져나가는 바다의 감촉은 그리고 그런 것이었다." 다시 한 번 말하지만, 이 두 대목은 특히 아름답다. 더 덧붙일 것이 없다.

〔『현대문학』, 1976년 4월호〕

# 독룡과의 동침

김인환

    박상륭은 선이라고 불리는 우리의 전통을 탐색하면서 고대의 무격과 근대의 기독교를 포함하는 보편선을 정립하려고 시도해왔다. 예수와 혜능을 동일한 인물로 간주함으로써 그는 온갖 신화와 모든 종교의 뿌리를 캐려고 한다. 그는 선을 불교의 테두리 안에 가둘 수 없다고 생각한다. 박상륭이 유리의 문파를 어선파(語禪派)와 온육파(溫肉派)와 성력파(性力派)로 가를 때 불교의 선은 어선파에 속한다. 세계는 4대로 구성되어 있으나 인간은 말과 몸으로 구성되어 있다. 인간은 말과 몸으로 도를 이해하고 도를 실천한다. 몸이 지상에서 겪는 경험은 모두 수도가 된다. 박상륭은 창녀를 수도부(修道婦)라고 부른다. 선이 하나의 방법으로 확립되기 전에는 몇 달이고 시체를 들여다보며 살이 썩어 문드러지는 과정을 관찰하는 것이 마음 공부의 방법이었다. 자기 몸이 썩는 것을 관찰하는 것은 남의 죽은 몸이 썩는 것을 관찰하는 것보다 더 절실한 마음 공부가 될 수 있을 것이다. 창녀는 『화엄경』에 선재가 찾아가 도를 묻는 53명의 스승 중의 하나로도 등장한다. 바수밀다 여인은 자신이 도달한 경지를 선재에게 가르쳐준다.

어떤 중생이 내 손목을 잠깐만 잡아도 모든 부처 세계에 두루 가는 삼매를 얻는다. 어떤 중생이 내 자리에 잠깐만 올라와도 해탈 광명 삼매를 얻는다. 어떤 중생이 내 팔 펴는 것을 잠깐만 보아도 외도를 굴복시키는 삼매를 얻으며 어떤 중생이 내 눈 깜짝이는 것을 잠깐만 보아도 부처 경계 광명 삼매를 얻으며 어떤 중생이 나를 끌어안으면 모든 중생을 거두어주는 삼매를 얻으며 어떤 중생이 내 입술만 한번 맞추어도 중생의 복덕을 늘게 하는 삼매를 얻는다.

멀리 밀교의 탄트라까지 갈 것도 없이 언젠가는 반드시 썩어 없어질 이 몸은 박상륭처럼 다생의 윤회를 믿건 나처럼 한 생의 소멸을 희망하건 깨달음의 유일한 토대다. 몸은 기의 통로다. 이 기의 통로가 좁아지면 병들게 되고 이 기의 통로가 막히면 죽게 된다. 병들고 죽는 것은 어쩔 수 없는 인간의 운명이지만 인간은 가능하면 기의 통로가 막히거나 터지지 않도록 자기의 신체를 보존해야 한다. 체조(體操)라는 한자어를 글자 그대로 풀면 몸가짐이란 뜻이 된다. 삶이란 몸가짐을 바로하는 일이다. 병과 죽음에도 불구하고 인간의 생활은 그 한순간 한순간이 체조가 되어야 한다.

박상륭의 『칠조어론』은 주로 촛불중과 불화라지와 읍장겸직판관의 인물 시각에 의지하여 서술되고 있는 소설이다. 투명 인간인 화자가 도처에서 유식한 무지를 유감없이 발휘하고는 있으나 서술의 흐름은 언제나 인물 시각의 테두리를 떠나지 않고 있다. 서술 관점의 일관성을 유지하고 있는 것은 이 소설의 장점이라고 하겠으나 등장인물 가운데 어느 누구의 신체도 분명하게 보이지 않는다는 것은 이 소설의 단점이다. 도처에서 똥과 오줌을 중요하게 다루고 있음에도 불구하고 어째서 박상륭은 뼈와 살과 피부를 똑같이 중요하게 묘사하지 않은 것일까? 소설가는 인물의 시각뿐 아니라 인물의 신체도 보여주어야 한다. 소설의 근거인 '사람에 대한 관심'은 심리에 대한 관심뿐 아

362

니라 신체에 대한 관심도 포함해야 한다. 남의 몸이란 나에게 무엇인 가라는 질문을 진지하게 제기하지 않는 작가는 객관 서술에 실패하게 마련이다. 성욕이란 나의 몸에 대한 욕망이 아니라 남의 몸에 대한 욕망이다. 박상륭의 소설에는 성욕 일반에 대해서는 언급되어 있으나 특정한 타자에 대한 구체적인 성욕이 묘사되어 있지 않다. 선을 말로 말을 파괴하는 작업이라고 규정한 박상륭의 선 이해는 선의 본질적인 일면을 지시하고 있다. 의식의 영역은 언어의 영역과 동일하고 신체의 지식은 언어로 구성되어 있다. 우리는 '머리 따로 몸 따로' '눈 따로 손 따로'라는 말은 할 수 있으나 '말 따로 앎 따로'라는 말은 할 수 없다. 지식은 모두 언어로 구성되어 있기 때문이다. 선은 인간의 지식을 파괴하는 작업이다. 지식은 왜 파괴되지 않으면 안 되는가? 지식은 독룡을 제어하지 못하기 때문이라는 것이 박상륭의 대답이다. 지식은 의존심과 적대감의 뒤얽힘을 풀지 못하고 의존심과 적대감의 바다에 있는 타나토스를 축소하지 못한다. 지식을 파괴함으로써만 인간은 거꾸로 박힌 온갖 집착 망상에서 해방되어 정직하고 관대하게 행동할 수 있다. 오늘날 일용할 양식과 일용할 기계를 생산하는 데 지식이 필요하다는 사실을 부인할 사람은 아무도 없다. 지식이 필요하지 않다는 말이 아니라 지식의 한계를 인식해야 한다는 말이다. 박상륭은 화두를 지식을 깨뜨리는 말의 예로 제시하고 있다.

이 저녁, 촛불중이 바라는, 그 '꿈 없는 잠'은, 그것이 行道꾼들에 의해서, '無에의 肯定的 體驗'이라고 이해되어오고 있으니, 이것은 매우 수상한데, 낮의 그의 '雜說' 중에서, 그것을 設頭삼기의 위험에 대해서 그렇게나 신랄하게 지적했음에도, 여전히 그의 話頭는, '無'나 아닌가 하는 것을 고려케 한다. 그리고 그의 '雜說'에 의하면 '無'란 한 行道꾼이, 그 시작으로써, 다시 얘기지만, 그 시작으로써, 세운, 그 대상에 좇아, 두 개의 국면을 드러내 보이는바, 그 하나는, '自我(비쟈 ·

點)'를 대상으로 하여, 그 내장을 뽑아내기(아나트만)며, 그 다른 하나
는, 여기에 그의 '無意識論'이 서는 자리로서, 이번에는, '자기의 밖'
을 모두 깨워내기인데, '일깨워진 밖'은, (이것은 心理學的 결과가 아
니라, 神的 결과래얄 것인바) '空'化해버린다는 것을 관찰하고 있어야
할 것이다. 그러니까, 모든 것은 아직도 거기에 있음에도, 그 모든 것
을 일깨워버린 정신은, '空'을 성취해 있어, 그 '空'은 꽉 채워진 空'으
로 이해되어질 터이다. 그렇지 못할 때, 그것은 꽉 채워져 있는 채, 깨
움을 받지 못해, 찐득거리는 苦海가 그것일 터이다. 그렇다면, 니르바
나와 상사라는, 다름이 없는데, 저렇게 다른 것이 분명하다. (『칠조어
론』 2, pp. 31~32)

여기서 박상륭은 무를 안과 밖의 의미를 일반적인 차원과는 다르
게 지시하는 일종의 기호 표현으로 이해하고 있다. 그러나 선의 실제
과정은 말이 아니라 몸 속에서 진행된다. 선을 시작할 때는 무를 자
기 반영의 대상으로 삼아 내심 독백과 자유 연상과 자동 기술을 계속
하지만 제가 할 수 있는 온갖 의심을 무에 갖다 붙여 더 나아갈 수 없
는 궁지에 몰리게 되면 그때 무는 사유의 대상이 아니라 몸에 난 상
처가 되거나 몸 속에서 크는 암이 된다. 선의 기록들은 이때의 체험
을 낭떠러지에서 그냥 한 발을 내딛는다거나 호랑이를 타고 달린다
거나 하는 식으로 표현한다. 깨달음은 사유의 결과가 아니라 상처를
견디면서 상처의 한복판을 뚫고 넘어서는 자연 치유다. 무는 병을 일
으켜 병을 막는 백신이다. 선은 방법적 회의가 아니라 방법적 병듦인
것이다. 눈 한번 잘못 돌리면 천길 낭떠러지로 구르는, 목숨을 건 선
의 투쟁을 짐작하지 못하는 사람들은 흔히 선을 신비주의라고 한다.
그러나 동의학이 신비주의가 아니듯이 선도 신비주의가 아니다. 화
두는 1천 7백 개의 공 안에 한정되는 것이 아니다. 처녀가 아이를 낳
게 되리라는 사실을 받아들이고, 죄 없는 청년이 사형당한다는 사실
을 받아들인 사건도 화두가 될 수 있다. '안 돼!'라고 말할 수밖에 없

는 상황에서 천만 뜻밖에 발해진 '예'는 대답이 아니라 긍정과 부정의, 해학과 반어의 변증법을 역전시키고 있는 화두다. 화두를 몸 속의 상처가 아니라 자유 연상의 매듭으로 묘사했기 때문에 박상륭의 소설은 추상성을 회피할 수 없었다.

살인을 저지르고 유리로 흘러든 촛불중은 사막을 열려 있는 감옥으로 여기고 도에 대한 탐색을 시작한다. 읍장겸직판관은 돌무덤을 만들어 촛불중을 가둠으로써 개방된 유폐를 완전한 폐쇄로 바꾸어놓는다. 자의적 유폐가 폐쇄의 운명으로 바뀐 것은 실은 캐나다에서 병원 시체실 청소부로 일하던 박상륭에게 일어난 사건이었다. 그렇다면 유리란 캐나다에 갇힌 박상륭의 머릿속에 그려지는 한국의 어느 시골이다. 이곳에서 『칠조어론』의 우주적 사건들이 일어난다. 유리는 우주의 중심이다. 박상륭은 무의식을 축생도라고도 부르고 뭇사람이라고도 부른다. 개인의 지식이 어떻게 제어할 수 없는 것이라는 의미인 듯하다. 그에게는 남근과 하문도 무의식이고 역사도 무의식이다. 『칠조어론』의 자유 연상은 무의식이라는 운명, 축생의 역사를 경험하는 의식의 반영이다. 정신분석에서는 꿈 · 말실수 · 방심 상태 등을 통하여 나타나는 무의식의 자료를 분석함으로써 의식은 무의식의 의미를 짐작할 수 있다. 정신분석은 자료를 다루는 방법이고 자료가 먼저 주어져야 작동할 수 있는 이해의 도구다. 자료가 없으면 정신분석은 아무것도 아니다. 무의식에 대한 박상륭의 시각은 사람과 짐승을 포함하는 축생도에 기반을 두고 있음으로써 깨달음의 생물학을 목표로 하고 있다. 박상륭의 글쓰기는 권력의 생물학을 구상한 엘리아스 카네티의 글쓰기와 매우 유사하다. 그러나 박상륭은 때때로 축생도의 지반을 떠나서 공에 대해 이야기하는데, 내가 보기에는 이러한 사고의 고공 비행이 『칠조어론』을 지나치게 모호하게 하고 있는 듯하다. 박상륭은 "이런 견고한 축생도도 그러나, 공(空) 가운데 두둥실 떠 있다는 것을 염두하고 있어야 할 것이다"라고 말한다. 불교의 관점에서 볼 때 이것은 부정확한 표현이다. 불교에서는 공과 색, 부처와 중생, 생명과 불생멸 중에서 어느 하나를 더 근원적인 것으로 보지 않는다. 이것을 인연하여 저것이 있으므로, 그것들은 서로 떼어낼 수 없이 얽혀 있다. 그렇다면 어째서 공과 색이 동일하다고 말할 수 있을까? 그것은 객체의 논리가 아니라 주체의 논리다. 남의 신음 소리에 귀를 기울이고 남을 잘되게 하려고 정성을 다하는 나의 행동에는 부처와 중생의 구별이 없다. 부처를 만나면 부처를 잘되게 하려고 공들이고 도적을 만나면 도적을 잘되게 하려고 공들이는 나의 태도에는 부처는 높이고 도적은 무시하는 차별이 없고, 삶에도 공을 들이고 죽음에도 공을 들이는 나의 마음에는 삶은 추구하고 죽음은 회피하려는 차별이 없다는 것이다. 주로 티베트 불교의 이론에 의지하고 있는 박상륭의 불교 이해는 『원각경』 『능엄경』 『화엄경』을 기본 경전으로 공부하는 우리의 불교 이해와 다소 다른 점이 있다. 그러한 낯설은 『칠조어론』을 읽는 재미가 되기도 한다. 예수와 혜능을 육조라고 부르고 그 자신을 칠조라고 부름으로써 박상륭은 스스로 그러한 차이를 인정하고 있기도 하다. 소설에서는 되풀이되는 진리보다 차라리 신기한 허위가 낫다. 소설뿐 아니라 선에서도 되풀이보다 신기가 낫다.

구지화상은 무언가 질문을 받으면 언제나 다만 손가락 하나를 세울 뿐이었다. 그 이외의 어떤 설법도 하지 않았다. 구지 스님의 절에 한 동자가 있어, 절 밖의 사람들이 "화상은 어떤 설법을 설하시는가?" 하고 질문하면, 화상의 흉내를 내어 손가락을 세웠다. 구지는 이 일을 듣고 동자를 불러 그 손가락을 잘라버렸다. 동자는 너무나 아파서 큰 소리로 울면서 방 밖으로 나가려고 하였다. 구지는 또다시 동자를 불렀다. 동자는 머리를 돌려 뒤돌아보았다. 그때 이번에는 구지가 손가락을 세웠다. 동자는 "아!" 하고 깨달았다.

박상륭의 『칠조어론』은 근대의 본질을 전통의 원형에 비추어 탐색

366

하고 있는 편력의 기록이다. 기계가 없으면 못 사는 시대가 되었다고 하더라도 삶을 삶으로 규정하는 것은 여전히 기계가 아니라 종교의 원형이다. 박상륭은 전통이란 인간 신체의 구석구석에 스며 있는 에너지 이외에 다른 것이 아니라고 말한다. 혜능과 신수를 하나의 축으로 삼고 독룡과 당굴을 또 하나의 축으로 삼아 전개되는 『칠조어론』은 불교의 중도에 대하여 질문하는 무속적 편력의 기록이다. 선의 역사는 달마 · 혜가 · 승찬 · 도신 · 홍인 · 혜능으로 이어지는데, 혜능의 뒤에는 9세기에 임제 의현(臨濟義玄)의 간화선(看話禪)과 동산 양개(洞山良价) · 조산 본적(曹山本寂)의 묵조선(默照禪)이 나누어졌으나 일종의 집단 지도 체제가 되어 한 사람의 중심 인물을 내세우지 않았다. 간화선은 화두에 자기의 모든 에너지를 집중시킨다. 에너지가 화두에 집중됨에 따라 다른 사념은 사라지고 화두만 남다가 마침내 그 화두마저 사라진다. 묵조선은 처음부터 끝까지 자기의 내면을 응시한다. 모든 욕망, 모든 사념을 구름처럼 흘려보내면서 자기와 뗄 수 없이 결부되어 있다고 믿어오던 것들이 자기로부터 분리되어나가는 내면의 변화를 주시한다. 아마 선의 계보로 본다면 남악 회양(南嶽懷讓)을 칠조라고 해야 할 것이다. 그러나 박상륭은 20세기 한국의 촛불중을 새로운 칠조로 내세웠다. "마음은 거울이니 깨끗이 닦으라"는 신수의 거울은 안과 밖의 중간 상태인 바르도의 영역을 초월하지 못했고, "본래 한 물건도 없는 것인데, 어디에 때가 끼이겠느냐"고 질문한 혜능의 무일물(無一物)도 거울을 깨뜨리기 위하여 거울을 필요로 하는 것이니 거울을 초월한 것이 아니다. 박상륭은 신수와 혜능을 일원화한 유리의 칠대 촌장 촛불중으로 하여금 중도의 편력에 나서게 하였다. 유리란 알다시피 주나라의 문왕이 상나라의 주신에게 갇혀서 『주역』의 패사를 지은 곳이다. 그렇다면, 『칠조어론』은 20세기 한국의 『주역』이 되는 것인가? 인물시각소설이라고 할 수 있는 『칠조어론』은 촌승과 촌로, 촛불중과 서낭귀, 그리고 빌라도 또는 헤롯의 역할을 맡는 독룡 · 당굴 · 판관겸직읍장의 시각을 따라 전개된다.

서낭귀가 촌로의 분신이라는 것은 "서낭단 주변에 있는 마른풀은
조금 뜯고 가랑잎에 싸 말아 담배를 만들고는 부시를 꺼내 쳐 연기를
꼬슬려 올렸다"는 서낭귀 묘사로 미루어 짐작할 수 있다. 촛불중은
육조 혜능을 모시던 늙은이나, 젊었을 때 간통하고 살인한 경력이
있었다. 그의 고백은 끔찍하다. "자기가 자기의 친구를 종용하여서입
지, 자기 처의 방에 들고 하고서는 말이지, 마, 말입지…… 도끼를 꼬
나들어 내달았던, 말입지." 촛불중은 『삼국유사』의 등장인물들에 비
교한다면, 그는 선화 공주를 유혹한 용의 아들 서동이고 어머니의 관
을 업고 땅속 나라로 들어간 원효의 친구 사복이고 역신에게 아내를
뺏긴 처용이다. 박상륭은 처용을 글자 그대로 해석하여 '몸과 삶의
맥동을 처용' 사람으로 형상화한다. 돌무덤에 갇힌 그에게 음식을 날
라다주는 화장 맡은 무당도 결국은 그의 분신이다. 그는 또 익사한
뱃사람이기도 하다.

전통 사회이건 근대 사회이건 그것들은 인간이란 독하디독한 벌레
들의 세상일 따름이다. 박상륭은 벌레와 번뇌를 압축하여 흔히 벌뇌
라고 쓴다. 뭇사람의 입으로 독재와 독점에 대항하여 싸운다 하더라
도 인간이 애초부터 가지고 태어난 우주적 독룡의 살(煞)오름을 면하
기는 지극히 어렵다. 독룡에게 이기고 교만해진 당굴을 보고 촌로는
"이 당굴도 새로 생긴 한 작은 독룡말고 또 무엇이겠느냐" 하고 탄식
한다. 우리의 전통 문화는 인간이 축생으로서 겪는 병과 죄에 대하여
대단히 민감한 문화였다. 살됨의 영광과 비참에 대하여 너무나 잘 알
고 있었기 때문에 무속의 전통에서는 기가 흐트러져서 생기는 정치
적 혼란을 가학과 피학이 얼크러진 우주적 전쟁으로 이해하고, 정치
의 쇠퇴와 육신의 성병을 하나로 보았다. 그러므로 박상륭에 의하면
참선학은 결국 동물학이고 육신학이다. 촛불중은 엄지손가락을 똥구
멍에 넣고 있거나 자지를 입에 넣고 오줌을 받아먹거나 한다. 선(禪)
이라는 흰 독수리는 똥 냄새와 땀 냄새를 뚫고 오르려 하지만 끝내
몸과 몸, 살과 살의 흘레붙음으로부터 떠나지 못한다. '똥먹기선'이

란 말에서 보듯이 박상륭은 선과 똥을 연관짓고 거룩함과 성욕을 연관짓는다. 박상륭은 인간이 축생임을 모르는 자들의 오류를 여러모로 비판하였다. 근원적인 질문에 대답하려면 똥의 평등, 그리고 남근과 하문의 보편성에서 시작하지 않을 수 없다는 것이다. 축생들은 성기에 종사하도록 진화하였다. 축생도의 대왕인 붉은 용은 다름아닌 성기다. 중도를 깨달으려고 하지 말고 제 나를 깨뜨리고 짐승 속으로 들어가 짐승과 하나가 되어야 한다. 미덥지 않은 곡두의 고장을 떠나 호랑이 개구리 두꺼비 거머리 지렁이 독사 들쥐 빈대 전갈 들의 실다움 속으로 가라앉아야 한다. 똥과 똥 되기 전의 먹거리는 사이 없이 붙어 있다. 똥과 성기는 노동이나 성교의 이론으로 사고 팔 수 없는, '날것과 썩은 것의 대립' 위에서 구축되고 해체된다. 모든 축생 중에서 오직 인간에게만 짐승에게 마음을 넓히지 못하게 하는 신장 결석이 있고 짐승들과 말을 나누지 못하게 하는 매듭과 응어리, 즉 이기적인 암세포가 자란다. 사람됨과 짐승됨과 귀신됨은 엄밀히 말해서 하나다. 우리는 짐승의 가죽과 영혼의 껍데기를 구별할 수 없다. 수피(獸皮) 입기는 영피(靈皮) 입기이기 때문이다. 몸은 똥과 성기 이외에 다른 것이 아니다. 그러나 모든 축생들은 몸에 근거해서만 중도로 도약할 수 있다. "여자의 하문을 보라. 드는 문은 계집이며 나는 문은 어머니다. 문은 하나라도 언제든 둘이다."

불교의 이론은 유전(流轉)pravritti과 환멸(還滅)nivritti의 개념에 의하여 체계화되어 있다. 생물이 육도를 이리저리 떠돌아다니는 것은 무명의 작용 때문이다. 세상에 가득한 폭력에 직면하여 우리는 무명의 작용을 인식하지 않을 수 없다. 이 무명의 작용이 주관과 객관을 분리하고, 시간과 공간을 분리한다. 무명의 활동에 의하여 주관과 객관이 나타나고 이어서 의식, 의식의 흐름, 집착, 개념, 행동, 고통 등이 전개된다. 이러한 무명의 활동을 현상에서 본질로 거슬러 올라가며 제거함으로써 중도, 즉 본래면목에 이르는 과정이 니브리티다. 박상륭은 유전을 진화라고 번역하고 환멸을 역진화라고 번역하였다.

몸을 입지 않고는 진화가 불가능하므로 진화란 결국 생명의 세계에서 일어나는 사건이다. "사대(四大)를 입은 것들은 무중력 상태에서는 창자가 토해져나오게 되므로 중력 속으로 들어가야 편하고, 자유 속에서는 사지가 뒤틀려 따로 놀게 되므로 정부를 세워야 안전하다." 박상륭은 불교의 교리에 따라 환멸을 유전의 위에 놓으려 하지 않는다. 진화와 역진화, 무명과 해탈은 동시에 공존한다. 인간은 끊임없이 출가해야 하고 또 끊임없이 환속해야 한다. 유전과 환멸은 인간이 유리란 사막에서 메마름을 견디면서 겪어내야 할 운명이지, 인간이 선택하여 성취할 수 있는 목표가 아니다. 인간만이 아니라 팔만 유정은 모두 종교를 가지고 있다. 곰의 겨울잠은 일종의 단식이고 일종의 참선이다. 우주는 하나의 불경이고 하나의 큰 절이다. 온갖 생물, 온갖 유정, 모든 축생, 모든 인간은 서로 뜯어먹고 서로 뜯어먹히는 싸움터에서 쫓기고 있다. 이러한 죽임의 연쇄에 직면하여 느끼는 두려움이 중도의 진리로 나아가게 하는 기점이 된다. 악업을 이루는 화살은 유전이고 선업을 이루는 노래는 환멸이다. 그러나 두려움 없는 진리가 어디에 있겠는가? 읍장겸직판관의 눈으로 보면 육조건 칠조건 죽고 죽이기를 반복하는 자들, 살인한 자들이며 살해되어야 하는 자들에 지나지 않는다. 윤회하며 떠도는 제 나에 붙잡혀 땅뺏기와 밥뺏기의 연쇄에서 벗어나지 못하는 것이 유전이다. 그러나 제 나를 이겨내는 순교와 혁명 또한 환멸이 아니라 유전이다. "니브리티는 수동태의 능동태화, 즉 무동태이다." 인간에게는 한편으로 움직임에 자기를 맡기며 다른 한편으로 반대하여 일어나는 움직임도 포섭하는 비의지의 의지가 필요하다. 돈과 힘과 빛의 천문학을 따라 올라가려고만 하지 말고, 가난과 수치의 지리학을 따라 내려가려고 해야 한다. 민중은 거칠게 다루면 상처를 받는 여자의 몸이다. 혁명은 하늘로 퍼지는 화산이 아니라 땅속으로 퍼지는 지진이다. 박상륭은 파시즘을 사시(斜視)라고 부른다. 파시즘은 위에서 덥석 퍼부어져내린 황소똥이다. 중도란 자기 안에서 작용하는 파시즘의 밀도가 낮아짐으로써 사시가 교정되는 순간을 가리킨다. 파시즘의 사시는 허무주의와 독단주의를 빚어내며 밖으로 폭발하는 실어증과 안으로 폭발하는 치매증을 일으킨다. 중도는 알기 쉬우나 하기 어려운 진리다. "인간은 순화를 성취해야 할 어떤 것이다. 덜 먹어야 하고 땅이 그 무게를 버티기에 무리하지 말아야 하며, 발 하나가 디딜 자리에 여러 개가 디딜 수 있어야 한다."

박상륭은 죽음을 진화와 역진화의 고리로 여긴다. 늘 씻을 수 있는 몸을 가진 행복을 절감하는 생물은 모두 자기의 몸을 떠나기 싫어하며 특히 회음과 성대를 떠나지 않으려 한다. 죽음이란 고자됨이고 내시됨이고 환자(患者)됨인가, 아니면 육신을 잃고 눈길만 남는 것인가? 박상륭에 의하면 유전의 세계에서 먹고 먹히는 사건들 하나하나가 제사다. 죽음 자체, 성교 자체가 배고픈 신들에게 올리는 제사 행위라는 것이다. 촛불중은 바위 무덤 속으로 가서 삶을 역행하여 죽음의 제사를 치른다. 읍장겸직판관이 바위 무덤 속에 세워준 촛불이 꺼지자 촛불중은 자기 몸 속의 자가용 발전기로 빛을 낸다. 죽음을 향해 걷는 몸은 꺼져가는 촛불과 같다. 육신이 소멸해도 눈길은 남아서 빛을 발한다. 삶은 불의 바다이고 죽음은 흙의 바다이다. 인간은 불의 바다를 떠돌며 꿈과 뜻을 모으다가 성욕처럼 강렬한 욕망에 의해, 부화했던 흙의 바다로 돌아가는 연어다. 연어는 태어난 자연으로 돌아간다는 의미에서 범어(梵魚)라고 할 수 있다. 중도를 이루려면 가로로 움직이는 삶의 참선만이 아니라 세로로 움직이는 죽음의 참선에도 익숙해져야 한다. 죽음은 짐승 가죽을 벗는 고행이고 벌뢰에게 진 부채를 정리하는 자유와 해방의 행위다. 진화를 일거에 뛰어넘는 죽음의 역동적 돌연변이는 모든 사람, 모든 생물, 모든 유정을 구원한다. 우리는 모두 죽음을 필요로 하고 있다. "부끄럽도다. 전에 나는 온 세상을 구하고자 했었는데, 구함받을 세상이 있었던 것이 아니었구나!"

전라도 사투리를 바탕으로 깔고, 그 위에 무속어와 불가어, 비속한

말투와 현학적인 말투를 마구 섞어놓은 이 소설은 거대한 언어의 용광로다. 우리는 중첩되어 있는 언어층 뒤에서 '선과 악을 구별할 줄 모르는 우주의 방언'을 읽어내야 한다. 우리는 『칠조어론』을 심리 서술과 자동 기술과 자유 연상으로 기록한 한 편의 장시로 읽을 수 있다. 한 인물의 시각에서 다른 인물의 시각으로 서술 관점을 변환하는 방법이 사용되고 있으나, 지각의 직접성과 감각의 미분화를 추구하여 내심 독백에 접근하는 장면이 허다하다. 작중인물들의 긴 요설이 저절로 자기를 반영하는 내심 독백의 흐름에 어긋나지 않게 되도록 박상륭은 추상 명사와 구상 명사의 복합어를 만들어 사용하였다. 그의 조어법에 따르면 연금술은 공(空)굽기이고 참선은 말과 꿈의 뿌리를 캐는 여행이고 정주기와 흘레붙기는 세속의 참선이다. 또 박상륭에 의하면 몸은 말이고 진화란 언어의 윤회다. 축생도에서 일어나는 진화는 언어와 함께 시작한다. 그 질료로 볼 때 사람도 축생도 소속이므로 인간의 언어를 특별히 내세울 것은 없으나, "수사학이라는 용에다 쟁기를 메어 삼세 사래 긴 밭을 갈려 나선 자는 쟁기에 메운 보습이 말의 흙을 뒤집어가는 대로 따라가지 않을 수 없는 것이다." 아직 오지 않은 구조 촌장이 칠조의 말을 기록한다는 『칠조어론』의 형식은 불교와 무속을 민담의 논리에 따라 배합하여 처리하고 있다. 소설의 대부분이 관념시와 설화시로 읽을 수 있게 구성되어 있는데, 특히 「공화색품」과 「색화공품」은 아름다운 서정시로 짜여져 있다. 제 나를 지워야 갈 수 있는 중도는 모든 논리와 모든 합리의 근거가 되는 타자이며 전적인 혼돈이다. 문법과 수사학이 있기 전에 먼저 성욕이 있었듯이 합리가 있기 전에 먼저 합리의 근거인 혼돈이 있었던 것이다. 『육조단경』은 말이 간명하고 뜻이 깊으나, 『칠조어론』은 말이 번거롭고 뜻이 산만하다. 이것이 바로 경전과 문학의 차이다. 문학의 혼돈 앞에서 어쩔 수 없이 자신의 무지를 고백할 수밖에 없다.

"그는 칠조가 아니었다. 그런데 그는 칠조말고 다른 누구도 아니었다"는 이 소설의 결론은 촛불중뿐 아니라 다른 모든 사람에게 확대될 수 있다. 박상륭은 종교인류학의 시각에서 근대의 뿌리를 우리 문화 안에서 찾으려고 편력하는 여행가다. 그는 캐나다에 살고 있지만 그의 마음은 이 땅의 산하를 떠난 적이 없다. 박상륭은 한국적인 것과 서구적인 것을 함께 세계적인 언어로 번역함으로써 한국 사람과 서양 사람이 함께 지구 시대에 동참할 수 있는 영혼의 보편적 구조를 해명하고자 한다. 근대의 지각생으로서 온갖 고초를 겪고 난 끝에 이제 겨우 우리 사회도 근대의 본질을 학습하기 시작하였다. 첫째, 우리는 임금과 이윤의 문제를 상품과 상품의 관계가 아니라 계급 투쟁의 관점에서 파악하기 시작하였다. 둘째, 우리는 제국주의와 일반화되어 있는, 강철처럼 견고하고 잔인한 국제 정치의 구조를 인식하기 시작하였다. 셋째, 우리는 사람을 죽이는 것보다는 표를 죽이는 것이 나으므로 투표와 선거를 우리 삶의 일부로 받아들일 수밖에 없다고 생각하기 시작하였다. 그러나 우리의 이러한 학습 내용이 정치학의 차원에 머물러 있는 한, 그것은 빌려 입은 옷처럼 우리 몸에 맞지 않는 채 겉돌고 있게 되고 말 것이다. 우리는 그것을 인류학의 지평으로 심화함으로써 근대를 공기나 혈액처럼 우리 자신의 것으로 내면화하지 않으면 안 된다. 장기 집권에 반대하는 근거를 프레이저의 『황금가지』보다 더 분명하게 제시한 정치학 책이 있으며, 투표와 선거에 의존하는 이유를 카네티의 『군중과 권력』보다 더 치밀하게 해명한 정치학 책이 있을까? 근대 정치의 초석을 놓은 몽테스키외의 『법의 정신』조차도 인류학적 사실들로 가득 차 있는 고전이다. 계급 투쟁과 제국주의, 투표와 선거 따위의 근대적인 문제들을 화두로 삼아 근대를 우리의 전통으로 변형하려는 투쟁은 이익의 합리성을 계산하는 투쟁이 되어야 할 뿐 아니라 우주의 원초적 율동에 참여하는 투쟁이 되어야 한다. 남을 해치지 않고, 남에게 상처를 주지 않고, 남의 몸에 나의 가시를 찌르지 않고 살아남을 수 있는 길이 없다는 사실에 직면하여 절망하지 않는 사람은 인간에 의한 인간의 착취를 심화하는 데 기여할 뿐이다. 과학 기술의 약속에도 불구하고 계급 대립의 심화와 함께 악화되고 있는 우리 시대의 사회적 연관들 속에는 어떠한 이론도 치유할 수 없는 숱한 생채기들이 숨어 있다. 어떤 내각도 증권 시장을 폐쇄할 수 없지만, 증권 시장은 어떤 내각이라도 해체시킬 수 있는 시대! 돈과 은행과 자본의 힘에 지배되고 있는 시대에 종교가 보존하고 있는 무의식의 힘을 해방하려면 작가는 난폭한 시대만큼이나 난폭한 환경 전환에 의지하지 않을 수 없을 것이다. 이곳에 있는 물건들을 이곳이 계시하는 다른 곳에 옮겨놓음으로써 근원적 현실을 드러내려는 전투적 실험은 감각의 착란을 수반할 정도로 고통스러운 작업일 것이다. 시대의 주형에 맞추어 꾸며낸 자아를 부정하지 않으면 우리는 결코 제 나와 제 집과 제 겨레와 제 나라밖에 모르는 좁은 시야에서 해방될 수 없을 것이다. 박상륭의 다양한 실험은 시대가 파괴해놓은 원초적 자기를 회복하려는 투쟁이다. 우리는 근대를 내면화하기 위하여 근대의 인류학적, 다시 말하면 종교적 기원을 찾아야 하지만, 그렇다고 해서 나라가 잘되기 위하여 집이 없는 사람은 한데서 자야 하고 돈이 없는 환자는 죽어야 한다는 잔인한 도덕까지 수용해야 하는 것은 아니다. 인류학과 종교의 차원에 들어섬으로써 우리는 근대의 저 잔인한 도덕을 초월할 방향을 발견하게 될 것이다.　　　　　　　　　　　〔『작가세계』, 1997년 가을호〕

# 마음에로의 상징을 밑가며 윗가는, 꾸불거리는 글

김진석

　관념을 다루는 걸 업의 한 뿌리로 삼은 자로서 나는, 박상륭 선생과 어쩌면 중심이 꼭 같지는 않을지라도 그래도 동심원 모양을 그리며 돌았을 듯싶다. 둥글둥글 돌고 도는, 우주 속에서 상극적으로 돌고 도는 사물들의 꼬리와 목을 휘어잡고 그들과 같이 순환하며 돌고 도는, 생뚱맞게 뚱그렇게 돌고 도는 관념들을 구축하는 일을 하는 선생의 옆모습이나 뒷모습을 보면서 나도 돌고 또 돌았으니. 한국어로 관념을 연금(鍊金)하면서 그 과정에서 어쩔 수 없이 한국어들을 연금(軟禁)하거나 구축하는 일을 한다고 나도 생각하였으므로.

　그렇게 생각하면 이제까지 박상륭에 대한 글을 제대로 쓸 기회가 한번도 없었던 것은 아무리 생각해도 알 수 없는 이상한 불행이었다. 그러나 단순히 불행이었던가? 관념을 만나면 관념을 죽여야 할 이 길고도 짧은 생에서 그런 게으름을 피워도 될 일인가? 아니면 그 글에 대한 일종의 두려움도 섞였던가? 아니 그런 이유만으로는 설명이 되지 않는 일이다. 어쩌면, 박상륭의 소설 혹은 그의 '잡설'을 사람들이 흔히 '형이상학적이다' 또는 '구도적이다' 또는 '영성의 추구를 근본으로 한다' 또는 '완전한 신비이다' 또는 '해탈을 지향한다' 또는 '마음의 우주는 초월의 영역이다'라면서 한 줄로 늘어서서 북 치고 장구 치는 게 왠지 마땅찮은 마음이었는지도 모른다. 이 말들이 아주 터무니없을 리는 없지만, 그래도 그것들은 기껏해야 박제된, 그리고 박제하는 독 같아서 마음 한구석이 씁쓸했던 듯하다. 결국은 그런 진부한 관념들로 돌아가기 위하여 박상륭은 마침표를 찍지 않은 채 애먼 토씨들만 넘어트리고 또 넘어트리는 기어가는 문장, 제자리에서 빙빙 돌면서 똬리를 트는 구렁이 글을 썼던 것인가? 어느 글이나 그렇지 않은 것이 없겠지만 특히 박상륭의 글을 읽기 위해 어쩔 수 없이 관념이 필요하기는 하더라도 그런 관념들 앞에 무릎 꿇으며 살려줍쇼, 하는 일은 관념들의 가상에 굴복하는 일에 지나지 않을 것이다. '해탈'이나 '초월' 같은 말들은 그야말로 말과 글의 탈에 지나지 않는 것이 아닐까? 말로는 해탈하거나 초월한다면서 실제로는 한평생 지난하게 발품을 팔아야 하고 썩어빠진 입에 빈 거품을 물어야 하며 헤픈 웃음을 비실비실 얼굴에 흘려야 하는 까닭이 무엇인가? 바로 이 까닭 모를 까닭, 이를 말하기 위해 소설가는 그리도 잡스러우며 성스러운 글을 쓰는 게 아닌가?

그래, 뱀과 개, 박상륭이 그렇게 자주 이야기하는 그 짐승들은 무엇인가? 아무리 흐리멍덩한 눈앞에서라도, 그냥, 그저, 뱀이나 개로 있지 못한 채 관념을 입는 이 짐승들은 무어란 말인가? 간단하게 말해 마음의 상징들인가? 그럴 수 있다. 아니면 몸의 상징인가? 그렇지 않으란 법도 없다. 그렇다면 상징이란 무엇인가? 구체적인 것을 그 뻔하고 빤한 구체성 그대로 말하거나 지시하지 못하고 관념을 빌리는 일, 또는 이것을 말하면서 저것을 말하는 일, 또는 어떤 것을 그 닮은꼴 그대로 닮게 만들지 못하고 조금이라도 다른 기호의 도움을 받아 옮겨놓는 일. 이런 식으로 말하면 언어 그 자체는 이미 태어나면서부터 상징으로 태어났다고 할 수밖에 없는 노릇이겠으나, 그런 식의 말이 별로 도움이 되지 못할 것도 명확한 일이다. 차이는 있지만 그림이나 음악·건축의 '언어'들도 많건 적건 상징화, 곧 마음의 상징화를 수반할 터이니.

그렇다면 작가로서, 그리고 신이나 짐승보다 더 살기 어려운 인간으로서 박상륭이 기를 쓰며 하는 일은 이 마음의 상징화인가? 마찬가지로 그는 어떤 소설가보다도 초월에의 의지를 가졌거나 해탈에의 종교를 추구하는 것인가? 작가 자신이 잡설 주인공의 입을 공공연히 빌려 그런 말을 한다고 하더라도 그 말들은 꼭 답일 리는 없다. 중도(中道)나 정도(正道)라는 것이 사유를 위한 가정법에 지나지 않는다는 것은 그만두더라도, 작가가 요령 가락에 맞춰 풀어내는 요설은 마음의 상징화 자체나 초월이나 해탈 자체를 의미론적으로 목표하거나 실천하려 한다기보다는, 그랬다면 작가는 정말 더도 말고 덜도 말고 예언자가 되어 죽임이나 추방을 당했을 터이지만, 그보다는 오히려 그렇게 씌어진 표지판으로 지시되는 길들 사이에서 떠도는 일, 또는 바른 길이라고 기껏 갔던 길을 되돌아오는 일 아니겠는가. 그는 바로 눈앞에 뻔히 드러나는 길 앞에서 묻는 것이다. 아으, 이 길이란 길은 도대체 무엇이냐, 아으, 없어지거나 지워지지 않고 사람들을 불러들여 잘도 잡아먹는 이 요니스런 길이여 네가 무엇이냐, 네가 정녕 올라가느냐, 내려가느냐, 올라간다면 어디로 올라가고, 내려간다면 어디로 내려갈 테냐. 어디서나 상징들을 추구하는 듯하지만 가만히 보면 상징들 사이에서 부표(浮漂)하는 일이 인피(人皮)를 입은 자들의 일이 아닌가. 윤회란 무엇이고 전신(轉身)이란 무엇이겠느냐. 그렇다면 박상륭은 마음의 상징화를 목적으로 하거나 그것에 안주하는 대신, 차라리 그 사이의 명도(冥途)를 가는 게 아닌가. 땅 위의 표지판뿐 아니라 물 속의 부표(浮標) 사이에서도 부표(浮漂)하기. 사유는 그런 것이다, 마음의 상징들에 안착하는 게 아니라 그것들을 기어 넘어가는 것이다. 작가가 말하듯이, 개와 뱀이 무엇을 위한 상징인지 알 만한 사람들은 안다. 그것을 기록하는 상징적 해석학에 대해서도 조금이라도 동화에 귀동냥을 한 사람들은 알 만큼은 알 것이다. 또 상징들의 계보를 빼곡이 작성하는 일은 학자의 일일 터이지, 사람의 탈, 축생의 탈, 식물의 탈에 대해 몽상하는 작가의 일은 아닐 터이다. 말하자면 마음의 상징화란 이미 문화적으로 작성된 경전의 관습이나 코드, 또는 기껏해야 화두인 것이어서 그를 내건다는 게 무슨 큰일은 아닌 것이다. 오히려 상징을 밑가는 말과 윗가는 말을 말하는 것이 큰일일 게다. 물론 "가장 윗가는 것과, 가장 밑가는 것은, 그 나타나기에 있어서 다름이 없다"[1]는 점을 밝히자면, 상징이 이러저러한 중간 고리 노릇을 하기는 할 것이다. 그렇다고 해서 목적론적으로 무엇은 무엇을 위한 상징이라는 말만 되풀이하는 것은 아무짝에도 소용없는 일일 터! 살을 입어야 사람이 살 수 있듯이, 결과물로서의 상징에 매달리는 게 중요한 것이 아니라 산과 바다가 상징을 입는 과정, 그리고 거꾸로 상징이 산과 바다를 입는 과정이 중요한 것이다.

「평심」에서 왕자는 오랜 방황 끝에 바다 앞에 선다. 바다가 출렁이고 흔들리는 모습을 보면서 그는 "'마음'이라는 것이 있어, 그것대로 물상(物相)을 입는다면, 그것은, 간단없는 일렁임의 '바다' 같은 것일 것이라고"[2] 생각하게 된다. 그러나 바다의 모습은 다만 그렇게 일렁이고 흔들리는 것만은 아니다.

저 왕자의 믿음에는, 그것이 잠들었을 때, 그 흔들림이 멈춘 것은 아니라도 고요한 바다와, 그것이 잠깨었을 때의 폭동적인 바다는, 두 가지 측면에서 해석을 입을 때 그 의미가 확연해진다고 했다. 그 하나는 소승적(小乘的)이라고 이를 국면으로서, 흔들리는 바다란 다름아닌, 일어나는 모든 상념, 느낌즉슨 애증이라거나, 호오, 또는 즐거움, 기쁨, 근심, 불안, 초조 같은 것들이며, 고요한 무위(無爲)의 형태를 띠어 나타나는 것 같은, 바다란, 일어났던 저 모든 흔들림, 뿔돋움 등이, 그 모서리를 잃고 평평해졌을 때, 무위의 형태를 띠어 나타나는

---

1) 『칠조어론』 2(문학과지성사, 1991), p. 24.
2) 『평심』(문학동네, 1999), p. 112.

것 같은, 바로 그 마음, 다시 말하면 '평심(平心)'을 이르는 것이라고 했다. 〔……〕 다른 하나는, 대승적(大乘的)이라고 이를 국면으로서, 모든 소승적 마음들의 흔들림을, 풍랑이 있는 날의 한 바다로 보고, 그러니까 한 주름 주름의 물살, 물결, 물여울, 물방울, 거품들은, 모든 개심(個心), 또는 흔들리는 심편(心片), 몽편(夢片) 같은 것이며, 바람이 잠들기로 고요해진 바다는, 저런 개심, 심편들에 대해, 집단적 마음, 전심(全心) 또는 '평심'이라고 했다.[3]

이렇게 되면 바다는 소승적인 상징을 거쳐 대승적 상징으로 비상하는 듯하다. 상징은 초월의 의미 또는 해탈의 진화론을 위한 표지판인 듯하다. 그러나 그렇게 간단히 상징의 목적론이 완성되는 것은 아니다. "무엇이 여전히 문제인가 하면, 바람 잔 날, 잔잔해진 바다를 보고도 말이지만, 누가 평심, 전심, 집단적 마음이라는 그 대승적 마음을 성취했다 해도, 그 마음은 아직도, 프라브리티를 벗어나 있지 못하다는 거기에 있음인 것. 프라브리티를 벗어난 마음이 있다면, 그것은 이젠 마음을 벗어나버려, 더 이상 마음이라고 부를 수도 없을 터이지."[4] 곧 바다가 아무리 '마음'에로의 상징화를 치러버렸더라도, 그것은 그저 마음을 손가락으로 가리키고는 사라지는 것도 아니고 사람이 그 상징을 거쳐 평심 상태로 해탈했다고 해서 일이 끝나는 것도 아니다. 아무리 대승적인 평심이라고 해도, 아니 대승적일수록, 흔들리는 수면과 표면을 벗어날 수 없듯이, 상징은 단순히 해탈을 위한 도구나 진화론적 징표 역할을 하는 것이 아니다. 아무리 초월적 해탈이 의미로 제시되더라도, 그것은 탈에 지나지 않으며 끊임없이 탈이 날 것이며 어디로 갈지 알 수 없지만 어디인가로 이탈하고 벗고 〔脫〕 있을 것이다. 해탈이 말의 의미에 집착하는 것이라면, 탈이 탈을

---

3) 같은 책, pp. 114~15.
4) 같은 책, p. 117.

탈로 가는 요상하고 끝없는 움직임은 말과 몸의 꿈틀거림과 동시적이고 동근(同根)적이다.

마음에로의 상징에 대한 이런 물음은 왜 '산은 산이요, 강은 강이다'라고 소탈하게 말하는 것으로 그치지 못하는가에 대한 물음이기도 하다. 우리가 '높은 산이 있구나' '산이 높구나'라고 말하는 것으로, 아니 더 간단하게 그냥 '높은 산'이라고 말하는 것으로, 곧 되도록 산과 강이 그대로 외시(外示)되도록 기호를 사용하는 수준에서 조용히 만족하지 못하는 것은 웬일인지 모르지만 사실이기에. 그래서 "'산이 더 이상 산으로 보이지 않고, 강도 더 이상 강으로 보이지 않는다'는 선척(禪尺)의 눈금"[5]에 따라 사람들은 산과 강을 재곤 하는 것이다. 물론 여기서 곧바로 상징에 대한 의지가 생기는 것은 아니다. 가장 낮은 수준에서 물어보자. 마음에로의 상징화는 왜 일어났을까? 또는 어떤 대가를 치르고 그 상징화가 일어나는 것일까? 동서양을 막론하고 이상주의적 목적론은 팽배했었는데, 그 한 예가 몸을 마음에 예속시키는 일, 또는 몸을 마음에 대한 감옥 정도쯤으로 여기는 일이었다. 박상륭은 이 목적론의 독룡과 어떻게 조우했을까?

『칠조어론』이 동서양의 모든 동화와 신화, 민담과 영웅담을 섞어 우주적 체계화를 시도했다면, '영구 귀국'한 후 우리의 잡설가는 다시 이 잡스런 땅의 사람들이 내뱉고 내쉬는 후끈한 숨결에 접하게 되었을 것이다. 그래서 체계화 대신에 분화 또는 복잡화가 일어난다고 할까, 잡설은 여전히 잡설답지만 그래도 잡설과 소설, 그리고 동화가 조금씩 나누어진다. 먼 곳에서 꼿꼿이 우주의 실다운 법을 추구하던 저자가 같은 말을 쓰는 독자를 조금 의식하게 된 것일까. 또 거기에 덧붙여 소설가는 사람 살기의 큰 어려움 중 하나인 나이 먹기를 자각하게 된 것일까? 작가는 늙은 아해들의 이야기를 하면서 탈을 쓴 사람의 몸, 그리고 그 몸에서 일어나는 죽음을 다시 생각한다. 혹시 이

5) 『산해기』, 박상륭 산문집(문학동네, 1999), pp. 157~58.

제까지 그는 때때로 넋을 가둬놓은 감옥쯤으로 몸을 생각한 것은 아닐까? 실제로 주인공 노인네는 이에 대해 허심탄회하게 반성 비슷한 것을 한다. "끄억 끄르럭거리며 늙은네는, 그리하여 반성했기는, 왜냐하면 '산의 중턱' 되는 데쯤에 살고, 살아왔음의, 그 습관적 생각 때문에, 자기가, '아도니스 비의, 또는 몸의 우주'를, '말씀/마음의 우주'의 척도나, 돋보기로 재려 했거나, 들여다보려 했던 오류를 범했던 것이라고 했다."[6] 이제 몸과 주검은 "'넋(魂)을 억류했다가 벗겨진 입성(獸皮 · 鳥籠 · 監獄),' 또는 '의미(意味, 用)가 죽은 기호(記號, 體)'이기보다는, '익은 열매,' 또는 '새싹을 임신한 구근(球根)'"으로 취급되어진다. 몸의 우주를 너무 말씀과 마음의 우주의 척도로 재려 한 것 같다는 반성 혹은 오류. 물론 그 말이 이전의 뼈아픈 고독 속에서 씌어진 말과 관념의 노고의 값을 쉽게 깎아내리는 것은 아니다. 그렇지만 소중한, 너무도 소중한 반성이다. 몸이 말씀이나 마음의 우주로 높아질 수 있다는 가능성이 부정되는 것은 아니더라도, 설익은 해탈이나 섣부른 초월에 매달릴 일은 없는 것이다. 다르게 말하면 굳이 마음의 우주만을 피안의 영역이나 초월의 영역으로 볼 필요가 없다는 것이다. 인용된 구절을 계속 읽으면,

그 반성은, 늙은네의 '말(言語)의 목구멍'을 불편하게 했던, 한 뭉텅이의 상념을, 대번에 녹여버리게 했다. 그리고서 늙은네의 상념엔, 다시 숨통이 트였는데, 자기가 반성해낸 바로 그런 '오류' 위에서 늙은네는, 나름의 한 명제를 세웠다, 라는 것은, 그럼에도, 정신이 자유스러운 날개와 발톱과 부리를 키워 갖기 위해서는, 정통(正統)이기를 고수하려 할 일은 아니라는 것이었다. 무엇보다도 늙은네는 그리고, 스스로 아무리 살펴보아도, '몸/말씀/마음'의 어느 우주에도 소속된 바가 없을 뿐이던 것이기는 하다.

---

6) 「두 집 사이―제이의 늙은 아해(兒孩) 얘기」, 『평심』, p. 164.

박상륭 문학을 제대로 읽는다면 우리는 '마음의 우주'만을 서양식 초월이나 동양식 해탈의 담보로 삼아서 그를 숭배하는 오류는 저지르지 않을 것이다.

그런데 이 반성에 이어 노인네는 다름아닌 산에 대해 생각을 한다. 그저 산인 산이거나 또는 그저 산일 수 없는 산. 그래서 산을 바로 뻔히 보면서, 어떻게 보면 당연하달 수 있는 산의 올라가고 내려가는 모양, 뻔히 드러나는 그 올라가는 가벼움과 내려오는 무거움에 대해 생각을 한다. 물론 당연하지만, 올라가는 그 움직임과 내려가는 움직임은 결코 당연하지 않다. 여기에 "산은 산인 것을!"이라고 갈(喝)하기 어려운 점이 있는 것이다. 산이 산인 것은 뻔할 뻔자이지만, 동시에 뻔하지가 않은 것이다. 인간 정신과 문화는 바로 이 뻔하면서도 뻔할 수 없는, 그래서 은유와 환유와 상징을 불러일으키는 사물의 외시(外示)에서 시작된다고 하면 어떨까? 아니 사람들은 은유와 상징으로 문화를 장식하곤 하니까 외시에서 시작했다고 하기보다는 어쩌면 은유와 상징 등으로 문화가 시작했을 듯하다. 보통 사람들은 외시 자체에 대해 묻지 않으므로, 곧 '산은 산이다'라고 말하지 않으므로, 외시는 문화보다 밑가거나 윗가는 것일 터이다.

박상륭 혹은 저 노인네, 이 둘 사이를 가를 수도 있고 가르지 않을 수도 있겠으나 지금은 그 문제를 지나가자면, 그들은 바로 산의 뻔히 그리고 빤히 드러나는 이 모습 앞에서 어떻게 말하는가?


산은 허긴, 우주적인 모순 당착이다. 끝없이 날아오르며 움직이지 않고(不動), 영구히 움직임이 없음(無動)에도, 모든 순간 비상한다. (여기 어디서, '아도니스 비의'와 '말씀의 우주,' 그리고 '마음의 우주'가 한자리에 모임을 보게 되는 듯하기는 한데,) 산은 그래서, 불사조(不死鳥)라고 비유되거나, 상상되어지기도 하는 것을 본다. '……산은, 꼭히 육중해서만 프라브리티의 바다에 가라앉아, 만년 억만년 그 자리를 차지하고 있는 것만은 아니며, 글쎄, 그렇게 고행하기로, 니브리티를 성취하던 것인데, 산이 불사조인 것은, 도류도 알 꺼구먼.[7]

산은 솟구치는가 하면 가만히 움직이지 않는 것이고, 너무 무거운 채로 꼼짝 않는다 싶으면 그래도 꿈틀대는 것이다. 전래되어온 신화적 관념들을 벗어놓아도, 이제 노인네는 산을 보며, 뻔히 드러나는 것을 뻔히 보면서, 유연하게 이렇게 신화적 상상을 하는 것이다. 노인네의 입을 빌린 것이기는 하지만, 소설가는 이제 보다 부드러운 말로 신화적 사유를 하는데, 이 경우 우리는 노인네의 슬픈 정과 깊은 정, 그리고 담담한 정을 함께 느낄 수밖에 없을 터이다.

물론 산은 비상하고 있기도 하다. 그리고 날개를 숨기고 있는 듯하기도 하다. 그러나 그 면만을 말하는 것은 일면적으로 초월적이거나 단순하게 해탈 지향적인 면만을 강조하는 오류일 게다. 노인네는 오름과 내림의 순환을, 그 둘의 맞물림을, 그 둘의 꼬리 물기를, 그들의 엉김과 뒤범벅을, 그 둘의 아득한 혼재를 응시하는 것이기에.

고해(苦海)의 한 여울만큼씩, 프라브리티를 극복하게 될 때마다, 산은, 제 스스로 불을 일궈, 묵은 업(業)의 껍질을 태우고, 그 재 속에서 새로이 날개를 돋워내던 것을. 그렇게 산은, '제 업을 스스로 태운, 재 속에서 날아오르던 새이던 것을……' 아마도 산은, 이래서 보면, 불사조의 끊임없는 자기 분사(焚死)에 의해, 그 견고한 무동(無動)을 얻으며, 그리고 그 견고한 무동에 의해 불사조는, 끊임없는 비상을 성취하는 듯하다.

여기서 노인네는 날개를 가진 새를 이야기하지만, '날개'나 '새'는 더 이상 무조건 마음으로의 또는 초월로의 또는 해탈로의 상징화를

---

7) 같은 책, p. 166.

치르는 상징은 아니다. 그것들은, 이렇게 말하자면, 산이 그 흔한 상징 밑이나 위에서 '산'으로 외시되기 위해 사용되는 은유쯤 될 것이다. 다르게 말하면 '새'와 '날개'는 전혀 날지 못하는 자가 사용하는 상징도 아니고 비상에의 의지를 가진 자가 홀로 사용하는 상징도 아닐 것이다. 새가 비상의 의지를 가졌다고 말하면 새가 웃을 일인 것이다. 여기서 산에 대해 '새'와 '날개'는 무엇인가? 정말로 존재하는 또는, 거꾸로인 듯하지만 크게 다른 것이 없는 말인데, 정말로 환(幻)인 산의 오르기와 내리기의 이미지. 앞의 인용은 다음과 같이 계속된다.

그, 그러, 그럼에도, 어떤 유정이 산을 오른다고 중력(重力)을, 그 껍질을 벗는 것이라면, (그래서 비상을 성취하는 것이라면,) 산꼭대기에 사는 산염소는, 보여도 보이지 말아야 되거나, 날개라도 달고 있어야 되며, 그리고도 또 말이지만, 산꼭대기의 시린 바람에 노상 덜덜 떨며, 민들레 씨앗 모양, 또는 흐르는 바람 모양, 염소 모양의 정령이어서, 그냥 떠 흐르기만 해야 옳을 터인데도…… 에끼, 이 망령든 늙은탱이라구시나 시방, 만약 그러하기로 말한다면, 산꼭대기에서 불어 아래로 내리는 바람은, 내리는 중에, 검은 곰꼴을 꾸미고, 개꼴도 꾸미며, 마지막으론 그리고 구렁이꼴들을 휙휙 꾸며야 할 터인데…… 허, 허으, 허기는 그래서 산에는, 짐승들뿐만 아니라, 뿌리도 정처도 없다는 바람이며 정령들이, 거처 삼아 지내고들 있기는 있는 것인 게다.

몸을 오로지 초월하고 또 내려감을 휘뜩 뛰어넘는 것을 해탈이라고 여기는 망상에 대한, 그리고 날개의 상징을 과도하게 이상화하는 것에 대해, 이처럼 고소하고 구수한 해학을 맛보기는 어려울 것이다. 좀 길어지기는 하지만 계속되는 구절도 건너뛰기 아까운 해학적 몽상의 진수다.

그런데 또 생각해보면, 산은 (누가) 오른다고 할 때, 내리고 있으며, 내린다고 할 때 오르는 것이기도 한 것이 아니겠는가? 산은, 험준하게, 또는 완만하게, 무량겁을 견고히 버티며, 세월과 중력을 인고하게 되어 있는 운명임에도, 사람이라는 한 종류 유정의 우주적 몽상, 다시 말하면 우주는 둥글다는 원(圓)의 몽상에 잡혀들었다 하기만 하면, 그 당장, 몽상꾼은 아직도 그 자리를 그대로 지켜 앉아 있는데, 그것이 어느덧 꺼꾸로 뒤집혀, 황천(黃天)에다 뿌리를 올려박고, 아래쪽으로 그 맥과 가지를 뻗쳐내린다. 흐흐흐, 산이 치사하게끔, 낮잠 자는 박쥐여서, 천장에 발톱 박아, 꺼꾸로 매달려, 그 육중함을 인고하고 있음일레라. 그렇다면 오르기는 내리기이며, 내리기는 오르기인데, 이런 식의 원의 몽상 속에서는, 중력은 위에도 있다.

원의 몽상. 우리가 산을 보고 그저 '산은 산이다'라고만 말하는 것으로 그치지 못한다면, 산은 오르기와 내리기를 반복하고 또 그 반복 속에서 그들의 자리를 바꾸는 원의 순환을 거치는 것이다. 밑가는 것과 윗가는 것이 다르지 않음을 역설하는 박상륭의 몽상. 순환 속에서는 어떤 아해도 몸/말씀/마음의 우주 중 어느 한곳에만 자리를 잡거나 거기에 속할 수는 없는 노릇이다. 그러므로 말하자면 마음에로의 상징들은 이 원적 순환에 들기 전의 추상적 모습에 지나지 않을 터이다. 사물들이 뻔히 드러나지 않는다고, 겉으로는 전혀 드러나지 않는다고 투정하며 금방 상징을 쥐어짜지는 말아야 할 일이다. 사물들이 다만 그 구체성 속에서 훤히 드러나지 않는 것은 물론이라 할 터이지만, 그 구체성과 함께 돌고 도는 원의 몽상 속에서 사물들은 기꺼이 모양을 입는다. 말씀은, 저의 중얼거림 속에서, 사물들이 돌고 돌면서 외시되는 모습을 잡아챈다. 다시 한번 산에 대해 몽상하자면 이렇다. 산은 오르기도 하고 내려가기도 하며, 언제나 솟구치는 듯하지만 그렇다고 딱히 올라간다고 할 것도 없고, 언제나 올라가지만 또 언제나 꼼짝 않고, 꼼짝 않는 듯하면서도 때로는 웅크리거나 긴다.

물론 이리 장황하게 말하지 않아도 된다. 어떤 마음에로의 상징화가 박상륭의 글에서 그려지더라도, 어떤 새가 관념의 하늘을 향해 쌕쌕 비상을 하더라도, 그의 글은, 천년 묵은 구렁이처럼 아래로부터 바닥에 똬리를 트는 그의 문장은, 끊임없이 기고 또 기어가는 그의 문장은, '이 바닥을 보라' '세상의 질펀한 땅바닥을 보라'고 껄껄 웃는다. 그러면서 그 바닥을 거꾸로 획 뒤집는다. 클클거리며 이리 돌고 저리 도는 문장 속에는 군중 속에서 개체로 남는 자의 시큼시큼한 고독, '세상'을 언제든지 문장의 주어로 삼지만 또 언제든지 끌어내릴 수 있는 배짱, 세상의 가장 실한 실다움에 대한 추구를 무게도 없는 풀풀거리는 환상과 맞바꿀 수 있는 호탕함이 있다.

# 되돌아오는 삶, 불가능한 죽음*
## ── '마음의 우주'의 한 풍경

김진수


산수유 꽃빛의 볕의 바다에 잠겨, 그 바다를 왼통 뻐끔여들이는, 한
마리의 작은 물고기, 한 바다가 왼통 한 마리의 물고기이다.

물고기라는 유기체를 이룬 것은, 다름아닌 물 자체이기 때문에, 물
고기는 물 속에 휩싸이면, 있어도 있는 것이 아니다. (p. 113)


1


박상륭의 소설은 하나의 신비다. 소설이라는 몸을 이루는 저 사유
의 뼈대가 지닌 형이상학적 난해성이 우선은 그러하고, 저 장대한 근
골을 살아 숨쉬게 하는 말씀의 불가해성이 또한 그러하다. 그러나 무
엇보다도 가장 큰 신비인 것은, 이 사유와 말씀의 형태화인 그의 소

---

* 이 글은 『평심』(문학동네, 1999) 해설로 이하 페이지는 『평심』에서 인용한 것이다.

설이 펼쳐내는 '마음의 우주'의 풍경 그 자체다. 모든 아름다운 것들의 뿌리에 자리하고 있을 이러한 우주의 신비는, 물론, 풀려지지 않는다. 그렇기에 저 아름다움의 매혹은 영원히 '알 수 없는 그 무엇 Je ne sais quoi'으로 남겨진다. 우리는 다만 매혹당할 뿐 저 신비의 근저에는 접근할 수 없다. 그런 의미에서 그것은 차라리 하나의 해독 불가능한 '경전'이 된다. 그렇다, 박상륭의 소설은, 내게는, 대단히 아름다운 '마음의 경전'쯤으로나 보이는 것이다.

그러니 저 아름다움의 신비에 대해서 내게 구비된 말이 있을 수는 없다. 나로서는 다만 이 소설적 경전의 불가해성으로 수렴되는 몇 가지 양상에 대해서만 말을 보탤 수 있을 뿐이다. 첫째, 박상륭이 자신의 전소설적 작업의 수미 일관한 주제로 삼고 있는 '죽음을 통한 삶과 생명의 이해'라는 형이상학적 관념성이 한편에 존재한다. '죽음'이라는 관념과 '종교'라는 관념의 체계를 통한 삶과 생명에 대한 탐구가 박상륭 소설의 한 발원지이다. 둘째, 이 주제를 드러내기 위해 박상륭이 몸소 답사하여 섭렵한 제재들의 광범위한 두께와 넓이가 또 한편에 있다. 거기에는 동서고금의 신화와 설화, 종교와 철학으로부터 흘러나온 다양한 모티프들이 자리하고 있다. 셋째, 이 다양한 제재들을 취급하는 박상륭적 사유의 독특한 상징적 해석학이 또 한편에 존재한다. 하나의 종교적 교의는 또 다른 신화의 맥락에서 해석되고, 그 다른 신화적 모델은 또다시 하나의 설화나 철학에 의해 상징적으로 재해석된다. 넷째, 박상륭 사유의 방법론적 특징이라고 할 수 있는 철저한 이분법의 거부가 다른 한편을 차지한다. 사유의 전개에 있어서 이러한 이분법의 거부는, 대개 불교의 선(禪)이 그렇듯이, 상극적인 것들이 서로 불화하며 공존케 하는 모순 어법 oxymoron을 사유의 방법론으로 삼게 만든다. 다섯째, 이러한 모순 어법의 공간에서 다양하게 울려나오는 다성성이 또 다른 한편에 존재한다. 박상륭의 소설에는 시골 장터의 소란스러움 같은 떠들썩한 말씀의 축제가 행해진다. 그것들은 어떤 권위적인 단일한 목소리에 의해 지배되거나 하나의 목적지를 향해 선조적으로 진행되지 않는다. 여섯째, 이 말씀의 축제가 박상륭 소설의 문체적 특성을 이루는 유장하고도 독창적인 화법과 결합된다. 널리 잘 알려져 있는 대로, 박상륭의 완보(緩步)도 아닌 만보(漫步)의 화려한 만연체는 조금의 서두름도 없이 한없이 에두르며 진행되는 것이다. 한 문장마다 몇 번씩이고 앞길을 막아서는 쉼표들과 버들가지인 양 휘휘 늘어지는 서술형 어미의 빈번한 출현은 저 말씀의 축제를 더욱 소란스럽고 흥겹게 만든다. 거기에다가 박상륭 특유의 조어법(造語法)이 또한 일조를 한다는 점도 덧붙여진다.

전작 장편소설『죽음의 한 연구』(1975년, 이후 1986년 재발간)와 3부작 전 4권의 대작『칠조어론』(1990~1994)을 제외하고, 작품집이 간행된 시점을 기준으로 삼자면, 『박상륭 소설집』(1971년, 이후 1986년『열명길』로 개판·증보)과『아겔다마』(1997년, 첫 소설집에서 제외되었거나 그 이후에 씌어진 초기의 작품들)에 이어 세번째 중·단편 소설집이 될 이번『평심(平心)』의 출간은 박상륭의 가장 최근의 관심사를 보여준다는 점에서 우선 반가움의 대상이 된다. 뒤늦게 1997년 늦가을에야 빛을 보게 된『아겔다마』로 인해 박상륭의 초기 소설 세계의 일단을 들여다볼 수 있는 기회를 기꺼워했던 독자들에겐 불과 일년 반 남짓한 세월 만에 또다시 그의 작품집을 대할 수 있다는 점에서 이 반가움은 물론 배가된다. 이번 소설집에 모아지는 독자들의 시선은 한국 문학사상 그 유례를 찾아볼 수 없는 장대한 스케일의 형이상학적 비전과 한국어의 문학적 표현 가능성의 한 절정을 보여주었던 대작『칠조어론』의 간행 이후 작가의 관심의 향방에 놓여 있는 것처럼 보인다. 물론 저『칠조어론』의 세계에 대해서 우리 비평계가 아직까지 단 한 번의 본격적인 보고서도 제출한 바가 없다는 사실이 부끄러울 따름이지만, 이러한 사정에 대해서 내 나름으로는 이 작품에 대한 평가가 본격적으로 진행되기에는 아직 더 많은 시간의 풍화를 요하리라는 변명과 자위를 하고 있는 편이다. 그만큼 저 세계는 심오한 존재의 비의와 우주의 수수께끼를 담고 있는 까닭이라고 하겠다. 그렇다면, 역으로, 이번 작품집의 출간은 오히려 저『칠조어론』의 난해한 세계를 이해하는 하나의 길이 되어줄지도 모르는 일이다.

이 소설집『평심』에는 여덟 편의 중·단편 작품들이 자리하고 있다.[1] 그 중 세 편은 「두 집 사이」라는 같은 제목을 갖는 연작소설의 형태로 꾸며져 있는데, 이들을 통해 우리는『칠조어론』의 세계에 대한 이해를 보다 깊게 할 수 있을 것이라고 생각된다. 왜냐하면 이 연작들은 저『칠조어론』이라는 경전을 보다 구체적인 이미지와 설화의 공간 속에 적용해보려는, 독자에 대한 작가의 깊은 배려가 깃들여 있는 것으로 보이기 때문이다. 표제작「평심」을 제외한 나머지 세 편, 즉 '세상 얘기 한 자리'라는 부제가 공통적으로 붙은 「미스 앤더슨이 날려보낸 한 날음」과「로이가 산 한 삶」「왈튼 씨 부인이 죽은 한 죽음」은 그 배경과 인물 설정에 있어서 작가 자신이 서양 이민을 체험한 결과물로 보이지만, 그러나 이 작품들 역시 그 주제나 정조에 있어서는『칠조어론』의 세계 속에 온전히 거주하고 있음은 분명해 보인다. 그러나 여기에서 죽음이라는 형이상학적 관념은 현실적인 삶의 공간 속에서 구체적인 체험의 형태로 파악됨으로써 보다 풍성한 소설적 육체를 만들어내고 있음이 주목된다. 이번 작품집에서 박상륭 소설 세계의 보다 두드러진 변화는 '동화(童話) 한 자리'라는 부제가 붙은 표제작「평심」에서 드러난다. 여기에서 박상륭은 이 용어를 '집

---

1) 이 글은 최근에 씌어진 일곱 편의 작품만을 그 대상으로 삼는다. 여기에서 제외되는 나머지 한 편의 작품은「나무의 마을」로서 이는 1968년『월간문학』에 실렸던, 작가의 초기 소설 세계에 속하는 것이다. 이 작품은 마땅히『아겔다마』에 편입되었어야 할 것이지만, 그것의 간행 당시에는 발견되지 못한 채, 이 해설을 마무리할 즈음에야 비로소 발굴되어 이 작품집에 실리게 되었다. 아직까지 더 숨어 있을 박상륭의 초기 작품들이 모두 드러나 그의 초기 소설 세계 전체가 세상의 밝은 빛을 즐길 수 있기를 나는 바라고 있다. 더불어, 이 글에서 제외되는「나무의 마을」을 포함한 그의 초기 작품들의 세계를 언젠가는 다루어볼 수 있을 것이라는 즐거운 희망도 생겨나고 있다.

단적 마음' 내지는 '우주적 마음'으로 해석함으로써 "마음을 넓히면, 그 한마음이 우주 자체다"라는 명제를 끄집어낸다. 이 명제는 소승적 의미에서의 자아의 해탈을 대승적 의미에서의 세계의 구원과 일체화시킴으로써 자아와 세계, 마음과 우주는 저 제사(題詞)에서 표현되고 있는 것처럼 물과 물고기의 관계로 변하게 된다. 그렇다면 박상륭이 말하는 '마음의 우주'란 곧 '우주의 마음'의 다른 이름일 것이다.


## 2


「미스 앤더슨이 날려보낸 한 날음」은 '다발성 경화증'이라는 증세를 앓아 감각 신경계를 침해당한 한 여성의 삶의 마지막 순간, 즉 죽음의 순간을 통찰하고 있는 작품이다. 이 작품에서 근육을 조종하는 힘을 잃게 된 이 여성의 삶은 자신의 의지로 제 몸에 달린 잎사귀 하나 움직일 수 없는 나무, 그것도 말라서(枯) 죽어가는(死) 식물의 그것으로 비유된다. 따라서 저 '고목병증'에 당하는 인간의 육신은 '나무이기의 비극'으로 환치된다. 하기야 박상륭의 소설 세계에서는 육신 자체가 이미 하나의 질병으로 상정되고 있는 터이긴 하다. 작가에 의하면, 이 '나무이기의 비극'은 그것의 '장구한 삶'과 관계되는 것이 아니라 '장구한 죽음'과 관계된다. 이 비극은, 달리 말하자면, 육신을 입은 모든 혼이나 생명들이 당해야 하는 고통과 절망을 지시한다. 왜냐하면 "육신이야말로, 지옥 자체인 것"(p. 34)이기 때문이다. 이 고사해가는 육신의 비극은 다음과 같이 재생할 수 없는 식물적 죽음으로 서술되고 있다.

모질게도 서서히 오는 죽음, 죽음에 이르기까지의 모진 갈증, 타는 듯한 고통으로 건조해져가기, 아무리 몸이 토막지어진다 해도, 그 모든 부분은, 건조되어가기까지는 살고 있으며, 모닥불 위에 던지어져 타고 있으면서도, 동물이나 같이(또는 '동물 모양'이란, 회피할 수 없는 이현령비현령[耳縣鈴鼻縣鈴]에 속하는 말인데, 이 경우는, '동물은 그렇게 할 수 있음에도 식물은 그렇게 하지를 못한다'라고 이해해얄 것이다) 귀신(鬼神)을 토해내지를 못하고, 귀신과 함께 소진하지 않으면 안 된다. (pp. 8~9)

그러나 저 '고목병증'을 앓고 있는 부자유스런 육신과 [육신의] 죽음 속에는, 마치 나비를 꿈꾸는 고치 속의 누에처럼, 그것에 억류된 귀신, 즉 혼이나 생명이 해탈과 자유를 꿈꾸며 더불어 존재하고 있다. 이 소설에서 육신−나무−화로−암흑−죽음이라는 일련의 비유적 연쇄는 혼[생명]−새−불−빛−삶[재생]의 연쇄들과 대구를 형성한다. 그러므로 이 작품에 등장하는 울새(鳴禽)나 함석 화로의 연통 속에 빠진 '불새'는 육체라는 무덤 속에 던져진 생명의 상징으로 자리하게 된다. [육신의] 죽음은 "귀신을 토해내지를 못하고" 고사해가는 저 나무로부터 혼과 생명의 상징인 '불새'가, 말하자면 "암흑한 부자유 속에 갇힌 자유"가 해방되는 사건이 된다. 그러니 나무와 새, 화로와 불, 육신과 혼은 필연적으로 서로를 지탱시킨다. 왜냐하면 저 혼이나 생명은 또한 육신이 없으면 자신의 자유와 재생을 성취할 질료를 상실하게 될 것이기 때문이다. 그것은 마치 아무런 장애도 동반하지 않는 진공의 상태에서는 그 어떤 날쌘 새도 자신이 비상할 공기의 저항이라는 추진력을 확보할 수 없기 때문에 단 한 번의 날갯짓도 가능하지 않다는 사정과 흡사하다. 따라서 저 새의 자유로운 비상을 위해서 공기의 저항은 하나의 장애인 동시에 축복이라고 할 것이다. 마찬가지로 저 혼 역시 자신이 억류된 육신 탓에 생로병사라는 사고(四苦)를 당하지 않을 수 없음에도 불구하고 자유를 성취하기 위해서는 육신이 당하는 삶의 고통을 감내하지 않을 수 없다. "생명은 '생명'이어서, 사멸하지 않는다 해도, 그러니 사멸하는 것은 육신뿐이라고 해도, 그 생명이 한 번, 저런 사멸하는 육신에 제휴하면, 그 육신을 벗을 때까지는, 그 육신의 달마에 좇지 않을 수 없음"(p. 11)이다. 생명은 오히려 필연적으로 저 육신적 고통이라는 수난의 극복을 통해서야만 비로소 자유를 성취할 뿐이다. 이것이 박상륭이 말하는 "우주는 상극성(相剋性)을 그 질서 체계로 하고 있다"(p. 17)라는 명제의 한 의미일 것이다.

「로이가 산 한 삶」은 즉히 "삼백이삼십 파운드는 넘을 거구"의 "비대증이 원인이 된, 여러 종류의 합병증에다, 심장마비로, 서른여섯의 나이에 죽"(p. 21)은 로이라는 한 젊은이의 짧은 생애를 통해서 삶의 찰나성과 무상함을 통찰하고 있는 소설이다. 이 작품에서 "대학을 둘씩이나 졸업했"(p. 22)다는 '비대증' 환자인 이 젊은이는, 마치 저 쥐라기의 어떤 공룡처럼, 몸집만 거대하게 부풀어오른 그 탓에 스스로 조락해가는 현대의 물질 문명 자체를 상징하는 것처럼 보인다. 말하자면, '마음의 우주'가 개벽하지 못한 채 '몸과 말씀의 우주'만이 번성한 저 물질 문명이 표방하는 "위대한 사회란, 짐이 너무 무거워 쓰러져 누운 약대와 다름이 없"고 또 "유사갱(流沙坑) 위에다 대궐을 지으려 하기나 다름이 없"(p. 25)다는 것이다. 그러므로 인간의 육신적인 삶과 오로지 그것에만 젖줄을 대고 있는 현대의 물질 문명 자체는 어쩌면 하나의 허무한 환상에 불과할지도 모른다. 왜냐하면 저 비대증 환자인 젊은이의 전체 삶은 그가 잠시 등장한 0.5초 정도에 불과한 텔레비전의 화면에 비친 '환면(幻面)'에 불과한지도 모른다고 박상륭은 말하기 때문이다. "영겁(永劫)이라거나, 무궁(無窮)이라고도 하는 시간(時間) 속에서는, 인세의 역사(歷史)라고 이르는 그것까지도, 그 '시간'이 만들어낸 '환면(幻面)'말고, 다른 아무것도 아닌"(p. 41) 것이다.

전영기(電影器)에 어렸던, 로이의 환면(幻面) 또는 환상(幻想)이야말로, 이 세상과의 관계에서의, 역사적 현장에도, 그리고 역사(歷史)에도 참여하여, 그 사회에 뭔가를 '기여'한 일이 있었던, 진짜〔實體〕의

로이였던 것이다. 그렇게 로이는, 0.5초 정도의 시간, 인조적(人造的) 환면에, 신조적(神造的) 환면을 비추었기로, 모든 '우리' 중의 하나가 되었던 것이었다. (p. 39)

그렇다면, 육신를 입고 사는 이 찰나적인 삶은 도대체 어떤 의미나 목적을 갖는 것인가? 존재들은 "무슨 목적으로 이 세상엘 왔다가, 무엇을 기여했는가?"(p. 40). 박상륭의 소설은 이러한 의문에 대한 답을 찾아가는 긴 고행의 과정으로 이루어진다. 거기에 대한 박상륭의 대답은 다음과 같다. "신은, 유토피아나, 위대한 사회를 살기에 걸맞도록 사람을 지은 것이 아니라 그것을 구현하기 위해, 끝없이 투쟁하도록 지은 것일 것이라는 것이, 나의 믿음이다. 사람을 그렇게 설계(設計)하기 위해, 신은 무얼 꿍꿍대고 고심했어야 할 필요도 없었음이 분명한데, 그가 사람의 코에다 '숨'을, 또는 그의 '뜻'을 불어넣고 있었을 때, 그 '뜻'을 '욕망(慾望)'의 모양으로 슬쩍 바꿔놓기만 했으면 되었을 것이었다"(p. 25). 그렇다, 박상륭의 사유에서 육신적 욕망의 삶은 오로지 유토피아나 '위대한 사회'를 구현하기 위한 투쟁의 장소로 변해진다. 그리고 이 위대한 사회란 저 '몸의 우주'와 그 현주소를 같이하고 있는 '마음의 우주'가 개화한 어떤 사회일 것이다. 거기에서는 "마음이 곧 우주"(p. 35)가 될 것이다.

「왈튼 씨 부인이 죽은 한 죽음」 역시 앞의 두 작품과 마찬가지로 박상륭 자신의 이민 체험의 결과로, 한 여성의 삶과 죽음에 대한 성찰의 보고서가 된다. 이 소설에서 내가 주목하고자 하는 바는 '요카스테 병증Jocaster Syndrome'이라는 박상륭 자신이 만들어낸 용어다. 신화 속의 인물 요카스테는 라이우스의 왕비이며, 오이디푸스의 어미이자 동시에 그의 아내인 여성이다. 그러므로 이 여성은 그 자신의 자아를 제외한다면 두 개의 얼굴을 하고 있는데, "그 '얼굴' 중의 하나는, '남편과 아들'이라는 두(兩) 세대에 걸친 '아내'(남편의 아내, 동시에 아들의 아내)의 얼굴이었으며, 다른 하나는, '아들과 남편'이라는 두 세대에 걸친 '어머니'(자식의 어머니, 동시에 남편의 어머니)의 얼굴이라는 것이다. 전자는 전여성적(全女性的)이며, 후자는 전모성적(全母性的)이다. 〔……〕 이런 여성은 그래서, 자기가 그것을 대신하더라도, 어느 쪽에도 아픔이나 상처를 주고 싶지 않음에 분명하다"(p. 65). 말하자면, 이 여성의 병증은 박상륭의 소설에서 흔히 '대지(또는 바다)'와 '자궁'으로 상징화되는 '여성적인 것'의 원형을 이루고 있는 것처럼 보인다는 것이다. 왜냐하면 대지와 자궁은 그 속에서 생명을 키워내고 거둬들이며, 또다시 생명을 잉태하는 여성이자 어미이기 때문이다. 그것은 삶(창조력)과 죽음(파괴력)이 갈아드는 〔易〕 상극적인 우주의 질서 자체가 된다. 아래의 글은 여성적인 것으로서의 우주의 창조력과 파괴력을 동시에 보여주고 있는 것으로 보인다.

그 여귀는, 낮에는 나무였다가, 자정녘으로만 그 목신(木身)을 푸는, 산통(産痛)에 시달리는 나무〔木〕, 사람의 애를 밴 나무, '제 아비의 정수를 훔쳐 제 아비를 배〔姙娠〕고,' 제 자식을 배어, 진통에 처한 여귀, 밤중보다 짙은 연기에 휩싸인 불이, 그 여귀의 하문을 열고, 양수(羊水)를 떠뜨려낸다. 불은 무참하게도 습(濕)지다, 아비가 방출해낸 정수(精水), 그러는 어느 녘에 태어난 아이가, 자정(子正) 같은 연기의 강보에 싸여, 울고 있는다, 아이는 얼굴이 둘씩이나 되는구나, '아비'도 닮았으며, '자식'도 닮았다. (p. 78)

이러한 상극적인 우주의 질서 속에서 시간은 독특한 가역적(可逆的) 구조를 지니게 된다. 박상륭의 소설에 있어서 이 시간의 구조는 바로 우주의 구조 자체라고도 말할 수 있는 것이다. 이 구조는 일찍이 『열명길』과 『죽음의 한 연구』에서부터 이미 등장하고 있는데, 그것은 '타원형의 물고기 모양'을 취하고 있는 어떤 형태로 상정된다. 따라서 그것은 과거로부터 현재를 거쳐 미래로 흘러가는 어떤 선조적인 형태를 갖는 것이 아니라, 어느 한 점에서는 뒤집혀 역류하기도 하는 그런 타원형의 형태를 갖는다는 것이다. 저 선조적 시간이라는 관념 속에서는 모든 존재는 필연적으로 죽음을 향해 진행된다. 말하자면, 이 선조적 시간 속에서 삶의 최종적인 목적지는 죽음이라는 것이다. 이러한 시간관은 삶과 역사의 모든 진행을 진화론적 발전 내지는 종말론적 퇴행으로 간주하게 하는 이분법을 만든다. 이에 비해 박상륭의 사유에서는 불교의 윤회관이나 『주역(易)』의 시간관과 마찬가지로 저 우주의 구조 내지 시간의 구조는 뒤집혀서 전복되는 '제 꼬리를 물고 있는 뱀'의 형태를 취하는 것이다. 저 여성적인 것이 죽음의 구조인 동시에 재생의 구조가 되는 것은 바로 이러한 시간의 구조 때문이다. 이 시간과 더불어 생명은 끊임없이 창출되어 언제나 삶의 자리로 회귀한다.


## 3


표제작 「평심」은 "'마음'이라는 것을 찾아, 길 떠"(p. 86)난 한 젊은 왕자의 구도의 과정을 추적하고 있다. '몸' '말씀' '마음'이라는 삼분법은 박상륭적 우주 이해의 중요한 도식인데, 이 작품은 오로지 저 '마음'이라는 한 우주에만 초점을 두고서 그것의 본 모습을 깨달아가는 한 젊은이의 해탈과 구원의 여정을 보여준다. 이러한 구도의 여정이란 그러므로 '싯다르타'의 여정 자체이기도 할 것이다. 이 젊은 왕자가 구도의 여정에서 만난 세 사람의 스승이 전해주는 말씀은 저 '마음의 우주'를 이해하는 데 있어서 핵심적인 열쇠로 작용한다.

그것(마음)에 닿는 길은, 하나뿐만은 아니라더라. 그렇다고 돌보다도 많은 것도 아니라등만. 〔……〕 어느 길이나, 길들은 다 험난하여, 힘들 터이다. 그 한 길은, 이놈 사미여, 왔던 그 길을 되꾸리 감아, 돌아가는 그 길인데, 돌아가면서는, 아 이눔 사미여, 귀 막아라, 꽉 틀어 막아라, 육두문자 나간다, 귀 막아라, '봉불살불(逢佛殺佛), 봉조살조(逢祖殺祖), 봉라한살라한(逢羅漢殺羅漢), 봉부모살부모(逢父母殺父母).' (p. 89)

그것은 글쎄 사미여, 네가 '소나무'일지도 모른다고 생각하면, 소나무인 것을! 보리수인 것을! 바위며, 풀, 나비며, 구름, 〔……〕 그것은, 대력(大力, 神)의, 육성으로 뜻을 나타내고 싶음〔言語〕과도 같은 것이다. 그래서 '그것'의 욕망이 있는 곳에 화현(化現)이 있다. 그것이란 그것이다. (p. 94)

의문을 갖지 마라, 그러면 스승도 필요 없으니, 쥐새끼이기도 하며, 들꽃이기도, 구름이며 물주름, 건듯 부는 바람, 삼라만상 그것 아닌 것이 없는, 항변하는, 그 따위 마음의 체를 찾으려 하기보다는, 이누마, 이 늙은탱이라면, '평심(平心)'을 찾으려 하겠다. (p. 98)

'평심이 도(道)'라는 선가적 화제를 통해 박상륭이 탐색해 들어가는 것은 죽음과 삶, 마음과 우주의 관계다. 이 소설이 차용하고 있는, '독룡을 쳐부수고 공주를 구하는 왕자' 이야기라는 설화적 서사 구조 자체는 바로 이것들의 관계를 암시해주는 중요한 모티프가 된다. 서둘러 결론부터 말하자면, '독룡'이란 죽음 또는 마음이라고 일컫는 것이 꾸며낸 환(幻)이 될 것이다. 그리고 저 왕자가 구출해내고자 하는 공주가 상징하는 바는 이 마음의 참 모습, 저 환이 스러진 자리에서 피어오른 한 연꽃송이, 즉 대오각성을 의미한다. 그러므로 저 왕자의 여정은 죽음을 극복하여 참된 생명을 획득하는 자기 부정의 과정이자 환을 멸하고 마음의 본 모습을 찾아가는 구도의 과정이며 또한 개아(個我)를 벗어나 '전체'라는 우주적 대아(大我)를 획득하는 해탈의 과정으로 보인다. 이 마음의 본 모습을 찾아가는 과정은, 동시에, 우주의 본 모습을 각성해가는 과정과 같은 일이 된다. 박상륭의 사유에서 마음은 곧 우주이며, 우주는 곧 마음 자체이기 때문이다. 다시 말하자면, 박상륭에게 있어서 중요한 것은 "전체(全體)에의 체험"(p. 113)이므로, 이러한 전체의 관점(통시태의 공시태화)에서 볼 때, 마음은 곧 우주이며 우주는 곧 마음이라는 것이다. 마치 한 마리의 물고기가 전체의 바다 그 자체이며 저 전체의 바다가 곧 한 마리의 물고기인 것처럼 말이다. 다음과 같은 중도론적(中道論的) 명제도 이러한 맥락에서 이해될 수 있다. "여기에 없는 것은 아무데도 없으며, 저쪽에 있는 것은 여기에도 있다"(p. 126).

박상륭의 사유에서 우주는 하나의 바다, 또는 자궁으로 상징되는 상극적 질서의 체계로 이루어져 있다. 이러한 우주관을 지탱시키는 두 축은 저 상극적 질서의 두 요소인 '성욕'(창조력)과 '죽음'(파괴력)임은 이미 언급한 바와 같다. 이 두 축은 동시에 자연과 대지(또는 바다)라는 영원히 여성적인 것의 두 측면이 된다. 그리고 그 둘이 상호 투쟁하고 갈아드는 한, 우주는 그 자체 영원한 상극적 질서의 조화를 이룬다. "유정들께 부여된 영구히 죽지 않는 것이 있다면, 그것은 바로 저 색욕인 것일 것이어서, 죽었어도 죽지 못하고 되돌아온다고 하는 것을 모르는가? 명도(바르도)에 내려간 넋들이, 저 하나의 욕망을 버리지 못해, 삼천대천 세계의 어머니—아버지들이 교미중일 때, 어떻게도 저항치 못하고, 심지어는 암퇘지나 암캐의 구멍 속으로도 빠져든다고 하는 것을"(p. 116)이라는 구절은 이 우주와 자연의 운행을 담당하고 있는 한 측면인 저 창조력의 신비를 지시해주는 것일 터이다. 또한 하나의 우주로서의 "그 바다는, 뭍을 임신한 어미 당자였으며, 그뿐만 아니라, 저 뭍을 저 어미의 자궁에다 임신케 한 그 아비 당자, 그리고도 그뿐만 아니라, 그 어미로부터 그 자식이 분만되어지는 대로, 냉큼 집어삼키려 벼르고 기다려 있는 붉은 용 그 당자이기도 했다. 이 붉은 용이 다름아닌, 저 모태에다 뭍을 임신케 한 그 아비 당자라는 것은 첨부해둘 필요가 있는 듯하다"(p. 101)라는 구절에서 등장하는 저 '붉은 용'으로 상징되는 죽음은 이 상극적 질서의 또 다른 한 측면으로서의 파괴력을 지칭하는 것이다. 바로 이러한 상극적 질서 자체로서의 우주적 자연에 대한 깨달음이 바로 '마음의 우주'의 본 모습이 된다. 그 둘의 관계는 다음과 같이 서술된다. "꼭히 염두해두고 있어야 할 것은, '바다'가, 이 왕자에 의해 '사고(思考)' 되어지기 시작했을 그때부터 그것은, '객관성'을 잃기 시작했다는 것, 그 의미는 그러니, 그때부터 그것은, 그의 화두였던, '마음'에로의 상징화를 치러버렸다는 그것이다"(p. 104).

이 작품에서는 무엇보다도 '평심'이라는 용어를 이해하는 방식에 있어서 박상륭 사유의 독특한 상징적 해석학이 잘 드러나고 있다. 이 해석학에 따르자면, 소승적 의미의 평심이 '무위(無爲)의 형태를 띠어 나타나는 것 같은 바로 그 마음'이라면, 대승적 의미에서의 평심이란 '집단적 마음' '우주적 마음'이 된다. "고요함 속에 있는, 맥동 아닌 맥동. 그렇다면, '평심'을 성취하기가 '우주적 마음'을 성취하기에서, 한 우주가 그 마음속에 휩싸여져 들어버린 것을 알게 된다"(p. 106)는 언급은 이러한 평심의 의미를 정확히 지시하고 있다. 그럼에도 불구하고 '마음의 우주'는 거기에만 한정되지 않는다. 즉 이러한 '마음'까지도 아직은 "프라브리티를 벗어나 있지는 못하다"(p. 107)는 것이다. 작가 자신의 주석에 의하면, 이 프라브리티란 진행(進行), 감춰진 것[非化現]을 밝혀내기[化現], 진화(進化), 동(動), 위(爲)를 의미한다. 그러나 이것이 뒤집힌 역류(逆流), 퇴행(退行), 정지(靜止) 등의 의미를 띠는 니브리티는 공(空)을 지시하고 있다. 그러한 관점에서 보자면 저러한 마음 역시 어쩌면 헛된 것일지도 모른다. "자연도에 소속된 모든 유정께는, '궁극적 실다움'에 대한 아무런 의념도 심겨진 바가 없어, 종국엔 그저 허상일 뿐인, 다만 헛된 것일 뿐인, 그런 삶을 실다움이라고 여겨, 봄마다 삶으로 왔다가, 가을엔 죽음으로 가야 하는, 이해되어지지도 못한, 낳고 죽기의 악순환, 그것, 그것이 잔인한 것이다"(p. 174). 그래서 도(道)에는 인(仁)함이 없다고 하는 것인가?

4

'제일의 늙은 아해(兒孩) 얘기'라는 부제가 붙은 「두 집 사이」 연작의 첫번째 작품은 어쩌면 남루한 육신적 삶 자체를 상징할지도 모르는 늙은 노인네가 '아파트 단지 가운데' 있는 공원으로 산책 나와 봄볕 속에서 행하는 몽상 또는 상념으로 이루어져 있다. 저 봄볕을 질료 삼아 이 늙은네가 꾸어내는 '꿈'은 '마음'이라는 금이다. 박상륭에게 있어서 육신의 인세(人世), 즉 '몸의 우주'는 하나의 '잠'이자 죽음이다. 그러므로 저 '꿈'은 이 죽음의 '잠'으로부터 생명을 획득하고자 하는 노력을 의미한다. "잠을, 또는 수피를 벗어놓고, 나들이하는 짓이란 하긴, 꿈, 그렇다, 꿈꾸기말고 또 무엇이겠느냐?"(p. 126)는 언급이 이러한 사실을 지시한다. 그러나 저 꿈은 또 어떻게 가능한 것인가? 저 잠이 없다면, 또 저 수피가 없다면 어떻게 꿈이 가능하겠는가? 저 꿈은, 그러므로, 잠이라는 수피가 피워올린 꽃봉오리가 아니겠는가? "아파트먼트라는 건물은, 하긴 모르는 어떤 여인을 향한, 늙은네의 어떤 연모, 그래 어떤 연모 탓이었겠지만, 그렇게 목련꽃봉오리들을 틔우고 있는, 목련나무였다"(p. 128)는 구절에서 우리는 이 아파트먼트와 목련나무가 인세의 삶 그 자체를 의미하는 것임을 이해하게 된다. 이 아파트먼트가 밝혀내는 불빛과 저 목련나무가 틔워낸 꽃봉오리는 저 꿈을 향한 열망의 표현이 된다.

　꽃들은, 삶들이 등을 켜내던 그것이던 것이다. 늙은네의 막연한 믿음엔, 삶은, 그 표면적인 데서는 하긴 남향적(南向的) · 향일적(向日的)인 것이 아닌 것은 아니라도, 그 이면적인 데서는, 어쩌면 보다 더 북향적(北向的) · 향월적(向月的)인 것일지도 모른다고 했다. (p. 134)

앞서 언급한 바 있지만, 박상륭의 사유에서 마음은 곧 우주이며 우주는 곧 하나의 마음이다. 이 동일화의 과정을 박상륭은 '전체(全體)에의 체험'이라고 명명하는데, 이 첫번째 연작은 이러한 체험에 관해 보다 상세한 정보를 제공해주고 있다. 여기에서 이 전체에의 체험은 곧 '무의 체험'의 다른 명칭이 된다. 즉 전체에의 체험 속에서 각각의 '개아(個我)'는 전체 속으로 융해되는데, 이때 이러한 융해는 개아의 소멸을 의미하는 것이 아니다. 박상륭의 사유에서 무(無)는 오히려 개아의 전체화를 의미한다. '유(有)의 대적 개념과는 판이'한 이러한 무의 개념 속에서 전체와 개아는, 저 제사(題詞)의 인용문과 같이, 물과 물고기의 관계로 자리하는 것이다. "물고기라는 유기체를 이룬 것은, 다름아닌 물 자체이기 때문에, 물고기는 물 속에 휩싸이면, 있어도 있는 것이 아니다." 이 전체에의 체험이나 무의 체험 속에서 한 마음은 전체 우주가 되고 또 전체 우주는 한 마음이 된다. 이러한 체험은 이 소설에서 특히 '무에의 긍정적 체험'이라고 명명된다. 그지없이 아름답기 이를 데 없는 다음의 한 문장을 보라! "한 '숨' 몫의 빛이, 또는 연잎 위의 한 '이슬 방울'이, 보다 더 광활한 빛 속으로, 또는 호수 속으로, 날아오르거나 떨어져들었을 때, 그 한 숨 몫의 빛도, 그리고 이슬 방울도, 스러져버린 것은 분명 아님에도, 더 이상 그것들은, 한 숨 몫의 빛도, 한 방울의 이슬도 아니다"(pp. 113~14).

'제이의 늙은 아해(兒孩) 얘기'라는 부제가 붙은 두번째 연작 역시 저 잠과 꿈의 관계에 대한 사유를 더욱 밀고 나간다. 우선 잠이라는 이 죽음의 모티프를 건져내는 질료는 산(山)이다. '관산기(觀山記)' '간산기(看山記)' '견산기(見山記)' 등으로 다시 세분되어 있는 이 작품은 산을 화두로 삼아 죽음과 삶이라는 화제를 끌어들인다. 여기에서 산은 송장/주검의 한 비유로 등장한다. 말하자면, 산이란 '익은 열매' '깨어남(覺醒)'을 잠하고 있는 구근(球根)'으로서의 송장/주검과 같다는 것이다. 이 죽음은, "송장은, 삶(生命)이 어쩔 수 없어 벗어버린, 해지고 쓸모 없는 껍질이기보다는, 어느 녘엔지, 삶을 잠[睡眠]한 구근 같은 것으로나 변신을 치러놓고도 있어 보인다"(p. 154). 그리하여 이 죽음의 상징은 동시에 저 재생을 위한 조건으로 전이될 수 있는 어떤 것이다.

산이 불사조인 것은, 도류도 알거구먼. 고해(苦海)의 한 여울만큼씩, 프라브리티를 극복하게 될 때마다, 산은, 제 스스로 불을 일궈, 묵은 업(業)의 껍질을 태우고, 그 재 속에서 새로이 날개를 돋워내던 것을. 그렇게 산은, 제 업을 스스로 태운, 재 속에서 날아오르는 새이던 것을 [……] 아마도 산은, 이래서 보면, 불사조의 끊임없는 자기 분사(焚死)에 의해, 그 견고한 무동(無動)을 얻으며, 그리고 그 견고한 무동에 의해 불사조는, 끊임없는 비상을 성취하는 듯하다. (p. 158)

끊임없는 자기 분사에 의해 끊임없는 비상을 성취해야 하는, 이 육신을 입은 삶이 고통스러울 것임은 자명해 보인다. 그러나 동시에 육신을 가진 인간으로서 살기의 어려움은 또한 인간으로서 살기의 복됨, '삶의 은총'이 된다. 왜냐하면 "신(神)들이나 아수라들은, 육신을 입지 않아, 죽음이나 소멸 등을 알고서도, 스스로 죽지를 못한 데 반해, 자연도의 유정들은, 육신을 입어, 필멸하되, 죽음이나 소멸을 알지 못해, 죽지 못"하기 때문이며, 오로지 "인간이라는 유정만은, 삶의 그늘 쪽도 알아, 원하기만 하면, 언제든 스스로의 죽음을 초래할 수도 있"(pp. 174~75)기 때문이다. 여기에서 다음과 같은 질문이 등장한다. "결코 죽음을 모르는, 살기의, 살기에 의한, 살기를 위한, 살기의 맛은 어떠할 것인가? 죽음을 모르는 삶을 살기에도, 무슨 의미나 목적은 있는 것일 것인가?"(p. 176). 죽을 수 있음의 은총! 그러한 까닭에 천국은 장소나 환경이 아니라 (마음의) 상태라고 하는 것이다. "늙은네가 기대했었기는 산에는, 숲에는, 아무런 아픔도 함량되어 있지 않은 약동하는 생명력, 감당해보고 싶은, 시골 장날스러운 즐거운 혼돈, 그런 아우성, 행복의 난장판, 같은, 어떤 그런 것이었는데, 대신에, 더 많은 부분, 그리고 생명이 있어 만나게 되는 모든 곳에서, 하필이면 생명이기의 아픔 앓음만을 보고 느낄 수밖에 없던 것이다"(p. 173). 생명이기의 아픔과 은총, 이 복합성으로 인해 '아름답다'는 어휘는 박상륭에게 있어서 '앓음답다'로 변용을 겪게 된다. 즉 '앓다'라는 동사로부터 '앓음'이라는 명사화를 거쳐 '앓음답다'라는 술어가 만들어지는데, 아름답다는 것은 이처럼 아픔을 동반한 어떤 것의 실체가 된다. 가령, "꽃은 그래서 앓음답다"(p. 173). 저 '앓음다움'은 아픔이 곧 아름다움이라고 말한다.

'제삼의 늙은 아해(兒孩) 얘기'라는 부제의 세번째 연작의 소설적 공간은, 죽음과 재생 사이에 놓인 삶이라는 박상륭적 사유의 특징을 가장 분명하게 드러내는 명도(冥途, 바르도)라고 일컫는 공간을 배경으로 하고 있는, 연극적 무대이다. 그로테스크한 분위기를 자아내는 이 공간은 죽은 자가 재생을 위해 잠시 머무르는 공간이다. 여기에서 이 공간을 지배하는 자는 상복 입은 늙은네로 상징되는 '헤루카'(양력揚力, 또는 긍정적 국면의 견성 각도見性 覺道케 하는 힘)이다. 그것은 이 죽음으로부터 재생을 성취케 하는 창조력의 또 다른 이름일 터이다. 그리고, 이 무대에 등장하는 세 명의 사나이가 지고 온 송장 여인네는 재생되어야 할 생명의 질료가 된다. 그것은 모든 남성적인 것들의 한 어미이자 아내로서 상징되는 여성적인 대지와 자연의 상징이다. 이 연극적 장면에 등장하는, 마치 티베트의 조장(鳥葬)을 연상시키는 죽음의 의례에 동반하는, 저 독수리와 까마귀는 샤머니즘에 있어서 샤먼의 영혼을 천상으로 날라주는 상징적인 새들이다. 말하자면, 이 죽음의 의식은 영혼의 정화라는 의미를 부여받는다는 것이다. "하늘 무덤에 장사"(p. 218) 지내는 이 장례 의식은 그러므로 영혼의 천도 과정을 상징화한 것으로 읽힌다.

박상륭의 소설에서 우주는 비화현의 화현, 즉 창조성이다. 그러나 이 끊임없는 화현, 프라브리티의 운동은 그 자체로 또한 비극이다.

왜냐하면 "우주가 확산만을 거듭하고 있을 때, 그것은 다시 새로운 두려움과 마주하지 않으면 안 되는데, 그것이, 저 '발'이 받침해주고 있는, 그 어떤 '머리'의 비극일 터, 공룡처럼, 끝없이 불어나는 그 화현이 그것일 터이"(p. 143)기 때문이다. "자기의 화현에의 의지 속에 감금된, 걷잡을 수 없는 춤, 춤 속에 감금된 화현에의 의지. 춤은, 정지, 또는 무동(無動) 속에 들 때, 그 춤으로부터 해방될 것이지만, 소멸에의 공포 탓에 추지 않으면 안 되는 그 춤은, 분명히 형벌이다. 스스로가 부과한 형벌이다. 유정(有情)은 그리고, 그 형벌에서 태어난 형벌의 자식들. 유정은 유정들대로, 바로 저 꼭 같은 소멸에의 두려움 탓에, 형벌의 윤회 쪽에서 위안을 찾는다. 석가모니가 일러, 그것은 고해라고, 그 윤회의 고리를 끊어버려야 한다고, 목메어 부르짖는다"(p. 144). 이 두려움으로 인해서 저 프라브리티의 운동엔 변형이 일어난다. 그리고 이 변형은 화현의 의지를 비트는 파괴성을 만든다. "화현의 무박(프라브리티)의, 박자 하나를, 그 춤에서 뽑아내는 일(니브리티), 그리고 '소멸'이라는 부정적 어휘를, '니르바나'라는, 절대적 긍정성을 띤 어휘로 환치시키는 일"(p. 145)이 저 '싯다르타'의 구도의 과정이었다면, 그럼에도 불구하고, 육신을 입은 인간은 소멸뿐만 아니라 니르바나도 또한 두려워한다. 이러한 두려움이 윤회를 가능케 하고 이 윤회의 고통이 동시에 니르바나를 가능케 하는 것이다.

화현의 의지의, 무족에 닿아 일어난 혼돈은, 그것까지도 창조, 모습이 바뀐 창조가 아닌 것은 아닐 것이기는 하다. 그것은 인지(人知)에 의해서는 그러나, '파괴'라고 이해되는, 그러니까 부정적 의지의 창조였을 것이다. 그렇게 그것은, 화현이 있기 전에로의 침몰의 공포로부터 끝없이 도망한다. (p. 144)

# 5

박상륭이 펼쳐내는 사유의 도정은 인간의 공포심이 만들어낸 죽음이라는 관념 또는, 이 관념을 뒤집어 말하기로 한다면, 물질적 실다움을 극복해가는 고투의 과정으로 보인다. 이 과정은, 신화적 상징론에 의하면, 인간의 내면에 똬리 틀고 있는 죽음이라는 공포, 저 '붉은 용'과의 싸움의 과정을 의미한다. 그러나 사실은, 저 독룡은 육신을 입은 인간의 환상이 만들어낸 아집에 불과하다는 것, 따라서 그것과의 싸움이란 허상과의 싸움이라는 것, 더 나아가 이러한 허상을 만들어낸 '자아' 또한 하나의 '환면'에 불과하다는 것이 저 고투의 과정을 통해 밝혀진다. 그렇다면 독룡과의 싸움이란 나의 허상과의 싸움이자 동시에 하나의 허상에 지나지 않는 나와의 싸움이란 의미를 갖게 된다. 이 싸움에서 중요한 것은, 저 허상과 정면으로 대결하면서 그것이 나의 아상에 불과한 것임을 철저히 깨닫는 일이리라. 이러한 죽음의 극복이란, 정확히 말하자면, '죽음이란 없다'는 사실에 대한 깨달음에 다름아니다. 모든 신화적 상징 체계의 한 핵심을 이루는 죽음의 관념은 또한 그 자체 삶과 생명에 대한 끊임없는 재생의 관념을 일깨워준다.

허허허, 인피라 말이지, 그것이야말로 극락의 문이며, 견성(見性)의 눈, 성불(成佛)의 자루, 해탈이라는, 없는 날개의 날개를 감추고 있는, 자벌레의 껍질 같은 것인즉, 바로 그런 것을 입은 목숨을 구한다는 일은, 삼천대천세계에서도 그중 으뜸으로 치는 의행(義行)인지라. (pp. 193~94)

다만 한 종류의 가죽[人皮]을 입은 유정만이, 지옥을 쌓아 안았으되, 동시에 천국은 물론, 해탈의 날개 아닌 날개를 숨겨 갖고 있는 자벌레라고 이른 것이었음을? 인피 입기의 저주, 인피 입기의 은총……
(p. 198)

박상륭의 소설에서 전형적으로 그 시공간적 배경이 되는 곳이 명도인 까닭은 바로 이러한 이유 때문이다. 이 명도는 죽음과 재생 사이에 끼인 공간, 말하자면 자궁의 상징으로 자리하는 것이다. 그리하여 이 자궁은 하나의 죽음과 하나의 재생이 공존하는 상극성의 공간이자 동시에 과거와 미래의 시간이 하나의 윤회라는 고리에 매여 있는 시간이 된다. 이 공간은 그 자체 인간의 삶이 영위되고 있는 이 대지와 우주의 뒤집혀진 상징이기도 하다. 왜냐하면 박상륭에게 있어서 인간이 이 우주에 속하게 되면서 입어온 육신 자체가 이미 하나의 죽음이자 동시에 완벽한 재생의 터전이 되기 때문이다. 이 인세의 삶 자체를 '자궁' 속의 시공간으로 상정하는 이러한 사유는 삶과 죽음이라는 창조력과 파괴력이 길항하는 우주적 상극성의 조화라는 씨앗을 잉태해낸다. 이 자궁 속에서는 아무것도 죽지 못한다. 왜냐하면 그곳은 죽음이 곧 탄생이자 재생이기 때문이다. 박상륭의 사유가 도달한 극점에서 죽음은 불가능한 사건이 된다.

죽음이 마지막 목적지로서 정해져 있는 것처럼 보이는 이 삶의 프로그램에서 '죽음이란 없다'는 것을 깨닫는 일, 즉 '죽음'의 죽음을 맞이하는 이 깨달음의 과정은 모든 형이상학적 신비 체계의 절정을 이룬다. 박상륭의 소설이 '대지의 은총'이자 '생명의 축제'를 향한 말씀의 경전이 되는 것은 이처럼 죽음이란 불가능하다는 것, 모든 죽음의 외피 속에서 또다시 생명을 탄생시키고 삶을 정화해내는 저 우주의 질서 자체가 바로 생명의 축제를 위한 장임을 깨닫게 해주기 때문이다. 이 삶과 생명을 통째로 삼키려는 저 거대한 독룡이 똬리 틀고 있는 인생의 과정이 겉으로는 끔찍이도 고통스럽게 보일는지 모르지만, 저 독룡을 극복한 정신에게는 이 삶과 생명이야말로 오히려 모든 인간에게 주어진 유일한 축복이 될 것이다. "아으, 아도니스여, 늙은 아도니스여, 하긴 모든 젊은 자궁은, 윤회의 장소이기는 하다. 늙음을 여의고, 새로 젊어지는 재생의 샘이기는 하다"(p. 136). 삶은, 그리고 생명은, 그러므로 고통이자 은총, 저주이자 축복이 된다. 왜냐하면 "사람이 갖는 신성(神性, 머리)은, 그의 인성(人性, 발)에 의존한다"(p. 141)고 하기 때문이다. 이 삶과 생명에 대한 존경심으로부터 박상륭의 사유는 사랑을 향한, 사랑을 위한 사유가 된다. "무덤에까지 가져갈, 그렇게나 귀중한 것이 있다면, 또는 꼭히 놓아두고 갈 소중한 것이 있다면, 오늘 늙은네가 믿기엔, 그것은 사랑일 것이라고"(p. 135) 그는 말한다. "한 개인의 혼에 대해서는, 젖이기도 독이기도 한"(p. 147) 이 사랑은, 아마도, 저 '우주적 마음'의 현실적 가능태일지도 모른다. 박상륭의 소설에서 삶과 이 삶의 터전인 대지는, 그러므로 죽음을 선고받는 처형지가 아니라 생명을 축복하고 사랑을 찬미하는 존엄성의 장소가 된다. 오히려 "육신은 병로(病老)의 까닭으로, 불(佛)의 밭이라고도, 또 정토의 열쇠라고도 이르"(p. 211)는 것이다. 삶에 대한 존중과 생명에 대한 사랑이라는, 인간에게 던져진 이 유일한 가능성에 대한 탐구야말로 박상륭 사유의 가장 빛나는 매혹이라고 할 수 있다. 그러나 거기에 도달하기에는 또 얼마나 커다란 고통과 슬픔을 겪어야 하는 것일까? 이 고통과 이 슬픔 자체가 축복이라는 저 사유의 크기는 얼마쯤 되는 것인가? 저 마을의 들목에도 아직 당도해보지 못한 자는 거대한 정신의 족적이 남긴 저 '마음의 경전'에다 오직 경배를 바칠 뿐이다.                [『평심』, 1999]

# 제 4 부

# 박상륭 소묘

# 박상륭, 그는 어떤 사람인가

이문구

## 1

나중 죽어서도 술 없는 천당보다 술 있는 지옥행을 자원할 주선(酒仙)이기도 한 소설가 박상륭은, 얼마 안 되는 친구 가운데서도 이미 여러모로 싸가지 없기로 소문난 기자와의 사이가 그중 가까운 사내이기도 하다.

박상륭과 기자가 마치 대적하듯 대좌하고 술을 마시기 비롯한 것은 어언 10년 전인 1965년 초여름경이었다. 그는 마누라 덕에 먹고 살던 실업자였고, 기자도 담뱃값마저 없어 담배를 끊었던 무직자 시대였다. 그 무렵 그는 명색이 작가였으나 도하장안(都下長安)을 종횡천리해도 소설은커녕 잡문 한 토막 활자화시킬 수 없던 무명초였고 기자는 겨우 어떤 문예지에 첫 추천이라는 것을 받고 있던 작가 지망생에 지나지 않고 있었다. 서로가 가진 것은 아무것도 없었고 팔뚝 걷고 대들어 해볼 만한 일도 전혀 찾아볼 수 없던 시절이었다. 그래서 박은 주는 밥이나 죽이고 들앉아 있기가 '거시기 하니'까 없는 이론 만들어가며 '연구 및 공부'한다는 핑계로 밤낮없이 책만 들여다보고 있었고, 기자는 '이렇게 사는 것이 무엇하다'고 담뱃값이나 만든다는 구실로 공사장 잡역부로 나가서 일당 120원짜리 날품팔이를 하기도 했다. 박은 '연구 및 공부'를 한다면 무조건 내조를 아끼지 않던 어수룩한 현처 덕분에 사서삼경과 신구약서를 꿰며 번역판 팔만대장경을 독파했고, 기자는 '노가다'가 다돼서 십장 조수를 하며 "천냥을 주고도 못 사는 이 정/열두 냥 내놓고 졸라를 댄다……"는 김희창의 방송극 「열두 냥짜리 인생」 주제곡이나 입 속으로 웅얼거리며 해가 긴 것만을 원수로 삼고 있었다. 그런 형편에도 우리는 틈이 나면 만나서 술을 원수 삼아 원수 갚듯이 줄창 마셨다. 만나면 그러는 길 외엔 도리가 없었는데, 지금 생각해도 그 무렵의 우리는 서로가 가장 따분하고 지겹던 시절에 만나 가장 징그러운 나날을 보낸 터였으므로 이미 사주팔자에 점지되어 있어 어쩌지 못해 부득불 친구가 될 수밖에 없이 된 처지임을 터득했던 모양이었다.

박은 금호동의 어느 언덕바지에 금방 무너져내릴 것 같은 높은 축대 아랫집의 축대 바로 밑에서 방 한 칸을 얻어 살고 있었는데, 그 3미터도 넘을 까마득하게 수직으로 쌓아올린 축대에서는 사철을 가리지 않고 물이 스며나오고 있었다. 그 축대는 언제 어느 때에 무너져내려덮쳐도 전혀 이상스러울 것이 없다하게 항상 저승 사자가 도사리고 있는 이승의 마지막 송별대(送別臺) 같은 축대였으므로, 기자는 그의 방에 들어앉기만 하면 으레 축대켠으로 나 있는 창문만 내다보곤 했다. '이날껏 근근이 살아온 내가 결국은 이 집에 왔다 축대에 깔려 죽지……' 하는 생각을 매양 억누를 수가 없었기 때문이었다. 그러나 그 방을 서울에서 제일 좋은 셋방이라고 주장해온 박은 나의 소심성을 가소롭게 여기고 있었다. 아무렇게나 죽을 몸이 아닌 자기가 어엿하게 거주하고 있는 한 천지가 개벽을 해도 그 축대만큼은 절대로 무너지지 않으리라던 거였다. 그러면서 박은 그 방이 서울 셋방 중에서 으뜸가게 윗길인 점을 되풀이하여 설명하는 것이었다. 그러니까 그의 그러한 자랑의 대상은 방이 아니라 그 위태위태한 축대에 대한 예찬이었다. 그 축대에서는 사철을 가리지 않고 수질 좋은 맑은 물이 주야로 흘러내리고 있었다. 한두 군데서만 스며나오는 정도도 아니었다. 대여섯 군데의 축석 틈틈이에서 도랑물 흐르듯이 흘러내리던 것이다. 박은 그 축대 바로 밑에다 숫제 박우물만하게 웅덩이를 파놓고 허드렛물은 그 물을 쓰고 있었다. 겨울에는 밍근하게 데운 물처럼 온기가 있어 얼기는커녕 엄동설한에도 물을 데워 쓰는 번거로움이 없고, 여름에는 손끝이 시릴 정도로 차가워 김치 단지 따위를 웅덩이에 채워두되 냉장고에 견줄 바가 아니라는 주장이었다. '독종'이란 말을 흔히 들어온 바였지만 박만한 독종은 없을 터였다. 저승 사자도 전에 살았던 방 주인이 워낙 간덩이 큰 독종이었음에 질려 아예 멀리 달아났던가, 박이 떠나고 7년째 접어든 현재까지도 여전히 맑은 물을 폭포처럼 쏟아내면서도 그 축대는 건재하다고 한다.

기자가 찾아가면 기자의 축대 걱정이 아니꼬운지 박은 으레 철길 너머의 강변 주루(酒樓)로 안내하곤 했다. 강기슭에는 장어구이 집을 비롯해서 물 속에 기둥 박은 너절한 판잣집이 여러 가구 닥지져 있었고 집집이 술청이었다. 우리는 푸짐하게 흐르는 한강수를 굽어보며 톱톱한 막걸리를 몇 주전자씩 넉넉하게 들이켜곤 했다. 안주는 거저 주는 짜디짠 열무김치가 고작이었고, 간혹 정말 어쩌다가 한 번씩은 풋고추전 한 접시로 은연중에 변심한 취각(臭覺)을 슬쩍 사기치기도 했다. 우리는 하루를 쉬면 크게 손해본 듯이 이튿날은 날이 새기 바쁘게 마실 궁리를 했다. 품앗이하듯 기자가 털레털레 금호동을 방문한 다음에는 반드시 박이 기자를 찾아 산꼭대기를 허우적거리며 올라오곤 했다. 지금은 아예 싹 밀어내고 대신 영세민 아파트를 가득 들이세웠지만, 그 무렵만 해도 이대 입구 오른편의 산비탈에는 사람 한 명 겨우 비켜갈 만한 골목 한 줄기를 가운데로 남겨놓고, 추녀와 추녀를 맞물은 불량 주택들이 까마득한 꼭대기까지 땅이 미어지게 촘촘히 들어붙어 있었다. 열대여섯 가구가 변소 하나를 공동으로 사용하여 변소 한번 사용하려면 '나라비'를 서서 십여 분씩 기다려야 했던 번지 없는 응달집에 기자는 얹혀살고 있었다. 수백 가구가 공중 수도 하나에 매달려 물 한 지게에 10원씩 사서 길어다 먹기 위해 새벽부터 줄을 서야 했던 그 대현동 산번지 동네는, 그러나 직업 없이 빈들거리고 더러 일거리가 생기면 품팔이 나가되, 비 오는 날이면 공쳐야 했던 기자 같은 젊디젊은 건달이 살기에는 그다지 불편한 곳도 아니었다. 거울이 하나뿐인 싸구려 이발소가 있었고, 온종일 라디오를 틀어놓는 미장원에는 허벅다리 허연 미용사가 있었고, 골목마다 낮짝 새까만 애새끼들이 바글바글 들끓고, 니년 내년 하며 여편네 싸움, 사내 싸움이 하루에도 두서너 번씩 벌어져서 구경거리가 진진했고, 끝내 문학 청년 시절의 뜻을 못 이룬 채 늙어버려 '문학에 소질 있는 사람'이면 무조건 동지로 생각하던 피난 온 이북 사내는 구멍가게를 차려놓고 있었다. 하나뿐인 그 구멍가게에는 과자 부스러기도 있었지만, 두부니 멸치니 하는 찬거리와 오징어 · 소주 · 막걸리 따위들도 팔고 있었다. 박이 오면 기자는 일쑤 소주를 따놓고 멸치 한 옴큼을 안주하여 마시며 노닥거렸다. 만나면 무슨 이야기를 했는지 이제는 이렇다 할 기억이 없지만 우리는 쉬지 않고 마셨고 노상 지껄여대었다. 3년을 두고 만나면 쉴새없이 떠들어대었건만 이제 와서 한 대목도 기억할 수 없는 것은 무슨 까닭인가?

어렴풋하게 추측되는 것은 주로 각기 자기가 겪음한 경험담을 자랑스럽게 떠벌렸던 게 아닌가 하는 정도다. 박은 '연구 및 공부'를 하는 동안에 터득한 경이와 이론을, 기자는 현장 체험의 잡스러운 사항들을 보고했던 게 아닌가 싶은 것이다. 그러는 동안 박은 단편 「뙤약볕」을 발표하여 문단에 자기의 존재를 확인시켰고, 「뙤약볕」의 성과로서 지면난이 해결되어 잇따라 「우생원전」 「하원갑 섣달그믐(뙤약볕 其二)」「시인 일가네 겨울」「담쟁이네 집」「쿠마장(쾪說이 日記 期一)」「여름밤의 소주 두 병」 등을 여러 잡지에 발표하여 그때마다 이채를 더하곤 했다.

## 2

박상륭은 1940년 전북 장수군 장수면 노곡리 1,111번지에서 소박한 농부 박봉환(朴鳳煥)씨의 9남매 중 맨끝의 막둥이로 태어났다. 팔순을 넘기고도 정정한 박옹은 예나 이제나 여유 있는 형세는 아니었지만 만득(晩得)이 막내아들인 상륭이를 그중 귀여워했다. 여러 형제 중에서도 어려서부터 '싹수'가 뛰어나고 재주가 빼어나며 기국(器局)이 달리 보이는 데가 있었으므로 그만큼 기대가 컸던 것도 당연한 노릇이었다. 상륭이만은 가세를 기울여서라도 가르칠 만큼 가르치려고 결심하고 있었던 것이다. 박옹은 막둥이가 장차 비범한 인물이 되리라는 확신을 가지고 있었고 가급적이면 법관(法官)이 되어주기를 바라는 눈치였다. 상륭은 체구가 작은 데다가 잔병이 끊어 매양 비리비리하니 이틀이 멀다 하고 학질을 했고, 성질머리도 예사롭지가 않아 허구한 날 말썽만을 불러일으켰다. 누구에게도 지려고 하지 않아 아이들과 다툼질이 잦았고, 한번 몽니를 부렸다 하면 해가 저물어도 수그러드는 법이 없었다. 그러나 박옹은 모든 것을 너그럽게 받아들였고, 끝까지 이해할 만큼 도량이 범상하지 않은 분이었다.

1957년 박이 장수농고를 수석으로 졸업하던 당년만 해도 박옹의 기대는 아직 사위어들 기미가 아니었다. 그러나 그 이듬해까지 대학 입시에 두 차례나 실패를 거듭하자 수재로 알았던 아들에 대한 기대에 회의를 품기 시작했다. 무능 교사, 실수 교사의 마지막 좌천지, 좌천이 거듭된 무지렁이 교사의 마지막 월급처인 궁벽한 산촌 학교에서 변변한 스승 한 명 없이 수학한 촌뜨기에게, 설령 남다른 재주가 있다기로서니 감히 서울법대를 함부로 넘본다는 것은 철딱서니의 모험이라 하지 않을 수 없을 일이던 거였다. 아들의 거듭된 입시 실패가 그러한 까닭이었지만, 그러나 박옹 한 분에게만은 납득이 되지 않는 일이던 거였다. 하지만 박옹이 낙심천추(落心千秋) 무로무향(霧路

無向)의 상심을 하게 된 것은 그보다도 아들이 불장난에 말려들고 있기 때문이었다. 18세의 사춘기에 접어들었던 아들의 춘정(春情)은, 4년 연상의 인근 처녀와 소꿉장난 같은 연애 놀이를 벌이고 있었던 것이다.

작가가 된 뒤에도 박은 으레 연상의 여인을 '좋게 보는' 버릇이 있었는데 연상 여인에 대한 동경은 그 훨씬 이전의 소년기에서부터 나타나기 시작한 고질적인 증상인지도 모를 일이었다.

4년 연상인 그 처녀는 이화여대 국문과에 재학중인 타고난 미모의 문학 소녀였다. 인접하여 살고 있어 전부터 서로 알 만한 사이였던 그들은, 처음엔 촌스러운 대로 '의동생' 'S누나' 어쩌고 하면서 남의 눈치 볼 필요가 없을 정도로 아무 허물없이 어울려 놀아도 무방할 수가 있었다.

앞산에서 해 뜨면 한나절 볕만 보이다가 뒷산에 저무는, 조령모릉(朝嶺暮稜)의 하늘만 뻐끔하게 뚫린 산촌에서 만난 그들은 어쩔 수 없이 차츰 주간지 기식의 뜨거운 사이로 변질(變質)할 수밖에 없을 노릇이기도 했다. 그들은 그렇다고 해서 갑돌이와 갑순이처럼 서울을 가면 어떻고, 신성일이가 어찌 됐다든가 문주란이 무얼 했다는 따위 꿈결같은 대화를 나눈 것은 물론 아니었다. 김대중이하고 김영삼이하고 대면 누가 더 똑똑한지 따져보자고 핏대를 올리는 4H구락부 청년 같은 대화도 하지 않았고, 여름 방학 때 농촌 계몽대원으로 온 대학생들처럼 릴케와 예이츠의 시를 이야기할 줄도 몰랐다. 그녀는 죽음을 이야기했고 박은 삶을 이야기했다. 그녀는 죽어가는 여자였고 박은 살아가는 사내였기 때문이었다.

그녀는 유년기의 소아마비로 다리 한쪽을 절었으며 꺼져가는 몸을 몇 달이라도 연장해보기 위해 휴학하고 집에 내려와 폐결핵을 다스리는 중이었다. 그러나 그녀의 폐결핵은 다시 일어나기 어려울 중증이었고, 그녀 자신도 삶을 체념한 채 죽음이 다가오기만 기다리는 형편이었다. 박은 그녀를 건질 수만 있다면, 그리고 그렇게 할 수만 있

416

었다면 자기의 목숨을 나눠 보태줘서라도 그녀를 건져보고자 노력했을지도 몰랐다. 덧없는 목숨에 부질없던 연정은 그리 오래가지 않았다. 그녀는 병마를 따라 내세로 떠났고, 박은 자기의 귓결에 스며 있던, 그녀가 마지막 거두고 남긴 현세의 숨결을 뜨거운 눈물로 씻어내었다.


## 3


1961년 어느 초여름날, 기자는 서라벌예대의 문예창작과 한 강의실에서 누구의 강의를 듣고 있었다. 포장도 되지 않아, 버스만 지나가도 먼지가 뭉게구름처럼 피어오르던 아현 시장과 허허벌판 같던 신촌 시장 바닥을 오르내리며 뜨내기 굴비 장수를 하다 입학했던 기자는 강의실에 들어가서도 항상 꿔다놓은 보릿자루였다. 누구 하나 거들떠보는 사람 없이, 뒷자리에 사람이 있는지 마는지 엉거주춤 앉았다가 나가곤 할 정도로, 교내에 선후배는 고사하고 아는 척해오던 친구 한 사람 없이 우스운 외톨이 학생이었던 것이다. 그런데 자세히 보니 꿔다놓은 보릿자루는 기자말고도 하나가 더 있는 것 같았다. 그것은 그야말로 진지한 발견이라 하지 않을 수 없었다. 동지를 만났다는 새삼스러움이었고, 외톨박이를 찾아낸 외톨박이로서의 자위였다.

새로 발견된 외톨이는 앞전에 얌전하게 앉아 있었다. 뒤통수가 대추방망이처럼 야물어 보이고, 5·16과 더불어 대학생에게도 교복 착용 제도가 생겨 대학생들이 여러 해 동안 즐겨 입다가 거의 벗어버린, 검정 염색한 군대 작업복을 독특하게 입고 있었다. 강의 시간 내내 잡담 한마디 없이, 한눈팔이 한번 않고 앉아 있었다. 전년도에 우량상과 개근상을 받고 신학년에는 줄반장 자리라도 하나 지명받으려는 초등학교 5학년 모범 학생처럼 자세를 바로하고 반듯하게 앉아 있었다.

　그 학생의 이름이 박상륭이란 것을 알기는 그 후 여름 방학을 넘겨 몇 달이 지난 뒤였을 것이다. 아니 2학년에 올라가서야 알게 되었는지도 모를 정도로 확실치가 않다. 그것은 서로가 알고 지내야 할 아무런 이유가 없었기 때문이었다. 피차가 모르고 지내도 그만, 인사를 하고 지내도 그만일 것 같아 소 닭 보듯 해온 까닭이었다. 그것을 좀더 분명하게 밝힌다면, 몰라도 그만 알아도 그만이라 여긴 것은 박일 터였고, 기자는 박을 점차 '재수 없는 녀석'으로 치부해버려 박을 부러 모른 척했다고 해야 솔직한 토로가 될 것이었다. 박은 강의실에서도 항상 앞전에 앉아야 어울릴 만큼 키가 나지막했고, 허리는 한 젓가락이나 될 듯하게 가늘며 깡마른 데다, 묵은 장아찌처럼 얼굴이 거무잡잡하여 도무지 볼품이 없었다. 그런데도 두 눈에 서슬이 어리고 안광이 강해 보통내기가 넘어 보였고, 코가 크며 날이 반듯하고 깎아 세운 듯이 높아 누구라도 함부로 다루기가 썩 '거시기' 될 만치, 그 몰골에 비해 어울리지 않게 돋보이던 부속을 가지고 있었다. 기자는 그 나이에는 언제 어디서나 미남 소리를 듣던 터였고, 그만큼 외모에 자신을 가지고 있었는데, 기자가 일부러 유심히 뜯어봐도 박 또한 나무랄 데가 없는, 미남이었다. 체구가 실팍하면서도 키가 늘씬하지 않은 것이 유일한 흠일 뿐이었다.

　한때는 스스로 동지적인 유대감까지 발현(發顯)하려 했던 기자가 차츰 박을 그렇지 않게 보기 시작한 것은 무슨 까닭이었던가?

　박은 어느 사이에 과 내에서 가장 멋쟁이 아가씨와 연애를 하고 있었기 때문이었다. 그들이 허다한 전력을 가진 학생들로 붐벼 아사리밭 같은 강의실에서 한 자리에 나란히 앉아 정답게 수업하는 것을 보면, 때로는 조롱 속의 잉꼬 한 쌍이 연상되곤 했다. 반드시 함께 등교하고 하루도 어긋남 없이 나란히 하학하곤 하던 그들은 졸업하던 해에 결혼을 했지만, 아무리 연애를 한다 하기로서니 구태여 저럴 것까지는 없지 않겠는가 하는 것이 같은 과 학생으로서의 기자의 소회(所

懷)였다. 반은 질투였고 반은 성격 차이였던가 보았다.

박과 기자는 재학중에도 그만큼 떠름한 사이였으므로 졸업과 함께 헤어진 뒤로는 서로가 종무소식으로 지낸 것이 오히려 정상적인 추세였는지도 몰랐다. 피차가 상대방을 언제 그런 사람이 있었던가 할 정도로 까마득하게 잊고 지냈던 것이다.


4


1965년 초여름에 우리는 우연히 다시 만났다. 어떤 계기로 다시 만날 수 있게 됐는지는 기억을 더듬어도 분명치 않으나 얼굴을 잊어버릴 만해져서야 새삼스럽게 해후하게 된 것이었다. 그는 서라벌예대 문예창작과를 졸업하고 바로 경희대학교 정외과 3학년에 편입했으나 휴학중인 상태였다.

1963년 『사상계』지 신인상에 단편소설 「아겔다마」가 입선됐던 그는 이듬해엔 다시 단편소설 「장끼전」을 『사상계』지에 투고하여 추천을 받은 어엿한 작가로 변해 있었다.

재회의 기쁨은 십년지기를 잃었다가 되찾은 듯한 부피로 부풀고 있었다. 하루 사이에 만리장성을 쌓은 셈이었고, 소주 한 병으로 임진왜란 7년 재화(災禍)를 논술하고도 부족할 정도의 진지한 사이로 급전하고 있었다. 그러나 금호동 강변이나 대현동 산번지에서 소주와 막걸리를 번갈아 마시는 것으로 만족할 수는 없었다. 가장 답답한 것이 작품을 발표할 지면란 타개책이었다. 문예지라는 것은 『현대문학』지 하나뿐이었고 『사상계』지는 기울대로 기울어 겨우 납본용(納本用)만을 만들어내던 형편이었다.

4개의 문예 종합 월간지가 있고 4개의 시 전문지에 5개의 계간지가 공생 병존하고 있는 근년에 비하면 아득한 옛날이야기 같기도 하나 불과 5, 6년 전의 일이었다. 박이나 기자나 어쩌다가 원고 쓸 사이가 없어 발표 못 하는 본의 아닌 과작의 작가가 되었지만, 5, 6년 전만해도 주문해오는 곳이 없어 재고가 쌓여 퇴색해가던 형편이었다. 박은 지면 불황인 기자의 딱한 사정을 보다 못해 동서팔방을 휘돌아다니기도 했는데, 박이 맨 먼저 기자에게 얻어준 지면은 토지개량조합 연합회 홍보실에서 펴내던『농토』라는 기관지였다.『농토』에「금탁보전(金濁甫傳)」을 발표(?)했던 기자는 다시 박의 주선으로, 고사 직전에 이르러 있어 읽는 이조차 없던『사상계』지에 원고료도 못 받아가며「부동행(不動行)」「백의(白衣)」「이삭」따위 오죽잖은 단편들을 발표하고는 혼자 흐뭇해하곤 했다.

　1967년 여름에도 우리에게는 물심양면의 불황이 되풀이되고 있었다. 장마중의 어느 날 대현동 산꼭대기를 찾아왔던 박은 생전 처음으로 '연구 및 공부'가 제대로 안 된다는 뜻밖의 하소연을 했다. 책이 읽히지 않는 모양이었다. 밤낮 없이 비는 퍼붓고, 창 밖으로 까마득하게 치솟은 허름한 축대에서는 지하수가 폭포 떨어지듯 쏟아지고, 방안 공부가 진력이 나서 제대로 안 되리라 짐작하기엔 충분한 여건이었다. 그러나 박은 당장 필요한 책들을 읽을 수 없는 것이 고충이라고 실토했다. 메디컬센터에 근무하는 부인 배여사의 봉급으로만 생활하고 있었으니 마음놓고 책을 사볼 만한 사정이 아님은 말 하나마나 자명한 일이기도 했다. 그는 그러면서 장소 넓고 장서(藏書)가 넉넉한 '사상계'사에나 출근하면서 좀더 본격적인 독서를 해보았으면 하는 의향을 비추기도 했다. 기자가 생각하기에도 그럴듯한 착상이었다. '사상계'사는 당시의 외부 상황에 따라 사세(社勢)가 최악의 상태에 이르러 있었고 그것을 국회에서 공개하기 위해 장준하(張俊河)씨가 국회의원에 출마하여 거덜을 내어 편집부에는 편집장 유강환(劉康煥)씨 혼자 남아서 납본용으로 50페이지 안팎의 시늉만 낸 잡지를 만들고 있을 뿐, 사환 아이마저도 내보낸 상태였다.

　며칠 후 기자는 무슨 일로였던가 시내에 나간 김에 종로 2가 한청빌딩에 있던 사상계사를 방문했다. 유강환씨를 만나서 박이 원했던 대로 독서를 할 수 있게 교섭해보기 위해서였다. 그날도 유씨는 널찍한 사무실에 혼자 무료하게 앉아 있었다. 기자는 유씨와 뚜렷한 친면도 없었지만 찾아온 목적을 진지한 표정으로 이야기했다. 유씨도 망설이거나 주저하는 기색도 없이 쾌히 승낙을 했다. 박은 그 이튿날부터 객원처럼 사상계사에 나가 당초의 뜻한 바에 정진했고, 그러자 두 달도 안 되어 사상계사가 숨통이 트여 발행이 정상화되자 정식으로 문예 담당 기자가 되어 탁월한 역량을 발휘하기 시작했다.

사세나 가세가 형편없이 기울어갔다가도 어떤 신규 사원이 들어오자마자, 또는 어느 아이를 새로 낳고부터 막혀 안 되던 일이 자연히 수나롭게 풀리면서 회생 재기할 뿐 아니라 사운이나 가운이 다시 번성하게 되는 수가 있다. 그럴 때 사람들은 그 신입 사원이나 신생아를 가리켜 흔히 업둥이니 복덩이니 하고 상서롭게 여기며 편애하기도 한다.

박은 일테면 사상계사의 업둥이, 혹은 복덩이였다. 박이 입사하고부터 사상계사는 잃었던 활력을 되찾아 새로운 면모를 갖추어 재출발을 하게 됐던 거였다. 발행인이 부완혁(夫琓爀)씨로 바뀌고 사옥은 종로 5가로 옮겨졌고, 편집부에는 5, 6명의 사원이 대거 채용되는 등 기자가 보기에도 활기가 넘치고 있었다. 지면도 350페이지로 늘어 다시 전성기를 맞이하는 느낌이었다. 박이 근무하는 동안은 경영 면에서도 성공을 하고 있었다. 2년 후부터 사상계는 다시 찌그러지기 시작하여 김지하(金芝河)의 담시 『오적(五賊)』이 전재되고부터 발행·편집자가 구속되는 등 타의에 의해 폐간되고 말았지만, 그러한 불운도 사실은 1969년 5월초 박이 그 회사를 사직하고 캐나다로 이민을 간 직후부터 움튼 일이었다. 회사의 비운을 함께 지켜본 다른 사원들은 "박상륭씨가 과연 독종은 독종이었다. 박씨 재직시엔 아무 일도 없었는데 그가 나가고부터 불상사가 그칠 새 없이 연달아 발생했다"고 이구동성으로 아쉬워하고 있었다.

동료 사원들이 박을 일컬어 독종이라 애칭한 데에는 그럴 만한 이유가 있었다.

그것은 1968년 가을에 있었던 일이었다. 그 당시 사상계사 편집부에는 정경·사회·번역·화보 담당 등 4명의 기자가 더 있었다. 새로 취임한 편집을 비롯해 모두 서울대 문리대 출신들이었다. 이 4명이 단합하여 박을 몰아내려고 공작하고 있었다. 박을 몰아내고 자기들 동기생을 불러들임으로써 사내의 인맥을 문리대 출신 일색으로 만들 겸 아울러 무직으로 빈둥거리는 친구를 구제하려는 목적이었다. 그러나 박에겐 평소 흠 잡힐 데가 없었고 탓하려 해도 탈 잡을 재료가 없었다. 그러므로 그들은 은근히 심리적인 압박과 정신적인 고통을 주어 박이 스스로 제 기분을 못 이겨 제 발로 걸어나가도록 공작하고 있었다. 그러나 박은 까닭없이 물러날 인물이 아니었다. 동료 직원들이 가하는 심리적·정신적인 압력의 저의가 무엇이라는 것을 아는 이상 더욱 용기를 내어 저력 있게 대응함이 마땅한 일이란 것도 박은 잘 알고 있었다.

4 대 1의 고독한 냉전을 박은 1개월 이상 난공불락의 철옹성으로 지탱하면서 이끌어나갔다. 어지간한 사람 같았으면 1주일도 견디지 못했을 중과부적의 사면초가였다. 그러나 박은 어지간한 사람이 아니었다. 사내의 그런 분위기쯤은 자기가 살고 있는 집 창 밖의 사철 물을 뿜는 축대보다도 훨씬 더 가볍게 내려다보며 가소롭다는 태도를 견지하고 있었다. 그처럼 슬기롭고 지능적인 작전도 드물 일이었다. 1개월이 지나자 그들 4명은 파업을 시작했다. 박을 내보내지 않으면 4명 전원이 사표를 내고 나가겠다는 통고와 함께 사무실 아래층의 다방으로 출근하여 온종일 다방에서 농성하다가 저녁이면 다방에서 퇴근하기 시작했다. 그래도 박은 오불관언, 시치미 뚝 떼고 맡은 바 자기 할 일만 빈틈없이 해내고 있었다.

그런데 이 4 대 1의 지능적인 배짱 대결을 보고, 수수방관한 채, 아니 무척 재미있어하며 결판이 나기만을 기다리는 유능한 관전자가 한 사람 있었다. 사장 부완혁씨였다. 부씨는 어느 한쪽이 지쳐 자빠지기만 기다리며 중재도 하지 않았고 어느 한편을 두둔하거나 비난하지도 않았다. 다만 어느 편이든 이기는 쪽을 택하겠다는 또 다른 차원의 배짱을 가지고 있었던 것이다.

1개월 이상 계속되었던 냉전은 드디어 저쪽이 파업한 지 3일 만에 수습이 되었다. 다방 농성파가 먼저 지쳐서 사흘 만에 굴복하고 들어와 정상적인 근무를 시작했던 것이다. 관전자 부사장은 박에게 판정승을 내렸다.

박이 사직하고 해외로 떠나자마자 수난이 거듭 덮쳐왔으니, 그때까지도 재직하고 있던 사원들이 박을 새삼스럽게 독종이라 애칭하며 재평가했던 것은 의당 그럴 만한 일이었는지도 모를 일이었다.


5


1968년 8월까지도 기자는 여전 아무 하는 일 없이 빈둥빈둥 놀고 있었다. 이따금 사상계사에 들러 박이 일하는 것이나 구경하다 돌아오는 짓 외에는 교통비마저 궁해서 대문 밖에 나서기조차 꺼려지던 형편이었다. 박은 무위도식하는 기자가 안타까워 어쩔 줄을 몰라하고 있었다. 그는 기회만 있으면 알아볼 만한 사람에게 기자의 일자리를 부탁하곤 했던 모양이었다.

8월 초순 어느 몹시 무덥던 날 갑자기 생기 돋은 얼굴을 하고 박이 찾아왔다. 그 동안 김동리 선생에게 기회가 있을 때마다 여러 번 직장을 부탁해두었는데 김동리 선생한테서 기자를 찾아오라는 연락을 받았다는 거였다. 기자는 성화같이 서두르는 박의 재촉에 못 이겨 박을 앞세우고 김동리 선생 댁을 찾아갔다. 김동리 선생은 당신이 문인협회 부이사장이라고 말하면서, 이사장인 박종화 선생이 거듭 사양을 하는 바람에 부득이 문협에서 신문학 60년 기념 사업의 한 가지로 발간하게 된 『월간문학』지의 주간직을 겸하게 되었다는 것과, 『월간

문학』지의 편집 실무진은 이미 구성되어 있으므로 내일부터 나가서 업무 사원으로 일을 하라는 것이었다.

편집이 무엇을 하는 일인지, 업무가 무엇을 하는 것인지조차 알 까닭이 없는 기자였지만, 그러나 그 동안 애써준 박의 얼굴을 보아서라도 못 한다는 말은 할 수 없는 노릇이었다. 공사장 노가다 4~5년에 배운 것이라고는 니미 씨발이니 좆같네 따위 상소리뿐이었던 기자는, 아무리 생각해도 자신이 없는 일이었으나 큰일 한판을 치러낸 듯이 후련한 표정으로 즐거워하는 박의 체면을 생각해서라도 열심히 해보리라고 스스로 다짐해두는 수밖에 도리 없던 형편이었다.

기자가 첫 출근을 해보니 문협 사무실에는 이동하 · 김형영씨가 편집 기자라고 앉아 있을 뿐, 막상 잡지를 창간하는 데에 우선적으로 이루어놓아야 할 정기 간행물 등록이며 인쇄소 계약, 그리고 그런 것에 으레 따르게 마련인 여러 가지 인허가 따위 부대 서류는 전혀 마련되어 있지 않았다. 뿐만 아니라 그런 것을 알고 있는 사람도 한 사람 없었다. 모든 것을 기자 혼자 뛰어다니며 알아서 만들고 꾸미지 않으면 안 되게 되어 있었다.

기자가 오늘날까지 김동리 선생을 모시고 8년째 문학 잡지를 만들고 있는 것도 실은 그때 박이 만들어준 인연 때문이었다.

우리는 매일같이 출근하는 즉시 전화를 걸어 안부를 물었다. 기자가 먼저 걸거나 박이 먼저 걸어오거나 둘 중의 하나였다. 그리고 퇴근 후에는 반드시 만나서 소주를 마시지 않으면 견디지 못해했다. 천재지변까지는 안 가더라도 정말 신상에 특별한 일이 없는 이상은 하루도 잊거나 거른 적이 없었다. 만나는 장소는 대개가 종로 5가 사상계사 근처였다. 기자는 업무 직원이었으므로 일이 일찍 끝날 뿐만 아니라, 종로 5가 어느 다방 아가씨에게 홀딱 미쳐 있었으므로 자연히 기자가 그쪽으로 달려가게 마련되어 있기도 했던 것이다.

우리는 만나면 뒷골목 대폿집으로 들어가 으레 소주를 마셨다. 때로는 김치 조각이 안주의 전부일 적도 있었으나 박이나 기자는 육식을 택하는 체질이어서 안주는 언제나 가축 쪽인 고기 요리였다. 평론가 김현, 소설가 박태순씨 등이 더러 합석하기도 했던 이 시절의 일절을 제삼자적인 입장에서, 평론가 김현씨는 박의 인간적인 측면을 이렇게 기술하고 있다.

그가 순 촌놈이고 막둥이이며 그의 어머니는 그에게 할머니처럼 느껴질 정도로 연세가 많으며, 결코 오입을 하지 않으며, 오입하는 친구를 그렇다고 욕하지도 않는다는 것을 알았다. 그에게는 이문구라는 친구밖에 친구다운 친구가 없었다. 〔……〕 이 두 촌놈은 나중에 유일한 단짝이 되어, 서로 십원 한 장을 넣고 막걸리 집에서 만나, 오 원짜리 왕대포 두 잔을 짠지와 함께 두서너 시간 동안 마시면서, 기세 등등히 한국 문학판을 매도하게 되며 급기야 전서라벌예대 출신에게 스승을 모욕한 놈들이라는 몰매를 맞게 된다.[1]

박상륭은 기자와는 여러모로 대조적인 위인이다. 기자도 일쑤 '독종'이라는 험구를 듣고 있지만 박의 경우와는 품질에 차이가 있고, '깡다구'라는 말도 듣지만 박과는 그 기질의 종류가 다른 것이다.

일방적으로 말해도 무방하다면, 박의 그것은 강의실에서처럼 '앞전'적이며 보다 더 직정적(直情的)이고 직접적인 반면 기자의 '독성'이나 '깡기(氣)'는 '뒷전'적이고 간접적이며 훨씬 더 흉물적인 것이다. 박이 지략을 겸비한 투사라고 한다면 기자는 감정적이며 '앞잡이'형인 셈인 것이다. 그러한 성격 차이 때문인지는 모르나 우리는 무슨 일에건 단 한 번 머리를 맞대고 모의를 해본 일이 없고 계략을 꾸며본 적도 없었다. 계략이나 책략이 필요 없을 정도로 그는 직정적인 투지로써 정면 대결하는 체질이었고, 기자는 감정적으로 투신하는 기질이 있기 때문이었다. 그러니까 함께 모사를 하기는커녕 각기 상

---

1) 김현, 「세 개의 산문」, 『박상륭 소설집』 1 해설(민음사, 1971).

대방의 임전(臨戰) 태세를 말리고 달래기가 더 바빴던 게 사실이었다. 다시 말하면 어떤 일에 부딪혔건간에 뒤에서 성원하고 가세해준 적은 한번도 없고 진정시키고 가라앉혀놓는 일에 더 많이 신경을 쓴 셈이었다. 그것은 한번 손대었다 하면 그 방법만 다를 뿐, 기어이 끝장을 보고야 말려는 다혈질적인 기질임을 서로가 잘 알고 있었기 때문이었다.

위에 인용한 김현씨의 글에는 매양 술에 가난하게만 마신 것처럼 되어 있는데 오히려 어느 계층 못지않게 흥청거리며 넉넉한 기분으로 술을 마신 편이었다. 특히 박은 정신적인 귀족이었고 마음이 가난한 자를 질색으로 알고 있었다. 한 잔 술로 천하를 희롱하고 외마디 고함으로 산천을 움직이려는 풍류아였던 것이다.

그러나 박을 평범한 뜻으로의 풍류라고 일컫기엔 다소 걸리는 것이 없지 않기도 하다. 기준 미달 사항이 한 가지 있기 때문이다. 위의 인용문에도 잠깐 비친 바와 같이 그는 절대로 오입을 하지 않는 것이다. 동정 그대로 결혼을 한 것으로 알려진 그는, 부인이 먼저 캐나다로 건너가 일 년 가까이 혼자 홀아비 생활을 한 동안에도 단 한 번을 외도한 적이 없었다. 그만큼 유례를 찾아보기 어려운 애처가인 탓이었다.

그렇다고 덮어놓고 모든 여자를 싫어하는 것은 아니었다. 아니 오히려 누구 못지않게 여인을 좋아하는 사내였다. 다만 '여색'을 멀리하는 것뿐, 기자는 문예지 기자 생활 8년 동안, 문단의 많은 문인들을 알게 되었고, 그 중에서 여색 즐기는 사람을 손꼽으라면 당장이라도 베스트 텐을 뽑아낼 수 있다고 장담한다. 그러나 여색을 철저하게 멀리하는 문인은, 기자가 알기로는 박가 성을 가진 두 소설가 정도라고 어림한다. 상륭·태순 이 두 인물은 여색을 극약처럼 금기하는, 일부(一婦)에 대한 철저한 일부단심(一夫丹心)주의자들이다.

여자에 관한 사항에 이르면 박에게는 유별난 특징이 한 가지 곁들여져 있다. 그것은 여색 아닌 여인을 좋아하되 언제 어디서나 연상의 여자만을 '좋게 보는' 버릇이 있는 것이다.

앞에서 기자는 박의 사춘기 한 대목에 연상 여인과 소꿉장난식 연애 놀이가 있었음을 간단하게 기술한 바 있다. 그러나 그것은 한때의 불장난이었을 따름, 그의 인생 자체에는 별다른 영향을 끼친 것 같지 않은 눈치였다.

박의 정신 행로에 절대적인 영향을 끼쳐준 여인은 그 훨씬 이전에 따로 있었던 것이다. 그녀도 연상의 여인이었다. 소년 시절의 모든 정서와 순정을 송두리째 앗아가버린 여인…… 그녀는 여선생이었다. 초등학교 5학년 때의 담임 선생이었다.

6

박의 초등학교 5학년 시절의 담임 선생은 젊고 어여쁜 여선생이었다. 그 여선생은 반장이며 공부 잘하고 말 잘 듣는 박을 몹시 편애하였다. 박도 그 여선생을 세상의 무엇하고도 바꿀 수 없는 여신처럼 여겼고 일종의 모정에 사로잡혀 있었다. 그것은 정신적인 조숙성과는 무관한 일이었으며 원초적인 어떤 향수와 비슷한 감정이었다.

그 과년한 여선생은 언제부터인가 한 남성을 사랑하고 있었다. 그것도 박이 알아낸 일이 아니라 5학년 학기말 무렵부터 조그마한 벽촌에 떠돈 쑥덕공론과 입에서 입으로 옮겨다니던 풍문에 의해서 알게 된 일이었다. 그녀가 사랑하는 남자는 같은 학교의 총각 선생이었다.

한 학교 남녀 교사간의 염문은 날개를 달고 퍼져 드디어는 학부형들이 들고일어날 정도로 여론화되고 말았다. 교육부와 장학사에게 투서가 날아들고 교장은 이틀이 멀다하고 군 교육구청에 호출을 당하고 있었다. 그러는 동안 새 학기가 되었다.

여선생은 어디론가 좌천이 되어 떠나버리고, 6학년에 진급한 박의 반 새 담임은 떠나간 여선생과 그렇고 그런 일이 있었다던 문제의 그

남선생이었다. 그것은 어린 박의 가슴에도 적잖은 충격이었다. 차츰 공부가 싫어지고 학교가 싫어지기 시작했다. 마치 연적(戀敵)에게 굴복하고 연적의 시종이나 된 듯한 굴욕감 같은 묘한 느낌만이 점차로 팽대해질 따름이었다. 그는 차츰 남선생에 대한 저항감과 반발심을 주체하지 못해 증오심을 불태우고 있었다.

그러던 어느 날이었다. 어느 무더운 토요일 방과 후였다. 남선생은 박을 운동장 한구석으로 끌고 가더니 가느다란 두루마리 한 개를 내밀며 심부름을 해달라고 부탁하는 것이었다. 박은 눈앞이 아찔했다. 어디로 떠났는지 알 수 없었던, 그 여선생의 행방을 대뜸 알게 됐고, 그뿐만 아니라 불과 한두 시간 뒤엔 만나볼 수 있게 되었기 때문이었다. 그 여선생이 있는 곳은 버스로 한 시간만 나가면 있는 C면의 C초등학교였다. 그 여선생에게 그 가느다란 두루마리만 전해주고 오면 된다면서 남선생은 친절하게도 버스까지 태워주며 신신당부를 하는 것이었다. 박으로서는 뜻밖의 횡재나 다름없었다. 못내 잊을 수 없던 여선생을 만나볼 일을 생각하니 가슴이 뛰고 설레어 걷잡지 못할 지경이었다. 그날 C면은 장날이어서 버스가 초만원이었다. 박은 이리 눌리고 저리 밀리면서도 그 여선생을 만나게 된다는 일념에 고된 줄도 모른 채 헌털털이 버스에 매달려 C면까지 갔다.

그러나 누가 뜻하였으리. 남선생이 조심해서 가지고 가라며 열 번 스무 번 당부하던 그 가느다란 두루마리가 온데간데없이 사라질 줄을……

사지가 후들거리고 눈앞이 캄캄했으나 별수없는 일이었다. 그 북새통의 버스 안에 떨구었든가 어느 손버릇 나쁜 자가 소매치기해갔든가 둘 중의 하나일 터였다. 박은 죽어버리고 싶은 심정이었지만 그럴 수도 없는 노릇이었다. 그는 꿈속에서도 그려보았던 여선생마저 만나보지 못한 채 눈물을 머금고 되돌아서는 도리밖에 없던 거였다.

이튿날 등교했을 때, 담임인 남선생이 심부름시킨 일을 제대로 이루었는지부터 따져 물은 것은 당연한 일이었다. 잔뜩 겁에 질려 기를 못 펴고 있던 박은 얼떨결에 고개를 끄덕여보이며 그 두루마리가 무엇인지도 모른 채 잘 전해주었노라고 거짓말을 할 수밖에 없었다. 며칠 동안은 비밀이 지켜졌다. 그러나 그 비밀은 오래갈 성질의 것이 아니었다.

어느 날 아침 박이 등교하기를 기다렸던 남선생은 이렇다 저렇다는 말도 없이 덮어놓고 박에게 몽둥이찜질을 하기 시작했다. 거짓말했던 게 드러난 것이었다. 박은 온종일 몽둥이로 얻어맞았고 그 다음 날도 그렇게 두들겨 맞았다. 아니 매일매일 한차례씩 두들겨 맞았다. 초등학교를 졸업하던 전날까지 그는 담임 선생 화풀이의 대상이 되어 걸핏하면 두들겨 맞곤 했다. 박은 얻어맞으면서 자기가 잃어버린 두루마리가 무엇인지를 알게 되었다. 그것은 한산 세모시[細苧] 한 필이었다. 여선생의 생일 선물로 보낸 것이었다. 그 모시 한 필로 인해서 남선생과 여선생의 사랑은 중간에서 깨졌고 만나면 소 닭 보듯 하는 남남이 되고 말았다. 여선생은 남선생이 생일 선물을 하지도 않고 아이(박)가 잃어버렸다며 거짓 생색만 낸다고 오해를 하여 아주 돌아서버렸던 것이며, 남선생은 가슴에 쌓인 실연의 울분이 발작하면 어린 박에게 몽둥이질을 하여 풀어보려고 한 거였다. 어린 박으로서는 감당할 수 없을 엄청난 시련이었다. 그러나 박은 잘 견뎌냈다고 했다. 이를 갈고 혀를 깨물며 끝끝내 견뎌냈다고 했다. 그때 겪은 시련, 그렇게 다져진 완강한 정신력은 그가 성인이 된 뒤 어떤 난관에 부딪혀도 굽히지 않고 본연의 자세를 지탱해냈을 뿐 아니라, 기어코 상대방이 제풀에 지쳐 꺾이고 말 때까지 기다려 최후의 승리를 거두는 투지로 굳어진 것 같았다.

소년 시절의 정서와 순결은 한 학기 동안 계속된 그 무지막지한 실연의 가학적 매질에 깨끗이 짓밟혀버리고 말긴 했지마는.

　1969년 5월 1일. 박상륭은 서북 항공기 편에 캐나다로 떠났다. 부인 배여사는 그보다 반년 이상 앞서 먼저 기술 이민을 갔고, 그는 부인의 초청장을 받고 오랜 여권 수속 끝에 드디어 조국을 떠난 거였다. 곧 가랑비라도 흩뿌릴 것 같은 침울한 하늘에서는 갈피 없는 바람이 휘몰아치고 있었고, 김포공항 송별대에는 그를 마지막 송별하기 위해 나왔던 김수명·김현·박태순씨가 김빠진 얼굴을 마주보며 기념 촬영을 하고 있었다. 그는 언제 다시 온다는 언질도 없이, 편지를 자주 하겠다는 말도 없이, 덴마크의 농장으로 노무 취업차 떠나가는 다오메이 농부처럼 거무충충한 얼굴을 돌리고 떠나버렸다.

　벌써 햇수로 7년. 그의 일가는 줄곧 밴쿠버에서 살고 있다. 이민 3년 만에 집을 샀고, 집을 장만한 뒤에야 큰딸 크리스티나와 둘째딸 온디누를 낳았다.

　히피족뿐인 거리. 오나가나 노팬티 노브라 아가씨들의 천국에서도 그는 오입 한번 못 하는 전라도 촌놈, 조선 생원 노릇을 하며 산다.

　그는 따분하면 편지를 써보낸다. 얄팍한 타이프 용지에 타자기보다도 더 작은 글씨로 장강 삼천리를 써보낸다. 그는 매번 길게 편지를 쓴다. 그의 편지가 오면 편지를 읽는 투로 읽으면 실패하고 만다. 원고지에 정리하면 적어도 7, 80장은 될 터인데 편지 한통 한통이 문장이며 내용이며가 그대로 연작소설인 것이다.

　일과 없이, 시작과 끝이 없이 아무렇게나 되는 대로 하루씩 살아가고 있는 기자는 제때에 답장을 해보낸 일이 한번도 없다. 어떤 때는 서너 달, 어느 해는 반년이 지나서야 편지를 쓰기도 한다. 그러면 박도 편지를 끊거나 반년에 한 번쯤 보내오곤 한다. 지난해(1974)는 365일 내내 서로가 엽서 한 장 주고받지 않고 넘겼다.

　그는 캐나다에 이민 간 뒤에도 많은 작품을 썼다. 국내에서 비실거리는 작가보다도 더 많은 작업을 한 셈이다. 단편소설 「사주(砂洲)를 건너서」「자정녀(뙤약볕 其二)」「경외전 세 편」「산남장(각설이 일기 其三)」「남도(其一)」, 중편 「칠일과 꿰미」는 1969년에 보내온 작품이었고, 계속해서 단편 「천야이화(千夜二話)」「세 변조」「늙은 것은 죽었네라우(남도 其二)」「산북장(각설이 일기 其四)」「최판관」「늙은 개」「십시일반」, 그리고 중편소설 「숙주(열명길 其二)」를 써 보내왔다.

그는 원고가 되면 기자 앞으로 우송해오곤 했다. 기자는 그의 원고 업무에 관한 국내 지점장 격인 셈이었다. 그의 고료는 기자 심경에 갑자기 큰 변덕이나 일어나야만 그의 생가로 더러 우송해줄 뿐 대개는 기자가 임의로 횡령 착복을 해왔다. 여러 해 동안 기자가 가로채어 떼어먹은 고료를 합하면 아마도 황소 한 마리 값이 넘으리라고 추산된다.

그의 첫 창작집은 민음사의 호의로 1971년 8월에 간행되었다. 2편의 중편과 단편 7편이 수록된 창작집의 제호는 『박상륭 소설집』이었다. 그의 문학을 가장 가까이에서 지켜보아온 사람이기도 한 김현씨는, 장문의 해설을 권말에 곁들이면서, 그의 소설 문장의 특성은 "조율성(律調性)과 적확한 남도 사투리"라고 지적하고, "폐쇄적이며 주술적인 비유들로 가득 차 있다"고 덧붙이고 있다. 그의 소설은 난삽하다는 것이 일반 독자들의 의견이었고 사건의 당돌함과 어휘의 대담성에 주목한다고 한다.

그의 단편 중에서 가장 많이 읽힌 것으로 알려진 「남도 1」의 첫머리는 이렇게 시작된다.

그란디, 워짠놈의 비만 요로케 짜들아지게 퍼부서 쌓는지 참말이제 알 수가 없구만 그랴. 멀기도 먼 물질(길) 저쪽 동네도 비만 오까? 비만 요로케 오고 어둡기만 어두우까? 하매 달이 어지간히 커졌을긴디. 커졌을끄라고 달이…… 석 달을 내내 비만 오고, 달은 떠도 메물(밀)밭은 안 비(뵈)고, 석 달을 내내 비만 오고…… 할마씨 나도 인재는 죽을라고, 그럴라고 벵인개비요, 벵인개비요. 나도 인재는, 큰 독(돌)이나 하나 몸에 짬매고, 그리고 메물꽃 흐물트러진 속에나 높고만 젎소. 참말이요. 허기는 내가 벌쎄부텀 죽어뻐렸는개빈디도 워디로 갈중을 몰라 혼백이 내 요 몸을 요여(腰輿) 삼아 그냥 지냥 사는지도 모루긴 모루겄소, 모루겄소……

신재효본(申在孝本)「춘향가」가락보다도 호흡이 길고 구성진 판소리 율조가 7월 보름밤 칠산도(七山島) 중년 과부의 군소리처럼 청승맞게 흘러가고 있다.

그의 문학적인 성과에 관해서는 이미 많은 비평가들이 평가를 시도해왔고 그 작업은 앞으로도 끊임없이 계속될 터이므로 기자같이 비논리적인 자가 작품에 대하여 언급하는 것은 분수 없고 어쭙잖은 짓이라고 여기므로 일부러 삼가고자 한다.

1973년에 간행된 그의 두번째 작품집 『열명길』(삼성출판사 간/문고판 · 한국문학전집 97)에는 중편 「열명길」 외에 그의 연작소설 「각설이 일기 기6(其六)」에 해당하는 「유리장」이 함께 수록되어 있다. 이 「유리장」은 나중 그의 본격적인 장편 제작을 위한 한 시도로서 집필된 것이라고 할 수 있는데 이 작품도 전편에 걸쳐 그의 체질화된 신들린 문장이 신비스러운 분위기를 유감없이 자아내어 읽는 이로 하여금 성장하는 동안에 깊이 잠들어버린 본연적이고도 원시적인 대지에의 귀의감을 불러일으킨다.

태양이, 마갈궁 뒤뜰, 잎진 가지 끝에, 고수레감처럼 매달려 있을 때이니, 눈잎이라도 내려야 되고, 하다못해 찬이슬이라도 내려야 될 때였는데도, 이 고장엔 봄도 가을도 겨울도 없어 여름도 없으니, 그러니 말하자면 노란 세월과, 노란 하늘과 노란 땅이 맞닿아 있는 채, 아직 궁창이 나눠지 않았고, 그래서 거기에는 모든 것이 정지해 있는 것만 같았다.

「유리장」 속에서 무작위로 인용해본 지문의 한 대목이다.

그의 작품은 샤머니즘의 논리화라고 김현씨는 말한다. 소재 면에서 샤머니즘 세계로 몰입하는 것이 아니라 그것을 객관적으로, 논리적으로 묘사함으로써 그 세계의 의미와 한계를 두드러지게 드러내보인다는 것이 김씨의 주장이다. 김씨는 그의 소설 세계는 화해의 세계라고도 말한다. 그 세계 속에서는 죽음마저도 화해의 형태를 취한다는 것이다.

박은 앞에서도 미리 일러두었지만 종교에 관해서 오랫동안 터를 닦은 바 있었다. 기독교의 교리 분석에서 출발한 그의 집념은 불교와 노장 사상뿐 아니라 국내의 신흥 종교에까지도 많은 관심을 가지고 있었다. 그의 편지에 의하면 캐나다에서는 영역판 코란과 티베트 지방의 고대 밀교에 관해서 장기간 공부했다는 거였고, 특히 아프리카 신화에 대해서도 집중적으로 조사하고 있다는 것이었다. 국내의 어느 동료 작가 한 사람은 박의 소설을 읽다보면, 저 계룡산록(鷄龍山麓)이나 김제 모악산 일대의 신흥 유사 종교 교주의 강론집을 읽고 있는 것이 아닌가 하는 착각이 들 때도 있다고 하였다.


8


1974년 10월 21일이라고 기억한다. 그 전날 기자는 자정 10분 전의 마지막 버스마저 못 탈 정도로 청진동 술을 휩쓸어 마시고 여관방 신세를 졌던 터라 그날 아침은 일찍부터 한국문학사 아래층 다방에 앉아 위장을 달래고 있었다. 앉아서 조간지 한 장을 반쯤 읽어갈 때였다. 누가 느닷없이 다가와 어깨를 주먹으로 치는 것이 아닌가. 얼떨결에 고개를 들어보니 어디서 많이 봤던, 그러나 분명 낯선 사내가 서 있었다. 그리고 그 순간 기자는 앞에 버티고 서 있는 사내가 박상룡이라는 것을 깨달았다.

솔직하게 말해서 기자는 눈앞이 아찔하면서 가슴이 무너짐을 느꼈다. 그러면서 기자는 같은 순간, 아, 박이 죽었구나. 붕정만리(鵬程萬里) 이방에서 죽은 모양이구나. 그리고 혼백만 귀국하여 내 앞에 현시하는구나…… 엉뚱하게도 기자는 분명히 그런 순간적인 착각을 하면서 자신도 모르게 벌떡 일어나 그의 팔과 어깨를 덥석 잡아보았던 것이다. 그러나 그것은 확실한 실물이었다. 실물이 와서 버티고 서 있는 거였다. 그러나 기자는 여전히 현실감이 우러나지 않았다. 아무리 생각해도 그렇게 나타날 수는 없겠던 거였다. 편지 왕래가 두절된 지 1년여. 엽서 한 장, 예고 한마디 없이 수원이나 인천 사람이 찾아오듯 그렇게 나타날 수는 없겠던 거였다. 더구나 청진동 골목은 너절하고 복잡해서 서울에서 여러 해를 상주한 사람도 으레 전화로 위치를 자세히 물어서 찾아오곤 하던 터였다.

기자는 갈피를 잡을 수 없는 머리로 그와 함께 차를 마셨다. 그는 차보다도 술을 원했다.

아침 9시. 우리는 6년 만에 다시 술집에 마주앉게 되었다. 그는 막걸리·소주·특주, 그리고 어설픈 깍두기, 짜디짠 신김치 따위들을 시음 시식해본 뒤에야 일시적으로 귀국하게 되었노라는 이야기를 털어놓았다.

밤새도록 서반구를 날아온 비행기가 김포에 도착한 것은 미명의 6시경. 택시로 시내에 들어와 여관에 여장을 풀고 나온 길이라고 했다. 아무 예고도 없이 그렇게 갑자기 와보고 싶더라는 것이었다.

그가 일시적으로 귀국한 것은 유급 장기 휴가를 고국에서 즐기기 위한 것이었지만, 그보다는 그곳의 종합 병원에 근무하면서 틈틈이 집필하여 탈고한 전작 장편소설을 출판하는 일이었다.

도중에 분실·훼손이 염려되어 하물로 꾸리지 않고 직접 손으로 들고 왔다는 그 작품은, 200자 원고지로 무려 2,700장이나 되는 방대한 분량의 대작이었다. 중국인 인쇄소에서 주문하여 만든 지질 좋은 그 원고지 한 짐 속에는 글자 한 자 틀리고 지운 흔적도 없이 정성을 다해 필기한 기미가 너무도 역력하였다. 제목은 『죽음의 한 연구』. 30여 장의 주석 노트와 12개의 도표가 포함된 그 원고를 그는 직접 자기가 교정까지 보겠다면서 표지화 원고도 곁들여 내보였다. 우리는 책자 제작에 대해서는 대충대충 적당히 합의해놓고 술원수를 마셔서 갈듯이 닥치는 대로 퍼마셨다. 문자 그대로 취생몽사의 경지였고, 몇몇 해를 두고 쌓이고 쌓인 체증을 후련하게 씻어낼 수 있었다.

그는 기자에게 여러 가지 물건을 선물했는데, 그 중에서도 가장 흐뭇한 물건은 청바지 천으로 만든 히피 모자였다. 우리가 흔히 일컫는 비렁뱅이 거지용 쭈그렁 벙거지였다. 박이 돌아간 뒤에 기자는 여러 사람의 도심(盜心)을 경계하며 소중히 썼다. 한번만 써보자고 조르는 많은 문단인들의 부러워하는 눈을 피해가며(슬쩍 먹어갈까 봐서) 아껴 쓰다가 김지하 출옥하던 날 밤 영등포교도소 앞에서 많은 인파가 북새를 피우는 바람에 분실해버리고 말았지만.

박은 엿새 동안 머물다가 캐나다에서 기다리는 처자 품으로 되돌아갔다. 그는 여러 날 묵으면서 실컷 쉬고 갈 당초의 예정을 갑자기 바꾸어 도로 날아가버린 거였다.

그 이유는 여러 가지가 있었을 터였다. 원래가 말이 많지 않은 사내라서 길게 해명하지도 않고 돌아가버린 거였지만 박은 한마디로 "환멸을 느꼈다"고 말했다. 모든 것이 6년 전 출국시에 견줘, 너무도 광적으로 변질된 데에 환멸을 느끼지 않을 수 없다던 거였다.

그는 시류·풍조에 휘말려들어 거의 서구식으로 변질된 여러 가지 형태에 관해서 지적하면서 몹시 분개하고 개탄을 금치 못해했는데, 특히 알 만한 사람들의 인심 동향에 대해서는 거의 절망적인 환멸을 느꼈다는 거였다. 아무리 조석변인심이라고 일러는 왔지만, 6년 세월의 풍화 작용이 그토록 진효(秦效)할 줄은 미처 예측도 못했다는 거였다. 한마디로 말해서 그는 서울에 왔으면서도 고국의 진국맛을 맛볼 수 없던 거였다. 다시 말해 그가 서울에 와서 피부로 느낀 인심은,

밴쿠버의 차이나타운이나 일본인가(街), 또는 퇴락해가는 인디언들의 일상 풍경과 크게 다른 점이 없어 보인다던 거였다.

그는 10월 26일, 오후 7시발 대한항공 편을 탔다. 밤새 날아와 새벽에 왔던 그는 저녁에 떠나 밤새 날아간 거였다. 그는 출국의 좁은 문을 나가면서 아무 말도 하지 않았고 기자도 뒷전에서 멍하니 건너다보기만 했을 뿐 아무 말도 하지 않았다.


9


"공문(空門)의 안뜰에 있는 것도 아니고 그렇다고 바깥뜰에 있는 것도 아니어서, 수도도 정도에 들어선 것도 아니고 그렇다고 세상살이의 정도에 들어선 것도 아니어서, 중도 아니고 그렇다고 속중(俗衆)도 아니어서, 그냥 걸사(乞士)라거나 돌팔이 중이라고 해야 할 것들 중의 어떤 것들은……" 하고 시작되는 2,700장의 장편 대작 『죽음의 한 연구』는 지난 3월 초순 한국문학사에서 간행되었다.

고급 미색 중질지 본문으로 502페이지에 달하는 이 호화판 저작은 그가 떠난 지 석 달 만에 출간을 본 것이었다. 출간이 늦어진 것은, 두말할 나위 없이 제작 총책으로 자청하고 나선 기자의 불찰과 무성의 때문이었다. 기자는 제작을 진행시켜놓고도 자유실천문인협의회 창립 동인으로 한 달 가까이나 협의회 일로 이 일에 손을 못 대고 있었고, 지난 1월에는 문협 이사장 선거에 이호철 선거 운동원으로 다시 일에 손을 대지 못했고, 2월은 한 달 내내 동아일보 격려 광고 일로 다시 경황이 없었던 거였다. 만리 밖의 이성(異城)에 앉아 있는 박에게, 책이 늦어진 그간의 사정을 이 지면을 통하여 양해를 구하는 바다.

『죽음의 한 연구』는 서점가 특유의 수금 부진을 감안하여 우선 서울 종로서적 센터와 양우당, 종로 1가의 청구서림, 광화문 중앙도서

전시관 등 네 군데서만 시판을 하고, 한국문학사에서는 지방 독서가를 위해 우편 판매를 하고 있다.

　며칠 전에 날아온 그의 편지에는 이런 구절이 눈에 띄었다.

　"『죽음의 한 연구』 기2(其二)는 구상에 있어 완전히 끝난 셈이다. 한 6개월쯤의 시간이 내게 주어진다면 그것이 글자를 입게 될 것이지만, 먹고 사는 일이 바빠 아직은 시작을 못 하고 있다……"

　그가 구상을 마쳤다는 장편도 머지않아 탈고가 되리라고 확신한다. 그 두번째 장편도 기자의 손으로 제작하고 싶은 마음이지만, 이번의 책을 만드는 데에 오랜 기간이 걸려 그에게 실덕(失德)을 했으므로, 두번째 장편은 아마 다른 사람에게 위임할지도 모를 노릇이다. 그러나 기자는 그의 제2의 거작이 금년 안으로 비행기 편에 '귀국'하기만을 손꼽아 기다리는 심경이다.

　이야기를 마무리하려 하니 갑자기 몇 해 묵은 일들이 떠오른다. 그는 7년 전 출국할 때 5편의 단편과 장편소설 한 편을 보관해주도록 부탁했었다. 장편은 다시 되돌아올 때까지 간수하고 있으라는 거였고, 단편은 지면이 생기는 대로 발표해도 무방하다는 것이었다. 그러나 도캐(渡加)한 지 1년도 안 되어 모든 것을 백지화시킨다는 거였다. 두고 온 원고를 모두 없애달라는 부탁이었다. 남기고 온 작품들은 안 쓴 것으로, 없었던 것으로 하고 싶다던 거였다. 모두가 새로 쓰고 싶다는 거였다.

　그의 부탁대로 기자는 그의 단편들을 지상에서 말소시켜버렸다. 그러나 한 가지만은 그럴 수 없었다. 그가 남기고 간 한 보따리 분량의 장편소설. 그것은 대하장림, 5,000장에 이르는 대작이던 것이다. 그것은 아무리 생각해봐도 달리 처리할 방도가 없었다. 그냥 끝끝내 보관하는 것이 예의 같기만 했다. 그 원고는 오늘까지도 기자가 소중하게 보관하고 있는데 지난번 그가 일시 귀국했을 때도 그 이야기는 입 밖에 내지 않았다.

　그가 떠날 때도 정도(程度) 있는 섭섭함 외에 별다른 감회가 기자에겐 느껴지지 않았다. 왜 그랬을까. 박은 아무 때라도 마음만 일면 이번처럼 느닷없이 불쑥 나타나 기자의 어깨를 주먹으로 툭 치며 버티고 서서 껄껄 웃게 될 인간으로 반죽된 위인이기 때문이었을 터이다. 〔『한국문학』, 1975년 5월호〕

주소는, Sang-Ryoong Park, 4521 BEATRCE ST., VANCOUVER 12, BC., V5N 4J1 CANADA

# 터프가이 박상륭

김주연

박상륭 교도들이라는 말이 있다고 들었다. 이런 말이 통용된다면, 아마도 박상륭이 교주라는 뜻이 될 것이다. 실제로 어느 여성 시인은 그를 대상으로 시를 지은 바 있고, 그 시를 나도 원고로 읽은 일이 있다. 박상륭의 본체라고 할까 하는 부분을 꽤 관통해서 묘사한 재미있는 시였다. 그 시는, 그러나 단순한 재미 아닌, 작가에 대한 외경심으로 씌어진 일종의 헌시였다.

그렇다, 상륭은 지금 어떤 문학 청년들 사이에서 존경을 넘어선, 외경의 대상이 되어 있는 것 같다. 그러나 동시대인인 내게 연상되는 그의 이미지는 그런 것과 사뭇 달라서, 이런 종류의 글이 미상불 조심스럽기만 하다. 비단 상륭에 대해서뿐 아니라, 나와 동시대인인 문우가 후배들에 의해 존경을 받은 나머지 거의 신화화된 경우, 나로서

438

그에 대해 언급한다는 것은 매우 힘든 일이다. 아래에서 그를 올려다보는 것과 옆에서 그를 마주보는 것은 아주 다를 때가 많기 때문이다. 따라서 옆의 인상이, 아래의 인상과 다를 경우 자칫 신화화된 이미지를 부수는 결과가 된다. 그것은 그 이미지의 주인공뿐 아니라, 그 이미지를 만든 사람들에 대해서도 자칫 실례가 될 수 있기 때문에, 반드시 필요한 경우가 아닌 한 언급을 삼가는 것이 좋겠다는 것이 나의 생각이다. 실제로 나는, 적어도 글로 된 진술을 통해서는 이런 생각을 지금까지 지켜왔다.

이 자리에서 지금 나는 이 같은 금기 가운데 하나를 깨야 할 듯하다. 왜냐하면 이 이야기를 제외하고서 나는 박상륭과 비교적 가까운 이로서 별로 그에 걸맞는 다른 이야깃거리가 없기 때문이다. 무슨 서설이 그렇게 장황할까 싶어 여기서 컷. 1970년대 중반 어느 가을날쯤으로 돌아간다.

당시 어느 신문 논설실에 있던 내게 월간 '세대'사의 권영빈(현 중앙일보 논설주간) 형으로부터 황망히 전화가 걸려왔다. 점심때가 조금 지난 오후 시간이었다. 빨리 '세대'사 밑의 어느 통술집으로 오라는 것이었다. 아니, 벌건 대낮에 웬 술집? 그러나 권 형은 숨넘어가는 소리로 출두를 재촉했다. 나는 그래도 이유를 캐물었다. 그러자 밝힌 사유라는 것이, '양박'이 대판 붙었다는 것이었다. 양박이란 박상륭과 소설가 박태순이었다. 붙었다니? 치고 받고 싸움이 심각하다는 것. 아니 캐나다에 있는 박상륭이 대낮에 서울 한복판에서 무슨 활극이란 말인가. 나는 도저히 믿어지지 않았으나 권 형의 SOS에 따르지 않을 수 없었다.

헐레벌떡 '세대'사 아래 통술집에 들어서면서 나는 거의 내 눈을 의심할 뻔했다. 사태는 보고 이상의 것이었다. 당시 '세대'사는 지금 한국일보 뒷골목 삼거리 근처에 있었는데, 그 통술집은 글자 그대로 드럼통을 엎어놓고 그 위에서 곱창 따위를 구워 먹는 소줏집이었다. 둘은 이미 엎치락뒤치락하는 상황이었다.

싸움은 나의 맹활약에 힘입어 중단되었고 상룡은 근처 '한국문학'에 근무하고 있던 이문구 형에게 인계되었다. 그뒤로——그 다음날이라고 하던가, 다음다음날이라고 하던가——그는 훌쩍 다시 밴쿠버로 떠났고 조용해졌다. 그는 말하자면 이 싸움을 위해 밴쿠버에서 몇 년 만에 날아왔던 것이다. 상룡의 입장에서 보자면, 와신상담 설욕전이었다. 그전에 무슨 일이 있었느냐고? 그전 일은 내가 직접 목격한 것은 아니었는데 1967년엔가 박상룡이 신산한 고국 생활을 접고 캐나다 이민 길에 오를 때 일련의 환송 술자리에서 일어났던 것. 박태순이 그의 얼굴을 받아 이가 부러졌으나, 상룡은 시간에 쫓겨 그대로 출국할 수밖에 없었던 전사(前史)가 있었다. 싸움이 다시 일어난 그날 아침 상룡은 홀연히 서울 거리에 나타났다가 다시 급거 사라졌으며, 나는 소중한 한 목격자였다.

1990년대초(나는 이런 일의 상세한 연도나 일자를 잘 기억하지 못한다) 시애틀의 한 번역 관계 국제 회의에 참석하고 난 다음, 일행 중 정현기 형을 꼬드겨 밴쿠버의 그의 집을 급습하였다. 시애틀에서 밴쿠버까지의 거리가 비교적 가까운 편이라는 명분과 구실 아래에서 이루어진, 통술집 사건 이후 근 20년 만의 재회였다. 단 하룻밤의 재회였으나 이때 우리는 통음하였다(통음이라니! 그때 그는 술을 끊고 있는 상태여서 정 형과 나만 통음하였다). 장모님을 모시고 훌륭한 부인과 예쁜 딸 셋의 여인 천하에서도 그는 여전히 교주의 자리에 있는 듯했다. 20년이 훨씬 넘는 이민 생활 가운데 글쟁이 친구의 방문은 처음이라면서 그는 너무 좋아했다. 그를 처음 만나는 정 형은 나보다도 훨씬 더 그에게 반하더니, 귀국 후로도 그의 진지한 팬이 된 것 같았다. 박경리 여사와 다리도 놓아주었고, 편지 왕래도 심심찮은 모양이었다.

그러나 밴쿠버에서 돌아온 다음, 그리고 이어서 그 자신이 '절반 귀국'을 하고 난 다음, 오히려 우리는 잘 못 만나고 있다. 어느 틈엔가 그를 따르는 젊은 문학인들이 몰려들더니 그를 에워싸고 꼭 어디로 데려가버린 느낌이다. 내가 아직 그의 문학에 대한 촉수를 제대로 뻗지 못하고 있는 사이에 그 일은 이루어지고 있다. 솔직히 말해서 나는 상륭의 소설을 잘 모른다. 정신사(精神史)에 도전하는 방대한 이론과 가설로 형성되고 있는 그 소설들은 문체상의 난해함 이외에도 그 스스로 도전받을 수밖에 없는 다소의 문제들을 안고 있다. 누군가 그 일을 해야 할 터인데 나는 아직 그것과 멀리 있다. 게으름 탓이다. 언젠가 부지런해져서 그의 높은 어깨를 만지게 되기를 기대한다.

# 한 번 받은 편지는 영원히 받는다

## 이문재

싸아한 매미 소리 때문이었을 것이다. 새벽녘에 눈이 떠졌다. 북한산 중턱에 웅크려 있는 낡은 집은 집단으로 철야하는 매미 소리에 완전 포위되어 있었다. 그것은 몸 밖의 이명이었다. 아카시나무 숲 속에서 진동하는 매미 소리는 내 덜 열린 고막 바로 앞에 진주해 있었다. 도시의 매미들은 인공의 불빛을 햇빛으로 오인한다는 것이었다. 밤이 없어진 줄 알고 죽어라고 울어댄다는 것이었다. 늘 깊은 잠에 들지 못하고 어수선하기만 한 내 꿈의 안쪽을 떠올리는 순간, 후줄근한 꿈의 소음에 민감하여 잠 못 이루던 내 얇은 고막과, 밤새도록 비벼대고 있는 매미의 날개가 갑자기 어떤 혈연을 이루는 것이었다.

매미 소리는 싸아했다. 밤낮을 구분하지 못하는 매미의 소리는 싸아했다. 인간에 의해 자연의 질서에서 튕겨져나간 매미의 소리는 싸아했다. 6년 동안 땅속에서 잠자다가 땅의 천장을 뚫고 나와 나무 위로 기어올라간 매미의 소리는 싸아했다. 울어젖힐 일 하나로 여름 한철을 맹렬하게 살다가는 매미의 소리는 싸아했다. 난데없는 백야(白夜)를 통과하고 있는 매미의 소리는 싸아했다. 그리하여, 산촌 허름한 삶의 새벽녘은 싸아했다. 그리하여, 밤과 낮의 경계를 잃어버린 채 무질서를 질서화하느라 허덕이며 30대를 지나온 나의 새벽녘도 싸아했다.

싸아했다. 싸아한 소리들은 허공 중에 빈틈을 남겨놓지 않고 있어서 진공이었다. 공기가 희박해지고 산소가 희미해지면, 급기야 시간이 증발한다. 공간도 휘발한다. 이 싸아한 파장은 감당하기가 어려운 것이었다. 스산한 잠에서 겨우 옷을 걸치고 나온 감각들이 말초의 끝에서 부서져버리려는 것이었다. 마른 곤충의 바짝 마른 날개의 끝처럼. 형상으로만 남은 형태처럼.

그러고 보니, 아, 나는 나로부터 추방당해져 있었다. 잠은 꿈으로 나를 유배 보내고, 꿈은 또 다른 꿈의 가녘으로 나를 또 떠밀어, 아, 나는 잠과 밤 사이에서 떠도는 중음신이었다. 삶으로부터, 죽음으로부터, 병으로부터, 중력으로부터도 비껴져나와 '어어' 하며 흘러다니는 나 아닌 나였다, 나는. 나는 한여름 날의 한 새벽녘, 시간의 날망 위를 몽유하고 있었던 것이다. 큰 병이 도진 것이었다.

이 큰 병의 어느 한 국면을 청진(聽診)해야 했다.


서랍을 열었다.

편지. 그랬다. 나에게는 오래된 편지들이 있었다. 1993년부터 1999년까지, 캐나다 밴쿠버에서 날아온 편지들. 가위로 조심스럽게 개봉된 편지 봉투는 하나같이 두툼했다. 어떤 봉투는 누렇게 바래 있었다. 한 번 받은 편지는 영원히 받을 수 있다. 다시 꺼내 읽는 순간, 그 편지는 늘 다시 배달된다. 나는 싸아한 이명을 걷어치우고 편지를 받왔다.

습자지보다 약간 두꺼운 도화지, 손으로 들고 흔들면 팔랑거리는 그런 종이, 우리가 흔히 쓰는 2백자 원고지보다 약간 작은 개인 원고지가 선생의 편지지였다. 세로로 쓰게 되어 있는 그 원고지 왼쪽 하단에는 '朴常隆'이라는 한자가 빨간색——양귀비 즙 같은 슬픈 선홍빛으로 새겨져 있다. 원고지 칸도 같은 색. 그리고 그 원고지에는 검정 수성 볼펜으로 쓴 달필이 오르내린다. 달필은 나에게 은전이었으니, 축복이었으니, 나는 저 30대를, 1990년대를 저 편지의 힘으로 건너왔던 것이다.

한 번 보낸 편지는 한 번밖에 보내지 못한다. 나는 선생의 답장으로 내가 보냈을 그 누추한 언어와 어리광에 불과했을 넋두리들을 떠올리며 얼굴이 홧홧했다. 하지만 선생의 답장은 늘 크낙한 것이었다. 우주였다. 매번 원고지 10여 장에 달하던 그 '우주의 말씀'을 들이마시며, 나는 유전병이 분명할 열등과 자학을 겨우겨우 진정할 수 있었다. 그러나 그 진정은 대증 요법이어서, 술 몇 잔 거나해지면, 나는 선생과의 통신(通信)을 무슨 의발이나 부적쯤으로 여겼거니와, 세상을 향해 매우 건방져져 있었다. 아, 그리하여 나는 무수하게 얻어터졌던 것 같다. 잘생긴 스님을 만나면 그 스님에게, 존경하는 선배를 만나면 그 선배에게, 글 잘 쓰는 후배를 만나면 그 후배에게 '박상륭'을 들이댔다가 몇 번이나 호되게 맞았던 것 같다.

스스로를 장악하지 못해서 언제나 술을 경계로 했던 저 자학과 가학 사이는 실로 아득했다. 그것은 극심한 조울과 울조의 악순환이었다. 나는 나를 진찰하기가 두려웠다.

선생께서 귀국해서도 마찬가지였다. 나는 망나니였다. 선생께서 서울 상계동에 거처——우리집이 바로 인근이었다——를 마련하신 이래, 광화문으로 이사해 오늘에 이르기까지, 나는 불학무도였다. 술이 고프다고, 술이 넘친다고 때를 가리지 않고 문을 두드렸으니…… 사모님께서 캐나다로 잠깐 가 계시던 지난해 여름, 나는 도대체 오만불

손이었다. 술에 취해 여기저기 전화를 넣어 비상 소집하기가 무릇 몇 번이었던가. 혈중 알코올 농도에 기대어, 나는 얼마나 방자했던가.

싸아한 매미 소리에도 깨어날 만큼——내 체험으로는 개구리 소리나 매미 소리 같은 자연의 소리는 결코 소음이 아니다. 커녕, 음악에 가까운 것이어서 안면에 방해가 되지 않는다——잠이 허약해진 까닭이 있다. 병의 원인이 있었다. 늘 '어허' 하시며 크게 웃어넘기시던 선생께서 최근 마침내 불호령을 내리셨던 것이다. 아, 얼마나 답답하셨던 것일까. 그렇게 언질을 주었건만 도무지 정신을 차리지 못하고 밤낮 술타령이었던 것이니. 술이 없으면 천하의 촌놈이었다가, 술만 들어가면 자칭 '우주적 탕아'로 돌변하고 마는 한 삼류 시인이 얼마나 가련하셨을 것인가. 선생께서 처음으로 한말씀하셨다.
——그렇게 말끝마다 바쁘다, 바쁘다 하는데, 도무지 왜 바쁜 것인지, 무엇을 위해 바쁜 것인지에 대해서는 생각조차 하지 않는다, 너라는 놈은!
벼락같이, 벼락같은 화를 내신 것이었다.
그날 자정께, 천둥 소리에 귀먹은 나는 조용히, 광화문 선생의 아파트를 나왔다.

그날 이후, 나는 아프고 있다.
저렇게 나의 새벽을 포위하고 있는 싸아한 매미 소리도 결국은 나의 이명이다.
30대 초반에 받았던 선생의 편지를 다시 받아 읽으며, 40대 초반의 나는 지병을 고치려는 것이다.

# '앓음다운' 소설가 박상륭

차창룡

  그는 '앓음다운 소설가'다. '앓음답다'는 그가 즐겨 사용하는 조어다. 아름다운 듯하지만 끝없는 고통이 함께하는 세계를 형용하는 이 낱말은 그를 표현하기에 더없이 좋은 단어다. 그는 깊고도 넓은 연민을 가슴속에 간직한 채 살아가는 사람이다. 그가 쏟아놓는 한마디 한마디를 새겨들어보면 그 사실을 쉽게 짐작할 수 있다.

  농촌에서 자란 이들이 흔히 그렇듯 그도 어린 시절 구렁이가 개구리를 잡아먹는 광경을 본 적이 있다. 아이들은 그것이 얼마나 끔찍한 비극인지도 모르고 몹시 재미있어하다가 끝내 막대기나 돌멩이로 구렁이를 쳐 죽여버린다. 어린 그는 이런 광경을 보고 헛구역질을 해대다가 그날 밤에 신열에 헛소리를 해대며 앓았다(『문학동네』, 1999년 가을호의 대담 참조).

  이렇게 그는 고통에 신음하는 뭇 생명을 예사로이 보아넘기지 못한다. 마치 석가모니가 병든 사람과 늙은 사람과 죽은 사람을 그냥 보아넘기지 못하고 출가를 결심했듯이, 그는 이러한 고통이 뿌리깊이 박혀 있는 '삶(죽음)'이라는 공간으로부터 어떻게 하면 탈출할 수 있을 것인지를 고민하다가 하필이면 '문학'이라는 '독룡'을 만나게 된다. 여기서부터 그의 고행은 시작된다. 고통의 굴레로부터 벗어나는 길을 찾기 위해 그 고통보다 더 고통스러운 소설 쓰기를 감행한다. 실로 그가 쓴 소설들을 읽으면 소설을 쓰는 것 자체가 얼마나 큰 고통이었을지 짐작할 수 있다.

  그에게는 삶의 희로애락을 그린 범상한 작품들이 시원찮게 보였으므로, 그는 삶이라는 굴레로부터 자유로워질 수 있는 길을 끊임없이 모색했다. 그리하여 그가 발 디딘 곳은 인류가 남긴 수많은 종교의 언덕이었다. 이러한 문제를 가장 끈질기게 물고늘어진 것은 인류의 구원을 약속하고 있는 종교일 것이기 때문이었다. 그는 기독교와 불교 · 힌두교 · 조로아스터교 · 자이나교, 그리고 샤머니즘 등 인류의 모든 종교를 연구하고자 했으며, 종교와 함께 인류의 탄생과 세상의 개벽을 이야기한 숱한 신화를 공부했고, 또한 동서양의 철학을 두루 섭렵했다. 구원에 대한 끝없는 갈구는 하나씩하나씩 작품으로 나타나기 시작했다. 그의 첫 발표작 「아겔다마」를 비롯하여 모든 작품들은 원형적인 공간 속에서 인간의 원초적인 모습과 인간 구원의 문제를 형상화하는 박상륭 문학의 진원지를 분명하게 보여주고 있다.

「아겔다마」의 유다는 종교 지도자인 예수와 정치 지도자인 바라바 사이에서 방황하는 인물이다. 박상륭 소설의 주인공들이 대부분 그렇듯 유다의 고뇌 속에도 이 세상과 저 세상, 지옥과 천국, 죄악과 구원이 혼재해 있다. 유다는 자신을 어머니처럼 거두어준 노파를 잔인하게 강간하고, 마침내 노파로 하여금 자결하게 한다. 그의 소설은 이런 잔인한 현장을 매우 중요한 장면으로 클로즈업한다. 대부분의 강간자는 대체로 남성이며, 피해자는 늙은 여성이다. 강간은 경작(耕作)이며, 여자는 대지(밭)다. 「세 변주」라는 작품에서도 나타나듯이 경작을 통해 뭇 생명이 비롯된다. 불모지(늙은 여자)에 생명을 불어넣는 행위, 그것이 바로 젊은 남자의 무자비한 강간인 것이다. 파괴적인 강간이자, 창조적인 밭갈이인 것이다. 이렇듯 하나의 사실 속에 상반된 것이 공존해 있는 모습을 그는 초기 작품부터 지속적으로 그려왔다.

그 결과는 '죽음'이다. 아니 처음부터 죽음이었다. 밭갈이 후에 죽음이라니. 그렇지만 박상륭 소설의 밭갈이는 이 죽음에 의해 진짜 밭갈이가 된다. 죽음은 재생이며, 죽음을 통해 삶은 완성되는 것이다. 「장끼전」에서 화장터라는 뜻의 '다비소'가 이상향의 의미를 갖는 것은 그의 문학을 이해하는 하나의 열쇠를 제공한다. 그의 주인공들은 그렇게 삶의 완성(또는 구원)을 위해 고행의 길을 떠나는데, 그러나 그들이 찾는 이상향은 화장터에 다름아니라는 것이다. 장편 『죽음의 한 연구』에서 육조가 죽음을 통해 깨달음을 완성해가는 모습은 이 같은 사실을 장엄하게 보여준다.

그러나 세계 모든 종교가 실패하고 있음에 분명한 '인간 구원'의 문제가 소설을 통해 완벽하게 이루어질 리 만무하다. 그는 이 사실을 너무도 잘 알고 있다. 그리하여 그는 '마음의 우주'라는 철학관을 내세운다. 세상은 '몸의 우주' '말씀의 우주' '마음의 우주'로 구분해볼 수 있는데, 어떤 우주에서도 해탈이든 구원이든 가능하겠지만, 궁극적으로는 마음의 우주에서의 해탈이자 구원이 아니면 안 된다는 것이다. 그렇다면 '마음의 우주'에서의 해탈은 무엇인가? '몸의 우주'나 '말씀의 우주'에서의 쾌락이나 구원이 직접적으로 보이는 것이라면 '마음의 우주'에서의 해탈은 쉬 보이지 않는다.

보이지 않는 '마음의 우주'를 보여주는 것, 아니, 보이지만 뭇 생명들은 보지 않는 '마음의 우주'를 보여주는 것, 그것이 박상륭 문학이 나아가는 길이다. '마음의 우주'란 새로이 창조한 것이 아니라 이미 있는 것이나 무명(無明) 때문에 볼 수 없는 것이다. 그러기에 최근 그는 새로운 소설을 시도하고 있다. 스스로 말하기를 '패관 문학(稗官 文學)'이라는 독특한 장르를 개발한 것이다. 패관 문학이란 세상의 가설항담(街說巷談)을 모아 윤색한 것을 일컫는다. 가설항담을 그는 '갈마〔業〕karma'라고도 부른다. 최근 발표한 「혼방(混紡)된 상상력의 다른 한 형태」라는 소설은 이렇게 말하고 있다.

이 늙다리 패관께는, 한 칠십 년 살기에도, 살기는 너무도 써, 문 젖꼭지를 모질게 물어 끊고, 그런 뒤 한번 가서 다시 오지 않기 위해 가죽 부대 하나에다, 모은 가설항담 —여기서는 그것을 '갈마'라고 이른다 —을 담고, 썹어도 썹어도 자라나기만 하는, 혀라는 이상한 고기 토막을 하나 한 입 크게 물고도, 노상 게걸대는 고픈 창자, 가래며 고름, 똥과 오줌, 수근이 마른 고환 둘, 이런 것 저런 것들을 싸 짊고, 이 고장으로 온 것인데, 이런 이민 짐을 두고 이 고장 사람들은, '사고 (四苦)의 주머니'라거나, '갈마의 보따리'라고 이른다는 소리를 들었다.

그는 이제 굳이 새로운 이야기를 만들어야 할 이유가 없다. '마음 의 우주'는 우리들의 이야기 속에 이미 들어 있기 때문에, 그것을 어 떻게 자기 것으로 만들어 소화시키느냐 하는 것이 문제이기 때문이 다. 그리하여 그는 요즘 세상의 가설항담을 모은다는 의미에서 스스 로를 '패관'이라 부른다. 소설 쓰는 일을 특별한 예술로 생각하는 이 에게는 다소 못마땅하게 느껴질는지 모르지만, 이러한 사실은 그가 세상을 살아가는 태도를 잘 말해주고 있다. 그는 자신이 대작을 남긴 대단한 소설가가 아니라 이미 있는 이야기를 모아서 윤색한 '패관'에 불과하다고 말하고 있는 것이다. 이러한 사실은 그를 한없이 어렵게 만든다. 소인배들에겐 오히려 자신이 위대하다고 떠벌리는 사람이 편한 법이다. 그래서 그를 만나는 몇몇 사람들은 남을 위한 배려가 세심한 그에게 위엄과 두려움을 느끼기도 한다.

그는 항상 남에게 신세를 지지 않기 위해 애쓴다. 그가 캐나다에 있을 때 늘 좋은 책을 보내주는 것이 너무 황송해서 작은 선물이라도 보내려 했더니 그는 이런 편지를 보내왔다. "(서울에) 작은 자리라도 하나 얻어 끼여 살고 싶음으로 병이니, 그래서 언제든 돌아가려 하는 궁리를 하고 있으니, 돌아가면, 예를 들면 라면 끓일 냄비 따위 같은 물건이 몇 가지쯤 필요하게 될 것인즉, 도와주시려면 그때까지나 좀 기다려주시고, 지금은, 무엇을 보내시는 수고는 하려 하시지 말기 천 번 거듭거듭 부탁입니다"(1997년 2월 7일). 그런데 사실은 지금 서울 에 돌아와서도 남에게 밥 한 끼 대접받는 것을 매우 어렵게 생각하고 있다.

그렇기에 그는 늘 괴로울지도 모른다. 남을 괴롭히지 않기 위해 애쓰며, 그러면서도 고통스러워하는 이들에 대해 깊은 연민을 갖고 있기 때문이다. 그의 작품을 읽으면 그가 이미 외로움이나 괴로움 따위는 초탈했을 것으로 느껴지기도 하지만, 그러나 유마거사가 중생을 두고 병을 물리칠 수 없듯이 그 또한 병을 쉬 물리칠 수 없을 것이다. 병을 물리칠 수 없기에 그가 쓰는 소설들은 그 병의 다른 이름인 '갈마의 보따리'를 보듬고 있다. 다시 말하면 끊임없이 윤회할 수밖에 없는 생명 있는 것들의 삶과 죽음을 보듬고 있는 것이다.

지금까지 그의 소설은 삶과 죽음으로부터 초월하기 위해 머나먼 길을 끊임없이 걸어왔다. 그는 왜 삶과 죽음으로부터 벗어나려 하는가? 삶이 너무나 '쓴' 것이기 때문이다. 쓴 것은 한편으로는 달콤하다. 살아 있다는 것으로부터 사람들은 얼마나 많은 쾌락을 취하는가? 한쪽에서는 죽음의 공포 때문에 고통에 빠져 있지만, 다른 한쪽에서는 고통에 빠져 있는 모습을 즐긴다. 모순이다. 아니다. 그의 용어대로 하면 '상극(相剋)'의 질서다. 그에 따르면 세상은 바로 이 상극의 질서로 이루어져 있고, 그렇기 때문에 어둠과 밝음, 고통과 쾌락, 죽음과 삶이 언제나 함께 존재할 수밖에 없다. 그의 소설은 이러한 상극의 질서가 보여주는 세계를 적나라하게 보여줌으로써 우리 문학에 새로운 우주를 분양해주고 있다.

그리하여 『죽음의 한 연구』나 『칠조어론』 같은 기념비적인 대작을 남겼으면서도 그는 언제나 겸손하다. 그는 나이가 한참 어린 사람에게도 반드시 존댓말을 쓴다. 그를 만난 사람들의 작품을 반드시 읽어보며, 자신을 찾아온 사람들의 세계를 이해하기 위해 노력한다. 그러면서도 한사코 자신의 문학은 그저 잡스러운 것이라고 말한다. "돌(咄)! 소설하기의 잡(雜)스러움!" 이 말은 그가 작품 속에서 자주 하는 말이다. 소설 쓰는 것의 허무함을 말하는 것일 수도 있겠지만, 자신의 작품을 겸손하게 생각하는 면이 자연스럽게 나타난 말이다.

그의 문학은 정말 잡스러운 것일까? 그는 말한다. "죽기 위해서, 그래서 이 늙은 패관도 이런 고장엘 온 것인데, 그러나 패관께 밀겨지기엔 왕생길을 훤히 앞에 두고, 이 고장에서 사람들은, 환생만을 거듭해오고 있는 듯하다"(「혼방된 상상력의 다른 한 형태」). 인류가 이미 끊임없이 반복하고 있는 사실들(예를 들면 환생이나 윤회)을 새삼스레 소설이란 형식에 담아내고 있기 때문에 그의 소설들은 충분히 잡스럽다 할 수 있을 것이다. 그러나 그 잡스러움 속에 무서운 진실이 숨어 있다. 바로 '앓음다움'이다. 세상은 너무도 앓음다워서 도저히 그냥 보아넘길 수 없는 것이다. 이것이 그가 소설을 쓸 수밖에 없는 이유일 것이다.

수억 겁을 환생해오다가 우리는 같은 세상에서 '앓음답게' 만났다. 참으로 귀한 인연이지만, 하찮은 것이기도 하다. 수억 겁 속에서 잠시 만난 인연이 뭐 그리 대단하겠는가? 그를 만남으로써 괜히 그에게 '앓음다운' 근심 하나를 보태준 이상의 의미는 없을 것이다. 연민이 많은 그에게 아는 사람이 생긴다는 것은 그만큼 아픈 일일 것이므로. 나는 생각한다. 세상에서 가장 '앓음다운 소설가' 한 분을 불행히도 알게 되었다고.


# 성자냐 광인이냐

송영순


이 글은 본래 작가에게 주어진 것으로 자전적인 이야기를 쓰게 되어 있는 자리였다. 그러나 박상륭은 스스로 60평생의 삶을 뒤돌아보기를 싫어해서 이러한 글을 쓰는 것을 거부하고, 다만 자신의 삶을

'돌아보지 않아도 이미 소금 기둥이 되어 있다'고 한 시인의 시 구절로 대답을 대신한다. 고통이라는 즙에서 짜내어진 소금 덩어리의 삶을 누구보다도 깊이 아파하고 있다는 뜻일 것이다.

박상륭 문학에 지대한 찬사를 아끼지 않는 우리들은 작가의 자전적인 이야기를 듣고 싶어하는 것은 당연하다. 그러나 그는 또 한 번 거부했다. 그래서 이 글은 박상륭의 문학을 통한 삶, 삶을 통한 예술가의 모습을 살피면서 종교 사상을 설파하는 성자적인 면모와 예술적 광기를 지닌 광인의 면모를 그려보고자 한다.

한국 문학에서 독특한 문학 세계로 독보적인 자리를 차지하고 있는 박상륭은 1940년 전북 장수에서 태어났다. 그의 유년 시절과 학창 시절은 일반 사람과 크게 다르지 않았다. 특별한 차이가 있다면 허약한 몸으로 학교를 충실하게 다닐 수 없었으며, 그런 까닭에 독서할 시간이 남보다 많았다는 것이다. 그는 초 · 중 · 고를 고향에서 마치고 서라벌예대 문창과를 졸업하고 1963년 『사상계』에 「아겔다마」가 당선작 없는 가작으로 입선하면서 문단에 등단했고, 그 후 『사상계』 편집부 기자로 활동하면서 작품을 발표했지만 당시 문단의 풍토는 그의 문학을 인정하지 못했다. 1965년 문창과 동기 동창인 배유자씨와 결혼한 후, 생계를 유지할 수 없어 가난을 짊어지고 1969년 인력 이민을 떠나, 그곳에서 생로병사의 고통과 대면한다. 그 고통의 연금술이 이후 그의 대작의 골육이 된다.

그가 한국을 떠날 때 일부 문단에서는 박상륭은 더 이상 모국어로 글을 쓰지 않으리라 생각했지만, 오히려 그는 글쓰기에 전력을 다할 수 있는 시간과 공간을 가질 수 있었다. 육신의 고통을 잉크로, 문학적 고뇌를 펜으로 삼아, 우주적 사유를 치열하게 모국어로 토해놓았다. 실제로 그는 자신의 소설과 철학적 사유를 위하여 영어로 번역된 동양의 고전들을 탐독했고, 세계의 신화 · 민담 · 설화 · 동화 등과 종교학 · 인류학 · 심리학의 범주를 아우르는 독서를 통해 인간과 우주의 근본에 대한 가장 보편적인 진리를 탐구할 수 있었다.

그래서 캐나다 이민의 삶은 그에게 있어 유형지의 것과 다름없었다. 육신이 가난하고 마음이 고통인 그에게 캐나다라는 자연 환경의 아름다움은 결코 천국이 될 수 없었고, 오히려 더욱 황량한 이민감만 더했을 뿐이었을 것이다. 그는 어쨌든 그것을 극복해야 했다. 문왕이 귀양지인 유리에서 『주역』을 완성한 것과 같이, 그도 사막을 극복한 고통의 연금술로 최대의 걸작인 『죽음의 한 연구』와 속편인 『칠조어론』 3부작 4권을 완성하게 된다.

　박상륭에게 어떻게 문학에 관심을 가지게 되었는지를 물으면, 그는 대답을 하지 않는다. 단지 우리가 그의 작품과 그의 삶을 통해 얻을 수 있는 답은 문학이 그를 소명했으므로 문학을 할 수밖에 없었음을 짐작할 수 있다. 문학을 열망한 것이 아니라 문학이 박상륭을 소명했기 때문이리라.

　그의 인생은 문학적 신내림을 받지 않으면 안 되었던 상황으로 이어졌다. 삶의 동반자인 그의 부인은 박상륭의 고통과 광기, 천재성을 깊이 이해하고, 그에게 허허한 우주 한가운데 책상 하나 던져 올려주었고(천국의 도서관), 힘든 세사는 기꺼운 마음으로 혼자서 감당했다. 그 결과 박상륭은 수표 한 장 쓰지도 못할 정도로 세사에 순진해진다. 그런 부인의 당찬 내조 없이 어떻게 한 인간이 우주사를, 영혼과 죽음, 그리고 구원의 문제를 저렇게나 깊이 궁구할 수 있었겠는가.

　그러면 그의 온 삶을 던져 연금한 문학은 어떤 것인가.

　박상륭의 문학에는 모든 경전·심리학·인류학·철학의 이론들이 아름다운 문체 속에 용해되어 있다. 우주적 담론이라는 거대한 주제를 종횡무진하는 작가의 광기적인 상상력은 우리들로 하여금 경이감을 불러일으킴과 동시에 난해함에 빠지게 한다. 그래서 그의 소설은 일반적인 것과는 크게 다르다. 그가 명명한 '잡설(雜說)'이라는 의미도 이러한 뜻일 것이다. 이것은 새로운 문학 장르의 가능성을 보여준 것이기도 하다.

　박상륭 문학의 진가는 독특한 주제 의식과 문체에 있으며, 그 주제

의식은 박상륭식 문체의 옷을 입음으로 빛을 발하고 있는 것이다. 박상륭은 조사와 종결어미의 변화, 쉼표의 역할로 한국어는 무한히 아름답고, 확장될 수 있다는 가능성을 보여준 작가다. 완벽한 만연체는 이 작가의 역량이 아니고는 불가능하다. 주어와 서술어의 관계를 흐트리지 않고 명쾌하게 이을 수 있다는 점은 쉬운 일이 아니기 때문이다.

문학이 어찌 쉽게만 씌어지고, 쉽게 이해되어야 하는가. 문학은 본질적으로 인간의 정신을 보다 높은 것으로 끌어올리게 하는 것이어야만 한다. 문학이 대중의 오락성을 좇아가는 것이어야 한다면 문학의 죽음만을 재촉하는 것일 뿐이다. 그는 그의 문학이 너무 어려우니 쉽게 쓸 수 없느냐는 질문에 단호하게 대답한다. 어떤 종류의 주제나 이미지는 그것에 알맞는 언어라는 의상이 입혀질 때에만 그 모습을 드러낼 수 있기 때문이다라고. 독자가 작가에 의해서 끌어올려져야지, 작가가 끌려내려가는 일은 결코 바람직하지는 않다고 주장하고 있다.

난해하다는 이유로 박상륭의 문학 전부를 섭렵하지 못한 독자들까지도 한결같이 아끼지 않는 찬사의 비밀은 그러면 무엇인가. 우리는 산을 오르지 않고도 그 산의 웅대함을 보고 감동을 받는다. 어떤 훌륭한 문학이 쉽게 이해되지도 읽히지도 않는다고 해서 비난할 일은 아니다. 오히려 그런 문학 전부를 이해하지 못하는 우리들 자신을 부끄러워해야 할 일이다. 우리들은 우리 앞에 웅장하게 솟아 있는 박상륭 문학의 산을 등반하는 행복한 고통쯤은 감수해야 하지 않을까.

얼마 전 예술의 전당에서 열린 '박상륭 문학제'를 통하여 그의 작품이 다양하게 조명받고 있음을 알고 또 한 번 놀란 적이 있다. 그 현장에서 문학인뿐만 아니라 영화인·연극인·춤꾼·화가·작곡가·마임하는 사람에 이르기까지 그의 작품에서 영감을 받고 있다는 것을 확인할 수 있었다.

상상력의 보물 창고! 이것이 박상륭 문학의 완성이 아니겠는가. 한국 문학 속에서 그 어떠한 문학 작품이 다른 예술 장르에 이처럼 영향력을 끼치고 있는가. 그러한 점에서도 그의 문학은 문학 안에서만 머물기에 너무 넘치고 있는 것이다. 박상륭의 신비, 박상륭의 사상을 우리들은 어디까지 벗길 수 있을지.

따라서 박상륭은 누구보다도 가장 아름다운 모국어로 한국 소설의 자존심을 지킨 작가다. 이것은 30년 간이나 파묻었다 터뜨려진 우레 같은 혁명이다. 역설적이게도 그는 문학을 통해서 문학이라는 체제의 전복을 꿈꾸었던 작가일지도 모른다. 문학과 철학, 문학과 종교와의 통합을 통하여 철저하게 문학과 삶을 새롭게 해석하고 있기 때문이다. 그리고도 역설적이게 그는 문학의 본령을 고수하려는 투사다. 그는 모든 체제를 깨뜨렸음에도 깨뜨리지 않았고, 깨뜨리지 않았음에도 모든 것을 깨뜨려버렸다.

박상륭은 문학 안에 가두어서 문학성을 검증받기에는 너무나 광대한 무대를 가지고 있다. 우주의 비밀, 우주의 횡적인 질서와 종적인 질서 체계를 꿰뚫고서 미래를 예시한 묵시록을 펼쳐놓았기 때문에 박상륭의 소설에는 여러 이론이 무궁무진하다. 종교적인 이론뿐만 아니라, 대중이라는, 물질이라는 공룡을 숭배하는 물신을 허물어뜨릴 수 있는 이론에서, 모든 종교 교리의 모순을 하나로 통합하는 이론 등, 박상륭의 사상은 실로 놀랍고 놀랍다.

박상륭은, 마음의 우주론을 통하여 모든 종교적 담론을 포괄하고 함축하여 새로운 이론을 모색한 인물이다. 그의 문학적 성취가 종교 사상에서 얻어진 것으로 보아 성자일 수도 있지만, 그는 예술로서의 문학을 택한 광인이다. 그의 작품 속에는 선승들의 고행과 명상으로 이뤄낸 초월적 경지를 넘나드는 성자와, 끊임없이 육적인 인간으로 고통스러워하는 광인을 동시에 만날 수 있기 때문이다.

그러나 그는 성자이기보다 광인이다. 예술가의 영감과 현실적인 삶의 괴리 가운데서 그는 그 자신이 우주적 한 혼돈으로 살아온 광인이다. 한 인간이, 들끓는 한 우주를 삼켜넣고, 어찌 그것에 부대끼지 않겠는가.

그는 최근 영구 귀국했다. 캐나다에서 30년 간의 칩거, 최근 귀국하기 전까지의 삶은 문학을 위한 한 궤의 삶이었으며, 인간적으로 철저히 고독하게 한 삶이었다. 그 동안 외국어의 기표 속에서 모국어로 이루어진 사유의 깊이는 고통의 즙을 짜내어, 바닷물을 태양에 말려 원고지 소금 기둥 삼백 벌을 쌓을 만큼 그는 글만 써왔다.

그는 이제 더 쓸 말이 없다고 한다. 하지만 신은 죽는 날까지 그를 가만히 두지 않을 것임을 우리는 안다. 어쩌면 작가 자신은 그것을 모르지만, 문학이 그를 소명했으므로 그는 끊임없이 써야 하리라. 그는 성자와 광인 사이에서 끊임없이 고뇌하리라. 세상이 아픈데 어찌 그 혼자만 아프지 않을 수 있겠는가.

[『정신과표현』14호, 1999년 9/10월호]

# 참고 문헌

강금숙(1997), 「죽음을 매개로 한 문학과 삶」, 『작가세계』, 가을호.

김경수(1990), 「삶과 죽음에 대한 연금술적 탐색」, 『작가세계』, 가을호.

김명신(1997), 「상극적 질서 안에서의 생명 찾기: 박상륭의 1960년대 단편을 중심으로」, 『현역 중진 작가 연구』 1, 한국문학연구회 편, 『현대 문학의 연구』 9집.

――(1999), 「전복과 변형의 미학」, 『애산학보』 22집, 3월호.

――(1999), 「식물적 순환과 회귀의 역사: 박상륭의 「남도」 연작을 중심으로」, 『국제 어문학』 7월호.

――(1997), 「말씀의 우주에서 마음의 우주로의 편력」, 『작가세계』, 가을호.

――(2000), 「박상륭 소설 연구」, 연세대학교 대학원 국어국문학과, 6월호.

김사인(1997), 「병든 세계를 위한 예술적 대속」, 『도서신문』, 11월 17일자.

김승호(1989), 「불교적 영웅고」, 『한국 문학 연구』 제12집, 동국대 한국문학연구소.

김연권(1985), 「'요나'의 이미지 연구: 요나 콤플렉스의 한 유형」, 경기대학교 논문집 17.

김인환(1995), 「신화와 종교를 통한 근대의 뿌리 찾기: 박상륭 『칠조어론』, 이윤기 『하늘의 문』」, 『문학동네』, 봄호.

――(1997), 「독룡과의 동침」, 『작가세계』, 가을호.

김정란(1997), 「사유의 호몬쿨루스」, 『작가세계』, 가을호.

456

김주성(1989), 「소설『죽음의 한 연구』의 신화적 요소 연구」, 중앙대 대
　　학원 문예창작학과.

김주연(1972), 「60년대 소설가 별견」, 『현대 한국 문학의 이론』, 민음사.

─────(1992), 「관념 소설의 역사적 당위: 최인훈, 이청준, 박상륭 등과
　　관련하여」, 『문학정신』, 6월호.

김진수(1990), 「죽음의 신화적 구조: 박상륭의 『죽음의 한 연구』」, 『문학
　　과사회』, 겨울호.

─────(1991), 「'몸입기'의 지난함과 지복함: 『칠조어론』 1·2 서평」,
　　『세계의 문학』, 여름호.

─────(1999), 「되돌아오는 삶, 불가능한 죽음」, 『평심』, 문학동네.

김치수(1972), 「한국 소설의 과제」, 『현대 한국 문학의 이론』, 민음사.

─────(1997), 「구도자의 세계」, 『작가세계』, 가을호.

─────(1999), 「작가와의 대화: 박상륭(대담)」, 『현대문학』, 2월호.

김　현(1968), 「샤머니즘의 극복」, 『현대문학』, 11월호.

─────(1970), 「요나 콤플렉스의 한 표현: 박상륭의 「남도」에 대하여」,
　　『신상』, 가을호.

─────(1971), 「세 개의 산문」, 『박상륭 소설집』, 민음사.

─────(1976), 「인신의 고뇌와 방황: 이루어짐의 도식」, 『현대문학』, 4월
　　호.

─────(1986), 「60년대 문학의 배경」, 『분석과 해석』, 문학과지성사.

─────(1990), 「병든 세계와 아프기: 칠조어론의 주변」, 『칠조어론』 1,
　　문학과지성사.

민병곤(1999), 「소설『죽음의 한 연구』론」, 중앙대 대학원 문창과.

박태순(1975), 「『죽음의 한 연구』에 대한 한 연구」, 『한국문학』, 8월호.

서정기(1989), 「『죽음의 한 연구』 시론」, 『동서문학』, 10월호(제8회 동서
　　문학 신인 작품상 수상작).

─────(1990), 「사랑의 연금술, 인신되기: 『칠조어론』 서평」, 『한국논
　　단』, 8월호.

서정기(1990), 「살 속에서 살을 넘어 나아가기: 박상륭의 소설 「유리장」
　　　분석」, 『작가세계』, 가을호.
───(1995), 「『칠조어론』: 말씀의 마을─정념에서 수난으로, 피학과 가
　　　학의 형이상학」, 『문학과사회』, 봄호.
성민엽(1988), 「존재론적 한계와의 싸움」, 『문학의 빈곤』, 문학과지성
　　　사.
───(1990), 「인류학적 상상력과 언어: 박상륭의 장편소설 『칠조어
　　　론』」, 한국일보, 8월 17일자.
───(1993), 「색에서 공으로」(박상륭과의 대담), 『문학과사회』, 가을
　　　호.
신성환(1998), 「박상륭 소설 연구: 초기 중·단편을 중심으로」, 한양대
　　　대학원.
심영덕(1992), 「현대 소설에 나타난 죽음의 일고찰」, 『영남 어문 논집』
　　　21.
심은진(1998), 「떠나는 자, 글쓰는 자: 박상륭의 연작 「각설이 일기」에
　　　대하여」, 『문학과사회』, 5월호.
안수길·여석기·오영수(1963), 「박상륭 심사평」, 『사상계』, 1월호.
우남득(1992), 「현대 소설의 기호론적 공간 연구」, 『이화 어문 논집』 12.
───(1992), 「박상륭 소설의 기호론적 공간」, 『연구 창조 문화』 7, 여
　　　름호.
───(1990), 「「남도」 연작의 상호 텍스트성 연구 구조와 분석 2」, 『이
　　　화 어문 논집』 11.
───(1990), 「박상륭 소설의 물질 상상력의 체계」, 『이화 어문 논집』
　　　11.
───(1993), 「「뙤약볕」의 기호론적 공간 분석, 「남도 2」의 카니발적 공
　　　간 연구, 박상륭 소설의 물질 상상력의 체계」(이상 3편 수록),
　　　『소설 읽기의 새로움: 박상륭·이광수·김동인 소설 연구』, 이가
　　　출판사.

우남득 외(1992), 「박상륭 소설의 물질 상상력의 체계: 박상륭 소설의 카니발적 공간 연구」(이상 2편 수록), 『문학 상상력과 공간』, 창.

이문구(1975), 「박상륭 그는 어떤 사람인가」, 『한국문학』, 5월호.

이문재(1999), 「새 메시아는 종교간의 벽 허물기에서 온다」(대담), 『문학동네』, 가을호.

이철호(1998), 「실존을 위한 허구: 박상륭의 『죽음의 한 연구』가 내장한 실존주의 텍스트」, 동국대 국어국문학 논문집 18.

임금복(1998), 「박상륭 소설 연구: 「아겔다마」에서 『칠조어론』에 이르는 멀고 긴 소설의 여로」, 국학자료원.

──────(1994), 「박상륭의 1960년대 작품」, 『세계 성신 어문학집』 6, 2월.

──────(1994), 「1960년대 생명 관념 드러내기의 소설: 박상륭의 「쿠마장」」, 『한글 새소식』 제266호, 10월.

──────(1998), 「1960년대 박상륭의 소설 사회」, 『세계 대전 어문학』 15, 2월.

──────(1996), 「한국 현대 소설의 죽음 의식 연구: 김동리, 박상륭, 이청준 작품을 중심으로」, 성신여대 대학원 박사 학위 논문, 8월.

임우기(1987), 「죽음의 현실과 생명성에의 희원 1」, 『문예중앙』, 겨울호.

──────(1993), 「'매개'의 문법에서 '교감'의 문법으로: '소설 문체'에 대한 비판적 검토」, 『문예중앙』, 여름호.

정해성(1999), 「박상륭 소설의 '죽음' 변이 양상 연구」, 부산대 대학원.

정혜경(1998), 「메물밭에 부치는 송가: 박상륭의 「남도 1」」(소설의 포에지: 소설은 시와 어떻게 만나는가 1), 『현대 시학』, 6월호.

진형준(1986), 「연금술사의 꿈」, 『열명길』, 문학과지성사.

천이두(1991), 「계승과 반역」, 『문학과지성』, 통권 제4호.

──────(1974), 「불모의 신화: 박상륭」, 『종합에의 의지』, 일지사.

──────(1983), 「정통과 이단」, 『문학과지성』, 통권 제20호; 『한국 소설의 관점』, 문학과지성사.

최인훈(1968), 「건조한 논리적 명랑성: 박상륭의 「산동장」을 중심으로」,

경향신문, 1월 31일자.

최인훈(1997), 「관념의 고압 회로」, 『소설의 인식론』(최인훈 전집 12), 문학과지성사.

―――(1979), 『문학과 이데올로기』, 문학과지성사.

최일수, 「설화적 체험과 '말'의 표상」(「뙤약볕」1·2·3에 대한 글), 『한국 단편 문학』18, 금성출판사.

최재준(1994), 「『죽음의 한 연구』론: 박상륭 소설의 담론 구조」, 동국대 대학원.